MY YEAR
ABROAD

MY YEAR
ABROAD

타국에서의 일 년

이 창 래
장편소설

강동혁 옮김

RH Korea

나의 스승들에게

영웅이 없이는 우리 모두 평범한 사람이라
우리가 어디까지 갈 수 있는지 모른다.

— 버나드 맬러머드 『내추럴』

세상을 진정으로 사랑하는 사람은
자신을 세상을 기쁘게 하는 존재로 만들어 나간다.

— 토마스 만 『사기꾼 펠릭스 크룰의 고백』

영혼의 음악은 우주가 들을 수 있다.

— 노자

차 례

타국에서의 일 년　11

감사의 말　690
옮긴이의 말　691

1

내가 이 위대하다는 나라 어디에 사는지는 말하지 않겠다. 밸과 엑스라지 사이즈인 그녀의 아들, 빅터 주니어에게 자칫 위험할 수 있기 때문이다. 어쨌든 이곳은 다른 대부분의 지역과 비슷하다. 너무 끔찍하거나 불편한 것도 없고, 변치 않는 경관이나 감탄할 만한 독특한 전통도, 특이한 억양도, 영 의문스럽거나 혐오스러운 지역민의 습관도 없다. 이곳을 뭐라고 불러도 상관없지만 나는 '스태그노'•라고 부르겠다. 사방이 육지로 둘러싸인 내륙이면서도 군데군데 혼탁한 물이 고여 있는 지역이기 때문이다. 이곳에서의 시간은 찌개가 부글부글 끓으면 표면에 생기는 거품처럼, 계속 건져 내야 하는 그것처럼 엉겨 붙는다.

그래도 스태그노는 나름 우리의 목적에 어울린다. 이곳은 너무 평

• 액체가 고여 흐르지 않는 상태.

범해서 특이한 사람은 절대 살지 않으려는 곳이다. 인구도 꽤 많아서 밸과 빅터 주니어, 내가 눈에 띄지 않고 살 수 있다. 우리는 눈에 띌 수밖에 없는 사람들인데도 말이다. 대학생 정도의 애가 서른 몇 살쯤 된 아줌마 그리고 그녀의 여덟 살짜리 아들과 한집에 살고 있으니 이게 무슨 영문인지, 왜 어른들은 직장에 다니지 않고 애는 학교에 다니지 않는지 묻는 건 어쩌면 당연한 일이다. 집에서 나가기는 하느냐고? 그럴 때도 있었다. 하지만 지금은 별로 나다니지 않는다. 영화와 공연은 스트리밍 서비스로 본다. 밸은 식료품을 포함한 모든 걸 다시 온라인으로 주문하고 있다. 밸이 위험을 무릅쓰고도 정기적으로 나가는 건 기름으로 범벅된 30센티미터짜리 긴 샌드위치용 빵을 사러 갈 때뿐이다. 위도 메이커라는 이름의 이 빵은 빅터 주니어가 홈스쿨링을 받다가 한계에 다다른 날 주는 당근이다. 당근은 있지만 채찍은 없다. 밸이 사회와 예술 과목을 가르치고 내가 수학과 과학을 가르친다. 전반적으로 우리의 아이디어와 실행, 노력에 점수를 매겨 보자면 C 플러스 정도다. 빅터 주니어는 그 사실을 잘 안다. 언젠가는 엄마에게 불리하게 사용하려고 이 사실을 아껴 두고 있기도 하다. 빅터 주니어는 뛰어나게 똑똑하고 귀여운 아이다. 유난히 털이 많긴 하지만 이는 유전적으로 뭔가 엉킨 게 틀림없다. 보통 빅터 주니어 나이에는 팔과 다리, 등에 털이 나지 않는다. 보송보송한 콧수염이 나서도 안 된다. 빅터 주니어는 인간 아동으로서의 시련을 고민할 때마다 그 콧수염을 쓰다듬곤 한다.

미래에는 빅터 주니어가 전략적으로 내 성을 따르게 될지 모른다. 하지만 우리는 내 존재가 빅터 주니어의 인생에 어떤 영향을 끼칠지 완전히 예측하지 못한다. 우리가 아는 건, 밸과 내가 잘해 나가고 있다는 것이다. 우리는 범위나 강도 양면에서 우리의 역할을 제한적으로 보려고 노력한다. 홈스쿨링에서든, 파트너로서든 위대해지겠다는 야심 같은 건 없다. 우리는 서로에게 소위 말하는 바람직한 역할을 하기 위해 존재하는 게 아니다. 내가 밸에게 선언한 나의 역할은, 통제 불능의 발랄 강아지 빅터 주니어를 때로 그 이상의 존재로 대해 주는 것이다. 또 밸의 말을 빌리자면 그녀의 'uberant'한 섹스 파트너가 되는 역할(uberant 앞에는 ex-와 prot-를 붙일 수 있다. exuberant는 왕성하다는 뜻이고, protuberant는 발기했다는 뜻이다.)도 있다. 마지막 역할은 도심과 교외 사이에 위치한 이 비좁은 집이 지독하게 싫어지지 않도록 청소하는 것이다. 그 대가로 나는 밸이라는 훌륭한 사람과 함께할 수 있고, 우리가 서로 원하는 한 언제까지든 이곳에 숨어 있을 수 있다. 나는 밸에게 아무것도 요구하지 않는다. 다만 내 가족에 대해서나 몇 달 전 밸을 만나기 전에 내가 무슨 일을 하고 있었는지, 밸을 만난 당시 내가 가지고 있던 물건이 입고 있는 옷, 아주 작은 일제 주머니칼, 최근까지 마법적으로 현금을 소환해 낸 짙은 색의 무광 ATM 카드뿐이었던 이유에 대해서는 묻지 말아 달라고 했다.

기본적으로, 내가 밸에 대해 조금이나마 아는 이유는 홍콩 국제공항의 푸드 코트에서 처음 만났을 때 밸이 자기의 최근 인생에 관해 얘기해 주었기 때문이다. 밸은 빅터 주니어와 함께 내 앞에 줄을 서 있었다. 빅터 주니어는 평소처럼 손에 든 게임기에 열중해 있었다. 그때 밸의 신용카드 승인이 거절됐다. 그녀에게는 현금이 없었다. 빅터 주니어는 심한 허기에 울부짖기 시작했다. 지금의 나는 녀석의 허기에 바닥이 없다는 걸 안다. 당시 나는 면세점에서 충동적으로 산 토블론 초콜릿을 이상할 정도로 조그만 빅터 주니어의 이 사이로 쑤셔 넣었다. 이에 밸은 눈을 가늘게 뜨고 웃으면서도—아시아 여자 중 일부가 이렇게 눈웃음을 짓는다. 사람을 볼 때 눈이 멋지게 위로 살짝 휘어지며 까맣게 빛난다. 대단히 너그럽게 '진짜 이러기야?'라고 말하는 것 같다.—마치 차라리 가시관을 쓰고 바이킹의 화장용 장작 더미에 올라가고 싶다는 듯한 표정을 지었다. 그래서 나는 주저할 것 없이 둘의 음식값을 내주고, 내 몫의 샤오롱바오 찜통을 들고 떠나려 했다. 그때 밸이 우리 부모님께 내가 얼마나 신사적이었는지에 대해 인사를 전해도 되느냐고 물었다. 실제로 '신사적인'이라는 말을 사용했다. 내가 혼자 산다고 답하자 그녀는 내게 팔짱을 껴 식탁에 주저앉혔다. 밸은 자기 아들이 뜨거운 우한 건면 무더기를 빠르게 허무는 동안 자신도 빅터 주니어만 없으면 독신이나 마찬가지라고 했다. 이어 그녀는 아무런 동요 없이 덤덤하게 남편인 빅터 시니어가 실종됐으며 아마 죽었을 거라고 말했다. 나 역시 도저히 다 열거할 수 없을 만큼 기이한 상황에 정신이 나가 외로웠던 걸까? 나도 그녀처럼 태연하게 남편이 좋은 곳에 갔느냐고 물었다. 그러자 밸의 널찍하고 상냥한 얼굴에서 무언가가 한 꺼풀 벗겨졌다. 그녀는 얘기를 이어 나갔다. 그녀는 연방 요원들에게 남편이 했던 거래에 대해 샅샅이 털어놓았다고 말했다. 남편의 거래란 몽골의 광물 채굴권과 가짜 철갑상어 알, 어깨에 메는 꽤 현실적인 로켓 추진기에 관한 것으로 뉴저지에 근거를 둔 타슈켄트인들이 그 대상이었다. 연방 요원들은 그 거래가 돈을 벌면서도 서유럽에 있는 잠재적인 고객들을 무장시키려는 ISIS

14

파생 분파의 작전이라고 생각했다. 이 모든 일이 빅터 시니어가 이번 생에서 갑자기 사라져도 이상하지 않을 만큼 중대한 일이었고 밸이 미국으로 돌아가 목격자 보호를 받아야 할 만한 심각한 일이기도 했다. 결과적으로 그럭저럭 괜찮은 거래였다. 법적으로 남편의 무역 회사를 공동 소유하고 있던 밸은 자금 세탁과 탈세 혐의에 더해 사랑하는 빅터를 위탁 가정에 맡겨야 하는 위기까지 마주하고 있었으니 말이다.

밸은 나에게라면 자기 얘기를 믿고 털어놓아도 된다는 확신이 들었다고 말했다. 내 얼굴이 "솔직하고 따뜻하다"면서. 나도 그 점은 인정할 수밖에 없다. 사람들은 나를 믿지 말아야 하는 순간에도 나를 믿는다. 요즘에는 사람들의 생각보다도 더 자주 그런 것 같다. 밸은 빅터 주니어와 함께 카오룽에 사는 친척을 만나고 오는 길이라고 했고, 나는 마카오와 선전에 갔던 일을 편집해 관광객의 여행담처럼 들려주었다. 이어 우리 둘 다 미국 동부 연안의 생기 없는 삶으로 돌아가는 중이라고 말했다. 나는 밸에게 나 역시 뉴저지 출신이고 밸이 남편과 함께 살던 곳에서 약간 남쪽에 있는 카운티에 살았다고 했다. 밸은 내게 이메일 주소를 물었고—나는 더 이상 핸드폰을 가지고 다니지 않았다.—상황이 그럭저럭 정리되는 대로 보름 안에 연락하겠다고 했다. 그녀는 어쩌다 이쪽 세계에 오게 됐느냐고 묻지 않았다. 밸다운 행동이었다. 그녀는 질문을 던지고 나의 기본적인 대답을 듣고 나면 다시는 그 얘기를 꺼내지 않았다. 그게 내가 단숨에 그녀를 아끼게 된 이유 중 하나다. 밸은 자신에게 다가오는 삶과 사람들을 있는 그대로 받아들인다. 내가 여기 있다는 것, 내가 차지하고 있는 이 공간에 속해 있다는 것, 그 공간 전부가 내 것이며 오직 나만의 것이라는 사실을 전적으로 받아들인다. 내 소견으로는 희귀한 일이다. 생각해 보면, 당신을 사랑한다고 말하는 많은 사람을 포함해 대부분의 사람들은 당신의 일, 당신의 생각, 당신의 바람의 좌표를 물은 뒤 자기들이 보기에 더 매끄럽도록 당신을 다시 줄 맞춰 세움으로써 자신들의 조마조마한 영혼을 진정시키고 싶어 하지 않던가?

밸의 영혼은 내게 음식을 데우는 접시에 올려놓은 꿀 그릇처럼 보인다. 그렇게 놔두면 꿀의 맨 윗부분에서 맨 아랫부분까지 거의 감지할 수 없을 만큼 열 교환이 일어난 끝에, 위와 아래 사이에 거의 아무런 온도 차도 존재하지 않게 된다. 예컨대 빅터 주니어가 심통이 나서 최악으로 신경을 긁을 때조차 밸은 속눈썹을 두 차례, 아주 천천히 깜빡이면서 아주 가벼운 한숨을 내쉰 뒤 그 짐승 같은 녀석과 대화하려고 노력한다. 밸은 보통 이런 시도가 실패하면 내게 신호를 보내고, 나는 자동적으로 모두가 함께 먹을 간식을 준비한다. 게걸스러운 우리 남자들이 먹을 신라면 블랙 두 봉지와 구운 살라미소시지와 치즈. 나는 빅터 주니어가 특유의 조심스러운 방식으로 음식을 먹는 모습을 지켜본다. 그는 다른 손가락을 모두 편 채 엄지와 검지로 음식을 조금씩 집어 든다. 특별히 만족스러울 때는 윙크를 한다. 그의 초미니 치아가 음식을 격렬하게 깨고 갈고 분쇄한다. 나는 빅터 주니어가 언젠가 매력적이고 능력이 뛰어난 소시오패스, 그것도 대단히 성공한 소시오패스가 될 수 있다는 가능성을 부정할 수 없다. 적들과 사랑하는 사람들 모두를 닭 날개처럼 뜨거운 기름에 넣고 튀기는 모습을 상상하는 동시에 꾸르륵거리는 소리를 내며 내가 준 음식을 먹어 치우는, 그런 소시오패스 말이다. 설령 그 애가 내 친아들이었더라도 나는 이렇게 말했을 것이다.

하긴 어느 순간에는 우리 모두가 특별한 허기를 느끼지 않는가? 꼭 음식에 대한 허기가 아니라도 말이다. 만일 그렇지 않다면 그건 아마 지나치게 만족했기 때문일 것이다. 나를 봐라. 나는 정반대로 배가 곧 터져 버릴 것 같다는 느낌을 받고 있다. 나는 삶이라는 웅장한 뷔페가 제공하는 수많은 식탁과 음식 및 음료 코너를 최대한 들러보고자 지난 학기를 쉬었다. 나는 그 뷔페가 그토록 쉽게 접근할 수 있는 곳인 줄 몰랐다. 그토록 영광스러운 동시에 비참한 곳, 영웅적인 동시에 슬픈 곳인 줄도 몰랐다. 때로 밸은 직관적으로 내 상태가 이상해진 걸 느낀다. 그럴 때면 그녀는 내가 뚱하니 앉아 있을 수 있도록 나무 가시가 깔쭉깔쭉하게 튀어나온 우리 집 뒤쪽 테라스를 내준다. 주문한 음식을 먹다 말고 멍때리게 해 주든지. 때로는 빅터 주니어가 내게 "야, 틸리! 정신 차려!"라고 소리를 지른다. 밸은 아마 내가 지난 일 년 동안 겪은 일과 보았던 것들을 아무 문제없이 믿을 것이다. 아마 내가 그토록 깊이 들어갔는데 어떻게 돌아왔는지 정도를 궁금해할 거다. 나는 밸에게 모르겠다고 말할 생각이다. 실제로도 모른다. 절대 돌아오고 싶지 않았으니까. 어쨌든 돌아올 때까지는 말이다.

아무튼 이렇게 돌아온 지금, 나는 다른 사람 없이 밸하고만 지내는 것이 다행이라고 생각한다. 나는 과연 밸을 위해 목숨을 던질까? 이런 질문이 떠오른다니 이상한 일이지만, 나는 내가 그렇게 하리라는 걸 안다. 그것이 내가 다른 무엇보다도 밸을 사랑하거나 가치 있게 여긴다는 뜻은 아니다. 나는 밸을 사랑하지만 그건 다른 문제다. 때로는 내가 밸보다는 세상을 더 사랑하는 거라는 생각이 든다. 이게 말이 되는지는 모르겠지만, 나는 밸이 세상의 수많은 놀라운 현상 중 하나라는 이유만으로도 세상을 위해 죽을 것이다. 이 말은 내가 빅터 주니어를 위해서도 죽을 수 있다는 뜻이다. 내가 완전히 망가진 걸까? 너무 많은 것들을 위해 기꺼이 죽을 생각이라면, 그건 내가 너무 많은 것에 신경을 쓴다는 뜻일까, 너무 관심이 없다는 뜻일까? 그게 내가 곧 무너져 내리리라는 뜻일까?

그럴지도 모른다. 내가 저녁 먹은 그릇을 설거지하는 동안 밸은 빅터 주니어를 씻긴다. (빅터 주니어는 지금도 밸이 씻겨 줘야 한다고 고집을 피운다. 아마 대학에 갈 때까지 그럴 거다.) 밸과 나는 꼬마 뚱보에게 파자마를 입히느라 차례로 씨름하고 난 뒤, 이 집을 임대할 때 딸려온 레이스 캐노피 침대에 기어들어 가 평면 텔레비전을 켜고 동공에 지진이 날 때까지 스크린을 쳐다볼 생각이다. 그런 뒤에는 잠들거나 다른 일로 바빠질 것이다. 우리는 화면을 켜 둔다. 그래야 내가 가장 좋아하는 밸의 모습을 볼 수 있기 때문이다. 어둠침침하고 푸르스름한 조명을 받은 벌거벗은 모습. 그녀의 몸이 차가운 불꽃처럼 내 위에서 켜졌다 꺼졌다 하는 모습. 내 말을 알아들을지 모르겠지만, 밸은 늘 준비돼 있다. 그녀의 말로는 자기처럼 나이 든 젊은 여자들이 늘 그런 건 아니라고 한다. 물론 밸은 나보다 긴 세월을 더 살아왔다. 아마 올해가 되기 전이었다면, 나도 내가 사귀는 여자의 머리카락에 흰머리가 섞여 있는 걸 보고 숨이 막혔을지 모른다. 하긴, 작년이었다면 밸도 나를 보고 신물을 억지로 삼켰을 것이다. 나야 괴로울 정

18

도로 미숙했으니까. 예컨대 나의 얌전하고 깔끔한 고환이 그랬다. 지금이라고 내 고환이 더 통통해진 건 아니다. 하지만 최소한 지금의 내 고환은 교육을 제대로 받아 늘어져 있다. 나이 든 병사의 눈 밑에 드리운 눈 그늘처럼. 그런 눈 그늘은 누구의 찬양도 받지 못했으나 잊을 수 없는 작전이 남긴 흔적이다. 밸은 공항의 푸드 코트에서 나를 본 그 순간에 내게서 이런 면을 읽어 냈다. 어째서인지 그녀는 내가 비참한 여행을 했으며, 잠시 쉴 곳이 필요하다는 걸 이해했다. 때로는 내 배와 가슴, 얼굴에 닿는 그녀의 호화로운 머리카락이 너무 좋아서 눈에 눈물이 고인다. 그러면 밸은 그 촉촉함으로 자기 눈을 문지른다. 우리의 눈썹이 뒤엉킨다. 우리의 코가 룸바를 추며 미끄러진다. 그렇게 우리는 우리 자신에게서 나온 소금기를 맛본다. 세상에 존재하는 가장 맛있는 짠맛.

최근에 나는 밸에게 좋은 일을 해 주었다. 나는 지금도 그 생각을 하고 있다. 아직 밸에게 말하지는 않았다. 밸이 꼭 알아야 하는 것만 아니라면 앞으로도 말해 줄 일이 없기를 바란다. 그러니까 나는 빅터 주니어에게 줄 소형 역기를 사서 차로 돌아오던 중, 우리가 사는 골목과 평행하는 거리 끝에서 번쩍이는 검은색 SUV가 아주 느린 속도로 움직이는 걸 보았다. 나는 차를 세우고 전화를 거는 척했다. SUV가 리무진처럼 슬금슬금 다가왔다. 움직이는 모습이 어쩐지 수상했다. 도저히 번지수를 확인할 수 없을 만큼 짧은 시간만 건물 앞에 멈춰 서는 걸 보면 번지수를 확인하는 척하되 대충 하는 것 같았다. 숫자 따위는 중요하지 않다는 것처럼. 나이 든 아주머니 한 명이 개를 산책시키고 있었는데, SUV가 그 옆에 멈춰 섰다. 아주머니는 조심스레 SUV로 다가갔다. 페키니즈가 짖어 댔다. SUV에 타고 있던 사람이 웃기거나 매력적인 말을 했는지 아주머니는 미소 지으며 빨갛게 염색한 머리를 귀 뒤로 넘겼다. 이어 그녀는 운전석 쪽으로 살짝 고개를 기울였다. 운전자가 보여 주는 뭔가를 살펴보는 게 틀림없었다. 그러더니 그녀는 고개를 저었다. 나는 재빨리 유턴해 반대 방향으로 돈 뒤 서둘러 우리 집으로 갔다. 자동차를 차고에 집어넣은 다음, 쉴 새도 없이 선반에 놓여 있던 야구 모자를 집어 챙이 뒤로 가게 쓰고서 풀밭에 놓여 있던 이웃 꼬마의 BMX*를 빌려 타고 최대한 빠르게 페달을 밟았다. 내가 우리 집에서 나가는 모습을 아무도 볼 수 없도록. 나는 검은 SUV가 우리 집이 있는 골목으로 접어드는 걸 보고 이어버드를 꽂은 뒤 진입로에 깔린 석간신문을 밟으며 지나갔다. 도로 연석을 따라 아슬아슬하게 줄타기를 한 뒤, 뜰의 장식용 돌을 토끼처럼 점프해 넘었다. 엉덩이를 부딪쳤지만, 어린애답게 다시 바로 튀어 올랐다. SUV는—이제는 운전자를 알아볼 수 있었다. 검은 선글라스를 끼고 짙은 머리카락을 짧게 깎은 백인 남자였다.—아주 조금 가속하며 급히 방향을 꺾어 내가 인도를 따라 곡예를 부리던 거리로 들어왔다.

시커먼 창문이 내려갔다. 운전자의 목과 어깨, 팔은 근육질이었으나 다른 면에서는 보잘것없었다. 그는 좌석을 높여 운전대와 매우 가깝게 끌어당긴 상태였다. 왜소한 체격의 우리 할머니가 운전할 때 그

---

* 자전거의 일종.

렇게 손마디가 사실상 턱에 닿을 정도로 의자를 당겨 놓곤 했다. 그는 아무리 나이가 많아 봐야 삼십 대 후반인 듯했으나 머리가 벗어지고 있었으며, 지나치게 다듬은 수염이 거뭇거뭇하게 나 있었고, 지나치게 큰 파일럿 선글라스와 구멍이 송송 나 있는 검은색 운전용 가죽 장갑을 끼고 있었다. 나는 그에게 대체 언제부터 포뮬러 원*을 운전했느냐고 물을 뻔했지만 대신 맹하고 졸린 표정을 지어 보였다. 내가 씹고 있다고 상상하는 마리화나처럼 늘어진 표정 말이다. 그렇게 그 남자가 베이지색 초상화나 끝없는 평원의 풍경화라도 되는 것처럼 그를 바라보았다.

내 모습이 그의 선글라스에 소심한 청소년의 모습으로 반사되는 걸 보니 만족스러웠다.

"안녕, 꼬마야." 남자가 말했다. 대단히 부드럽고 친근한 말투였다.

나는 어깨를 으쓱했다. 서부 연안 특유의 외국인 억양이 아주 약하게 느껴졌다. 남자가 겉으로 내세우는 모습이 바로 그것이었다. 서민적인 동시에 공격적으로 들리는 말투. 꼭 스코틀랜드 고지대의 끈적끈적한 음색을 발칸 지역의 걸걸함으로 한차례 거른 듯했다.

"그 새피언트** 마음에 드냐?"

"타고 다닐 만은 해요." 내가 말했다.

"나는 89GT 퍼포머를 타고 다녔어. 망가질 때까지."

"아아, 어쩌다 망가졌는데요?"

---

* 경주용 자동차 중 최고 등급.
** 자전거 상표.

"쇼핑 카트를 뛰어넘으려다가 프레임이 박살 났어. 그때 코도 부러졌고. 보이지?" 그는 얼굴을 똑바로 세웠다. 콧등이 끔찍하게 움푹 파이고 뒤틀린 게 보였다. 정말이지, 그 모습을 보니 얼굴로 아스팔트와 킥복싱을 한판 한 것 같았다.

"멋진데요."

"담배 있냐?"

나는 담배를 피우지 않았으나 가지고는 다녔다. 담배 한 갑과 라이터를 준비해 가지고 다니면 현금 뭉치를 내미는 것보다 나을 때가 있다는 걸 알았으니까. 누가 내게 가르쳐 준 건데, 대부분의 상황에서 중요한 건 탈출보다 그 상황에 진입하는 방식이다. 나는 이번 상황에서 남자와 담배를 나눠 피우는 대신 최대한 무관심한 태도를 유지하기로 결정했다. 다만 여기서 뭘 하는 거냐고 물어볼 필요는 있었다. 남자는 자기가 뭔가 하고 있다는 사실을 눈에 띌 정도로 감추지 않고 있기 때문에 내가 물어보지 않는 게 더 수상하게 느껴질 터였다.

"뭘 도와드릴까요?" 나는 남자의 담배에 불을 붙여 주며 말했다.

남자는 한 모금을 크게 들이쉬었다. 다만 남자가 담배 연기를 신경 써서 창밖에 뱉는다는 걸 알 수 있었다. 자기 자동차가 아닌 듯했다.

"글쎄." 남자가 말했다. 내가 예상한 답이었다. "아무튼, 난 토드 브라운이야. VA 소속이고. VA가 뭐의 약자인지 알아?"

"재향군인회(Veterans Affairs)요?"

"맞아. 똑똑한 녀석이네. 이름이 뭐냐?"

"틸러요."

"무슨 이름이 그래?"

22

"몰라요. 엄마가 지어 준 거라."

"엄마가 배를 좀 타셨나?"•

"엄마가 난민이었냐고 물어보시는 거예요?"

"농담한 거야."

"아아."

"그럼 우리가 뭘 하는지는 알겠네, 틸러? VA에서 말이야."

"늙은 군인들을 돌봐 주나요?"

"육군이든 해군이든, 복무했던 모든 군인을 돌봐 주지. 여군도. 꼭 늙은 사람일 필요는 없어." 그는 신분증을 휙 보여 주었지만, 자세히 살펴볼 시간은 주지 않았다. "그 사람들의 가족도 돌봐 주고. 내가 속한 부서에서 하는 일이야. 요즘은 더 많은 사람을 도우려 하고 있어. 난 최근에 사망한 영웅의 배우자와 만날 예정이었지. 그분이 누릴 자격이 있는 혜택과 지원에 대해 다 아는지 확인하려고 했는데 안 됐지만, 집에 없더구나."

"너무 상심한 나머지 문을 열어 줄 수 없었는지도 모르죠."

남자는 약하게 미소 지었다. 불쾌감을 느껴야 하는지 어떤지 잘 모르겠다는 태도였다.

"뭐, 그럴지도 모르지. 아무튼, 여기까지 먼 길을 왔으니 떠나기 전에 이 지역에 있는 퇴역 군인 가족과 연락해 볼까 했어. 근데 우리 부서의 서버에 접속이 되지 않아서 누가 사는지 찾아볼 수가 없는 상황이야. 너는 아닌 것 같고. 그러니까, 퇴역 군인 가족이 아닌 것 같다는

• 틸러(tiller)라는 이름에 '키의 손잡이', '조타수'라는 뜻이 있어서 하는 말이다.

23

애기지."

"네." 내가 말했다. "저희 부모님은 둘 다 치킨 헛에서 일하세요."

"잘됐네. 근데 혹시 그런 사람은 모르냐?"

"전사자의 아내요?"

"남편일 수도 있고. 우린 그런 이름으로 부르지 않지만. 아무튼 맞아, 대부분은 가족이지. 그러니까 음, 아빠가 임무로 파병되었거나 그곳에서 죽은 가족 말이야."

"싱글맘 가정을 말하는 거군요."

"맞아."

"이 동네는 절반이 그런 집인데요."

"설마?"

"근데 제가 알기로 군인은 없어요. 그냥 아빠들이 머저리 같은 집안인 거죠."

토드 브라운이 웃었다. 그는 담배를 한 대 더 얻어 가더니 이 동네 여고생들이 예쁘냐고 물었고, 나는 여자란 자고로 날 좋아하는 여자가 예쁜 것 아니겠느냐고 말했다. 그는 무슨 말인지 잘 안다는 듯 웃더니 담배를 더 피우고 나서 내게 가까이 오라고 손짓했다.

"잘 들어. 넌 뭘 좀 아는 녀석 같다. 똑똑해. 그래서 너라면 믿을 수 있을 것 같아. 아니, 확실히 믿는다."

"왜 절 믿고 싶으신지 모르겠는데요."

"봐, 내가 말한 게 바로 이런 거야. 넌 얼간이가 아니라는 거지. 그리고 난 널 속이는 게 아니야. 전혀 아니다. 알았냐?"

나는 그가 나를 속이든 말든 중요하지 않다는 듯 어깨를 으쓱했다.

토드 브라운은 더욱 만족했다.

"나는 VA에서 일하는 거나 마찬가지야." 그가 담배꽁초를 연석에 떨어뜨리며 말했다. "솔직히 말해서, 정식으로 계약하고 조사관으로 일하는 건 아니지만. 내가 뭘 찾는지는 알겠지?"

"아뇨."

"알 텐데. 얼른, 러더.* 맞춰 봐."

"틸러인데요."

"미안, 틸러. 난 네가 아는 줄 알았는데."

"진짜 몰라요."

"맞춰 봐."

그래서 나는 진지하게 노력하는 듯 보이려고 숨을 내쉬었다.

"사기꾼?" 내가 말해 보았다.

"빙고!" 그가 소리쳤다. 나는 토드 브라운(진짜 이름이 뭐든 간에)의 목소리가 즉시, 위협적으로 날카로워지는 것만으로도 그가 사람들을 해치는 여러 가지 방법을 교육받았다는 걸 알 수 있었다. 때로는 그 사람들을 제거하기도 할 것이다. '빙고'가 그 사람들이 듣게 될 마지막 멍청한 단어가 되겠지.

"어떤 사람들은 자기가 받아서는 안 되는 혜택을 받곤 해. 실제로는 군인과 결혼하지 않았으면서 결혼했다고 한다거나, 재혼하고서 그 사실을 숨기거나, 부양 의무가 있는 아이가 있다고 속이는 식이지. 난 이 지역의 많은 사람을 조사하는 중이야. 장부에 그런 사람이

---

* 러더(rudder)는 '배의 키'를 뜻하는 단어다. 틸러와 의미가 비슷해서 하는 말이다.

잔뜩이다."

이때 토드 브라운은 자기 손을 보여 주었다. 아마 심심한 청소년이나 심심해서 페키니즈를 산책시키는 여자한테만 하는 행동일 것이다. 토드 브라운 같은 사람들은 자기들이 아무리 노골적으로 수상한 행동을 해도 우리 중 대부분이 전혀 관심을 기울이지 않는다는 걸 안다. 그들은 우리가 '지금 당장' 직접적인 영향을 미치지 않는 한 그 무엇에도 관심이 없다는 걸 잘 알았다. 작년 이전에는 나도 그랬다. 누군가는 시련이나 파멸할 운명에 처한 이 행성에 대해 눈곱만큼은 신경 썼을지 모르겠다. 하지만 옛날의 내 솔직한 입장은 그러든가 말든가 어차피 내가 할 수 있는 일은 아무것도 없다는 것이었다. 도무지 방법을 모르겠으니까.

하지만 이제는 어느 정도 방법이 생겼다.

"봤지?" 토드 브라운이 말했다. 그는 투명 비닐 주머니 여러 개로 이루어진 얇은 링바인더를 가지고 있었다. 비닐 안에는 다양한 사람의 사진이 들어 있었는데, 그중 대부분은 인터넷에서 다운받아 집 프린터로 뽑은 것이었다. 모든 사진에 스티커로 가짜 주소가 붙어 있었다.—진짜라기에는 나무 이름이나 대통령 이름이 붙은 거리가 너무 많았다.

"주소가 있긴 한데, 사람들이 하도 이사를 다녀서 어디로 갔는지 모르겠어. 한번 봐라."

"고자질쟁이는 인기 없는데."

토드 브라운이 움찔했다. 그가 가진 범인으로서의 윤리성 깊은 곳에서 뭔가가 움찔하며 흙탕물을 일으켰다. 그는 비뚤어진 콧등 위로 선글라스를 밀어 올리면서 다른 손으로는 운전대를 꽉 잡았다. 장갑의 가죽이 당겨지면서 번뜩였다. 나는 그가 얼마나 화났는지 느낄 수 있었다. 두 눈에서 뿜어내는 레이저가 선글라스에 막혀 마치 온실효과를 일으키듯 짜증의 열기를 쌓아 가고 있었다. 그는 내게 고통을 주고 싶어 했다. 내가 보기에는 그랬다. 우리가 밝은 봄날 오후의 교외가 아니라 한밤중의 도심 골목에 있었다면, 분명 그러려고 시도했을 것이다.

대신 그는 힘이 잔뜩 들어간 목소리로 말했다. "그냥 낯익은 사람이 있는지만 말해."

나는 얼굴 사진이 두세 장씩 들어 있는 페이지를 휙휙 넘겨보았다. 느낌을 더하기 위해 곱슬머리인 사람이 나올 때마다 잠시 멈추기도 했다. 그냥 토드 브라운을 헷갈리게 만들기 위해서였다. 나는 몇몇 페이지를 두 차례씩 보며 바인더를 전부 훑어본 다음 토드 브라운에게 돌려주었다.

"미안해요, 토드." 나는 폐에게 긴장을 풀라고, 심장에게 천천히 뛰라고 지시하며 말했다. "근데 아무도 못 알아보겠어요."

토드 브라운은 툴툴대며 "그래."라고 말하고 파일을 챙기더니 상당히 무례하게 창문을 올렸다. 나는 그에게 경례하고 나서 그가 차를 빼기 전에 재빨리 페달을 밟아 SUV 앞으로 나갔다가 보행로 쪽으로 돌아 뒤로 향했다. 거기서 내가 늘 들고 다니는 담배의 충실한 동반자, 그러니까 면도칼처럼 날카롭게 벼려 놓은 작은 주머니칼을 꺼냈다. 나는 차 근처를 지나가며 칼날을 휙 펴서 SUV의 뒤쪽 타이어를 30센티미터쯤 얕게 찢었다. 접지면을 망가뜨릴 정도는 되지만 바람이 빠지지는 않을 정도의 깊이였다. 최소한 당장은 말이다. 바람 문제는 기온과 속도, 압력이 처리할 것이다.

나는 뒤쪽 창문을 두드려 토드 브라운이 갈 길을 가게 했다. 그는 자기가 열한 시 지역 뉴스의 시간 때우기용 기삿거리가 되리라는 걸 알 리 없었다. 주간 고속도로에서 자동차 한 대가 단독으로 끔찍한 교통사고를 일으켰습니다. 운전자는 지역 병원으로 이송됐습니다. 인정한다. 나는 토드 브라운이 회복하기를 바라지 않는다. 그가 악당이라고 거의 확신한다. 그의 자동차가 길거리를 따라 빠르게 달려가면서 고무가 끼익하는 작은 소리를 냈다. 그는 방향을 획 꺾어 동네를 벗어나 국도로 향했다. 북쪽으로, 고속도로를 향해서. 나는 빙 돌고 돌아 밸의 집으로 페달을 밟았다. 만에 하나라도 토드 브라운이 길을 되짚어 올 수 있기 때문이었다. 하지만 그는 되돌아오지 않았다. 진입로로 들어가 보니 이웃집 꼬마 레이프가 대체 무슨 짓이냐는 듯 두 손을 쫙 펴고 서 있었다. 레이프는 중학생이자 마리화나 중독자다. 평소라면 우리는 몇 마디쯤 헛소리를 주고받았을 것이다. 하지만 나는 레이프의 자전거를 그 녀석 쪽으로 밀어 놓고 샤카* 동작을 해 보인 뒤 그냥 집으로 들어갔다. 가슴이 우퍼 스피커처럼 앞뒤로 쿵쾅거렸다. 밸과 함께 있고 싶었다. 토드 브라운의 헐렁한 링바인더에 끼여 있는 밸과 빅터 시니어의 흐릿한 사진을 보자 왠지 마음이 무너질 것 같았다. 두 사람은 금문교를 배경으로 바람에 머리카락을

---

* 엄지와 새끼손가락은 쭉 뻗고 가운데 세 손가락은 주먹을 쥐듯 접는 동작으로 '안녕.', '알았어.' 등의 의미가 있다.

흩날리며 카메라를 향해 포즈를 취하고 있었다. 분명 지금보다 행복하던 시절에 찍은 사진이었다. 질투가 났던 건 아니다. 나는 밸이 그 사진 속으로 돌아갈 수 있기를, 그 순간에 영원히 머무를 수 있기를 바랐다. 물론 밸은 그럴 수 없었다. 아무도 그렇게는 할 수 없다. 흔히 사람들은 순간을 살라고 조언한다. 끊임없이 미래나 과거를 보려 들지 말고, 그 모든 걸 더해 보지도 말고, 현재라는 풍성하게 무르익은 과일을 맛보라고들 한다. 하지만 정말 그렇게 하면 인간은 그 순간에 머물게 된다. 중독자처럼 자신을 속이고 포기해 버린다. 그 모든 달콤함이 썩는 것 외에는 아무 변화도 일으킬 수 없게 될 때까지.

그럼 어떻게 해야 할까?

나는 집에 들어가 밸이 실내 자전거의 페달을 밟고 있는 모습을 보고―우리는 자주 외출할 필요가 없도록 집 안에 작은 헬스장을 만들어 놓았다.―그녀의 등에 이마를 기댔다. 밸은 깜짝 놀랐다. 나는 천천히 움직이는 그녀의 엉덩이에 손을 댔다. 밸은 다 함께 소리를 질러 대는 스피닝 수업보다는 유럽에서 자전거 여행을 하는 것 같은 속도로 가볍게 달리고 있었다. 그런데도 그녀의 스포츠 브라는 젖어 있었다. 어쨌든 좋은 냄새가 났다. 밸은 그녀답게 거의 멈추지 않고 다시 페달을 밟아 나갔다. 기계가 회전하면서 윙윙거리는 소리가 그녀의 밀도 높고 살진 몸 전체에 번져 나갔다. 밸의 안정적인 리듬이 내 안의 두근거림을 거의 진정시켰다. 밸이 늘 딱 적당한 양의 맛있는 열기를 뿜어낸다는 게 놀라웠다. 머잖아 그녀는 자전거에서 내려 이어버드를 빼더니 눈에 걱정스러운 기색을 담아 나를 돌아보며 말했다. "왜 그래, 꼬맹아?"

"별거 아냐." 내가 밸에게 말했다. "그냥 보고 싶었어."

"음, 나도 보고 싶었어." 밸은 내 귓불을 살짝 꼬집으며 말했다. "저녁 주문할까?"

"응." 내가 말했다.

"뭐 먹고 싶어? 비토스? 피닉스 가든?"

"누나가 정해." 내가 말했다. "내가 살게." 나는 이미 빅터 주니어가 뭘 좋아할까 생각하며 손가락 끝에 기름을 번들번들하게 묻힌 녀석을 상상하고 있었다. 그때 밸이 내게 입을 맞췄다. 그냥 뽀뽀가 아니었다. 그녀의 입술이 가벼운 운동으로 달아올라 있었다.

"뭐 때문에 해 준 거야?"

"몰라." 밸이 말했다. "너한테 무슨 일이 일어나고 있는 것 같아서."

"좋은 일이야?"

밸은 눈을 깜빡였다. 답이 '예.'인지 '아니요.'인지는 사실 중요하지 않았다. 밸이 미소 지었다.

"있잖아, 넌 참 다루기 쉬운 청년이야."

"청년이 아니라 소년이지." 나는 모든 진실을 알고 있기에 솔직하게 말했다.

"그럼 다루기 쉬운 소년이네."

이어 우리는 입을 맞추고 또 맞췄다. 그리고 나는, '맞아.' 그 말이 맞다고 생각했다. 나는 다루기 쉬운 소년이었다.

2

스태그노에 있는 밸의 집에 오기 전, 나의 집은 어디였을까? 엄밀히 말하면, 그 집은 내 집이 아니라 우리 아빠의 집으로, 뉴저지주 던바라는 역사적인 지역에 있었다. 역사적이라는 부분은 독립 전쟁과 관계된 게 틀림없다. 부모님 집 뒤뜰에서 숲을 가로질러 조금만 걸어가면 유명한 전투가 벌어졌다는 거대한 들판이 있었으니까. 나는 그곳에 있는 폐허가 된 고전 그리스 양식 기념물인 석회석 기둥 대좌에 앉아 고등학교 시절의 친구 아닌 친구들과 테킬라를 따곤 했다. 그 기둥은 파티를 벌이는 사람들 때문에 언제나 끈적끈적하고 얼룩져 있었다. 고약한 냄새가 나기도 했다. 어렸을 때 종종 탁 트인 방목지의 반대쪽에서 영원처럼 느껴질 만큼 오랜 시간을 달려온 다음 풍파에 시달린 그 도리아식 기둥 뒤에서 소변을 보았다. 풀이 불규칙하게 깎여 있어서 어린아이에게는 꽤 거친 길이었다. 마치 무릎까지 차오른 세절한 사무용 서류 더미 속을 달리는 것만 같았다. 한번은 발을 헛디뎌 얼굴을 세게 부딪치면서 소변을 흘렸다. 그 바람에 어린이용 멜빵바지에 천천히 오줌 자국이 번져 갔다. 나는 입에 풀을 문 채 일어나 자기혐오로 울음을 터뜨렸다. 그렇게 다시 기념물로 달려갔다. 내 조그만 거시기를 절이는 부끄러운 아랫부분의 온기가 이상하게 편안했다.

그때는 아직 엄마가 있었다. 체크무늬 담요를 덮고 책을 읽고 있는 엄마에게 돌아갔더니 엄마는 소변을 너무 오래 참았다며 나를 나무랐다. 엄마가 담요를 들어 내가 축축한 속옷을 벗을 수 있도록 가려 주고는, 잡지를 훌훌 부쳐 멜빵바지를 말려 준 후 다시 가서 놀라고 했던 게 기억난다. 엄마는 늘 뭔가를 읽고 있었다. 소설책과 잡지 무더기가 주방과 모기장을 쳐 놓은 현관, 자동차에 쌓여 있었다. 물을 마실 때는 여러 번 쓸 수 있는 스포츠 음료 통에 담아서 홀짝였다. 나는 노는 사이사이 그 물을 꿀꺽꿀꺽 삼켰다. 물 나오는 구멍에 묻은 엄마의 립스틱에서 진흙 같고 기름진 맛이 났다. 그 맛은 오래도록 내게 남았다.

지금도 그 맛이 느껴진다.

언젠가는 엄마와 아빠 클라크에 대해 그리고 이 핵가족이 어떻게 완전히 망가지고 흩어지고 쓸려 나갔는지에 대해 더 얘기하겠다. 하지만 지금은 그냥 작년까지만 해도 내가 거의 항상 던바에 살았다는 데까지만 말해 두자. 나는 작고 값비싼 대학교에서 2학년을 지내다가 여름 방학을 맞아 다시 집에 돌아왔다. 어느 작고 값비싼 대학교였는지는 중요하지 않다. 나는 해외 어딘가에서 한 학기 연수를 받을 예정이었다. 어디에서 연수를 받을 예정이었는지는 중요하지 않다.

그저 연관된 인맥이나 기대감이라는 측면에서는 대학이나 해외 연수 프로그램이나 그게 그거였다는 말만 해 두겠다. 요약하자면 우리는 대체로 잘 살고 대체로 똑똑하며 지속 가능성이니 창의력이니 평등과 정의 등 다들 관심을 둘 만한 것들에 대체로 관심이 있었다. 그리고 섹스나 끝내주는 해변, 싸구려지만 얼마든지 그럴싸하게 보이는 소수민족 음식점 등 인생을 바꿔 주겠지만 가급적 완전히 바꾸지는 않을 법한 문화적이고 전문적인 경험을 제공해 줄 사람들과 인맥을 쌓는 데도 열중했다. 우리는 남은 3학년 과정으로 돌아가 전력을 다해 더 열심히 파티를 벌일 생각이었다. 해외 연수는 일종의 보상이었다. 하지만 미래에 관해, 우리 앞의 사람들이 확실히 망쳐 놓았으나 우리가 원하든 원치 않든 책임지게 될 미래에 관해 깊은 불안을 느껴서 하는 행동이기도 했다.

나는 한 번도 책임을 지고 싶었던 적이 없다. 책임이 자유를 의미한다 해도, 싱글대디인 클라크 밑에서 자랐는데도 그랬다. 클라크는 이른 저녁이면 집에 돌아오곤 했다. 던바 역에서부터 걸어와 뒷문으로 집에 들어왔다. 그는 통근에 지친 부드러운 목소리로 "틸, 아빠 왔다."라고 외쳤다. 아빠는 상자에 들어 있는 냉동 파스타를 데워 함께 저녁을 먹거나, 밖에 나가서 햄버거나 브리토를 사 주었다. 우리는 외로운 아버지-아들 이인조답게 던바를 여러 차례 돌았다. 이혼이 만연한 우리 마을에는 우리 같은 사람들이 많았다. 더 어렸을 때는 식당 종업원이 나를 불쌍하게 여긴 덕에 공짜 탄산음료나 우울하게 부정 교합을 이룬 듯 쌓여 있는 감자튀김을 얻어먹기도 했다. 나는 한 번도 저녁을 요리하거나 집을 청소한 적이 없었다. 그냥 내 방에 틀어박혀서 숙제를 하거나 온라인 게임을 했다. 폴란드 출신의 상냥한 아주머니가 일주일에 두 번 와서 청소기를 돌리고 빨래를 해 주었고, 조경 팀이 일주일에 한 번씩 와서 잔디를 깎았다. 하지만 그 외에는 혼자 쉬었다. 클라크의 단 한 가지 규칙은 절대로 앞문 자물쇠를 열지 않는 것이었다. 불이 나거나 아동 성범죄자가 침을 질질 흘리며 나를 따라왔는데 나갈 길이 앞문밖에 없는 경우가 아니면 절대 앞문을 열지 말라고 했다. 이런 규칙은 전혀 말이 되지 않았다. 문을 전부 잠글 게 아니라면 뒷문을 먼저 잠그는 게 나았다. 하지만 클라크는 앞문에 집착했다. 다른 이유보다는 심리적이거나 비유적인 의미가 있었던 게 틀림없다. 나는 중학생일 때부터 그게 클라크에게 중요한 일이라는 걸 알았다. 그래서 그게 내게는 중요한 지시 사항이 됐다. 친구들을 불러서는 안 된다거나, 주류 보관장에 있는 술을 꺼내 마시면 안 된다거나, 가스레인지를 사용해서 요리하면 안 된다는 것이 아니라. 때로는 이런 일들을 하고 싶을 때도 있었지만 결국 하나도 하지 않았다. 나쁜 일이 일어날까 봐, 혹은 아빠한테 들킬까 봐 무서웠던 건 아니다. 앞서 말했듯 아빠는 기겁하지 않았을 것이다. 그저 나는 주최자가 되는 데 아무런 관심이 없었을 뿐이다. 주최자가 된다는 건 질서를 유지하고 때로는 사람들에게 소리를 질러야 하며 문제가 발생하지는 않는지 지켜보고 책임지는 사람이 돼야 한다는 뜻이다. 전부 엄청나게 지겨운 일이다.

문제는 그런 내가 지금 책임지는 사람이 됐다는 것이다. 그것도 내가 할 수 있으리라고는 한 번도 상상해 보지 못했던 방식으로 말이다. 그냥 이것저것 돌보는 것만으로는 부족했다. 안정적으로 관리하는 유형이 되는 것으로도 부족했다. 나는 직접적으로든 간접적으로든 순간을 변화시켜야 할 필요를 알아채고 결단력 있게 그 변화를 일으키며 미래에 무슨 일이 닥칠지 지레 걱정하지 않아야 했다. 예를 들어 나는 사고를 당한 것이 토드 브라운의 SUV인지, 만일 그렇다면 토드 브라운과 관련된 사람이 얼마 뒤 다시 동네를 기웃거리게 될 것인지 확신할 수 없었다. 나는 무엇이 밸을 위해 좋은, 좀 더 나은, 가장 좋은 행동인지 몰랐다. 이런 일이 궁극적으로 내게 어떤 영향을 미칠지도 몰랐다. 그저 타이어를 긋는 내 모습이 담긴 영상이 계속해서 머릿속 스크린에 팝업되고, 내가 누구보다 열광적인 신부처럼 그 영상에 마음을 내주었다는 건 확실했다. 이런 반응을 보이게 된 건 그저 먼 곳에서 보낸 시간 때문이라고밖에 할 수 없다. 그렇게 폭넓은 건 아닐지라도 분명 타국에서 보낸 그 시간 때문에.

아무튼 설명하겠다.

그때는 한여름이었고, 나는 비행기를 타고 공식적인 해외 연수 프로그램에 참여하러 가기 전에 던바에서 몇 주쯤 시간을 보내게 됐다. 평소처럼 나는 하숙비를 벌어야 했다. 클라크는 유명한 글로벌 금융 회사에서 월급쟁이로 일했고, 우리는 11번 도로의 맞은편에서 마구잡이로 뻗어나가는 신시가지인 던바 크로싱이 아니라 던바 빌리지에 살았다. 그래서 사람들은 우리가 이 동네에 사는 대부분의 다른 사람들처럼 상위 1프로에 속하는 줄 알았다. 하지만 사실 클라크는 거대한 사무실에서 일하는 무수한 중간급 관리자 중 한 명이었다. 심지어 그 회사는 뉴욕시에 있지도 않았다. 그저 기차 노선 옆에 붙어 있을 뿐, 탈공업화된 뉴저지에 있었다. 우리가 이곳에서 살 수 있는 이유도 그래서였다. 클라크는 운전을 싫어한다. 학생 선발 과정이 그리까다롭지 않은 우리 학교의 교양학부 등록금 거의 전부를 낼 만큼 돈을 벌긴 하지만, 아빠의 여동생이자 나의 아름다운 고모 디디가 남은 인생을 성인 자폐 환자들이 사는 인근의 그룹 홈에서 보낼 예정인 데다, 그녀를 돌봐 줄 사람이 아빠밖에 없으므로 지출에 주의해야 했다.

그래서 나의 던바 친구들이 에어컨이 나오는 관광버스를 타고 메인주에서 열리는 캠프에 가거나, 이후에는 비행기를 타고 옥스브리지나 스탠퍼드에서 열리는 심화 학습 프로그램에 참여할 때도 나는 매년 여름, 이웃의 잔디를 깎거나 개를 산책시키는 일을 했다. 나이가 더 든 후에는 시내 식당에서 아이스크림을 퍼 주거나 식탁을 치웠다. 어디를 못 가서 불만이라는 얘기는 아니다. 나는 여름 학기를 경멸한다. 정규 학기 수업으로 지쳤어도 한 푼이라도 더 벌어 보겠다는 간절한 마음에 나온 좀비 강사들이 마냥 불쌍하게 느껴질 뿐이다. 캠프야 물론 즐거웠을 것이다. 아이들은 대부분 캠프를 좋아하니까 말이다. 하지만 접시 닦이 같은 전적으로 역겨운 작업에도 보람은 있다. 그 이유가 범상치는 않아서 그렇지. 당연한 얘기지만 몇 시간에 걸쳐 누가 얼굴에 대고 소리를 지르면 근성이 생긴다. 또 많은 사람들이 얼마나 착취당하는지도 깨닫게 된다. 하지만 수고롭게 하루하루를 보내는 모든 사람들과 나 자신에 대해 주로 배우게 되는 건, 정신적 활동과 수다의 아주 많은 부분이 다른 일을 하는 자신에 관한 공상으로 이루어져 있다는 것이다. 그 일이 고귀한 것이든, 방탕한 것이든, 그야말로 어리석은 것이든 간에.

대부분의 던바 사람들은 어른이든 어린이든 이미 상상했던 일을 하고 있다. 최소한 그렇다고 믿는다. 던바에서 자란 애들이 "나 자신에게 선물을 주기 위해 주말에 스노보드를 타러 가거나 스파를 하러 가야겠어."라는 말을 아무렇지 않게 진심으로 내뱉는 사립 대학교에 다니고 있으니 나도 이런 식의 특권에 단련돼 있으리라고 생각할지 모르겠다. 그러나 사실 나는 호화로운 인생에 별 관심이 없었다. 친구네 가족이 코수멜섬[•]에 간다고 할 때, 혹은 누군가의 아빠가 회사에서 메트라이프 경기장의 박스석 관람권을 얻었을 때, 혹은 시내에 있는 미슐랭 별점을 받은 스시 레스토랑에서 끝내주는 열여섯 살 생일 기념 파티가 열릴 때 내가 참석자 대기 명단에 올랐을 뿐 한 번도 초대받은 적 없다는 게 신경 쓰이기는 했다. 나는 그런 식의 행사에 대해 너무 철저하고 자세하게 '들어서', 사실상 베일 계곡^{••}에서 스키를 타고 활강할 때 가루눈이 흩날리는 느낌을 느낄 지경이었다. 애들이 계속 떠들어 대는 고소한 와규의 기름을 닦아 내는 느낌도 그렇고. 하지만 실제로 특별한 곳에 가 본 적은 한 번도 없었다. 이사야 팬의 가족에게 초대를 받아 식스 플래그스^{•••}에 가서, 줄을 서지 않고 놀이 기구를 타는 VIP 표를 이용했던 경우가 예외였다. 그 표 덕분에 하루가 즐거웠다. 클라크는 지나치게 합리적이고 검소한 데다 아빠로서 눈치가 없었기에 이런 외출을 해 보자는 제안을 한 적이 한 번도 없었고, 나도 부탁할 생각을 한 적이 없었다.

　3인 1조로 접시 닦이 일을 할 때, 나는 교대 시간에 따라 다른 사람

•　카리브해의 휴양지.
••　미국 콜로라도주에 있는 산.
•••　미국의 놀이공원.

들과 한 조가 됐다. 그중 곧 다가올 인생 역정에 대해 떠들어 대고 싶은 마음을 참을 수 있는 사람은 아무도 없었다. 예컨대 무슨 이유에서인지 매니큐어와 페디큐어 체인점을 열고 싶어 하는 전과자 피켓이 그랬고, 공상 과학 포르노 영화의 각본을 쓰고 연출하고 싶어 하며 입이 더럽고 체격이 건장한 클레이 와인버그가 그랬으며, 우리가 본명을 몰라 그냥 (제리 가르시아*를 따서) 제리라고 부르던 잿빛 머리카락의 전직 LSD 중독자가 그랬다. 제리는 세금 환급 일을 하고 싶다며 지역 전문대에서 경리 공부를 하고 있었다.

"야, 제리. 내년에는 네가 우리 아빠 세금을 처리해 주면 되겠다." 제리가 마지막 학기가 거의 끝났다고 말했을 때 내가 식기세척기의 소음과 악취 나는 뜨거운 김을 뚫고 소리쳤다. 나는 남은 음식을 접시에서 덜어 내고 유리잔을 비우고 그릇들을 컨베이어에 올려놓아 제리에게 운반되도록 하는 비우기 작업을 하고 있었다. 그러면 제리가 그 그릇들을 최대한 빨리 쟁반에 담아 이중문이 달린 식기세척기에 집어넣었다. 그러면 삼십 초 뒤, 갈고리를 휘두르는 녀석이 그 접시들을 끄집어냈다.

"네 아버지가 자영업자거나, 해외 투자나 합자 회사 소속이셔?" 제리가 마주 소리쳤다. 아니, 사실 그는 거의 소리치는 일이 없었다. 그냥 강하게 속삭였을 뿐이다.

"아닐걸." 내가 말했다. "그냥 회사 다니시는데. 401K**가 있을

- 미국의 록밴드 그레이트풀 데드의 리드 기타리스트.
- 직원이 퇴직 이후 연금을 회사에 맡겨 두고 투자 자금으로 활용할지, 일시불로 받을지 결정할 수 있도록 만든 제도.

38

거야."

제리는 매우 신중한 표정으로 나를 보며 큰 코를 가로저었다. "그럼 그냥 유명한 컴퓨터 세금 프로그램을 쓰시라고 해. 진짜 꼼꼼하게 돼 있고 쓰기도 쉬워."

"그렇구나. 야, 이 가리비 좀 봐."

제리는 피켓이나 와인버그와 달리 남은 음식에 관심을 보이지 않았다. 나는 젓가락으로 남은 음식을 꺼내 먹을 수 있는 부분만 큰 그릇에 덜어 놓곤 했다. 우리는 그 그릇을 변기라고 불렀다. 비우기 작업을 할 때 가장 중요한 일이 바로 이 부분, 변기에 들어갈 음식을 고르는 일이었다. 나는 다른 녀석들보다 안목이 있는 편이었다. 기본 규칙은 어떤 음식도 먹은 적이 없어야 한다는 것이었다. 그러므로 손대지 않은 라비올리는 언제든 변기에 들어갈 수 있지만, 손님 입술에 대롱대롱 매달렸을지도 모를 링귀니*는 절대 변기에 들어갈 수 없었다. 섞여 있는 샐러드는 들어갈 수 없었지만 깨끗한 피클이 통째로 있다면 괜찮았다. 케첩이나 치즈 소스가 발려 있지 않다면 튀김은 늘 환영이었다. 예외는 남은 칵테일이나 와인이었는데, 이런 것들은 즉시 마셔 버렸다. 우리는 변기가 배우 휴게실에 제공되는 케이터링 서비스인 양 밤새도록 변기를 뒤적거렸다. 던바의 식당 손님들이 어떤 음식을 남기는지 알면 놀랄 것이다. 특히 나이 많은 손님들이나 팔다리가 2번 아이언만큼 가느다란 여자들은 특대형 새우 다섯 마리 중 두 마리만을 먹거나, 지나치게 덜 구워졌다고 느꼈는지 모르지만 완

• 가느다랗고 납작한 파스타의 일종.

벽한 스테이크 조각을 딱 한 조각만 썰어 먹고 말았다. 나는 엄청나게 배가 고프면 접시에 있던 음식을 먹었다. 보통은 제리나 종업원 중 한 명과 마리화나를 몇 모금 피운 뒤였다. 그때도 손님이 침을 뱉었을 리 없는 음식만 먹었다.

나는 남은 여름 내내 그 식당에서 일을 할 수도 있었다. 하지만 어느 날, 마지막 순간 동네 컨트리클럽에서 캐디 일을 하는 지인이 대타를 부탁했다. 나는 게임기로 골프 게임을 한 번 해 본 것, 또 약에 취해 영화 「캐디색」을 여러 번 본 것 말고는 골프에 대해 아무것도 몰랐다. 하지만 지인은 회원이 손님을 초대해 벌이는 경기인 데다 내가 해야 할 일은 포캐디 노릇밖에 없다고 했다. 그 말인즉, 사람들이 공을 날려 보낼 만한 곳에 가 있다가 경로를 벗어난 공들을 찾도록 도와주고 벙커를 갈퀴로 정리하고 그들이 퍼팅을 하는 동안 플래그를 뒤로 젖히는 것밖에 할 일이 없다는 뜻이었다. 캐디 마스터도 내가 아무것도 모른다는 걸 알고 있으니, 일반적인 캐디들이 절대 함께 하고 싶어 하지 않는 네 명의 손님에게 나를 붙여 주겠다고 했다. 내 생각에 아무도 그들을 원하지 않았던 이유는 회원이 초보여서 공을 사방으로 날려 보낼 테고, 그가 초대한 세 명의 손님들도 나을 게 없으리라고 여겼기 때문이었던 것 같다.

회원은 파텔이라는 이름의 심장외과 전문의로, 덩치가 크고 힘이 셌으며 말이 많은 왼손잡이였다. 그는 정말로 멀리까지, 그야말로 잘못된 방향으로 공을 날려 보냈다. 때로는 완전히 옆으로 치우치게 공을 쳤고, 한번은 심지어 뒤로 치기까지 했다. 티에 올려놓은 공 아랫부분을 맹렬하지만 아슬아슬하게 후려쳐서 이루어 낸 원치 않은 속임수 샷이었다. 메탈우드 윗부분으로 너무 심한 백스핀을 먹이는 바람에 공이 거의 하늘로 곧장 올라갔다가 그의 앞 몇 미터 떨어진 곳에 떨어지더니 빙글빙글 돌며 우리가 서 있던 곳으로 굴러왔다.

파텔의 손님은 두 명의 동료 의사와 퐁 로우라는 친구 한 명이었다. 동료 의사 중 한 명은 파텔처럼 키가 큰 인도 사람이었고 나머지는 통통한 유대인 여자였는데, 여자는 고등학교 때 골프를 좀 친 덕에 실력이 꽤 좋았다. 퐁 로우는 근처에 본부가 있는 거대 제약 회사의 화학자였다. 파텔이 공을 뒤로 치자 그들은 미친 듯이 흩어졌다. 파텔은 클럽을 헬리콥터 날개처럼 돌려 대며 인근의 자연 풀밭으로 들어갔다가 의기양양하게 두 손을 치켜들었다. 나는 파텔에게 공을 도로 가져다주었고, 파텔은 내게 카트 컵 홀더에 꽂혀 있던 칵테일을 한 잔 마시게 해 주었다. 하루가 꼬박 그런 식으로 흘러갔다. 처음 나인 홀을 돌고 나자 나는 완전히 지쳐 버렸다. 페어웨이를 둘러싼 숲을 이리저리 뛰어다니며 티샷으로 친 공을 찾고, 발목까지 잠기는 개울에 들어가 물에 빠진 공을 주워 오며, 손님들이 공을 쳐서 빼내겠다고 사실상 노천 채굴을 하다시피 한 모래밭을 갈퀴질해야 했으니까.

화학자 퐁의 실력은 처음에는 최악이었지만, 마지막에는 그렇지 않았다. 그는 한 번도 골프를 쳐 본 적이 없었다. 심지어 골프 연습장이나 미니 골프장에도 가 본 적이 없었다. 처음 여섯 홀쯤을 돌 때 그는 절반가량 헛스윙을 날렸다. 또 그가 치는 데 성공한 공들은 그가 큼지막하게 파낸 땅에서, 그 푸르고 아름다운 작은 잔디의 섬에서 그리 멀리 날아가지 못했다. 한번은 그린에서 공을 넣기까지 일곱 번이

나 퍼팅해야 했다. 아예 그린에서 공을 벗어나게 한 것도 두 번이었다. 한번은 페어웨이의 나무를 치면서 주최자의 머리까지 날려 버릴 뻔했다. 그가 친 공이 파텔의 귀와 너무 가까운 곳으로 날아갔던 것이다. 심장외과 전문의는 공이 자기 귓불에 스쳤다고 했다. 파텔은 웃어넘기면서도 그 라운드를 도는 내내 멍하니 귀를 만지작거렸다. 그런 다음에는 남아 있는 망각의 술맛을 보기라도 하듯 손가락을 입술에 갖다 댔다. 하지만 퐁이 친 정말로 끔찍한 공은 그게 마지막이었다. 그의 스윙은 확실히 우스꽝스러워 보였지만—해적이 엉망진창으로 뒤엉킨 삭구를 자르고 풀려나려고 칼을 휘두르는 모습이었다.—점점 제대로 공을 맞히기 시작했다. 장관이었다고 할 수는 없지만, 그가 날린 샷은 페어웨이와 가까운 곳에 떨어지기 시작했다. 그 다음에는 그린과 가까운 곳에, 때로는 그린 위에 떨어졌다. 게다가 그는 갑자기 속도와 지표면의 굴곡에 대한 감각을 터득해 장거리 퍼팅을 몇 번 성공시켰다. 심지어 내기를 걸기도 했다. 마지막 홀에서는 실제로 그럴싸한 파를 기록했다. 파텔의 말로는 그 홀이 코스에서 가장 어려운 홀이었는데 말이다.

내가 주차장에 있는 골프백 하역장에 가져다 놓으려고 팀원들의 클럽을 카트에 싣고 있을 때 퐁이 자기 클럽은 빌린 것이니 프로숍*에 반납해 달라고 했다. 나는 벌써 이렇게 실력이 좋아졌으니 이제는 클럽을 사야겠다고 말했다. 퐁은 말도 안 된다며, 자신의 "빛나는 커리어"는 끝났다고 농담했다. "빛나는 커리어"라는 말은 퐁의 특이한

---

* 골프장 클럽 하우스 내에 있는 용품 판매점.

발음 때문에 알아듣지 못할 뻔했다. 나는 그 발음이 어디에서 유래했는지 바로 알 수 있었다. 퐁은 중국어 원어민이었다. 나는 대학교 1학년과 2학년 시절에 중국어 1, 중국어 2 과목을 들었는데 그때 강사였던 우 선생님이 똑같은 영어 발음을 했다. '셔'와 '워', '토'를 전부 가글하는 것처럼 발음했다. 아무튼, 나는 퐁이 친 마지막 공 몇 개는 말도 안 되게 멋졌다고 말했다. 퐁은 전날 밤 내내 드레스 코드와 에티켓을 포함한 골프의 모든 측면에 관한 유튜브 강의 동영상을 샅샅이 뒤졌다고 인정했다.

"그래도 영상을 보는 것과 게임을 하는 건 완전히 다른 문제잖아요." 내가 말했다.

"근본적인 면에 집중한다면 그리 다르지도 않아."

"근본적인 면이 뭔데요?" 나는 퐁이 얻어 낸 교훈이 뭔지 궁금해서 물었다.

"깊이 있게 쫓으라는 거지." 그는 손을 앞쪽 위로, 하늘을 향해 곧장 휘두르며 말했다. "이 스포츠는 매력적이지만, 나 같은 사람한테 유용하게 쓰이기에는 시간이 너무 오래 걸려. 나인 홀만 치면 좋겠어. 게임을 즐기고 사업을 하기에 딱 적당한 시간이지. 그리고 난 뒤에는 동지애를 다질 시간도 더 많이 있을 테고."

"동지애 다질 시간은 여전히 충분해." 파텔이 밝게 말했다. "제대로 술을 마실 시간이 있다고, 친구들."

내가 골프백 하역장에서 돌아오자 사람들이 그날 일당을 주었고—나는 오후 내내 일하고 100달러를 받기로 했으나, 팀원들 각자가 기꺼이 100달러씩을 주었다. 내가 노예처럼 힘을 써 주어서, 또 괜찮은 게임 태도를 보여 주어서라고 했다.―나는 자전거를 세워 놓은 곳으로 가려 했다. 그때 그들이 내게 시상식과 이후의 만찬에 함께 가자고 했다. 그보다 나은 계획도 딱히 없었으므로 나는 그들을 따라갔다. 우리는 옆쪽의 둥근 테이블에 앉았고, 파텔은 금속제 작은 잔에 담긴 맥주를 인당 두 잔씩 주문한 뒤(바닥이 유리로 된 장난감 맥주잔은 이 클럽의 전통인 듯했다. 다른 모든 테이블이 그 맥주잔으로 어지러웠다.) 우리에게 두 잔을 빠르게 마시라고 명령했다. 그런 다음에야 뜨거운 오르되브르와 생조개가 있는 해산물 코너, 일등급 갈비와 새끼 양고기가 나오는 즉석 정육 코너 등으로 이루어진 뷔페를 먹으러 가라고 했다. 그제야 알았지만 나는 무척 배가 고팠다. 지난 다섯 시간 반 동안 골프장을 샅샅이 돌아다니며 점심도, 간식도 먹지 못했던 것이다. 음식으로 달려드는 내 표정이나 자세가 짐승 같았는지, 내가 접시에 음식을 산처럼 쌓아 놓자 파텔이 내 어깨를 톡톡 두드리며 두 접시는 먹어야겠다고 말했다. 다시 자리에 앉았을 때는 영양 공급에 집중하느라 몇 분 동안 아무것도 보거나 듣지 못했다. 고개를 들어 보니 의사들은 내 게걸스러운 먹기 시연에 일종의 끔찍한 경외감을 느끼며 나를 보고 있었다. 하지만 사과할 겨를도 없이―지금의 나라면 그렇게 기본적인 인간적 문제에 대해 사과하지 않겠지만―우리 각자에게 새 맥주잔이 두 개씩 놓였다. 여기에 뿌연 오줌색 액체가 담긴 유리잔도 하나씩 더해졌다. 퐁이 직접 가져온 특제 테킬라였다. 그는 취미 겸 사업으로 이 테킬라를 수입해 동북부에 유통할 생각이라고 했다.

"멕시코에서도 대단히 위험한 미초아칸주에서만 생산되는, 대단히 희귀한 청색 아가베 품종으로 만든 거야. 아주 비싸지만 아주 부드럽지. 술의 일반적인 효과를 훨씬 넘어서는 최음 효과가 있다고 해."

"래스킨이 엄청난 미인이라는 걸 생각해 볼 때," 파텔이 동료에게 눈을 찡긋하며 말했다. "지금 우리한테 이 술을 내주는 건 무시무시하게 위험한 일인 것 같은데, 퐁. 게다가 우린 모두 유부라고. 포캐디 틸러는 예외겠지만."

"배그스, 개소리는 집어치워." 래스킨이 그에게 말했다. 파텔의 이름은 사바그야였지만, 다들 그를 배그스라고 불렀다. "이 모임이 시작된 이후로 내가 너의 모카색 엉덩이를 쫓아다녔다는 건 모두가 알고 있어. 그냥 네가 날 사랑할 수 없을 뿐이지."

"거짓말이야, 거짓말!" 배그스가 항의했다. "말해 봐, 퐁. 그 술을 마시면 정력도 좋아지나? 데버라가 무자비한 애인이 될 것 같아서."

"난 정력 같은 거 신경 안 써." 래스킨이 말했다. "길이와 굵기만 좋으면 돼."

"그럼 다행이네. 내가 완벽한 짝이야."

그들은 조금 지나칠 만큼 세게 잔을 부딪쳤다. 그 바람에 맥주 거품이 넘쳤다.

"이 술은 이름이 뭐야, 퐁?" 다른 의사가 물었다. 그는 샷 잔 냄새를 맡고 있었다. "설탕 뿌린 흙냄새 같은데."

"아주 감각이 좋은데, 샘." 퐁이 말했다. "제조업자가 사막의 모래를 자기만의 비법으로 미네랄 혼합물에 섞었어. 전직 마약상인데 합법적인 상품을 만들고 싶어 하거든. 그는 자기 술을 '노새'라고 불러."

"마음에 드는데." 샘이 말했다. "노새. 밑에 털을 길러 드립니다."

"'굴 파는 당나귀'라고 하자." 데버라가 끼어들었다.

"동-키-오테*가 좋을 것 같은데." 배그스가 덧붙였다.

"시험용 마케팅 슬로건은 '모든 경계선을 넘어서'야." 퐁이 한 손에는 맥주잔을, 다른 손에는 샷 잔을 들고 말했다. "하지만 두고 봐야지. 지금 마셔 보지 그래? 이 라거랑 아주 잘 어울릴걸. 맥주, 테킬라, 맥주 순서로 마시자. 전부 이어서."

"좋아!"

"이치, 니, 산!"**

"간파이!"***

우리는 맥주잔, 샷 잔, 맥주잔을 연이어 남김없이 비우고 테이블에 쾅쾅 내려놓았다. 다만, 평소 과음을 하지 않아 취기에 얼굴이 붉어진 래스킨만이 우리 중 마지막으로 술을 다 마신 뒤 자기도 모르게 빈 맥수잔을 샷 잔 바로 위에 내려놓았다. 샷 잔이 맥주잔의 얇은 유리 밑바닥을 뚫고 나오며 박살이 났다. 그 소리에 주위의 시선이 우리 테이블로 향했다. 그들은 모두 못마땅한 기색이 역력한, 햇볕에 그을린 백인 남자들이었다. (아마 이들이 눈총을 준 건 래스킨의 성별 때문이었을 것이다. 배그스는 오늘 열리는 토너먼트가 남성 회원 전용 토너먼트라는 걸 몰랐다. 토너먼트 주최자가 래스킨을 돌려보내기에도 상황이 너무 어색했다.) 머잖아 직원 한 명이 상당히 난감한 표정으로 다가와 수

• '당나귀'를 뜻하는 영어 단어 donkey와 '돈키호테'의 발음이 유사한 것에서 착안한 말 장난.
•• 일본어로 하나, 둘, 셋.
••• 일본어로 건배.

줍은 듯 말했다. "정말 죄송합니다, 파텔 박사님……." 하지만 그가 말하기도 전에 파텔이 날카롭게 반박했다. "잘 들어요. 우린 그냥 즐겁게 클럽의 전통을 즐기고 있을 뿐입니다!" 하지만 직원은 나를 힐끗 보더니 속삭였다. "죄송해요, 파텔 박사님. 만찬에는 골프를 친 분만 참석할 수 있어서요."

파텔은 아무튼 화를 내기 직전이었다. 그는 내가 가장 총애하는 후계자라도 되는 것처럼 팔을 둘렀다. 하지만 나는 내가 여기서 나가는 게 모두에게 더 좋은 일이라고 판단했다. 비록 파텔이 고함을 치고 야단을 치며, 나더러 헤드 프로가 보는 앞에서 자기와 퐁과 함께 맥주 한 잔과 샷 한 잔을 더 마시라고 시킨 뒤이기는 했지만. 나는 노새 몇 잔을 마신 탓에 심각하게 휘청거리며 자전거를 타고 시내로 돌아갔다. 노새의 맛이 계속 느껴졌다. 딱히 달콤하다고 할 수는 없었지만, 지독하게 먼지 맛이 나는 건 확실했다. 그 맛이 내 혓바닥에 구조적으로 살아 있었다. 부드러운 것도 확실했다. 아주 부드러웠다. 너무 부드러워서, 특정한 사람이나 사물을 향한 건 아니라도 어떤 사랑이 느껴질 정도였다. 꼭 심장이 더 이상 나만의 심장이 아닌 채로 내 몸 바깥에서 따뜻하게 뛰고 있는 것만 같았다. 나는 집에 도착한 뒤에야 연회장에서 빠져나올 때 퐁이 내게 명함을 주었다는 걸 떠올렸다. 그는 여름에 할 일이 더 필요하면 전화를 달라고 했다.

"네가 관심을 가질 만한 기회가 좀 있거든." 그가 말했다. 던바 같은 도시에서 여름을 보내는 어린애라면 자주 듣는 말인 동시에, 보통은 정반대 의미를 가진 말이었다.

하지만 이번에는 달랐다.

3

며칠 뒤, 나는 식기세척기에 그릇을 집어넣다가 퐁의 명함을 같이 넣어 버릴 뻔했다. 명함은 행주 뭉텅이와 영수증과 버터스카치 사탕(클라크는 주로 딱딱한 사탕에 중독돼 있었다.) 포장지 사이에 섞여 쓰레기통에 기대어 있었다. 명함이 눈에 띈 건 단지 퐁의 이름 옆에 그려진 아주 작은 도형 때문이었다. 빨간색과 흰색과 초록색 무늬가 파이 모양으로 튀어나와 있고, 거기에 아주 작은 검은 점들이 찍혀 있었다. 나는 그게 수박 조각이라는 걸 깨달았다.

얼마 지나지 않아 퐁에게 수박이 무슨 의미인지 알게 됐다. 다만 지금은 그 도형이 나를 위한 것이었다고 생각한다. 그건 다시 한번 손을 뻗어 추가로 유심히 살펴볼 수밖에 없도록 하는, 알록달록한 미끼였다. 퐁은 그런 식의 가능성까지 전부 자연스럽게 알고 이해하는 사람이었다. 이때 '전부'라는 말은 거창한 것에서 사소한 것까지, 그야말로 '전부'를 의미한다. 퐁은 편집광이나 모든 시나리오와 거기에서 뻗어 나가는 곁가지 시나리오를 전부 돌려 보고 모든 시나리오에 대한 대비책을 생각하는 엄청 신중한 괴짜가 아니었다. 필요하다면 그런 것들도 파워포인트에 도표까지 띄워 가며 설명할 수 있었겠지만 아니다. 내 생각에 퐁에게는 모든 것이 그냥 명백해 보였을 것이다. 어쩌면 내가 유소년 대표 팀의 포인트 가드로 뛰었을 때와 비슷했을지 모르겠다. 나는 슈팅 실력도 평범했고, 빠르거나 키가 유독 크거나 힘이 세지도 않았다. 하지만 공을 잘 다뤘다. 그보다 더 중요한 건, 인생의 다른 영역에서는 한 번도 경험해 보지 못했을 만큼 선명하게 '내가 무슨 일을 해낼 수 있는지' 느꼈다는 것이다. 예를 들어 나는 경기 흐름이 끊겼을 때 어떤 돌파나 패스로 상대 팀의 방어를 무너뜨리거나 무력화할 수 있는지 알 수 있었다. 나보다 나은 포인트 가드라면 그런 이점을 전면적으로 활용했겠지만, 나는 대체로 실수하고 말았다. 내가 하려는 말은, 퐁에게도 그런 식의 농구 코트 시야가 있었다는 것이다. 게다가 그에게는 재능도 있었다. 하긴, 그의 경기장은 헤아릴 수 없을 만큼 넓고 길고 깊었지만 말이다.

골프를 친 그날 이후 다시 퐁을 만난 건 던바 빌리지 중앙 광장에 있는 요거트아이스크림 가게에서였다. 던바에 대해서 좀 더 설명하자면, 이곳은 사람들이 상상하는 그대로의 전통적인 미국의 마을 모습을 유지하고 있는 곳이다. 절대 필요하지 않은 온갖 것들을 파는, 체인점이 아닌 수많은 작은 가게들과 시내의 학원, (그중 한 곳은 유명한 곳이었다.) 예술적인 티를 내려는 영화관과 통근용 기차역이 있는, 전체적으로 예스럽고 번화하며 지나치게 불친절하지는 않은 그런 마을. 물론, 카페와 미용실과 반려동물 옷 가게가 너무 많기는 하다. 주변 지역 사람들은 던바까지 차를 타고 와 시간을 보내고 수많은 레스토랑 중 한 곳에서 편하게 식사한 뒤 엘리트 대학 부지에 있는 단풍나무와 참나무 가로수길, 혹은 마을 광장을 산책하며 아이스크림이나 젤라토를 먹는 걸 좋아한다. 그 대학교는 시내의 부동산 상당 부분을 소유하고 있으므로 던바의 가장 큰 지주다. 누가 시키지도 않았지만 지나치게 빡빡한 일정을 계획하는 정력적인 학생들로 마을이 시끌벅적할 법도 한데 그들은 거의 목가적인 캠퍼스에만 머문다. 그들에게는 다른 일을 할 시간이 없기 때문이다. 그들은 정처 없이 돌아다니는 체질이 아니다. 그 점을 빼면, 던바는 대체로 멋쟁이 주민들이 사는 곳이다. 가족들이 함께 자전거를 타고, 잘생긴 싱글들이 자기보다 더 잘생긴 개들을 산책시킨다. 노인들은 공격적일 만큼 활기차고 만족스러운 모습이다. 유색인들도 정족수를 채우고 있다. 그중에는 오랫동안 버텨 왔으나 꾸준히 줄어들고 있는 흑인 공동체, 빠르게 늘어나는 중앙아메리카인, 퐁이나 배그스 파텔 같은 아시아인과 남아시아인들이 포함된다. 거기에 아시아 혈통이 절반, 혹은 4분의 1 섞인 하파* 조금과 나처럼 8분의 1의 피만 섞인 하파 몇 명이 있다.

나머지는 생각하는 그대로다. 지나치게 매력적이고 지나치게 말을 잘하는 어린아이들이 엄청나게 많다. 최소한 주말에는 기진맥진한 표정의 젊은 아빠들 모습도 보인다. 전성기에 접어든, 매력적이고 나이 든 여자들도 있다. 결혼했다가 이혼했던 사람들, 혹은 곧 이혼할 사람들이다. (우리 엄마처럼) 여기에서 나고 자란 반항적이거나 예술

---

* 아시아계 혼혈 미국인.

적이거나 반사회적인 사람들은 던바를 연옥 비슷한 똥구덩이(이 말은 엄마가 직접 했다.)라고 생각한다. 던바가 그 나름의 방식으로 완벽하기 때문이다. 맞는 말인지도 모른다. 이곳에는 일단 머릿속에 자리를 잡으면 쉽게 사라지지 않는 부르주아적 비참함의 악취가 배어 있다. '과연 밖에서 나는 냄새일까, 아니면 그냥 내 코에서만 나는 냄새일까?' 하지만 대부분의 사람에게 이곳은 그냥, 존나 괜찮은 곳이다. 끝. 나처럼 기본적으로 거의 백인인, 늘어나는 소수자들과 클라크처럼 기본적으로 완전한 백인들에게는 던바가 괜찮은 동네다. 적어도 이 동네에 살 만한 여유가 있을 때는 그렇다. 클라크는 언제까지나 여유가 있을 거라 단정할 수는 없다고 자주 말했다. 우스운 일이다. 나는 여기에 계속 살고 싶다는 티를 내거나 그런 분위기를 풍긴 적이 한 번도 없으니까. 대학에 간 이후로는 특히 그랬다. 내가 이곳에 살고 싶어 한다 한들, 클라크가 그 소원을 들어줘야 하는 의무가 있다고 여긴 적도 없다.

나의 유사 백인성에 대해 한마디 하겠다. 내게 흑인 혈통이 아주 조금 섞여 있었다면야 문제가 완전히 달라지겠지만, 12.5프로 아시아인이라는 혈통은 누군가 문제로 삼고 싶어 하지 않는 한 별문제가 아니다. 굳이 문제 삼겠다면 나를 저함량 노랑이라고 부를 수 있지 않을까? 진실은 단순하다. 이 문제가 제기되지 않는 이유는 아빠와 신체적/지리적으로 먼 친척 몇 명을 제외하면 아무도 내 이중나선 구조의 정체를 알 수 없기 때문이다. 누가 내 정체를 묻는다면야 당연히 말하겠지만 묻는 사람이 아무도 없다. 아무도 물어볼 생각을 하지 않으니까. 내 고등학교 친구인 웬들 정이 처하게 된 상황과 비슷

51

하다. 웬들은 언젠가 애스펀인지 디어 밸리인지 확실하지 않지만, 부유한 던바 사람들이 초고속 직활강을 하고, 퐁뒤에 꼬치를 담근 사진이나 모닥불 사진, 끝내주는 산꼭대기에서 포즈를 취한 사진을 인스타그램에 올리기 위해 가족 여행 일박에 2,000~3,000달러를 쓰는 것쯤에는 별로 개의치 않는 부자들과 어울릴 수 있는 곳으로 스키를 타러 간 적이 있었다. 나도 한 번 간 적이 있는데—나의 다른 던바 친구가 마지막 순간에 나를 초대했다. 먼저 부른 아이가 감기에 걸렸기 때문이다.—나는 스키에 완전히 젬병이었고, 스키 바지가 없어서 문자 그대로 엉덩이가 냉동될 뻔했다. 분명히 말하지만, 그곳은 어느모로 보나 복고적인 순백의 세계였다. 드문드문 대조적인 색채의 점이 찍혀 있는 곳. 나머지 우리는 존재한다는 사실조차 영영 알지 못했을, 아무 흐트러짐 없는 잉여로 이루어진 누구도 가 본 적 없는 환상적인 꿈의 공간.

아무튼 웬들은 리프트를 타고 올라갈 때 가족과 떨어지는 바람에 은퇴한 상냥한 부부의 옆자리에 앉게 됐다. 그들은 던바에 대해, (거의 모두가 던바대학교 때문에 던바에 대해 들어본 적이 있었다.) 컴퓨터 과학과 공학이라는 웬들의 학문적 관심사에 대해, 캘리포니아 공대나 MIT에 가고 싶다는 그의 대학 관련 장래 희망에 대해, 그 외에도 찬바람이 불어오는 지옥에서 십일 분간 매달려 있는 동안 얘기할 만한 모든 주제에 관해 웬들과 얘기했다. 출구에 이르렀을 즈음 그들은 실제로 이메일 주소를 주고받았다. 친절한 할머니가 계속 열심히 공부하라고 훈계를 했고, 웬들은 그 말에 던바 청년 특유의 점잖고 인조인간 같은 방식으로 즉시 고맙다고 말했다. 그때 할머니의 남편이 새된 목소리로 "슬로프 마음껏 즐기시게!"라고 말했다.

웬들은 처음에 그 할아버지가 슬로프 '위에서' 마음껏 즐기라고, 전치사 'on'을 써서 말한 줄 알았다. 하지만 노인은 슬로프와 '함께' 즐기라고, 전치사 'with'를 썼다. 이때의 슬로프는 아시아인을 비하하는 은어였다. 더욱이 노인은 너무 능글맞게, 진으로 변색된 치아를 다 드러내며 미소 지었다. 그 순간 웬들은 자기가 거울처럼 반사되는 스키 고글을 끼고 방한모로 얼굴을 다 가리고 있기에 이 상냥한 부부로서는 웬들이 자신들과 같은 순수 백인이 아니라는 걸 알 리 없다는 걸 깨달았다. 노인은 슬로프라는 단어에 스키 슬로프라는 뜻과 아시아인을 비하하는 의미가 둘 다 있다는 걸 이용해 말장난한 것이었다. 웬들은 못된 말을 하거나 고글을 위로 밀어 올리고 싶었지만, 노인의 아내가 "아, 톰."이라고 속삭이는 걸 보았기에 차마 방아쇠를 당길 수 없었다. 그들은 각자 갈 길을 갔다. 웬들은 그날 남은 시간 동안 낯선 사람들과 함께 리프트를 탈 때면 늘 고글을 올려 얼굴을 드러냈다. 우리는 내가 늘 그와 비슷한 상황을 겪고 있다는 판단을 내렸다. 스키 고글을 쓴 틸러. 잘 다듬어 놓은 던바의 풀밭을 비밀리에 활강하고 다니는 틸러.

내가 다시 던바에 살게 될지는 모르겠다. 당연히 언젠가는 클라크를 만나러 갈 것이다. 지금으로서는 불가능할 정도로 먼 미래의 일이지만. 깔끔하게 자갈이 깔린 그 골목들을 산책한다고 생각하자 던바의 규모가 실망스럽게 느껴진다. 꼭 3D에서 2D로 넘어가는 것만 같다. 클라크는 지금도 내가 한 학기 더 연장된 해외 연수를 받으며, 유럽 연합에 속한 용감한 젊은이들의 둥지 어딘가에서 시간과 돈과 뇌세포를 천천히 태우고 있는 줄 안다. 그래서 나는 그냥 클라크에게 바르셀로나나 에든버러나 어디든 내가 있을 만한 적당한 곳에서 만나자고 할 생각이다. 그런 곳은 클라크가 방문하기에도 즐거운 곳일 거다. 하지만 던바로 돌아갈 생각은 없다. 이제 던바는 내 머릿속에 유령처럼 맴돌고 있다. 대체로는 퐁 때문이다. 퐁이 어떤 삶을 살아왔는지 궁금해하는 그의 친구와 지인들, 문을 닫거나 일을 그만두어야 했던 퐁의 다양한 사업체와 수많은 직원들을 생각하면 한숨을 쉬며 또 하루를 지새워야만 한다. 상실감에 빠진 퐁의 가족들, 퐁의 아내와 어린 딸들을 생각할 때는 말할 것도 없다. 그들을 보면 나는 마음이 무너져 내릴 것이다.

분명 그들은 각자의 인생을 살려고 간절하게 노력하고 있을 것이다. 퐁의 아내 미노리는 메르세데스 왜건을 타고 수영장과 첼로 학원으로 아이들을 데려다주며 사이사이 차 안에서 캔디크러시와 비주얼 게임을 할 것이다. 앱과 웹사이트를 뒤지며 최대한 한가로우면서도 바쁘게 지내겠지. 그거야말로 애도하면서 애도하지 않는 사람을 위한 최고의 발명품이다. 내게는 미노리가 전형적인 교외의 멋쟁이 엄마로 보였지만, 퐁은 그녀가 멀티 플레이 슈팅 게임에 집착하고 있으며 십 대 후반과 이십 대 초반에는 최상위급 피아니스트였다고 말해주었다. 그녀는 교향악단에서 초대 연주자로 협연하기도 했다. 그러다 어느 날 갑자기 완전히 번아웃이 와서 그만두었다. 그 이후로는 건반에 손도 대지 않았다고 했다. 하지만 어쩌면, 지금은 다시 피아노를 치는지도 몰랐다. 퐁이 그들에게 꽤 많은 돈을 남겼겠지만 미노리와 딸들이 아주 잘 지낼 리는 없을 것이다. 나는 안다. 퐁에게는 한 번도 돈이 문제였던 적이 없다. 사람들은 아마 퐁이 세상을 질식시킬 거물이 되겠다는 말도 안 되는 꿈을 꾸는 사람이라고, 개인 주식 거래 팀을 꾸려 대형 요트 사령선에 설치된 감시용 화면을 들여다보게 하는 제국주의적 억만장자라고 생각할 것이다. 그 요트의 후미 쪽 갑판에는 연료를 가득 채운 헬리콥터도 이륙 준비를 하고 있을 거라고 생각하겠지. 하지만 퐁은 그런 것에 아무 관심이 없었다.

퐁은 그냥 수많은 버너에 수많은 냄비를 올려놓고 싶어 했다. 늘 이것저것 개발되기를 바랐다. 그중에서도 내가 우연히 걸려든 계획이 가장 특별했다. 아무튼, 내 생각에 퐁의 지략과 기업가로서의 재능을 끌어낸 건 일상적인 것들이었다. 우리가 만났던 곳인 'WTF Yo!'만 해도 그렇다. 알고 보니 이곳은 퐁이 던바에 가지고 있던 여러 가게 중 한 곳이었다. 다시 말하지만, 퐁의 평소 직업은 글로벌 거대 제약 회사 베이더가스의 실험실 화학자였다. 그러나 퐁은 그 일을 아르바이트처럼 대했다. 퐁에게는 그 일이 아무 노력이 들지 않는 일, 배경에 서서 그냥 돌아가게 두는 것만으로도 처리할 수 있을 만큼 신경을 쓰지 않아도 되는 관리 작업에 불과했기 때문이다. 그가 바라보는 전경은 던바든, 인근 도시들이든, 그가 뭔가를 끓이고 있는 장소와 그곳에서 이루어지는 지속적인 회의로 꽉 차 있었다.

내가 가까이 갔을 때 퐁은 WTF Yo!의 앞 창문에서 보이는 계산대 의자에 앉아 핸드폰을 확인하고 있었다. 그는 나를 보더니 샤카 손동작을 해 보였다. 하와이 사람이나 서핑하는 사람도 아닌, 중국 출신의 성인 이민자가 그 손짓을 하니 좀 우스워 보였다. 그러나 퐁이 하는 모든 일이 그렇듯 그 동작에도 이유가, 궁극적으로는 퐁 주변의 모든 층위로 뻗어 나가게 될 어떤 이유나 목적의 씨앗 같은 것이 있었다. 그래서 퐁을 알게 되는 순간, 그 동작은 다른 모든 요소와 마찬가지로 뿌리 깊고 자연스러운 또 다른 요소가 된다. 아마 모든 사람의 모든 동작이 그럴 것이다. 하지만 퐁의 경우는 그 규모가 기하급수적으로 확장됐다. 그는 보거나 듣거나 맛본 것 중 뭐든 호감이 가는 걸 바로 흡수해 자신에게 동화시켰다. 그것도 무척 즐거워하며 그렇게 했다. 보는 사람이 씩 웃을 수밖에 없도록. 세상의 어떤 좋은 면이 낭비되지 않는다면, 늘 행복한 순간이지 않을까? 그게 내가 퐁에게 바로 샤카 손짓을 해야 한다는 압박감을 느낀 이유였다.

"해 줄 일이 좀 있어, 틸러." 퐁은 그렇게 말하더니 곧장 나를 가게 뒤쪽으로 데려갔다. 요거트 기계가 벽에 설치돼 있었다. 이번에도 그는 강한 억양을 썼다. 앞으로도 퐁은 그 말투로 말하겠지만, 나는 다시 그 점을 지적하지 않겠다. WTF Yo!는 원하는 맛의 요거트아이스크림을 직접 부은 다음(내가 가장 좋아하는 요거트는 슈퍼 유로 타르트 맛이다. 이 맛은 여러 가지 면에서 자극적이다.) 토핑을 얹고 몰트볼* 가루나 망고 덩어리, 맥아 등 달콤하고 맛있는 것들을 컵 위에 쌓아 올린 뒤 무게를 달아 가격을 매기는 가게다. 그렇게 계산해 보면 늘 충격적인 가격이 나온다. 아이들이 바삭바삭한 가루가 섞인 요거트를 산처럼 쌓아 저울에 달았는데 부모들이 20달러짜리 지폐를 꺼내야 했던 경우도 봤다. 아무튼 퐁은 요거트 기계 옆의 직원 전용 출입구로 나를 데려갔다. 나는 그제야 이곳이 퐁의 가게라는 걸 알았다. 그는

• 속재료를 채운 동그란 초콜릿 과자.

나를 금속 탁자에 앉혔다. 퐁은 어떤 일의 맥락을 설명하는 경우가 거의 없었다. 대신 뭐든 당면한 과제에 관심을 쏟도록 유도했다. 나는 그 공간이 무척 깔끔한 것에 깊은 인상을 받았다. 윙윙대는 기계는 모두 반짝반짝 빛났고, 요거트 믹스가 담긴 양동이들은 깔끔하게 쌓여 있었으며, 작업복은 한 줄로 나란히 옷걸이에 걸려 있었다. 콘크리트 바닥은 광이 날 정도로 걸레질을 해 두어 반짝반짝 빛났다. 실험실처럼 눈금이 들어간 비커와 플라스크가 여러 개 놓여 있었다.

"이것들을 먹어 보고 의견을 말해 줘." 내가 '뭘 먹어 봐요?'라고 묻기도 전에, 보기만 해도 눈에서 꿀이 뚝뚝 떨어질 만한 여자 고등학생 한 명이 나타났다. 그녀는 몸에 달라붙는 핑크색 WTF Yo! 티셔츠에 짧은 흰색 반바지를 입고 사냥개 이빨 무늬가 그려진 흰색과 검은색의 비닐 허리띠를 차고 있었다. 태닝한 두 발에는 흰색 털북숭이 슬리퍼를 신고 있었다. 인종으로 보면 백인과 흑인, 어쩌면 그 외에도 수많은 다른 인종의 혼혈로 보였다. 형광 은색이 감도는 보라색 블리치가 그녀의 긴 분홍빛 머리카락 전체를 따라 늘어져 있었다. 나는 계산대에 앉아 있는, 마찬가지로 엄청나게 귀여운(가슴이 큰 금발 미녀였다.) 직원도 똑같은 옷을 입고 있다는 걸 알아차렸다. 둘의 섹시함은 내 손이 도저히 닿지 않는 곳에 있어서 아예 상처가 되지도 않았다. 나이 든 영감이 인생의 오케스트라를 구경할 수 있는 가운데 자리에 앉아, 급격하게 죽음을 맞이하는 노을을 고마운 마음으로 바라보며 경탄에 젖어 있을 때 목덜미에 흐릿한 온기가 닿는 걸 느끼는 것과 마찬가지다. 보라색 여자가 맛보기용 종이컵 다섯 개가 놓인 쟁반을 내려놓았다. 컵마다 흰 요거트가 통통하게 한 덩이씩 담겨 있었다. 물잔도 하나 있었다.

"다른 건 괜찮을까요, 로우 사장님? 친구분이 시식하러 오신 건 알지만, 사장님도 라테나 에이드를 드릴까 해서요."

"지금은 괜찮아, 개비. 고마워."

"음, 필요하면 부르세요."

"응, 그럴게. 고마워."

"별말씀을요, 로우 사장님!"

개비는 퐁을 보며 활짝 웃었다. 뭐랄까, 정말로 환하게 미소 지었다. 그러더니 자기 자리로 돌아가면서 내게 아주 살짝 윙크했다. 그 윙크가 나와는 아무 상관이 없고 오직 퐁과 관계있는 윙크였다는 건 명백했다. 냉소적인 사람이라면 그녀가 아첨꾼이나 돈 버는 데만 관심이 있는 사람이라고 말할지 모르겠다. 퐁이 월급을 올려 주거나 가장 근무하기 좋은 시간에 자신을 배치해 주기를 바라고서 퐁에게 홀딱 반한 척을 한다고 말이다. 아직 퐁을 모르던 그때, 그 자리에 있던 나에게 의견을 묻는다면 그녀가 보인 진정한 열정의 증거에도 불구하고 나도 동의했을지 모른다. 하긴 개비처럼 빵빵하고 젊고 섹시한 여자가 꽤 우스꽝스럽게 생긴, 입에 빵을 쑤셔 넣고 말하듯이 영어를 하는 오십 대 중국인 남자에게 왜 그토록 자연스럽고 노골적인 애정을 보이겠는가? 게다가 그 남자는 쳐다보기도 싫은 이상한 머리 모양을 지나치게 큰 머리에 왕관처럼 얹고 있었고, 근육질과 거리가 먼 177센티미터의 몸이 그 머리를 간신히 받치고 있는 모양새였는데 말이다.

분명 퐁의 머리 모양은 그가 마음껏 누린 단 하나의 허영이었을 것이다. 아이러니한 점은, 퐁이 다른 모든 면에서 승리를 거둔 반면 머리를 만지는 솜씨만큼은 너무도 형편없었다는 것이다. 그의 머리카락은 직모인데도 왠지 구불거렸다. 솔직히 말해 그중 한 가닥이나 전부가 퐁 자신의 머리인지도 확신하기 어려웠다. 더 정확히 말하면, 실제로 두피에서 자라난 머리가 아니라 다른 방식으로 심어진 머리인지도 몰랐다. 내가 퐁과 시간을 보내는 동안 그의 머리 모양이 일정하게 유지된 적은 한 번도 없었다. 때로 그의 머리는 심은 머리처럼 가늘게 보였고, 때로는 조직이 훨씬 촘촘해 보였다. 특히 밤에 외출할 때 퐁은 제품을 듬뿍 발라 머리를 뒤로 넘겨 매끄럽고 단단한 조개처럼 보이게 만들었다. 퐁은 약간 M자 탈모가 있었고 송곳니가 조금 튀어나와 있었기에 그럴 때면 아시아계 드라큘라 백작처럼 보였다. 괴짜 같은 네모난 검은 테 안경을 걸치고 있긴 했지만. 하여튼 그 모습이 전체적으로 상당히 우스꽝스러웠음에도 불구하고 아무도 퐁의 헤어스타일에 대해 얘기하거나 그 문제로 퐁을 놀리지 않았다. 그 헤어스타일은 마치 가장 친한 친구나 형제자매, 심지어 원수의 두드러지는 사마귀나 틱 장애 같은 거였다. 너무 익숙해서 더 이상 보이지 않는 특징. 하긴 처음 만나는 순간부터 원래 아는 사람을 만나는 것 같은 느낌이 퐁의 특징 중 하나였다. 퐁은 처음부터 그 모습 그대로여야 할 것 같은 느낌, 그게 그냥 다라는 느낌.

"좋아." 그가 손을 흔들며 말했다. "이 샘플들을 맛봐 주면 좋겠어. 왼쪽부터 오른쪽으로."

"전부 다 끝까지 먹어야 해요?"

"처음 먹을 때부터 그럴 필요는 없어. 나중에 다 먹고 싶은 맛이 있으면 그렇게 해도 괜찮아. 사이사이에 물을 마시면 좋겠고."

나는 퐁이 말한 대로 했다. 모든 맛을 한 번씩 핥아 보고 혓바닥을 씻어 낸 뒤 다음 맛을 먹어 보았다. 시간을 충분히 들였다. 퐁이 그러기를 바라는 게 분명했기 때문이다. 다섯 가지 맛을 전부 맛본 뒤, 나는 물을 한 모금 마시고 다시 요거트를 처음부터 똑같은 순서로 맛보았다.

"제일 맛없었던 게 뭐야?"

"글쎄, 다 마음에 드는데요."

"그래, 다행이네. 근데 가장 '덜' 사 먹을 것 같은 건 어떤 맛이야?"

나는 망설이지 않고 3번을 가리켰다. 다 크림 같고 글쎄, 요거트 맛이 난다는 점에서 전부 비슷했지만 말이다.

"이유도 말할 수 있을까?"

"글쎄요. 너무 단가?"

"제일 마음에 든 건?"

"그게 무슨 뜻이에요?" 내가 물었다. "가장 자주 사 먹을 것 같은 맛을 말하는 건가요? 아니면 한 번에 가장 많이 먹을 것 같은 맛을 말하는 건가요?"

퐁의 눈이 반짝였다. 전에 내게서 본 어떤 특징을 방금 확인한 것 같았다. "차이점을 전부 설명해 봐!"

"뭐, 말했다시피 3번이 가장 단 건 확실해요. 처음에는 괜찮죠. 어린애들은 좋아서 미칠지도 모르겠고요. 하지만 저라면 많이 먹지는 않을 거예요. 1번이 아마 가장 평범한 맛일 텐데…… 정말 깔끔하고 건강한 맛이죠. 근데 약간 평범하지 않나 싶네요. 2번이랑 5번은 둘

다 맛이 강한데 방식이 달라요. 2번은 확실히 우유 좋아하는 사람들한테 인기가 있을 것 같고, 5번은 실제로는 아이스크림을 먹고 싶은 사람들한테 잘 맞을 것 같네요. 지방이 많고 깊은 맛을 원하는 사람들이요."

"아주 날카롭구나, 틸러! 4번에 대해서도 말해 봐라."

4번은 좀 헷갈렸다. 나는 퐁에게 그 이유를 말해 주었다. 처음에는 4번에 특징이 없는 것처럼 느껴졌다. 처음 맛본 뒤 질문을 받았다면, 나는 4번이 가장 맛없다고 대답했을 것이다. 너무 달지도 않았고, 크림 맛이 많이 나지도 않았다. 하지만 두 번째 맛을 보자 이상한 느낌이 들었다. 일종의 공허감인데, '슬픈' 공허감은 아니었다. 맛만 보면 그렇지 않은데 아주 조금은 짭짤했던 게 틀림없다. 아니, 정확히 말해 짭짤한 건 아니지만 뭔가 더 살아 있는 것처럼 느껴졌다. 빵 같은 맛이 난달까, 이스트 맛이 난달까. 나는 요거트에 '활동적인 미생물'이 있다는 걸 알았지만, 이 요거트 안에서는 그 미생물이 완전히 증식한 것 같았다. 나는 퐁에게 4번 요거트가 입안의 모든 부분에 닿는 것처럼 느껴진다고 말했다. 그렇다고 역겹거나 끈적끈적한 느낌은 아니었다. 그냥 만족스럽고 가득 찬 느낌이었다. 나는 퐁에게 두 번째로 맛보았을 때는 맛이 딱 적당하게 느껴졌다고, 이거야말로 내가 원하던 거라고 말했다. 사실, 그보다는 또 먹고 또 먹고 또 먹고 싶은 맛이었다.

퐁은 씩 웃으며 고개를 끄덕이고, 신이 나는 듯 콧등으로 안경을 밀어 올렸다. 그는 다른 맛도 보겠느냐고 물었고, 나는 얼마든지 좋다고 말했다. 그는 개비를 불러 모든 맛 샘플을 가져오게 했다. 결국 다섯 가지 맛으로 이루어진 세트가 여러 개 등장했다. 나는 그때까지도 퐁이 무엇을 노리고 있는지, 왜 내가 이토록 쉽게 장단을 맞추고 있는지 몰랐다. 나는 내가 맛이든 뭐든 예민한 사람이라고 생각해 본 적이 없었다. 하지만 반짝반짝 빛날 만큼 깨끗한 WTF Yo!의 뒷방에서, 퐁이 기대감에 찬 눈빛으로 뭘 잘 아는 사람, 아니 더 나아가 어떤 전문가를 지켜보듯 나를 보고 있으니 내 감각이 정말 예민하다고 생각하게 됐다. 나는 대단한 사람도 아니고, 대단히 잘 먹는 사람도 아니다. 그냥 모든 면에서 평균에 약간 미달하는 사람일 뿐이다. 하지만 나는 퐁을 잘 모르면서도 그를 기쁘게 하고 싶었다. 퐁 옆에 서서 매력을 찰랑거리며 그와 똑같이 관심을 보이는 개비에게도 감명을 주고 싶었다. 나는 그 순간 우리의 기업에 만족감을 주고 싶었다. 그 기업의 모든 희망과 가능성을 충족하고 싶었다.

나는 모든 샘플을 두 번씩 맛본 끝에 거의 모든 맛을 다 먹어 보았다. 그런 다음, 체내를 휘젓고 다니는 모든 지방과 당분에 힘을 얻어 철저하게 의견을 냈다. 내가 얼마나 많은 층을 벗겨 내고 빛에 비추어 보며 비틀어 보고 분류하고 대조할 수 있는지 나조차 놀랄 지경이었다. 결국 두 사람이 내게 주먹 인사를 해 왔다. 알고 보니, 나는 퐁이 좋아하는 맛 거의 대부분을 찾아냈다. 내가 다른 의견을 낸 맛에 관해서는 퐁이 핸드폰에 메모를 남겼다. 그는 공급업자에게서 받은 표준 맛 배합을 이리저리 바꿔 보고 있는 게 틀림없었다. 화학자로서의 전문성을 활용해, 자기가 쓰는 다양한 화합물과 첨가제로 바람직한 속성들을 끌어낸 것이다. 퐁은 그런 화합물과 첨가제가 전부 FDA 승인을 받은 건 아니지만, 자연 유래 성분으로 인체에 무해하다고 말했다. 이때의 핵심은 내가 경험했듯 손님이 계속해서 다시, 다시, 또 다시 돌아올 수밖에 없도록 만드는 것이었다.

나는 문득 현기증을 느끼며, 개비의 사랑스러운 버터스카치 빛깔의 종아리 전체에 구토하는 내 모습을 떠올렸다. 퐁은 내가 괴로워하는 걸 알고 금속제 상자에서 재빨리 약병을 꺼냈다. 그는 "아 해 봐."라고 말하더니 엄청나게 쓴 약 몇 방울을 내 혓바닥에 떨어뜨렸다. 그 자체로도 나는 선을 넘을 뻔했다. 하지만 일 분 안에, 정상으로 돌아왔다.

아니, 정상 이상이 됐다.

"와." 나는 헛숨을 들이켰다. 호흡이 편하면서도 가쁘게 나왔다. 배가 마법처럼 가벼워졌다. 꼭 폐와 거시기 사이에 투명할 정도로 높은 구름만이 떠 있는 것 같았다. "이거 뭐예요?"

퐁은 작은 갈색 약병을 흔들었다. "아편 팅크야. 약간 손은 댔지만."

"정말요?"

"좀 더 줄까?"

"필요할까요?"

퐁이 고개를 끄덕였다. 그래서 나는 입을 활짝 벌렸다. 이번에는 별로 쓰지 않았다.

"혹시 내가 운영하는 가게 두어 군데에 더 가 볼래? 원한다면 시식을 좀 더 할 수 있을 거야."

"더 먹을 수 있을지는 모르겠지만 가게는 확실히 보고 싶어요. 근데 레스토랑에서 접시 닦이 교대 근무를 해야 해서요."

"언제?"

"삼십 분 뒤에요."

"그 일은 마음에 들어?"

"뭐, 접시 닦는 일이죠."

"아주 중요한 일이야. 나도 이 나라에 처음 왔을 때 그 일을 한 적이 있어."

"지금은 안 하시잖아요."

"지금은 다른 일을 하지. 전부 아주 필요한 일이야. 성취의 형태는 다양할 수 있다는 걸 알아야 해."

나는 피켓, 와인버그, 제리 G로 이루어진, 마리화나에 절어 있는 회사를 생각했다. 역겨운 동시에 입맛을 돋우는, 남은 음식으로 이루어진 김이 펄펄 나는 구정물 부케. 태풍처럼 시끄러운 기계 소리를 누르고 우리가 서로에게 외쳐 대는, 알아들을 수도 없는 멍청한 말들. 변기가 주는 버림받은 매력. 그렇다, 나는 퐁의 말에 동의한다고 말할 수밖에 없었다.

"직장을 그만두라는 건 아니지만, 혹시 오늘 너 없이도 일할 수 있을까?"

"아마 괜찮을 거예요. 좀 지나면 제가 없다는 걸 알지도 못할걸요. 그래도 전화는 할게요."

"그 친구들한테도 보람을 느끼게 해 줄게." 퐁은 자리에서 일어나 우리를 밖으로 데리고 나가며 말했다. 나는 정확히 어떻게 보람을 느끼게 해 줄 거냐고 묻지 않았다. 어째서인지 나는 이미 그의 모든 말을 믿고 있었다. 퐁은 내 동료들에게 줄 요거트아이스크림 쟁반을 개비를 통해 들려 보냈다. 모든 컵에는 20달러짜리 지폐가 고무줄로 묶여 있었다. 하지만 나는 이미 그 녀석들이나 교대 근무에 대해 까맣게 잊어버렸다. 마을을 어슬렁거리는 동안 가장 아늑한 물질을, 어떤 푹신푹신한 층을 밟고 있는 것만 같은 기분이었다. 던바의 인도를 덮고 있고, 다른 보행자들은 물론 가게와 차량과 나무들도 덮고 있는 어떤 층 말이다. 그 모든 것이 알지도 못하는 채로 아늑하게 봉인돼 있다는 생각으로 행복감이 차올랐다. 그러다 보니 클라크와 함께 방문했던, 관광 도시 비슷한 곳에서 본 마담 투소*의 밀랍 인형들이 생각났다. 그 인형들은 유명인과 악명 높은 사람들의 생기 없는 가짜 모습이 아니었다. 소름 끼치게도 최소한 우리가 인지하는 순간 속에, 모든 것이 엄청나게 천천히 움직이는 차원에서 진짜 존재하는 것만 같았다. 그들은 우리를 볼 수 없었고—우리가 너무 빨리 움직였으니까—자신들이 관찰당한다는 걸 짐작조차 못 한 채 우리의 의견에는 눈곱만큼도 신경 쓰지 않고 전설적인 삶을 이어가고 있었다. 피할 수 없는 운명을 기꺼이 맞아들이는 것처럼. 어쩌면 나도 그런 층에 아늑하게 감싸여 있는 느낌을 받았는지도 모르겠다. 퐁이 준 팅크제의 진정 작용 때문만은 아니었다. 나는 퐁을 잘 몰랐지만, 그의 말투와 움직임에는 충실함이 있었다. 동네를 자기 뒷마당이라도 되는 것처럼 가로지르는 태도에서 확신이 느껴졌다. 그는 테라스의 갈라진 모든 틈을, 새로 피어난 모든 수국 꽃송이를 소유한 듯했다. 흩날리는 나뭇잎 한 장이나 자갈 한 개도 예외 없이, 그 모든 게 퐁이라는 사람의 존재 안에 섞여 들어 있는 것만 같았다.

---

* 런던 본점을 포함한 여러 국가의 대도시에 있는 밀랍 인형 박물관.

나는 던바에 있는 퐁의 다른 가게들을 살펴보며 그의 항적으로 끌려 들어가는 게 좋았다. 그의 사업장으로는 날리 누들, (이곳에서는 다양한 아시아식 국수를 팔았다.) 매드매드 마키, (온갖 종류의 롤을 파는 가게였다. 어떤 롤에는 BLT 소스, 피클, 땅콩버터 같은 말도 안 되는 속이 채워져 있었다.) 유 더티 도그(화려한 토핑을 얹은 핫도그를 팔았다.) 등이 있었는데 모든 식당은 WTF Yo!가 그랬듯 바닥부터 조명까지, 직원들의 섹시한 복장에 이르기까지(직원 중 남자는 한 명도 없었다.) 퐁이 전부 혼자서 고안한 아이디어였다. 퐁은 변태가 아니었다. 그건 확실히 알 수 있었다. 퐁은 그저 일찍이 여드름투성이에 더러운 양말 냄새를 풍기는 십 대 소년은 영업 측면에서 위험 요소라고 판단했을 뿐이다. 퐁이 나를 직원들에게 소개한 뒤, 우리는 메뉴판의 음식들을 먹어 보았다. 나는 한 달 동안 아무것도 먹지 않아도 될 것 같다고 느끼면서도 덴푸라우동, 다이너마이트롤, 메인주산(産) 참돔 등 젊은 여자들이 내 앞에 차려 주는 모든 걸 먹었다. 먹는 한편으로 맛과 질감에 관해 줄줄이 이어지는 퐁의 질문에 대답했다. 퐁은 어떤 음식이 가장 놀랍고 기억에 남으며 중독을 일으키는지 물었다. "심지어 MSG는 1도 안 썼다니까!" 퐁은 아이러니하게 덧붙였다. 물론 퐁에게 MSG란 상당히 구식 수입품이었다. 퐁이 미각/시냅스를 고려해 정조준한 고급 첨가제의 레이저처럼 정확한 지침과 비교하면 무딘 아날로그식 도구였던 셈이다. 퐁은 이곳과 비교하면 말도 안 되게 적은 비용으로 중국 실험실에서 첨가제를 합성한다고 말해 주었다. 퐁의 식당에 첨가제가 그리 많이 필요한 건 아니었다. 하지만 그는 소규모 및 중규모의 다른 사업장에도 그 첨가제를 팔고 있었으며 복합 기업 규모의 냉동식품 제조업자들과도 협상을 진행하고 있었다. 퐁에게는 이것이 소일거리인 동시에 진지한 사업이었다. 지칠 줄 모르는 정신을 단련하고, 덧붙여 탄탄한 이익도 벌어들일 한 가지 수단이었다. 골프 클럽에서 그랬듯 퐁과 나를 처음으로 연결해 준 건 음식이었다. 다음 몇 달 동안 우리는 왕이라도 된 것처럼 왕성하게 먹고 마셨다. 하지만 퐁과 보낸 시간을 그토록 '게걸지게'—내가 만든 이 단어가 과연 적절한 건지는 모르겠지만—만들어 준 건 음식 외의 다른 모든 것이었다. 잘 모르겠지만 배가 터지도록 먹는 행위와 특별한 계획이 있는 사람의 제안에 대단히 취약해지는 특정한 신체적 반응 사이에는 어떤 상관관계가 있는 것 같다.

어느 날 시식 중에 일종의 딸꾹질이 일어났다. 유 더티 도그에서였다. 약쟁이가 꿈꿀 만한 공상 속의 핫도그 접시가 두 번째로 내 눈앞에 펼쳐졌을 때였다. 나는 나 자신을 내려다보고, 임산부의 배처럼 튀어나온 둔덕을 보았다. 나는 내가 거쳐 온 사육 프로그램을 정리해 보기 시작했다. 아직 구역질이 나지는 않았지만, 구역질이 나야 마땅하다는 생각이 어쩔 수 없이 들었다. 그러자 구역질 나는 모습들이 연달아 떠오르기 시작했다. 그리고 그 모습들은 머잖아 말도 안 되는 맛이 나는, 입안 가득히 고인 침으로 응결됐다. 나는 실제로 계산대를 뛰어넘어 밖으로 달려 나간 다음, 아이스캐러멜모카치노를 손에 들고 있는 꼬마들을 밀어제치고 주차돼 있던 던바 경찰차의 앞바퀴와 펜더에 서사시적인 구토를 했다. 꼬마들 중 하나가 "씨발!"이라고 소리쳤고, 나는 허리를 숙인 채 녀석들에게 두 손 엄지를 들어 보였다. 눈에 온통 눈물이 고였다. 때로는 구토가 진정한 성취로 보일 수도 있다. 라테 한 잔과 스콘을 들고 카페에서 나오던 경찰도 내 구토 아리아의 피날레를 보았다. 순찰차의 타이어와 칙칙한 콘크리트 연석이 그동안 본 적 없던 화려한 반점들로 반짝였다. 소화가 진행된 건 거의 없었다. 경찰마저 역겨움을 느끼는 동시에 신선한 핫도그 덩어리와 쌀알, 김의 진녹색 얼룩, 이 상태 그대로 여름 캠프에 내놓아도 될 법한, 한 사발 분량의 전 우주적으로 다양한 내 토사물을 보고 반쯤 경탄한 게 분명했다. 경찰은 내 셔츠 깃을 쥐더니 일어서라고 명령했다. 나를 또 한 명의 뻔한 미성년 주취자라고 생각한 게 분명했다.

"집이 어디냐, 찌질아?" 경찰이 소리쳤다. 짧게 깎은 그의 머리카락이 젤과 땀의 혼합물로 뾰족뾰족 서 있었다. 두피는 새로이 햇볕에 익어 잔뜩 성난 것 같았다. 던바 경찰의 전형적인 모습이었다. 즉, 근육이 많고(운동할 시간이 많으니까.) 위법이라고 생각되는 것에 과민 반응을 보이며, (던바 같은 곳에는 진짜 위협이라고 할 만한 게 거의 없었다.) 군사 등급의 장비와 무기와 차량을 미친놈처럼 들고 다녔다는 뜻이다. (끝나지 않는 테러와의 전쟁에 예의를 표하는 차원에서.) 그래 봐야 경찰들은 최소한의 만족감조차 얻을 수 없었다. 그래서 재미 삼아 좀 도둑질을 하거나 고등학교 옆에서 대마초를 피우거나 노상 방뇨를 하는 우리 같은 어린애들, 혹은 술을 마시고 식당에서 집까지 차를 몰고 가는 어른들에게 답답한 마음을 풀곤 했다. 그런 뒤에는 흑인, 혹은 갈색 인종의 운전자 거의 모두에게도 화풀이했다. 이 운전자들은 마을 경계선을 넘어오자마자 거의 항상 차를 세우라는 명령을 받았다. 하지만 경찰들은 던바의 부유하고 영향력 있는 사람들에게는 친근하고 수다스러웠으며 다른 모두에게는 권위적이었다. 절망적이었다. 이 경찰은 내가 뿜어내는, '너한테서 돼지 같은 냄새가 나.'라는 분위기를 즉시 포착할 수 있었으니까. 그의 통통하고 농어를 닮은, 콧수염이 난 입가에 스콘 부스러기가 붙어 있는 것도 도움이 되지 않았다. 그 모습을 보자 나는 구역질이 났다. 다시 토할 수도 있었지만, 이미 모든 걸 쏟아 낸 뒤였다. 나는 던바에 산다고 중얼거렸다.

"어디라고?"

나는 지갑을 꺼내 운전면허증을 보여 주었다.

"스물한 살이 안 됐잖아. 누가 너한테 술을 사 준 거냐? 누구랑 술을 마신 거야?"

나는 아무것도 마시지 않았다고 말했지만, 경찰은 내 말을 믿지 않았다. 그는 순찰차 안으로 손을 뻗어 음주 측정기를 꺼냈다. 물론 나는 전혀 걱정되지 않았다. 다만 그 기계가 액화 아편 같은 걸 잡아낼 것인지/어떻게 잡아낼 것인지 궁금해졌다. 경찰이 내 얼굴에 측정기를 내밀었다.

"불어."

"술 안 마셨어요."

"엿 같은 거짓말은 하지 말고."

"전 거짓말쟁이가 아니에요." 내가 말했다. 사실이었다. 나는 거짓말을 하지 않는다. 언제나 모든 걸 드러내지는 않아도 거짓말을 한 적은 없다. 이런 사실이 나의 성격에 대해 알려 주는 건 내가 직접 한 짓이든 아니든 그 행위에 따른 모든 결과를 기꺼이 감수할 생각이며, 그 결과를 견뎌 낼 능력이 있다는 것뿐이지만.

"너는 불량배야. 누가 모를 줄 알고? 넌 뭔가에 취해 있고, 난 딱지를 끊을 생각이다. 측정을 거부하는 거냐?"

나는 측정을 거부할 권리가 있다는 걸 알고 있었다. 운전을 하고 있던 것도 아니므로 면허 취소 같은 자동적 처벌이 이루어질 수도 없었다. (이건 공공장소에서의 음주 혐의로 여러 차례 체포당했던 던바고등학교 친구에게서 얻어 낸 소중한 지혜였다.) 나는 경찰에게 그렇게 말했다. 경찰은 기뻐하지 않았다. 그는 내 가슴을 쿡 찔렀다. 흉골 사이의 부드러운 아래쪽 Y자 부분을 너무 세게 찔려서, 나는 꼭 약하디약한 아기 새가 된 것 같은 기분에—그는 손가락만으로도 엄청나게 힘이 셌다.—본능적으로 몸을 웅크렸다. 그가 분명 나를 때릴 거라고 생각했다. 늦은 밤에 인적이 없었다면 실제로 나를 두들겨 팼을지도 모른다. 아마 내 눈빛의 미묘한 각도가 마음에 안 들었겠지. 하지만 바로 그때, 웬 여자 가수의 팝송 합창이 울려 퍼졌다. 우리는 둘 다 뒤를 돌아보았다. 유 더티 도그의 직원 중 한 명인 콘수엘라가 큰 접시에 한입 크기의 샘플 여러 개를 잔뜩 담아 가게에서 나왔다. 그녀의 목에는 복고풍 초소형 와이파이 오디오가 마치 래퍼의 목걸이처럼 걸려 있었다. 또 다른 유 더티 도그의 여자 직원은 거품이 가득한 18리터짜리 양동이를 끌고 내가 토한 곳으로 곧장 다가오더니, 양동이의 내용물 절반을 부어 순찰차의 펜더와 타이어를 씻어 내고 나머지 비눗물은 연석에 튄 토사물에 부었다. 나는 미안한 마음에 도와주려 했지만, 그 애는 양동이를 다시 채워 바로 돌아오겠다며 가게 안으로 깡충깡충 뛰어갔다. 한편, 콘수엘라는 공짜 음식과 음악으로 사람들을 끌어들였다. 꼬마들과 던바대학교의 여름 스포츠 캠프에 참여한 태평한 녀석들이 즉석에서 열린 거리 축제에 참가하듯 우리 주변으로 몰려들었다. 이제는 퐁도 나와 있었다. 그는 트러플이 들어간 맥앤드치즈핫도그 반 개를 경찰에게 내밀고 있었다.

"신제품인데, 정말로 마음에 들 거야, 스코티." 퐁이 경찰에게 말했다. "진짜 고급 검은 트러플을 좋아한다면 말이지."

우리의 나치 친위대 스코티는 핫도그 냄새를 맡으며 마카로니 토핑에 들어간 검은 얼룩을 자세히 살폈다. "그래도 중국에서 수입한 트러플이잖아요?" 던바에서는 경찰조차 고급스러운 취향을 가졌나 보다.

"무슨 소릴!" 퐁이 외쳤다. "절대 아니지! 페리고르*에 동업자가 있는데, 그 사람이 레스토랑에서 쓰기에는 너무 작지만 페이스트로 만들기에는 품질이 너무 좋은 트러플을 팔고 있어. 그걸 감안하면 이 핫도그 하나에 19달러는 매겨야 한다고. 아무튼 자네도 그럴 만한 가치가 있다고 생각하게 될 거야."

스코티 경찰관은 한 차례 더 냄새를 맡더니 만족스럽다는 듯 고개를 끄덕였다. 그는 속이 듬뿍 들어간 반 개짜리 핫도그를 널찍하고 통통한 입속에 간단히 던져 넣었다. "그래도 트러플 오일을 뿌리긴 했죠?"

"한 방울도 안 뿌렸어." 퐁이 대답했다. "우린 쉬운 길로 가지 않아. 알아 둬. 근데 공급이 문제가 될 수는 있지. 그러고 보니, 이미 우리 회사의 새 조수 틸러를 만났나 보군. 이 친구가 곧 다른 공급자들을

---

* 프랑스 서남부의 한 지역.

찾아다 줄 거야. 거기에 메뉴를 검토하는 다른 일도 하고 있고. 오늘은 일이 너무 과했던 것 같아 걱정인데. 이게 다 내 잘못이야!"

"걱정하지 마세요, 로우 씨." 경찰관은 콘수엘라에게 다른 핫도그를 받아 들며 말했다. 동시에 그는 반했다는 눈빛으로 콘수엘라의 관심을 끌어 보려 했다. 콘수엘라는 활짝, 하지만 공허하게 미소를 지어 답했다.

"세차를 제대로 할 수 있도록 자네 부서에 배상하겠네." 퐁이 제안했다.

"저 친구가 로우 씨 밑에서 일한다면 괜찮습니다." 그가 말했다. 심술궂은 쥐잡이 사냥꾼처럼 나를 노려보기는 했지만 말이다. 물론, 나는 퐁이 나를 자기 조수라고 칭한 게 그냥 연막작전이라고 생각했다. 상관없었지만 사실 기분은 좋았다. 카타르시스가 느껴질 정도로 속을 비워 낸 데다, 어쩌면 그때까지도 약병에서 나온 조그만 갈색 조랑말을 타고 있었을지 모르니까. 경찰관은 퐁과 주먹 인사를 나누더니 핫도그를 두 조각 더 집어 들고 순찰차에 올라 떠났다.

나는 지금도 퐁이 시식회를 미리 계획했는지, 즉흥적으로 떠올린 건지 모른다. 어느 쪽이든 그 시식회는 자연스럽게 저녁 시간 내내 이어졌다. 요리사가 쟁반을 연달아 밀어내면 나와 콘수엘라, 퐁이 바쁘게 그 쟁반을 내갔다. 인도는 꽉 막혔고, 거리에는 자동차 몇 대가 웬 소동인지 확인하려고 불법으로 이중 주차를 했다. 사람들은 차에서 빠르게 나와 핫도그를 맛보았다. 그 소란통에 콘수엘라와 나는 대체로 샘플을 들고 서 있었을 뿐이지만, 퐁은 쟁반을 들고 이리저리 춤추듯 날아다녔다. 반쯤은 바보처럼, 반쯤은 의기양양하게 젊은이들과 고약한 TMZ* 소식에 관해 수다를 떨고 머리가 흰 사람들과는 지역 재산세를 두고 위로를 표했으며, 우연히도 그 자리의 모두가 읽은, 해변가에서 읽을 만한 소프트코어 소설에 관해 아이 엄마 두 명과 대놓고 낄낄댔다. 여자들은 퐁이 외설적인 농담을 할 때마다 그의 팔을 꼬집었다. 남자들은 물론 콘수엘라에게 접근하려고 서로를 밀쳐 대는 상황이었다. 덕분에 나는 거의 무시당했다. 나야 괜찮았다. 그 멋진 음식을 모조리 나눠 주고 있으니 귀족이 된 기분이 들었다. 나는 사업에 관심이 있었던 적이 없다.—이런 말이 순진하고 경제적으로 안락했던 어린 시절을 드러내는 것이라는 점은 알지만 물건을 파는 일은 내게 언제나 조금은 교활한 짓으로 보였다. 그런 일은 누군가가 더 많은 돈을 낼 때에만 효과가 있으니 말이다. 하긴 그렇게 따지면 물물 교환은 아무런 결과도 내지 못한다. 최소한 지속적 성장이라는 자본주의적 전략에서는 그렇다. 2학년 때 배운 거시 경제학 입문에서 간신히 깨친 내용이다.

아무튼 나는 그날 밤 가게에서 핫도그를 한 개도 팔지 못했을 거라고 확신한다. 하지만 그건 퐁에게 걱정거리가 아니었다. 그의 업체는 이미 인기가 높아 공짜 상품을 제공할 필요가 없었기 때문에 사람들은 퐁이 선의의 마케팅이나 그 비슷한 목적 지향적 행동을 했다고 생각했을 것이다. 물론 퐁이 요령 있는 사람이기는 하지만, 사실은 전혀 달랐다. 퐁은 그냥 하고 싶은 일을 한 것이었으며 실제로 이미 다음 단계로 넘어간 후였다. 퐁의 세포 하나조차 그 자리에 이르게 된

---

* 미국의 연예계 가십 전문 웹사이트.

방법이나 그 방법으로 이룰 수 있는 다른 것에 미련을 두지 않았다. 우리도 퐁과 함께 그 순간에 있었음을 인정해야겠다. 퐁이 즉석 거리 축제의 막을 내리는 그 순간까지도 우리가 얼마나 오래 서 있었는지 인식하지 못했다. 이어 우리는 쓰레기를 치우고 가게를 정리했다. 퐁은 콘수엘라를 비롯한 유 더티 도그의 직원들을 일찍 퇴근시키고, 가게로 들어가 문을 닫았다. 나도 집에 가야겠다고 생각했으므로 퐁에게 가게들을 구경시켜 줘서 고맙다고 인사했다.

"나 때문에 너무 지쳤나?" 퐁이 말했다. 처음으로 그의 말에서 이민자 티가 났다. 나는 퐁이 좀 더 친근하게, 삼촌처럼 굴고 싶어질 때 말투를 바꾼다는 걸 알게 됐다.

나는 고개를 저었다. 우리가 열심히 일한 건 사실이지만, 시간은 갓 아홉 시를 지나고 있었다.

"그럼 우리 집에 가서 원기 회복을 좀 하지. 내 가족들도 만나고. 집에는 나중에 태워다 줄 테니까."

퐁은 내게 대답할 겨를도 주지 않고 골목에 세운 내 자전거를 끌고 와 냉동실 옆에 세웠다. 그는 가게 뒷문을 잠근 뒤 열쇠고리를 내게 던졌다.

"네가 운전할래? 선전 쪽이랑 유선 회의 일정이 잡혀 있는데, 딴데 정신 팔리고 싶지 않아서. 우리 집은 던바 크로싱의 클로이스터에 있어. 그쪽 개발 단지 알지?"

알고 있었다. 나는 퐁의 차 운전대를 잡았다. 자동차는 거대하면서도 맵시 있었으며 차체가 극도로 낮은 세단이었다. 거대한 새 야구 글러브 같은 냄새가 났다. 엠블럼은 알아보지 못했지만, 나중에 보니

B는 배트 모빌을 뜻하는 게 아니었다. 내가 이 말을 하는 이유는 퐁이 20만 달러짜리 자동차를 가진 걸 대수롭지 않게 여겼기 때문이다. 퐁은 자동차 브랜드에 아예 신경을 쓰지 않는 것 같았다. 그가 이 자동차를 몰고 다니는 이유는 잠재적인 동업자들에게 좋은 인상을 주기 위해서가 아니라, 금융 위기 이후 결국 미국을 떠날 수밖에 없었던 뉴저지 소재의 수상한 담보 대출 회사 사장이 제시한 거래를 그냥 무시할 수 없었기 때문이었다. 자동차는 결혼식이나 부자 아이들의 졸업 기념 무도회, 25회차 고등학교 동창회에 가는 특정 유형의 얼간이들에게 빌려주는 렌터카로서도 짭짤한 수익을 올려 주었다. 퐁이 전화를 받자 수화기 너머로 다른 목소리들이 들려왔다. 남자 두 명에 여자 한 명이었다. 자동차의 음향 시스템 덕인지 핸드폰 서비스 품질 덕인지는 모르겠지만, 음질이 소름 끼칠 정도로 깨끗했다. 꼭 지구 반대편이 아니라 우리 바로 뒤에 그들이 앉아 있는 것만 같았다. 퐁은 그들에게 내가 함께 있다고 알리고 나를 소개했다. 내가 일행에게 인사하느라 "니먼 하오."라고 말하자('니 하오'는 상대가 한 명일 때 쓰는 인사말이었다.) 선전에서 감탄의 아아 소리가 들려왔다. 퐁은 내게 만족스럽고 놀란 표정을 지어 보였다. 대학교에서 이 년 동안 중국어 수업을 듣고 허접스러운 B 마이너스를 받긴 했지만, 그 정도로도 식당과 택시, 지금 같은 사회적 상황에서 가벼운 인상을 남기기에는 충분했다. 그 외에 할 수 있는 건 별로 없었지만. 한 바퀴 인사가 오간 뒤 모두 활기차게 떠들어 대기 시작했다. 여자가 특히 그랬다. 그녀의 목소리는 높고 날카로웠지만 전혀 듣기 싫지 않았다. 마치 가수처럼 강력히 주의를 끄는 목소리였다. 소리의 높이가 한계에 이를 때까

지 아직 몇 음이 더 남아 있는 느낌이 들었다. 나는 그녀가 날씬하고 목이 긴 미녀일 거라고 상상했다. 그녀가 계속 얘기를 하면 좋겠다고 생각했지만, 다른 사람들이 끼어들었다. 모두가 서로에게 몹시 화가 나 있거나 엄청 답답함을 느끼고 있다는 생각이 들 법했지만 나는 그들이 화가 난 게 아니라는 걸 알았다. 심지어 논쟁을 벌이는 것도 아니었다. 그들은 창고인지 공장인지에 관해 얘기하고 있었다. 조금 불안감이 느껴진다면, 그건 새로 채용한 직원 몇 명 때문에 스트레스를 받은 선전 사람들 때문이었다. 아니, 새로 동원한 원자재 때문인가. 나로서는 확실히 알 수 없었다. 중국어 1과 중국어 2에서 모두 B 마이너스를 받으면 경기장에 간신히 입장할 수 있을 뿐이다. 아무튼 퐁은 전혀 동요하지 않았다. 그는 모든 일이 잘 풀릴 거라고 사람들을 안심시키며 한가롭게 두 손을 빙글빙글 돌렸다. 그런 손짓을 한 건 호화로운 신시가지 쪽으로 방향을 틀라고 내게 지시하기 위해서였다. 그는 좌석을 아주 약간 젖히고 발목을 반대쪽 무릎에 얹었다. 업무 회의 중 마치 무대 위에서 인터뷰를 하며 상냥하고도 자신감 있게 긴 얘기를 들려주는 듯 보였다. 머잖아 전화로 연결된 사람들끼리 수다를 떨기 시작했다. 여자는 농담을 던졌다. 모두가 웃었다. 나는 그 농담을 이해하지 못했지만 그녀의 목소리에서 분출되는 강력한 빛에 저항할 수 없어 재미있다고 말했다. 그 말에 퐁이 좀 더 웃었고, 선전 사람들도 웃었다. 여자는 심지어 "나중에 봐, 티이러."라고 덧붙이기까지 했다. 그런 뒤 모두가 전화를 끊었다. 나도 알아들을 수 없는 다정한 말을 불쑥 내뱉었는데, 그 순간 전화가 끊겼다. 그래도 나는 이 무리에 낄 수 있어서 조금은 새로워지고 조금은 빛이 나는 것 같았다. 이유야 알 수 없었지만. 밝은 빛이 다가오고 있었다. 거대 유람선 같은 퐁의 집 진입로에 차를 세우고 보니, 실제로 굉장한 날의 새벽이 밝은 듯했다. 모든 창문이 최대 출력으로 빛을 뿜어내고 있었다.

"들어와." 퐁이 말했다. "모두가 너를 만나 봤으면 좋겠다."

4

퐁이 한 말을 완전히 이해하기까지는 오랜 시간이 걸렸다. 퐁은 사실과 지나치게 잘 부합하는 말을 하는 사람이었다. 그는 우리 같은 사람 대부분이 별로 들을 일도 없고, 심지어 더는 생각조차 할 수 없는 근본적이고도 엄밀한 의미에서 서술적인 연설을 했다. 오늘날 우리는 의식적으로든 무의식적으로든 스스로를 마케팅하고, 상반되는 진실들을 마구 뒤흔들어 알아볼 수 없게 만들고, 재미와 허영을 위해 과장법을 쓸 수밖에 없다. 그게 우리의 현재 모습이자 앞으로 우리가 취하게 될 모습이다. 문명을 끝장낼 소행성 충돌이 일어나지 않는다면 말이다. 퐁은 달랐다. 어쩌면 영어가 그의 세 번째, 혹은 네 번째 언어였기 때문일지도 모른다. 퐁의 사고방식 때문일지도 모른다. 하지만 퐁에게는 대단한 정확성으로 상대를 불안하게 하는 특유의 말투가 있었다. 그런 말하기 방식 때문에 퐁은 종종 상황을 축소해서 말하는 것처럼 보였다. 그와 얘기하다 보면 세상을 다시 검토하고 이곳이 생각보다 평범한 곳은 아니라는 생각을 하게 된다.

예컨대, 내가 퐁의 집으로 차를 몰고 간 첫날 밤 그가 "모두가 너를 만나 봤으면 좋겠다."라고 말했던 경우를 생각해 보라. 퐁이 '모두'라고 표현한 건, 상투적인 과장이 아니라 실제로 놀랄 만큼 많은 수의 사람이었다. 아무리 여름이라지만, 상당히 밤이 깊은 시간이었기에 나는 '모두'라고 해 봐야 커다란 방에서 핸드폰을 만지작거리는 퐁의 십 대 딸들이 전부일 줄 알았다. 아니면 조리대를 소독하고 있는 가사 도우미 두어 명이라든가. 아니면 웅장한 주방 한가운데에 있는 아일랜드 식탁에서 선잠이 들기 전 자두 몇 알을 아작아작 씹고 있는, 놀러 온 할아버지라든가. 하지만 실제로는 사방을 밝게 비추는 매립형 조명 아래에 그 모두가 있었다. 그들은 상냥하게 나를 반겼다. 열정적이면서도 놀랍도록 편하고 태평해 보였다. 그들은 낮이든, 밤이든 가리지 않고 손님이 생활 반경에 들어오는 데 익숙해진 게 분명했다. 예예°라고 불리는 퐁의 아버지가 내게 먹을 걸 만들어 주겠다고 했다. 거절했는데도 큰 주방 뒤에 지어진 자신의 개인 주방을 보여 주겠다고 고집을 피웠다. 그러는 동안 퐁은 딸들에게 하루를 어떻게 보냈는지 물었다. 예예의 개인 주방은 아주 작은 원룸 아파트 같았다. 조그마한 냉장고와 싱크대가 딸린 채 짧게 이어지는 조리대 그리고 소형 식기세척기가 있었다. 다만 가스레인지가 있어야 할 자리에는 무쇠 다리가 달린 커다란 무쇠 버너가 있었고, 그 위에는 마찬가지로 커다란 배기 후드가 있었다. 자동차 타이어 크기의 거대한 웍도

• '할아버지'를 뜻하는 중국어.

벽에 걸려 있었다. 예예는 내가 관심을 보이는 걸 눈치채고 버너에 불을 켜 주었다. 불꽃이 용광로처럼 타올랐다. 이어 예예가 배기 후드의 스위치를 켜자, 맹세하건대 내 머리카락이 그 흡입력에 딸려 올라가 서기 시작했다. 시끄러웠다. 밖에서 태풍이 불어서 그런 게 틀림없었다. 배기 후드의 송풍 장치는 지붕 위에 있었으니까.

"아들이 내 요리는 좋아하지만 냄새는 싫어하거든." 예예는 모욕당한 듯한 표정을 지어 보이며 말했다. "그래서 부엌을 따로 지었어."

퐁이 나타나 배기 후드를 껐다. 퐁과 예예가 잠시 얘기를 나눴다. 나는 그들이 하는 말을 다 따라갈 수 없었지만, 돈에 대한 얘기라는 건 간신히 알아들었다. 퐁이 계속 떠들어 댔고 노인은 인내심 있게 들었다. 그러더니 퐁이 무슨 마지막 명령 같은 말을 웅얼거렸다. 그말에 예예는 투덜거리듯 동의하고 구부정하게 발을 끌며 터벅터벅멀어져 갔다.

퐁은 꽉 찬 냉장고를 열어 푸른 잎채소가 담긴 비닐봉지들을 꺼내 조리대에 올려놓기 시작했다. 콩나물, 생강, 울퉁불퉁한 뿌리 모양의 다양한 채소와 허브, 뾰족뾰족한 빨간 고추가 따라 나왔다.

"아버지가 너무 고집스러우셔. 반값 할인 마트에서는 장을 보지 마시라고 계속 말하고 있는데 말이지. 홀 푸드나, 차라리 숍 라이트에라도 가라고 말씀드리고 있어. 그런데도 도무지 할인 마트를 못 끊으시네. 아버지는 이 나라에 와서 십 년 동안 요리사로 일하셨어. 그래서 난 아버지 요리가 마음에 들어. 하지만 요리 과정이 많이 지저분한 데다, 미노리가 집에 기름 찌든 냄새가 배는 걸 싫어하거든. 그래서 두 번째 주방을 지은 거지. 그런데도 아버지가 안 변하시네. 우리 집에 와서 지내실 때면 매일 아침 우버를 타고 반값 할인 마트에 가셔. 폴란드와 멕시코에서 온 통조림 음식으로 선반을 가득 채워 두시고. 이건 어디 물건인지 알아?" 퐁은 통마늘이 든 그물망을 흔들어 보였다.

"캘리포니아요?"

"그럼 좋게!" 퐁이 말했다. "뉴저지주 엘리자베스에서 길렀다고 해도 괜찮았겠다! 하지만 이건 중국산이야. 이 생강이랑 버섯도. 아마 이 샬럿까지 다 중국산일걸."

"그게……. 좋은 거 아니에요?"

"마오가 살아 있던 시절이라면 그랬을지도 모르지. 개인적인 경험으로 말하는 건데, 그때는 그야말로 천연 비료밖에 없었거든." 퐁이 윙크했다. "하지만 지금 중국 상황이 어떤지 잘 아니까. 내가 베이더가스의 화학자라는 건 알지?"

그 말이 정확히 무슨 뜻인지는 몰랐지만, 나는 고개를 끄덕였다. 멍청하게도 그가 감기약이나 무좀 스프레이 화합물을 실험하는 모습이 떠올랐다.

"너도 알겠지만, 나는 다양한 중견 기업을 상대로 화합물을 만들어 주는 유한 회사도 가지고 있어. 식품 첨가제부터 플라스틱 제조업자를 위한 시약까지 거의 모든 걸 팔지. 나는 그 화합물들을 60프로 낮은 가격으로 중국에서 제조하게 했어. 근데 가끔은 단점이 있단 말이지."

"가짜 내용물 같은 거요?" 내가 물었다. 방사선이 검출되는 분유나 핼러윈용 빛 막대 등 오염된 중국산 제품에 관한 무서운 얘기를 익히 들어 왔으니까.

"괜찮은 추측이지만, 딱히 그런 건 아니야. 예를 들면 이런 거지. 난 쑤저우에 평판이 좋은 생산 시설을 두고 있어. 오스트랄라시아*에 있고 나랑 거래하는 회사에서 쓸 분석용 시약을 합성하는 곳이야. 그런데 이 회사에서 최근 주문에 대한 대금을 치르지 않겠다는 거야. 거의 25만 달러나 되는데!"

"세상에!"

"내 말이 그 말이야, 친구. 그쪽에서 샘플을 보내 주길래, 내가 베이더가스에 있는 실험실에서 직접 실험해 봤어. 그리고 샘플에 극소량의 비산이랑 염소가 포함돼 있다는 걸 알게 됐지. 그 정도면 시약이 사실상 쓸모없어지는 정도였어. 그래서 나는 쑤저우에 있는 생산 시설로 갔어. 관리자가 나를 데리고 가서 깨끗한 실험실을 보여 줬지. 우리는 공정의 모든 측면을 조사했고, 생산 과정 전체를 살펴봤어. 관리자는 기본적인 구성 요소의 순도를 보여 줬고, 우리는 관리자의 자리에서 그걸 같이 실험해 봤어. 완벽하더라고."

"이해가 안 되는데요." 내가 말했다. "뭐가 문제였던 거예요?"

"아무 문제가 없었어!" 퐁은 신이 나서 대답했다. 이상한 조개껍데기 같은 머리가 퐁의 표정만큼 반짝거렸다. "문제가 전혀 없더라니까! 아주 이상했지. 관리자와 나는 동시에 시설 자체를 검사해 봐야겠다고 결정했어. 정수 시스템이랑 통기 시스템도 포함해서 말이야. 관리자는 화학 관련 석박사 학위가 있는 사람이어서, 그와 같이 상황

---

* 오스트레일리아, 뉴질랜드, 서남태평양 제도를 포함하는 지역.

을 더 깊이 조사하는 건 즐거운 일이었어. 대학교에 처음 입학했던 때가 떠올랐거든. 그때는 우리 모두가 순수하게 호기심을 느끼던 때니까. 아마 짐작했겠지만, 결국 우리는 건물 주변의 환경 자체가 손상됐다는 걸 알게 됐어. 특히 공기가 그랬지. 최근에 문을 연 인근의 살충제 공장이 의심됐어."

"그래서 그 공장은 문을 닫았어요?" 내가 물었다. 클라크와 우리 동네 위원회가 지역의 수영장을 고소했던 일이 떠올랐다. 그 수영장에서는 일 년에 한 번씩 비밀리에 사유지를 관통해 시냇물로 수영장 물을 방류하고 있었다.

퐁이 킬킬댔다. "그런 식으로는 안 돼. 그 살충제 공장은 여러 절차를 걸쳐 수많은 관료들의 승인을 받은 곳이었어. 그 옆에 있는 페인트 공장이나, 그 옆 옆에 있는 비료 공장은 말할 것도 없었고. 뿌리가 마구 뒤엉킨 복잡한 시스템이지. 게다가 그 지역의 오염은 광범위하게 번져 있어 앞으로 이십 년은 지속될 거야. 거기가 깨끗해지는 날이면 중국이 세계 최고의 강대국이 되겠지. 그날이 올 때까지, 우리 시설의 관리자 같은 사람이 밟을 수 있는 최선의 길은 공조 설비를 교체하는 거야. 값은 비싸고 효과는 떨어지지만 다른 방법이 없지. 아버지가 중국산 식료품을 사용하지 않으셨으면 하는 것도 그래서야. 할 수만 있으면 중국에서 온 식품은 아무것도 먹지 마. 그 결과가 뭔지는 알겠지?"

퐁이 자기 머리카락을 가리켰다. 나는 퐁의 말이 농담인지 알 수 없어서 멍하니 고개를 끄덕였다. 그러자 퐁이 말했다. "틸러, 넌 까다로운 관객이구나!"

퐁은 아무 문제없다는 뜻으로 나와 주먹 인사를 하고 다시 맞춤형으로 지은 자기 집을 구경시켜 주었다. 집은 운동 경기장처럼 다양한 층으로 이루어져 있었다. 훗날 나는 건축가와 인테리어 디자인을 전공한 대학원생들로 이루어진 상하이 소재의 어느 팀이 그 집을 설계했다는 걸 알게 됐다. 그들은 퐁의 스케치와 부지 사진을 활용했다. 집의 설계도를 그리고, 중국의 서랍 및 가구 제작자들을 통해 퐁이 원하는 것과 똑같은 형태의 가구로 집을 채웠다. 통상적인 비용에 비하면 병아리 눈물만큼 적은 돈이 들었다. 지하실에서 리모델링 작업이 진행되고 있었기에 그 순간에도 아래층에서 대형 망치를 휘두르는 소리가 들려오기는 했다. 어느 정도 성장한 퐁의 딸들은 자신들의 은신처/둥지를 좀 더 세련된 모습으로 바꾸고 싶어 했다. 어린아이가 뛰어다니며 노는 공간을 1등급 항공사 라운지처럼 업그레이드하겠다고 했다. 최소한 딸들이 아빠에게 보여 주려고 만든 아이디어 보드에 붙어 있던 잡지 사진과 천으로 만든 샘플을 보면 그랬다.

퐁은 진행 상황을 확인하고 싶어 했다. 우리가 내려가자 인부들이 퉁명스럽지만 열정적인 태도로 인사를 건넸다. 나는 그들이 모두 푸젠성 출신임을 알게 됐다. 취업 허가증도 없고, 당연히 자격증도 없는 사람들이었다. 밤을 틈타 뉴욕시에서 숨어든 사람들. 두 명이 조를 이뤄 철거 작업을 진행하고 있었고, 다른 한 명은 15리터짜리 양동이에 샤워 타일 파편, 석고 같은 벽 판, 못이 박힌 벽 장식을 가득 담고 있었다. 그는 지상과 바로 통하는 지하실에서 그 양동이를 가지고 나가 집 뒤쪽 모퉁이 근처에 주차된 네모난 밴 차량으로 가져갔다. 아무도 모르게 폐기물을 버리는 곳이었다. 나는 그들의 음식 용기와 탄산음료 깡통이 든 양동이 하나와 담배꽁초며 오줌이 가득 찬 양동이 하나를 보았다. 집의 제대로 된 공간으로 올라가는 방법을 몰라서 그렇게 쓰레기를 처리한 것이다. 그들이 밤에 일하는 이유는, 낮에는 뉴욕시로 돌아가 일해야 했기 때문이다. 또한 이렇게 하면 퐁이 지역의 건설 허가를 받지 않고도 그들을 고용할 수 있었다. 그러면 불가피하게 따라오는 부동산 가치 재평가와 그로 인해 발생할 세금 인상을 피할 수 있었으니까. 더 나아가, 이민 당국의 단속을 피하는 데도 이 방법이 더 유리했다. 윈-윈-윈이었다. 그들은 던바에서도 달빛을 받아 가며 이와 유사한 일을 많이 해 왔다. 그것도 정말로 역사적인 저택에서 말이다. 퐁은 장부에 기록하지 않고도 괜찮은 일 처리를 받고 싶어 하는 친구들과 이들을 연결해 주었다. 3분의 2 정도의 비용에, 공기(工期)는 절반으로 줄여서 말이다.

"저 사람들의 장기는 다락방과 지하실 리모델링이야." 퐁이 말했다. 퐁과 건장한 십장 바이가 내게 지하실의 파우더룸이 될 공간을 보여 주고 있었다. "서재나 아기방 리모델링도 하면 하겠지만, 사실 고급 마감이나 세부 처리가 필요한 일은 맡기지 않는 게 좋아. 주방 수납장이나 안방 화장실 같은 곳 말이야. 이 사람들도 자기 실력을 알거든." 바이는 밤 아홉 시가 될 때까지 면도를 하지 못한 듯 수염이 희끗희끗한 채로 씩 웃었다. 퐁이 하는 말의 요점을 잘 알고 있으나 전혀 신경 쓰지 않는 게 분명했다.

퐁이 말을 이었다. "가격이 좋으니까, 이 사람들을 고용한 내 미국인 친구들은 이들이 집의 나머지 부분도 리모델링해 주기를 바라지. 난 '아니, 그만하는 게 나을 거야.'라고 말해 줘야만 해. 누구나 가장 잘하는 일만 할 때 가장 성공적이거든. 한 친구가 내 말을 듣지 않고 자기 멋대로 이 사람들과 계약했어. 아주 비싼 영국제 붙박이장과 이탈리아에서 만든 수제 타일로 사우나를 만들어 달라고 했지. 그 친구 아내와 아내가 고용한 설계사는 이 친구들의 작업 수준이 떨어진다고 했어. 두어 차례 엉망진창으로 수리한 뒤, 그 친구는 가격 할인 없이 전체 작업을 다시 할 팀을 고용해야 했지. 원래 냈어야 하는 값의 두 배를 쓴 데다, 육 개월 동안은 아래층에서 샤워해야 했어. 그 친구는 아직도 나한테 화가 나 있지만, 난 그 녀석에게 화가 나지 않아. 어쨌든, 그 녀석은 더 이상 내 친구가 아니지만."

풍은 다시 올라가기 전에 주머니에서 두꺼운 지폐 뭉치를 꺼내더니 몇 장을 빼서 바이에게 주었다. (인부 한 사람당 100달러를 주고, 십장에게는 프랭클린이 그려진 지폐*를 한 장 더 주었다.) 십장은 굽신굽신 목소리를 높여 가며 돈을 사양하는 시늉을 진심 어리게 해 보인 뒤, 먼지투성이 청바지 뒷주머니에 지폐를 집어넣었다. 이들은 원가만 받고 프로젝트를 진행하고 있었다. 풍이 자신들을 소개해 주어 사실상 도급업자 노릇을 하게 해 준 수많은 일감에 고마움을 표현하는 의미에서였다. 그들은 영어를 최소한밖에 하지 못했고, 풍은 자기가 때로 베이더가스를 몰래 빠져나와 이들이 프로젝트를 진행하는 곳으로 가서 통역을 해 주거나 오해를 수습해 주거나 그 두 가지를 다 해야 한다고 설명했다. 그는 수수료를 전혀 받지 않았다. 그저 포괄적이고도 별로 힘을 들이지 않는 풍 특유의 방식으로 자기 그룹에 속한 사

---

* 100달러를 의미한다.

람들을 도와주고 그들에게 쓰임이 되려는 것뿐이었다. 래브라두들*
의 수가 소수민족의 수보다 많고 가장 잘 팔리는 소스가 지금까지도
마요네즈인 이곳, 딱지가 져서 떨어져 가는 오래된 던바에서조차 퐁
의 그룹에 속하는 사람들의 수는 내가 생각한 것보다 많았다.

우리는 1층으로 돌아왔다. 그곳은 어둑한 밝기의 헬스장으로, 끝
내주는 EDM 플레이리스트가 재생되고 있었으며 아열대의 꽃향기를
내뿜는 스탠드형 이온화 장치로 시원한 공기가 깨끗하게 교환되고
있었다. 그곳에서 퐁의 아내인 미노리가 한 명도 아닌 두 명의 강사
한테서 요가 자세를 지도받고 있었다. 강사 한 명은 여자, 한 명은 남
자였다. 여자가 자세 시범을 보이는 동안 남자는 근육이 잘 드러나는
미노리의 팔과 다리 자세를 조정해 주고 있었다. 강사들은 반쯤 투명
하고 몸에 딱 달라붙는 검은색 옷을 입고 있었으며 내가 본 사람 중
가장 완벽한 체형의 소유자들이었다. 최소한 이렇게 가까이에서 본
건 처음이었다. 눈앞에 어깨 근육과 삼각근, 엉덩이 근육이 불끈불끈
전시됐다.

"이쪽은 틸러야." 퐁이 미노리에게 말했다. "오늘 요거트 가게에서
큰 도움을 줬어."

"반가워." 미노리가 노래하듯 말했다. 미노리가 쓰는 일본어 억양
은 퐁의 중국어 억양만큼이나 강했다. 그녀는 역삼각형 몸매의 미녀
였다. 은색 스판덱스를 입고 있는데 너무도 몸매가 좋고 젊어 보여
서, 나는 그녀가 갑자기 J팝에 맞춰 춤을 추기 시작한다 해도 눈 하나

• 래브라도와 푸들을 교잡한 개의 품종.

깜짝하지 않을 것 같았다. "우리 남편의 새로운 술 사업에 함께할 생각이니?"

나는 퐁을 힐끗 보았다. 퐁은 핸드폰에 뭔가를 입력하다 말고 미노리에게 샤카 손짓을 해 보였지만, 그게 무슨 사업인지 구체적으로 말하지는 않았다. 미노리와 강사들은 런지 자세로 자세를 바꿨지만, 나는 침묵을 지켰다. 퐁의 관계자/친구로 여겨진다면 만성적인 소화불량을 겪는 시식 전문가가 돼야 한다는 뜻일지라도 그야말로 멋진 일이겠다는 생각이 들기는 했지만 괜히 앞서 나가고 싶지 않았다.

"조심해." 미노리가 수줍은 듯 내게 말했다. 한 손을 높이 들고, 다른 손은 무릎 뒤쪽에 늘어뜨린 채였다. "그렇게 하면 할 얘기가 너무 많이 생길 테니까. 퐁 로우를 알게 된 사람은 누구나 퐁 로우 얘기를 멈출 수 없거든."

퐁은 핸드폰에서 눈을 떼지 않은 채 말했다. "과장이자 나를 놀리려고 하는 말이야."

"누군가는 그렇게 해야 하니까." 미노리가 내게 말하며, 매끄럽게 거울 자세로 바꾸었다. "안 그러면 당신은 훨훨 날아가서 돌아오지 않을걸."

"이 모든 걸 띄우려면 누군가는 날아가야 해."

강사들은 베르니니의 조각상들처럼 허공을 멍하니 바라보았다. 눈에 띄지 않고 싶은 듯했다.

"우리만큼 띄우는 걸 좋아하는 사람이 또 있던데."

퐁은 메시지를 다 보내고 나서 내게 말했다. "그래, 난 멋진 것들의 가치를 인정해." 약간 힘겨워하긴 했지만, 퐁은 "가치를 **인-정**"한다는 말을 대단히 만족스럽게 노래하듯 발음했다. "그런 가치를 나눌 수 있으면 더 좋고. 하지만 그 가치들이 내일 당장 없어진다 해도 괜찮아. 우리 딸들만 있으면."

"아내도 딸만큼 챙기려나 몰라." 미노리가 말했다.

"아내가 처음이자 마지막이지." 퐁이 미노리 옆으로 다가가며 말했다.

"처음이자 마지막이라니, 가운데라는 얘기는 안 하네." 미노리는 나를 보며 한숨을 쉬었다. 윙크를 곁들이긴 했지만. 퐁은 이 말에 대꾸하지 않고, 쉽고도 유연하게 미노리와 같은 자세를 취했다. 그들은 강사들이 다음 동작을 취하라고 중얼거릴 때까지 그 자세를 유지했다가 동시에 자세를 바꾸었다. 퐁은 내게도 함께하라고 손짓했다. 나는 그럴 생각이 없었지만, 미노리까지 고갯짓을 했다. 그래서 나는 다음 동작 몇 가지를 따라 하려고 노력했다. 나는 두 사람 나이의 반도 안 됐고 신체적으로 전성기였지만, 강사 두 명이 모두 나를 잡아 주어야 했다. 팔다리가 특이한 각도에서 부들부들 떨렸다. 신체의 80프로가, 아마 뇌처럼 대부분의 시간 동안 절전 모드 상태라는 걸 깨닫게 되는 건 바로 이런 순간이다. 머잖아 나는 숨을 헐떡이며 땀을 흘리고 있었다. 두 다리 사이에 머리를 집어넣은 채로 균형을 잃을 뻔했다. 힘을 주다가 방귀가 나올까 봐, 또는 몸을 앞으로 깊이 숙인 여자 강사의 쫙 벌어지고 거의 가려지지도 않은 사타구니를 똑바로 보느라 발기가 될까 봐 죽을 만큼 무서웠다. 나는 미노리도 지저분한 시선으로 훔쳐보았다. 그렇게 한 것이 특히 역겹게 느껴진 건, 미노리의 보기 좋고 적당한 크기의 가슴과 길쭉한 상체, 좁은 엉덩이를 보자 엄마가 생각났기 때문이다. 아니, 내 기억 속 엄마라고 해야 할까. 퐁은 내가 미노리를 보는 걸 알아차렸지만 신경 쓰지 않는 듯했다. 어쩌면 이번 생에서는 바꿀 수 없는 것들에 대한 존중을 공유하며 내 생각에 공감했기 때문일지도 몰랐다.

잠시 후 미노리가 말했다. "됐어, 남자들은 이제 그만 나가 봐. 새로운 요가 동작을 연습하고 싶으니까. 당신의 새 친구는 찬 음료를 좀 마셔야 할 것 같은데."

나는 세차게 고개를 끄덕였고, 퐁은 미노리의 뺨에 입을 맞추더니 나를 데리고 나왔다. 우리는 끝없이 이어지는 다른 복도를 따라갔다. 아마 주방으로 돌아가는 복도인 듯했다. 하지만 퐁은 정교한 조각이 새겨진 문틀 안에 있는, 똑같이 정교한 조각이 새겨진 나무 문 앞에 멈춰 섰다. 목재는 티크나 코아 같은 열대 나무인 듯했다. 문짝 가운데에는 커다랗게 흐르는 듯한 필체로 'L'이 새겨져 있었다. 나는 그 글자가 퐁 로우의 성인 로우를 의미하는 게 아닐까 생각했다.

"솜씨가 좋지?" 퐁이 글자를 보며 말했다. "내가 새겨 달라고 한 건 아닌데, 목수가 200달러를 더 주면 새겨 주겠다고 하길래 그러라고 놔뒀어. 내 생각에 인도네시아에서는 이런 글자를 대량으로 만들 것 같지만 말이야. 그 목수가 인도네시아 출신이거든. 아무리 비싸게 쳐도 한 글자에 30달러밖에 안 할 거야. 그래도 나는 사업을 밀고 나가는 사람에게는 감탄할 수밖에 없어. 우리는 계속 밀어붙이고 또 밀어붙여야 해. 우리 모두가 말이야. 그러면 세상이 괜찮아지겠지."

"사업을 안 하면요?" 내가 말했다. 개들이 벨벳 스모킹 재킷을 입고 처칠이 피우던 것 같은 시가를 피우는 동영상을 보는 내 모습이 상상됐다.

"넌 사업을 하고 있어." 퐁이 꽤 진지하게 말했다. "아직 그게 무슨 사업인지 모를 뿐이지."

퐁이 5센티미터 두께의 묵직한 문을 밀어젖히자 상류층 남성 클럽의 독서용 공간처럼 보이는 웅장한 방이 나타났다. 상판이 투명 합성수지로 만들어진 책상과 여러 개의 모니터, 메시 소재로 된 인체 공학 의자를 보자 그곳이 퐁의 재택 사무실이라는 걸 알 수 있었다. 그 세 가지 외에 현대적인 물건은 하나도 없었다. 반면 다른 장식과 가구는 동인도회사의 식민지 전초 기지에서 그대로 가지고 나온 것처럼 보였다. 중앙의 미술품까지 그랬다. 스포트라이트를 받고 있는 그림은 서리* 같은 목가적 지역의 꽃 피는 목초지를 배경으로 서 있는, 지붕이 가파른 튜더식 오두막을 그린 유화였다. 그림 전체가 꼭 오래전에 떠나온, 머나먼 고향을 바라보는 감상적인 창문 같았다. 그 그림의 우스운 점은 크기가 엄청나게 컸다는 것이다. 팝아트 작품만큼 컸다. 2학년 때 들은 미술사 강의에서 보았던 것과는 달리 전혀 수수한 크기가 아니었다. 그건 그렇고, 그 수업에는 기만적이게도 '유럽의 풍경을 꿈꾸며'라는 제목이 붙어 있었다. 나는 그 수업에서 그리스와 이탈리아의 섬 해변 풍경을 다루기를 바랐다. 태닝한 사람들의 몸까지 포함해서.

어둑한 버터빛 사무실 조명 아래서 퐁은 그와 비슷한 색깔의 위스키 로우볼 두 잔을 완벽한 형태의 둥근 얼음에 부었다. 나는 위스키

• Surrey, 잉글랜드 남동부의 주.

를 별로 좋아하지 않았지만 잠자코 있었다. 퐁이 나를 이끌도록 둬야 할 것 같았다. 게다가 그렇게 생긴 얼음 구체를 본 적도 없었고 그렇게 부드러운 술을 맛본 적도 없었다. 단숨에 들이켜지 않도록 참아야 하는, 이 맛 좋고 거친 음료라니.

"네가 그 술을 좋아하는 게 그리 놀라운 일도 아니야." 퐁이 말했다. "너는 뛰어난 미각을 가지고 있거든. 그렇게 어린 나이에 말이지."

"이건 뭐예요?"

"희귀한 일본산 위스키야. 너보다 나이가 많아." 퐁은 내게 위스키를 한 잔 더 가득 따라 주었다. 자기가 마실 술은 아주 조금 끼얹었다. 나는 미노리가 말한 새로운 음료 사업이 이거냐고 물었다.

"아아, 아니." 퐁은 술병을 보며 대답했다. "이건 팔 만큼 많이 남아 있지 않아. 사실, 이게 존재하는 열두 병 중 마지막 병일 수도 있거든! 미노리는 아주 다른 음료에 대해서 말한 거야. 자무라고 들어 봤어?"

당연히 들어 본 적 없었다. 퐁은 내게 '자무'란 인도네시아에서 파는 자양 강장 음료라고 알려 주었다. 그는 새로운 동업자와 함께 자무를 아시아 전역에서 대량 판매용으로 유통할 계획이었다. 그는 자무의 배경에 관해 빠르게 설명해 주었다. 알고 보니 자무는 수많은 섬으로 이루어진 그곳의 노점상에게서 구해야 했다. 자무 행상인들은 과일과 허브, 뿌리채소로 만든 자기만의 특별한 혼합 주스를 비싸게 팔았다. 자무는 한 명 한 명을 위해 맞춤형으로 제조됐다. 어떤 질환을 앓고 있는지, 신체/영혼에 필요한 게 무엇인지에 따라서. 행상인이 수레를 밀고 다니다가 즉석으로 즙을 섞어 주는 것이었다.

"내 동업자는 드럼 카파고다라는 남자고 스리랑카인과 중국인 혼혈인데 국적은 중국이야. 선전 외곽의 언덕에 그의 본거지가 있고 그곳에 없을 때는 고급 호텔을 전전하면서 살지. 그는 언제나 비행기를 타고 자기가 운영하는 여러 가지 다양한 사업체를 오가고 있어. 예를 들면 남극을 제외한 모든 대륙에서 고급 요가 스튜디오를 운영하고 있고 특히 아시아에서 빠르게 성장하고 있는 업체를 소유하고 있지. 드림과 나는 이번 건을 대량 판매용 자무가 자연스럽게 유통될 수 있는 판로로 보고 있어."

퐁은 자기가 마실 위스키를 좀 더 따르더니 내 잔도 더 채워 주었다. 우리는 이제 공식적으로 술을 마시고 있었다. 퐁의 말이 더 매끄러워졌다. 아니면 더 자유롭게 흘러나왔다고 할 수도 있었다. 그의 억양이 더 두드러지는 동시에 덜 낯설게 느껴졌다. 아니면 그의 말투는 바뀌지 않았는데 내가 수용적으로 변한 걸지도 몰랐다. 말 그대로 적응한 것이다. 이유야 어쨌든 꼭 퐁 특유의 영어가 내가 평생 들어온 언어인 것처럼 들리고 있었다.

"내가 처음으로 카파고다를 만난 건 작년 겨울에 스코츠데일에서 열린 잇-수티컬* 콘퍼런스에서였어. 최근에는 도쿄에서 다시 만났지. 유전자 조작을 한 가축 등 식품의 미래에 관한 패널 토론이 열렸는데, 그때 우연히 방청석에 나란히 앉았거든. 나는 카파고다가 바로 마음에 들었어. 그는 특정 주제나 관심 가는 인물에 대해 가능한 한 모든 걸 배워야만 직성이 풀리는 사람이었어. 아마 독학으로 공부해

---

* EatCeutical, '먹는다'를 뜻하는 eat과 '약'을 뜻하는 pharmaceutical의 ceutical을 합성한 단어. 식품을 약으로 활용한다는 의미다.

서 그럴 거야. 카파고다는 초등학교 이후로 공식적인 교육을 전혀 받지 않았어. 게다가 직감에 따라 움직이지. 너랑 무척 비슷해. 아마 너도 카파고다가 마음에 들 거야."

"그러게요." 내가 말했다. 내 목소리에 깃든 낯설고 새로운 확신이 다른 사람의 것처럼 들렸다. 부분적으로는 술기운 때문인 게 확실했다. 하지만 지금 와서 보면, 대체로는 내가 새로운 흐름에, 쉽게 얻은 사제 겸 동지 겸 동업자 관계의 혼합물에 섞여 들었기 때문이었다. 기쁘게도 평등한 동시에 평등하지 않은 관계. 이 정도면 누군가와 편안하게 지낸다는 것의 정의로 충분하지 않을까? 그렇게 느끼다 보면 세상에 대한 소속감이 느껴지고, 세상의 작은 일부가 언젠가는 내 것이 되리라는 생각에 불이 붙는다.

"나는 베이더가스에서 맡은 역할 때문에 그 콘퍼런스에 간 거였어. 최소한 명목상으로는 말이야." 퐁은 잔을 흔들며 능글맞게 윙크했다. "너도 아마 알겠지만, 현재의 과학 기술은 오래전부터 사료를 덜 먹어도 더 빨리 성숙해지거나, 대량 생산으로 인한 특정 질환 혹은 질병에 저항성이 있는 동물을 개발할 수 있게 했어. 하지만 이번 패널 토론은 필수 비타민이나 미네랄 등을 바람직한 구성으로 만들어 내는 방법에 관한 거였지. 그런 물질을 태어날 때부터 많이 가지고 있는 가축과 작물을 만들어 내는 방법 말이야. 예를 들어 생선을 싫어하는 사람들을 위해서 오메가3가 잔뜩 들어간 비프스테이크를 만드는 거야. 케일을 싫어하는 사람들한테 줄 항산화물이 가득한 닭고기를 만들거나."

"아니면 꾸준히 굶고 있는 수많은 채식주의자들을 위해서 단백질이 가득한 브로콜리를 만들 수도 있겠네요."

"바로 그거지, 친구! 궁극적인 슈퍼 푸드가 발명되는 거야. 이런 생물 강화의 다음 단계는 지금도 이론적 단계에 머물러 있지만, 드럼과 나는 늦게까지 호텔 바에서 영양 공학에 대해 얘기를 나눴어. 그러다가 우리의 자무 벤처 사업에 관한 얘기가 나온 거지."

"저도 그분을 만나 봐야 할지 모르겠네요!" 내가 건방지게 말했다. 조심성 없이 선을 넘고 말았다. 하지만 퐁도 조금은 고삐가 풀린 건지 나와 잔을 세게 부딪쳤다. 우리는 둘 다 술을 한껏 삼켰다. 둘 다 조금 인상을 썼다. 우리 둘 다 타고난 술꾼이 아닌 건 분명했다.

퐁이 말했다. "드럼이랑 나는 자무를 대중에게 소개하고 싶어. 하지만 그렇다고 자무를 싸구려로 만들고 싶지는 않아. 문자 그대로 물로 희석한다든지 말이야."

"모두가 자무를 특별하다고 생각했으면 좋겠다는 거죠, 애플 컴퓨터처럼."

"바로 그거야." 퐁이 대답했다. "사실상 필적할 상대가 없는 최고급 선물을 만들고 싶은 거지. 최소한 그렇게 느껴졌으면 하는 거야. 경제학 배운 적 있어?"

"아직이요." 엄밀히 말하면 사실이었다. 세 번 본 퀴즈에서 총점 45점 중 11점을 기록한 뒤, 학기 시작 후 이 주일 만에 거시 경제학 입문 과목을 수강 취소했으니까.

"상관없어." 퐁이 조언했다. "너한테는 좋은 본능이 있어, 틸러. 네 예민한 미각과 잘 어울리는 본능이야. 현실 사업에서 가장 가치 있는 건 사람들이 뭘 원하는지 이해하고, 그걸 제공하기 위해 최선을 다하는 거야."

"너무 간단한 것 같은데요."

"실제로 간단해. 복잡한 부분은, 사람들이 원하는 걸 알아내기가 보통은 어렵다는 거야. 때로는 자기들도 잘 모르거든. 자기가 원하는 걸 보기 전까지는."

"아니면 마시기 전이라든지요."

"맞아, 그렇지." 퐁은 웃었다. 우리는 액화된 호박(琥珀)의 마지막 방울을 비웠다. 퐁이 하품했다. 그러자 나도 하품이 나왔다. 이제야 고급 요거트아이스크림과 미식가의 핫도그와 일본산 위스키라는, 그야말로 지독한 축적물 때문에 몸이 처지고 피로가 몰려왔다. 퐁은 집으로 돌아가도록 우버를 불러 주겠다고 했고 나는 그 제안을 받아들였다. 이미 환영받지 못할 만큼 오래 머문 것인지도 모른다는 생각이 들었다. 나는 괜찮았던 하루를, 어쩌면 그 이상의 무언가를 망치고 싶지 않았다. 나는 그저 무한 속에서 또 한 바퀴 따분하게 굴러가는, 아지랑이 가득한 던바의 여름을 살아가는 얌전한 클라크 바드면의 얌전한 아들일 뿐이었다. 평소처럼 교외 지역 청년 특유의 멍청한 행동을 할 기운도 없었고, 이불 속에서 베리 향 숨결을 내뱉는 여자 친구와 뒤엉킬 만한 행운도 없었다. 나는 해외 연수 프로그램이 기대되지 않았다. 이것이 다른 면에서는 아무 문제없는 청년이 겪는 타락한 초조함이라고 생각하지는 않는다. 신사 취향의 남부 배경 소설이나 유럽 끄트머리에서 읽는 실존주의적 얘기에서 새어 나오는 그런 초조함 말이다. 아니면 실제로는 그런 초조함이 맞는데, 내가 그 냄새를 맡지 못한 걸지도 모른다. 나는 그저 퐁의 니미츠급* 대저택의 비현실적인 토끼 굴에서, 빠르게 밀도를 높여 가며 솟아오르는 이곳 던바 크로싱에서 매우 신기한 무언가가 요리되고 있다는 걸 알았을 뿐이다. 뉴욕으로 가는 급행 버스 정류장에 가면 힌디어와 러시아어와 중국어의 강한 억양이 들리는 이곳에서, 전속력으로 움직이면서도 태평하기만 한 이런 활동이 맹목적으로든 아니든 이곳저곳에서 내게 태연히 손짓하고 있었다.

"내 생각에, 넌 진짜로 드럼 카파고다를 만나야 할 것 같아." 퐁은 거대한 원형 진입로에 서 있는 공유 자동차로 나를 데려다주며 말했다. "그렇게 해 보자."

"좋죠." 나는 양손 엄지를 치켜올리며 말했다. 나는 어른이 그런 제안을 하면 보통 흘려듣고 만다. 터무니없이 큰 저택과 광범위한 투자 수단을 가진, 사업적 성공을 거두고 있는 이민자의 제안이라면 더욱 그랬다. 하지만 상대가 퐁이었기에 나는 그를 믿었다. 희망이 솟았다. 누군가는 그것이 진부한 중국 분위기에 혹한 것이라고 할지도 모르겠다. 또는 조화를 생각하라는 서구의 헛소리에 대한 옹호라거나, 아니면 그냥 한심할 정도로 결핍된 나의 핵심 때문이었을지도 모른다. 하지만 사실, 내가 퐁에게 쉽게 동조한 건 그가 건넨 말이 자기 그룹에 속한 우리 모두를 향해 보이는 뿌리 깊은 어떤 경향, 근본적으로 너그러운 어떤 경향의 표현이었기 때문이다. 퐁은 관대했지만 그건 도덕 때문에, 혹은 상업적 기어에 기름을 치기 위해, 혹은 정신적 편의나 안락함을 위해서 그런 게 아니었다. 간단히 말해, 퐁이 관

• 니미츠는 미국의 항공 모함을 말한다.

97

대한 이유는 무수히 많은 인간이라는 가족에 대해 끝 모를 경이감을 품고 있었기 때문이다. 인간이란 어떤 존재인가를 영원히 음미하고 있었기에.

어쩌면 가능할지 몰랐다. 그렇게 될지 몰랐다.

아마 이걸로 내가, 어느 모로 보나 '그냥저냥' 괜찮은 인간인 틸러 바드먼이 퐁의 초대에 응한 이유가 설명될지 모르겠다. 보통 나는 누군가가 내게 관심을 가지면 의심한다. 나의 평범함에, 나여서는 안 되는 모든 이유에 집중한다. 하지만 이번만큼은 그러지 않았다.

5

밸과 나는 비교적 복잡한 삶의 문제에 관해서는 묻지 않는다는 암묵적인 최초의 맹세를 깼다. 우리는 뭐랄까, 혈연관계에 대한 배경 정보라든지, 어린 시절의 핵심적인 순간이라든지, 인간관계에서 겪은 문제 등에 대해서는 얘기하지 않기로 했다. 보통은 세 번이나 네 번쯤 같이 자고 나면, 건조기에서 꺼낸 서로의 양말 짝을 맞추고 나면, 화장실 두루마리 휴지를 새로 사서 채워 넣고 나면 이런 정보에 파고들게 마련이었지만 우리는 그러지 않았다. 알고 보니 밸도 외동이었다. 나와 밸의 근본적인 차이는 밸에게 잠깐이나마 형제가 있었다는 것이다. 밸의 남동생은 두 살이 되기 전에 죽었다. 전형적으로 끔찍하고 피할 수 있었던 일이었다. 주방에서 전화가 울렸고, 대문은 잠겨 있지 않았고, 이웃집에 수영장이 있었고. 어떤 무시무시한 그림이었는지 상상할 수 있을 것이다. 밸은 동생보다 겨우 두어 살 많았으므로 동생을 거의 기억하지 못했다. 때로는 동생이 존재했다는 사실조차 잊어버렸다. 추측이지만, 아마 밸의 부모님이 동생의 물건에 소름 끼치도록 슬프고 장엄한 먼지가 쌓이도록 놔두는 대신 요람과 흔들의자를 해체하고 동생의 장난감과 옷과 모든 사진을 상자에 담아 치운 뒤 다른 아이를 낳지 않았기 때문이었을 것이다. 부모님이 다른 아이를 가지려고 노력했는지 아닌지 밸은 몰랐다. 동생의 이름은 리온, 미들네임은 용이었다. (둘 다 밸과 마찬가지로 힘과 용기를 뜻했다.) 내가 둘의 배경을 묻자 밸은 어머니가 4분의 1 중국인 혈통이라고 했다. 그럼 밸도 나와 똑같이 8분의 1 아시아인인 셈이었다.

밸의 눈이 때로 무척 아시아인처럼 보여서 8분의 1 혈통이 매우 적은 비율로 느껴졌다. 나는 무의식적으로 그녀를 강렬히 바라보곤 했다. 그녀의 얼굴과 머리카락, 몸에 새겨진 유전적 룬 문자를 샅샅이 살펴보고, 새 소형 망원경을 통해 그녀가 한 말이나 행동을 돌이켜 분석해 보려는 이유에서였다. 하지만 그건 속임수였다. 그 모든 일이 결국 나 자신에 관한 것이고 예전부터 늘 그래 왔음을 이해하기 위해서는 사실 망원경을 뒤집어 나 자신을 바라봐야 했다. 나처럼 절반쯤 디아스포라적, 탈식민주의적 정체성을 가진 애매한 사람은 특히 그랬다. (이런 예의를 차린 표현은 내가 가장 좋아하면서도 두려워했던 대학교수 라켈 아키노-마스가 한 것이다.)

나는 이런 여자와 어울리는 나를 클라크가 어떻게 생각할지 궁금해졌다. 언젠가 밸과 비즈(빅터 주니어를 줄인 이 이름은 내가 아이를 부를 때 간혹 사용하는 별명이다.)와 함께 식당에 갔을 때, 나는 발신자를 숨기기 위해 계산대 근처에서 충전 중이던 직원의 핸드폰 하나를 슬쩍 화장실로 가져가 클라크에게 전화를 걸었다. 그냥 클라크의 목소리를 듣고 싶었다. 클라크는 친절한 마음의 소유자이고 나도 클라크가 그리웠으니까. 클라크가 내 동거 소식을 어떻게 받아들일지 궁금하기도 했다. 홍콩 국제공항의 푸드 코트에서 밸과 비즈를 만난 이후 내가 던바로 돌아가지 않았다는 사실에 대해서는 말할 것도 없었고. 내가 클라크를 사랑하지 않은 건 아니다. 다만 나는 내게 산더미처럼 닥친 그 모든 일의 무게로 클라크를 짓누르고 싶지 않았다. 그가 늘 움찔하면서 읽는 두꺼운 위인전에 더욱 깊이 얼굴을 파묻게 되는 걸 바라지 않았다. 물론, 나는 무엇보다도 내 선택이 그에게 슬픔의 협공을 퍼부으리라는 걸 알았다. 시간이 지나면서 두 배가 된, 오래전에 사라진 아내와 이제 자리를 떠난 아들에 대한 슬픔의 협공.

전화기 너머로 들린 클라크의 "여보세요? 여보세요?" 하는 소리는 그답게 부드러웠다. 심지어 뭔가를 갈망하는 것처럼 들리기도 했다.

퐁과 여행을 한 이후로 나는 특정한 주파수를 찾고 있는 걸까. 그 주파수가 아무리 뒤죽박죽이거나 희미하더라도 말이다. 내가 퐁에게 자석처럼 끌린 데는 아마 분석되지 않는 수많은 이유가 있을 것이다. 하지만 터놓고 말하자면 그저 퐁이 퐁이었기 때문이다. 퐁은 역사적이고 고전적인 백인 마을에 사는, 기괴한 머리 모양을 한 이민자 겸 기업가 겸 아시아인 한량이었다. 기부가 필요하지 않은 그를 보면서도 우리는 마치 후원자라도 된 듯 자기 만족적인 자부심으로 그에게 윙크를 던질 수밖에 없었다. 혜택이 전혀 필요하지 않음에도 후원을 바란 건 어쩌면 나였을지도 모른다. 어쩌면 내가 버려진 핍*이었을지

• 찰스 디킨스의 소설 『위대한 유산』의 주인공으로 엄청난 유산을 상속받는다.

모른다. 나도 모르게 존재만으로도 이 세상의 녹슨 피스톤을 작동시킬 사람, 새로운 축을 따라 나를 밀어내 줄 후원자를 기다린 걸지도.

그래서 내가 밸에게 말해 준 건 틸러스러움의 어떤 부분이었을까? 대부분은 자연스럽게 우리 가족을 강조한, 아마 퐁과 함께하기 전에 대한 얘기였을 것이다. 언제나 흔들린다는 점에서만 흔들리지 않던 엄마, 즉각적인 모성의 공백, 아빠 클라크가 깔아 놓은 애정 넘치는 부성의 고속도로, 나보다 훨씬 더 똑똑하고 흥미로웠던 별나고 변덕스러운 여학생 두어 명과 있었던, 픽사 애니메이션에 나올 법한 고등학교 시절의 성적 모험, 결국 대학 시절의 방황을 끝내지 못하고 맞이하게 된 사회적, 학문적인 막다른 길. 밸이 어쩔 수 없이 얘기의 맨 처음으로 돌아와 물었을 때도 나는 우리 엄마의 배경이나 지금 엄마가 어디에 있는지, 뭘 하고 있을지에 관한 자세한 얘기를 하지 않았다. 나는 전에도 얘기를 일부 빠뜨린 적이 있었지만(예를 들어 대학교 1학년 가을 학기에 사면발니로 한바탕 고생했던 일이나, 가끔 빅터 주니어에게 주전자에 담긴 초콜릿우유를 그대로 먹게 해 준다는 얘기 등) 가식을 떨거나 일부러 밸의 오해를 유도한 적은 없었다. 그러나 우리 엄마를 어디에서 마지막으로 만났느냐는 얘기가 다시 거론됐을 때는 얼어붙은 시간 속에서 잠시 길을 잃고 간신히 한숨을 내쉬었다. "난 엄마가 안 계셔."

"그럼……." 밸이 신음하며 내 손을 잡았다. 우리는 피타 패터라는 식당의 뒤쪽 부스에 앉아 있었다. 빅터는 구식 핀볼 게임기의 라이브 액션이 주는 기쁨을 만끽하며 패들에서 손을 떼지 않았다. 그와 대조적으로 밸은 원초적인 상심 때문에 핏기가 가신 얼굴이었다.

"아니, 그런 건 아니야." 나는 지저분하게 입을 벌리고 있는, 양고기를 갈아서 만든 샤와르마를 내려다보며 웅얼거렸다. 대체로 훌륭하고 승리에 찬 우리의 나날에 비극을 끌어들이고 싶은 마음은 전혀 없었다. 밸은 대단히 별난 상황에서도 누구보다 단단했다. 가족의 소멸이라는 바꿀 수 없는 현실에 대해서든, 이후 이어진 전혀 힘들이지 않는 나날, 그 자연스러운 블랙홀에 대해서든 굳이 파고들 이유가 뭐가 있는가? 그날 이후로 나는 독자 생존이 가능한 다른 천체들의 이동에 유난히 예민해졌다. 너무 빨리 그 인력에 끌려갔다. 아마 앞으로도 늘 그럴 것이다.

빅터 주니어가 트란실바니아의 미친 과학자처럼 "저 **은-색** 공들이 **마음에 들어!**"라고 선언하곤 우당탕탕 달려와 동전을 더 달라고 했다. 아이는 통통한 마늘튀김을 입에 쑤셔 넣고 콜라를 후루룩 들이마시더니, 불룩한 뺨 안에서 그 덩어리를 섞어 스무디로 만들었다. 게임을 몇 판 더 하면서 먹으려는 모양이었다. 피타 패터의 다른 아이들이 비교적 전형적인 총기 난사 게임을 선호해서 다행이었다.

"최근에는 쟤가 상황을 어떻게 보고 있는지 궁금해졌어." 밸이 한동안 침묵을 지키다가 말했다. 그녀는 아이가 핀볼 기계 옆면의 버튼을 격렬하게 두드리다가 앙심을 품은 것처럼 가슴으로 조종간을 쿡쿡 찌르는 모습을 지켜보고 있었다. "그러니까, 아빠라는 문제에 대해서 말이야. 빅터가 아빠를 마지막으로 본 게 거의 삼 년 전이야. 기억나는 것도 별로 없겠지. 분명 그 조금마저 이미 잊었을 테고. 혹시 내가 빅터 아빠의 사진 몇 장을 액자에 넣어서 TV 방에 놔두면 어떨까 싶었어. 신경 쓰일 것 같아?"

"당연히 아니지."

"정말?"

"좋은 아이디어라고 생각해."

밸은 미소 지으며 내 손을 꽉 잡았다. "근데 빅터의 인지 부조화는 어쩌지? 혼란스러운 메시지를 주는 거잖아? 너희 아빠는 돌아가셨어, 그런데 우리는 아빠 때문에 숨어 사는 거야. 하지만 난 그래도 네가 아빠를 존경하기를 원해, 라는 메시지라니. 너도 빅터 주니어의 생각을 다 알 수는 없겠지만……. 네 생각엔 혼란스러울 것 같아?"

"빅터 주니어가 명확한 그림을 그리려면 이젠 말해 줘야지." 내가 말했다. "빅터 주니어가 즉시 접근할 수 있는 정보를 주는 거야. 빅터 주니어라면 그 그림들을 램에만 저장해 놓고 장기 기억 장치에는 쌓아 두지 않을지도 몰라."

밸은 고개를 끄덕였다. 기술적인 측면에서나 비유적인 측면에서나 내 말이 무슨 뜻인지 확실히 이해하지 못한 건 분명했지만 말이다. 나도 잘 몰랐다. 다만 아빠가 잠시 남겨 두었던 엄마의 사진을 무작위로 떠올렸다. 원래도 아빠와 엄마는 사진을 많이 두지 않았다. 그나마 대부분은 나 혼자 찍은 사진이었다. 내 기억 속 엄마 사진은 엄마가 가족에서 떨어져 나간 뒤 한동안 주방 책상에 놓여 있던 것으로 내가 한두 살 때 찍은 엄마의 독사진이었다. (내가 이 사실을 아는 이유는 사진의 구석에 유모차 앞부분이 보였고 하늘색 양말을 신은 조그만 발이 튀어나와 있었기 때문이다.) 사진은 어느 날 사라져 버렸고, 나는 그 사진이 별로 그립지 않았다. 그저 폭풍이 불고 나서 거대한 나무가 사라졌을 때와 비슷한 느낌이었다. 하늘에 뚫린 선명하고 새로운 구멍이 다시는 채워지지 않으리라는 생각이 들지만, 며칠 뒤면 어째서인지 모든 것이 재조정되고 마치 나무가 아예 존재하지 않았던 것처럼 느껴진다.

아무튼 사진 속에서 엄마는 무릎을 꿇고 있었다. 유모차 옆에 떨어뜨린 딸랑이를 주우려는 것 같았다. 어째서인지 클라크는 이 장면을 찍으면 흥미로울 거라고 생각했다. 솔직히 말하면, 실제로 흥미로웠다. 엄마는 청바지에 쥐색 블라우스를 입고 있다. 블라우스 소매는 말아 올렸고 머리카락은 파란색과 흰색의 체크무늬 반다나로 감싸고 있다. 내가 기억하는 한 엄마가 그 반다나를 다른 용도로 쓴 적은 없다. 또 커다랗고 둥근 검은색 선글라스를 쓰고 있다. 배경이 엄마의 블라우스와 비슷한 색깔인 걸 보면 맑은 날이 아닌 게 분명한데도 그랬다. 엄마는 카메라를 보지 않고 살짝 빗나가게 사진 찍는 사람의 뒤쪽을 보고 있다. 아마 지평선을 보는 듯하다. 우스운 건 사진을 똑바로 바라보고 있을 때조차 사진 속 인물이 정말로 엄마라는 걸 확신하기가 힘들었다는 것이다. 솔직히 사진을 보고 있으면 그녀가 사실 증인 보호를 받느라 (하하) 얼굴을 가리고 있는 게 아닌가 싶었다. 선글라스와 반다나로 모습을 가리고 있어서만이 아니었다. 신난 것도 우울한 것도 아니며 관심이 많은 것도 무관심한 것도 아닌, 세상을 향한 표정 때문이었다. 그 표정은 철저하게, 완전히 비어 있다는 면에서 특징적이었다. 나는 다양한 순간의 엄마 모습을 떠올릴 수 있지만, 그 순간들은 꾸준히 서로 녹아 들어간 끝에 전체가 곤죽으로 변해 버렸다. 엄마는 여러 여성적 형태가 유령화된 채 겹겹이 쌓여 만들어진 어떤 여자가 됐다. 자기 영속적인 주기에 따라 깜빡이면서 초점이 맞았다가 흐려지고, 맞았다가 흐려지는, 최종적이고 조정이 어긋난 상(像)이 됐다.

나는 우리가 각자의 연옥을 짓는다고 생각한다. 그러니 이게 내 연옥일 게 틀림없다.

그런 연옥 같은 여러 공간으로 통하는 열쇠를 쥐게 될 게 누구보다 분명한 빅터 주니어는 사실 희망차게도 인간성의 징후를 보여 주고 있었다. 밸은 우리의 일상을 조금 바꾸어 보겠다는 가정적(家庭的) 동기에 힘입어 스태그노의 YWCA에서 열리는 가족 요리 수업도 등록했다. 나는 그 요리 교실이 졸음의 향연이 되거나(크림을 저어서 버터로 만들고, 쿠키 반죽을 만드는) 재앙이 되리라 생각했지만(칭얼거리기, 소리 지르기, 손가락에 피 나기) 예상외로 수업은 평온하고 편안했다. 태국 출신의 왜소하고 우아한 노부인이 세 가지 요리로 구성된 식사를 만들도록 우리를 이끌어 주었다. 새우가 들어간 파파야샐러드, 마사만커리치킨, 마늘볶음밥. 내가 이 얘기를 하는 데는 이유가 있다. 예상대로라면 일명 치킨너깃 경이라 불리는 빅터 주니어가 강한 향신료 냄새를 맡자마자 도망치게 해 달라고 빌었을 법했다. 하지만 미리 마련된 재료들(하지만 이건 어쨌든 가족 단위 수업이었으므로, 우리는 닭 가슴살을 조금 썰어야 했다.)이 담긴 작은 그릇들 앞에 다가갔을 때, 그는 레몬그라스, 자극적인 자줏빛 바질, 수제 카레 소스의 냄새를 맹렬하게 맡아 대며 취한 사람처럼 됐다. (카레 소스의 경우, 나부터가 처음에는 강한 반응을 보였다. 퐁과 보낸 시간에 겪은 일을 생각해 보면 그럴 만했다. 그 일에 대해서는 나중에 더 얘기하겠다.) 빅터 주니어의 얼굴이 너무도 이상하게 뒤틀리고 구겨져, 나는 그 꼬마 뚱보가 쓰러지기라도 할 줄 알았다. 하지만 빅터 주니어는 각각의 향신료 냄새를 더욱 깊이 들이마셨다. 수정처럼 맑은 별들로 희게 달구어진 장관을 영접한 약쟁이처럼 크게 웃었다. 그리고 나서 빅터 주니어는 정말로 집중하기 시작했다. 뱀과 나는 우리의 단계를 밟아 가면서도 빅터 주니어가 판송 부인의 걸음걸이와 움직임을 너무도 비슷하게 따라 하는 걸 보고 놀라 말을 잃었다. 그는 판송 부인이 인내심 있게 피시 소스를 흔들어, 갈아 놓은 녹색 파파야에 톡톡 떨어뜨리고 길쭉한 파파야를 손가락으로 주무르는 모습까지 따라 했다. 다른 모든 아이들은 다양한 시점에 관심을 잃어 가고 있었지만, '우리 애'는—내 입에서 이 단어가 실제로 튀어나올 정도였다.—물 만난 고기 같았다. 빅터 주니어는 판송 부인에게 계속 연동돼 있었고 한마디도 불평하지 않았다. 판송 부인이 우리에게 아주 작게 자른 신선한 태국산 고추를 주며 먹어 보라고 했을 때만 예외였다. 그때 빅터 주니어는 어둠의 슈퍼 히어로처럼 숨을 헐떡이며 "나 죽네!"라고 말했다.

하지만 빅터 주니어는 죽지 않았다. 수업이 끝날 무렵 우리 모두 교실을 돌면서 서로가 만든 음식을 맛보았을 때는 수줍음이 많고 온순한 아이들이 생기를 띨 때 그러듯 조용히 집중했다. 그는 '으음' 하며 동급생들을 칭찬하고, 편하고도 너그러우며 겸손한 태도로 노력에 대한 찬사를 받아들였다. 영악한 잘난 척은 조금도 하지 않았다. 나는 '와, 이거야말로 빅터 주니어가 계속 발전할 수 있게 도와줘야 하는 모습일지 몰라.'라고 생각했다.

"다시 같이 요리해야겠는걸, 젊은이." 판송 부인이 말했다. 우리는 마지막까지 교실에 남아 있었다. "그때까지 계속 요리할 거니?"

빅터 주니어는 사실상 꼬리를 흔들어 댔다. 판송 부인은 앞치마 두른 가슴에 빅터 주니어가 얼굴을 묻도록 그를 끌어당겨 꽉 안아 주었다. 그녀는 우리에게 조리법이 인쇄된 전단지와 함께 레몬그라스 줄기와 방동사니, 말린 고추 한 봉지를 챙겨 주었다. 밸과 나는 둘 다 이 향신료들이 기억에서 잊힌 채 냉장고 서랍에서 말라 갈 거라고 생각했다. 하지만 놀랍도록 생산적인 홈스쿨링을 마친 다음 날, 빅터 주니어는 슈퍼마켓에 가자고 고집을 부렸다. 우리는 다양한 재료를 담은 봉투 여러 개를 가지고 집에 돌아왔고, 빅터 주니어는 즉시 판송 부인이 했던 것처럼 조리대 위에 큼직큼직 재료들을 정리했다. 밸과 나는 어느새 메인 주방장이 조리법을 보고 지시하는 대로 계량하고 껍질을 벗기고 채를 썰고 있었다. 빅터 주니어는 온라인 강의 계획표에 나와 있는 책을 읽을 때는 안타깝게도 찾을 수 없었던 자신감과 에너지를 가지고 큰 소리로 조리법을 읽었다. 심지어 심해 보물 탐사나 외계의 침략자들을 죽이는 내용의 책을 읽을 때도 그런 적이 없었는데. 우리는 주방을 다양한 음식이 튄 지저분한 공간으로 만들고 손가락도 몇 개 찢어 다치는 데 성공했다. 그러나 그 결과로 만들어 낸 팟타이는 도저히 맛없다고 할 수 없었다. 양상추로 싸 먹는 맵고 라임 향이 곁든 얇은 돼지고기샐러드는 조금 간이 세기는 했지만 정말이지 끝내줬다. 나는 설거지를 하면서, 이날 저녁만큼은 우리가 인근 카운티 세 곳에 있는 태국 음식 레스토랑 중 가장 훌륭한(유일할지도 모르겠지만) 레스토랑의 소유자라는 공상에 잠겼다.

그 이후로는 무엇으로도 빅터 주니어를 막을 수 없었다. 우리는 판송 부인을 통해 옆 카운티에 있는 아시아 시장을 알게 되었고, 빅터 주니어는 보름 동안 우리에게 판송 부인의 조리법에 적힌 음식을 만들게 했다. 우리는 기술이나 타이밍 면에서 점점 나아졌다. 밸과 나는 매일 밤 침대에서 사후 분석을 하며 다음 날에는 빅터 주니어가 어떤 요리를 선택할지 궁금해했다. 요리 자체도 더 나아졌다. 더욱 날카롭고 강렬한 맛이 났다. 조리법 전단지에 적힌 요리들을 거의 다 수행했을 즈음에는 그야말로 끝내주게 좋아졌다. 최소한 우리 어른들이 먹기에는 그랬다. 빅터 주니어가 음식을 '사랑했는지', 아니, 좋아하기라도 했는지는 알기 어려웠다. 빅터 주니어는 그냥 종종 과민해지는 미각을 가진 어린애였고, 냄새가 고약한 음식을 한입 먹고 나면 금방이라도 뱉어 버릴 것 같은 표정을 지었다.

하지만 성숙의 조짐이란, 최초의 충동에 질문을 던지는 데서 나타나는 걸지도 모른다. 나는 빅터 주니어가 배운 게 바로 그것이라고 생각한다. 날 때부터 명민했던 그의 정신은 특이한 맛을 전부 분류했고 기록했다. 그 다양한 맛이 일으키는 현상이 빅터 주니어에게 갑작스럽고도 진정한 기쁨을 주었다. 나는 빅터 주니어가 일종의 천재는 아닌지 궁금해지기 시작했다. 빅터 주니어는 와인을 마시는 속물 겸 병적인 미식가처럼 자기가 느끼는 맛을 모조리 설명할 수 있었다. 예를 들면 시큼한 수프에 관해서는 "수상한 레몬차를 마셨다가 입속에 토해 버린 맛 같아."라고 말했다. 밸과 나는 빅터 주니어가 계속 요리를 하게 해야 한다는 데 동의했다. 태국 요리에만 그쳐서는 안 됐다. 그렇게 긴 하루를 보내고 나면 아이가 완전히 지쳐 피곤해졌기 때문이다. 녀석은 산꼭대기에 사는 수도승마저 탐낼 법한 수준의 차분함과 자유로운 행복에 이르렀다. 잘 시간이라며 빅터 주니어를 따라 뛰어다닐 필요도 없었고, 잠옷을 입고 화장실에 가는 걸 잊지 말라고 애원할 필요도 없었다. 녀석은 거울 속의 가물가물한 자기 눈을 마주 보며 전동 칫솔이 그 조그맣고 날카로운 이를 닦고 지나가게 놔두었다. 심지어 불평 없이 우리가 책을 읽게 두기도 했다. 불평을 하는 데 필요한 에너지가 남아 있지 않아서였다. 그렇게 녀석은 눈을 깜빡거리다가 약 팔 초 안에 입을 쩍 벌렸다.

빅터 주니어는 케이블 TV의 요리 프로그램도 챙겨 보기 시작했다. 그는 자기 또래의 아이들이 요리 시합을 벌이는 프로그램에 빠르게 정착했다. 그런 프로그램에서는 아이들이 콜리플라워나 신선한 정어리처럼 까다로운 재료를 가지고도 요리해야 했다. 밸과 나는 빅터 주니어와 함께 그런 프로그램을 보았다. 빅터 주니어가 유튜브에게 코치를 받더니 며칠 만에 엄청난 칼 솜씨와 볶기 기술을 습득한 걸 보지 못했다면, 우리도 아마 다른 이들처럼 영재들의 솜씨와 지식을 믿지 않았을 것이다. 빅터 주니어는 센 불이나 탁탁 튀고 지글거리는 기름을 전혀 두려워하지 않았다. 녀석은 '척-척-척-척-척' 하며 자기가 미리 세로로 잘라 둔 양파 반 개를 빠르게 썰었고, 눈 깜빡할 사이에 '미르푸아'*에 들어갈 네모난 당근과 셀러리와 동일한 크기로 아주 작게 썬 네모난 흰색 양파 조각들을 수북이 쌓았다. '미르푸아'는 '맛 프로필'과 '프라이팬 졸이기', '브라인'** 등 빅터 주니어가 새로 습득한 수많은 단어 중 하나였다. 그런 단어 중 내가 가장 좋아하는

• 잘게 썬 채소, 소금, 후추, 허브, 고기 등을 넣어 만든 양념.
•• 조리용 소금물.

건 '캐러멜화'로, 타기 직전까지 가열해 달콤하게 그을려 놓는 기술을 말했다. 우리 모두 그런 절묘함을 배워야 한다.

아무튼 우리는 외식이나 배달 음식 먹기를 거의 멈췄다. 아마 우리의 위를 저급한 포장 음식으로 채워 넣는 것보다 재료를 사는 비용이 더 많이 들긴 했을 것이다. 나는 이 점이 무척 마음에 들었다. 내 미뢰는 퐁의 WTF Yo!에 갔던 날이나, 결국 설명하겠지만 타국에서 보낸 시절에도 그랬듯 황홀함 속에 되살아났다. 밸과 나는 머잖아 셰프 빅의 식재료 구매 담당자 겸 부주방장 역할을 도맡았고, 셰프 빅은 태국 음식에서 모로코 음식, 이탈리아 음식, 중국식-한식(빅터 주니어가 수제 소스와 면을 사용해 만든 자장면은 마치 전설의 마약 같았다.)까지 다양한 음식을 망라했다. 그는 어째서인지 퓨전 요리를 만들어 낼 만한 기술과 자신감을 갖추고 있었다. 예를 들어 검은 트러플 버터(이 역시 우리가 온라인으로 주문해야 했던 수많은 특수 재료 중 하나였다.)로 마무리한 베이징오리구이리소토가 그랬다. 밸은 아무리 먹어도 그 요리에 질리지 않았다. 그녀는 손가락을 사용해 접시에 마지막 남은 녹말 얼룩까지 닦아 먹더니, 나중에는 우리의 선더돔* 침대에서 내가 마치 빅터 주니어의 카더멈크렘브륄레 중 하나라도 되는 듯 내게도 불을 붙였다. 그런 다음에는 설탕을 입힌 껍질로 휘핑 커스터드 크림으로 이루어진 내 중심까지 깨 버렸다.

하지만 밸은 나를 편하게 대한 셈이었다. 내가 타국에서 지내던 시기에 만난 다른 몇몇 사람과 비교하면 그랬다. 나는 그 시기의 경험

---

* 영화 「매드맥스」에 나오는 투기장으로 한쪽이 죽어야 결투가 끝난다.

에 관한 자세한 내용을 밸과 나눈 적이 없으며 앞으로도 절대 그럴 생각이 없다. 예의 때문도 아니고, 부끄럽기 때문도 아니다. 나는 더 이상 아무것도 부끄럽지 않다. 더 정확하게 말하자면, 지금의 나는 내가 진짜 수치심을 느껴 본 적이 없으며 그저 수치심을 느끼는 척했을 뿐이라는 걸 안다. 밸과 함께할 때의 요점은, 과거가 언제나 현재 속에 살아 있다 해도 계속 눌러 끄다 보면 현재가 어쨌든 굴러간다는 것이다.

어쨌든 지금은 이렇게만 말해 두겠다. 나는 특별한 맛이 여자의 내면에 있는 광기를 채워 줄 수 있다는 걸 안다.

요리를 할 때 반드시 따르는 결과는, 충분히 맛있지만 영영 먹을 수 없는 음식이 엄청나게 버려진다는 것이다. 그래서 우리는 전리품을 다른 사람들과 나누기로 했고 어느 날 밤, 판송 부인을 초대했다. 판송 부인은 자기보다도 덩치가 작은 남편 판송 씨를 데려왔는데, 판송 씨는 "안녕하세요."와 "감사합니다." 외에는 한마디도 하지 않은 채 그냥 먹고, 먹고 또 먹었다. (그 많은 음식이 다 어디로 갔는지는 엄청난 과학적 수수께끼다.) 우리 넷은(빅터 주니어는, 요리사들이 몇 시간씩 서빙한 후에 그러듯 손님을 관찰하는 데 더욱 집중하며 요리는 조금씩만 맛봤다.) 프로방스식 치킨스튜가 담긴 우묵한 접시와 감자그라탱, 허브를 곁들인 오이샐러드를 끝장냈다. 우리는 식사를 마친 뒤 카드 게임을 했고, 판송 씨는 블랙 잭 게임의 딜러 역할을 맡아 자기가 원하는 사람을 이기게 하는 능력으로 우리를 기쁘게 해 주었다. (알고 보니 그는 한때 마카오의 카지노에서 일한 적이 있었다.) 판송 씨는 그 방법을 빅터 주니어에게 알려 주었다. 밸과 나는 둘이서 서로 다른 카드 덱을 가

112

지고 연습하는 모습을 지켜보다가 그렇게 지켜보고 있는 서로를 눈치챘다. 빅터 주니어는 잔뜩 집중한 채 놀라워했다. (어쩌면 그렇게까지는 아닐지 모르나) 서로 다른 생김새의 조그만 사람 두 명을 보니 우리 안의 무언가가 자극됐다. 대학생 나이의 꼬마인 나로서는 전에는 알아차리지 못한 무언가였다. 세대 간에 전수되는 지혜를 보았을 때 일어나는 핏줄의 반짝임, 그 빛나는 흐름. 판송 씨가 가르쳐 준 건 초급 속이기 기술이었지만 나는 여전히 경이로웠다. 밸도 마찬가지였다. 나는 밸이 존재했을지도 모르는 가족의 삶에 관한 작은 삽화를 떠올리고 있다는 걸 알 수 있었다.

하지만 빅터 주니어가 우리에게 시킨 굉장한 검보 수프 불꽃놀이에도 불구하고 우리 셋만 다시 남게 된 다음 날 밤은 성 패트릭 데이 이후 첫 아침 미사 같았다. 어째서인지 그 멋진 스튜에는 톡 쏘는 외로움이 깃들어 있었다. 우리는 식사를 정리하고 「꼬마 주방장」의 한 에피소드를 절반쯤 본 뒤 서로에게 웅얼웅얼 잘 자라고 인사했다. 다음 날 어쩌다 보니 밸은 우리 집에서 세 집 건너 사는 미망인과 우편함 옆에 서서(우편함에는 우리 앞으로 보낸 광고지가 잔뜩 들어 있었다.) 수다를 떨게 됐다. 곧 의식할 새도 없이 마사 할머니는 우리 집 거실에서 자기가 가져온 치즈 디핑 소스의 뚜껑을 따고 있었다. 빅터 주니어가 연육 작업을 해 그릴에 구울 파이타 소고기에 곁들일 소스였다. 그 소스는 점도나 맛이 마치 녹은 위플볼*과 비슷했다. 하지만 우리는 마사가 이웃들의 소문을 우리에게 대접하는 동안 그 소스를 퍼

---

* 야구공의 일종.

먹었다. 마사는 그렇게 어느 집에서 음주운전으로 면허를 취소당했다는 얘기나, 아편 남용으로 사망한 성인 자녀들 얘기를 전했다. 그러면서 '남용'이라고 해 봐야 맥주와 담배만을 남용했을 뿐이라고 했다. 또 현충일이면 우리가 사는 이 거리에서 도시락을 즐겨 먹으며 마을 소풍을 열었던 시절에 대해 얘기했다. 그런 소풍에는 그릴과 깃발과 반짝반짝 윤을 낸 포니카*가 함께했다. 마사는 나에 대해 모든 걸 안다고 생각했고(밸은 마사에게 내가 중년 여자에게 미쳐 있으며 집에서 "기술 관련 일"을 한다고 말해 주었다.) 쓰레기를 수거하는 날 쓰레기통을 잘 들여놓는다며 우리를 칭찬했다. 어쨌든 마사는 마음이 따뜻한 사람이었다. 마사가 거의 눈먼 개, 슬리브스를 키우며 얼마나 다정하게 말을 거는지를 보면 알 수 있었다. 결국 빅터 주니어의 파이타 접시에 남아 있던 음식과 디핑 소스는 슬리브스가 깨끗이 핥아먹었다.

마사와 슬리브스가 소문을 퍼뜨린 게 틀림없었다. 이윽고 밸과 나는 동네의 다른 사람들이 퍼부어 대는 우리 집 신동 얘기에 갇히고 말았다. 여자 목사와 올림머리를 하고 다니는 그녀의 남편은 빅터 주니어가 글루텐이 들어가지 않은 음식도 만드느냐고 물었다. 쌍둥이에 '더해' 세쌍둥이까지 둔 트럭 운전사 가족은 빅터 주니어에게 인도식 버터치킨 요리에 특별한 비법이 있는지 궁금해했다. 옆집의 마리화나 중독자 겸 BMX 이용자 레이프와 우리가 하드타임이라고 부르는, 무시무시하고 근육질이며 나이가 훨씬 많은 그의 이복형은 빅

---

* 스포츠카 형태의 투 도어 소형차.

114

터 주니어와 내가 뒤뜰에 나와 통통한 양지 고기를 천천히 훈제하는 동안 어슬렁어슬렁 주위를 배회했다. 그들의 부모는 형제에게 식료품이나 현금을 전혀 남기지 않은 채 푸에르토 바야르타*로 유람선 여행을 떠났기에 레이프와 하드타임은 그날 밤에도, 그 뒤 이틀 동안도 우리와 함께 식사했다. 그들은 안주인인 뱁에게 자기들이 줄 수 있는 유일한 것, 즉 나이트비전이라 불리는 끈적끈적하고 통통한 꽃송이 몇 개를 선물로 가져다주었다. 나와 뱁은 그 꽃 덕분에 펑크적-환각적 존재의 깊숙한 중심으로 비행을 떠났다. 우리로서는 돌아올 길이 없을까 봐 걱정되는 여행이었다. 하지만 어느 순간 우리는 출구가 있다는 걸 알았다. 틀림없이 위상 변위를 일으킨 지구의 노골적이고 생생한 빛을 받아 깨어났으니까.

머잖아 우리 집 앞을 어슬렁거리는 사람들이 보이기 시작했다. 그들은 개를 매우 천천히 산책시키거나 실용적인 교외 건축물에 갑자기 관심이 생긴 척했다. 빅터 주니어가 가스레인지에 불을 올리면, 또 내가 이웃의 난방 및 배기 시설 기사에게 지붕에 설치해 달라고 부탁한 산업용 배기 팬이 돌아가기 시작하는 늦은 오후면 뻔뻔하게도 사람들이 모여들었다. 산업용 배기 팬은 항공 모함에서 튀어 나가기 직전의 전투기 같은 소리를 냈다. 그러고 나면 곧 후드 근처에서 빅터 주니어가 만든 훈제돼지고기턱살라구 냄새가 잔뜩 풍겼다. 기사와 기사의 아내도 우리와 함께 저녁을 먹었다. 전문대 강사 부부와 아프가니스탄 피난민 가족, (그들은 빅터 주니어에게 그들의 부족에서 사

---

* 멕시코 할리스코주의 휴양 도시.

용하는 양고기 코프타*용 양념을 나눠 주었다.) 검은색 데님 작업복을 입고 다니는 펑크 머리 노처녀 등도 마찬가지였다. 그들은 사탕이나 술이나 마약이나 종교 서적 등을 가져왔다. 한번은 우리가 감히 써 볼 엄두도 내지 못한, 백화점 및 온라인 상점 기프트 카드를 리본으로 묶은 뚱뚱한 꾸러미를 가져오기도 했다. 그 와중에도 퐁의 카드는 여전히 살아 있었다. 우리도 그 카드에 끝이 있다는 걸 알았다. 아직 그 연금이 바닥을 드러내지 않았을 뿐이다. 우리는 절제된 지출과 멈추지 않는 감사를 통해 어떻게든 우리를 지켜 주고 있는 이 상냥한 운명의 길에서 벗어나지 않으려고 연금을 아껴 쓰고 있었다.

그런데 말이다. 나는 이처럼 새로운 오픈 테이블 정책에 겁에 질렸으나—나는 한밤중 등 아래가 땀으로 축축해진 채 침대에서 슬쩍 빠져나와 모든 미닫이문과 창문과 여닫이문의 자물쇠를 다시 잠그곤 했다.—점점 이런 모임에 따뜻한 마음을 갖게 될 수밖에 없었다. 나는 계속해서 밸은 안전하다고, 토드 브라운이나 다른 무식한 스타일의 누군가가 우리 동네를 돌아다니고 있지 않다고 나 자신을 타일렀다. 그렇다고 해도 매일 저녁 현관문을 여는 게 쉬웠던 건 아니다. 오랜 기간 벙커에 틀어박혀 한 시기를 보낸지라 호기심 많고 허기진 데다 외로운 사람들에게 선뜻 문을 열어 함께 빵을 나누자고 초대하는 게 트라우마를 자극했다. 마치 욕조에 물을 채운 뒤 처음 몸을 담글 때와 비슷했다. 그럴 때면 '아오, 씨!' 분명 발이 녹아 버릴 거라고, 부드러운 내 엉덩이를 이 빌어먹을 데 담글 리는 절대로 없다고 생각한

---

* 고기, 생선, 치즈에 양념을 하고 으깬 뒤 동그랗게 빚어 만든 남아시아 지역의 음식.

다. 하지만 극단적이고 불가능하다고 느끼던 게 금방 살아남을 만하고 견딜 만하고 심지어 즐길 만한 것이 된다. 그러다가 완전히 즐거움의 대상이 된다. 물론 지저분한 날씨와 각다귀, 스태그노 특유의 도저히 메워지지 않는 포트 홀이라는 질병, 오래된 대형 할인 매장 대신 가는 새 대형 할인 매장에 관한 수다는 불가피한 사회 활동이었다. 그러고 나면 언제나 빅터 주니어의 말도 안 되게 맛있는 결과물에 대한 얘기, 그래서 우리가 밟아야 할 다음 단계는 무엇인가 하는 얘기가 나왔다. 모두가 빅터 주니어를 요리 프로그램에 출연시키라고, 시내의 빈 상가에 식당을 차리라고, 빅터 주니어가 만든 체더치즈베이컨스콘을 온라인에서 팔 수 있게 웹사이트를 열어 보라고 고집을 부렸다. 전부가 반쯤은 망상적이고 힘찬 미국적 아이디어, 우리가 평범한 시민이었다면 즐겁게 떠올렸을 법한 아이디어였다. 하지만 우리는 평범하지 않은 상황에 처한 평범한 시민들이었다. 그렇기에 탈무드적 열정을 띠고 스태그노의 『가제티어』* 라이프 스타일 코너를 읽듯, 아니면 맹금류의 시선으로 밤늦게까지 지역 케이블 채널을 훑듯 우리의 인생을 살아 나가야 했다.

어쨌든 우리는 그렇게 했어야 했다. 그런데 어느 날 저녁 식사 시간, 전에 치즈 디핑 소스를 가져왔던 마사가 슬리브스(우리의 첫 단골 '손님')와 함께 찾아와 새로운 소식을 전했다. 그녀는 미소 된장에 재어 만든 은대구 요리를 한입 가득 문 채 온라인 지역 게시판에 웨트스톤 가에 사는 초능력 꼬마 주방장에 관한 기나긴 글 타래가 생겼다

---

* 지도를 겸한 지명 사전.

117

고 했다.

"뭐라고요?" 나는 사실상 소리를 질렀다. "사람들이 우리가 사는 곳을 안다는 말이에요?"

"걱정하지 마라, 애야. 집 앞에 엄청난 인파가 모일 일은 없을 거야." 마사는 자연스럽게 내 말을 오해했다. "마을 사람 모두를 먹여 살릴 필요는 없다는 얘기지. 사람들은 그냥 빅터 주니어의 특별한 재능이 궁금할 뿐이야. 나야 처음부터 빅터 주니어의 팬이었으니 우리는 특별히 안쪽으로 들여보내 주었으면 좋겠구나!"

마사는 내게 윙크하고는 빅터 주니어에게 활짝 웃어 보였지만 빅터 주니어는 생선 조각을 저미는 데 골몰하느라 알아차리지 못했다. 그는 생선 필레가 지나치게 익었다고 생각했는지 살짝 인상을 찌푸렸다.

밸이 말했다. "내 잘못이야. 내가 사진을 올렸거든."

"멋진 사진이었어!" 마사가 덧붙였다. "어제 올린 노란색, 빨간색의 구운 비트샐러드는 잡지에 실어도 되겠더구나!"

밸은 화제를 돌리려 했지만 마사가 그렇게 놔두지 않았다. 하긴 마사에게는 그럴 이유가 없었다. 대부분의 부모/보호자는 자신의(다른 면에서는 ADHD/편집증/어쩌면 소시오패스적인) 아이가 한 가지 관심사에 열중해 재능을 보인다면 황홀감에 사로잡혀 인터넷 전체에 얘기를 퍼뜨리고 계속해서 떠들어 댈 것이다. 게다가 음식이라는 근본적인 것에 재능을 보인다는 점이 빅터 주니어의 취미를 훨씬 더 멋진 것으로, 보편적으로 공감 가능한 것으로 만들었다. 예를 들면 내가 던바에서 어린 시절을 함께 보낸 친구들, 즉 자기 집 지하실에 있는 재료로 자기만의 가이거 계수기를 설계하고 만들어 내던 무섭도록 똑똑한 아이들과는 대조적이었다. 그러나 우리 모두 증인 보호 프로그램에는 몇 가지 핵심적인 계명이 있다는 걸 안다. 그중 가장 중요한 건 아이를 기리기 위해서든 아니든 SNS를 사용하지 말라는 것이었다.

아무튼 마사와 슬리브스가 포장 음식을 챙겨 성큼성큼 떠나간 후, 밸과 나는 주방 청소를 시작했다. 청소는 비즈와 한 새로운 거래였다. 대신 비즈는 최대한 적은 수의 프라이팬을 사용하고 남은 음식 전부를 용기에 넣고 내일의 메뉴를 계획하기 전에 잠옷을 갈아입기로 약속했다. 그는 내일 메뉴를 계획하는 동안 DVR 요리 프로그램을 보았다. 연필과 노트패드를 들고 커피 테이블에 웅크리고 앉아 설탕 가루를 입힌 풍선껌 담배를 '피우면서' 말이다. 빅터 주니어는 주방장들이 마지막 손님을 치른 뒤 담배를 한 대 피우며 열을 식히는 모습을 곰곰이 살펴보았다. 그래서 우리는 아이가 위스키와 맥주 대신 설탕을 넣은 미지근한 녹차 한 잔을 로우볼로 깔끔하게 마실 수 있도록 해 주었다. 그걸 마시면 아이가 더 흥분하지 않을까 싶겠지만 실제로는 몇 시간 동안 강도 높게 집중하며 요리를 한 빅터 주니어의 RPM(분당 회전수)을 낮추는 데 도움이 됐다.

밸과 나는 주방을 정리하면서 얘기를 나눴다. 평소처럼 크나큰 경이감으로 가득 찬 사후적인 분석은 하지 않았다. 어쩌면 내가 싱크대에서 냄비를 조금 시끄럽게 땡그랑거렸는지도 모르겠다. 밸이 뒤로 다가와 내 가슴에 팔을 두르고 늘 그러듯 나를 꽉 끌어안았다. 그건 '미안해.'라거나 '그냥 넘어가자.'라거나 '나도 내가 이해하기 어려운 사람이라는 건 알아.'라거나 심지어 '제발 믿어 줘, 우리는 안전할 거야, 완전히 괜찮을 거야, 사랑해.'라는 식의 포옹이 아니었다. 이건 다른 종류의 힘, 밸에게서 나오는 것처럼 보이지만 밸 너머의 무언가로부터 유래하는 힘이었다. 밸의 살을 통해 내게로 직접, 오직 내게만 초전도 되는 힘. 우리가 속한 곳은 여기 말고 어디에도 없다고 말하는 힘.

그래, 뭐. 이런 말이 나에 관해 어떤 의미를 드러내든 상관없으니 그냥 말하겠다. 그건 엄마의 포옹이었다. 엄마가 시간을 벗어난 곳에 존재한다면 그리고 영원하다면 그리고 우주만큼 품이 넓고 비판적이지 않다면 말이다.

아마 그래서 우리의 좌표를 드러냈다는 이유로 그녀를 나무라지 않았던 것 같다. 충분히 뿌리를 내렸다는 기분이 들면 무엇도 나의 뿌리를 뽑을 수 없을 것처럼 느껴질 수 있다. 그리고 솔직히 말하면, 밸은 어떤 선언을 해야 하는 것처럼 보였다. 대체로 자기 자신에게 하는 선언이라도 말이다. '이게 나의 유일한 삶이고, 난 이 삶을 살아낼 거야.'라는 선언.

우리가 뜨거운 물이 흐르도록 놔둔 채 얼마나 오랫동안 서 있었는지는 모르겠다. 우리는 이미 주변을 떠다니는 단어들을 실망시켰기에 그 단어들을 망가뜨리는 위험까지 감수하지는 않았다. 어느 시점에 우리는 주방 정리를 끝냈고, 나는 빨간 고무장갑을 벗었다. 밸과 나는 TV 방 문지방에 걸터앉아 반쯤은 비터 주니어를 엿보았다. 비터 주니어는 식당 종업원처럼 허리를 숙이고 내일 필요한 재료를 휘갈겨 쓰고 있었다. 그가 고개를 들어 우리를 보았다. 입에 비스듬하게 물고 있는 꽁초 너머로 눈을 가늘게 떴다. 그렇게 그는 퉁명스럽게 웅얼거렸다. "사프란 있나?"

밸과 나는 고개를 끄덕였고, 빅터 주니어는 거의 알아들었다는 시늉도 하지 않은 채 다시 메뉴를 계획했다. 버릇없다기보다는 너무 집중한 탓에 그랬다. 처음에는 따끔한 상처였지만 즉시 흉터로 변했다. 내 생각에는 그 흉터야말로 부모로서의 자부심일 것이다. 이게 정말 나일까? 나는 잠시 멍한 느낌을 받았다. 그러다가 밸이 내 앞치마를 잡아당기며 한 대 피우자는 우리만의 신호를 보냈다. 엄지를 탁탁 튕기는 동작이었다. 우리는 서둘러 덱으로 나갔다. 나는 일단 일을 마치고 나면 밸이 양치하라고 비즈를 닦달할 줄 알았다. 그러는 동안 나는 솔티드 캐러멜을 챙겨 올 것이고, 다음에는 벌거벗은 채 침대에 누워 달콤하고 짭짤한, 또 느리고 어여쁜 타란텔라 춤을 추게 될 거라고 생각했다. 하지만 밸은 빅터 주니어에게 원한다면 더 오래 TV를 봐도 좋다고 말한 뒤 현관으로 향했다. 밸이 케즈*에 발가락을 집어넣길래 밸에게 어디 가느냐고 물었다.

"그냥 산책하고 싶어서."

"산책?"

"알잖아, 발로 하는 거."

"여기서?"

"응."

뭔가 이상했다. 우리는 평소 그러듯 대학교 구내식당의 저녁 시간

---

* 운동화 상표.

에 해당하는 이른 시간에 식사했다. 동네는 아직 어두워져 가고 있는 중이었다. 핏빛이 감도는 주황색 가로등 불빛에는 풍경을 보정하는 기능이 있는 듯하다. 이 불빛 아래에서는 웬만한 동네가 그림 같고 편안해 보일 만도 하건만 이 동네는 그냥 방사능에 오염된 것처럼 보였다. 나는 당연히 "알았어, 좀 이따 봐."라고 말했다. 밸은 문을 닫았다. 문에서 달칵 소리가 나자마자 나는 샤워하려던 계획을 버리고, 스펀지로 닦아 내고 방금 소독을 끝낸 주방으로 돌아갔다. 우리는 보건부 기준보다 높은 수준의 위생을 고집하려 한다. 아무튼 나는 일종의 상실감을 느끼며 딱히 뭔가를 본다기보다는 그냥 주위를 둘러보며 서 있다가 칼꽂이가 있는 쪽으로 흘러가 우리가 사용했던 전문가용 칼 한 자루를 꺼냈다. 튼튼하고 밀도가 높은 고탄소강 독일제 칼이었다. 나는 불빛이 광을 낸 칼날 위를 미끄러지듯 춤추게 놔두다가, 얼마 전 밸이 함께 청소하던 중 지금 나처럼 칼을 보고 있던 걸 떠올렸다. 밸은 탄소강을 행주로 닦아 내고 칼자루와 끝을, 극도로 날카로운 모서리를 한 박자쯤 느리게, 너무 오래 바라보며 최면에 걸린 듯 공허한 눈길로, 마치 묵직한 칼이 자신을 사라지게라도 할 것처럼 칼을 쥐고 있었다. 나는 칼을 원래 자리에 집어넣고 멍하니 집 밖으로 나갔다. 맨발로 짧은 진입로를 따라 내려가 양방향을 살폈다. 거리는 비어 있었다. 한쪽을 골라야 했으므로 나는 길을 따라 달려 올라가기 시작했다. 발바닥에 닿는 쇄석 도로는 아직 따뜻했고 거의 푹신푹신하게 느껴졌다. 나는 상황이 이렇지만 않았어도 꽤 괜찮은 산책이었으리라는 생각이 어쩔 수 없이 들었다. 노인들이 하반신을 움직이고 압박감을 실외로 배출하기 위해 하는 그런 산책 말이다. 나는 밸과 내가 손을 잡고 있는 모습을 상상했다. 물론 설탕 탄 냄새와 비슷한 유독한 화학적 트림을 매일 밤 뿜어내는 커다란 접착제 공장과 근처의 고속도로 인터체인지에서 나오는 디젤 배기가스를 훅훅 실어다 나르는 늦봄의 뜨뜻한 산들바람은 의식하지 않았다.

나는 웨트스톤과 라임록 로드와 만나는, 비교적 높은 막다른 길에 이르렀다. 땅거미가 지는 저 멀리에서 시야를 벗어나고 있는 한 형체가 보이는 듯했다. 나는 마이카 웨이의 언덕을 오른 뒤 그 구역의 가장자리를 지났다. 거리는 구불구불하게 이어지다가, 짧게 뻗은 금속 도로 분리대로 경계를 친 감속 차선 부분에서 끝났다. 근처에는 아무도 없었지만, 곰보처럼 박혀 있는 맥주 캔 여러 개와 찢어진 감자칩 봉지, 아코디언처럼 구불구불해진 다 쓴 콘돔으로 볼 때 이곳은 미성년 파티광들의 정원 같은 구역이었다. 하긴, 왜 아니겠는가? 이곳은 동네에서 고도가 가장 높은 지역으로 사실상 거대한 구덩이처럼 생긴 이 지역을 내려다보고 있었다. 이 지역은 과거에 폭과 길이가 수백 미터에 달하는 채석장이었으며, 가장 깊은 곳은 3층 깊이쯤 됐다. 사실 뭐랄까, 웅장했다. 새로이 떠오른 달이 고원의 반대편에서 돋아나는 어린 나무들 위로 떠올랐다. 그쪽은 한때 주거 구역이었지만 소유권 문제가 발생한 이후로 버려졌다. 나는 깨진 유리병을 의식하며 도로 분리대까지 다가갔다. 아래쪽을 내려다보니 밸이 튀어나온 돌 위로 폴짝 뛰어오르는 모습이 보였다. 채석장 바닥은 ATV가 다닌 길이 혈관처럼 자국을 낸 부분을 제외하면 덤불로 가득했으나 깎아지른 듯한 절벽은 거의 헐벗은 상태였으며 밤이 다가오는 지금은 멍든 것 같은 색깔로 변해 가고 있었다. 나는 소리쳐 밸을 부르려 했지만,

그 보라색 빛 속의 밸은 심각하게 사랑스러워 보였고 나는 그 순간을 망치고 싶지 않았다. 꼭 밸이 침울한 바단조 엔딩을 맞기 직전의 어느 영화 속 주인공이라도 된 것 같았다. 지금까지 일어난 모든 일이 그녀의 처진 어깨에, 갑작스러운 빛을 받아 빛나는 그녀의 목과 얼굴에 모여 있는 것만 같았다. 무언가가 이제 막 나오려는 듯 보였다.

하지만 그때 밸은 하이 다이빙 선수처럼 절벽 끄트머리까지 나아갔다. 밸이 신은 운동화의 발가락이 그 심연 위로 삐죽 튀어나왔다. 그녀의 두 팔은 양옆으로 딱딱하게 굳은 채였고, 손은 주먹을 말아 쥐고 있었다. 가장 소름 끼쳤던 건 밸이 치명적일 수도 있는 낭떠러지를 내려다보지 않고 위로 고개를 빼고 있었다는 점이다. 꼭 하늘의 어떤 구역을 확인하는 듯했다.

"밸." 나는 가슴이 납덩이처럼 변하는 걸 느끼며 불쑥 소리쳤다. 그 소리가 으스스할 만큼 선명하게 절벽에 메아리쳤다.

밸이 고개를 돌렸다. 길고도 끔찍한 한순간, 그녀는 나를(혹은 다른 무엇도) 알아보지 못하는 듯했다. 밸은 꼼짝도 하지 않았다.

"안녕." 밸이 말했다. 그녀는 아무렇지 않게 한 걸음 물러섰다.

"뭐해?" 내가 말했다. 무슨 일이 벌어지는지 정확히 알고 있을 때 내뱉는 말이었다. 나는 금속 도로 분리대로 다리를 휙 넘겼다.

"딱히." 밸이 대답했다. 날이 따뜻했는데도 나는 밸이 살짝 떤다고 생각했다. 밸은 다음 절벽으로 발을 들어 올렸고, 나는 훌쩍 뛰어내려 밸의 손을 잡아 그녀를 내게 끌어당겼다.

"여기 좋다." 밸이 채석장을 힐끗 돌아보며 말했다. "언제 여기로 소풍을 와도 괜찮겠어."

"그러게." 나는 뱉을 데리고 금속 도로 분리대를 넘으며 말했다. "비즈가 반미를 만들면 되겠다. 우린 화이트와인을 가져오고. 쓸 만한 와인 쿨러가 있었던 것 같은데……." 내가 듣기에도 거칠게 헐떡이는 목소리였다. 내가 원하는 건 뱉과 함께 집으로 돌아가는 것뿐이었다.

뱉이 내게 입을 맞춘 건 그때였다. 나도 그녀에게 마주 입을 맞췄다. 우리는 조금 더, 그러나 정숙하게 서로 얽혔다. 그런 다음에는 긴장을 낮추었다. 저압의 전류가 흘렀다. 뭔가 거대하고 어둠침침한 것이 우리 주변을 휘감고 있었으나, 나는 그 소용돌이를 향해 소리를 외치는 대신 뱉의 얼굴에 드리운, 틀림없이 행복감에 넘친 빛에 집중했다. 그녀의 표정은 조용한 음악과 비슷했다. 나는 이런 말을 할 수 있으리라고는 짐작해 본 적도 없으나 거칠게 말했다. "나는 우리가 함께하는 삶을 사랑해." 나는 그 말이 전에 들어 본 적 있는 말이며, 내가 너무도 잘 아는 말이라는 걸 깨달았다.

뱉은 상처받은 듯 나를 바라보았다. 갑자기 그녀는 내 목덜미를 어루만지며 나를 자기 쪽으로 끌어당겼다. 나는 뱉이 울음을 터뜨릴까봐 걱정했다. 하지만 아니, 울음을 터뜨리려는 건 사실 나였다. 눈물이 차오르는 건 나였다. 훌쩍이며 꿀꺽거리는 건 나였다. 내 생각에 그건 진정한 기쁨의 눈물이었다. 압도적인 감사의 눈물이었다. 왜냐하면 나는 실제로 우리의 삶을 사랑했으니까. 농담이 아니었다. 내가 달리 원하는 건 아무것도 없었고—실제로 아무것도 '없었다'는 건 중요하지 않았다.—나는 그 생각이 머뭇거림이나 두려움 없이 나를 통해 자유롭게 계속 복제되도록 놔두었다. 그러자 확신이 깊어지기만

했다.

밸이 자기 티셔츠의 어깨 부분으로 내 뺨의 눈물을 빨아들였다. 그녀는 내가 강아지라도 되는 것처럼 내 턱을 어루만지며 내 이마에 쪽 입을 맞췄다. 나는 밸이 내가 한 말에 답이 없었다는 것에 신경 쓰지 않았다. 밸도 같은 기분이라는 걸 알았다는 뜻은 아니다. 나로서는 알 수 없었다. 내가 확신했던 건 우리 중 누구도 예측 가능한 미래 어디로도 가지 않으리라는 것이었다. 그게 무슨 뜻이든 간에.

"나에 대해서 해 줄 얘기가 있어." 밸이 말했다.

"이미 했어." 내가 대답했다.

"그래?"

"중국인 혼혈이라며."

밸이 히죽 웃었다. "너, 거기에 약간 집착하는구나?"

"아냐." 나는 이제 기분이 나아져 말했다. "진짜로 집착해."

"빅터 시니어는 내 그런 점을 좋아했어. 너야 농담한 거지만, 빅터 시니어는 나한테서 그 점을 볼 수밖에 없었어. 대체로는 우리 엄마 때문이야. 빅터 시니어는 우리 엄마가 아름답다는 얘기를 자주 했어. 우리 엄마가 중국인 혼혈이라는 걸 안 이후로 빅터 시니어는 내가 더 예뻐 보였나 봐."

"설마."

"빅터 시니어를 탓할 생각은 없어. 우리 엄마는 특별히 아름다웠거든. 혼혈인들이 그럴 수 있잖아. 마지막 순간에도 엄마는 아찔하게 예뻤어. 나머지 우리는 엄마의 침대 곁에 머문 죽음 같은 모습이었는데도. 나랑 심각하게 싸울 때마다 빅터는 '넌 어머니를 좀 더 닮았어야 해!'라고 말하곤 했어. 우리 엄마를 잘 아는 것도 아니면서. 빅터 시니어가 했던 말은, 내가 빅터 시니어가 하는 일은 뭐든지 좀 더 의무감을 가지고 지원해 주어야 한다는 뜻이었어. 중국인인 우리 엄마가 그렇게 했을 거라고 생각하는 것 같더라."

"중국 여자들은 그래?"

"아닐걸." 밸이 말했다. "빅터는 나에 대해서도 잘 몰랐어. 너한테 말해 주고 싶은 점이 그거야."

"알았어." 나는 이제 겁을 내며 말했다.

"빅터를 고자질한 사람이 나야."

"그건 아는 얘기 같은데."

밸이 고개를 저었다. "너도 내가 했던 말 기억하지? 연방 요원들이 아이스크림을 먹던 나랑 빅터를 찾아서 나한테 키프로스에 있는 빅터 시니어의 은행 계좌와 관련된 모든 증거를 보여줬다고 했잖아. 사실은 요원들은 날 '찾은' 게 아니었어. 나랑 약속하고 만난 거지. 나는 빅터 주니어한테 이 착한 아줌마랑 아저씨가 대학 시절 내 친구라고 말해야 했고, 빅터 주니어는 그 사람들한테 스무디를 사 달라고 했어. 그 사람들은 그렇게 했고. 우리가 만난 건 그때가 두 번째였어. 처음 만났을 때 그 사람들이 무슨 위협을 한 것도 아니었어. 그냥 불행한 가능성을 다양하게 언급했을 뿐이지. 하지만 난 기다리지 않았어. 나는 빅터 시니어의 은행 거래 내역서를 복사해 줬어. 그 사람 노트북 드라이브도 구워 줬고. 요원들이 나한테 도청 장치를 착용해 줄 수 있겠느냐고 물었을 때 난 별로 망설이지도 않고 그러겠다고 했어. 결국 그건 안 하게 됐지만. 그다음 주에 빅터가 리가로 여행을 떠났다가 영영 돌아오지 않았거든."

"그러니까 그 사람들한테 자료를 넘겨준 게 빅터의 체포와 관계된 건지조차 모르는 거네."

"하지만 난 내가 무슨 일을 하는 건지 알고 있었어." 밸이 씁쓸하게 말했다. "빅터한테 무슨 일이 일어날 수 있는지 알았고. 난 빅터를 사랑했어. 하지만 난 좋은 사람이 아니야. 한 번도 좋은 사람이었던 적이 없어. 난 씨발 몇 초도 의리를 지키지 못해."

"아들한테는 의리를 지켰잖아." 내가 말했다. "누난 아들을 지켜야 했어. 빅터 주니어는 아무것도 몰랐으니까. 이제는 빅터 주니어의 마음에서 아주 큰 부분이 언제까지나 순진하게 남아 있을 거야. 누나가 한 일 덕분에."

밸의 표정은 거의 무너지는 듯했다. 마지막 부분이 조금 이상하게 들리긴 했겠지만. 하긴 대체 누가, 해내야 할 복잡한 인생이 그토록 많은 마당에 평생 순진하게 살기를 선택하겠는가? 특히 비즈처럼 훈련 중인 초인이라면 말이다. 밸은 고개를 젓기 시작했다. 무엇으로도 위로가 될 수 없는 순간에 사람들이 하는 행동이었다. 처음으로 나는 밸이 끝없이 끌어모아야 했던 에너지를 가늠해 볼 수 있었다. 그녀는 과거가 무너져 내렸기에, 현재가 계속 이어지도록 만들기 위해 온갖 에너지를 끌어모아야 했다. 나는 밸에게 몸을 기대고 웅크리며 그녀가 나를 안도록 했다. 최대한 세게 나를 꽉 안으라고 말했다. 필요하다면 날 뭉개 버려도 좋아. 밸의 힘은 놀라웠다. 그녀에게 누군가를 사랑한다는 건 기본적으로, 단순히 에너지 고갈의 연료라는 걸 깨달은 게 그때였다.

6

지난번에 뱅과 빅터 주니어와 나는 드물게도 마을 건너편에 새로
지어진 놀이터로 바람을 쐴 겸 운동하러 갔다. 근처의 초등학교가 아
직 파하지 않아서 그곳에 있는 사람은 우리뿐이었다. 빅터 주니어는
그곳을 제멋대로 뛰어다녔다. 녀석은 많은 요리를 통해 새로운 자의
식을 찾기는 했으나 여전히 몸매가 엉망이었다. 나는 빅터 주니어가
뻣뻣하고 두꺼운 밧줄 사다리에 올라가도록 도와주어야 했다. 밧줄
사다리는 빅터 주니어가 타려는 놀이용 배의 옆면에 부착돼 있었다.
플라스틱 배는 스페인 갤리선을 따 휘어진 모양이었고 돛대와 키는
물론 난간의 구멍으로 튀어나온 고정된 대포 두어 개까지 갖추고 있
었다. 실제로는 배의 절반밖에 존재하지 않았지만 말이다. 다른 절반
은 탁 트인 미끄럼틀 몇 개로 이루어져 있었고, 주르륵 미끄럼틀을
타고 내려간 아이들은 열대의 늪 배경으로 떨어졌다. 그 늪에는 물
대신 와플 형태의 파란색 타원형 고무 매트가 있었고 엄청나게 높은,

구식 경기장의 회전식 안테나처럼 생긴 야자수도 서 있었다. 좀 더 민첩한 아이들은 달려가 뛰어오르며 야자수의 '나뭇가지'를 잡고, 정신 나간 꼬마 침팬지처럼 빙빙 돌 수 있었다. 하지만 비즈는 그 나무가 에펠탑이라도 되는 것처럼 그냥 바라보기만 했다. 그곳에는 다른 정교한 놀이 기구가 있는 구역도 있었다. 안쪽으로 기어 올라가면 이빨 없는 입속에서 밖을 내다볼 수 있는 매머드와 소꿉놀이를 할 수 있는 작은 주방, (비즈는 오만하게도 경멸하는 눈으로 이 주방을 바라보았다.) 거기에 더해 겁이 날 정도로 거대한 거북도 있었다. 그 거북의 매끄러운 껍데기에는 앞으로, 뒤로, 양옆으로 기어다닐 수 있도록 발받침이 박혀 있었다.

빅터 주니어는 간신히 거북을 탈 수 있었지만 몸무게를 너무 많이 실어야 하는 다른 놀이 기구는 하나도 이용할 수 없었다. 배의 밧줄 사다리를 오르는 것도 불안했다. 그래서 빅터 주니어가 위로 올라가는 동안 내가 빅터 주니어의 떨리는 발을 한발 한발 밧줄에 올려 주어야 했다. 빅터 주니어의 빈약한 근육이 즙 가득한 버블티 같은 종아리 깊은 곳 어딘가에서 힘을 주었다. 빅터 주니어는 가스레인지와 도마 앞에서 열심히 일해 왔지만, 훨씬 더 많은 음식을 먹기도 했다. 나는 우리가 빅터 주니어를 맞춤 제작한 휠체어에 앉아 요리해야 할 만큼 터무니없이 덩치가 큰 주방장이 되는 운명에 빠뜨린 건 아닌지 걱정스러웠다. 빅터 주니어는 발을 떼고 다음 가로대로 나아가야 할 때미다 겁에 질렸고, 나는 내가 바로 뒤에 있다고 안심시키며 녀석의 다리에 손을 대고 있어야 했다. 길게만 느껴지는 한순간, 그 덩치 큰 꼬마 녀석의 동맥이 터지지는 않을까 하는 생각이 들었다. 녀석이 갑작스럽고 날카로운 재채기를 했을 때였다.

나는 밸을 힐끗 보았다. 밸은 출입구 근처의 벤치에 앉아 있었다. 지금 놀이터에는 우리 외에 매머드 그늘 밑에 책상다리를 하고 앉아 40온스짜리 술 한 병을 놓고 검은 버찌 맛 전자담배를 나눠 피우고 있는, 고등학교를 무단결석한 게 분명한 상처 있어 보이는 커플 말고는 아무도 없었다. 상처 입은 소년은 계속해서 나를 보며 한심하다는 표정과 깜짝 놀란 표정을 번갈아 지었다. 나를 비극적 궤도 속으로 이제 막 자유 낙하를 시작한 어린 아빠로 본 게 틀림없었다. 나는 그 녀석의 여자 친구가 시선을 돌릴 때마다 '학교'로 돌아가라고 입 모양으로 말하지 않고는 배길 수가 없었다. 물론 나는 빅터 주니어의 엉덩이를, 그다음에는 발을 받치고 밀어주느라 정수리로 받쳐야 했을 때조차 비참하지 않았다. 밸은 핸드폰을 만지작거리지도, 음악을 듣지도, 테이크아웃 커피를 마시고 있지도 않았다. 지금 시점에는 이 모든 것이 제1세계에 사는 모든 인간에게 거의 의무적인 일인데도. 밸은 편안하게 몸을 웅크리고 앉아서 그냥 우리를 바라보고 있었다. 두 손은 얌전히 무릎에 놓여 있었고 자연스럽게 흘날리는 70년대 스타일의 뱅 머리에 다크초콜릿 조각의 마지막 잔여물을 맛볼 때 같은 표정을 하고 있었다. 그 표정을 보자 나는 내가 뭔가 옳은 일을 하고 있다는 확신이 들었다. 지난주 채석장에서 있었던 이상한 일 이후로, 우리는 그 일에 관해 한마디도 꺼내지 않았으나—다음 날 아침 우리는 곧장 홈스쿨링-메뉴 계획-주방 준비라는 항목별 일과에 뛰어들었다.—나는 센서 감도를 잔뜩 높이고 집을 떠돌아다녔다. 밸에게서 어딘가로 방향을 틀어 떠날 것 같다는 기색이 전자 한 개만큼이라도 표출된다면 감지할 수 있도록. 여기에 더해 나는 우리 집에 산재한 수많은 자해 방법을 정리해 두었다. 보는 시각에 따라 집은 공포의 공간이 될 수 있다. 칼은 물론 칼꽂이에 들어 있지만, 칼꽂이는 실효성이 있다고 보기에는 너무 뻔하고 무시무시하다. 목을 매달 수 있는 샤워 커튼 봉도 있고, 하수구 청소제 병과 이부프로펜, 소독용 알코올도 있다. 일산화탄소 사우나가 가능한 아늑하고 창문 없는 차고는 말할 필요도 없다. 다만 마음이 놓이는 건 우리 집 차고는 목장 건물이라 진짜 손상을 일으키려면 제비 뛰기를 해야 한다는 점이었다. 하지만 그래서 아마 채석장이 편리한 별채가 되는 것이리라. 밸이 무슨 이유로든 밖으로 나갈 때마다 나는 반드시 따라갔다.

아무튼, 나는 결국 빅터 주니어를 해적선 난간 너머로 넘겨 주었다. 빅터 주니어는 이를 기념 삼아, 갑판에서 발견한 버려진 고물 광선검을 들고 허공을 그어 대기 시작했다. 내 머리와 겨우 몇 센티미터 떨어진 위로 칼이 날아왔다. 나는 이런 일이 벌어질 것에 대비하고 있었다. (나는 빅터 주니어 주변으로 머리를 계속 휙휙 돌려 피했다.) 하지만 밸은 일어나서 "빅터 주니어!"라고 소리치며 쏘아붙였다. 밸은 두 손으로 하늘에 간청하고 있다. 밸에게는 몸의 코어 근육을 녹여 버릴수도 있는 행위다. 나는 밸에게 다가간다. 나노 단위의 걱정이 내 가슴속에서 스파크를 일으킨다. 내 경계심을 눈치챘는지, 밸은 나와 함께 빅터 주니어가 상상 속의 배신자에게 널빤지로 걸어가라는 판결을 내리는 동안 내 손을 꽉 잡고 있다. 빅터 주니어는 양심 없는 수많은 사람들이 그렇듯 실력 좋은 꼬마 배우다. 심지어 곧 죽을 남자와 풍부한 표정으로 대화를 나누다가 잠시 말을 멈추기도 한다. "내가 묻어 놓은 보물은 아무도 건드릴 수 없다! 너는 특히 더 그렇지, 늙은 포도!" 빅터 주니어가 그 마지막 대사를 어디에서 배웠는지는 알 수 없다. 빅터 주니어는 악랄한 백핸드 동작으로 칼을 그어 최후의 일격을 날린다. 딱한 악당 녀석은 물속으로 첨벙 떨어진다. 빅터 주니어의 껄껄대는 웃음에 상처 입은 커플조차 깜짝 놀랐다. 그들은 좀 소름 끼친다는 듯 서로를 보았다.

"조그만 신이 화가 났네." 밸은 감춰진 자부심을 조금도 드러내지 않고 말했다.

"진짜 신인지도 몰라." 내가 던져 보았다. 그 말에 우리 둘 다 신경질적으로 키득거렸다. 우주의 통치자가 빅터 주니어처럼 역할극에 심취한 똑똑한 어린 짐승이라면 세상이 이렇게 엿 같은 이유도 명확히 설명된다는 걸 둘 다 깨달았으니까.

"그럼 욕먹을 사람은 나인 것 같네." 밸이 끙 소리를 냈다.

"나도 잊지 마." 내가 밝게 말했다. 짐을 나눠지는 데는 실패한 것이 분명했지만. 최근 비즈가 주방 일을 통해 자신감을 뿜어내며 성숙해져 가고 있는데도, 밸은 더 불안해하는 것처럼 보였다. 이런 문제에서 나는 그저 어린애에 불과했다. 하지만 어쩌면 밸을 불안하게 하는 건 빅터 주니어의 막 발현된 개성과 그가 자라서 어떤 인물이 될지에 관한 오랜 생각 때문인지도 몰랐다. 나는 밸에게 우리가 감지할 수 있는 모든 긍정적인 점을 공들여 강조했다. 연방 정부에서 우리 임대료를 내 주고 있는 점이나 밸의 은행 계좌에 매달 식료품과 인터넷, 잔디 관리 비용이 들어오는 점, 끊길 리 없는 내 ATM 카드가 계속해서 우리의 조그만 제우스에게 충분한 음식과 의복을 제공하리라는 점을 다시 일깨워 준다든지.

지금은 이렇게 말했다. "내가 영원히 우리를 돌볼 수 있어, 자기야."

나의 거창하고도 감상적인 제안을 듣고 밸은 내 뺨에 쪽 입을 맞추었다. 나는 뭐가 됐든 그녀에게 매일 한 번씩 제안하는 게 좋았다. 밸은 내가 뭘 하는지 알면서도 어쨌든 좋아했다. 게다가 나는 이제 내가 소중히 여기는 걸 대놓고 소중히 여기는 걸 부끄러워하지 않는다. 나는 밸의 선량함이라는 토양으로 곧장 돌진하는 헌신의 혜성이다. 나는 영영 사라지지 않는 그녀의 씨앗이다. 내가 아는 건 가장 어두운 태곳적 만족감뿐이다.

어째서인지 밸은 이 모든 걸 이해했다. 넉넉하게, 소녀처럼 씩 웃는 걸 보면 그런 것 같았다. 그녀는 마법처럼 내 세포 하나하나를 진동시켜 나를 밝혔다. 밸의 손이 뜻밖에도 곧추선 내 청바지 속 물건을 건드렸다. 나는 뾰로통해진 외로운 소년의 입술로 밸의 귓불을 잘근거렸다. 그때 빅터 주니어가 우리를 불렀다. 나는 오이디푸스적 충동으로 가득 차 빅터 주니어를 겁줄 수 있다는 걸 신경 쓰지 않고 손을 내저어 그를 쫓아 버리고 싶었다. 우리는 곧 빅터 주니어가 길 건너편 학교가 끝났다고 말하는 걸 알아차렸다. 동네 엄마들, 혹은 한두 명의 아빠들이 초등학교에 다니는 자녀를 데리러 떼 지어 나타났다. 갓난아기나 유아를 데리고 온 사람도 많았다. 이제 그들 모두가 놀이터로 향하고 있었다. 매일 오후에 그렇게 하는 게 분명했다. 다른 부부나 아이라면 그들이 당연히 반가운 일행이 되겠지만, 우리에게는 그들이 여전히 약간 위협적인 존재였다. 이웃의 몇몇 사람들에게 따뜻한 음식을 대접해 왔는데도.

밸과 내가 구체적으로 설명한 적도 없는데 빅터 주니어는 우리가 서둘러 떠나야 한다는 걸 느꼈는지 배의 반대편 미끄럼틀로 사라졌다. 나는 빅터 주니어의 간식이 담긴 우리의 토트백을 집어 들고 전적으로 평범한 우리의 세단으로 향하기 시작했다. 하지만 그때 밸이 말했다. "조금만 더 있자." 그 말에 나와, 움직이느라 숨이 차고 축축해진 빅터 주니어까지 밸을 쳐다보았다.

"너무 아름다운 날이잖아." 밸이 활짝 웃었다.

그건 사실이었다. 여기, 스태그노에서조차 말이다. 찬란하고 하얀 햇빛이 점점 넓어지는 구름 무리에서 새어 나와 미립자가 풍부한 대기로 발산됐다. 이는 엄마가 나를 맹렬한 7월의 어느 오후, 집 밖으로 데리고 나왔던 던바에서의 한 장면을 떠올리게 했다. 그때 나는 고열로 고생하고 있었는데, 엄마는 바깥의 열기가 내 열을 끄집어낼 거라고 말했다.

내게는 밸에게 아예 침묵을 지킬 게 아니라면 가벼운 친절함과 신중함만을 보이라는 등 증인 보호 프로그램에서 권장하는 행동 방식을 일깨울 겨를이 없었다. 밸이 이미 지나치게 젊은 어떤 엄마와 친밀하게 수다를 떨고 있었다. 그 여자의 이름은 코트니였고 금발로 염색한 머리카락 중 한 줄을 강렬한 진홍색으로 염색하고 있었다. 둘은 아이들이 얼마나 빠르게 지저분해지는지에 관해서, (빅터 주니어에 관해서는 사실이 아니었다. 빅터 주니어는 흙에서 뒹구는 경우가 별로 없었으니 말이다.) 또 아이들이 먹지 않으려 드는 무수히 많은 음식에 대해서, (하!) 그리고 이토록 멋진 새 놀이터가 생긴 게 얼마나 감사한 일인지에 관해서, (밸이 우리가 사는 구역의 이름을 실제로 말했으니 이 놀이터가 우리에게는 스태그노 건너편이라는 게 분명했지만) 수다를 떨었다. 그러는 내내 빅터 주니어와 코트니의 아들 리엄은 각자의 운동화 밑창 무늬의 장점과 애니메이션 영화에 관해 토론했다.

밸은 나를 동거 중인 남자 친구라고 소개했다. 그 말에 코트니는 소박하게 "이야" 하고 소리를 냈다. 내 외모보다는 어린 나이에 대한 논평이 분명했다. 이어 밸은 홈스쿨링에 따르는 어려움과 현재의 실직 상태를 노골적으로 밝혔다. 대부분이 놀라며 자세히 캐묻고 싶어질 만한 말인데도, 다행히 코트니는 그저 약간의 동정심만을 보였다. 이어 코트니는 우리에게 다른 젊은 엄마들을 소개해 주었다. 그들은 모두 이미 독한 술 한 잔을 마시고 싶어 죽겠다는 표정이었다. 밸은 그들의 그룹으로 들어가자마자 활기 넘치게 꺅 소리를 내며 높은음으로 재잘거리기 시작했다. 밸이 특정한 인구 집단에 다시 속한 걸 얼마나 기뻐하는지 그토록 명백하게 드러내지 않았더라면 나마저 질투할 만한 활기였다. 그들은 창고 대방출 세일과 백신 접종에 관련된 음모, K-5 등급 시험 등 밸의 레이더에서 벗어난 얘기를 떠들어 댔지만 그녀는 놀라운 수준의 지식과 권위를 가지고 부모로서의 비밀에 관한 수다에 참가했다.

오래지 않아—나는 아이들을 감독하는 척하고 있었지만 실제로는 그들의 얘기에 귀를 기울이고 있었다.—부산스럽게 아이들을 불러들이고 여기저기 흩어진 반쯤 마신 주스 상자를 모아들이며 걸어가기 위해 아이들이 탈 유모차를 펼치거나, 혹은 집까지 짧은 거리를 차로 이동하기 위해 유모차를 접어야 할 시간이 왔다. 앞서 얘기했듯 스태그노는 부유한 동네가 아니다. 하지만 이곳에서 사는 비용이 엄

136

청나게 낮기에, 스태그노는 여전히 전통적인 중산층 거주지와 비슷하게 기능했다. 아직 혼자서 아이를 키우지 않는 엄마들도 낮에 일할 필요 없이 아이들을 돌볼 수 있다. 작업복을 갈아입고 대형 할인점에서 야간 교대를 해야 할 필요가 없는 아빠들을 위해 옛날 방식으로 삼첩 저녁을 차려 줄 수 있었다. 그런 식으로 교대 근무를 하는 사람들은 근처에 겨우 두어 명밖에 없으니까. (아마 그런 사람이 누군지 금방 알 수 있을 것이다.) 근처에는 공군 기지와 지나치게 많은 학생이 등록돼 있다는 축복/저주에 시달리는 전문대, 공공 서비스 회사들이 차린 백오피스가 모여 있는 복합 상업 지구도 있었다. 그런 백오피스는 사무직 직원뿐 아니라 구내식당 직원, 사무용 가구 거래자, 건물 관리인과 청소부, 조경사 등도 필요로 했다. 이런 회사들은 아마 단순히 비양심적일 정도로 후한 세금 감면 정책 때문에 이 지역에 끌렸겠지만(그런고로 공공 교육 인프라는 형편없었다. 복합 상업 지구 관리 회사에서 기부한, 최첨단인 척하는 놀이터도 그래서 생긴 것이었다. 코트니가 놀이터의 설립자를 기념하는 명판을 가리켰다.) 최소한 수십 년 전 종말한 제조업의 공백을 채워 주기는 했다. 어쨌든 얘기에 따르면 그랬다. 진실이 무엇이든 스태그노는 필로폰 중독자들로만 (완전히) 들끓는 건 아니었고, (아직은) 아편 위기로 극심한 고통을 겪고 있지도 않았으므로 무언가가 최소한 절반은 제대로 진행되고 있는 게 틀림없었다.

"저기, 있잖아요." 코트니가 말했다. "피자 먹을래요? 비토스 가 보셨어요? 키퍼에게 방금 문자가 왔는데 저녁 먼저 먹으라네요. 그래서 거기 가 볼까 하는데……."

137

"비토스야 자주 가죠!" 밸이 대답했다. 나로서는 처음 듣는 얘기였다. 비토스 음식을 두어 번 주문한 적은 있었다. 그곳이 인근 세 카운티에서 가장 좋은 식당이라고들 했기 때문이다. 하지만 그곳에 가서 식사해 본 적은 없었다. "근데 우리 집으로 가서 피자를 주문하는 건 어때요? 그렇게 하면 아이들이 더 오래 놀 수 있을 텐데. 우리 집 와인도 몇 병 따고요."

"그래도 괜찮으시면 저야 좋죠!"

"당연히 괜찮아요!" 밸이 소리 높여 말했다. 나는 절대로 장단을 맞춰 줄 기분이 아니었지만, 밸의 말에 따르는 수밖에 없었기에 빅터 주니어와 리엄을 불러들이고 코트니에게 혹시 길이 엇갈릴 때에 대비해 우리 집으로 가는 길을 알려 주었다. 코트니는 이미 영원한 절친이 생길지도 모른다는 전망에 눈을 빛내며 리엄을 뒷좌석으로 밀어 넣고 있었다. 서둘러야 모두가 몰려나오기 전에 쉬이 빠져나갈 수 있었으니까. 그런 다음 그녀는 우리 차 범퍼에 바짝 붙어 사실상 마을 반대편까지 따라왔다. 밸이 비즈에게 말했다. "오늘 밤은 쉬어야겠네." 비즈는 망설이지 않고 밸에게 고기를 겹겹이 쌓은 큰 파이와 치킨시저샐러드, 미니 카놀리*를 주문하라고 했다. 2리터짜리 오렌지 맛 탄산음료도 함께였다. 지금의 우리에게는 몇 단계 급이 낮은 음식이었지만, 아직 정크 푸드를 그리워하는 빅터 주니어의 위에 이미 쿨럭쿨럭 시동이 걸리고 있었다.

나는 큰 소리로 탄산수에 대한 고민을 늘어놓았다. 내가 정말로 걱

---

* 굴, 초콜릿, 치즈 등을 파이 껍질로 싸서 튀긴 것.

정하는 건 말하고 싶지 않았으니까. 그 걱정은 우리 집으로부터 두 블록 거리 밖에 사는 누군가를 초대하는 일이었다. 그들은 우리 이웃들보다 더 낯선 사람이니까. 그리고 그게 바로 밸이 신난 이유였다.

아마 나는 공원에 가기 전부터 알았던 것 같다. 어쩌면 함께한 순간부터 알았을지도 모르겠다. 가장 완전하고 안락한 순간을 살고 있다고 생각했는데, 정신을 차리고 보면 체온과 똑같은 온도로 맞춰진 욕조 안에서 수비드 기법으로 조리되고 있는 것이다. 비로소 어느 날이 되면 그 물이 더 이상 괜찮지 않게 된다. 그때가 바로 배 속에 냉기를 갈망하게 되는 때, 치킨텐더가 된 엉덩이를 새로 지져야 한다는 생각이 들 때, 씨발 기운을 차려야겠다는 생각이 들 때다.

아니면 새로운 친구를 한번 맛보든지.

"코트니 정말 귀엽지? 거기다 너어어무 어려! 몇 살일까? 스물셋?"

"스물셋도 안 됐을걸." 내가 말했다. "중학교 때 애를 낳았나 봐."

"으엑." 밸은 눈이 휘둥그레지더니 덧붙였다. "코트니가 뭔가 제대로 하고 있긴 해. 리엄은 아주 착한 아이야. 말은 좀 웃기게 하지만 진짜 천사 같아." 그건 사실이었다. 그 애는 사려 깊고 친절했으며, 스티븐 호킹처럼 약간 지나치게 딱-딱-하고 격-식을 차린 말투로 말하기는 했어도 콧소리가 섞여 있었다. "코트니가 한마디도 안 했는데 리엄이 알아서 장난감 챙기는 것 봤어? 그러더니 그물 가방에 딱딱 정리해서 집어넣기까지 하더라."

"어떻게 못 봤겠어."

"분명 원래 그런 아이일 거야." 밸이 말했다. "코트니가 엄하게 훈육하는 성격은 아닌 것 같거든. 타고난 것의 힘이 정말 대단하다니까. 아주 세세한 데까지 영향을 미치나 봐."

바로 그때 빅터 주니어가 손에 들고 있던 전자 기기에 귀를 기울이더니, 방금 화면에서 제거한 누군지 모를 죄 없는 존재에게 저승에서 끌어낸 듯한 무시무시한 목소리로 "죽어라, 노예야!"라고 으르렁댔다. 모든 사람과 사물을 우연의 결과라고 생각할 수 있는 건 위로가 되는 일이었다.

"타고난 게 전부는 아니야." 내가 말했다. 그리 설득력 있는 목소리는 아니었지만.

"그랬으면 좋겠네." 밸이 말했다.

집에 도착했을 때 밸은 후다닥 차에서 내리더니, 주방과 식당을 정리해야 하니 우리 골목에 막 들어선 코트니를 몇 분간 밖에 잡아 두라고 했다. 그래서 나는 빅터 주니어와 함께 코트니와 리엄을 데리고 우리가 별로 사용하지 않는 250평의 땅을 구경시켜 주었다. 아마 집주인이 이십 년 전쯤에 깔아 놓았으리라 예상되는 용암석 정원/돌더미는 이제 미크로네시아의 고대 묘지처럼 보였다. 비즈에게 사 주었지만 지금까지는 비즈의 엉덩이가 단 한 번밖에 스치지 않은 정교한 그네도 보여 주고, 밤 날씨가 시원해지면 씻어 내고 채워서 거품목욕을 하면 좋겠다고 생각한 텅 빈 자쿠지도 보여 주었다. 그러면 별이 총총한 가운데 긴장을 풀 수도 있을 테고, 밸과의 사랑스러운 시간을 즐길 수 있을지도 몰랐다. 그러는 내내 코트니는 발길에 닳고 닳은 우리 땅뙈기에 지나친 찬사를 쏟아 냈다. 놀랍도록 예의 바른 리엄은 그녀가 의견을 물을 때마다 코트니의 의견을 더욱 돋보이게 했다. ("상-당히 괜찮은 것 같아…….") 또 코트니는 "그 모든 망할 것들"

140

만 아니었으면 자기와 자기 남편도 똑같은 걸 설치하고 싶었다고 말했다. 나는 그 망할 게 뭔지 알았다. 스태그노에 산다는 건 상당히 좁은 사회 경제적 범주 안에 산다는 뜻이었으니까. 그런 처지가 아니었다면 누구나 좀 더 높은 지역을 선택했을 게 분명하다. 던바처럼 사다리 꼭대기에 있는 지역까지는 아니더라도. 던바 같은 곳에서는 사람들이 지독하게 많은 잉여 재산과 그 재산에 따른 무한한 선택지/결정의 여지를 가지고 있다. 그들의 불만이란 본질적으로 몸이 피로하다는 것이다. 퐁도 많은 부담을 지고 있었지만, 내가 보기에 그의 문제는 상위 1프로의 불만이나 그와 관련된 신경증이 아니라 도저히 소진되지 않는 갈망이었다. 아마 가족적 배경이 거의 없는 데서 오는 갈망이었을 것이다. 예전에 퐁이 뭐라고 말했더라? '신발 뒤축에 묻은 흙먼지'라고 했던가. 아무튼 밸이 직업 면에서든 금전적인 면에서든 우리의 현재 상황에 대해서 뭐라고 밝혔을지 알 수 없었기에 나는 하루하루 살아 나가기가 얼마나 힘든지에 대해 공감을 표할 준비가 돼 있었다. 우리가 다시 오직 중요한 것에만 집중해야 하고, 해결되지 않는 문제들에도 불구하고 스태그노가 그렇게 나쁘지는 않기를 바란다고 하면 되겠지. 그때 코트니가 말했다. "두 분이 원조를 받고 있다니 멋진 일이에요."

워어.

난 화가 나지 않았다. 밸에게는 절대로 화를 내지 않을 것이다. 그보다는, '진짜 이러기야?'라는 마음이었다. 친근하게 구는 건 그렇다 치자. 밸이 세계 최고의 고문을 당하지 않고도 자신의 상황을 노출했다니 믿을 수가 없었다. (불행히도 나는 타국에서의 일 년 이후 그런 고문

141

을 너무 많이 알게 됐다.) 천성적으로 참견하기 좋아하는 엄마들 무리와 놀이터에서 잡담하다가 그랬다고는 더더욱 믿을 수 없었고. 이 말은 해 두어야겠다. 코트니는 친근하고 매력적이며 낙관적인 사람이기는 했지만, 내가 보기에는 분명 호기심이 많은 인물이기도 했다. 어쩌면 그녀의 긴 평생에 남아 있는 수수께끼가 별로 없다는 걸 알았기 때문인지도 모른다.

바로 그때 밸이 유리로 된 테라스 문을 열고 와인병을 흔들며 우리에게 들어오라고 손짓했다. 내게는 다행스러운 일이었다. 나는 오후 내내 아이를 돌보고 나서, 이런 게 내가 주는 도움이라는 식의 설득력 없는 말을 했다. 이 말에 코트니는 사실상 "저도 끼워 주세요!"라고 소리쳤다. 그녀의 갑작스러운 활기가 경계심을 불러일으켰다. 하지만 아직 뒤이어 일어난 일만큼은 아니었다. 내 말은 160센티미터에 50킬로그램 체격의 코트니가 음주에 있어서만큼은 확실히 보증된 짐승이었다는 것이다. 단숨에 들이켜거나 꿀꺽꿀꺽 마시지는 않지만, 그냥 계속해서 홀짝이고 또 홀짝이는 괴물 같은 종. 나는 끊임없이 비는 코트니의 와인 잔을 화이트와인으로, 그다음에는 로제와인으로, 그다음에는 레드와인으로, 그다음에는 상표 없는 보드카로 계속 채워 주었다. 그 보드카는 마사가 식후에 찬장으로 슬금슬금 다가가 한 잔씩 마시던 술이었다.

밸과 나는 술을 많이 마시지 않는다. 난리 난 주방을 정리하고 빅터 주니어를 잠자리에 눕혀야 하는 매일 밤의 버닝맨 작전°을 끝내

° 네바다 북부의 사막에서 매년 8월에 열리는 축제.

면, 마리화나를 피우는 사이사이에 기분 전환용으로 와인이나 맥주 정도만 마신다. 하지만 코트니가 찾아오자 뱀은 한층 오묘해졌다. 당연히 코트니의 속도를 따라가지는 못했지만 계속 보조를 맞추었다. 그러다가 조금 시들해지더니, 다시 체내에 흘러넘치는 혈당으로 이차적 힘을 얻었는지 내게서 술병을 억지로 빼앗아 간 다음 찰랑찰랑 넘칠 정도로 잔을 채웠다. "축하해야지." 그 말에 나는 잔을 들고 웅얼거렸다. "낮의 종말을 위하여." 그 우울한 말투에 나조차 놀랐다. 코트니가 아무것도 모르면서 불쑥 내뱉었다. "옳소!" 뱀은 땡그랑 건배하고 잔을 단숨에 넘겼다. 그녀의 어깨는 내게 '퍼레이드가 벌어지는데 굳이 비를 퍼부어야 해?'라고 말했다. 나는 '그래, 근데 꼭 그 퍼레이드에서도 가장 눈에 띄는 차를 타야 해?'라고 물었다. 이에 그녀의 눈은 '제대로 하든지 아니면 집에나 가, 짜식아.' 같은 신호를 보냈다.

배달 음식이 와서 초인종이 울렸고—음식의 강력한 인스턴트 향만이 빅터 주니어와, 자연스럽게 리엄까지 둘 모두를 게임 모드에서 벗어나게 할 수 있었다.—나는 돈을 냈다. 아이들과 나는 음식을 식당 테이블에 펼쳤다. 나는 접시를 가져오려 했지만 아이들 엄마들 모두 테이블에 달려들어 음식을 찢어발겼다. 그들의 광기에는 아무런 체계가 없었다. 카놀리와 피자를 먹으며 플라스틱 포크로 샐러드를 쑤셔 댔고, 그런 다음에는 실수로 주문에 들어간 버펄로윙 바구니를 맨손으로 뒤져 댔다. 머잖아 테이블은 상추 조각, 살점이 덕지덕지 붙은 날개 뼈, 씹다 만 피자 크러스트, 컵 바닥에 묻은 오렌지 탄산음료의 둥근 고리로 이루어진, 마법적인 올림픽 개막식 수준의 음식 향연이 펼쳐지며 어린이집 미술 시간처럼 난장판이 됐다. 최소한 빅터 주니어가 버펄로윙을 하나 더 먹겠다고 너무 멀리 테이블 건너편으로 손을 뻗었다가, 사실상 테이블 위의 모든 것에 배를 담글 뻔했을 때까지 말이다. 아무도 이런 엉망진창인 상태를 신경 쓰지 않는 것 같았다. 티셔츠 목 부분에 냅킨을 끼우고 더욱 고르게 분포하려고 피자 조각의 둥근 페퍼로니를 재배치하던 리엄까지도 말이다. 코트니는 엎어진 음료를 다시 따랐고 밸은 빅터 주니어의 셔츠에 묻은 치즈를 떼어 냈다.

코트니가 마침내 약간 취하기 시작했다. 그녀의 출렁이는 목소리와 달랑달랑한 서양배 모양의 귓불 끝이 발개진 걸 보니 그녀가 흡수한 엄청난 양의 술이 이제야 스며들고 있다는 걸 알 수 있었다. 밸은 완전히 술에 절어 버린 게 분명했다. 술을 마실 때면 가끔 그러듯 완전히 미소만 지으며 얼굴을 빛내고 있었다. 그녀는 코트니가 불만을 말할 때마다 큰 소리로 맞아, 맞아 하고 있었는데, 코트니의 불평은 거의 대부분 남편인 키퍼가 최근 교대 근무를 마칠 때마다 집에 와서 저녁을 먹는 대신 동료들과 어울리는 걸 더 좋아하며, 밖에서 보내는 시간이 길어지는 경우가 잦다는 것이었다. 키퍼는 험프티즈(고속도로 근처에 새로 문을 연, 여성 종업원이 노출 심한 복장으로 일하는 식당이었다.)에서 스태그노 고등학교 친구들을 만나 원 플러스 원 맥주와 가게의 여자들을 즐겼고, 코트니와 리엄이 잠자리에 들고 한참 지나서도 들어오지 않는다고 했다.

"들어와서는 밤새도록 이불 아래에서 핫도그 냄새가 나는 트림에, 맥주 방귀를 뀐다니까요." 코트니가 거칠게 말했다. "꼭 지옥에서 온

옥토버페스트* 텐트 같아요. 근데 키프는 신경도 안 쓰죠. 거기다 코고는 건 어떻고요. 틸러는 코를 안 골 것 같은데. 맞아요?"

코트니는 내가 그 자리에 없는 것처럼 굴었다. 술기운 때문이었을지 모른다. 아니면 여성끼리의 연대감이 부풀어 올라서일 수도 있다. 밸은 한 박자도 망설이지 않고 곧바로 "틸러"는 실링 팬처럼 윙윙거린다고 답했다. 나는 지난번 어느 아침에, 그녀가 침실에 있는 실링 팬을 시무룩하게 올려다보는 모습을 보았기에 그 답변이 신경에 거슬렸다.

"미친, 우리 같이 살아야겠네요!" 코트니가 소리쳤다.

놀란 듯 리엄의 눈이 동그래졌다. 빅터 주니어는 기대감에 찬 듯 밸과 주먹 인사를 했다. 충격적인 일이었다. 지금까지 나는 빅터 주니어가 자발적으로 그편에 들어갈 거라고는 생각하지 못했다. 하지만 어쩌면 그는 이미 리엄을 갤리선 노예 자리에 앉혔는지도 몰랐다. 밸은 좋다거나 싫다거나 글쎄요, 라고도 말하지 않고 그냥 여러 시대의 취객들이 그랬듯 취한 채 킬킬댔다. 매력적이지 않은 건 아니었다. 사실 코에 커다란 땀방울이 맺혀 있고 두 뺨에는 홍조가 돌고 있어도 그녀는 여전히 내게 완벽하게 매력적이었다. 어쩌면 나는 그녀가 만취하는 게 좋았는지도 모르겠다. 뭔지는 모르지만 스멀스멀 그녀를 덮친 구름이 사라진 것처럼 느껴졌다. 나는 바로 그 자리에서 밸에게 입을 맞추고 싶었다. 그녀가 폐 깊숙한 곳, 편안한 배, 뭉툭한 발가락에 이르기까지 내 고마운 마음을 느낄 수 있도록 깊이 입맞춤

---

* 독일에서 열리는 맥주 축제.

145

하고 싶었다. 그 마음에 나는 그저 이 저녁이 더 빨리 마무리되기를 바랐을 뿐이다.

"그럼 아-빠는?" 리엄이 말했다. 감정이 담겨 있다기보다는 논리적인 질문이었다. 나는 그때 리엄이 자동차 번호판이나 바코드를 완전히 암기할 수 있는 사람 중 한 명일지도 모른다는 생각이 들었다.

"그 개새끼는 밤새 밖에 있으라고 하지 뭐. 자유 시간에 가족과 함께 집에 있으니 UFC를 보거나 자기보다 더한 찌질이들이랑 당구 치는 걸 더 좋아한다니, 그러라고 해. 리엄, 아빠가 베스티와 스쿼럴에게 사 주는 닭 날개가 전부 네 대학교 학자금에서 나온다는 거 알고 있었니? 돈이 백 달러 단위로 내려간 마당에 그걸 대학교 학자금이라고 부를 수 있을지 모르겠지만. 그보다는 '레드 랍스터에 가자.' 기금이라고 해야 할걸. 하긴 네가 정말 대학에 가고 싶은 것도 아니잖아, 그치. 리엄?"

리엄은 엄마의 비꼬는 말에 어떻게 대답해야 할지 몰라 어깨를 으쓱하며 나와 밸을 힐끗 바라보았다. 우리의 존재가 중요 변수라는 걸 직관적으로 알아챈 것이다.

"근데 있잖아요, 난 그 자식이 고등학생 걸레들이랑 파티를 하고 있더라도 신경 쓰지 않아요."

"정말요?" 밸이 말했다. "그건 난 잘 모르겠는데."

"난 상관없어요. 근데 진짜, 아니, 무슨 게시물을 그렇게 많이 올리죠? 그 자식은 자기가 날 차단한 줄 알아요. 하지만 내가 오래전에 그 자식의 설정을 바꿔 놨죠. 그 자식은 아직도 모르지만."

코트니는 핸드폰을 두드리더니 아이들을 포함해 우리 모두에게 돌아가며 보여 줬다. 우리는 사진과 영상을 휙휙 넘겨 가며 보았다. 기본적인 하우스 파티 사진이었다. 빛이 너무 많이 들어가 있고, 살짝 어안 렌즈로 찍힌 것 같은 키퍼와 (리엄이 빅터 주니어에게 야구 모자를 쓴 키퍼를 가리켰다.) 그의 친구들이 어둑한 방에서 물 담배 연기를 뿜어내고 있거나 짙은 아이섀도를 바른 여자와 팔짱을 끼고 있었다. 그 여자는 코걸이에 풍만한 가슴골을 드러내고 있었는데도 불구하고 간신히 미성년자를 벗어난 것처럼 보였다. 그 여자애의 두 여자 친구도 마찬가지였다. 그 애들은 딱 달라붙는 소프트볼 유니폼을 입고 야구 모자를 뒤집어쓴 채 엉덩이를 맞대고 춤추고 있었다. 어느 영상에서는 그들이 키퍼 앞에 무릎을 꿇고서, 그의 다리 사이에 끼인 야구 방망이를 쥐고 있었다. 그들의 혀가 진흙이 말라붙은 방망이 끝부분을 빠르게 핥아 안달 나게 했다. 키퍼의 입은 크게 벌어져 있었다.

"저 더-러운 방망이를 핥을 생-각인가 봐!" 리엄이 괴짜 로봇의 말하기 기능을 작동시킨 것 같은 특유의 목소리를 냈다.

"더러운 거 맞지, 아가." 코트니가 대답했다. 그제야 그녀는 핸드폰을 다시 가져갔다. 그녀는 음산한 표정으로 남편을 바라보았다. "씨발 멍청한 새끼."

그래, 바보 같은 짓이긴 했지만 다른 면에서 훌륭해 보이기도 했다. 다만 나는 소프트볼 유니폼을 입은 여자애들이 어떻게 게임을 마치고 곧장 그 파티에 참석하게 된 건지 계속 생각하게 됐다. 키퍼 무리가 관중석에서 응원하고 있었을까? 아무튼, 그건 나중에 알아보면 될 일이었다. 나는 코트니가 키퍼의 다른 단점이나 둘의 결혼 생활을 배신하고 모독한 모든 방식에 대해 계속 열거하기를 기대했다. 하지만 그녀는 별안간 포장 음식 용기에서 뚱뚱한 카놀리를 꺼내더니 엄청나게 원초적인 소리를 냈다. 그녀의 내장 가장 어두운 봉합 부분에서 풀려나온 소리, '우우업!'과 비슷한 소리였다. 그러더니 그녀는 손에 쥔 '돌체'를 구겨 버렸다. 크렘 속이 남은 회반죽처럼 그녀의 꽉 쥔 주먹에서 새어 나왔다.

와, 세상에.

밸은 테이블을 밀며 물러났다. 나는 잠시 그녀가 이 모습에 그야말로 충격받은 것일지 모른다고 생각했다. 하지만 그녀는 곧 자리에서 일어나더니 코트니처럼 '우우업!' 소리를 내며 자기 카놀리를 부숴 버렸다. 아이들도 즉시 그 뒤를 따랐다. 리엄은 죽은 쥐를 만진 것처럼 움찔했다. 당연하게도 비즈는 양 주먹을 모두 썼다. 삼중 버섯구름을 피워 올리는 액션 영웅의 피날레 장면 속 자세를 취하면서 말이다. 바바바밤! 이 지점에서 볼 때 저녁이 빠르게 종료되거나, 혹은 더욱 범상치 않은 방향으로 방향을 틀 듯했다. 나는 전자가 되기를 바라며 원통형 카놀리와 피자 크러스트 조각이 색종이 조각처럼 흩뿌려져 있고, 크렘과 시저 드레싱과 피자 기름과 소스가 죽 뿌려진 테이블을 치우기 시작했다. 아이들은 손을 씻으러 보냈다. 하지만 밸과 코트니는 일어나지 않았다. 그들은 눈앞의 엉망진창 속을 즐겁게 뒹굴며 손가락에 묻은 설탕을 맛보았다. 어느 시점에는 나를 보았다가 서로를 보며, 7학년 때 인기 있는 여자애들이 나를 놀리며 그랬듯 웃음을 터뜨렸다. 나는 밸이 그동안 내내 다른 종류의 공감을 열망하고 있었던 것처럼 여자들의 밤 모드로 쉽게 빠져들어 간 걸 보고 놀랐지만 최대한 그들의 괴상한 취미에 장단을 맞췄다. 그동안 나는 나처럼 꾀와 배려심이 뛰어난 어린애라면 밸에게 완벽한 만족감을 제공하거나, 다른 식으로 그 만족을 가능하게 할 수 있을 거라 생각했던 것 같다. 내가 틀렸나 보다.

초인종이 다시 울렸다. 아이들이 복도 화장실에서 문으로 달려가는 소리가 들렸다. 빅터 주니어가 전화 주문으로 또 한 번의 먹거리 일제사격을 시작하려나 했다. 우리가 요리를 하기 전에는 종종 그랬다. 집에는 아무 때나 빅터 주니어가 시킨 정크 푸드가 도착했고, 밸은 한탄했지만 결국 함께 그 음식을 파헤치곤 했다. 특히 밸과 내가 레이프의 혼합 험볼트 카운티 프라임을 피우고 난 다음에는 더 그랬다. 하지만 나머지 더러운 그릇들을 가지러 들어가 보니 테이블 주변에 새로운 사람 셋이 서 있었다. 그중에는 키퍼도 있었는데, 사진에서 본 것보다 훨씬 더 컸고 체구도 더 건장했다. 게시물에서 본 적 없는, 누더기를 걸친 삼십 대 초반의 커플과 함께였다. 나는 즉시 토드 브라운의 따뜻한 얼굴을 떠올리며 이들이 친구로서 잘 어울리는지 대조해 보았다.

그들은 완전한 지역 주민이었다. 키퍼와 다른 남자(키퍼만큼 컸지만 더 섹시했다.)는 데스메탈 티셔츠와 느슨하게 늘어지고 얼룩진 데님 바지를 입고 있었고, 여자는 밀리터리 탱크톱에 골이 드러나는 레깅스를 입고 있었다. 코트니의 경우 본판은 별로여도, 제법 괜찮은 샌들과 깔끔한 황갈색 가죽 핸드백이 출세 지향적인 기미를 더했다면 그들은 구식 동네 주민이었다. 던바에서는 극소수의, 거의 멸종돼 가는 인구로 축소되었으나 스태그노의 인구 도표에서는 상당한 지분을 차지하고 있는 사람들, 고등학교를 졸업하고 오랜 세월이 흘렀는데

149

도 정신을 잃을 때까지 파티를 벌이며 정기적으로 바에 드나들고 볼링 경기 후 주먹질에 참여하는 사람들, 서로의 파트너와 형제자매와 때로는 심지어 부모와도 잠자리에 드는 나쁜 습관을 가진 사람들 말이다. 그들은 최소한 더러워진 인생의 주전자에서 맛이 간 맥주의 모든 방울을 탈탈 털어 내고 있다. 던바 주민보다 낫다고 말할 수 있는 부분이다. 던바 사람들은 명품 보드카를 정맥에 주사하며 최근에 떠난 환상적인 휴가에 대해 가짜 불평이나 늘어놓으며 앉아 있을 뿐이니까.

"대체 우릴 어떻게 찾은 거야?" 코트니가 코웃음 쳤다. 갑자기 정신이 또렷하게 맑아진 듯했다.

"'나의 찾기'로 찾았지." 키퍼가 자기 핸드폰을 휙 보여 주며 말했다. "네가 전화를 안 받았잖아. 이 동네를 알려 주던데. 와 보니까 차가 보였고."

"그래서 원하는 게 뭐야?"

"우리, 이 녀석들하고 약속이 있었어. 기억나?"

"아 젠장, 까먹었다."

"네가 베이비시터를 구하기로 했잖아."

"젠장, 그것도 까먹었어."

그들은 둘 다, 뭐랄까, 잔인하게 미소 지었다. 키퍼의 시선이 주위를 한 바퀴 돌고 내게 4분의 3박자쯤 머물렀다. 코트니는 다른 남자인 토미를 잘 알지만, 그의 여자 친구인 시에나는 모르는 게 분명했다. 그들은 뻣뻣하게 악수했다. 나는 키퍼와 토미가 과거 같은 팀 동료였을 거라고 생각했다. 하프백과 스플릿 엔드, 슈팅 가드와 파워

포워드. 그들은 미묘하게 몸을 푸는 것 같았다. 코트니와 자는 상대라고 생각되는 모든 남자에게 큰 부상을 입힐 태세로 전시 체제를 갖추었다가, 조금 긴장을 푸는 것이었다. 기어를 낮추는 거다. 나로서는 키퍼가 리엄을 보고도 거의 알은체도 않는 것이나 리엄 또한 완벽하게 아무렇지 않아 하는 걸 무시하기 어려웠다. 키퍼는 리엄을 동네의 여느 꼬마처럼 대했다. 나는 키퍼가 그의 생부인지 궁금했다. 내가 아는 한, 둘 사이에 조화로운 부분은 아무것도 없었다.

"파티가 끝났나 봐?" 키퍼가 말했다.

"지금도 멋진 시간을 보내고 있어." 코트니가 대답했다. "그렇지, 리엄?"

"맞-아." 리엄이 말했다. 다만 그는 남은 접시를 치우는 나를 응시했다. "나는 추-가 디저트가 있을 줄 알았는데."

토미는 별 소용없게도 웃음을 눌러 참았다. 코트니가 그를 노려보았다. 한편 키퍼는 자기 아들을 귀 대신 거대한 손이, 두 눈 대신 큰 눈알 하나가 달린 외계인이라도 되는 듯 보고 있었다.

내가 말했다. "미안, 꼬마 아저씨. 내 실수야. 다른 게 먹고 싶으면, 냉동실에 로키로드 아이스크림이 한 통 있어."

"로-키 로드?"

"내가 제일 좋아하는 건데!" 시에나가 거침없이 말했다. "그걸 안 먹어 봤단 말이야? 마시멜로랑 땅콩이랑 초콜릿 덩어리가 들어 있는 건데?"

리엄이 고개를 저었다.

"그건 먹어 봐야 돼!"

"자기야, 꺼내 주지 그래?" 밸이 발간 얼굴로 내게 밝게 말했다. 그래서 나는 아이스크림 통과 그릇 몇 개를 꺼냈다. 내 아이스크림 푸는 실력은 세계 최상위에 속했다. 던바에는 수많은 아이스크림 가게가 있고 그중 한 곳에서 첫 여름 아르바이트를 했기 때문이다. 그렇게 나는 아이들과 여자들에게, 심지어 키퍼와 토미에게도 당장 사진을 찍어도 될 만한 아이스크림 덩이를 퍼 주었다.

모든 게 잘 돌아가고 있었다. 심지어 여자들 사이에서도 우호적인 대화가 시작됐다. 밸은 더 이상 자기가 말하지 말아야 할 화제에는 파고들지 않았다. 나는 손님들에게 술을 따라 주기로 했다. 이 시점에는 모두를 데탕트에 잡아 두는 게 최선이라는 생각에서였다. 또 이 저녁은 이렇게 흘러 특별할 것 없이 마무리될 것처럼 보였다. 최소한 내 머릿속에 키퍼가 개자식이라는 생각이 자리 잡기 전까지는 말이다. 사실 키퍼는 누구나 완벽히 수용할 수 있는 인물이었다. 내가 예상했던 것처럼 유머 감각이라고는 전혀 없는 무식쟁이는 아니었다. 그는 즉석에서 토미 흉내를 냈다. 토미는 신생아가 젖을 먹듯 자기 입에 아이스크림을 퍼 넣고 있었다. (입을 엄청나게 크게 벌리고 말이다.) 그러면서 키퍼는 휠즈 플러스*에 빨리 들어가려고 실과 과목을 한 학년 건너뛰었다고 농담을 했다. 심지어 다음번 술을 돌릴 차례에는 모두에게 술을 따라 주기도 했다. 밸에게는 특히 고도로 숙련된 따르기 기술을 보여 주었다. (자기 아내의 성질을 슬슬 긁으려고 두 배는 과장되게 행동했다.) 하지만 니는 내 샷 잔을 들고 꾸물거리며, 싸구려

---

* 캐나다의 자동차 액세서리 판매점.

보드카가 내 혀끝을 태우도록 놔두는 수밖에 없었다. 그가 집에서 리엄을 어떻게 대할지 누가 알겠는가? 완전한 남남인 우리 앞에서도 그는 도저히 참을 수 없다는 듯 한숨을 쉬고 고개를 저으며 전적으로 무해하고 온순한 이 아이가 짜증스러운 존재, 혹은 그보다도 못한 창피한 존재라는 듯 굴었다. 물론 리엄은 이 아이스크림이 자기가 먹어본 것 중 가장 "트-으-별-한" 아이스크림이라며 바보처럼 떠들고 있었다. 리엄은 초콜릿아이스크림을 좋아하지만, "보-오-통"은 그냥 초콜릿아이스크림을 좋아한다고 했다. 그냥 초콜릿아이스크림은 그가 가장 좋아하는 털 달린 담요랑 비슷하니까. 하지만 리엄은 이게 더 낫다고, "폼폼이 달린 담요" 같다고 말했다. 그 말이 키퍼를 제외한 모두를 웃겼다. 키퍼는 소리가 날 정도로 강하게 포크로 그릇을 푹 찔렀다. 리엄은 계속해서 말했고 결국 키퍼가 쏘아붙였다. "야, 꼬마야. 알아들었다고."

코트니가 경계하는 눈으로 그를 노려보았고 밸을 제외한 모두가 입을 다물었다. 밸은 멍한 상태에 빠져 있어서—그녀의 아랫입술이 아랫니가 드러날 정도로 처져 있었다.—치솟는 긴장감을 놓친 게 분명했다. 그녀가 리엄에게 말했다. "네 설명이 참 마음에 들어. 네가 말한 폼폼이 뭔지 정확히 알겠거든." 이 말에 리엄은 조용히 말했다. "감사합니다."

사람들은 계속 수다를 떨었지만 나는 리엄을 보았다. 리엄은 다시 눈앞의 그릇으로 시선을 돌렸지만, 아이들이라면 마땅히 그러듯 아무렇게나 덤벼드는 대신 멍하니 내려다보며 씩 웃기만 했다.

"더 줄까, 리엄?" 내가 물었다.

리엄은 고개를 저었다. 더는 너무 많이 말하지 말아야겠다고 느낀 게 틀림없었다. 그 순간 내 심장은 녹은 아이스크림처럼 차갑고 밀도 높게 흘러넘쳤다. 나는 키퍼를 다 쓴 10W-40°이 들어 있는 통에 담그고, 그가 입을 열어 그 고약한 시럽을 다 마실 때까지 붙잡고 있는 내 모습을 상상했다.

"그쪽은요?" 내가 키퍼에게 말했다. 아이스크림 국자를 조금 지나치다 싶을 만큼 그의 얼굴에 똑바로 겨누었다.

"난 됐어요." 그가 말했다. 그는 무의식적으로 의자에 앉은 채 움직였다.

"마지막인데요." 내가 말했다.

"여자들 주세요." 그가 말했다. 품위 있는 태도는 아니었다. "진심입니다."

"내 거 먹어!" 빅터 주니어가 소리쳤다. 목소리가 이상하게 아기 같았다. 평소의 악당 스티치°° 목소리가 아니었다. 빅터 주니어는 키퍼의 얼굴 앞에 그릇을 흔들어 댔다. 빅터 주니어가 권한 건 사실상 얼룩이 박힌 갈색 곤죽이었다. "난 너무 많이 먹었어. 배 아파."

"정말 그럴 것 같은데." 코트니가 말했다. "어른처럼 먹던걸!"

키퍼는 왜 하필 자기가 이런 일을 처리해야 하는지 이해하지 못하겠다는 듯 주위를 둘러보았다.

"얼른, 먹어." 빅터 주니어가 아이스크림이 뚝뚝 떨어지는 숟가락

• 엔진 오일의 한 종류.
•• 월트 디즈니의 캐릭터 중 하나.

을 들어 올리며 말했다. "아직 맛있어."

"안 드시고 싶은 것 같은데, 아가." 벨이 자기 아이스크림을 퍼먹으며 아이를 얼렀다.

"하지만 같이 먹고 싶단 말이야." 빅터 주니어가 칭얼거렸다.

키퍼는 그럴 마음이 전혀 없었다. 그건 확실했다. 그때 빅터 주니어가 솜씨 좋게 키퍼의 무릎에 달려들어, 스니커즈*로 만들어진 엉덩이를 그놈의 거시기에 대고 문질렀다. '저래야 내 아들이지.' 나는 자긍심에 아찔할 정도로 얼굴이 붉어졌다. 빅터 주니어는 키퍼를 가장 소름 끼치게 할 수 있는 게 무엇인지 정확하게 찾아냈으니까. 키퍼는 갑자기 일어서며 비즈를 밀쳐내 버렸다. 빅터가 바닥으로 떨어졌다. 녀석의 끈적끈적한 플라스틱 그릇도 엉망이 된 가운데 시끄럽게 떨어졌다.

"이봐요!" 벨이 그제야 정신을 차리고 말했다.

내가 도저히 자제할 수 없었던 순간이 그때다. 그럴 때면 뭐든 들고 있는 걸 마구 써 버리게 되는데, 내게 들린 건 로키로드였다. 나는 완벽하게 한 국자를 떠서 아무 생각 없이 그걸 던졌고 키퍼의 목이 쇄골과 만나는 부분을 맞혔다. 아이스크림 덩어리가 길게는 0.5초 정도 그 자리에 달라붙어 있다가 떨어졌다. 내가 알아채지도 못한 사이 그는 내게로 몸을 틀고 있었다. 그의 심복 토미가 바로 뒤에 있었다.

"키프……." 나는 코트니의 소리를 들었다. 내가 갑자기 겁을 먹은 건 그녀의 높아진 목소리 때문이었다.

• 초콜릿 바 상표.

155

이상한 소리가—이상하게도 '우우업!'과 그리 다르지 않은 소리였
다.—들려온 건 바로 그때였다. 무릎을 꿇고 있던 비즈가 자기 몸 바
로 앞에 토했다. '철퍽.' 누가 반응할 새도 없이 그 토사물 냄새가 우
리를 세게 후려쳤다. 그 악취라니. 한마디로 표현하면 악취는 심각했
다. 두리안을 섞어 샴푸를 하면 그런 냄새가 나지 않을까. 자기 목을
자르고 두개골을 페인트 희석제에 절여, 타르 덩어리로 쪼그라들 때
까지 불로 그을리고 싶어지게 만들 정도로 느끼하고 토할 것 같은 거
품.

어쨌든 그와 비슷한 냄새였다. 리엄은 침착하게도 자기 역시 토할
것 같다고 말했다. 그러더니 재빨리 토해 버렸다. 더 우아하기는 했
다. 그의 토사물이 비즈의 절대 신성하다고 할 수 없는 토사물에 더
해졌다. 얼굴이 퍼렇게 질린 코트니가 리엄을 뒤쪽 테라스로 끌어냈
다. 거기에는 그때까지도 아이스크림 그릇을 쥐고 있던 시에나가 이
미 공기를 들이쉬고 있었다. 나를 포함한 남자들은 뭔가 비죽비죽한
웅덩이 위에서 양다리를 벌리고 서 있었다. 모두가 코를 틀어쥔 채였
다. 나도 토할 것 같았다. 나는 비즈에게 세계사적 천재성이 있다는
걸 인정할 수밖에 없었다. 아이는 토한 어린애들이 늘 그러듯 울면서
자기 방으로 달려갔다. 밸이 그를 따라 쫓아갔다. 단, 키퍼만이 아니
라 나까지도 뜨겁게 노려본 다음이었다.

7

솔직히, 나는 더 이상 죽음이 두렵지 않다. 최소한 내 죽음은.

이러면 몇 가지 놀라운 방식으로 자유로워질 수 있다. 그중 한 가지는 지상의 모든 사람이 불안정한 상태─경미한 것에서부터 심각한 것에 이르는─에 있다는 것과 특정한 중요 시기에는 기회의 예술가가 발동해 그 불균형의 속성을 포착하고 재빨리 다시 손봐야 한다는 걸 이해할 수 있다는 것이다. 밸이 내게 분명하게 표출한 짜증을 잠시 미뤄 둔 채 나는 다시 키퍼에게 집중했다. 나는 그가 리엄의 본성에 대해 보이는 경멸감이 남성적 공포에서 유래한다고 보았다. 그 공포에는 키프 자신이 성적 전성기에서 추락하는 것에 대한 불안과 (그래서 11학년 여자애들과 파티를 하는 것이다.) 끝없이 계속될 것 같은 부모로서의 책임이라는 선고, 어쩌면 그 자신의 아스퍼거적 경향까지 포함돼 있을지도 몰랐다. (나는 그가 스푼으로 아이스크림 그릇을 정확히 세 시 방향에서 여섯 시 방향으로 긁은 뒤, 다시 그릇을 아홉 시에서 여섯 시 방향으로 기울여 남은 내용물을 모으고 깨끗이 닦은 다음 테이블의 가장자리에 정확히 직각으로 두는 걸 보았다.) 이 모든 게 스태그노의 매력남이라는 그의 정신을 피가 나도록 자극한 것이다. 그래서 나는 아빠가 된다는 건 언제나 오물통을 준비해 두는 것이라는 의미의 무슨 얘기를 했다. 우연히도 나는 구석에 쓰레받기를 두고 있었다. 그렇게 나는 양 무릎을 꿇고, 배 속에서 만들어진 뜨거운 죽을 작은 손 빗자루를 이용해 쓰레받기에 담기 시작했다. 그건 그렇고, 이건 내가 타국에서 해야 했던 일에 비하면 비교적 가벼운 의무였다. 불행히도 손 빗자루는 이런 일에 적합하지 않았다. 털이 너무 부드럽고 길었다. 그래서 나는 토사물을 모아들이기보다는 펴 바르고 있었다. 나는 맨손을 스퀴지처럼 써서 토사물을 쓰레받기에 긁어모아 집어넣어야 했다. 토미는 그걸 보고 밖으로 나갔다. 나는 키퍼도 무너져 내리리라 생각했다. 하지만 그는 이상한 강박증 때문에 "아, 씨발."이라고만 뱉었다. 그는 주방으로 갔다가 금속으로 된 피자 칼을 가지고 돌아와— 빅터 주니어가 최근 플랫브레드˙에 관심을 가지고 있었다.—실제로 나를 돕기 시작했다.

"남의 자식 토나 치우는 도우미 노릇을 하면 안 되죠." 그가 말했다. 우리는 둘 다 뭐랄까, 키득댔다. 이 토사물이 두 아이가 문자 그대로 힘을 합쳐 만들어 낸 웅덩이라는 걸 알았기에. 곧 우리는 토사물을 치웠다. 내가 살갗이 벗겨질 정도로 뜨거운 물에 손을 씻는 동안 키퍼는 소독용 물티슈와 페브리즈, 싱크대 밑에 있던 대여섯 개의 다

˙ 효모를 사용하지 않은 빵.

른 스프레이 탈취제를 사용했다. 곧 다 동났다. 우리는 사실상 맨 나무가 드러날 때까지 그 자리에 탈취제를 퍼부었다. 이때쯤 코트니 일행이 독한 향을 내는 카라카스를 피우고 안으로 다시 들어왔다. 그들은 우리가 청소한 걸 보고 경이로워했다. 하지만 밸이 빅터 주니어와 함께 나타났을 때, 그녀의 입장은 완전히 다르다는 걸 알 수 있었다. 나는 모두를 밖으로 내보내며, 다음에 정상적으로 다시 모이자고 약속했다. 진심이었다.

나는 사태를 진정시키고 밸과 회복을 바라는 기도를 올리려고 했다. 하지만 현관문을 닫자마자 돌아서 보니 밸은 복도를 지나 침실로 가고 있었다. 노골적으로 쾅 닫은 건 아니지만, 문이 세게 탁 닫혔다. 이런 일은 처음이었다. 그 바람에 빅터 주니어는 그 자리에 덩그러니 남아 있었다. 그는 샤워를 해서 깨끗해진 채 흰 호텔 가운을 입고 내 옆에 서 있었다. 나도 샤워를 하러 갔다. 온몸에 토사물을 뒤집어쓰고 있었으니까. 내가 가운을 입고 나왔을 때(나는 우리 세 사람이 입을 가운 세트를 구비했다.) 빅터 주니어는 이미 나머지 부분을 정리하고 있었다. 밸과 내가 매일 밤 저녁 식사가 끝나면 대청소를 해 두기는 했지만 빅터 주니어는 더욱 효율적인 일 처리 방식으로 나를 놀라게 했다. 아이는 모든 걸 눈치챘다. 내 생각에는 우리 둘 다 깨끗해진 공간을 밸에게 선물로 주고 싶었던 것 같다. 최소한 아침까지는 밸을 피해야 한다는 걸 알고 있었으니까.

즉, 거실 소파가 내 차지였다는 뜻이다. 우리가 영화를 결제해 보기로 결정했을 때는 아직 이른 저녁이었다. 영화는 빅터 주니어가 골랐다. 녀석이 만화책에 나오는 슈퍼히어로로 영화를 고른 건 놀랍지도 않았다. 나야 딱히 좋아하지도 싫어하지도 않는 장르였다. 다만 벽이 흔들릴 정도의 폭발음과 자동으로 발사되는 총소리가 벨을 방해할 거라는 확신이 들었다. 그래서 나는 헤드폰에 소리를 나눠 들을 수 있는 잭을 끼우고, 빅터 주니어가 타 달라고 한 아몬드우유를 타서 빅터 주니어와 함께, 처음으로 우리 나름의 남자들의 밤을 시작했다. 아버지와 아들의 밤이나 멘토와 제자의 밤, 심지어 동료들의 밤도 아니었다. 그보다는 대피용 땅굴 속에서 서로의 털을 비비고 온기를 나누고 싶어 하는, 외로운 떠돌이 개 한 쌍의 밤이었다. 핵융합이라도 일어나는 것 같은 폭음을 들으면서도 빅터 주니어는 곧 내 품에서 잠들어 침을 흘리기 시작했다. 나는 빅터 주니어의 헤드폰을 벗겨 낸 다음 내 헤드폰을 벗고, 녀석을 침대로 데려다줄까 생각했지만 갑자기 배 속에서 무언가 완전히 잘못 꼬여 버린 느낌이 들었다. 내가 아무리 벨이나 빅터 주니어와 가까워져도, 내가 아무리 그들을 사랑하고 그들이 나를 사랑하더라도, 상황의 힘이 결국 승리하리라는 것, 구원과 기쁨을 가져다줄 수 있는 것처럼 언제든 파멸을 가져다줄 수 있다는 걸 깨닫자 눈물이 고였다. 나만 생각하면 조바심 낼 것도 없었다. 여행을 다녀온 이후, 나는 내가 극도의 고난을 견딜 수 있다는 걸 안다. 나는 갈려 나가 아무것도 아닌 존재가 될 수 있다. 하지만 사랑하는 사람들이 슬픔을 먹는다고 생각하면 견딜 수 없다. 그런 찡그린 표정을 상상하기만 해도 무너질 것 같다. 아마 모두가 그럴 것이다. 전에도 그랬고 앞으로도 영원히 그러겠지. 훨씬 더 실망스러운 이유는 나와 두 V, 즉 벨(V)과 빅터(V) 사이에는 혈연도, 가족 관계도, 우리를 묶어 주는 역사도 없다는 것이었다. 우리는 모닝커피를 마시면서 관계를 지속할지 말지 결정할 수 있는 사이였다. 만일 인간의 모든 노력이 취약하다면—보이기는 그렇게 보인다.—모두가 각자 갈 길을 가는 게 최선은 아닐지 어쩔 수 없이 궁금해진다.

잠에서 깼을 때는 빅터 주니어가 여전히 내 품에 매달려 있었고, 우리는 여전히 슬리퍼를 신고 있었다. 어쩌면 나도 빅터 주니어에게 침을 흘렸을지 모르겠다. 우리의 잠이 더욱 길고 호사스럽게 느껴졌다. 아홉 시간은 확실히 잤다. 아무 꿈도 기억나지 않았다. 그저 부재의 쿠션이 있었을 뿐이다. 하지만 케이블 TV 수신기는 지금이 겨우 새벽 세 시라는 걸 알려 주었다. 나는 찹쌀떡 같은 아이의 몸에서 내 몸을 조심스럽게 떼어 낸 뒤 모니터를 껐다. 갑자기 별과 초승달로 빽빽한 하늘이 시야에 들어왔다. 그 하늘이 내게 미닫이식 유리문을 열고, U자 형태의 목장 뒤쪽에 설치된 낮은 나무 테라스에 가서 앉도록 이끌었다. 나는 깎지 않아 아래로 고개 숙인 풀을 슬리퍼로 밟은 채 앉았다. 시원하고 축축하고 벌레 우는 소리가 들리는 늦봄의 밤. 스태그노에서는 생각보다 좋은 냄새가 났다. 신선하고 원시적인 냄새, 어째서인지 거의 바다처럼 느껴지는 냄새였다. 나는 자연스레 가운을 벗어 던지고 이슬 맺힌 땅에 드러누웠다. 등과 엉덩이와 다리가 축축한 땅에 닿자 움찔했지만, 몸을 들썩이며 떨림을 억눌렀다. 머잖아 온도가 비슷해졌다. 나는 섬세하게 구부러진 초승달을 바라보다가 졸았다. 눈을 떠 보니 밸이 덱 아래에 서서 동화 속 유령처럼 나를 위압적으로 내려다보고 있었다.

"너……. 뭐 해?" 밸이 물었다. 내 자세나 벌거벗은 모습, 혹은 그 둘 다에 놀라 말을 더듬는 듯했다.

"사실 잘 모르겠어."

밸은 두르고 있던 가운의 목을 단단히 조였다. 달빛을 받아 가운이 파랗게 빛났다. "안 추워?"

"딱히." 내가 말했다. "근데 내가 어떤 사람인지는 누나도 알잖아."

"그래." 밸이 말했다. 하지만 애정을 담은 말을 덧붙이지는 않았다. 보통 때라면 그녀는 '내 핫팩'이라며 나를 얼렀을 것이다. 나는 침대에서 엄청난 열을 뿜었고, 언제든 준비된 발 보온 장치이자 포옹 전문가였으니까. 밸은 그냥 중얼거렸다. "그런 것 같아."

"이 밑이 어떤지 확인해 볼래?" 내가 물었다.

"춥고 축축해 보여."

"내가 카펫이 돼 줄게."

"그러기엔 넌 별로 북슬북슬하지 않은걸." 그녀가 말했다. "최소한의 푹신함도 없어. 넌 쓸모없는 깔개야."

"그럼 팔다리를 쭉 펴고 있을게." 나는 그렇게 했다. "누나의 단상이 돼 줄게."

밸은 어색할 정도로 오랫동안 나를 평가하듯 바라보았다. 우리 둘다 이웃에게 어떻게 보일지를 걱정할 정도로 긴 시간이었다. 밸은 내게 팔다리를 다시 접으라고 손짓했다. 그러더니 내 몸에 올라타 위에 엎드렸다. 풀에 거의 닿지 않도록 몸을 정렬하고서.

"너한텐 내가 너무 무거워. 숨을 못 쉴걸."

"숨 쉴 수 있어." 사실이었다. 나는 조금 불편하긴 해도 숨을 쉴 수 있었다. 남은 평생을 그런 식으로 짓눌려 보내야 한대도 상관없었다. 이게 우리 스타일의 육체성이었다. 밸과 나는 껴안을 때나 바빠질 때

162

그냥 껴안기만 하는 게 아니었다. 대신 우리는 서로를 바이스로 조이 듯 힘껏, 완전히 힘껏 조였다. 광대뼈나 갈비뼈가 으스러질 정도까지 서로를 밀어붙였다. 처음 잘 때부터 우리는 이런 방식으로 서로에게 열중했다. 서로에게 딱 달라붙지 않으면, 어떤 반발력이 승기를 잡아 우리를 서로에게서 멀리, 우주의 무한한 공간으로 거칠게 내동댕이 칠 것 같은 본능적인 느낌을 공유했기에.

"난 네가 답답해." 밸이 말했다. 그녀의 숨결에 아직도 보드카의 흔 적이 약처럼 남아 있었다. 그녀의 얼굴이 내 얼굴 위에 떠 있었다. 그 녀의 머리카락은 구불구불하게 달빛을 받는 커튼이었다.

"알아."

"무슨 일이었던 거야? 내 말은, 대체 그게 뭐였어?"

"걱정됐어."

"걱정됐다고?" 밸은 아래팔로 몸을 받쳤다. "우리가 새로운 사람들 을 만나는 게? 내가 친구를 사귀려는 게? 빅터 주니어가 그럭저럭 정 상적인 놀이를 하며 실제로 다른 아이랑 어울린 게?"

당연히 그런 것들은 기뻤지만—빅터 주니어에게 다른 놀이 친구 가 있었던 적은 한 번밖에 없었다. 이웃의 남자아이였는데, 빅터 주 니어와 어울리다가 가족과 함께 이사를 가 버리고 말았다. 빅터는 그 가엾은 아이의 머리를 테이프로 칭칭 감아 매장하면 멋질 거라고 생 각했다. 다행히도 콧구멍과 입에는 작은 틈을 남겨 두었다. 그리고 글자 자석으로 **보지 빨기**와 **똥꼬 먹기**라고 써서 아이의 얼굴 전체와 뒤통수에 붙여 놓은 뒤 자기 작품을 엄마들에게 자랑했다.—그렇게 일상적인 일조차, 최소한 우리 같은 사람에게는 걱정스러운 이유를 구체적으로 설명하기가 곤란했다. 모든 커플은 아무리 가깝든, 아무리 오래 함께했든, 진짜 중요한 개념은 말하지 않은 채로, '당신은 언제나 나보다 당신 자신을 사랑했어.'라든가 '우린 전혀 가망이 없을 만큼 절망적으로 안 어울려.' 같은, 해결되지 않은 무언가를 놔둔 채로 살아간다. 밸과 나의 경우에는 그 개념이 '우린 평범한 사람처럼 굴지만 전혀 평범하지 않아.'였다.

바로 그것이었다. 하지만 나는 여전히 그 말을 밸에게 할 수는 없었다. 밸이 절대로 듣고 싶어 하지 않을 한마디라는 걸 알고 있었으니까.

그래서 나는 웅얼거렸다. "사회생활은 천천히 해야 할 것 같아."

"난 천천히 하고 있다고 생각했는데." 밸이 말했다. "내 말은, 너랑 빅터 주니어가 엉뚱하게 초대박 사건을 터뜨리기 전까지는 말이야. 정말이지, T, 도대체 뭐야?"

"우린 키퍼가 이상한 인간인 줄 알았어."

"지금은 마음에 들고?"

"그냥저냥 괜찮아. 비즈는 아직 의심스러워하는 것 같지만. 우린 영화를 같이 봤어. 비즈는 소파에서 자고 있어."

"봤어. 둘이 언제부터 그렇게 동기화가 잘된 거야?"

"처음부터 그랬을지도 몰라."

"이젠 둘이 뭉쳐서 나를 괴롭히려나 보네." 그녀가 한숨을 쉬었다. 다만 나는 그 짜증의 이면에 숨어 있는 일종의 행복감도 들을 수 있었다. "야, 이게 뭐야?"

"뭐?"

"뭔지 알잖아." 그녀는 엉덩이를 아주 살짝 흔들었다. "이거."

"아."

야만인 틸러였다. 뭐, 그래. 어린이 틸러였다.

"말 돌리려 하네."

"아냐. 그냥 내 위에 벌거벗은 여자가 있어서 그래." 밸은 가운만 걸친 채 벌거벗고 있었다. 늘 맨몸으로 잤으니까. 자극받은 녀석이 이제는 바람이 통하는 가운 너머를 찔러 대기 시작했다.

"난 지금도 답답해."

"그래야지."

"당분간은 답답해할 수 있어."

"알았어."

"넌 한 번도 그런 내 모습을 경험한 적이 없어. 빅터 시니어는 경험해 봤고. 오히려 너무 많이 경험했지. 난 그게 너무 미안해. 난 언제나 너무 지긋지긋하다고 느꼈어."

"빅터 시니어가 하던 사업 때문에?"

"사업은 하나도 신경 쓰이지 않았어. 문제는 빅터 시니어가 집에 머물고 싶어 하지 않았다는 거야. 난 그 사람이 나와 빅터 주니어를 얼마나 사랑하는지 알았어. 알면서도 그랬어. 하지만 언제나 집에 있을 수는 없잖아. 안 그래? 영원히 숨을 수는 없어. 그렇지 않아?"

나는 고개를 끄덕였다. '할 수 있다'는 것과 '해야 한다'는 건—적어도 밸과 빅터 주니어의 복지와 관련해서는—아주 다른 것이었지만. 아니, 다음번에 현관 계단에 누가 나타날지, 그들이 어디에 속해 있을지 누가 알겠는가? 나는 너무 자주 토드 브라운을, 운전용 장갑의 구멍으로 삐져나온 그의 손가락 털을 상상했다. 거리를 천천히 운전하는 크고 검은 SUV만 봐도 숨을 참았다. 그러니까, 그래, 나는 영원히, 죽을 때까지 숨고 싶었다. 우리가 무언가 멋진 걸 안전하게 호박(琥珀) 속에 박제하고 보존할 수 있다면. 하지만 안전이란 허구다. 안전을 이룩하는 순간 훌륭하고 멋진 건 가상적이고 생기 없는 게 된다. 아직 움직이고 있다는 생각이 들지라도 실제로는 그렇지 않다.

바로 그때, 이상하기도 하고 이상하지 않기도 한 일이지만, 나는 밸의 가운 허리띠를 잡아당겨야겠다는 충동을 느끼면서도 내 손을 가만히 두었다. 밸은 직접 띠를 잡아 매듭을 풀었다. 그녀는 일어나 앉아서 양 무릎으로 축축한 잔디를 딛고, 가운으로 텐트를 쳐서 우리 몸의 일부를 가렸다. 나는 그때 몽골의 스텝 지대에 간다는 게 어떤 느낌인지, 방금 나를 도와 검치(劍齒)호랑이를 겁주어 쫓아낸, 끝내주게 굉장한 여자랑 야외에서 일을 치른다는 건 어떤 느낌인지, 유일하고 중요한 축에 뿌리를 내리기 위해 살과 흙을 연결한다는 게 어떤 느낌인지 어렴풋이 알게 됐다.

내가 늙은 동시에 젊은 이 나이에 신비주의자가 돼 가는 걸지도 모르겠다. 하지만 분명히 다시 말하지만 그런 느낌이었다.

다음 날, 우리 셋은 완전히 지쳐 나가떨어졌다. 빅터 주니어는 늦잠을 잤고, 밸과 나도 늦게 일어났다. 우리는 멍하니 커피를 홀짝였으며 아무 말도 하지 않았다. 우리가 새 친구일지도 모르는 사람들과 벌인 서커스에 대해서도, 달빛 속의 섹스 소나타에 대해서도, (우리는 몸의 낯선 부분에 풀물이 들었다.) 안쪽에 상한 딸기셰이크가 튄 오래된 피자 상자에서 나는 냄새에 대해서도. 대신 우리는 조금이나마 남아 있는 에너지를 이 지역에 자리 잡은 찌뿌둥한 날씨에 쏟았다. 정신이 쉬이 돌아오지 않는 그런 날 중 하나였던 건 분명하다. 문득 든 생각은 그날의 날씨가 장기간의 동거에 대한 기후적 등가물일지 모른다는 것이었다. 공기가 통하지 않는 이 소용돌이가 드넓고도 얕은 내륙의 바다 위에 정체돼 있었다. 내가 부모님에게서 받은 인상과 비슷했다. 둘은 식탁에서든, 자동차에서든, 쇼핑몰에서든 무슨 일이 일어날 수도, 일어나지 않을 수도 있는 상태로 대기실에 처박힌 것처럼 보였다. 그러다가 우리 엄마가 누구와도 더 이상 말하지 않게 된 이후에, 가엾은 클라크는 계속해서 무기력 모드에서 빠져나오지 못했다. 다만 이따금 주위를 둘러보며 혹시 무언가 바뀌었는지 확인했다. 물론 아무것도 바뀌지 않았다.

밸과 내가 서로에게 완전히 흥미를 잃었다는 말은 아니다. 하지만 우리는 육욕이 일시적으로 정지된 좀비 같았다. 어떤 목적이 있다면 좀비스러운 것도 다른 모든 것과 마찬가지로 아주 좋다. 그러나 목적이 없다면 좀비의 불멸성이란 심각하게, 아주 심각하게 잘못된 것이다. 나와 밸의 경우는 주방 식탁에 게으르게 앉아서, 커피의 기름진 표면 위로 절반씩 얼어붙어 있었다. 아침의 잔재가 미적거리는 오후와 그 오후를 따라 빠르게 펼쳐지는 피로한 저녁에 가려지기 일보 직전이었다. 그날이 우리가 완전히 리듬에서 벗어난 것처럼 보인 첫 순간이었다. 몇 마디 나누지도 않았는데, 말은 그때마다 불쑥불쑥 튀어나왔고 끝맺어지지 않았다. 우리의 시선은 은밀했다. 우리 둘 다 하고 싶은 일이 있었지만 기어만 만지작거리고 있었다. 평소에는 상대가 뭘 하자고 하든 좋다고 하는 게 우리의 암묵적 약속이었는데, 그와는 반대되는 상황이었다. 그래서 결국 우리는, 예를 들면 열네 번째 「대부 II」를 보게 됐다. 또는 버펄로윙 바구니와 프로세코 와인을 초토화시키거나, 마사지 매직에서 가족 마사지를 받게 됐다. 그러는 내내 빅터 주니어가 뭐든 그의 변덕의 표적이 되는 걸 만들고/하고/보도록 권한/능력을 주면서.

그런 식으로 우리는 힘없이 멈춰 있었다. 그때 빅터 주니어가 새로운 옷을, 펑퍼짐한 카고 반바지와 버펄로 세이버스* 티셔츠를 알아서 입고 나타났다. 녀석은 머리를 빗었고, 입가에 묻은 거품으로 미루어 보면 양치까지 한 상태였다. 나는 녀석이 평소처럼 '굶어 죽을 것 같아.'라는 내용의 장광설을 시작할 거라 예상했다. (빅터 주니어는 저녁만 차렸다.) 뱁과 나는 본능적으로 각자의 의자에서 미적거렸다. 나는 머릿속으로 이미 지난주에 먹고 남은 저녁거리로 가득 차 있는 냉장고를 뒤지고 있었다. 그때 아이가 "운동"을 하고 싶다고 선언하며 볼링을 치러 가자고 제안했다.

"볼링?" 뱁이 말했다. "볼링이 뭔지나 알아?"

"TV에서 봤어." 빅터 주니어가 말했다. "해 보고 싶어. 리엄이 그러는데 진짜 재미있대. 리엄은 락-어-볼에 간댔어."

"혹시 오늘도 리엄이 우연히 락-어-볼에 있는 건 아니고?" 뱁이 물었다.

"그걸 내가 어떻게 알아?" 빅터 주니어가 대답했다. "내가 예-수도 아니고."

---

* 미국 뉴욕주 버펄로가 연고지인 하키 팀.

밸과 나는 아이가 우리의 맥박을 뛰게 하려고 나름의 역할을 하려는 중이라는 걸 깨닫고 서로를 보며 눈을 반짝일 수밖에 없었다. 아이들은 아주 조금만 뭔가 줄어들어도 즉시 감지한다. 우리 모두 알고 있는 사실이다. 아이들은 가장 민감한 도구다. 어느 순간 아이들의 눈을 보면 고쳐야 할 거의 모든 걸 알 수 있다.

"볼링 좋겠네." 내가 말했다. "옷 입고 가자."

"근데 배고파!" 1부가 해결되자 빅터 주니어가 소리쳤다.

"거기서 점심 먹으면 돼." 내가 말했다. "분명히 치즈버거를 먹을 수 있을 거야. 싸구려에 맛도 없겠지만, 최근에는 맛없는 싸구려 음식을 충분히 먹지 못했으니까."

"감자튀김이랑 치킨텐더도 맛없을까?"

"분명히 그럴걸."

"뭐, 그럼 가자!" 빅터 주니어가 엄마의 손목을 잡아당기며 말했다. "옷 입어!"

우리는 숨 돌릴 틈도 없이 스포츠 샌들에 발가락을 밀어 넣었고, 차고 문은 올라가고 있었다. 빅터 주니어는 이미 자리에 앉아 안전벨트를 차는 중이었다. 그때 나는 밸이 문 앞에 머물러 있다는 걸 알았다.

"요, 섹시한 아가씨." 내가 소리쳤다. "갈 건가요?"

빅터 주니어는 미친 듯이 자기 쪽 창문을 두드려 댔고, 밸과 나는 잠시 그 소리를 들었다. 우리 둘 다 안전유리의 강도에 깊은 인상을 받았던 것 같다.

밸이 말했다. "저기, 어린이들. 둘이 가는 건 어때? 너무 피곤해. 아직도 숙취가 느껴지고. 게다가 난 볼링을 싫어해. 그 빌린 신발을 신는 게 너무 역겨워."

"그냥 가서 놀자."

"좀 더 잘래. 그런 다음에 이 집을 다시 박박 문질러 닦아야겠어."

"우리가 더 잘할 수 있었는데, 부족해서 미안."

"잘했어, 이것저것 따져 보면." 밸은 그렇게 말하더니 다가와 내 뺨에 입을 맞췄다. "재미있게 다녀와."

하지만 이번에는 빅터 주니어가 다리로 운전석 머리 뒤쪽을 밀었다. 헤드레스트가 부자연스럽게 앞으로 휘어질 만큼 센 힘이었다. 나는 자리에 타서 헤드레스트를 다시 뒤로 밀어야 했다. 밸은 떠나는 우리에게 손을 흔들더니 차고 문 버튼을 눌렀다. 차고 문이 내려오며 밸의 가운 끈과 무릎, 맨발을 가리는 동안 우리는 거리에서 손을 흔들었다.

우리가 두어 시간 뒤 차고에 들어갔을 때 나는 바로 그것(그때 우리는 범퍼의 도움을 받아 세 번 볼링을 치고, 폐품 처리장 붙박이마저 구역질을 느낄 만큼 많은 볼링장 음식과 탄산음료를 연료 삼아 본격적인 핀볼 게임까지 끝낸 뒤였다.)을 생각하고 있었다. 누군가에게 작별 인사를 할 때, 그게 바로 그 사람을 보는 마지막 순간일 수 있다는 걸, 그 모습이 마지막 유품이 되리라는 걸 언제나 생각해야 한다는 것. 이런 식으로 하루하루를 살아간다면 당연히 무척 파괴적일 것이다. 하지만 그 너머를 보면 뭐랄까, 모든 슬픔과 비영원성을 뿌리 깊이 간직하는 데는 유쾌한 부분도 있다. 감사할 줄 아는 능력이 도표에 그릴 수 있는 범위를 벗어날 정도로 커진달까.

말할 필요도 없지만, 어려운 부분은 그 경지에 이르는 것이다. 한

꼬마에게는 특히 그랬다. 녀석은 타고나기를 자기중심적으로 태어났
는데도 그랬다. 빅터 주니어는 최소 삼십 분 동안 사랑하는 엄마가,
나의 충실한 배우자가 사라졌다는 걸 알아차리지 못했다.

8

뺄과 갑작스럽게 뒤집어진 우리의 스태그노 생활에 관해서는 나중에 다시 얘기하겠다. 하지만 일단 탁구에서의 시간이 시작된 얘기로 돌아가도록 하자.

내가 퐁의 집에 들른 지 몇 주 뒤에 퐁이 다시 연락해 왔다. 다시는 그의 소식을 들을 일이 없으리라고 체념한 뒤였다. 버려진 기분이었냐고? 당연하다. 나는 그 일을 상당히 힘겹게 받아들였다. 한동안 집에서는 맥이 빠진 채 지냈고, 식당에서는 접시 닦이 일을 거지같이 했다. 나는 이미 창백한 내 존재가 더욱 창백해졌다고 느꼈다. 나는 그냥 녹아 버린 두부아이스크림 같았다. 어느 날 갑자기 엄마가 사라져 버렸고 그 사건을 대체로 잘 이겨 낸 어린애가 하기에는 꽤 우스운 말이지만. 아니면 전혀 우습지 않은 말일지도 몰랐다. 어쩌면 완벽하게 말이 되는 말일지도. 근무 시간에 퐁에게서 이 지역에 사는 자기 동업자 몇 명을 만나 보겠느냐는 문자를 받았을 때, 나는 위험

물질을 막아 주는 접시 닦이용 앞치마와 장갑을 벗고 매니저에게 속이 울렁거려서 금방이라도 바지에 똥을 지릴 것 같다고 꿍꿍댔다. 매니저는 기겁하며 당장 자기한테서 떨어지라고 했다. 나는 엉덩이를 움켜쥔 채 발을 질질 끌며 나갔지만, 그다음에는 최대한 빠르게 자전거를 달려 111번 도로 반대편에 있는 쇼핑몰로 이어진 육교에 올랐다. 그 쇼핑몰은 던바 사람들이 명품과 세일에 굶주렸을 때 가는 곳이었다.

풍과 그의 동업자들은 찹 스테이션이라는 이름의 쇼핑몰 스테이크 하우스에 모여 있었다. 클라크가 내 열일곱 번째 생일에 나를 그곳에 데려간 적이 있다. 남자와 고기의 밤 행사가 있었기 때문이다. 당시에는 그게 좋은 아이디어처럼 느껴졌다. 왜 있잖은가, 테스토스테론을 채우고 끈끈한 관계를 다지는 일 같은 것. 하지만 아빠는 전혀 그런 스타일이 아니었고 나도 마찬가지였다. 우리는 모두가 시끌벅적하게 엉덩이를 주물러 대는 그곳에서 서로의 목소리를 거의 듣지도 못한 채 앉아 있었다. 아무튼 나는 빠르게 그곳으로 페달을 밟았다. 신이 나기도 했고 평일의 늦은 시간이었기 때문이기도 했다. 나는 디저트와 저녁 식사가 끝난 술자리에서 그들을 만나게 될 거라고 생각했다. 어쨌거나 이곳은 교외 지역이었다. 오후 여덟 시가 넘으면 35세를 넘는 사람 중 감히 포크를 드는 사람은 거의 없는 곳. 찹 스테이션은 자신들이 지역의 맞춤형 보석이라고 주장하지만 실제로는 변장한 체인점이다. 에디슨 전구 조명, 암적색 긴 의자, 숙성된 최고 등급 소고기의 곰팡이 낀 옆면이 전시된 소름 끼치는 유리 냉장고까지 해서 지나치게 넓고 지나치게 반짝거리는 어두운 목재 널판 장

173

식의 클럽 스타일 공간이다. 이 모든 건 포커스 그룹*이, 즉 당신이 누려 마땅하다고 생각되게끔 설계됐다. 누구든 마치 번영의 공간에 버터를 바른 듯한 침착한 태도로 들어섰다는 느낌을 받도록, 기업을 운영하지 않는 사람이라도 고베 더블 포터하우스**를 자신에게 대접하고 싶어 안달이 나도록 말이다.

내가 사장에게 퐁 로우 씨와 일행이라고 말하자 그녀는 눈을 깜빡였다. 깊은 인상을 받은 동시에 혼란스러운 듯했다. 분명 나의 더러운 작업용 티셔츠와 청바지 때문이었을 것이다. 그녀가 진흙이 잔뜩 튄 내 운동화를 보지 못해 다행이었다. 그녀는 자기를 꼭 빼닮은 부하에게 나를 레스토랑 뒤쪽 룸으로 안내하라고 했다. 그곳은 사실 분주했다. 칸마다 서로를 이기려고 혈안이 돼 거친 말을 내뱉는 투자자들이 최대 수용 인원까지 차 있었고, 베이더가스의 경영자들은 석탄처럼 까만 상어의 눈으로 이리저리 방을 훑어보고 있었으며, 은퇴한 부부들은 샤르도네에 취해 혀 꼬인 소리를 내뱉고 있었고, 여전히 몸매가 탄탄한 이혼녀들과 젊은 남자들, 야심 찬 힙스터들이 바에 뒤엉켜 있었다. 이 모든 낚시와 소비가 어디로 이어질지 절로 궁금해졌다.

값어치를 중시하는 고지식한 클라크는 이런 걸 볼 때마다 자기답게 늘 이렇게 말했다. "다우지수와 보조를 맞추는 거지!" 이것이 남자와 고기의 밤에 우리 바드먼 가문 남자들이 메뉴에서 가장 싼 22달러짜리 찹스테이션버거를 동시에 주문한 이유였다. 사실 둘 다 가게 전

---

* 테스트 대상의 상품에 대해 토의하는 소비자 그룹.
** 갈비와 설로인 사이 부분의 최상급 소고기로 만든 스테이크.

174

체를 톱니가 달린 거대한 칼로 살육해 버리고 싶은 마음이 굴뚝같았지만 말이다. 지방이 타면서 나는 향기가 나의 여러 분비샘에 연료를 주입한 탓에 사장을 따라가면서 사람들의 접시 위에 놓인 그을린 NY 스트립과 필레미뇽과 립아이를 쳐다보지 않을 수 없었다. 메트로놈처럼 살랑거리는 배 모양의 엉덩이를 보면서도 어쩔 수 없이 시선이 똑딱똑딱 흔들렸다. 이 시설은 내가 원하는 걸 잘 알고 그걸 내 주려고 최선을 다했다. 나는 어떤 식으로든 퐁의 동업자들 앞에서 지나치게 건방지거나 탐욕스럽게 보이지 않고 스테이크를 주문할 방법이 있을지 고민했다. 그래서 사장이 룸의 문을 열었을 때 종업원이 신선한 무화과와 고기와 치즈 덩어리가 담긴 가짜 피자 판을 테이블에 올려놓고 있는 걸 보자 기뻤다. 다른 종업원은 거품 나는 술이 든 긴 샴페인 잔을 나눠 주고 있었고, 또 다른 종업원은 아주 조심스럽게 1.5리터짜리 레드와인을 따르고 있었다.

"문자를 안 보냈던데." 퐁이 나를 테이블 쪽으로 이끌며 말했다. 저 끝의 애피타이저 옆에는 대여섯 명의 다른 사람들이 서 있었다. 나는 그중에서 배그스 파텔을 알아보았다.

"제가요?" 나는 이곳에 오고 싶어 똥 마려운 연기를 하느라 답장을 보내지 않은 듯했다.

"네가 대학으로 돌아갔을까 봐 걱정했어."

"다음 달까지는 안 돌아가요." 내가 말했다. "어쨌거나 한 학기는 해외에서 보낼 예정이라서 학교로 돌아가지는 않을 테고요."

"해외라고? 그 얘기는 안 했는데. 어디로 가니?"

나는 프로그램이 진행되는 도시를 말했고, 퐁은 만족스럽다는 듯

175

고개를 끄덕였다. 하긴, 예의 바른 사람이 달리 무슨 행동을 하겠는 가? 모두가 어떻게 행동해야 하는지 알고 있었다. 나는 가짜 고고학 발굴지에서 파낸 도자기 조각에서 흙을 털어 내고, 더럽게 부유한 동문의 개인 미술 소장품을 둘러보고, 나와 같은 특권을 누리는 사람들과 걷고 대화를 나누며 지역 요리사에게서 지속 가능한 식단 쇼핑 수업을 받는 등 특권적인 활동에 참여하러 특권적인 장소에 가는 특권적인 녀석이었다……

"우리의 포캐디, 탁월하구먼!" 배그스 파텔이 소리쳤다. 그가 손을 내밀기에 악수를 하려고 다가갔더니 그는 내가 오랜만에 만난 좋아하는 주차 요원이라도 되는 듯 나를 단단히 끌어안고 어깨를 탁 쳤다. "그런 데서 살다니 얼마나 좋은 일이야! 내가 한 번도 거기 가 본 적 없다는 거 아니? 난 이 존나 아름다운 행성에 오십오 년째 살고 있는데, 내가 유럽에서 가 본 곳이라고는 프랑크푸르트 공항밖에 없어. 그마저 어머니를 만나러 뉴델리로 가는 길에 경유한 거였지."

"배그스, 자넨 일이 너무 많아서 다른 데를 못 가는 거잖아." 한 남자가 애매한 영국 억양으로 말했다. 그는 키가 작은 아시아 사람이었지만 매우 호리호리하고 탄탄해 보이기는 했다. 그는 오픈칼라 형태의 하늘색 셔츠에 매끈한 검은색 정장을 입고 있었다. 그가 차고 있는 금속 전구처럼 생긴 손목시계가 계속해서 빛을 반사해 내 눈을 찔러 댔다. 꼭 안과에 갔을 때 같았다. "게다가 자네는 말도 안 되는 싸구려야."

"다 맞는 말이야, 친구. 그렇다고 덜 비극적인 일은 아니지." 배그스가 반박했다. "이쪽은 럭키 최야, 틸러. 세계를 박살 내고 다니는 도박사 겸 투자자지. 하지만 이름이 럭키인 사람을 완전히 믿어서는 안 된다는 말을 굳이 할 필요도 없겠지? 럭키와 친구가 된다는 건, 너 자신은 절대로 행운을 누리지 못할 운명이 된다는 뜻이니까. 둘째, 럭키는 내가 상당히 부유하고 괜찮은 자격을 갖춘 전문가라는 이유로 내가 원하는 일을 뭐든 할 수 있고 또 해야 한다고 생각해. 이 녀석은 화려한 코즈모폴리턴의 배경을 가지고 있어서 나 같은 갈색 인종은 빈틈없이 경계심을 유지해야 한다는 현실을 잘 모르거든. 현대 문명 속에서 나 같은 사람은 언제나 대비해야 하고 집중해야 해. 우리에게는 존재한다는 것 자체가 위태로운 일이야. 우리는 어느 순간에든 어느 지위에서든 뽑혀 나갈 수 있어. 즉시 내팽개쳐질 수 있지."

"최소한 죽은 후에도 네 차가운 손에는 빈티지 크루그* 잔이 쥐여 있을걸."

"아무튼 난 계속 강해져야 해."

"우리 모두가 그렇지." 퐁이 종업원에게 손짓하며 덧붙였다. 종업원은 아주 빠르게 내게 샴페인 잔을 건네주었다. "제대로 강해지기 위하여."

우리는 잔을 들었다. 나는 여러 동업자들에게 차례로 소개됐다. 회원 초청 토너먼트에 참가했던 파텔의 동료인 래스킨 박사를 제외하고는 모두 남자였다. 래스킨 박사도 사실상 남자나 마찬가지였고. 나는 나이와 상관없이 남자 무리와 어울리고 싶었던 적이 없다. 남자가 네다섯 이상 모이면 정말로 구시대적이고 어쩌면 무서울지도 모를

• 샴페인 상표.

일이 일어날 것 같았기 때문이다. 하지만 여자애들과 놀기에는 내가 또 너무 수줍거나 까불었다. 여자애들은 예외 없이 언제나 나보다 훨씬 더 똑똑해 보였으며, 그러기 위해 별 노력을 기울이지도 않는 것 같았다.

퐁은 '남자들 중 한 명'처럼 굴지 않았다. 퐁이야말로 그가 참여하거나 만드는 모든 모임의 중심처럼 보였는데도 말이다. 그는 소동이 벌어지는 곳 위에 약간, 그러나 효과가 있을 정도로 거리를 두고 가만히 떠 있는 존재 같았다. 고향만큼 익숙한 외국에 사는 대사(大使)처럼 말이다. 배그스와 럭키와 데버라를 제외하면, 투자자 단체는 놀랍도록 얼굴이 건조해 보이는 백인 남성 페리 올트와 배우처럼 잘생긴 흑인 남성으로 부유한 사립학교 학생처럼 옷을 입고 다니는 마커스 폰즈로 이루어져 있었다. 격자무늬가 들어간 마드라스 소재의 버뮤다 반바지와 회색이 감도는 파란색 이탈리아제 구두를 양말 없이 신고 있는 마커스 폰즈는 던바 빌리지에서 엄청나게 인기 있는 저명한 치열 교정 전문 의사였다. 던바 청년의 4분의 3은 그의 치과에서 교정을 하는 것 같았다. 이 마을의 진보적인 백인 엘리트들이 이 상냥한 소수자 전문가에게 자녀를 보내려고 아우성이었다. 나는 치열 교정을 하지 않은 몇 안 되는 사람 중 한 명이었다. 체념한 채 타고난 이를 받아들였다. 내 입속에는 몽골인 특유의 두드러진 송곳니가 야생적으로 박혀 있었고 북유럽 쪽인 클라크의 영향을 받아 치열도 고르지 못했다. 별로 매력적이지 않게 결합된 타일 같았다.

럭키가 참 스테이션에 대한 보고로 시작해서—알고 보니 이들 투자 단체가 참 스테이션의 대주주였다.—역시 그들의 포트폴리오에

들어 있는, 헌터든 카운티 쇼핑몰에 있는 고급 이탈리아 식당에 대해
이어 보고했다. 그러고는 단체에 제안할 예비 투자처에 대해 똑같이
방대한 보고를 했다. 재정적인 문제도 대강 다루었지만, 고용 상태,
건축 관련 법령, 재산세 등등 꼭 필요한 세부적인 문제도 다루었다.
퐁은 펜실베이니아에 있는 아미시 공동체의 유기농 두부 공장 건축
관련 진행 상황과 111번 고속도로에 있는 몇몇 영업용 자동차 세차
장 및 디테일링 숍의 2분기 현금 흐름이 나빠졌다는 얘기를 전했다.
현금 흐름이 나빠진 건 이민자 단속에 대한 소문과 그에 따른 일손
부족 때문이었다.

　"지난주에는 팰리세이즈 파크 사람들을 데려다가 자리를 때웠어."
퐁이 말했다. "지금은 그들이 그대로 남아 있고 싶어 해서 그렇게 해
줄 생각이야. 내가 제안하는 건 일주일이나 이 주일쯤 가게 중 한 곳
을 24시간, 7일 내내 운영하는 거야. 요즘은 낮에 세차할 시간이 없
는 우버나 리프트 기사들이 많거든. 또 이렇게 하면 중국인과 중앙아
메리카인이 섞이는 일도 적어질 거야."

　"그 둘이 잘 못 어울려?" 배그스가 물었다.

　"오히려 반대야." 퐁이 말했다. "쉬는 시간에 음식을 서로 바꿔 먹
고, 새로운 카드 게임과 주사위 게임을 가르쳐 주고, 핸드폰으로 서로
19금 사진을 나누지. 하지만 영어를 할 줄 아는 사람도 없고 인종이
섞인 팀은 별로 효율적이지 않아. 그래서 둘을 나눠야 해. 일단 24시
간 서비스를 해 보는 건 모두 찬성하는 거지?"

　모두가 즉시 찬성했다. 그들이 퐁을 완전히 믿는다는 걸 알 수 있
었다. 세차장 문제만이 아니라, 각각의 투자처에 대해서도 말이다.

데버라는 퐁에게 어떤 마을에 연락할 만한 세무서 직원을 아느냐고 물었다. 럭키는 퐁에게 큰 액수의 현금을 주며 '작업'에 호의를 보였던 지역 은행가들이 지금도 같은 의견인지 물었다. 마커스는 퐁에게 근처 시내에 있는 임대용 상가의 전망에 대해 의견을 달라고 했다. 퐁이 던바와 그 위성 도시의 비공식적 시장이라고 해도 무리가 없을 정도였다. 그는 유용하고 수익이 좋으며 효율적인 것이라면 거의 모든 걸 현실화할 수 있는 다양한 지레와 도르래를 갖추고 있었다. 상업적인 영역에서만이 아니었다. 데버라와 배그스는 퐁에게 SAT 벼락치기 학원 중 어디가 가장 좋은지 물었다. 페리는 딸 리지가 심각한 약물 중독으로 고생하고 있다며 가족 주치의를 소개해 달라고 했다. 리지는 던바고등학교에 다니는 나보다 두어 학년 아래의 후배였다. 나는 그녀가 여름이면 아빠와 함께 저지 쇼어에 있는 여름 별장에 가며 근처 물굽이에서 요트를 타는 탓에 두 뺨과 아래팔에 주근깨가 잔뜩 있다는 걸 기억하고 있었다.

"지난주에 리지를 재활 센터에 넣었어. 올해는 대학에 못 들어가."

퐁이 대답했다. "시간이야 충분할 거야. 틸든 가에 있는 레온토프 박사는 찾아가 봤나? 그가 우리 이웃의 아들에게 큰 도움을 줬어. 그 녀석은 우울증을 비롯해서 수많은 감정적 문제를 겪고 있었고."

"가 볼게." 페리가 말했다. "리지는 알약에 미쳐 있어. 그 의사가 이런 문제도 다룰지는 모르겠지만."

"아주 경험이 많아."

"무슨 알약인데?" 배그스가 물었다.

"뭐든 손이 닿는 대로 먹어." 페리가 대답했다. "바륨, 졸피뎀, 대학 친구들한테서 구한 애더럴이랑 리탈린. 내가 신장 결석으로 고생한 후에 집에 남겨 둔 옥시코돈부터 시작했어. 나랑 주말에 배를 탈 때마다 약병에 손을 대더라고. 내가 보트에 약을 좀 놔둔 모양이야. 내가 다크 앤드 스토미*를 권해도 거절할 때 의심했어야 하는 건데. 그걸 한 모금도 안 먹어 보고 싶은 어린애가 어디 있겠어?"

"아, 그렇지." 배그스가 말했다. "다크 앤드 스토미라. 대단히 특이한 백인들의 음료지."

"다시 배를 타러 가겠다면 내가 한 잔 타 주겠네."

"너도 알겠지만 난 평소에 별로 보트 타는 걸 즐기지 않아. 하지만 너와 함께라면 엄청나게 즐겁지."

페리가 한숨을 내쉬었다. "알고 보니 내가 저녁을 준비하는 동안 리지가 알약을 훔쳐서 부순 다음에 갑판에 놓고 코로 들이켰더라고. 내가 아침을 만들 때도 한 번 더 그랬고. 내 전처가 리지가 집에서 쓰러졌다며 응급실에서 전화를 걸었을 때 이 모든 상황을 알게 됐어. 리지가 쓴 세 가지 다른 약이 고약한 반응을 일으킨 거지."

페리는 흥분으로 얼룩덜룩하게 붉어진 얼굴을 문질렀다. 그러더니 와인의 세상으로 자유롭게 뛰어들었다. 사면초가에 몰린 남자의 갈증이 느껴졌다. 그는 연륜이 쌓여 온화해진 남자, 왕년에 지나치게 많은 업무를 하느라 지친 남자였다. (또한 만년의 아버지이기도 했다.) 그는 소수의 용감한 히피 인구에 속해 있었고 높은 성취와 그에 상응하는 자만심으로 뒤엉킨 던바의 문화에 저항했다. 그들은 탄트라 신

• 다크 럼과 진저 비어를 섞고 라임 조각을 장식한 칵테일.

앙 활동을 하며 환각 버섯을 이용해 의식을 치르는, 귀족적인 부적응자들과 학계의 급진주의자들로 이루어진 느슨한 패거리였다. 우리 엄마도 잠시 그 버섯에 끌린 적이 있었다. (그 결과는 다른 여자와의 충동적인 동침으로 이어졌다. 이상한 일이지만 내가 대학으로 떠난 날 클라크가 그 사실을 알게 됐다.) 그 패거리는 현재 거의 멸종한 상태였다.

"여행을 보내는 게 좋을지도 몰라." 마커스가 제안했다. "방글라데시나 카자흐스탄 같은 데로. 거칠고 비참하지만 매력적인 곳 말이야. 쾌적하고 지겨운 여기와 반대되는 곳."

"난 자네가 던바를 아주 좋아하는 줄 알았는데." 배그스가 말했다.

"당연히 좋아하지!" 마커스가 말했다. "딱 내 속도에 맞아. 금방 다린 것처럼 빳빳하고 피상적으로 진보적이지. 비밀스러운 흑인 공화당원에게 완벽한 곳이야."

"자네가 흑인이었어?" 배그스가 장단을 맞췄다.

데버라가 말했다. "우린 네가 누구한테 투표했는지 알아."

"난 내 지갑에 투표해, 인형 아가씨. 돈이야말로 이 태양계에 존재하는 모든 힘의 근원이거든. 나머지 모든 건 소망과 희망이지."

"난 그 소망과 희망에 매달리고 있어." 페리가 말했다. "리지는 널 아주 좋아해, 퐁. 리지가 열다섯 살일 때 네가 릴리스 축제의 표를 구해 준 이후로 말이야. 그 시절에는 리지가 참 태평하고 행복했는데."

"다시 그렇게 될 거야." 퐁이 말했다. 목소리에 심장 수술 전문의 같은 날카로운 자기 확신이 실려 있었다. "원한다면 리지한테도 자무를 좀 가져다줄 수 있어."

"우리가 투자하려는 그 건강 음료 말인가?"

풍은 고개를 끄덕였다. "그래. 하지만 리지에 맞게 맞춤 배합을 할 거야. 이상적인 경우라면 자무 제조자가 대상자를 직접 인터뷰하고 평가해야 하지만 내가 리지의 성격과 상황을 충분히 설명할 수 있을 거야."

"그게 정말 도움이 될까?"

"안 될 것도 없지?" 풍이 밝게 말했다. "자무 요법에는 수백 년의 지식이 담겨 있어. 지난번 만났을 때 설명했듯 우리는 원래 생체 항상성을 타고났어. 자무는 다른 약초 요법이 그렇듯이 증상만 치료하는 게 아니라 만성적으로 어긋난 신체와 정신의 균형을 회복하는 데 목표를 두고 있어. 베이더가스에서 일하고 있는 덕에 증상만 치료하는 게 어떤 건지는 내가 잘 알아! 자무에 병을 치유하는 효력이 있다는 게 과학적으로 증명된 건 아니야. 하지만 수백 년 동안 자무를 이용한 인도네시아 사람들에게 이로운 결과가 나타났어. 수백만 명의 사람들한테 말이야. 내가 몇몇 표본을 시험해 보고 플라보노이드 같은 활성 물질의 농도를 살펴보니 일반적인 용량에 들어 있는 농도는 아주 낮더라. 예컨대 생 강황을 두어 개 먹는 것이나 마찬가지야. 그러니까 병리적인 중독을 유발할 가능성이 대단히 낮지. 다른 걸 떠나서 자무는 그냥 천연 건강 주스야. 하지만 화학자가 아니라도 우리가 섭취하는 모든 게 체내에서 반응을 일으킨다는 건 알 수 있지. 그 반응을 완벽히 측정할 수 없는 경우가 많기는 해도 말이야."

"내 반응은 측정할 수 있어." 배그스는 절인 고기를 입안에 쑤셔 넣으며 말했다. 그는 입을 벌려 힘줄이 잔뜩 낀 치아를 데버라에게 드러냈고, 데버라도 그를 보며 똑같이 따라 했다. 배그스가 길고 검붉은 혀를 내밀었고 이에 데버라의 이마가 위를 향하며 반짝였다.

"일단 나는 들어간 게 있으면 나오는 것도 있다고 믿는 사람이야." 마커스가 말했다. "나는 아흔이나 백 세 즈음 자다가 평화롭게 죽을 테지만 배그스는 미쳐서 기저귀를 찰 게 뻔한 이유지. 요트 클럽 회장, 내가 너라면 리지한테 자무를 좀 가져다줄 거야. 퐁이 안다면 아는 거야. 우린 퐁이 거의 모든 걸 안다는 걸 알고. 다시 사업 얘기를 해서 미안하지만, 어쨌거나 이것도 우리가 나중에 다룰 안건 중 하나니까 퐁의 특효약에 각기 25,000달러를 투자할지 결정해야 해."

럭키가 말했다. "퐁의 특효약이라. 그렇게 불러도 되겠네. 아무튼, 나는 바로 말하지. 난 올인이야. 어서 말해 봐, 다들. 어떻게 생각해?"

마커스가 자기도 끼겠다고 했고, 다른 사람들도 그랬다. 페리는 퐁이 만든 자무에 망고가 들어갔을 경우에 대비해 리지가 망고 알레르기가 있다고 말해 주었다. 퐁은 맞춤형 배합물을 만들 때 자무 제조자에게 망고 알레르기도 처리하도록 하겠다고 대답했다.

"세상에, 그럼 나도 한 잔 타 주지 그래?" 페리가 물어보았다. "어디 보자. 난 전립선 문제가 있고, 낮에 승부욕을 담아 테니스를 치느라 어깨도 굳었어. 고혈압에, 당연히 발기 부전도 있지."

"기본적으로는 늙어서 그런 거야." 데버라가 말했다. "그런 사람 모두에게 스무디가 도움이 돼."

"이게 우리의 궁극적 목표야." 퐁은 농담 반, 진담 반으로 말했다. "전통적인 배합물에 현대적인 보충제를 적용하면 뭘 얻게 될지 누가 알겠어? 자무는 결국 장수에 관한 거야."

"그럼 '퐁의 특효약'이 상표명으로 적당하겠네." 럭키가 제안했다.

"너한테 다른 아이디어가 있으면 몰라도."

"있긴 있어." 퐁이 모두에게 말했다. "사실, 비슷한 거긴 해. 우리 계열의 음료를 엘릭서런트라고 부르면 어떨까 했어."

"뭐라고?" 배그스가 입에 프로슈토를 문 채 웅얼거렸다.

"엘릭서런트라고. 영약이라는 뜻의 '엘릭시르'와 훌륭하다는 뜻의 '엑설런트'를 합친 거야."

테이블은 조용해졌다.

"처방받아 씹는 껌 이름 같은데." 마침내 마커스가 말했다. "하지만 난 괜찮아. 다들 괜찮다면."

아무도 반대하지 않자 마커스는 잔을 들었고, 나머지도 잔을 들었다. 그게 다였다. 요리가 나오는 동안 사람들은 다양한 투자처에 대해 토론했다. 나는 그들의 투자처 중 주식이나 연금처럼 평범한 건 하나도 없다는 걸 알게 됐다. 그들은 여러 형태의 돈에는 돈을 투자하지 않았다. 사람들이 사용하는 것, 사는 곳, 혹은 즐기는 것에 투자했다. 나는 그 까닭이 퐁이 훈련받은 화학자인 동시에 사람들이 무얼 좋아하는지를 가장 잘 이해하도록 타고났기 때문이 아닌가 생각했다. 화학자가 보는 원자의 연결이든 사람들 사이의 육체적 연결이든 결국 연결은 연결인 걸까.

배그스가 말했다. "가장 독한 술을 마시기 전에 처트니 저택 얘기를 해도 될까?"

"해 줘." 페리가 그에게 말했다. "그러고 보니 어떤 친구가 지난달에 거기서 열린 결혼식에 참석했는데 끝내줬다고 하더라. 손님이 300명이나 있었는데도 음식이며 서비스가 훌륭했대."

"레디랑 본스틴의 결혼식이었어. 참석자는 400명에 가까웠고. 나도 손님으로 갔거든. 퐁과 나는 그런 결혼식장이 많으면 많을수록 좋다고 생각해. 좀 더 신나고 진정성 있는 경험을 제공하도록 말이지. 우린 서로 다른 음악가와 무용수 세 팀에, 서로 다른 출장 뷔페 담당자 셋을 데리고 가서 각각 테마에 맞는 자리에 그들을 배치했어. 시골 느낌이 나는 목장, 야시장, 도시의 클럽 등. 축제 분위기가 가득했지. 네 친구가 신랑한테 무슨 일이 있었는지 말했어?"

"아니."

"다쳤어. 약간이긴 하지만. 신랑이 우리가 제공한 말을 타고 있었는데, 웬 비뚤어진 애가 폭발하는 돌멩이 같은 걸 말발굽에 던졌거든. 그 돌멩이는 대체 뭐야? 단단한 표면에 부딪히면 탁 터지는 아주 작은 종이 주머니 같이 생겼어."

"콩알탄이라는 거예요." 내가 말했다. 틀림없이 최근이든 아니든 그걸 가지고 놀아 본 사람은 그 자리에서 나뿐일 것이다. 나는 친구들과 서로의 이마에 그걸 똑바로 겨냥해 던지며 콩알탄을 터트리려고 노력했었다.

"그래, 그 빌어먹을 콩알탄에 말이 겁을 먹고 앞발을 쳐들었어. 신랑이 거의 떨어질 뻔했지. 한쪽 발은 등자에 걸렸어. 곧 자세를 바로 잡기는 했지만 그 과정에서 발목이 돌아갔어. 다행히 춤을 많이 좋아하는 친구는 아니어서 절뚝거리는 게 큰 문제는 아니었어. 최소한 신랑한테는 말이야."

"이윤은 얼마나 남았어?" 럭키가 물었다.

"아주 많이 남았지! 북적북적했다니까. 센트럴 저지에서 열린 것 중 가장 웅장한 결혼식이라면서 다들 레디 가족을 축하했어. 이후로 두 번의 비슷한 결혼식 예약이 잡혔지. 다만 버터 기름 미치광이인 어낸드하고 협상해서 식대를 낮게 유지해야 해. 그 녀석은 내가 자기를 거지로 만들고 있다고 계속 푸념해. 그러고는 몰래 골목을 돌아가서 테슬라를 타고 조용히 사라지지."

"어낸드가 항구에서 52피트급 시레이호를 타고 있는 걸 본 것 같은데." 페리가 말했다. "빵빵한 금발 여자가 같이 있었어."

배그스는 눈을 가늘게 떴다. 그 눈이 얼음처럼 뜨거운 부러움으로 아른거렸다. "큰 배가 있다는 소문은 들었어. 그리고 그 여자는 어낸드의 새 아내야. 예전에는 그 녀석 가정부였고. 아주 예쁜 에스토니아 여자지. 그 여자가 하는 말은 '안-녕하세요.' 말고는 하나도 알아들을 수 없지만. 둘이 약혼했을 때 어낸드가 나한테 뭐라고 했는지 알아? '난 이 여자를 엄청나게 존경해. 파출부가 아니라 스트리퍼가 되는 편이 얼마나 쉬웠겠나?'"

"어낸드가 페미니스트의 도덕성을 알아본 거지." 마커스가 말했다.

데버라가 말했다. "내가 알기로, 어낸드의 가엾은 전 아내는 애들을 다시 인도로 데려가야 한대."

"'가엾다'는 게 맞는 말이지. 그녀한테는 선택지가 별로 없어. 아주 전통적인 여자라 여기서는 혼자 살아남을 수 없거든." 배그스가 설명했다. "지금은 첸나이*에서 자기 가족이랑 같이 살아. 당연히 어낸드는 그 여자한테 거의 아무것도 줄 필요가 없었어. 그 여자가 무슨 IT

• 인도 남동부의 항구 도시.

거물 부부의 집에서 설거지하는 처지가 되고 만대도 놀라지 않을걸. 밋밋한 도사*만 먹고 산대. 애들 학교 등록금을 내려고. 그 시간에 그 뚱뚱한 개자식과 예쁜 금발 아내는 부둣가로 랍스터리소토를 배달시키는 거야."

"나도 전통적인 여자랑 결혼했다가 이혼했어야 하는데." 마커스가 한숨을 쉬었다. "그랬으면 요즘 더 멋진 종아리 살을 삼키고 있을 거야."

"난 직업이 있는 남자랑 결혼하고 이혼했어야 해." 데버라가 툴툴댔다. 그녀는 자기 머리를 쳤다. "멍청이, 멍청이, 멍청이."

럭키와 배그스가 가엾다는 듯 신음했다. 페리도 마찬가지였다. 알고 보니 이들 중 한 번도 이혼하지 않은 사람은 퐁뿐이었다. 이제는 모두가 자신들의 순자산이 반으로 줄어들었으며 절약하며 살 수밖에 없다고 합창하듯 입을 모아 불평하기 시작했다. 처트니 저택 같은 벤처 기업에 던져 버릴 돈은 충분히 있으면서도.

"그야 모르는 거야." 퐁이 투지를 보여 주려고 말했다.

"농담이지?" 배그스가 그를 나무랐다. "그 훌륭한 아내를 두고? 하긴 나도 비슷한 상황이었지. 그러나 나한테 무슨 일이 벌어졌는지 좀 봐. 콘퍼런스에서 섹시한 약물 중독자 난봉꾼한테 걸려서 된통 털렸지. 하지만 자네는 쉽게 흔들리지 않잖아, 퐁. 앞으로도 그럴 거고."

"우리 모두가 쉽게 흔들려." 마커스가 반박했다. "아니었으면 우린 이미 다 죽었을 거야."

• 인도 남부에서 발효된 반죽으로 만드는 납작한 크레페의 일종.

188

"모든 사람이 그래도 퐁은 다를 수 있지." 데버라가 말했다. "음기가 강한 사람이잖아. 양기였나? 뭐든 더 멋진 쪽을 말하는 거야."

"교과서적으로는 음기가 강한 사람이지." 배그스가 말했다. "하지만 이건 말해 둘게. 깊게 파고들면 양기가 있어. 그것도 왕성한 양기."

"인정할 수밖에 없네." 퐁이 말했다. "우린 남자나 여자이기 전에 짐승이야. 그 후에도 짐승이고. 그 점에 건배할까?"

그날의 사업 얘기는 끝났다. 그 시점 이후로는 클래식한 붉은 고기와 와인 축제가 벌어졌다. 뚱뚱한 고양잇과 동물의 원시적인 식단과 비슷했다. 종업원들은 들것 정도의 큰 접시에 도끼가 장식된 검게 그을린 갈비스테이크를 들여왔다. 그들의 행렬이 웬 이교도의 의식처럼 보였다. 우리들의 냅킨은 머잖아 앵거스*의 기름이 낀 건지종 젖소와 피처럼 검붉은 시라즈 와인으로 얼룩졌다. 치아는 크림소스로 요리한 시금치 얼룩으로 범벅이 돼 우스꽝스러워졌다. 페리가 씩 웃자 주먹에 맞아 치아가 두어 개 빠진 것처럼 보였다. 누군가가 휴대용 노래방 기계를 가져왔고, 배그스와 데버라는 종업원 두 명과 함께 짝지어 「유 아 더 리즌 아우어 키즈 아 어글리」라는 노래를 불렀다. 뒤이어 럭키가 감상적인 분위기의 한국 포크송을 울부짖듯 불렀다. 그들은 내게 마이크를 넘겼다. 하지만 나는 계속 노래를 부르기는 했어도 머릿속으로만 불렀다. 다행히도 나는 집행 유예를 선고받았다. 페리가 마이크를 가져가 자기 나름의 「굿모닝 리틀 스쿨 걸」을 트림하듯 부르기 시작했다. 그 노래에 모두가 "나도 리틀 스쿨 보이야!"라

• 스코틀랜드 동부의 한 지역.

고 소리쳤다.

　디저트가 나오자 노래를 잠시 멈추었다. 몇 조각의 치즈케이크와 티라미수 그리고 쌀푸딩으로 만든 파르페였다. 데버라는 입으로 '아아아' 하며, 눈꺼풀이 처진 배그스에게 그걸 떠먹여 주었다. 마커스는 우리 앞에 놓여 있던 코냑과 아르마냐크 한 모금을 맛보며 그 차이를 생각하고 있었다. 내가 그의 비유를 제대로 기억하고 있다면 그 둘은 아름다운 두 자매였다. 한쪽은 총명하며 도발적이고, 다른 한명은 살찌고 욕망이 강한 자매. 아니면 멋진 일출과 멋진 일몰, 혹은 루소와 볼테르와 비슷했다. 그는 던바대학교에서 받은 교육—수업을 통해 받은 교육과 엘리트들의 식사 모임에서 받은 교육 모두를 말하는 것이다.—을 과시하며 그런 식으로 무한히 말을 이어 갈 수 있었다. 솔직히 그의 말을 계속 듣는 건 상당히 고통스러운 일이었다. 만발한 그의 지식 때문이 아니라 한 손에 화이트와인 잔을 쥐고 자기가 가장 좋아하는 책이나 음악에 대해 얘기하던 엄마의 모습이 떠올랐기 때문이다. 내가 진짜로 그 자리에 있는 게 아닌 것처럼 느껴졌다. 나는 그때 퐁이 아까 온 전화를 받느라 여전히 밖에 있다는 걸 깨달았다. 그가 있던 자리에는 작은 지구라트*처럼 정돈된, 완벽한 정사각형으로 썰린 수박만이 놓여 있었다. 그런 디저트를 받은 사람은 퐁뿐이었다. 럭키는 내가 과일 접시를 살펴보는 모습을 보고 퐁의 배경에 대해서, 미국에 오기 전 그의 인생에 대해서 아는 게 있느냐고 물었다. 럭키는 내가 불과 몇 주 전 퐁을 처음 만났다는 걸 몰랐다.

•　고대 바빌로니아의 피라미드형 신전.

190

"꼭 수박 얘기를 물어봐." 럭키가 말했다. "새로운 친구로서 그 시절에 대해 듣고 싶을 거야."

풍의 명함 속 그림이 문득 기억났다. 풍이 핸드폰을 탁탁 두드리며 다시 들어왔을 때, 그는 자기 앞에 놓인 수박에 눈길도 주지 않았다. 그러다가 어느 시점에 그냥 수박 조각 하나를 손가락으로 집어 입에 넣고 씹었다. 그의 얼굴에는 아무런 반응도 나타나지 않았다. 수박 맛이 좋은지, 나쁜지, 아무 맛도 나지 않는지 등 어떤 평가도 없었다. 그는 나머지 수박은 건드리지 않았다.

그날 저녁이 마침내 마무리됐을 때, 그러니까 다른 모든 동업자들과 종업원까지 대부분 떠나고 한참이 지났을 때 즈음이었다. 배그스는 쇼핑몰 입구에 서 있는 우리를 번갈아 가며 껴안았다. 주차장은 우리 일행의 화려한 자동차 몇 대를 빼고는 텅 비어 있었다. 물론 내가 타고 온 녹슬고 거지 같은 자전거도 거치대에 있었다. 나는 이것이 그들을 보는 마지막 순간일 거라고 생각했다. 먹을 만큼 먹고 즐길 만큼 즐겼다. 나는 오랜만에 우리가 무장한 전우이며 지옥에 갔다가 살아 돌아온 사이라도 되는 양 마음껏 그들을 끌어안았다. 그러자 커다란 기쁨과 슬픔으로 눈물이 차올랐다. 상당히 역겨운 느낌이었다. 몇 초간 달라붙어 있다가 마커스가 빠르게 내게서 벗어났지만 말이다.

"어이, 틸러." 내가 자전거 자물쇠를 풀자 럭키가 내 어깨를 톡톡 두드리며 말했다. "풍이랑 얘기해 봤는데 혹시 아시아로 투자 여행을 갈 때 같이 갈래? 너라면 훌륭한 조수가 될 것 같은데, 어때?"

"비행기표 살 돈이 없어요." 나는 눈치 없이 말해 그에게서 유감의 의미일지 모르는 어떤 눈빛을 끌어냈다. 나는 그들에게 어디로 가는지, 왜 가는지 등의 구체적이고 온갖 평범한 질문을 했어야 했다. 하지만 나는 이미 그들이 어디를 가든 따라가기로 찬성한 상태였고 멍청한 어린애답게 내게 없는 것에만 집중했다.

"모든 문제는 우리가 처리할게." 퐁이 말했다. "난 마일리지도 엄청나게 많아. 아무 문제없이 비행기표를 구해 줄 수 있어."

일주일 뒤, 나는 어느새 작은 여행용 가방을 꾸린 후 클라크에게 워싱턴 DC에 있는 친구들을 만나러 간다고 문자를 보내고 있었다. 회사에 있던 클라크는 평소처럼 "오키도키"라고 답장을 보냈다. 평소처럼 키스를 날려 보내는 이모지를 붙여서. 그야말로 엄청나게 멍청한 아빠가 엄청나게 멍청한 아들에게 보낼 만한 이모지였다. 나도 바로 똑같은 이모지를 보냈다. 퐁이 누구인지, 그를 어떻게 만났는지, 내가 어디에 왜 가는지 문자로 다 설명하는 건 너무 복잡한 일이었고, 궁극적으로는 클라크에게 전달해야 할 만큼 중요한 일도 아니었으므로 굳이 그렇게 하지 않았다. 나는 최대 일주일 정도 떠나 있을 테고, 그런 다음에는 던바에 돌아와 잠시 있다가 결국 해외 연수를 떠날 터였다. (나는 알츠하이머 같은 것에 걸린 것처럼 계속 그 사실을 잊어버렸다.) 그래서 우리는 곧 다시 만나 "질 좋은 시간"을 갖자고 문자를 나눴다. 우리에게는 오래전부터 그렇게 다짐하는 관행이 있었다. 우리에게 잘 맞는 관행이었다. 하지만 우리 모두 진실을 알지 않나? 진짜로 "질 좋은 시간"은 그 시간이 지금이라는 것조차 모를 때 벌어진다. 해변에서 멀리까지 둥실둥실 떠왔지만, 곁에 짝이나 친구가 있어서 초조한 마음조차 들지 않을 때처럼.

아무튼 장거리 비행 중에—퐁과 럭키 최 그리고 나는 호놀룰루에서 하룻밤을 체류하고 선전으로 갈 예정이었다.—얼마쯤 시간이 지나자 승무원들이 샴페인과 작은 접시에 담긴 구운 캐슈너트를 반쯤 눕힌 비즈니스석으로 갖다주었다. 또 얼마쯤 지나자 비빔밥과 기름에 볶은 삼겹살찜이 나왔고, 다시 얼마쯤 지나자 치즈 플레이트와 고급 와인과 에스프레소가 나왔다. 럭키는 이미 우리 뒷줄에서 안대를 하고 코를 골고 있었다. 나는 잊지 않고 퐁에게 물어보았다. 수박은 무슨 얘기예요?

비행시간이 그토록 길었던 게 참 다행이었다. 럭키의 말이 정확했으니까. 퐁은 내게 그때를 포함해 몇 차례 자기 과거를 얘기해 주었다. 퐁의 진정한 친구라면 그 시절에 대해 듣고 싶어 할 것이고, 나역시 (바라기로는 진정한) 새 친구였으므로 듣고 싶었다. 참 스테이션에서 보았던 그 네모난 수박 조각들에 관해 설명하기 시작했을 때 퐁은 다른 어딘가에 가 있는 듯했다. 모든 게 다른 어딘가에서 시작됐으니까. 나는 이 모든 얘기를 잊지 않도록 매우 주의 깊게 들어야 한다는 이상한 느낌을 받았다.

9

수박?

글쎄, 마오쩌둥의 초상화 얘기부터 시작해야겠구나.

내가 하는 말이 꼭 정확한 건 아니야. 어쨌든 결국 모든 게 변했겠지. 세상에는 인간이 결코 피할 수 없는 상황이라는 게 있으니까. 예컨대 인간의 미약한 힘에만 의지한다면 우리는 날씨의 영향에서 벗어날 수 없지. 그냥 달려가거나 날아갈 수도 없어. 날씨가 그냥 단발성 폭풍이나 가뭄이 아니라면, 기후의 우세하고 한결같은 공격이라면 인간은 결국 적응해야 해. 적응하지 않으면 고생하게 되지. 그런 상황에 처하게 된 운명이나 남을 탓할 수는 있겠지만, 바람이나 비나 햇빛으로부터 몸을 지킬 뭔가를 임시변통으로라도 마련하지 못하면 자연력의 진실은 피할 수 없이 닥치게 돼.

모든 사람의 인생이 그렇듯 내 인생도 어머니와 아버지의 이야기야.

두 분은 베이징에 있는 중앙 순수 예술 아카데미의 부교수였어. 우리 셋은 캠퍼스 근처의 방 두 개짜리 아파트에 살았지. 대학 사람들이 꽤 많이 사는 눅눅한 콘크리트 건물이었어. 문제의 해는 1966년이었지. 우리 부모님은 침실에서 주무셨고, 나는 거실 한구석에서 잤어. 거기에는 화구 두 개짜리 가스레인지와, 우리가 설거지도 하고 빨래도 하는 물통이 놓여 있었지. 난 겨우 다섯 살이었지만 내 나이를 꽤나 의식하고 있었고, 그때조차 우리 가족이 상당히 만족하면서 살아가고 있다는 걸 알 수 있었어. 부모님은 수업을 하고 대학원생들을 지도하느라 항상 바쁘셨어. 두 분은 캠퍼스에 같이 쓰는 작업실이 있었고 그곳에서 저녁마다 번갈아 가며 나름의 프로젝트를 진행하기도 했지. 번갈아 가면서 했던 이유는 나를 돌봐 주던 여자가 퇴근한 이후에는 두 분 중 한 분이 집에 계셔야 했기 때문이야. 두 분은 서로 몇 분 차이로 집에 왔고, 둘이서 함께 볶음면이나 간단한 닭고기 요리, 돼지 뼈를 넣은 탕 같은 걸 빠르게 준비하셨어. 이걸 거리의 손수레에서 사 온 찐빵과 같이 먹었지. 집은 매우 비좁았지만 두 분은 서로를 쿡쿡 찌르거나 가끔 피해 돌아갈 뿐 거의 말다툼을 한 적이 없었어. 대신 짜증 나는 동료나 유난히 성공적인 학생의 그림에 대해서는 열정적으로 수다를 떠셨지. 두 분은 선생으로서도 아주 열심히 일하셨지만, 자신들의 작품에 대해서도 열정을 가지고 계셨어. 그때도 나는 이미 그 열정이 지칠 줄 모르는 열정이라는 걸 알 수 있었지.

식사를 하고 나면 두 분은 늘 차와 곁들여 가며 담배를 한두 대 피우셨어. 그런 뒤에는 둘 중 한 분이 자전거를 타고 캠퍼스로 돌아가 몇 시간 동안 그림을 그리셨지. 다른 한 분은 나한테 읽기나 글씨 쓰기, 아주 간단한 수학을 가르쳐 주셨어. 하지만 그림 그리기나 색칠은 절대 가르쳐 주지 않으셨어. 나에게는 이것이 설명할 수 없을 만큼 비밀스러워서 낮에 혼자 그림을 그리곤 했지. 내가 빨간 이모라고 불렀던 베이비시터가 잠들 때면 말이야. 그 여자는 이상할 만큼 규칙적으로 잠들곤 했어. 당시에 나는 나이 든 사람은 누구나 그런 식으로 존다고 생각했지만, 지금 생각해 보면 아마 베이비시터가 수면 발작을 일으켰던 것 같아. 아마 그래서 구장나무* 잎을 계속 씹어 댄 걸 거야. (그래서 치아가 빨갛게 물들었어.) 쏟아지는 잠을 쫓으려고 말이지. 베이비시터의 가족은 미얀마 출신이었고, 거기서는 구장나무 잎을 씹는 게 풍습이었어. 베이비시터는 나한테 자기 병에 대해서 부모님에게 말하지 않겠다고 약속하게 했고, 난 한 번도 말하지 않았어.

늦은 저녁에 어머니나 아버지가 아파트 문에 열쇠를 꽂으면 나는 잠시 잠을 깨곤 했어. 나는 지금도 두 분이 붓을 씻을 때 쓰던 테레빈유 냄새를 내 가슴속에 자리 잡은 엄청나게 커다란 돌처럼, 거의 고통스럽게 느껴지는 무기력함과 연관 지어. 너무 밀도가 높아서 모든걸 자기 쪽으로 끌어당기는 돌 말이야. 그 향을 맡으면 즉시 행복감과 슬픔이 느껴져.

우리 아버지는 학과에서 인기가 많았고 칭찬도 많이 받으셨지만, 어머니 쪽이 더 훌륭한 예술가셨어. 아버지는 아무렇지 않게 그 점을 인정하셨지. 아버지도 진정으로 재능이 있었고, 자기 예술에 대해 잘 아셨기 때문이야. 하지만 어머니는 이상할 정도로 수줍음이 많으셨고 아버지나 대부분의 다른 예술가와는 달리 인정받고 싶다는 욕심

---

* 남아시아가 원산지인 후추 속의 덩굴 식물.

196

을 부리지 않으셨어. 두 분은 대학교에서 '성공'한 사람 역할을 아버지가 맡는 데 합의하셨지. 지나치게 욕심을 많이 부리는 부부로 보이지 않기 위해서 말이야.

어머니는 엄청난 재능을 가지고 계셨어. 일곱 살 때부터 명백하게 드러났지. 글도 읽을 줄 모르는 행상인이던 어머니의 부모님이 어머니의 침대 밑에 숨겨져 있던 사람이나 말, 개의 그림을 발견했어. 그분들은 그림이 하도 훌륭해서 딸이 이제 막 다니기 시작한 학교의 값비싼 미술책을 찢어 온 줄 아셨대. 딸이 또 그런 짓을 하다가 걸리면 퇴학당할까 봐 너무 걱정했던 두 분은 즉시 학교로 가서, 딸에게 선생님한테 잘못을 털어놓고 뭐든 벌을 받으라고 했지. 교실에는 선생님만 계셨어. 애들은 체조하러 밖에 나가 있었거든. 어머니의 부모님은 선생님에게 그림을 내밀면서 용서해 달라고 빌었어. 애를 피날 때까지 매질하겠다고 약속하면서 말이야. 선생님은 그 그림이 원본이라는 걸 즉시 알아봤지. 그게 어린애의 작품일 수 있다는 건 도저히 믿기지 않았지만 말이야. 쉬는 시간에 다른 아이들과 같이 돌아온 어머니는 어른들과 선생님의 손에 들려 있는 자기 그림을 보고 다시 밖으로 도망쳤어. 어른들은 어머니를 붙잡았고 선생님은 그림을 직접 그린 것인지, 그렇다면 한 장 더 빨리 그려 볼 수 있는지 물었어. 어머니는 고개도 들지 않고 어른들 앞에서 그림을 그려 줬지. 세 명의 어른이 어린 소녀 쪽으로 허리를 숙이고 뭔가를 골똘히 바라보는 그림이었고 정교했어. 어머니는 머릿속으로 구상한 것만 가지고 그림을 그릴 수 있었던 거야. 선생님이 자기 친구인 화가에게 그 그림을 보여 주자 화가는 당황했어. 그 그림들이 렘브란트가 그린 초기의 구상도를 생각나게 한다면서. 며칠 안에 어머니는 엘리트 어린이 예술 학교로 편입했어.

우리 어머니는—어머니 이름은 니우였어.—동양과 서양의 모든 기법과 시대적 화풍을 교육받았어. 파스텔과 수채화, 유화로 그림을 그렸지. 2학년이 됐을 때는 뭐든 사람들이 그려 달라는 걸 그리고 색칠할 수 있었어. 그때는 공산당이 정권을 잡은 초기였어. 모든 예술 가들이 혁명에 재능을 내어 줄 거라는 기대가 있던 시절이지. 하지만 옛 국립 베이징 예술 대학교—이 학교가 중앙 아카데미로 이름을 바꾼 거야.—의 교수들은 어머니의 뛰어난 재능을 고전 중국화에 바쳐야 한다고 생각했어. 어머니는 학교에서 후계자로 지정한, 소수의 탁월한 학생 중 하나였어. 내 아버지, 샹도 그중 한 명이었고. 학생들은 전통문화와 서구의 가장 뛰어난 예술적 기교를 숙달한다는 목표를 가지고 있었지. 어머니의 강사들은 정치적이라기보다는 예술적으로 열정적인 사람들이었어. 그들은 비교적 흔한 기술을 가진 학생들에 게 혁명을 기리는 일을 하도록 격려했어. 지나치게 화려한 만화와 초상화 그리고 당시 도시를 뒤덮고 있던 벽화를 만드는 데는 안정적인 역량 이상이 필요하지 않았으니까.

어머니는 선생님들이 어머니를 위해 세운 계획을 받아들였어. 어떤 형태로든 기꺼이 예술을 하고 싶었으니까. 어머니에게는 예술가들이 가진 흔한 심리적 태도가 없었어. 최소한 우리가 그런 예술가들에 대해 생각하는 태도 말이야. 어머니는 자기 강박적인 염세주의자도 아니었고, 변절한 공상가도 아니었어. 그냥 형상 자체를 위해 형상을 만드는 사람이었지. 선 하나하나, 색조 하나하나, 이 세상을 보고 느낀다는 게 어떤 건지를 발견하는 사람. 이런 면에서 어머니는 사람들 말대로라면 예술가의 예술가였어. 어머니의 그림과 두루마리에는 고전적인 모범 작품에 담겨 있는 모든 질감과 대단히 자세한 모티프가 있었지만—숲이 있는 산을 그린 목가적인 그림, 귀족과 그들이 타고 있는 말 그림, 봄꽃 사이에 있는 새들을 그린 정물화, 대단히 양식화된 호랑이와 학을 그린 병풍—어째서인지 가장 높이 평가받는 역사적 작품들 사이에서도 두드러졌어. 색깔이나 명암이 억제돼 있거나 어두울 때도 어머니의 작품에서는 빛이 났지. 어머니에게는 모든 걸 우아하게 만드는 특별한 에너지가 있었어. 꼭 어머니가 어떤 초월적인 힘을 전달하는 것만 같았지.

그런데도 어머니는 대단히 겸손했어. 사람들의 말을 빌리자면, 유독 숨을 잘 쉰다고 자랑할 일도 없을 사람이었어. 아버지한테는 그런 어머니의 성품이 재능 면에서나 인격 면에서나 더욱 귀하게 보였지. 아버지는 화실이 끝나는 시간에 다방에 가자고 계속 어머니에게 부탁했어. 어머니가 여러 번 친절하지만 분명하게 거절한 끝에 아버지는 차를 가지고 화실에 들어갈 수 있었어. 단팥빵과 자기가 직접 만든 작은 찰흙 조각상을 가지고 말이지. 그 조각상은 차와 빵과, 그보다 더 작은 조각상이 담긴 쟁반을 들고 있는 아버지 자신의 모습이었어. 그 조각상은 아버지가 직접 점토로 만든 거였어. 아버지는 목에 직접 색칠한 플래카드를 걸고 어머니 앞에 자리를 잡았어. 플래카드에는 이런 제목이 붙어 있었지. **세 명의 낙담한 구혼자.** 어머니는 아버지를 받아 줄 수밖에 없었어. 두 분은 그날 저녁에도, 이어진 여러 날 저녁에도 아버지가 가져온 음식을 나눠 먹었어. 1960년, 두 분이 보조 강사로 임용됐을 즈음에는—두 분은 어머니가 임신했다는 걸 알고 빠르게 결혼하셨어.—아카데미의 황금 같은 한 쌍으로 인정받았지. 재능 있는 상극이 어울리게 됐다고, 강력한 짝이라고들 했어.

아버지는 신부와 달랐어. 아버지는 한때 유명했던 베이징의 포목상 가족의 (여섯 형제 중) 카리스마 넘치는 셋째 아들이었고, 여러 안뜰이 있는 거대한 전통 가옥에서 어린 시절을 보냈지. 그 집에는 화려한 천과 장식적인 가구들, 희귀한 중국 미술품과 도자기가 겹겹이 쌓인 서양식 방들도 있었어. 집안은 공산당이 권력을 쥐기 한참 전부터 몰락해 가는 중이었고, 공산당이 부상하자마자 빠르게 무너졌어. 취급하던 호화로운 상품을 팔 시장이 줄어든 끝에 거의 없어졌거든. 아버지와 아버지의 형제자매들은 서로 떨어져서 여러 친척 집으로 보내졌어. 부모님이 완전히 파산한 건 말할 것도 없고. 절망적이게도 그분들은 성격조차 무책임했거든. 그 웅장하던 집은 다른 상인에게 팔렸다가 얼마 되지 않아 국가에 수용돼 국립 학교가 됐지. 아버지는 실제로 잠깐 그 학교에 다니셨고. 아버지한테는 그게 어떤 경험이었을까? 자기 집에서 모든 색깔과 특성이 벗겨져 나가고, 벽을 신발로 비벼 대고 바닥에는 침을 뱉는 간부들이 잔인하게 그 집을 침략해 가는 모습을 본다는 게 말이야! 아마 그 경험이 아버지의 미적 감각을 명료하게 해 주었을 거야. 아버지가 더욱더 열심히 꿈꾸도록 했을 테고. 내 아버지는 야심이 크고 사교성이 뛰어난 데다 타고난 지도자이기도 했지만 그 무엇보다도 꿈꾸는 사람이었거든. 아버지의 장년기 그림들은, 아마 양식적으로 인상주의의 영향을 가장 많이 받았을 텐데, 보통 여가를 즐기는 도시 사람들을 묘사하고 있었어. 한데 모여 마작을 하는 사람들, 서예를 하는 상류층 여자들, 가득 차려진 잔칫상을 눈여겨보는 통통하고 턱살이 늘어진 상인들. 퇴폐적이고 반혁명인 것으로 보이기 쉬운 주제들이었지. 하지만 아버지의 손길을 거치면, 그런 장면들은 손쉽게 자연주의적으로 변했어. 어쩐지 천진하게 무엇이 '마땅한가'를 충실하게 보여 주는 것처럼 느껴졌지. 그 그림들은 부정할 수 없이 사랑스러웠어. 누가 보든 상관없이 말이야. 그 그림들을 즐겁다고 느끼든 경박하다고 느끼든 그걸 계속 쳐다보는 것 말고는 할 수 있는 일이 아무것도 없었지. 드물게 뜨는 핏빛 달을 볼 때처럼.

그러니까 이후 수십 년 동안 중앙 아카데미의 키를 잡은 건 우리 부모님과 부모님이 속해 있는 신진 예술가 그룹이었어. 그들은 모범을 보이는 방식으로 사람들을 이끌었지. 학생들과 자기 작품 모두에 똑같이 헌신적인 모습을 보이면서 말이야. 그들의 작품은 지금 중요 전시회의 눈에 잘 띄는 자리에 걸려 있어. 아버지는 학과의 교수 임용에서 핵심적인 행정적 역할을 맡게 됐고, 어머니도 입학처에서 같은 역할을 맡으셨어. 당연히 속 좁은 일부 동료들은 투덜댔지만, 두 분이 재능이나 학생들에게 보이는 헌신을 차치하더라도 정말 착한 사람들이라는 데는 모두가 동의할 수 있었어. 그 점은 어린 시절의 나도 마음속 깊이 알고 있었지. 나는 자식이라면 누구나 자기 부모의 본질적 성품을 이해할 수 있다고 생각해. 우리가 나중에 뭐라고 주장하든 말이야. 우린 부모를 그 씨앗까지 꿰뚫어 볼 수 있어.

그게 나한테는 그 시절의 일반적인 슬픔 이면에 또 한 겹의 슬픔이 있는 이유야. 우리는 '착하게' 산다는 게 불행을 막아 주는 방패가 아

201

니라는 걸 알고 있어. 그건 삶이 뭉개지지 않도록 해 주는 보험이 아니야. 하지만 아마 이런 무력함이야말로 착함을 더욱 소중하게 만드는 것이겠지. 특히 착함이 사라진 다음에는.

그 일은 몇 주 만에, 1966년 여름에 일어났어. 내가 좀 더 나이가 많았다면 환경이 이미 폭넓게 바뀌었다는 걸 더 잘 알았을 거야. 경제적, 정치적 어려움을 몇 년 겪은 다음, (우리는 아카데미에 속해 있어서 이런 어려움과 분리돼 있었어.) 중국은 어떤 근본적인 결산, 혹은 변화로 내던져졌어. 하지만 모든 것의 닻줄을 풀어 버릴 그 엄청난 지진을 예상한 사람은 아무도 없었어.

물론, 우리 부모님을 포함해 모두가 어린 홍위병 패거리에 대해 들어 본 적이 있었어. 그중에는 간신히 청소년기에 접어든 애들도 있었지. 그들은 마오쩌둥과 그 일파 때문에 급진주의자가 됐어. 마오 일파는 천보다*가 네 가지 폐습이라고 말한 걸 폭로하고 전복하겠다며 도시 전체를 뒤집어엎는 중이었지. 네 가지 폐습이란 오래된 관념, 오래된 문화, 오래된 관습, 오래된 습관이었어. 이것들은 그때까지도 사람들을 병들게 하고 진보를 가로막는, 경화증에 걸린 착취적인 과거의 지표였지. 나는 아버지가 애매한 태도로 이 새로운 운동에 동조했던 게 기억나. 하긴, 어머니나 차를 마시러 온 선배 강사에게 이런 네 가지 폐습이 현실에서 정확히 어떤 형태로 나타날지 큰 소리로 묻는 것 말고 아버지에게 무슨 선택지가 있었겠어? 전통 복장? 고대의 두루마리 문헌? 오래된 요리법? 복제품이 없는 족보도 그런 폐습에

---

* 중국의 정치가, 사회사상가.

들어갈까? 베이징 지구에서는 그런 족보들마저 머리 높이까지 쌓아 불태우고 있다는데. 과연 개인의 혈통에 관한 생각이 정말 '낡은' 게 될 수 있나? 아무도 확신할 수 없었어. 모든 것이 홍위병의 변덕에 달려 있었으니까. 간부들은 한 명 한 명 현수막과 확성기를 들고 혁명의 구호를 외치며 후통*과 거리들을 돌아다니면서, 즉석에서 결정을 내렸지.

"학교와 대학까지 간섭하기 시작했어." 선배 강사가 말했어. 나는 그분을 저우 아저씨라고 불렀지. 불룩하니 둥글고 짧게 깎은 머리 때문에 선명하게 떠올릴 수 있어. 그분의 오른뺨에, 눈가 바로 밑에 얼룩져 있던 아메바 모양의 자두색 모반도 기억나. 밝은 성격이었는데도 그 모반 때문에 무언가 빼앗겨 슬퍼하는 것처럼 보였지. "외부인이라면 덜 불안하겠지만, 내 친구들 말로는 홍위병들이 자기 제자들이라는군. 재능이 별로인 학생이 많다고는 해. 그런 학생들이 주도적으로 홍위병을 이끄는 경우가 많다는 거야. 홍위병은 내부에서 일어나 주변을 폭도로 끌어들이지."

"우리 아카데미에서 그런 일이 일어날 것 같지는 않은데요." 아버지가 말했다. "여기 있는 우리는 모두 예술가잖아요. 선생이든, 학생이든 말입니다. 우리 같은 사람들은 현실 세계에 대해 애태우지 않는 편을 더 선호해요. 우린 선과 윤곽과 색채를 가치 있게 여기죠. 빛과 어둠을요. 가능한 한 모든 형태의 아름다움을 말입니다. 이런 것이야말로 우리가 피와 뼈를 다해 신경 쓰는 것 아닙니까?"

---

* 베이징에 산재한 좁은 골목길.

"우리가 신경을 써야 하는 것이지." 저우 아저씨는 내게 윙크하며 그렇게 말하더니 어머니를 돌아보았다. "넌 무슨 생각이니, 니우? 네 눈에 그늘이 지는 걸 보니 뭔가 곰곰이 생각하는 모양인데."

"아, 모르겠어요." 어머니가 말했다. 목소리는 어머니답지 않게 거의 웅얼거리는 듯했지. 어머니는 미소를 지으려 애썼어. "전 신경 쓰지 마세요."

"우린 당신을 신경 써." 아버지가 말했어. "언제나."

어머니는 저우 아저씨가 가져온 아몬드쿠키 하나를 집어 들었지만 그냥 들고만 있었어. "바보 같은 생각이지만, 너무 많은 걸 신경 쓰는 사람들을 조심하게 돼요."

나는 어머니의 말뜻을 알아듣지 못했지만, 아버지와 저우 아저씨는 이해한 게 틀림없었어. 둘 다 안타깝다는 듯 고개를 끄덕이면서 턱을 문질렀거든. 저우 아저씨의 턱수염이 아버지의 턱보다 더 까끌까끌했지. 그래서 나도 똑같이 했고, 어머니는 그 모습을 보고 웃었어.―난 어머니가 웃는 걸 아주 좋아했어. 높고 부드러운 노래 같았지. 그런 다음에는 남자들도 웃었어. 남은 저녁 시간에 우리는 쿠키를 나눠 먹고 저우 아저씨의 재미있는 얘기를 들었어. 그중에는 저우 아저씨의 죽은 아내가 결혼하기 전에는 누드모델이 돼 주곤 했지만 결혼한 뒤에는 그러지 않았다는 얘기도 있었어. 초기에 그린 그림을 절대로 따라잡을 수 없다는 걸 알았기 때문이었지. 그림 그리는 사람의 눈에 깃들어 있던 활활 타오르는 경이로움 때문에도 그렇고, 모델의 여린 몸매 때문에도 그렇고.

다음 날, 나는 저우 아저씨 아내의 모습을 머릿속에서 떨쳐 낼 수 없었어. 주름이 많은 맨몸이었지. 그래도 우리 어머니의 희고 부드러운 가슴(내가 본 가슴은 어머니의 가슴밖에 없었으니까.)이 달려 있었어. 치아는 빨간 이모처럼 생겼지만. 그때 나는 빨간 이모랑 우리가 사는 건물 근처의 시장을 걸어가고 있었거든. 우리는 매일 그랬듯 부모님께 드릴 음식을 몇 가지 샀어. 빨간 이모는 상인 몇 명과 수다를 떨었고. 그때 어느 노점상에서 고함이 들렸어. 신문이나 사탕, 담배 같은 여러 잡화를 파는 상인의 가게였어. (하지만 수많은 다른 상인들이 그랬듯 그 또한 다른 물건도 마구잡이로 많이 팔았어.) 십여 명의 홍위병이 가게 앞에 모여 있었고, 빨간 이모가 가끔 수다를 떠는, 위라는 이름의 가게 주인이 그 많은 사람들 앞을 융통성 없이 막아서고 있었어. 그가 하나밖에 없는 통로를 막고 있어 사람들이 안쪽으로 더 깊이 들어가지 못하고 있었던 거야.

홍위병들은 인민 해방군에서 나눠 준 갈색 제복과 모자를 쓴 젊은 남녀로 이루어져 있었고, 몇몇 평범한 사람들의 지원을 받고 있었어. (그중 몇 명은 확실히 가난한 사람들이었지.) 방금 홍위병 패거리에 가담한 자들 말이야. 도시 전체에서 그런 식의 일이 벌어지곤 했어. 벌떼 같은 그 반항적인 무리는 그렇게 자연스럽게 수를 불렸지. 이 벌떼는 위 씨에게 그가 파는 다른 상품들을 살펴보기 위해 가게 안에 들어가게 해 달라고 요구하고 있었어. 바닥에는 이미 찢긴 신문 용지가 널브러져 있었어. 홍위병들이 찾은 일본 신문의 흔적이었지. 위 씨는 더 이상 그 신문을 취급하지 않겠다고 약속했어. "거기다가," 위 씨가 소리쳤어. "다른 건 없어요. 외국 신문이나 책은 더 없습니다. 반혁명적인 건 하나도 없어요. 그냥 사탕이랑 땅콩이랑 담배뿐이라고요!"

홍위병 중에서 가장 시끄러운 사람은 고양이 눈처럼 생긴 눈이 높이 박혀 있고 머리카락을 단 한 가닥으로 두껍게, 꼼꼼히 뱀처럼 땋아 내린 왜소한 젊은 여자였어. 그 여자가 위 씨에게 코웃음을 치면서, 뭐가 반혁명적인 거고 아닌 건지는 홍위병이 판단할 문제라고 했어. 위 씨가 이 불쾌한 일본 걸레짝을 취급한다는 사실만으로도 그의 부패한 정신 상태를 알 수 있다면서. 그 여자의 주장에 위 씨는 불안감을 느꼈고 표정을 구겼어. 여자는 그 순간을 틈타 위 씨를 지나가려 했지. 키가 작은 편이었지만 어깨가 넓고 목이 굵었던 위 씨는 그 여자가 교묘하게 움직이는 걸 본 순간 본능적으로 엉덩이를 움직여서 그녀가 발을 헛디뎌 균형을 잃고 넘어지게 했어. 그녀는 엄청나게 느리게, 거의 우아하게 넘어졌어. 그 여자는 위 씨가 젤리와 견과류가 담긴 작은 봉지들을 늘어놓았던 작은 전시용 상자 중 하나의 위로 쓰러지면서 그것들을 엉망진창으로 흩어 놨어. 나랑 빨간 이모가 보기에는—우리는 손을 꽉 잡고 있었어.—시장 전체가 위 씨의 가게 쪽으로 기울어진 것 같았지.

고양이 눈의 소녀는 다치지 않았지만—다치기에는 너무 살살 넘어졌거든.—그녀를 일으켜 세운 그녀의 동지들은 가엾은 위 씨를 불도저처럼 밀치고 들어갔어. 위 씨는 옆으로 물러설 수밖에 없었어. 우리는 가게 안에서 무슨 일이 벌어지는지 볼 수 없었어. 하지만 머잖아 홍위병들은 특정 상표의 담배를 거리에 던져 쌓으면서 그게 네덜란드와 대만이 원산지인 담배라고 소리쳤어. 위 씨는 그게 가짜라고 반박했지만 말이야. 이 말에 홍위병들은 더욱 화를 냈어. 다른 젊은 홍위병 하나가 그걸 범법자의 탐욕스럽고 자본주의적인 태도를 보여 주는 또 하나의 증거라고 지적했지. 위 씨는 비참하게 고개를 숙이며 침묵을 지켰어. 우린 홍위병들이 문제의 담배를 불태우는 걸 봤어. 사실 담배는 양이 그렇게 많지도 않았어. 홍위병들은 딱히 불쾌감을 일으키는 걸로 보이지 않는 다른 물건들도 같이 태웠어. 장난감 기타나 중고 롤러스케이트, 지역 신문 몇 부까지 말이야. 지역 신문을 태운 건 홍위병들한테 연료가 더 필요했기 때문이지만. 작은 장작더미는 뜨겁고 밝게, 하지만 짧은 시간 동안 타올랐어. 홍위병들이 이 지역의 다른 범법 행위자를 찾겠다고 서둘러 떠나자 위 씨는 머리를 긁으면서 안도하는 듯한 표정으로 연기 나는 잿더미를 바라봤어. 이번 홍위병 집단은 아직 새내기에 불과하다는 걸 깨달은 거겠지.

빨간 이모가 나를 끌고 위 씨의 가게에서 멀어졌어. 나는 우리가 아파트로 돌아가는 줄 알았지만, 우리 주변의 많은 사람들이 그랬듯 빨간 이모는 무력하게 구경거리에 이끌리고 있었어. 우리는 동네를 휘젓고 다니는 홍위병들을 따라가는 (그리고 의도치 않게 그들을 대담하게 만드는) 군중에 참여하게 됐지. 우리는 홍위병들이 다른 노점상은 물론 비교적 규모가 크고 오래전에 세워진 가게들까지 쳐들어가는 걸 지켜봤어. 홍위병들은 가게 주인들을 불러내 거리에서 창피를 줬지. 한번은 특정한 물품이 있어서가 아니라 좋은 자리를 몇 세대 동안 차지하고서 높은 가격을 붙였다는 이유로 그렇게 했어. 그 자리가 타고난 권리라도 되는 줄 아느냐면서 말이야.

아니지! 군중이 대신 대답했어.

이런 식으로 이윤을 챙겨서 인민에게 도움이 되었나?

아니야! 군중은 더 큰 소리로 외쳤어.

이런 합동 취조는 군중을 기쁘게 했어. 홍위병들은 심지어 절로 가던 두 늙은 중을 불러, 쓸모없고 구시대적인 신앙을 가졌다며 그들을 모욕하기까지 했어. 나는 누군가가 그 가엾은 중들을 지켜 주기만을 기다렸어. 그 중들은 서로 단단히 팔짱을 끼고 그 자리에 서 있었거든. 하지만 아무도 나서지 않았지. 사람들은 오히려 그 중들을 조롱하기 시작했어. 그들이 입은 똥색 승복과 더러운 맨발을 놀려 대면서 말이야. 누군가가 그 중들에게 결혼한 부부처럼 춤추라고 했어. 결국 그들이 어색하게 발을 끌기 시작했을 때 나는 울고 싶어졌지. 하지만 빨간 이모가 사람들과 같이 낄낄거리는 걸 보고 나도 웃기 시작했어. 중들의 겁먹은 눈, 애원하는 듯한 눈을 보니 토할 것 같았는데도 말이야. 머잖아 모두가 그들을 놀려 댔어. 뜨겁게 달아올라 신나게 외쳐 댔지. 아마 나도 함께했을 거야. 집에 돌아와 보니 말하려 할 때마다 목구멍이 간질거렸거든. 목소리가 갈라지고 쉬어 있었어.

그날 부모님이 아카데미에서 돌아오셨을 때 나는 무슨 일이 있었는지 말하지 않았어. 빨간 이모도 아무 말 하지 않았고. 늘 그랬듯, 빨간 이모는 시장에서 산 걸 부모님 앞에 펼쳐 놓고 거스름돈을 건네준 다음 떠났지. 저녁을 먹은 다음에 나는 가서 자겠다고 했어. 완전히 진이 빠져 있었거든. 내 몸무게 전체가 팔다리에 실려 있는 것 같았어. 바로 잠들었던 것 같아. 아주 오래 잠들었을 리는 없지만. 깨어 보니 부모님이 접시를 치우고 계셨고, 반쯤 잠든 정신없는 상황에서 나는 두 분이 홍위병 얘기를 나누는 걸 들었어. 그 말을 들으니까 혼란스러웠지. 나는 부모님을 시장에서 못 봤다고 확신했거든. 물론 부모님은 다른 홍위병 무리를 얘기한 거였어. 아카데미의 홍위병들, 부모님의 학생들 사이에서 자연스럽게 일어난 홍위병들 말이야. 그들은 바로 그날 오후에 밝은색 깃발과 직접 만든 커다란 글자가 박힌 현수막을 들고 캠퍼스에서 즉흥 행진을 하면서 지원자를 모집했어.

난 부모님이 무슨 얘기를 하는 건지 이해할 수 없었어. 그저 이 새로운 시대가 아카데미에 어떤 일을 일으킬지에 관해서는 어머니가 아버지보다 더 걱정하는 것처럼 보였을 뿐이야. 모든 게 괜찮을 거라고 어머니를 안심시키던 게 아버지였거든. 두 분 다 정치적인 분은 아니었어. 아버지가 더 실용적인 분인 건 확실했지만.

"이건 어떤 운동이야." 아버지가 어머니에게 말했지. "지도부에서는 이 운동이 나라를 앞으로 나아가게 할 거라고 믿고 있고. 실제로 그렇게 되든 안 되든 우리한테는 별로 중요하지 않을 거야. 우린 젊은이들이 정열을 발휘하게 놔두고, 최대한 따라가야겠지."

어머니는 동의했어. 두 분은 더 이상 그 얘기를 나누지 않았지만, 꽤 불안해하셨던 게 분명해. 내가 기억하는 한 두 분이 다 집에 머무른 건 그때가 처음이거든. 두 분 다 작업실로 일하러 가지 않으셨어.

다음 날은—아니, 어쩌면 며칠 뒤였을지도 몰라.—공기가 무겁고 극도로 따뜻했어. 베이징의 전형적인 8월 오후였지. 그게 기억나는 이유는 캠퍼스에서 만난 저우 아저씨가 부모님에게 불평했기 때문이야. 평소라면 정상적인 하루여야 했어. 빨간 이모가 나를 돌봐 주는 하루 말이지. 하지만 학장이 수업 대신 아카데미의 사회주의 혁명에 대한 새로운 헌신과 그 혁명의 홍보를 위한 특별 집회가 있을 거라는 훈령을 내렸어. 중앙 강당에서 오후 두 시에 총회가 예정돼 있다는 것 말고는 자세한 내용이 없었지. 부모님은 아침에 캠퍼스로 가셨지만 공지를 보고 아파트로 돌아와 빨간 이모를 일찍 집으로 보내셨어. 부모님이 정해진 시간을 기다리시는 동안은 이상할 만큼 조용하게 시간이 이어졌어. 우리 셋은 삐걱거리는 앉은뱅이 선풍기 앞에 앉아 있었지. 부모님은 초조하게 담배를 피우고 미지근한 차를 마셨어. 그러는 동안 나는 그림책을 훑어봤고.

우리는 남쪽 문 바로 안에서 저우 아저씨와 만났어. 저우 아저씨는 축축해진 손수건으로 이마와 목을 닦고 있었지. 얼굴은 벌겋고 땀으로 번들거렸어. 모반 색깔도 진해진 것 같아 보였어. 저우 아저씨는 뚱뚱해서 더 불편해 보였어. 아저씨는 사탕이나 기름진 음식을 아주 좋아했거든. 예전부터 그런 음식을 선호하긴 했지만 아내가 죽은 뒤로는 특히 그랬어. 먹는 게 간헐적으로 일어나는 그리움 발작에 도움이 된다면서. 이제는 그분이 이상할 만큼 자신의 감정과 기분에 솔직했다는 걸 알겠어. 아마 그래서 우리 부모님 같은 몇몇 사람들이 그분을 즉시 좋아했던 걸 거야. 다른 사람들은 그런 이유로 그분의 성격을 의심스럽다고 생각하거나, 심지어 한심하다고 여겼을 테고.

그날 우리 부모님이 함께 나를 데려가신 이유는 잘 모르겠어. 필요하지도 않은데 아이를 돌봐 달라며 빨간 이모에게 돈을 내고 싶지는 않다는 단순한 이유였을 거야. 부모님은 가난하셨거든. 그 시절 거의 모두가 그랬어. 하지만 두 분은 천성적으로 요령이 좋은 예술가이시기도 했어. 약간은 여윳돈을 남겨 두었을 뿐 아니라 쓸 수 있는 모든 자원은 완전히 사용하는 편이셨지. 무엇보다도 두 분 자신을 말이야. 하지만 지금은 두 분이 나를 데려가신 이유가 다른 무엇보다도 심리적이었던 게 아닌가 싶어. 아마 두 분은 그 모임이 전혀 특별하지 않

210

다고 믿고 싶으셨을 거야. 아니면 그렇게 믿으셔야만 했겠지. 무슨 일이 일어나든 나랑은 상관없을 거라고, 나랑 상관없다면 확실히 충격적인 건 아닐 거라고.

우리가 중앙 홀의 입구에 도착해 보니 문이 전부 열려 있고, 수백 명의 상기된 목소리가 흘러나오고 있었어. 목소리의 열기 때문에 세배는 더 크게 들렸지. 내가 건물 안으로 들어가면서 그 소리를 차단하려고 실제로 손바닥으로 귀를 막았던 게 기억나. 강당은 아카데미 사람들로 가득했어. 그 사람들이 입고 있는 단순한 평복 때문에 알아볼 수 있었지. 하지만 제복을 입은 사람과 제복을 입지 않은 사람을 포함해 기세등등한 홍위병들도 있었어. 일부는 모자를 쓰고 있었고 모두가 팔에 빨간 완장을 차고 있었지. 그들은 강당 저쪽에 빽빽하게 모여 있었고 여러 독립된 간부회로 이루어진 것 같았어. 각 간부회마다 다른 슬로건이 적힌 현수막을 들고 있었지. (붉은 혁명군이여 단결하라! 프롤레타리아여 집결하라! 신세계를 건설하라!) 수많은 아카데미 학생들이 줄지어 서 있었어.

정장을 입고 안경을 쓴 흰머리 사내가 근처 강단에 모습을 드러내더니 강당이 조용해질 때까지 손을 흔들었어. 저우 아저씨가 아버지한테 속삭였지. "불쌍한 우리 학장 좀 봐. 방금 바지에 똥을 싼 표정이네." 아버지는 우울한 표정으로 고개를 끄덕였어. 학장은 계속해서 안경을 밀어 올리다가 결국 손수건으로 코와 이마의 땀을 닦아 냈어. 마이크는 없었어. 학장은 발작적으로 말을 하면서 끊임없이 목을 가다듬어야 했지.

"동료 교수와 행정 직원, 학생 여러분……. 오늘 아침……. 죄송합니다, 오늘 오후에……. 나는 우리 공동체의 특별한 모임을 열었으면 합니다. ……아시다시피, 존경하는 마오 주석께서 위대한 혁명을 다시 새롭게 하라는 요청을 하셨고……. 이번 집회를 통해 이 중요한 캠페인을 지원하게 된 건 여기 모인 우리 아카데미의 일원들에게 기쁜 일입니다. 이 집회에서……. 우리는 몇몇 연사들을 초청했는데, 그분들은…….”

그가 말을 이으려 했지만, 키가 크고 아주 깡말랐으며 매우 각지고 이제 막 면도한 듯한 얼굴을 가진 젊은 홍위병 남자가 강단 바로 앞으로 걸어 나와 소리쳤어. “이보시오, 늙은이 동지. 이 혁명을 지지하는 건 당신들의 ‘기쁜 일’이 아니라 반드시 지켜야 할 의무요. 우리는 마오 주석께서 직접 동원하신 홍위병들이며, 새로운 걸 위해 낡은 걸 뒤엎고자 여기에 왔소!”

그의 말에 찬동하는 고함이 놀랍도록 사납게 터져 나왔어. 최소한 홍위병들 및 그들과 함께 서 있는 아카데미의 학생들에게 사이에서 말이지. 보통 때라면 젊은 사람이 그런 소리를 할 경우 대단히 무례하게 들렸을 거야. 학장은 그와 맞서려고 반사적으로 한 발짝 나왔지만, 훈련된 간부회가 발끈하며 움직이자 발을 떼다 말고 움츠러들었어. 그가 물러나는 동시에 젊은 홍위병은 폭언을 이어갔지. “우린 여기에 초청된 게 아니오! 우리의 위대하신 마오 주석님의 초청이 아니라면, 우리에게는 아무런 초청도 필요하지 않소! 그분께서는 우리를 그분의 사상적 무기로서 온 나라에 파견하셨소. 상습적인 전통과 제도를 겨냥하도록! 우리는 퇴폐적인 관행을 뿌리 뽑기 위해 이곳에 왔소! 우리는 개량주의적 이데올로기를 혁파하고자 여기에 왔소! 우리는 새로운 걸 위해 낡은 걸 뒤엎고자 여기에 왔소! 새로운 진실이 살 수 있도록 오래된 거짓을 쓸어버리기 위해!"

그는 이런 최후의 설교로 사람들을 새로이 분기탱천하게 만들었어. 부모님과 저우 아저씨, 우리 주변의 다른 교수진 몇 명을 제외한 모두가 슬로건을 외치는 것 같았지. 이제 강당은 우리가 도착했을 때보다 훨씬 시끄러웠지만 나는 그 소동이 거슬리지 않았어. 이상하게도 담요를 덮은 듯한 열기는 이제 활력을 불어넣는 것처럼 느껴졌지. 부모님의 곤란한 얼굴을 쳐다보면서 내가 갑자기 어른이 된 것 같은 기분이 들었어. 그 순간 부모님이 이해하지 못하는 뭔가를 이해한 기분이 들었지.

"누구보다 새롭고 찬란한 홍위병이여!" 젊은 남자가 주먹을 휘두르며 소리쳤어. "낡은 것들의 사슬을 끊읍시다!"

그때 아카데미의 학생 중 젊은 여자 한 명과 젊은 남자 한 명이 홍위병들의 대열 사이에서 나왔어. 여자는 멍 페이로, 부모님과 저우 아저씨가 가장 아끼는 학생이었고 뛰어난 수채화가였어. 나는 멍 페이가 볼이 빵빵하고 소녀다웠다고 기억해. 하지만 그때는 멍 페이와 남자 둘 다 아주 단호하고 형형한 눈빛을 띠고 있어서 특이하게 보였지. 꼭 아주 고된 탐험이라도 떠나려는 것 같았어.

제복을 입은 홍위병들이 두 사람 옆에 거대한 해머를 가지고 나타났어. 그 모습에 회중 사이에서 헛숨을 들이켜는 소리가 났어. 그들이 학장이나 누군가를 쳐 죽일까 봐 겁이 났던 게 분명해. 혹은 학장의 팔이나 다리를 부러뜨릴까 봐. 홍위병들이 악랄하게 누군가를 구타했다는 얘기가 많았거든. 그중에는 사망으로 이어진 경우도 있었고. 홍위병 소대가 사람들을 뒤로 밀면서 중앙 강당의 중심축을 따라 평행하게 두 줄로 늘어서 있던 열두 개의 조각상들 주위로 큰 원을 만들었어. 그 조각상들은 「밀로의 비너스」나 「생각하는 사람」, 미켈란젤로의 「다비드」 등 가장 유명한 서구 작품의 모조품이었어. 석고로 만들어져 있지만 품질이 아주 높아서 정말로 귀하게 보였지. 아카데미의 모든 학생들이 빛과 그림자를 공부하기 위해 그 조각상들을 사용했어. 하루 종일 그 작품들 주위에 무리 지어 모여 있는 학생들을 볼 수 있었지. 스케치도 하고 그림을 그리기도 했지만 때로는 그냥 앉아서 조각상 받침대에 기댄 채 서로 어울리기도 했거든.

조각상은 이제—「원반 던지는 사람」이었어.—버려진 것처럼 작고 외롭게 보였어. 부모님과 저우 아저씨는 사람들을 떠밀고 나를 잡아끌면서 앞으로 나갔어. 내가 다시 멍 페이를 봤을 때 그녀는 다른 학생과 함께 큰 해머를 들고 있었어. 그때 학장을 모욕했던 홍위병이 슬로건을 다시 외치며 멍 페이와 동료 학생에게 "퇴폐적 영향력의 심장을 공격"하라고 명령했어.

동료 학생이 묵직한 해머를 끌고 앞으로 성큼성큼 나서더니 힘겹게 해머를 감아올려 어렵사리 조각상을 향해 휘둘렀어. 머리를 맞히지는 못했지만 운동선수의 아래로 향한 팔을 부러뜨려 철심 구조물이 드러났지. 불안한 침묵이 흘렀어. 그는 다시 해머를 들어 올렸고, 이번에는 표적을 더 정확히 맞혔어. 쇳덩이가 조각상의 머리를 일부 부숴 아랫입술과 턱만 남았지. 이제는 환호성이 일부 터져 나왔어. 그는 원반과 팔을, 그다음에는 나머지 몸통을 부수는 걸로 일을 마무리했어. 받침대와 바닥은 부서진 파편과 흰 먼지로 엉망이 됐어.

214

다음은 멍 페이 차례였어. 멍 페이는 목적의식을 가지고 가장 가까운 조각상으로 다가갔어. 「다비드」였지. 멍 페이는 젊은 남자보다 해머를 훨씬 더 잘 다뤘어. 전에 한 번 써 본 것 같더라. ─아마 예전에 운동선수로서 훈련받은 적이 있었을 거야. 망치의 머리 무게를 느껴 보고 나서 망치를 들어야 한다는 걸 알고 있었지. 멍 페이는 박자에 맞춰 해머를 휘둘렀고 거의 힘도 들이지 않은 채 천사 같은 얼굴을 척척 부숴 버렸어. 가슴을 푹 팠지. 그런 다음 철저하고 완전하게 다비드의 나머지 부분을 지워 버렸어. 허리에서 다리와 발까지 전부다. 고개를 들어 위를 보니 어머니가 입을 가리고 있었어. 눈물로 눈이 퉁퉁 부은 채였어. 아버지와 저우 아저씨는 사랑하는 멍 페이가 다른 학생에게 해머를 건네주는 모습을 우울하게 지켜보고 있었지. 그 학생이 자기도 하게 해 달라고 간청했거든.

결국 강당에 있던 모든 서양풍 작품이 파괴됐어. 내가 그 장면을 목격한 건 아니야. 멍 페이가 일을 끝낸 뒤 어머니가 나를 끌고 나가셨거든. 아버지는 돌아와서 우리가 떠난 뒤 무슨 일이 벌어졌는지 설명하려 하셨지만, 어머니는 알고 싶지 않다며 침실로 들어가 버리셨어. 다음 날 아침, 부모님은 빨간 이모를 다시 집으로 돌려보내셨어. 이번에는 돈을 줬어. 어머니는 상태가 좋지 않아서 학교에 가기 싫다고 하셨어. 알고 보니 어차피 수업이 정지된 상태였어. 그 후로도 며칠 더 취소됐고. 그 며칠 동안 아버지는 저우 아저씨 등 몇몇 동료들을 만나느라 바빴어. 우리의 조그만 아파트에서 늦은 밤에 두어 번 모임이 열린 적도 있어. 사람들이 앞방에 너무 빽빽하게 밀려들어서 공간을 만들려고 작은 탁자의 다리를 접어 복도에 기대 놔야 했지.

사람들은 뜨겁게 논쟁을 벌였고 늘 화가 난 것 같았어. 하지만 침실에서 나와 같이 지냈던 어머니는 그들이 서로에게 화난 건 아니라고 말했어. 나는 그런 구분을 잘 이해할 수 없었지. 사람들은 기꺼이 어머니도 토론의 장에 불렀지만 어머니가 참여하기를 거절했어. 어머니는 작업실에서 일하지도 않았어. 어머니는 우리에게 줄 음식을 준비하는 사이사이에 늘 누워서 뭔가를 읽고 싶어 하셨어. 아니면 아예 읽지 않으셨는지도 몰라. 솔직히 난 그게 무척 좋았어. 어머니와 부모님의 울퉁불퉁한 침대에 누워 있으면 이불에서 어머니의 향기가 느껴졌지. 난 어머니가 먹을 때 먹었고, 읽을 때 읽었고, 졸 때 졸았어. 어머니는 피우던 담배를 내가 한두 모금쯤 뻐끔거리게도 해 주셨지. 일상적인 삶에서 우리가 서로를 얼마나 그리워했는지 깨닫기 시작했던 것 같아. 그래서 가장 불안한 그 시기가 어머니에게 더욱 힘겨워졌을 거야.

며칠 뒤 수업이 다시 시작돼 어머니와 아버지가 수업에 나가셨어. 빨간 이모가 늘 그랬듯 나와 함께 머물렀지만 나조차도 정상적인 생활로의 복귀가 오래 가지 않으리라는 걸 느낄 수 있었어. 아침에 부모님의 준비 속도부터가 달라졌어. 아버지는 주방의 물통에서 유독 힘차게 얼굴을 문질러 닦았어. 서두른 나머지 비누 거품이 아버지 귓속에 남아 있었어. 어머니는 거꾸로 점점 더 늦게 머리를 빗었어. 그렇게 하지 않으면 머리카락이 빠지거나 끊어지기라도 할 것처럼. 저녁에는 두 분 다 작업실로 가지 않으셨어. 아버지가 어딘가 가신다면, 그건 겁에 질린 교수들의 위험한 모임에 가시는 거였어. 어머니는 그냥 나와 같이 집에 머무셨지. 아버지는 돌아오면 그날의 얘기를 해 주셨어. 하지만 어느 날 오후였어. 어머니가 예상치 못하게 아파트로 돌아오시더니 곧장 안방으로 와서 빨간 이모에게 나를 데리고 산책을 가라고 하셨어. 현관문을 닫는 순간 안에서 숨이 넘어갈 것 같은, 가슴 가득한 흐느낌을 들을 수 있었어.

빨간 이모도 바보가 아니었기에 서둘러 나를 끌고 나갔지. 우리는 잠시 장터를 서성거리다가 어느새 캠퍼스 출입구 중 한 곳에 이르렀어. 빨간 이모는 건물 벽과 출입구 위에 새롭게 걸려 있는 큰 글자 현수막을 전부 큰 소리로 읽었어. 현수막들은 반혁명적인 모든 업무 공간을 "폭격"하라고 촉구하고 있었어. 부패한 가치에 복무하는 자들을 드러내고, 아카데미를 프롤레타리아의 필요에 맞춰 다시 정비하라는 등. 빨간 이모는 그 말들을 나보다 잘 이해하지는 못하는 것 같았지만 확실히 자극을 받는 듯했어. 최소한 턱을 사납게 내민 그 표정을 보면 그래 보였어. 그래도 약간 혼란스러워하는 것 같긴 했어. 빨간 이모가 주먹을 꽉 쥐면서 "인민이 힘이다."라고 중얼거렸던가? 아마 그랬을 거야. 요즘 그 시절에 관해 쓴 글을 보면 대부분이 그 시기를 현대 중국사에서 가장 암울했던 시기 중 하나라고 설명하지. 내 부모님 같은 사람들이나 다른 교수들, 지식인들에게는 정말 그랬어. 하지만 인구 대다수에게, 특히 빨간 이모처럼 일반적으로 교육 수준이 낮고 땡전 한 푼 없이 이미 기아와 궁핍이라는 치명적인 십 년을 견뎌 온 사람들에게는 그 시기가 눈곱만큼도 비극적이지 않았어. 그들의 인생은 터덜터덜 계속 나아갈 테니까. 새로운 운동은 명목상 그들을 위한 것이었고 설사 그들의 삶을 개선하지 못한다 해도 최소한 그들을 위한 투쟁이 결코 멈추지 않으리라는 믿음을 강화해 주었어. 그것만으로 정당한 대의명분이 될 수 있지.

집에 돌아가 보니 아버지가 이미 와 계셨어. 어머니랑 같이 식어가는 찻잔을 놓고 주방 탁자에 앉아 계셨지. 아버지는 담배를 피우고 계셨어. 빨간 이모는 아버지를 보고 하루 임금을 전부 다 달라며 웅얼거렸어. 당연히 빨간 이모한테 돈을 적게 줄 생각이 없으셨던 아버지는 바지 주머니에 손을 넣었다가 동전 몇 닢을 꺼내 퉁명스럽게 탁자에 탁 놔두셨지. 보았다면 아마 모두가 놀랐을 거야. 아버지는 한 번도 갑질 비슷한 걸 한 적이 없었으니까. 오히려 다들 아버지는 문제가 될 만큼 사교성이 좋다고 말했어. 빨간 이모는 내 손을 떼 놓고 동전을 한 닢, 한 닢 닳아빠진 캔버스 천 가방에 미끄러뜨려 넣었어. 내 머리를 토닥이더니 떠나려고 돌아설 때는 입에 힘을 꽉 주어 미소를 지으면서 나한테 이렇게 말했어. "학교에서 예쁜 현수막 많이 봤지?" 내가 빨간 이모의 얼룩지고 구부러진 치아를 본 건 그때가 마지막이었어.

아버지는 담배를 길게 빨아들였다가 내뿜으셨어. 그것만으로도 엄청난 노력을 들이시는 것 같았어. 우리가 도착했을 때 아버지는 어머니를 보며 어머니가 화랑에서 도망친 이후 무슨 일이 벌어졌는지 설명하던 중이었어. 화랑에서는 학생 지도자들이—이제는 완연한 홍위병이 돼 있었지.—판단하기에 "어둠의 작품", 반혁명적 모티프와 주제를 담고 있는 그림들이라고 본 교수진의 미술품으로 특별 전시전을 열고 있었어. 내가 훨씬 더 나이를 먹고 나서 아버지는 무슨 일이 있었는지 다시 얘기해 주셨어. 중국 전통 수묵화가 전시됐대. 가파른 언덕과 숲이 있는 계곡을 담은 수직 방향의 풍경화들 말이야.

218

그런 그림은 종종 낭만적인 정자와 평온한 동물들, 어쩌면 아주 작은 귀족 한 명을 특징적으로 담고 있었지. 그것들은 저우 아저씨를 포함한 몇몇 선배 교수들의 작품이었어. 그들의 그림은 늘 우아함과 세심한 붓질로 찬양받아왔지. 저우 아저씨는 어머니가 사랑하는 스승이기도 했어. 어머니는 학생들이 뭘 전시했는지 보고 도저히 견딜 수 없어 그 자리를 떠났어. 또 다른 학생 패거리가, 일부는 홍위병이 준 곤봉으로 무장한 채 결국 저우 아저씨와 웨이와 펑이라는 다른 노교수 두 명을 데려왔지. 셔츠 목깃을 잡아 거칠게 다루면서 말이야. 아카데미의 학장도 그 자리에 있었어. 무력하게 그 장면을 바라볼 수밖에 없었지만.

그런 다음에는 한 명 한 명 교수들의 무릎을 꿇렸어. 그러는 동안 학생 중 한 명이 그림과 가르침을 통해 병든 문화의 억압적 전통을 선전해 왔으며 국가의 생명소인 노동자들의 고통에 대한 열정은 거의, 혹은 전혀 보이지 않았다는 '혐의'에 관한 목록을 읽어 내려갔지. 그런 폭언은 뻔하게 이어졌어. 교수들의 가장 칭송받는 작품들이 더 구체적으로 폄하당했지. 퇴폐적인 미적 장식으로 이루어져 있다며 매우 잔인하게 깎아내린 거야. 마지막에 그 학생은 외쳤어. "당신들은 혁명의 적이다. 그렇지 않은가?" 이 말에 저우 아저씨와 동료들은 고개를 끄덕였어. 아무 저항 없이 모든 비판과 혐의를 받아들이기로 미리 합의한 것처럼. 그러자 다른 학생이 작은 양동이와 붓을 가지고 나타나 교수들의 작품 중 하나에 선명한 붉은 물감으로 '배신자'라는 글자를 써넣었어. 웨이가 그런 파손을 막기 위해 자리에서 일어났다가 곤봉으로 등을 맞았어. 그런 다음에는 다른 학생이 손에 제복 허리띠를 두껍게 말아 쥐고 나와서 웨이를 채찍질했어. 저우 아저씨와 펑은 울부짖었고 똑같이 채찍을 맞았어. 쇠로 된 버클이 매질을 막으려는 둘의 손과 두피를 파냈고 곧 둘의 얼굴은 시장의 돼지머리처럼 피범벅이 됐어.

당연히 아버지를 포함한 구경꾼들은 가엾은 교수들을 지키기 위해 아무것도 할 수 없었어. 그 교수들은 존경받는 사람들이었어. 바로 그 순간이 오기 전까지만 해도 언젠가 국보가 될지도 모르는 작품을 그린 일류 예술가들이었지. 하지만 어디를 가든 놀라운 속도와 확신으로 (임시적일지언정) 완전한 통제력을 얻어 낸 홍위병들의 파도를 상대하기엔 그들은 여느 사람들처럼 강하지 않았어. 그저 산사태의 경로에 서 있는 묘목일 뿐이었지. 나중에 아버지가 말해 주시기를, 그때는 사람이 아주 거대해진 느낌과 아주 작아진 느낌을 동시에 받을 수 있는 시기였대. 축척도, 투시법도 아무 의미가 없던 시기였다는 거지.

예술가가 할 만한 말이야.

저우 아저씨와 펑과 웨이는 자리에서 쫓겨났어. 아카데미에서 그들과 같은 세대에 속해 있던 다른 몇몇 사람들도 마찬가지였지. 그 사람들이 통째로 재판을 받고, 유죄 판결을 받고, 해당 현의 법정에서 십 년의 노동 교화형을 선고받았어. 그중 일부는 북쪽의 광산 지대로 보내졌고, 나머지는 남서쪽 지방의 집단 농장으로 보내졌지. 저우 아저씨는 농장에서 관개용 도랑을 파는 노동을 했어. 형편없는 배급으로 간신히 목숨을 연명해 나갔지. 그리고 몇 주 만에 심장마비로 쓰러져 돌아가셨어. 두 손에는 삽을 쥔 채로 말이야. 아마 틀림없겠지만, 이 마지막 내용은 내 아버지가 덧붙이신 거야. 몇 년 뒤 나는 노동 수용소에 있던 어떤 사람한테서 저우 아저씨가 그 시절의 친구와 동료들을 담은, 섬뜩하기는 하지만 절묘한 삽화를 그렸다는 걸 알게 됐어. 아저씨가 무의식적으로 종이 쪼가리에 그런 그림을 스케치한 다음, 즉시 아주 작고 거친 네모난 조각들로 찢어 던져 버렸다는 거야.

　한동안 학교의 홍위병 분자들은 우리 부모님을 비판하지 않고 놔두었어. 고전 양식의 작품이나 저우 아저씨와의 가까운 관계를 생각하면 어머니는 당연히 그들의 분노를 불러일으키는 존재였겠지만. 어머니는 그 사건이 벌어진 뒤 가르치는 일을 그만두고 작업실에서 붓과 화구와 그림들을 치워 버리셨어. 내가 그 일을 도왔지. 그런 다음 대중의 시야에서 완전히 사라지신 거야. 어머니와 나는 그때 짝을 이루어 시장에 가거나 집을 봤어. 때로는 함께 노래를 부르거나 책을 읽었지. 하지만 스케치를 하거나 색칠을 하거나 수채화 작업을 하는 일은 한 번도 없었어. 아버지는 다른 길을 걸으셨어. 홍위병들을 완전히 지지하셨지. 아버지는 언제나 학생들의 보편적 사랑을 받으셨기에, 학생들의 대의명분을 따르기로 빠르게 마음을 바꾼 건 (또 정직할 만큼 부르주아적 주제에 쏠리는 아버지의 미술적 경향은) 가혹하게 검열되지 않았어. 대신 그들은 자기들처럼 아버지도 오랫동안 저우 아저씨 무리에게 영향을 받아 무의식적으로 부패한 존재로 보았지. 언제나 실용적이었던 내 아버지는 갑자기 젊은 교수진에게 복음을 전파하고 교과 과정을 급진적으로 바꾸는 식으로 열성적인 노력을 기울였어. 나는 아버지가 호전적인 학생들과 동료들의 모임에서 뭐라고 말할지 조용히 연습해 보던 모습이 기억나. 말하자면 아카데미가 이제 혁명의 선봉에 있으며 인민을 동원하고 국가를 개혁해 마오 주석이 언제나 꿈꿔 왔던 이상적인 노동자 사회로 바꾸는 쪽으로 그 집합적 노력의 방향을 돌려야 한다는 거였지.

내 기억이 맞다면, 아버지는 다시 자리를 잡고 나서 어머니와 저우 아저씨에 대해 한마디도 하지 않았어. 아카데미에서 아버지가 취하게 된 새로운 입장을 놓고 다투지도 않았고. 심지어 이 모든 걸 둘러싼 더 넓은 정치적 상황에 대해 얘기한 적도 없었지. 이번에도 두 분은 정치적인 사람들이 아니었으니까. 그냥 그 시점까지는 학생들에게 진정으로 헌신해 왔던 열정적인 예술가였을 뿐이야. 이제는 모든 게 뒤집어졌어. 내 생각에 두 분은 일부러 이런 새로운 현실에, 그러니까 내 어머니가 그림을 그리지 않는 안식년을 맞이하고 전업주부의 삶을 맞이하는 것에, 아버지는 타고난 사교성으로 가족을 보전하겠다는 이 대안적 세계에 최대한 순진하게 참여하셨던 것 같아. 아버지는 작품을 통해서도 이런 일을 하셨어. 아카데미나 전국의 다른 예술 학교에 다니는 다른 모든 사람이 그랬듯, 아버지도 대중을 교육하고 고취하기 위한 수천 장의 스케치와 만화, 그림, 벽화를 만드는 캠페인에 동원되셨거든. 국가의 적을 겁먹고 도망치는 개나 해충으로 묘사한 캐리커처를 그려 내는 일이든, 엄격히 권장되는 양식에 따라 노동자와 인민 해방군을 규격화된 모습으로 그려 내는 일이든 말이지. 실물보다 훨씬 큰 이런 캔버스 그림은 저 멀리 지평선을 의연하게 바라보는 동지들을 보여 주었어. 혁명적 순수함과 열정으로 눈을 빛내는 모습을 말이야.

1966년 가을의 짧은 며칠 동안은 아버지가 아카데미에서 가장 찬양받는 예술가였다고 해도 무리가 없을 거야. 그러니까 중국 전체에서 가장 찬양받았다고도 할 수 있겠지. 아버지는 예전 작품에 사용하던 따뜻하고 풍요로운 색상들을 이용해 빠르게 사라져 가는 시대의 후통과 내실, 응접실들을 그렸고 색채로 반짝이는 그 그림들을 선전선동에 과할 정도로 공급했어. 특히 선동의 중심에 있는 마오쩌둥을 위해서 그것들을 활용했지. 주석의 얼굴을 그리는 공식적 양식은 '훙, 꽝, 량'—붉고 매끄럽고 빛나게—이었어. 지금도 마오를 그릴 때는 그렇게 그리고 있고 아마 앞으로도 영원히 그러겠지. 상징적일 만큼 빵빵하고 불그레한 마오의 두 뺨이 그렇게 지칠 줄 모르는 생기를 뿜어내고 있는 거야. 내 아버지는 탁월한 솜씨를 보였어.

처음 언뜻 보면 아버지가 그린 마오는 무수히 많은 다른 작품과 비슷하게 보였어. 영웅적인 노동자나 청년 홍위병들 앞에 선 모습이었지. 관람자의 시선은 마오의 헌신적인 시종들이 늘어선 선을 따라 오르다가 마오의 우뚝 솟은 유혹적인 얼굴로 이끌렸어. 아버지가 그린 그림들은 왜인지 시선을 뗄 수 없게 만들었어. 새로운 혁명 작품을 전시하는 교수진과 학생들의 비공식 전시회가 열린 이후로 아버지의 그림은 아카데미의 이야깃거리가 됐어. 겉보기에는 모든 학생들이 아버지에게 지도를 받겠다고 로비하는 것처럼 보였지. 다른 예술 학교 사람들이 찾아오기 시작했어. 지역 주민 일부도 그랬고. 보는 즉시, 쉽게 즐거움을 느낄 수는 없더라도 보면 볼수록 아버지의 작품은 충격적이었어. 몇몇 사람은 불쾌감을, 어쩌면 불안감을 느끼면서 떠났지. 하지만 대부분은 눈을 휘둥그렇게 뜨고, 입을 쩍 벌린 채 그림

앞에 서 있었어. 당연히 그 그림은 마오를 거의 사진처럼 정확하게 담아냈어. 그림의 웅장한 규모 때문에 갑작스러운 가슴 통증을 일으킬 수도 있었어. 하지만 그 그림에는 빛의 다른 질서도 담겨 있었어. 꼭 마오가 태양일 뿐 아니라, 피해를 입지 않고도 바라볼 수 있는 태양이 된 것 같았지. 점점 더 기운을 북돋는 태양처럼 말이야. 부정할 수 없는 에너지가 흘러 들어오고 현기증이 날 정도로 쏟아져 나가는 게 느껴졌어. 아버지의 새 작품을 보고 나서 아버지의 동료 중 한 명은 이렇게 고백했어. "우리 아카데미에 일어난 일은 자네 탓이 아니라는 건 아네. 우리 모두 할 수밖에 없는 일을 하고 있으니까. 하지만 이건 지나쳐. 난 마오를 사랑하고 싶지 않지만 자네가 그렇게 만드는군."

머잖아 학장은 교수진에게 아카데미의 재능 있는 인물들을 선보일 공개 전시회를 열라는 임무를 주었어. 물론, 당에 대한 자신의 충성과 아카데미가 문화 대혁명에 보이는 기관 차원에서의 열정을 선명하게 드러내야 했지. 모두가 대세에 따르려고 최선을 다하고 있었어. "예술은 혁명의 날카로운 도구가 돼야 해." 나는 아버지가 어느 학생에게 조언하는 걸 들었어. (학교 여기저기에 걸린 수많은 현수막의 슬로건 중 하나를 따라서 말이지.) 아버지가 그 개념을 눈곱만큼이라도 믿었는지는 이제 중요하지 않아. 나는 아버지가 그냥 우리 자리를 보전하고 싶었을 뿐이라는 걸 알아. 아버지는 미래를 지키고 싶었던 거야. 자기가 할 수 있는 유일한 방법으로 우리를 보호하고 싶어 했지.

전시회는 대규모로 기획됐어. 상하이처럼 먼 곳의 예술 학교에서도 가장 모범적인 교수진과 학생의 작품을 아카데미에 보내 주었지.

당연히 아카데미의 그림이 화랑에서 가장 좋은 자리에 걸렸어. 그중에는 아버지의 그림도 두 점 있었는데, 하나는 역동적으로 깃발을 흔드는 홍위병들의 모임을 그린 것이었고 하나는 아버지가 그린 최고의 마오 초상화였어. 아버지의 동료가 찬양하고 한탄했던 초상화를 강도 높게 재작업한 작품이었지. 그 그림들은 한가운데에 자리 잡았어. 아버지는 초상화를 그대로 둘 수도 있었지만 작업실에서 기나긴 사흘 밤을 새우며 다시 손질하고 채색했어. 중요한 얼굴 중에서도 가장 중요한 그 얼굴을 아직 완벽하게 다듬지 못했다는 걱정 때문에 그랬을 게 틀림없어. 아버지가 커다란 캔버스 앞에, 특유의 습관적인 자세로 서 있는 모습이 눈에 선해. 한 팔로 다른 팔을 안고서, 들어 올린 손바닥으로는 턱을 받치고 있었겠지. 아버지는 둥근 테 안경을 코 위로 밀어 올린 다음, 시점을 바꿔서 고개를 옆으로 기울였을 거야. 뭘 놓쳤을까? 또 뭘 할 수 있을까? 주석의 시선은 아버지를 마주 보되 그대로 통과하며 아무런 대답을 주지 않았어.

전시회가 열리는 날, 아버지는 동트기 직전에 집에 돌아와 문간방에 있는 내 작은 침대에 웅크려 누웠어. 나는 어머니와 함께 자고 있었고. 어머니는 아버지가 오전 수업 직전까지 자도록 놔두고, 아버지가 가장 좋아하는 뜨거운 죽 한 그릇을 준비해 아버지를 깨웠어. 하지만 아버지는 배가 고프지 않았어. 겨우 몇 숟가락을 뜨고는 서둘러 수업을 하러 갔지. 그다음에는 첫날의 전시회를 보러 갔고. 아버지는 어머니에게, 그다음은 내게 입을 맞추면서 내 귀를 부드럽게 꽉 쥐고 떠났어. 이번에도 어머니는 아버지를 비판하지 않았어. 어머니는 한 번도 아버지의 진실성을 의심하지 않았어. 예술적으로든, 다른 식으로든 말이야. 대신 아버지의 직업과 관련해서는 아버지를 수많은 노동자 중 또 한 명의 노동자로, 수많은 손 중 또 하나의 손으로 보는 편을 선택하셨지. 사회 운동이라는 점점 높아지는 산을 위해 돌을 주워 모으는 손 말이야. "우리는 사람이다. 우리는 작다. 하지만 함께하면 위대한 일을 이룰 수 있다." 우리가 그때 하던 말이었어.

전시회는 인기가 좋았어. 전시회에 참가한 아카데미 출신인 수백 명의 미술학도와 교수진, 그 지역 학교에 다니는 어린이와 시민, 무작위적인 홍위병 부대. 당연히 지역 당 간부와 다양한 문화 위원회 위원들도 있었어. 모두가―그 전시회에 가고 싶었든, 아니든―눈과 가슴을 활짝 열고, 심장이 두근거리는 채로, 솟구치는 혁명의 색채에 갈증을 느끼며 새로 세운 전시회장 벽의 미로 사이로 걸어 다니겠다는 준비를 스스로 마친 상태였어.

그날의 쇼에는 명백한 영웅이 있었어. 본질적으로 경쟁은 없었어. 그건 그냥 전시회였으니까. 하지만 관객이 밀려드는 패턴을 보면, 어느 그림이 우승했는지 알 수 있었지. 우승작은 아버지의 마오였어. 어마어마하게 큰 초상화로, 대략 폭 2미터에 높이 3미터였지. 작품에 보조적인 인물은 없었어. 그저 마오의 머리 주변을 감싼 부드러운 후광에서 빨간색과 황금색 햇살이 뿜어져 나오는 그림이었거든. 아버지가 지난 며칠 밤 애써서 해낸, 광범위한 재작업의 일부였어. 특별한 처리는 아니었어. 아버지가 주석에게 입힌 옷, 그러니까 무늬 없는 갈색 단추가 달린 단조로운 올리브색 제복도 다를 건 없었지. 전시회장에 있는 20~30점의 다른 마오쩌둥 초상화와 비교했을 때 그 작품이 형식적으로 특별한 건 아니었어. 그중에는 심지어 아버지의 그림보다 큰 것도 있었지. 아버지의 그림은 전형적인 모티프로 그려져 있었고.

슬픔에 잠긴 아버지의 동료가 언젠가 내게 설명해 준 바에 따르면, 문제는 개량된 초상화의 특별하고도 눈길을 사로잡는 자력(磁力)이었어. 사실 이전 버전도 놀라웠어. 사람이 상상할 수 있는 인간의 초상으로 가장 아첨에 가까운 것이었지. 그런데 이번 그림은 더 젊고 아버지 같은 마오, 머리카락이 약간 더 길고 대단히 미묘하게 숱이 더 많은 마오였어. 특유의 수그러들 줄 모르는, 생산적인 활기로 뺨이 완전히 꽃피어 있는 마오, 예언자 마오, 탐조등이자 등대인 마오, 수단이자 목적인 마오였지.

하지만 아버지는 주석의 그림을 통해 새로운 성취를 거뒀어. 아버지의 동료가 말한 대로라면 마오로부터 아직 알려지지 않은 종류의 매력을 끌어낸 거야. 그게 가능해진 이유는 아무도 몰랐어. 유달리 눈에 띄는 다른 점도 없었어. 가장 노련한 예술가조차도 핵심적인 세부 사항 중 하나든, 여러 개든 짚어 낼 수 없었지. 예를 들면, 얼굴 표정을 이런저런 식으로 표현했다거나 색조를 이러저러하게 편성했다거나, 시선의 방향이 달랐다거나 같은 것 말이야. 특징적인 기술이 쓰인 것도 아니었어. 탁월함은 이면에 숨겨져 있었지. 예술가의 의도와 즉흥성, 그의 야심과 두려움이, 지식의 수수께끼와 몰이해에 대한 확신이 적절히 얽혀 들어간 데서 탄생한 거였어. 이 모든 게 피부를 얼얼하게 하는 전류로 변화된 거야. 추상적인 느낌이 아니었어. 관람객 다수가 불안감을 느끼고 서로 옆구리를 찔러 대거나 그림에 천천히 가까이 다가갔지. 더 나은 각도를 찾으려고 말이야. 아이들이 그림을 만져 보겠다고 앞으로 움직이다가 홍위병들에게 가로막혔어. 홍위병들은 초반부터 그림 앞에 배치돼야 했지. 나이 든 여자들은 잔뜩 쉬고 상한 목소리로 상처받은 듯 소리 질렀고, 젊은 여자 일부는 울었어. 남자들도 타격을 받았지. 무의식적으로는 팔짱을 끼고 발꿈치를 들었다 놓았다 하면서 자기의 열정을 식히려 애썼지만 말이야.

"이렇게 생각했던 게 기억나는구나." 아버지의 동료가 나한테 말했어. "앞에 나서서 그런 식의 연기를 펼치는 사람들이 보통은 아니라고 말이야. 그 전시회는 사실 예술에 관한 게 아니었어. 그 점은 다들 알고 있었지. 하지만 전시회는 일종의 시위가 돼서도 안 되는 거였어. 아무도 예술가를 제외한 다른 누군가가 열정을 보일 거라고 예상하지 않았어. 그때 나는 강당을 둘러싼 다른 회랑을 떠올렸어. 나는 다른 어디에서도 대체로 조용한 감상을 넘어서는 뭔가를 본 적이 없어. 꼭 박물관 같았지. 어디가 되었든 그렇게 열정적이고 거의 부적절하기까지 한 표현은 없었어. 그래서 나는 사람들을 헤치고 네 아버지의 그림을 다시 보러 갔어. 난 그 그림이 전과 똑같은 모습일 거라고 생각해서 아직 안 봤거든. 그날의 전시가 거의 막을 내릴 때였지. 고위 인사들 몇 명이 모여 있었어. 대학교에서 나와 동기였던 고위급 문화부 간부도 그중 한 명이었지. 그 사람도 한동안은 화가로 활동했어. 그럭저럭 괜찮은 재능을 가지고 있었지만 다소 통속적이었지. 그는 마 장관이었어. 입술이 통통하고 넓적한 데다 눈은 졸린 듯 생겨서 낙타 같았고 머리가 아주 좋지는 않겠다 싶은 느낌을 줬지. 하지만 그 사람은 예리하고 대단히 야심이 많았어. 당연히 전시회에서 가장 인기가 많은 작품을 알아보고 싶어 했지. 어쩌면 자신의 지식과 안목을 동료들에게 과시하고 싶었을지도 몰라. 그들 일행이 그림을 감상할 수 있도록 사람들을 물리고 자리가 만들어졌어. 그들은 네 아버지의 그림 앞에 서서 만족스럽게 고개를 끄덕였어. 그중 한 명은 가볍게 손을 짝 맞잡기도 했지. 그때 나는 눈치챘어. 마의 표정이 변하기 시작했지. 작품을 감상하기 시작하면서 그의 미소는 녹아내리고 긴장이 풀리면서 경이로운 표정으로 변했어. 자기도 의식하지 못한 채, 그는 벌어진 입술을 손가락 끝으로 만지작거리며 계속 주물렀어. 거의 쾌감을 느끼면서 그랬어. 바로 그때, 나는 마의 시선을 따라 네 아버지의 작품을 다시 보게 됐단다.

당연히 난 이미 그 작품을 보고 있었어. 그 작품이 내 앞에 있었으니까. 처음 봤을 때는 작품이 달라 보이지 않았지. 재작업이 너무나 기술적으로 미묘했기에 나는 그림이 얼마나 달라졌는지, 얼마나 급진적으로 변화했는지 사실 보지 못하고 있었어. 하지만 가까이 다가가자 초상화가 정체를 드러내더구나. 나는 경이감에 사로잡혔어. 압도당할 것 같았지. 그때까지도 아직 정확한 이유는 몰랐지만 말이야. 그런데 그즈음에 마 장관의 턱이 세모나게 굳어졌고 이마에는 깊은 주름이 파였어. 그도 네 아버지가 성취해 낸 걸 알아보기 시작한 거야. 나보다도 그가 먼저 이해했다는 걸 인정할 수밖에 없구나. 그는 동료 관료들을 둥글게 모아들이고 그들에게 오랫동안 말을 했어. 이따금 뻣뻣하게 마오 주석의 초상화를 가리키기도 했어. 마오 주석은 그야말로 차분한 빛을 뿜어내며 우리 모두를 내려다보고 있었지.

네 아버지가 강당의 다른 곳에서 바쁜 시간을 보내느라 그 자리에 없던 게 차라리 다행이었어. 누구도 전시회가 한창인데 자기 작품이 내려지는 장면을 목격해서는 안 되니까. 마가 그 그림을 치우라고 명령하자 구경꾼들 사이에서 신음이 터져 나왔어. 이따금 "아니, 무슨일이에요?"라든가 "하지만 우린 그 그림이 제일 마음에 드는데요!" 같은 말이 들려오기도 했지. 물론 그 말을 한 게 자신이라고 밝힌 사람은 아무도 없었지만 말이야. 그림이 제거되고 나자 사람들은 움직였어. 아직 그 그림을 보지 못한 사람들은 빈 벽에 걸려 있던 게 무엇인지 모르니 아예 신경도 쓸 수 없었고.

장담하건대 네 아버지가 그린 마오는 마 장관의 머릿속에 새겨졌단다. 내 머릿속에 새겨졌듯이 말이야. 나는 지금도 그 초상화를 선명하게 볼 수 있어. 네 아버지가 내게 마오를 존경할 수밖에 없도록, 사랑할 수밖에 없도록 만들었다고 했지. 그럴 생각이 전혀 없었는데도 말이야. 그건 숭고한 정치 미술이었어. 하지만 이번 연출은 그 선을 넘었다. 나는 개방적인 사람이지만 그런 나에게도 그 그림은 매우 불안하게 느껴졌어. 마가 자기 무리에게 얘기했듯, 네 아버지의 손으로 그려진 마오는 너무 아름다웠고 너무 사랑스러웠어. 그 초상화에는 쾌락적인 느낌이 들어 있었어. 그 말이 맞았다. 네 아버지가 그린 마오는 그냥 마오를 사랑하도록 만드는 수준이 아니었어. 마오와 '사랑의 행위를' 하고 싶게 만들었지. 네 아버지는 뭐랄까, 마오를 에로틱하게 만들었어. 육욕의 대상으로 말이야."

그로부터 얼마 지나지 않아 홍위병들이 아버지를 찾아 전시회장에서 끌고 나갔어. 아버지는 무슨 일이 벌어지는지 전혀 알 수 없었지. 아무도 아버지한테 뭘 잘못했는지 말해 주지 않았으니까. 아버지는 지역 경찰서로 끌려갔어. 사람들은 아버지를 도둑, 주취자들과 함께 유치장에 가뒀지. 아마 그자들에게 아버지를 때리라고 임무를 주었을 거야. 그들은 실제로 그렇게 했고. 이틀 뒤, 어머니와 내가 드디어 아버지를 만났을 때 아버지는 양쪽 눈에 멍이 들고 코가 부러져 있었어. 아랫니도 하나 빠져 있었지. 어머니는 울음을 멈추지 못했어. 흐느끼느라 하마터면 질식할 뻔했어. 아버지도 울고 있었어. 더러운 침방울이 기괴하게 부풀어 오른 입술 사이로 질질 흘렀어. 나도 부모님만큼 동요했지만 울 수는 없었어. 아버지의 그런 모습을 보고 쇼크가 올 만큼 겁에 질렸거든. 그러는 내내 아버지의 감방 동료들은 우리를 조롱했지.

장관은 다른 관료들을 소집해 내 아버지에게 선동 혐의를, 또 적절한지는 모르지만 공연 음란죄 혐의를 제기했어. 재판이 열렸지. 아버지의 예전 작품들, 옛 베이징과 그 부르주아적 장면들이 담긴 그 사치스러운 채색화들이 창고에서 발굴돼 아버지가 오래전부터 부패했다는 퇴폐성의 증거로서 법정에 전시됐어. 아카데미 학장은 아버지의 교수 동료와 친구 몇 명과 함께 아버지의 도덕적 퇴보에 대해 증언했지. 아버지는 그 증언에 반박하지 않았어. 아버지는 자기가 조롱거리가 된 이유를 단 한 번도 이해하지 못했어. 아버지에게는 마오 주석을 모욕할 의도가 전혀 없었으니까. 하지만 혐의에 반박해 봐야 좋을 게 없다는 건 알고 있었어. 유일한 희망은 완전한 협조를 통해 더 관대한 처분을 받는 것뿐이었거든. 그 처분이란, 내 아버지의 경우 내몽골 지역의 석탄광에서 (십이 년이 아니라) 구 년간 노동하는 거였어. 선고 이후, 아버지는 관련 범죄로 유죄 판결을 받은 두 명의 대학 교수와 함께 달구지에 실린 채 장터에 보내졌고 완전히 구경거리가 됐어. 물건을 사러 온 사람들이 진심으로 그들을 조롱하며 찐빵과 썩은 과일을 던져 댔지. 우리는 나중에 다시 함께하게 됐지만, 아버지는 전과 완전히 달랐어. 나중에 더 얘기하겠지만, 다시 만난 그 사람은 내 아버지가 아니었어. 그냥 또 한 명의 남자였지.

이 모든 일이 숨쉬기도 어려울 만큼 빠르게 일어났어. 짧지만 사납게 이어지는 여름의 폭풍처럼 말이야. 우리는 어머니가 이미 수사를 받고 있다는 걸 몰랐어. 며칠 안에 어머니가 고발을 당하고 똑같이 아버지가 재판을 기다리던 그 경찰서에 수감되리라는 걸 몰랐어. 아버지 때와 달랐던 건 어머니가 십여 명의 여자들로 버글거리는 작은 유치장에 갇혔다는 점뿐이었어. 한편 나는 어머니 쪽 먼 친척에게 가게 됐어. 친절한 사람이었지. 그의 아내는 나를 밖으로 나가지 못하게 했어. 내가 그 집에 있다는 걸 이웃들이 모르도록 말이야. 어머니는 다른 수많은 사람들이 그랬듯 유치장에서 심각하게 편찮아지셨어. 분명 독감에 걸렸을 거야. 어머니는 아카데미에서 시련을 받는 동안, 또 아버지의 재판을 겪는 동안 잠도 제대로 못 자고 사실상 제대로 먹지도 않았기 때문에 수감 전부터 건강이 좋지 않으셨지. 나는 어머니가 위태롭다는 걸 본능적으로 알았어. 어머니는 폐렴에 걸린 두 여자 중 한 명이 되셨어. 아무튼 어머니의 친척은 나를 국립 보육원 직원에게 넘기면서, 그런 식으로 조심조심 설명했지. 나는 중국 북중부의 농업 지대에 있는 새로운 가족에게 공식적으로 재배정된 뒤에야 어머니가 돌아가셨다는 걸 확실히 알게 됐어.

이제야 너한테 해 주려던 얘기를 할 수 있겠다.

단 하나의 인생만 사는 것도 종종 어려운 일이지. 나는 간쑤성의 우웨이 남쪽에 있는 어느 마을로 보내졌어. 사실 그곳은 마을도 아니었어. 좁다란 계곡을 따라 구불구불 이어지는, 느슨한 공동체를 이루고 있는 작은 농가들의 연속이었다고 하면 정확할 거야. 도시 출신이었던 내게 그곳은 건조한 들판과 갈색 언덕이 무한히 이어지는 우울한 공간으로 보였어. 그때는 마오의 '저 위 산으로, 저 아래 마을로' 프로그램이 시작되기도 전이었어. 그 프로그램이 진행되고 나서는 도시 지역의 특권층에 속하는 청년 수백만 명이 부르주아적 성향을 버리고 시골의 노동과 생활로부터 교훈을 얻으라는 취지로 지방으로 보내졌어. 나는 부르주아적 경향이 있기에는 너무 어렸어. 하지만 위탁 가정의 형제들은, 둘 다 나보다 나이도 많고 힘도 셌는데, 내게 여전히 그런 경향이 있다고 믿었지. 그들은 몇 년 동안, 내가 내 한 몸을 지킬 수 있을 만큼 자라기 전까지 세련된 느낌을 모두 지우겠다며 정기적으로 나를 두들겨 팼어.

형과 푸. 그놈들 이름을 생각만 해도 혀끝에 신맛이 돌아. 가죽을 벗겨 놓은 토끼 한 쌍을 떠올려 봐. 단, 두 발로 서 있고 거의 사람 크기야. 밧줄처럼 단단한 근육질 팔다리에 짧게 깎은 머리. 그놈들이 너를 보고 씩 웃으면서 자기 흉근을 주물러 댄다고 상상해 봐. 그러면 내 어린 시절의 가장 근본적인 장면을 보는 거야. 셔츠는 벗고 있는 모습으로 상상해야 해. 그 시절 우리는 대부분 셔츠를 입지 않고 보냈거든. (위탁 가정의 어머니만 빼고 말이야.) 그곳은 사막의 협곡이었어. 기온이 섭씨 40도 정도까지 올랐다가 밤이면 섭씨 4도까지 떨어졌어. 나도 모르게 온기를 얻으려고 형과 푸 사이에 비집고 들어갔을 정도야. 놈들은 나를 때리지 않고 그렇게 하도록 놔뒀어. 당연히 이기적인 이유에서였지. 놈들도 완전히 바보는 아니었어. 석탄은 비쌌고 우리는 마지막 한 개의 장작까지 힘겹게 모아 겨울을 대비해야 했어. 그 동네에는 나무가 거의 없었고 그저 여기저기 흩어져 있는 잔가지나 가시덤불뿐이었거든. 하지만 쌀쌀한 아침이 되었을 때 재빨리 몸을 피하지 않으면 안 돼. 둘 중 하나가 수탉처럼 시끄럽게 웃으면서 내 엉덩이에 엄지를 찔러 넣으려 들었거든.

그러지 않으면, 나는 몰래 빠져나와 닭들에게 모이를 줬어. 새벽에 닭들이 모이를 먹는 동안 소변을 보면서, 저 멀리 가죽처럼 거친 언덕을 배경으로 증기가 피어올랐다가 흩어지는 모습과 그 위에 떠 있는 머무적거리는 달을 초승달부터 보름달까지 지켜봤지. 그곳에서 아름다운 거라곤 그것밖에 없었어. 나는 양어머니를 대신해 달걀을 모으고 우물물을 긷는 다른 잡일을 도맡기 시작했어. 아침을 먹은 다음에는 햇볕 때문에 냄새가 너무 고약해지기 전에 닭장을 치웠지. 양어머니와 그 여자 남편은 내 부모님보다 겨우 몇 살 정도 나이가 많았을 거야. 하지만 내가 보기에는 할머니, 할아버지처럼 보였어. 얼굴이 너무 굳어 있고 주름이 많은 데다 사나운 햇빛에 검어져서 천천히 훈제한 것처럼, 구워진 것처럼 보였거든. 아들들과는 달리 그 둘은 대체로 친절한 사람들이었어. 움직임은 느렸고 잇새로 킬킬거리는 건 빨랐지. 일어날지 모르는 모든 일을 거의 초자연적으로 체념한 채 받아들였어. 물이 거의 없고 토양은 척박한데 겨울이면 몸을 썩어버릴 것 같은, 여름에는 미세하고 고약한 먼지를 모공에 박아 넣는 바람이 지속적으로 불어오는 버려진 땅에 산 탓에 그렇게 된 게 틀림없었지. 그들은 문맹이기도 했어. 간신히 몇 년 학교에 다닌 아들들은 기회가 생길 때마다 그 점을 이용했지. 나를 재워 주고 먹여 주는 대가로 두 사람이 받는 배급량이 조금이나마 늘어났다는 걸 알려 주는 현의 연례 통지서 같은 것들을 부러 부정확하게 전달했어. 아들들은 그 차액을 대부분 빼돌렸지. 나는 양부모에게 그 점을 알리고 싶었지만, 내가 더 이상 매달 올릴 수 있는 수익을 제공하지 못하면 실제로 놈들이 나를 도랑 같은 데다 버릴지도 모른다는 생각에 겁이 났어. 샌드백으로서의 내 가치는 그 정도뿐이었으니까.

나는 들판에서 쓸 만한 일손이었어. 최소한 자라서 충분히 힘이 생긴 다음에는 말이지. 가족 농장에는 20여 마리의 닭이 있었어. 닭들은 우리에게 달걀을 주었고 더 이상 알을 낳지 못하게 되거나 상처를 입으면 (우리는 여우들이 접근하지 못하게 막아야 했어.) 고기라는 별미를 제공했어. 그 외에는 수박을 생산했어. 양아버지는 철마다 그 수박을 실어 가는 도매상에게 늘 그 수박이 중국에서 가장 좋은 수박이니 세계에서도 가장 좋은 수박이라고 강조했지. 도매상들은 수확 때마다 그 말을 들었고 수확 때마다 양아버지의 말을 뿌리쳤어. 그들은 아버지한테 1위안도 더 주기 싫었으니까. 하지만 양아버지는 순전히 자긍심에서 그 말을 했어. 아마 그 말이 사실이었을 거야. 양아버지의 수박은 축구공 정도 크기로 언뜻 작은 듯했지만 내가 먹어 본 그 어떤 수박보다 맛이 좋았어. 씹으면 과육이 말 그대로 아삭거렸고, 엄청나게 단 순수한 과즙을 쏟아 냈지. 아직 성공을 거두진 못했지만, 우리가 냉동 요거트 가게의 특별 버블티로 잡아내려는 맛이 바로 그 맛이야. 수박이 그렇게까지 맛있었던 건 극도의 건조함과 열기 때문이었어. 하지만 그런 기후에서 수박이 다 자라기를 기다린다는 건 보장된 처벌이라고밖에 설명할 수 없어. 우리는 밭을 준비하고 파종을 마치고 나면 할 일이 거의 없었거든. 비가 자주 내리지 않아서 관개용 도랑을 파긴 했지만, 그걸 제외하면 수박은 알아서 컸어. 수박은 덩굴로 이루어진 집을 만들어. 태양이 뜨겁게 달아오를수록 더 푸르고 활기차게 변하는 것처럼 보이는, 가시 돋친 잎 덤불 안에 과일을 조심스레 놔두지. 포도나 토마토처럼 약하지 않아. 수박은 확고한 자신감을 가지고 커.

이런 이유로, 우리의 주된 생활 방식은 게으름이었어. 양부모는 한여름이면 바싹 메말라 버리는 가족 텃밭을 관리했어. 우리가 다닐 수 있는 문을 연 학교는 없었어. 라디오도, TV도 없었지. 그런 기계가 있었더라도 듣거나 볼만한 프로그램이 없었고. 친절한 교사가 나한테 책을 몇 권 주기는 했어. 나는 더 이상 견딜 수 없을 때까지 그 책들을 읽고 또 읽었지. 마오계 사람들과 그들의 업적, 행위에 관한 책이었어. 아동용으로 만든 삽화 책이었지. 그렇게 우리는 가혹한 햇빛을 피해 각자의 기댈 곳을 찾아 그 아래에 숨어들었어. 마대를 이어 붙여서, 닭장에서 차양처럼 뻗어 나오게 해 지팡이로 받쳐 놓은 그늘이었지. 우리는 암탉들이 땅을 파고 다니는 옆에서 맨땅에 누워 지냈어. 보통 닭들은 닭장 옆에 있는 가느다란 그늘로 몰려들어 눈 한 번 깜빡이지 않고 움직이지도 않았지. 어른들은 친구 농부가 만든 껄끄럽고 부연 술을 마시고 집 안에서 졸았어. 집은 숨 막히게 더웠지만, 요리를 할 수 있도록 푹 파 놓은 공간은 비교적 덜 더웠지. 거기는 땅이 더 축축하고 시원했거든. 마침내 초저녁이 돼 해가 지면, 우리는 콩과 호박과 삶은 달걀로 이루어진 식사를 했어. 그런 다음 우리 어린애들은 다람쥐나 토끼를 잡으러 갔지. 잡은 적은 별로 없었어. 형이랑 푸는 조준 실력이 형편없었거든. 나도 달리 나을 게 없었지만, 가끔 둘은 나한테도 시도해 볼 기회를 주었어. 나는 사냥감이 탁 트인 곳으로 나올 때까지 참고 기다렸다가 방아쇠를 당겼어. 덕분에 살상률이 약간 높았지.

당연히 인근 농장에도 어린애들이 있었지만 우리는 특정한 수확 시기에만 그 애들을 볼 수 있었어. 작물을 싣고 계곡을 오가는 트럭을 얻어 탈 수 있을 때만 말이야. 한번은 트럭이 집에서 꽤 먼 곳에 우리를 내려 주는 바람에 모르는 사람들이 일하는 농장으로 이어지는 오솔길을 따라 들판을, 그다음에는 산기슭의 언덕을 지나야 했어.

늦은 오후였고 지독하게 더워서, 농부들이 우물물을 마시게 해 주길 바랐어. 하지만 농장에 접근했을 때 우리는 젊은 여자가 양동이와 비누와 수건을 가지고 목욕하는 모습을 보았어. 우리는 목적을 잊고 망가지고 낡은 수레 뒤에 몰래 웅크렸지. 아직 몇몇 사람들이 아래 들판에서 일하고 있었어. 아마 그녀는 그 기회를 틈타 혼자 돌아와 목욕을 하는 중이었을 거야. 그녀는 완전히 옷을 벗고 햇볕 속에 만족스럽다는 듯 서 있었지. 농사일로 얼굴은 검게 타 있었지만 다른 부위는 배의 속살처럼 하얬어. 우리 소년들에게—나는 열 살이었고, 양부모의 아들들은 열두 살, 열세 살이었어.—그 여자는 이 땅에서 완벽히 무르익은 존재였어. 상냥한 얼굴이었고, 이미 여자 티가 나기 시작했지만 아마 열다섯쯤 되었을 거야. 여자가 팔 밑을 문지르자 가슴이 흔들렸어. 다리 사이의 검은 털은 거품이 묻은 채 미끌미끌하게 뭉쳐 있었고. 내 생각에 우리는 여자가 손을 바꾸지 않고 다른 발을 문지르려고 허리를 숙였을 때에야 뭔가 다르다는 걸 알아차린 것 같아. 그때까지 몰랐다니 놀라운 일이지. 여자의 한쪽 팔은 심하게 쭈그러들어 있었고 짧았어. 손도 더 작고 뻣뻣해 새의 발톱처럼 보였지.

그 기형적인 모습을 보고 놀라긴 했지만, 내 눈에는 그래서 그 여자가 더 특별하게 보였어. 어째서인지 그 여자의 아름다움이 덜 자란 팔 때문에 감소되기보다 증폭됐지. 아마 양부모의 아들 중 하나가 웃었던 게 틀림없어. 소녀는 즉시 몸을 가리면서 우리 쪽을 돌아보았다가, 버려진 수레 뒤에 웅크리고 있는 우리를 봤어. 그 애는 비명을 질렀어. 그 바람에 밭에 있던 사람들이 농장으로 달려오기 시작했어. 우리도 달렸어. 푸가 제일 먼저 언덕길을 되짚어 올라갔고, 내가 바짝 뒤를 따랐지. 가장 나이가 많은 형은 겁에 질린 그 가엾은 여자애한테서 시선을 떼지 못해 달리는 데 어려움을 겪으면서 비틀비틀 우리를 따라왔어. 신체 부위가 삼베로 만든 반바지를 부풀어 오르게 하고 있었거든.

깊어져만 가는 그 계절의 남은 기간 동안 그 소녀는 우리 소년들의 질리지 않는 대화의 원천이었어. 우리는 그 애를 외날개라고 불렀어. 양부모의 아들들은 누가 그 애와 결혼할 건지를 두고 몸싸움을 벌였어. 그 둘이 어느 날 오후 암탉 한 마리를 추행하려다가 심하게 긁히고 쪼이고 만 건 소녀의 사랑스러운 모습이 둘의 길들여지지 않은 정신에 불을 붙였기 때문이라고 확신해. 둘은 썩은 수박이랑도 섹스를 하려 했어. 구멍을 뚫고, 수박 전체가 쪼개져 박살이 날 때까지 박아댔지. 나는 당시에 그놈들을 피했어. 나만 아는 은신처로, 말라 버린 개울 밑바닥과 동굴로 몰래 빠져나갔지. 거기에서 나는 한 손에 다꼽을 수 있는 책들을 다시 읽었어. 때로는 뒤로 읽기까지 했지. 그러는 동안 모든 게 눈 하나 깜빡하지 않는 태양 아래에서 누렇게 시들어 갔고 우리는 수박이 장에 내다 팔 정도로 익기를 기다렸어. 한 번도 배고프게 지낸 적은 없었지만, 8월 말에는 타 버린 텃밭이 고갈되고 우물은 거의 바닥을 보이며 짠맛을 냈어. 우리는 그 시간을 버티려고 수박의 일부를 수확했어. 수박과 달걀, 달걀과 수박으로 가늘게 이어지는 마지막 그 몇 주를 버틴 거야. 어딘가에 버려져서 먹을 수 있는 거라곤 단 두 가지밖에 고를 수 없는 상황에서 수박과 달걀을 고르는 건 좋은 선택이 아니야. 하지만 알고 보니 그 둘이 목숨을 유지하게 하는 조합이긴 하더라고. 수박은 우리의 마실 물이자 과일이자 사탕이었어. 우리의 소금이자 신맛이기도 했지. 양어머니가 달걀과 같이 먹으려고 수박 껍질을 절였거든. 우리는 달걀을 튀겨 먹고, 볶아 먹고, 커스터드로 쪄 먹고, 단단하게 또는 무르게 삶아 먹었어. 요리용 연료가 고갈되고 난 후에는 날것 그대로 삼켜 버렸지. 날것으로 먹을 때도 우리는 그걸 다양하게 먹으려고 컵이나 그릇에 담아 먹는 대신 서로의 입에 넣고 쪼개 먹거나(난 양어머니나 양아버지하고만 그렇게 먹었어.) 윗부분을 잘라 내고 크림 같은 노른자가 나올 때까지 흰자만 뽑아 먹는 식으로 빨아 먹었어. 형과 푸는 달걀을 통째로 먹는 시합을 벌이곤 했어. 뱀이 달걀을 옥죄어 깨듯이 입에다가 달걀을 넣고 깨뜨린 다음 납작해진 껍데기만 통째로 뱉어 내는 거야. 해 봐. 혀와 단단한 입천장만으로 달걀을 깨뜨리는 건 생각보다 어려운 일이야.

중개상이 우리가 뜰에 산처럼 쌓아 놓은 작은 수박을 가지러 찾아오기 직전, 그러니까 양어머니가 우웨이로 가서 흰쌀과 감자와 신선

239

한 채소와 고기와 복숭아 같은 과육이 많은 과일을 살 수 있게 되기 직전, 보릿고개의 말기에는 우리 자신이 수박이 된 것 같았어. 배 속과 핏줄이 과즙으로 신음하는 것 같았지. 우리 눈에는 불그레한 핏줄이 돋쳤고 입에서는 단내가 났어. 우리는 반쯤 굶고 있었지만 배는 완전히 부풀어 올랐어. 매시간 오줌을 눠야 했던 게 기억나. 나는 억눌린 방광을 억지로, 호선을 그리며 비워 내며 어디든 진흙탕을 만들어 놓았지. 당연히 형과 푸는 변소로 가는 길에 온갖 것을 향해 소변을 뿌렸어. 우리가 수박을 담을 때 사용하는 손수레, 헛간 양옆, 오랫동안 고생해 온 암탉들, 서로의 몸, 내 몸. 양어머니는 찌르는 듯한 악취에 불평하며 우리에게 변소를 쓰라고 소리를 질렀어. 하지만 양어머니도 소변을 보고 싶은 욕구가 얼마나 빨리 차오를 수 있는지 알고 있었지. 나는 양어머니가 뜨거운 바람결에 치마가 너울거리는 채로, 밭에 쭈그려 앉은 모습을 자주 봤어. 양아버지가 부끄러운 줄도 모르고 양어머니와 겨우 몇 발짝 떨어진 곳에서 약하고 간헐적인 오줌 줄기를 쏘아 내는 가운데 말이야. 맞바람이 불어왔거든. 그리고 분명히 말하지만 내가 그 계곡에서 살았던 아홉 번의 계절은―나는 대학 입학 시험을 볼 나이가 됐을 때 그곳을 떠났어.―잉여와 궁핍의 선고, 황폐함과 풍요로움의 선고 그 자체였어. 말도 안 되게 부당했지만 결국 내 아버지의 예술적 죄악과 이상하게 종결부가 맞아떨어지게 됐지. 그 시절을 생각하면 화가 난다기보다는 고통스럽고 슬퍼져. 나 자신 때문이라기보다는 가엾은 어머니와 아버지 때문이야. 두 분은 아무 잘못도 없었어. 나도 마찬가지고. 하지만 최소한 내게는 내 몫의 달콤함이 있었지. 나는 언제까지나 그걸 기억하고 싶어.

10

자기 몫의 달콤함.

풍의 표현은 상당히 멋졌다. 풍은 거의 항상 지식으로든 행동으로든 나를 놀라게 했다. 하지만 지금까지도 내 뇌리에 남아 있는 건 예상치 못한 그의 멋진 표현이었다. 이번 경우에는 내 무의식적이지만 명백한 백인으로서의 이분법이 문제였다는 걸 인정한다. 풍은 고등교육을 받은 여느 원어민만큼 영어라는 언어를 잘 사용했다. 아시아계 미국인으로 희석된 나야말로 단어와 관념을 연결하는 풍의 우월한 능력과 그의 우스꽝스러운 억양 사이의 간극을 메우기엔 너무 서툴렀다. 풍이 한 말은 어떤 식으로 달콤함을 정의하고 싶어 하든 사람에게는 자기 몫의 달콤함을 누릴 권리가 있다는 뜻인 동시에 그 달콤함 자체에 특별세가 매겨져 있다는 뜻이기도 했다. 맛보지 못한 달콤함, 영영 모르고 넘어가게 될 무한히 많은 달콤함을 생각해 봐야만 한다는.

물론 그 모든 달콤함을 낭비해 버렸다고 생각하는 건 슬픈 일이다. 하지만 희망은 있다. 지나치게 익어 금방이라도 쪼개질 것 같은 1등급 간쑤 수박이 펼쳐진 그 모든 들판을 생각하며 신음할수록(은유적으로든 아니든) 트라이앵글을 울려 사람들을 불러 모아 내가 타국에 머문 뒤 배운 대로 행동하도록 강력히 권고할 의무감이 느껴지기 때문이다. 탐욕스럽게 감사하라고. 터무니없는 감사를 연습하라고. 뭐든 자기 몫을 즐기라고. '카르페 디엠', 순간을 잡으라고 말하는 것처럼 들릴지 모르겠다. 하지만 내가 실제로 말하고자 하는 바는 '디에스'가 '카르페레 테' 하리라는 것, 즉 순간이 당신을 잡으리라는 것이다. 그 순간이 됐든, 그 사람이 됐든, 그 세계가 됐든, 무언가가 최대한 지독하고 영광스럽게 당신을 곧바로 다시 낚아채리라는 얘기다.

그래도 나는 내가 곧게 서 있고, 걸어 다닐 수 있고, 거의 완벽한 기억력과 괜찮은 식욕, 아직 작동하는 거시기를 가지고 있다는 걸 행운으로 여긴다. 겨우 스무 살인 사람이 이런 말을 하면 이상하게 들릴지 모르겠지만, 퐁의 무리와 어울리기 시작하면서 나는 무른 치즈 덩어리처럼 나이 들기 시작했다. 겉으로는 약간 더 바삭해진 껍질을 자랑하는 것처럼 보이는 반면, 내 안에서는 성숙의 과정이 천천히 돌아가고 있었다.

그래서 더 나아졌느냐고? 그랬으면 좋겠다. 더 관대하고 현명해졌느냐고? 그럴지도 모른다. 아니면 그냥 나 자신의 더 용감한 버전이, 더욱 확고한 취향을 가진 틸러가 됐을 뿐일까? 그럴 가능성이 크다. 하지만 궁극적으로 누군가, 혹은 무언가를 쪼개서 까 보지 않는 한 무엇이 정말로 발전했는지는 알 수 없다.

때로는 그렇게 쪼개는 행위 자체가 벌어진 틈을 다시 여무는 것이기도 하다. 한때 뛰어난 재능을 가진 예술가였으나 지금은 그저 할인 마트에서 봄 양파와 냉동 틸라피아, 갈색 점이 나기 시작한 망고와 축 늘어진 태국산 바질, 앞치마에 꽃잎을 떨구는 마늘쪽의 얇은 껍질을 모아들이는 퐁의 아버지가 그렇듯이. 노동 수용소에서 보낸 세월이 가져다준 노망, 인간이라는 동물이 계속 살아가기 위해 실천해야 하는 그런 식의 교화로 그의 정신이 흐려진 건 다행스러운 일일지도 모른다.

계속 살아 나간다는 얘기가 나와서 말인데, 사랑하는 밸의 얘기로 돌아가 보자.

밸이 사라졌다는 것, 최소한 거의 없어졌다는 건 기억할 것이다. 말할 필요도 없이 나 같은 소년에게 이상적인 시나리오는 아니다. 롤러코스터의 가장 높은 곳, 정점 직전에 도달했는데 도르래 사슬이 아래쪽에서 불안하게 덜컥 소리를 내며 자유 낙하하기 일보 직전이라고 생각해 보라. 가슴이 뭐랄까, 그 어디에도 매이지 않은 채 둥둥 떠 있는 것 같은 기분이다.

나는 화장실 구석의 타일 바닥에 웅크려 앉아 몇 분간 진정한 후에 밖으로 나와 모든 것이 아무 문제없이 정상인 척했다. 나는 밸이 산책을 갔다고 생각해야만 했다. 우리에게는 자동차가 한 대밖에 없었으니까. 하지만 한 시간이 지나자 궁금해지기 시작했다. 그런 다음에는 궁금해하지 않으려고 필사적으로 노력했다. 나는 빅터 주니어에게 진정하라고 말했지만 빅터 주니어는 이어버드로 음악을 듣고 있어 내 말을 거의 듣지 못했고—어쩌면 빅터 주니어도 심리적인 벙커로 숨어든 걸지 몰랐다.—나는 밖으로 빠져나왔다. 처음에는 걷다가 그다음에는 달려서 곧장 채석장으로 갔다. 매우 밝고 매우 조용했다. 구멍 뚫린 흰 바위의 표면이 햇빛을 가혹하게 반사하고 있었다. 아래쪽의 채석장 바닥은 잡초 덤불과 아무렇게나 굴러다니는 돌덩이로 가려져 있었다. 나는 밸의 이름을 불렀다. 그 메아리가 너무도 선명하고 듣기 좋아서 나한테 쌍둥이라도 있는 것만 같았다. 그 생각은 내 걱정을 세 배로 증폭시켰다. "밸 밸 밸." 나는 다시 외쳤고 기분이 더 나빠졌다. 끔찍한 이미지가 머릿속을 스쳐 갔다. 나는 계단처럼 생긴 돌출부를 껑충껑충 뛰어 내려갔다. 아래로, 더 아래로. 마침내 나는 덤불이나 돌 사이에서 웬 팔다리가 튀어나온 모습을 보게 될 거라 각오하며 고개를 들었다. 하지만 아무것도 없었다. 그냥 신문 전단지와 플라스틱 병, 비닐봉지, 망가진 플라스틱 장난감뿐이었다. 쓰레기를 보고 그렇게 기운이 났던 적은 없었다. 다시 기어 올라가기는 힘들었다. 꼭대기에 이르렀을 즈음 나는 너무 숨이 차서 호흡을 고르기 위해 금속 분리대에 앉아야 했다. 땀투성이가 된 몸이 너무 무겁게 느껴졌다. 솔직히 말하면 두어 달 전 타이어를 칼로 그어 토드 브라운을 보내 버린 이후로 줄곧 가슴속에서 끔찍한 무언가를 느꼈다. 내가 하는 모든 슬프고 기이하고 무서운 생각들이 끈끈하게 달라붙어 울퉁불퉁하고 숨 막히는 덩어리로 변해 가는 것만 같았다. 때로는 그런 감정만으로도 송두리째 뿌리 뽑히고 싶다는 생각, 나를 '나'로 민드는 모든 걸 박박 닦아 없애고 싶디는 생각이 들었다.

나는 서둘러 집에 돌아와 빅터 주니어가 아직 이어버드를 꽂고 있는지 확인한 뒤, 현관 계단에 자리를 잡고 충직한 개처럼 기다렸다.

하지만 시간 감각이라는 부담 없이 너무 춥거나 배고프지만 않으면 영원토록 주인을 기다릴 수도 있는 개와는 달리, 나는 즉시 자기희생 과정에 빠져들었다. 연방 요원들이 추천한 대로 한 달에 한 번씩 바꿔 대던 플립폰 중 하나로 밸에게 천 몇 번쯤 전화를 걸었고, 마지막에는 핸드폰을 집 앞 울타리를 따라 자란 수호초에 던져 버렸다. 하지만 핸드폰이 울릴지도 모른다는 당혹감에 빠져 곧 되찾아 왔다. 나 자신이 진동처럼 울리는 것만 같아서, 조용히 뒤쪽 테라스로 돌아가 밸과 밤마다 불을 붙이는 작은 물 담뱃대를 침실에서 가져왔다. 열을 좀 식혔으면 좋겠다는 생각이었다. 그때 미닫이문이 열리는 소리가 났다. 나는 담뱃대를 허벅지 사이로 내려 숨겼지만, 빅터 주니어가 제일 먼저 한 말은 "나 그거 뭔지 알아."였다.

"과연 그럴까?" 난 아무 쓸모없이 그렇게 말했다. 숨기려고 너무 애쓴 적은 없지만, 밸은 우리가 마리화나를 피운다는 걸 빅터 주니어에게 알리기 싫어했다. 마리화나가 마약이라서가 아니었다. 밸은 마리화나보다 알코올 남용의 폐해가 더 심각하다고 정기적으로 주장했으니까. (밸의 부모는 술고래였다.) 하지만 밸은 빅터 주니어에게 우리가 조금이라도 불법적이거나 규칙에 어긋나는 일을 한다는 생각을 심어 주기 싫어했다. 내가 정지 표지판에서 멈추지 않고 천천히 차를 몰거나 속도 제한을 아주 조금만 넘겨도 잔소리를 했다. 뷔페식 레스토랑에서는 늘 빅터 주니어의 실제 나이를 밝혔다. 아주 작은 거짓말만 하면 빅터 주니어를 공짜로 뷔페에 풀어놓을 수 있었는데도 말이다. 물론 그건 둘의 상황 때문이었다. 이제는 그들의 상황이 나의 상황이기도 했지만. 언젠가 밸은 빅터 주니어에게 이 상황을 완전히 설명해야 할 것이다. 그 말은 즉, 빅터 시니어와 그의 동업자들이 연루된 기만적인 사업과 자신이 이를 고자질한 사람이라는 걸 말해야 한다는 뜻이었다. 완전히 폭로해야 했다. 밸은 아이가 불법적 행위를 하는 성향이 자기 핏줄에 새겨져 있다는 생각을 하며 자랄까 봐 두려워했다. 이런 정보가 빅터 주니어의 자존감을 떨어뜨리고 그를 반사회적으로 이끌지 몰라서. 대마초 흡연이 반사회적이라는 건 아니다. 보통은 그와 정반대다. 그렇더라도 말이다.

"평화의 담배잖아." 빅터 주니어가 내 옆에 앉으면서 말했다. 나는 이제 빅터 주니어에게 물 담뱃대를 보여 주어야겠다고 생각했다. 물 담배는 화학 실험실의 플라스크같이 생겼다. 빅터 주니어는 프로처럼 물 담뱃대를 들었다. 입속으로 주입구를 밀어 넣기보다는 입술로 감싸려 했지만 말이다. 나는 반사적으로 빅터 주니어에게 올바른 방법을 보여 주고 싶어졌지만, 밸의 경악한 얼굴을 떠올리며 브레이크를 밟았다. 빅터 주니어는 물을 휘휘 돌려 보며 냄새를 맡았다.

"냄새가 너무 고약해! 해 보고 싶어."

나는 고개를 저었다. "나처럼 늙어야 할 수 있는 거야."

"삼촌은 안 늙었잖아!" 빅터 주니어가 소리쳤다. 그러더니 특유의 영화 내레이션 목소리로 말했다. "빌어먹을, 삼촌은 그냥 어린애야!"

나는 반박할 수 없었고, 시도도 하지 않았다.

"가끔 연기 냄새가 나. 그러고 나면 삼촌이랑 엄마가 완전히 조용해져."

"원래 그런 거야." 내가 말했다. "평화롭고 고요해지는 거지."

"근데 엄마는 왜 그런 이상한 소리를 내는 거야?"

"무슨 이상한 소리?"

"어흐……. 어……. 어어. 평화와 고요가 지나간 다음에 말이야."

"그건," 나는 막다른 길인 줄 알면서도 따라가기 시작했다. "엄마가 쉬는 소리야."

"엄마는 쉬는 걸 확실히 좋아해." 빅터 주니어는 특정한 질문을 던지고 싶어 죽겠다는 표정이었지만 아직 자기가 뭘 모르는지 이해할 만한 지식이 없었다. 아니, 있으려나? "그래서 엄만 어디 있는데?" 빅터 주니어가 투덜거렸다. 빅터 주니어 내면의 무언가가 '엄마'는 이 행성의 다른 모든 사람 중 또 한 명의 사람일 뿐이라는 듯이 무심코 말하려 애썼다.

"쇼핑몰에." 내가 말했다. 심각하게 형편없는 답이었다. 빅터 주니어는 우리가 모든 걸 온라인으로 주문한다는 걸 알고 있었다. 나는 빅터 주니어가 거짓말의 품질에 실망했다는 걸 느낄 수 있었다. 이상한 일은 하나도 일어나고 있지 않다는 시늉을 하기가 그만큼 힘들어졌다. 나도 빅터 주니어와 똑같은 시늉을 하고 싶었기에 입을 다물었다. 우리는 뇌가 죽어 버린 상태로 오랫동안 그 자리에 앉아 있었다. 하지만 결국 나는 자제하지 못하고 빅터 주니어 앞에서 물 담배에 불을 붙였다. 유난히 깊이 들이마시는 바람에, 눈알이 터져서 빠져나올 듯한 거센 기침을 했다. 빅터 주니어는 기회를 노려 담뱃대를 잡아당겼지만 내가 저항했다. 이유 없이 밸이 그 순간 들어올 거라는 확신이 들었기에.

하지만 밸은 들어오지 않았고, 나는 꿈쩍하지 않았다. 아이를 달래기 위해 푸른 연기 한 줄기를 녀석의 얼굴에 뿜기는 했지만. 빅터 주니어는 숨을 들이쉬는 시늉을 하며, 두 손으로 깍지를 껴 머리 뒤에 대고서 새벽녘의 몽블랑을 바라보기라도 하는 듯 폐를 가득 채웠다. 나는 이런 게 사교 클럽에 속한 남자 녀석들이 반려동물에게 하는 멍청한 개짓거리라는 걸 깨달았다. 하지만 난 웃음거리를 찾는 게 전혀 아니었다. 그냥 이 꼬마 뚱땡이가 괜찮아지기를 바라며, 최초의 날을 무디게 해 주려고 했을 뿐이다. 추가로, 나는 빅터 주니어가 과연 엄마가 자기를 버린 것인지, 혹은 그보다 나쁜 일이 벌어진 것인지 고민하고 있다는 생각을 감당할 수 없었다. 나는 빅터 주니어의 상황/존재/운명을 내가 예상했던 것보다 존나 많이 생각하기 시작했다. 그런 것들이 쌓이면 아마 진정한 헌신이 될 것이다. 뱁이 마침내 나타나면, 나는 그 헌신에 대해 얘기할 생각이었다. '이봐, 아가씨. 당신 아들한테 내가 무슨 일을 해야 했는지 봐. 내가 사랑에 얼마나 심하게 전염됐는지 보라고.'

빅터 주니어가 내 생각을 읽은 게 틀림없었다. 녀석은 내게 폭 안기며 내 팔을 자기 어깨에 두르고 머리를 내 가슴에 댔다. 녀석이 약에 취한 건지 아닌지는 모르겠지만 평소의 빅터 주니어와 다른 것만은 확실했다. 녀석은 내 겨드랑이에 더 깊숙이 코를 묻으며 고양이가 우는 듯이 연약한 소리를 냈다. 나는 클라크가 이 모습을, 나와 내 사실상의 아들을 본다고 상상해 보았다. 상상했던 것보다 더 숨 막힐 정도로 엉망진창이고 은근히 유능하다고 생각하겠지? 나는 우리의 모습을 찍어 클라크에게 보내고 싶다는 충동을 느꼈다. 하지만 결국 그건 대단히 불공정한 일이 될 것이다. 게다가 뭐랄까, 잔인한 일이기도 할 것이다. 나는 그런 잔인함을 절대 견딜 수 없다.

비즈가 약간 침을 흘리면서 꾸르륵 방귀 소리를 내고 있었다. 나는 대마초가 내게 가끔 그러듯 빅터 주니어도 퇴행하게 만든 건 아닌지 궁금했다. 나도 막대 사탕이나 차갑고 목이 긴 병에 담긴 맥주를 빨아 먹고 싶어지지 않았던가? 베갯잇에 얼룩을 남기지 않도록 밸이 새끼손가락으로 내 입가에 묻은 도리토스 가루를 닦아 줘야 하지 않았던가? 그녀의 따뜻하고 부드러운 살 옆에서, 그녀에게서 뿜어 나온 것으로 나 자신을 적시며 이불 밑에 텐트를 치고, 그냥 그대로 존재하고 싶지 않았던가?

그랬다. 그랬다. 그랬다.

어떻게 그랬는지, 나는 어느새 자동차로 돌아와 있었다. 다만 지금은 빅터 주니어와 함께였다. 우리는 그녀를 찾아다니기 시작했다. 대마를 피운 다음 운전대를 잡아서는 안 된다. 특히 우리 꼬맹이가 조수석에 거대하게 자리 잡고 있을 때는 더더욱 그렇다. 하지만 빅터 주니어도 나무에 낀 이끼처럼 가만히 있으니 뭔가를, 뭐든 시도해 보고 싶어 하는 듯했다. 우리는 매번 다른 길을 따라 마을을 예닐곱 번 정도 천천히 가로질렀다. 나는 머릿속으로 지도를 그리고 밸이 틀어박혔을 만한 지점들을 표시했다. 카페나 백화점, 그 사이에 거쳐 갈 만한 경로. 우리는 가게 안을 정찰한 다음 입구에서 다시 만났다. 이때 즈음 빅터 주니어는 이상할 만큼 조용해졌다. 나는 드라이브스루 점포에서 감자튀김을 좀 사서 녀석의 관심을 돌려 봐야겠다고 생각했다. 하지만 녀석은 장작 패는 기계에 통나무를 집어넣는 사람처럼 송곳니 사이에 황금색 막대들을 밀어 넣었고 감자튀김을 다 먹고 나서도 전혀 기분이 나아지지 않은 표정이었다. 녀석은 탄산음료 컵에 남아 있는 얼음 침전물에 아무 생각 없이 (아직 입에 물고 있는 빨대로) 구멍을 뚫어 댔다. 그러더니 아무런 경고도 없이 훌쩍이기 시작했다. 빅터 주니어는 별로 울지 않는 녀석이었으므로 나는 이제 평범한 상황인 척할 수 없었다. 나는 빅터 주니어의 어깨를 어루만졌다. 맹렬한 정전기에 우리 둘 다 움찔했다. 빅터 주니어는 내가 일부러 그러기라도 했다는 듯 나를 보았다. 화가 난 게 아니라 무서워하고 있었다. 그러더니 그는 더 심하게 울기 시작했다. 나는 빅터 주니어를 달래려고 노력하는 대신 최대한 빨리 차를 몰아 집으로 돌아왔다.

가엾은 꼬마가 뛰어내려 집으로 달려갔을 때 나는 아직 시동도 끄지 않은 상태였다. 들어가 보니 빅터 주니어는 이제까지 본 것 중 가장 빠르게 이리저리 달리며 모든 방을 확인하고 옷장을 들여다보고 있었다. 심지어 미친 것처럼 서랍을 열어 보기도 했다. 밸의 몸이 작아져 그곳에 숨기라도 한 것처럼. 나는 위로가 될 만한 무언가를 떠올리려고 애쓰며 빅터 주니어를 따라다녔지만, 겨우 녀석을 따라잡았을 때 녀석은 이미 우리 침대의 발치에 엎드려 있었다. 큰 슬픔에 압도돼 긴장병적으로 뻗은 것이다. 농담이 아니었다. 나는 그 순간의 한기를 안다. 그럴 때면 갑자기 툰드라에 있게 된다. 빛이 너무 밝아 아무것도 보이지 않는다. 여태 알았던 모든 것, 그녀와 했던 모든 것들이 엄청난 소용돌이를 일으킨 후 휙 꺼져서 한 번도 켜진 적이 없는 성냥에서 피어오른 한 줄기 연기처럼 날아가려 한다.

나는 아찔하게 높은 곳에서 내려다보듯 빅터 주니어를 내려다보며 나 자신도 거의 없어져야 할지 모르겠다는 생각을 문득 떠올렸다. 그냥 문밖으로 나가, 멍청아. 도망치는 거야. 그 말을 하는 건 내 두려움이었다. 하지만 그때, 나는 단 한 번의 재빠른 용상 동작으로 빅터 주니어를 들어 아이 엄마가 눕는 자리에 올려놓았다. 녀석은 타피오카로, 구슬 같은 묵직한 젤리로 가득 채워진 주머니 같았다. 녀석은 죽은 척하며 눈을 뜨지도, 소리를 내지도 않았다. 나도 장단을 맞추었다. 나는 생기 없는 녀석의 두 다리를 곧게 펴 주었다. 녀석의 두 팔은 가슴 위에 X자로 접어 놓고, 녀석의 이마에 십자가를 그렸다. 심지어 녀석의 눈까지 부드럽게 감겨 주었다. 빅터 주니어는 내가 그렇게 할 것이라는 걸 알고 있었으니까. 그런 다음 나는 이불을 끌어 올려 녀석에게 덮었다. 천천히 조금씩, 가볍게 녀석의 얼굴을 가렸다. 빅터 주니어는 시체처럼 가만히 있었다. 호흡으로도 이불을 움직이지 않았다. 잠깐은 그 모습에 정말 겁이 났다. 하지만 나는 이 최악의 세계를 마주한 그의 심리적 본능을 이해했다. 영원히 동면하려는 본능. 녀석에게는 적절한 작별 의식이 필요했으므로, 나는 「어메이징 그레이스」의 도입부를 흥얼거리기 시작했다. 정말로 몰입해 떨리는 소리로 물 흐르듯 노래했다. 사실 나는 나 자신이 비참한 기분에 적당히 빠지도록 노력하고 있었다. 나는 빅터 주니어가 그걸 고마워한다고 느꼈다. 그렇게 나는 구시대의 목사라도 된 것처럼 비참한 기분을 배 속 깊은 곳에서 묵직하게 휘저어 올렸다. 목구멍이 따뜻해지고 공기가 차분해지자, 나는 저 바깥의 우주 어딘가에 있을 내 어머니가 유난히 길게 느껴지는 이 순간에 잠시 멈춰 서서, 이 유령 노래에 귀를 기울이고 있지는 않을지 궁금해졌다.

"대체 이게 다 무슨 일이야?"

밸이었다. 그녀는 다중 경고음을 울리듯 우리를 노려보고 있었다.

그래도 어쨌든 밸이었다. 그것만으로 충분히 기뻤다. 밸은 지치긴 했지만 괜찮아 보였다. 그녀의 머리는 책상에서 잠들기라도 한 것처럼 한쪽이 엉킨 채 엉망이었다.

"죽은 아기 놀이를 하고 있었어!" 빅터 주니어가 유령의 집에 사는 귀신처럼 침대에서 불쑥 튀어나오며 소리쳤다. 녀석이 곧장 밸의 품에 뛰어들 줄 알았지만, 아니었다. 아이는 감정을 자제하며 다시 침대에 털썩 누운 다음 얼굴을 가리고 뻣뻣하게 누웠다. 우리는 빅터 주니어가 조금이라도 움찔할 때까지 기다렸다. 밸은 누가 안아줬으면 좋겠다고 말했다. 아무 반응이 없었다. 밸이 아이에게 보고 싶었다고 말했다. 발가락 하나도 꼼지락거리지 않았다. 밸은 작별 인사를 했다. 그러자 마침내 빅터 주니어가 "알-겠어요, 엄-마."라며 리엄 같은 목소리로 우는 흉내를 냈다. 그건 빅터 주니어가 아직 밸에게 화가 나 있으며 상처를 받았지만, 마비 상태에 빠진 건 아니라는 신호였다. 꼬마 승리자를 뜻하는 이름 '빅터 주니어'가 그야말로 잘 어울리는 녀석이었다.

그런 뒤 둘은 껴안았다. 아이가 아기 코알라처럼 밸에게 매달렸다. 녀석의 몸무게 때문에 밸은 몸을 숙여야 했다. 빅터 주니어는 밸의 품에서 달려 나가며, 저녁으로 먹을 생면 라자냐를 만들어야겠다고 소리쳤다. 나는 밸에게 다가가 찡찡대려 했지만, 밸이 나를 밀쳐 내며 샤워를 하고 싶다고 말했다. 나는 같이 하자고 했지만, 밸이 내게 눈치를 주었다. 밸이 저 위 채석장에서, 예컨대 저 바깥 고속도로에서 했을 만한 일, 심야의 트럭을 향해 돌진할지도 모른다는 나의 두려움이 이제는 그녀가 밤새 무엇을 한 건지, 또 어디에서 잔 건지에

252

대한 자폭에 가까운 지옥 같은 생각들과 뒤섞였다. 나는 질투심이 많은 성격이 아니었지만—나는 내가 누군가의 신의를 누릴 만한 자격이 있다고 느껴 본 적이 한 번도 없었다.—꼭 무딘 칼날이 내 몸의 나머지 부분에 꿰맨 폐를 한 땀 한 땀 뜯어내는 것만 같았다. 나는 자조적이면서도 못된 말을 하고 싶었지만 어떤 단어도 떠오르지 않았다. 그래서 나는 주방으로 갔다. 비즈가 이미 분주하게 움직이고 있었다. 녀석은 몰입에 빠져 있는 여느 주방장처럼 도도하게 손을 내저어 나가라고 손짓했다. 나는 빅터 주니어의 액션 슈팅 게임 중 하나를 시작했지만, 곧 좀비의 뇌를 터뜨리는 데 질려서 집 안 여기저기를 헤매다가 뒤쪽 테라스로 나갔다. 이제 그곳은 비즈가 차려 놓은 식탁과 플란넬 시트를 씌운 우리의 침대를 제외하면 내가 이 집에서 가장 좋아하는 장소였다. 잡초가 자라기 좋게 완벽한 격자형의 녹슨 소용돌이 울타리로 둘러싸인 이곳이 바로 나의 흐트러진, 임대한 에덴이었다. 이웃의 농장 주택들에도 똑같이 이런 공간이 있었다. 나는 내게 무슨 일이 일어난다면, 이 엄청나게 평범한 익명의 공간에 묻혀야 한다고 생각했다. 하긴, 달리 어느 자리가 적당하겠는가?

나는 내가 밸에게 해야 할 말은 이것이라고 생각했다. 그때 갑자기 밸이 옆으로 다가와 계단에 앉았다. 당연히 나는 벙어리가 됐다.

"미안해, 자기야." 그녀가 말했다. 그녀는 스태그노 Y의 트레이닝 상의에 잠옷 바지를 입고 있었다. 막 샤워를 마친 후라 젖은 머리카락이 그녀의 옷깃을 진하게 물들이고 있었다. "어제 언젠가 핸드폰이 꺼져 버렸어. 그래도 누군가에게 빌렸어야 했는데."

"어디에 틀어박혀 있었어?" 나는 그렇게 말해 놓고, 환영 파티라도 하는 듯한 내 목소리에 놀랐다.

"아, 세상에." 그녀가 말했다. "병원 근처에 있는 무슨 다이브 바*였어. 나랑, 반 부랑자 같은 사람 몇 명밖에 없었어."

"다들 자기한테 술을 사겠다고 줄을 섰겠네."

"뭘로 술을 사? 로빈 후드 모자를 쓴 어떤 남자는 동전을 세서 자기가 마신 맥줏값을 내야 했어. 바텐더가 그한테 25센트짜리 동전을 하나하나 짚어 줘야 했고."

"그래서 뭘 마셨는데?"

"그게 중요해?"

"그냥 궁금해서. 상상해 보고 싶어."

"라임을 곁들인 진저 에일."

"비터스는 안 넣고? 난 누나한테 그렇게 만들어 주는데."

밸은 고개를 끄덕였다. "확실히 비터스는 안 넣었어. 잔술이랑 맥주를 파는 곳이야. 당구대랑 셔플 보드 볼링 기계가 있는."

"어젯밤에 뭘 먹긴 했어?" 어떤 이유에서인지 적절하고 세심한 배려를 하고 싶었다. 얘기하고 싶지 않지만, 불행히도 얘기하게 될 주제를 피하기 위한 단 한 가지 방법이니까.

"배가 안 고팠어. 바에는 절인 소시지 한 병밖에 없었고. 그러니까, 안 먹었어."

"그런데도 어쨌든 밖에서 잤다는 거네."

밸은 자기 손을 내려다보았다. "나오려고 했어. 근데 수술복을 입

---

* 단골 고객들에게 싸구려 술을 파는 평범한 술집.

은 사람들이 밀려들었어. 병원 저녁 근무가 막 끝난 것 같더라고. 대부분은 간호사였어. 의료 요원도 몇 명 있었고. 우리 엄마가 간호사였다는 얘기했었나?"

얘기한 적 없었다. 우리는 간헐적으로만 가족에 대해 파 내려갔으니까. 하지만 이 얘기가 어디로 향할지는 누구라도 알 수 있었다. 엄마와의 연결, 그곳에 남아 있고 싶지 않았지만 바닷물 같은 초록색 수술복을 보자 밀려오는 감정에 발목이 잡히고 말았다는 얘기, 그 사람들이 끌고 들어온 소독용 알코올과 라텍스 장갑의 그리운 냄새, 패드를 댄 교정용 신발이 바닥에 끌리는 소리. 내 생각이 거의 맞았다. 여자 간호사 중 한 명이 다가와 수다를 떨기 시작했다. 그녀는 자기 일행에게 밸을 소개해 주었다. 그들은 밸을 구슬려 같이 가미카제 샷을 마시자고 했다. 그게 그들이 근무 이후의 축제를 시작하는 방식이었다. 가미카제는 버터리 니플로, 아이리시 카 봄으로 이어졌다. 그 모든 게 몇 차례 함께 마신 예거스로 몰아쳐 갔다. 당연히 그 이후에는 기억이 흐릿해졌다고, 밸은 확인해 주었다. 나는 그때 자리에서 일어나 주방에 있는 비즈의 상태를 확인해 보아야 한다고 생각했지만, 그저 입에 고인 시름한 침 맛을 음미하고 있었다. 나는 최근 여행에서 견딜 수 없는 순간들을 경험한 몸이었다. 그러니 조그마한 관계의 문제 정도는 그저 내 대동맥 밸브에 깜빡거리는 신호, 아주 짧은 또 하나의 파닥임에 불과해야 했다. 하지만 분명히 말하는데, 강물이 걷잡을 수 없이 불어나서 강둑을 쓸어버리고 있었다.

그때 밸이, 그녀답게 똑바로 서서 내게 그날 밤의 나머지 시간에 대해 말해 주었다. 마지막 주문을 한 이후, 소개를 받은 간호사 중 하나가 근처에 있는 자기 집에서 밤술을 한 잔 더 마시자며 밸을 초대했다. 남자 의료 요원 두 명이 따라왔다. 밸은 너무 자세하게 말하지는 않았고 나도 요구하지 않았다. 하지만 나는 아무 문제없이 그들을 상상할 수 있었다. 두 명의 건장하고 당당한, 키퍼나 토미보다 공동체 지향적인 성격이 강한 남자들. 그중 한 명은 흉부 압박에 완벽하게 어울리는, 문신이 가득한 근육질 팔을 가진 어두운 피부색의 남자였고, 또 한 명은 긴 금발에 주말마다 경주용 오토바이를 타는 말씨가 부드러운 남자였다. 그들은 꽤 취해 있었지만 남자들 중 한 명이 화이트 러시안°을 더 탔고 이를 연이어 마셨다. 간호사는 취해서 몸을 흔들며 춤을 추다가 가슴 마사지사와 몸을 맞대고 문질러 댔다. 둘에게는 어느 정도 역사가 있었다. 노래가 끝날 무렵, 그들은 간호사의 침실로 서둘러 떠났고 밸과 달리는 경주용 오토바이는 느린 템포의 음악과 함께 남겨졌다.

"뭐였어?" 내가 물었다.

"노래? 모르겠어. U2였나?"

나는 「아이 스틸 해븐트 파운드 왓 아임 루킹 포」의 멜로디를 흥얼거리기 시작했다.

밸이 고개를 저었다.

나는 「위드 오어 위드아웃 유」의 불평하는 듯한 박자를 흥얼거렸다. 밸은 경계하듯 인상을 찌푸렸다. 그 노래가 뭔가를 건드린 게 틀림없었다.

• 칵테일의 일종.

"오래 춤을 추지는 않았어." 밸이 말했다. "너무 피곤했거든. 우린 소파에 앉았고, 내 생각엔 둘 다 잠시 정신을 잃었던 것 같아. 정신을 차리고 보니 키스하고 있었어."

내가 기겁한 표정을 지은 모양이었다. 밸이 말했다. "그런 건 아니었어. 그 사람은 변태가 아니었어. 성추행을 한 게 아니야." 밸이 불안한 듯 숨을 들이쉬었다. "잘 들어. 난 취해 있었지만, 무슨 일이 일어나는지 알았어."

"또 무슨 일이 있었는데?" 내가 말했다. 이건 마치 윙윙 돌아가는 선풍기에 일부러 손을 집어넣는 것과 같은 말이었다.

"거의 키스만 했어." 밸이 자신 없이 대답했다. 그녀는 다른 말을 하려다가 멈췄다. 당연히 '거의'라는 말이 나를 초토화시켰다. 나는 즉시 검게 타 버린 폐허가 됐다. 지나치게 밝은 포르노 예고편이 이미 내 회로를 따라 솟구치고 있었다. 완전히 털을 민 밸과 진흙투성이에 오토바이 헬멧을 쓴 벌거벗은 남자 그리고 전부 청진기로 만든 S&M용 성인용품이 등장했다. 나는 닭꼬치처럼 꼬챙이에 꿰어진 내 심장을 뜯어내고 싶었다. 동시에 내 아랫도리에 얼얼한 느낌이 밀려들었다. 그 혼란과 차오름은 내 불안을 깊어지게 할 뿐이었다.

밸은 주먹으로 두 뺨과 관자놀이를 세게 문질렀다. 그녀의 눈에 눈물이 고이기 시작했다. 하지만 그녀는 최대한 자제하며, 위로를 원하지 않는 절반의 울음 같은 걸 터뜨렸다. 어린아이가 하지 말아야 하는 일을 하다가 실수로 다쳤을 때처럼.

밸이 말했다. "날 때리고 싶어?"

"뭐?"

"때려도 돼, 때리고 싶으면. 뭐든지 해도 돼. 빅터 시니어는 가끔 날 때렸어. 괜찮아."

"난 누나를 때리고 싶지 않아!" 내가 소리쳤다. 밸의 남편이 밸에게 그런 짓을 했다고 생각하자, 겁먹은 그녀를 생각하자 역겨움이 솟았고 그다음에는 충격이 느껴졌다. 하지만 솔직히 말하자면 거의 그녀를 후려칠 뻔했다. 최소한 극악무도한 분노가 차오른 1,000분의 1초 동안 말이다. 나는 너무 쉽게 그런 짓을 할 수 있었다. 밸의 얼굴을 후려친다. 딱 한 번만. 밸이 그 얘기를 해서, 그 사건이 현실적인 무언가가 돼 버렸으니까. 하지만 그건 전혀 핑곗거리가 되지 못했다. 그런 짓을 하고 영원히 그 순간을 되풀이해 재생한다고 생각하면 나는 매번 나 자신을 조금씩 더 증오하며 죽어 갈 것이다. 결국은 더 이상 버틸 수 없어서 누군가를 다시 때리고 싶어지겠지.

"나랑 헤어지고 싶어?"

나는 고개를 저었다.

"그러고 싶대도 이해해……."

나는 아니라고 말했다. 아니야! 싫어!

"미안해, T. 아, 세상에. 너무 미안해. 나 왜 이러지? 씨발 비참하다……."

그때 우리는 안고 있었다. 우리 둘 다 심하게 떨면서, 서로의 떨림을 진정시키려 애쓰고 있었다. 비통해하면서 독선에 빠져 있는 내 일부는 계속해서 이 짓을 그만두라고 음침한 조언을 했다. 밸이 자신의 비참함 속에서 만신창이로 뒹굴게 하라고. 내 비통함을 마지막 한 방울까지 맛보게 하라고. 하지만 나 자신의 상처보다 두려운 건 그녀의

258

우울함이었다. 이제 나는 그 우울이 잠시 머무르는 체계, 어떤 분위기상의 동요가 아니라 단단한 윤곽을 가진 무엇이자 그 자체로 목적성을 가진 무엇이라는 걸 알 수 있었다. 나는 밸과 껴안고 있으면서 그 맥동을, 그녀의 내면에서 두근두근 멀어져 가는 그것을 실질적으로 느낄 수 있었다. 그것을 쫓아낼 수 없다면, 나 자신을 지워 버리고 자유를 향해 떠나야 한다는 걸 알았다.

내가 말했다. "누난 하나도 잘못되지 않았어. 우리가 고칠 수 없는 건 없어. 누난 훌륭해."

"난 훌륭하지 않아." 밸이 내게서 벗어나며 말했다. "난 정말로 끔찍해."

"뭐, 이젠 빅터 시니어가 밉네."

"부탁이니까 그러지 마." 밸이 말했다. "겨우 한두 번 그런 거야. 그래, 세 번이었어. 빅터 주니어 앞에서는 한 번도 그런 적 없고. 아마 내가 그럴 수밖에 없게 만들었을 거야. 이런 말을 하면 안 된다는 건 알지만, 그게 사실이야. 난 빅터 시니어를 미치게 만들 수 있었어. 나는 하루 종일 내가 어쩌다가 여기에, 너랑 같이 있게 된 건지 생각했어. 내가 얼마나 운이 좋은지. 씨발!" 밸의 입이 크게 휘어졌다. 턱에 주름이 잡혔다. 눈물의 급류가 방류되기 직전 같았다. 하지만 밸은 강인한 여자다. 그녀는 깊게, 천 가지 슬픔을 담은 한숨을 내쉬며 자세를 바로잡았다.

"내가 널 얼마나 아끼는지 알아? 넌 나와 빅터 주니어에게 늘 잘해 줘. 빅터 주니어도 널 아끼고. 그거 알지?"

"아는 것 같아."

"빅터는 널 정말로 아껴. 넌 그 마법의 카드로 빅터 주니어의 요리에 필요한 재료를 전부 구해 줘. 빅터 주니어가 보고 싶어 하는 영화는 뭐든 보게 해 주고. 넌 빅터에게 분수를 계산하는 법도 가르쳐 줬어! 넌 항상 좋다고 말하지."

"내가 애를 망치고 나쁜 짓을 하게 만든다는 말 같은데."

"빅터 주니어가 널 당연하게 생각한다면 그렇겠지. 내가 빅터 주니어한테 그러지 않겠다고 약속하라고 했어."

"누나는 어떻게 생각하는데?"

"그런 문제가 아니야." 밸은 조용히, 진지하게 말했다. "난 때로 아무 이유 없이 많은 걸 망쳐 버려. 그러고 싶지 않은데도 그래. 이젠 너도 알지. 난 너한테 그걸 감춘 적이 없어. 그냥 널 만난 이후로는 너무도 차분하고 행복해서, 그게 이제야 사라졌다고 생각했어."

나는 밸에게 입을 맞추려 했지만, 밸은 일어나서 맨발로 볼썽사나운 풀밭에 들어갔다. 방금 샤워한 그녀의 발바닥이 흙을 밟고 더러워졌다. 밸이 자신을 괴롭히는 방식이었다. 그녀는 발 관리를 철저하게 하는 타입이었다. 물에 담그고, 문질러 닦고, 로션을 바르고. 밸은 최소 이틀에 한 번은 그런 행동을 했다. 때로 대마를 피울 때면, 나는 밸의 발꿈치에 로션을 발라 주었다. 이완된 상태에서는 별로 간지럼을 타지 않았으니까. 그녀가 나보다 훨씬 나이가 많다는 걸 실감하는 때가 그때였다. 눈을 살짝 감고 침대 헤드에 기대 있는 모습. 언제나 같은 형태의 머리카락에는 흰머리가 검은 머리보다 많았고, 광대는 더 두드러졌으며, 목의 피부는 약간 울긋불긋하고 자갈이 덮인 듯 거칠었다. 나는 그 모든 풍요로운 시간이 그녀를 통과하고 있다는 생각에, 어떤 행복감이 조용히 터지는 걸 느꼈다. 훌륭한 방사선처럼 말이다.

물론, 언제나 좋기만 한 건 아니었다. 나는 그녀의 마음이 여전히 아프다면, 그건 그녀의 어떤 특징이나 행동 때문이 아니라고 말해 주고 싶었다. 나는 그 점을 누구보다 잘 알았다. 밸이 마음을 다친 건 세상 때문이었다. 세상은 그럴 의도가 없을 때조차 우리를 배신한다.

내가 말했다. "변화가 필요한지도 모르겠어. 이 집도, 이 마을도 떠나자. 당연히 여기보다 좋은 곳을 찾는 건 어렵지 않을 거야. 더 큰 데서 살 수 있어. 최소한 여기보다 큰 데서. 나한테 카드가 있으니까. 아무것도 우리를 막지 않아."

"담당관들이 싫어할걸." 밸이 대답했다. "그 사람들한테는 그냥 일이 느는 거니까. 게다가 기억하겠지만 스태그노는 내가 처벌의 일종으로 선택한 곳이야."

"담당관들한테는 알릴 필요 없어." 내가 말했다. "그 사람들로부터도 숨으면 돼. 짐을 대부분 여기에 놔두고 그냥 떠나자. 장기간 휴가를 떠나는 것처럼."

"내 가짜 인생으로부터 다시 휴가를 떠난다는 거야?"

"그럼 안식년 같은 거라고 생각해. 교수들이 떠나는 것 같은."

"알았어, T." 밸이 약간 밝아졌다. "하지만 우린 씨발 대체 뭘 연구하는 거야? 대체 무슨 일을 하는 거지?"

나는 괜찮은 대답을 내놓을 수 없었다. 하루가, 한 세기가, 한 시대가 끝나는 시점에 대체 무엇을 한단 말인가? 한 줌밖에 되지 않는 특별한 사람들은 세상을 기울일 아이디어를 내놓지만, 나머지 99.99프로의 우리는 그냥 정해진 궤도를 따라 돌 뿐이다.

그래서 나도 자리에서 일어나 말했다. "비즈. 비즈한테는 놀라운 재능도 있지만 추진력도 있어. 지금 비즈를 다루기 힘들게 만드는 그 특성이 비즈를 성공으로 이끌 거야. 우리가 가진 모든 걸 거기에 쏟아붓자."

"나야 좋지." 밸이 내 손을 잡으며 말했다. "하지만 넌 앞날이 창창한걸. 네가 그렇게 생각하지 않는다는 건 알지만, 넌 아직 너무 어려. 너한테는 아직 할 일이 너무 많이 남아 있어. 누군가 너를 위해 자기 자신을 바쳐야 해. 한발 한발 같이 나아가면서. 나처럼."

마지막 말은 격렬한 고통을 일으켰다. 내 인생에 날 뻔한 균열 때문이 아니었다. 그 균열은 절대 메워지지 않을 것이다. 나를 정말로 강타한 건 밸이 그 자리에 있어 주겠다고, 나의 울퉁불퉁한 길을 함께 가겠다고 제안한 점이었다. 나는 주저앉듯 그녀에게 안겼고 밸은 내가 그렇게 하도록 놔두었다. 심지어 자기 목으로 내 얼굴을 끌어당겨 꽉 안기도 했다. 나는 그녀의 향기를 분석하려 들지 않을 수 없었다. 나는 뭐든 샤워로도 씻겨 나가지 않은 것, 건네받은 담배 연기의 잔여물, 툭 떨어졌다가 말라붙은 땀방울, 구급차를 모는 그놈의 페로몬을 분석하려 했다. 하지만 그저 밸뿐이었다. 통통하고 비누 향기가 나는 촉촉한 밸. 그녀가 내 머리카락을 한 움큼 움켜쥐었다. 나는 밸의 잠옷 바지 뒷부분으로 손을 넣어 갈라진 틈을 더듬었다. 그녀가 잉덩이에 힘을 주었다. 세게.

"얼른." 밸이 속삭였다. 내 귀에 그 목소리가 아주 크게 들렸다. 그녀는 내가 그녀를 끌어안고 위로 들어 올릴 수 있도록 까치발을 들었다. 우리는 굶주린 사람들처럼 얼굴을 빨아 댔다. 어색하다가 어색하지 않게 됐다. 뱀의 한쪽 다리가 나를 휘감았다. 우리의 스태그노 탱고. 이웃들은 쉽게 우리를 구경할 수 있었다. 빅터 주니어가 언제든 나타날 수 있었다. 하지만 둘 다 신경 쓰지 않았다. 다들 우리의 동물적 활동을 보라지. 우리는 나름의 짐을, 절대 가벼워지지 않을 짐을 지고 사는 짐승들이었다.

11

하지만 다시 타국에서 보낸 한 해의 시작으로 돌아가야겠다.

호놀룰루에서 내리자마자 나는 이상하게도 개조된 기분이 들었
다. 뉴어크에서 출발한 비행은 열두 시간이 걸렸다. 우울한 미국 항
공사의 거지 등급 좌석에 탔다면, 그 시간은 비참하고, 영혼을 태워
버리며, 밥도 나오지 않는 중간 보안 등급의 교도소에 수감되는 것이
나 마찬가지였을 것이다. 하지만 아시아에 본사가 있는 이 항공사의
완전히 눕힐 수 있는 좌석과 오리털 담요, 계속해서 나오는 음료와
간식—비행기의 앞자리에 탄 건 그때가 처음이었다.—이 있으니 비
행은 친구들과 집에서 즐기는 휴가 같았다. 퐁과 나는 다른 상황에서
라면 해적판으로도 구하지 않았을 어떤 무의미한 영화를 보며 각자
의 자리에 있다가 결국 졸기 시작했다. 퐁이 꿈을 꾸었는지, 꿨다면
무슨 꿈을 꾸었는지 몰랐지만 나는 그의 부모와 어린 시절의 가혹했
던 위탁 가정생활의 불행한 얘기를 듣고 나서인지 나 자신이 간쓰성

의 수박이 된 꿈을 꾸었다. 나는 피 말리는 태양 아래에서 바스러지며 먼지 날리는 흙에 뿌리를 내리고 있었다. 껍질의 표면은 타는 듯했지만 내 속은 계속해서 채워지고 밀도가 높아졌고 금방이라도 쪼개질 것처럼 가득히 과즙이 차올랐다. 그러는 내내 나는 나의 폭발을 두려워하는 동시에 소망했다. 누군가는 내가 나 자신의 잠재력을 두려워했다거나, 좆같은 심리적 오기를 키우려는 것이라고 주장할 수 있겠다. 나는 두 주장에 반대하지 않는다. 확실한 건 퐁에 대해 더 알게 되면서 내가 외로움을 덜 느끼게 됐다는 것이다. 나는 집이나 던바에서 멀어져도 아무렇지 않았다. 어쨌거나 그곳은 너무 복잡했다. 나는 자부심 넘치는 비엘리트적 대학교로 돌아갈 필요가 없었다. 그냥 퐁 주변에 붙어 뭐든 펼쳐질 일을 기다리고 싶었다.

우리가 오아후섬*에 있다는 건 말도 안 되는 보너스처럼 보였다. 우리는 야외 터미널의 한 구역을 가로지르고 있었다. 내 폐는 할 수 있는 한 공기를 빨아들이려고 안달이었다. 본능적으로 너무 축축하지도 너무 건조하지도 않은, 미국산 열대 관목과 노란색 칼라 꽃, 족도리풀을 비롯해 오아후섬에서는 공항 옆에서도 잡초처럼 자라는 식물들의 냄새가 가득 섞인 산들바람을 탐냈다. 퐁의 무수히 많은 중국인 동업자 중 한 명은 실제로 이 꽃향기가 나는 공기를 깡통에 담아 스모그가 심한 베이징과 상하이에서 팔고 있다고 했다. 다이아몬드헤드 분화구의 평온한 우물에서 끌어낸 공기라면서.

"그 친구가 그걸 뭐라고 불렀는지 알아?" 퐁은 내가 밖에서 시간을

---

* 미국 하와이주에서 세 번째로 큰 섬.

265

끄는 걸 눈치채고 수하물 찾는 곳에서 내게 말했다. "다이아몬드 헤드의 아침 숨결이래!"

우리는 택시 승강장에서 아직도 그 일로 킥킥대고 있었다. 그때 진주광택이 나는 흰색 크루캡 트럭*이 전조등을 번쩍이며 우리에게 다가왔다. 타이어에는 스피너 림**이 박혀 있고, 짐칸에는 서프보드가 실려 있었다. 그 뒤로는 현란한 푸른색 슈퍼카가 따라왔다. 장담하는데 슈퍼카의 지붕 선이 내 허벅지보다 낮았다. 스모 선수 체급의 남자가 각 자동차에서 한 명씩 내렸다. 그들은 자기소개를 했고(둘은 형제였다.) 거대한 손으로 아주 조심스럽게 우리 짐을 트럭 짐칸에 실었다. 그동안 퐁과 나는 트럭 뒷자리에 탔다. 럭키 최는 스포츠카의 운전석 뒤에 웅크리고 들어가더니, 초광폭 뒤 타이어로 끼익 소리를 내며 말없이 출발했다. 나는 우리가 호텔에 체크인을 하고 나중에 럭키의 별장에서 만나게 될 거라고 생각했다. 우리는 거기에서 드럼 카파고다가 소개해 준 자무 상담가와 회의를 할 예정이었다. 하지만 차를 타고 가는 도중에 형제 중 한 명인 로노가 비치 타월과 두 벌의 서핑용 바지 그리고 래시가드를 건네주었다. 모두 사이즈가 딱 맞았다.

퐁이 말했다. "공항으로 접근하는 도중에 럭키가 지금 들어오는 파도가 그냥 지나치기에는 너무 좋다는 얘기를 들었대. 게다가 럭키는 햇볕에 타는 걸 피하려고 해 질 녘에만 서핑을 해. 가난한 농부처럼 보이는 게 싫다고."

---

* 뒷좌석이 넓고 문이 네 개 달린 픽업트럭의 일종.
** 자동차 바큇살의 한 종류로 화려한 것이 특징이다.

내가 조그맣게 말했다. "지금 서핑을 하러 간다고요?"

"서핑해 본 적 있어?" 퐁이 물었다.

나는 서핑은 안 해봤지만, 보디보드는 충분히 타 봤다고 답했다. 저지 쇼어의 차가운 갈색 파도에서 말이다.

"뭐, 넌 해변 공원에서 놀아도 되고."

"보-디-보드-와-플리퍼-도-있습니다." 로노가 말했다. 단 하나의 음으로 계속 이어지는 노래 같은, 경쾌한 그 지역 억양이었다. 다-다-다-다-다…….

"아주 좋아. 고마워." 퐁이 말했다. 그런 다음에는 내게 말했다. "물에 들어갈 때 필요한 건 럭키가 다 가지고 있어. 스노클링 마스크, 패들보드, 아우트리거*, 거기다가 내가 세어 본 바로는 서프보드도 50개 이상 있지. 그런 면에서는 미친 녀석이야. 하지만 네가 비행기를 타고 오느라 너무 지쳤다면……."

나는 이제 럭키가 좀 무섭게 느껴졌다. 내 사촌 형 드루가 무서운 것과 무척 비슷했다. 드루는 신체적으로 위압적인 녀석도 아니었고 대놓고 못된 것도 아니었다. 하지만 그는 선택을 하는 건 내가 아니라는 걸 명확히 밝히면서 이런저런 것들을 제시하곤 했다. 예를 들면 바위에서 저수지로 뛰어든다든지 말이다. 내가 열 살이던 해의 여름에 그렇게 한 적이 있었다. 그걸 하면서 즐거워했던 건 두 명 중 한 명뿐이었다.

"저는 완전 하고 싶어요." 내가 말했다. 그럭저럭 사실이었다. 그러

---

* 선체 바깥으로 노 받침대 장치가 달린 카누.

자 로노가 뚱뚱한 마리화나 담배의 한쪽 끝에 불을 붙였고, 나는 그걸 다시 퐁에게 건넸다. 퐁은 아주 부드럽게 담배를 빨아들였다. 그의 접근법을 상징하는 것처럼 보이는 절제된 흡입이었다. 계속해서 분석하고, 감독하고, 균형을 유지하며 모든 걸 시험해 보는 그의 접근법.

"너무 많이 피우면 목에 자극이 돼서." 그는 내가 자기를 지켜보는 걸 알아채고 말했다. "거기다가 지나치게 긴장을 풀고 싶지는 않거든. 알겠지만 큰 파도에 나갈 거니까."

나는 마음을 가라앉히려고 한 모금을 피웠다. 목이 막혀 코로 연기를 뿜어야 했다. 내 생각이지만, 크루캡을 타고 핫박싱*을 하는 우리 모습은 꽤 멋졌을 것이다. 그렇게 우리는 막히는 도로를 따라 호놀룰루 쪽으로 조금씩 다가갔고, 그런 다음에는 뾰족뾰족한 다이아몬드 헤드가 오른편에서 시커멓게 위용을 자랑하는 곳을 빠르게 달려 지났다. 오후 여섯 시가 되기 겨우 몇 분 전이었지만 밤이 빠르게 다가오고 있었다. 길고 납작한 구름이 핏빛 주황색에서 멍든 보라색으로 변해 갔다. 브레이크**까지 서프보드를 저어 갈 해변의 작은 주차장에 도착하자 라임색 래시가드와 흰 서핑용 반바지를 입고 우리를 기다리고 있는 럭키가 보였다.

"하올레*** 녀석은 보디보드를 탄대요." 로노가 그에게 말했다.

"그거 잘됐네!"

---

* 밀폐된 공간에서 대마초를 피우는 행위.
** 산호나 바위 등 물의 흐름을 끊어 파도가 쏟아지는 지형.
*** 하와이 토박이가 아닌 사람, 특히 백인.

"완전히 하올레는 아니야." 퐁이 지역화된 억양으로 말했다. "어머니 쪽에 한국인 피가 섞였어."

로노는 여전히 별 감흥이 없다는 듯 나를 다시 힐끗 보았다. "좋아요, 그럼. 하파라고 하죠."

나는 그 단어의 소리가 마음에 들었다. 사람들은 평생 나를 또 한 명의 평범한 백인 소년으로 보았다. 하지만 내가 백인으로 보인다는 걸 다시 떠올리게 된 지금 잠시 놀라움이 느껴졌다. 어쩌면 최근 아시아인이나 남아시아인들과 어울렸기 때문일지도 몰랐다. 아니면 퐁과 친밀해졌기 때문일지도 몰랐다. 럭키가 지금처럼 늦은 시간에도 산화아연 한 줌으로 얼굴을 희게 칠하는 걸 보았기 때문일지도 몰랐고. 그 행동을 보니 정반대의 행동이 떠올랐다. 어쨌든 나는 좀 더 크고 폭넓은 흐름에 끌려 들어가는 기분이 들었다. 나를 앞으로 밀어줄 수 있지만 망가뜨리지는 않을 어떤 흐름에.

"해가 지잖아, 형제들! 가자!" 럭키가 재촉했다.

퐁과 나는 덤불 뒤에서 옷을 갈아입었고, 그러는 동안 로노와 그의 형제 데릭은 생생한 버뮤다 잔디에 우리 장비를 내려놓았다. 데릭은 로노처럼 지구만큼 큰 몸을 가지고 있었다. 머리를 빡빡 밀고 있어서 나무에서 돋아나 펄럭거리는 버섯처럼 생긴 작고 울퉁불퉁한 귀가 돋보였다. 그는 보드 왁스를 작게 덜어 내 손바닥에 덜었다. "파도의 액션을 좋아하게 될 거야, 브로!" 그가 환성을 지르며, 내가 자신의 가장 친한 친구나 완전한 똥멍청이라도 되는 것처럼 미소 지었다. 그러더니 그와 로노는 우리가 물에서 시간을 보내는 동안 맥주를 홀짝이려고 몸을 웅크리고 트럭으로 들어갔다. 베이스박스가 하와이 스타일의 레게 음악을 쿵쿵 울려 댔다.

퐁과 럭키는 와일루페 서클의 물속으로 뛰어들었고, 나는 보디보드에 올라탄 채 발장구를 치며 그 뒤를 따라갔다. 바다는 부드럽게 내 몸을 띄워 주었다. 따뜻한 허브차 같았다. 나는 곧 물과 하나가 됐다. 나는 20미터도 가기 전에 보디보드 위에서 안정적으로 중심을 잡았다고 느끼며 물을 헤치고 효율적으로 움직였다. 나는 물갈퀴와 팔을 둘 다 사용해 퐁과 럭키를 따라잡으려 했다. 그들은 해협의 평온한 물살을 율동감 있고 매끄럽게 미끄러지고 있었다. 늦은 시간에 나와 있던 몇 안 되는 다른 서퍼들은 이제 들어오고 있었다. 50미터쯤 더 가자 깨끗하고 형태가 좋은 어깨높이의 파도로 뛰어드는 사람이 한 명 보였다. 우리는 팔다리를 저으며 빠르게 서핑 지점으로 갔다. 한 차례 파도를 헤치고 나아가며 세 차례 덕 다이빙*을 한 뒤 우리는 브레이크 너머로 부풀어 오르는 유리처럼 매끄러운 파도에 이르렀다.

퐁이 말했다. "뭘 잡을 필요는 없어. 그냥 상냥한 물을 즐기면 돼. 정말이야." 그는 내가 여러 번 덕 다이빙을 하느라 완전히 숨이 차올랐다는 걸 알았다. 내가 보드를 꽉 움켜쥐고 있었으니까. 꼭 내 팔다리를 덮는 납덩이 껍질이 갑자기 돋아난 것만 같았다. 이 사람들은 나보다 수십 살쯤 많았지만, 나처럼 게으름을 피우다 보면 젊음에는 아무런 마법적 힘도 남아 있지 않게 된다. 럭키가 우리에게 휘파람을 불었다. 그때 우리는 잠시 바다를 등지고 있었다. 길게 부풀어 오르는 물의 장벽이 다가오고 있었다. 둘은 즉시 옆으로 물장구를 쳤다.

---

* 물속으로 잠수해 이동하는 기술.

나도 그쪽을 향해 세게 발장구를 치지 않는 한 파도를 뒤집어써야 할지 몰랐다. 아니면 쏟아지는 파도를 넘어가든지. 파도가 내게 이르렀을 때 나는 자연스레 위로 떠올라 그 매끄러운 표면을 넘었다. 그리고 파도가 내 앞에서 희게 부서지는 모습을 지켜보았다. 럭키가 일어나 파도를 탔다. 그의 머리가, 그다음에는 어깨가 보였다. 하지만 파도가 짧아서 럭키는 바로 미끄러져 내려왔다. 퐁은 덕 다이빙을 하고 곧 내게서 10미터쯤 떨어진 곳에서 튀어 올랐다.

"뭘 좀 아는데!"

나는 고개를 끄덕였다. 엎드린 자세 때문에 목이 뻣뻣했다. 울퉁불퉁하게 쏟아지는 파도라도 어쨌든 파도를 탔다. 나는 중학교 이후로 보드를 탄 적이 별로 없었지만 탈 때만 해도 저지 쇼어의 나이 많은 동네 애들 사이에서 거친 꼬마 돌격대로 알려져 있었다. 그들은 죽기를 바라는 비굴한 서퍼들로, 고등학생이 되었을 때쯤에는 각성제를 코로 들이마시며 자기 여자 친구를 데리고 포주 노릇을 하려 들던 녀석들이었다.

"그래도 조심해." 퐁이 말했다. "너무 안으로 들어가지는 마. 산호가 많아."

"수다는 카페에서나 떨지!" 럭키는 우리 쪽으로 다시 미끄러져 오며 소리쳤다. 그는 우리를 줄지어 서게 했다. 우리는 모두 똑같은 형광 라임색 래시가드를 입고 있었다. 지금처럼 해가 저물어갈 때는 매우 중요한 일이었다. 조금만 지나도 오직 옷으로만 그들을 볼 수 있을 터였다. 노련한 서퍼들을 보면 그들이 물을 길들이는 것처럼 보인다는 점이 흥미롭다. 그들은 다루기 힘든 파도를 온순한 파트너로 만드는 것 같다. 퐁이 내 코앞에서 롱보드에 올라서자 나는 신나서 소리쳤다. 그는 하마터면 파도의 가장 높은 곳에 걸려 쓸려 갈 뻔했지만, 자세를 바로잡고 우아하게 파도 아랫부분에서 방향을 틀었다. 이어서 파도의 어깨를 타고 올랐다가 수면을 타고 내려오며 등 뒤로 파도가 부서지는 순간 발장구를 쳤다.

럭키는 그보다 훨씬 짧은 보드를 사용해서 그림자가 드리워지는 수평선을 배경으로 몇 차례 상당히 과격한 회전을 했다. 이제는 태양이 지고 있었지만, 아직 남아 있는 후광이 그들의 래시가드를 빛나게 할 정도로 강했다. 그들은 물 위에서 춤추는 반딧불이처럼 보였다.

그 모습을 보고 있자니 나는 내가 어디로 가는지조차 모르면서도 파도를 타고 싶다는 충동을 느꼈다. 나는 이전의 어느 파도보다도 굵고 높은 파도에 뛰어들었다. 어른 키만 한 파도였다. 나는 수면에서 떨어지는 공기의 저항에 부딪쳤지만 방향을 틀어 어둠을 헤치고 빠르게 나아갈 수 있었다. 파도가 나를 앞으로 쏘아 냈다. 나는 빠져나왔어야 했지만 계속 움직였다. 흰 파도 앞의 크고 납작한 돌들처럼 몸이 통통 튀었다. 뇌가 반쪽이라도 있는 사람은 익숙하지 않은 브레이크를 주의해야 한다는 걸 안다. 면도칼처럼 끝이 날카로운 산호가 수면에서 겨우 몇 센티미터 깊이에 있을지 모르는 이런 산호 브레이크 속에서는 특히 그렇다. 나는 보드에서 뛰어내려 속도를 늦춘 다음 물에서 발장구를 쳐 돌아가기 시작했다. 팔은 이미 힘이 빠져 뻣뻣했고, 폐는 아팠다. 우리가 처음 발장구를 치며 나올 때 퐁은 수면에 "끓어오르는 듯한" 소용돌이가 보이면 위험하다고 말했다. 하지만 지금은 거의 사방이 부글거리고 있었다. 나는 이곳에 산호가 정말로 많다는 걸 깨달았다. 나는 더 세게 발장구를 치려고 물속으로 고개를 숙이고 있었다. 밀려드는 파도가 분출하는 함성이 내 귀를 가득 채울 때 물의 장벽을 보며 생각했다. '멍청한 놈아, 너 똥 됐어.'

"제기랄."

그 목소리가 얼마나 기죽은 듯이 새어 나왔는지 생각해 보면 우스운 일이었다. 셔츠에 커피 몇 방울을 흘리고는 누가 에볼라 바이러스를 투척하기라도 한 것처럼 기겁할 때와는 달랐다. 빛 한 점 없는, 산호가 삐죽삐죽 솟아난 물속에서 뒤집힌 채 빙빙 돌게 된 지금은 사람이 부글부글 소리를 내게 된다. 웅얼거리고, 살려달라고 새된 소리를 내게 된다.

나는 거품의 소용돌이 속에서 튀어나와 공기를 삼켰다. 저지 쇼어에서 뒹굴며 배운 대로 본능적으로 숨을 참았다. 누군가가 날카롭게 '휘이잇!' 하고 휘파람을 불었지만, 더욱 사나운 물의 장벽이 다시 몰아쳐 나를 아래로 처박았다. 보디보드가 손에서 뜯겨 나갔고 오른쪽 무릎이 산호에 부딪혔다. 당장 아픔이 느껴지지는 않았지만, 나는 거미줄처럼 번져 오는 얼얼함을 통해 무릎이 파였다는 걸 알 수 있었다. 나는 머리를 보호하려고 몸을 웅크렸지만, 내 가엾은 무릎과 삐죽빼죽한 산호를 생각하자 완전히 당황해 숨을 쉬겠다고 버둥거렸다. 나는 입을 벌려야 했다. 내 몫의 공기를 들이마셔야 했다. 클라크가 보였다. 엄격한 얼굴의 던바 경찰 두 명에게 문을 열어 주고 있었다. 엄마가 보였다. 영원히 아무것도 모르는 엄마. 나는 익사하거나 그보다 더 나쁘게는 반만 익사할지도 몰랐다. 남은 평생, 매일 아침 새로운 인공 항문과 턱받이가 주어지는 삶을 살게 될 터였다.

그때 번쩍이는 빛이 내 눈에 들어왔다. 보드 셔츠의 형광 연두색이 내 아래 바로 몇 미터에서, 아주 약간 더 깊은 물에서 뒤틀리며 움찔거리고 있었다. 누군지는 모르지만 그는 끼어 있었다. 나는 자세를 바로잡고 수면에서 떠 보았다. 떠오르는 달로 노을이 더 밝아졌고 나는 멀리서 발장구를 치는 연두색 셔츠를 볼 수 있었다. 나는 "여기요!" 하고 소리쳤지만, 다시 밀려오는 흰 파도 아래로 처박혔다. 다시 떠올랐을 때 나는 세 차례 빠르게 숨을 들이쉬었다. 그런 다음 최대한 깊이 숨을 들이쉬고 물속으로 다이빙했다.

150센티미터 정도만 가면 됐다. 다행스러운 일이었다. 파도의 흐름이 나와 반대로 작용하고 있었으니까. 물갈퀴가 없었다면 불가능했을 것이다. 그때 나는 그 형체가 움직이는 걸 보았다. 그의 끈이 불룩한 산호 기둥에 걸려 있었다. 서프보드는 당겨져 수면 쪽을 향해 서 있었다. 그는 벨크로 소재의 발목 끈을 풀었지만 어째서인지 나머지 끈이 그의 종아리에 감겨 있었다. 이제 그는 그 끈을 힘없이 잡아당기는 수밖에 없었다. 나는 어찌어찌 끈을 찾아냈다. 따끔거리는 산호에 발을 대고 버티며 최대한 세게 두 번 당겼다. 끈이 끊어졌다. 그런 다음 나는 발장구를 치며 그와 함께 올라가 서프보드를 꽉 잡았다. 그의 머리가 물 바로 위에 머물 수 있도록 그에게 서프보드를 안겼다.

퐁이었다. 내 숨이 다 헐떡거렸다. 하지만 내가 미처 알아차리기도 전에 럭키가 훅 뛰어들어 퐁을 자기 서프보드로 끌어올렸다. 나는 럭키가 퐁의 등과 가슴을 마사지하며 옆으로 돌려 눕혀 그의 배에 압박을 가하는 동안 서프보드를 붙들고 있었다. 퐁은 머잖아 움찔하며 기침하더니 결국 해파리 한 마리를 통째로 토해 내듯 구역질을 했다. 럭키는 그가 물에 잠기지 않도록 그를 안고 있었다. 퐁은 가까스로 힘없이 두 엄지를 들어 보였다. 우리는 퐁이 서프보드 위에 엎드리도록 한 다음, 보드 양옆에서 발장구를 치며 해협을 헤치고 바닷가로 갔다.

로노와 데릭은 자기들의 대장인 럭키가 퐁을 부축하고 있는 걸 보더니 빠르게 다가왔다. 나는 아직 물갈퀴를 신고 있어서 그들 뒤로 어색하게 걷다가 다른 모두가 그랬듯 풀밭에 털썩 주저앉았다. 너무 진이 빠져서 물갈퀴를 벗을 힘도 없었다. 다른 사람들이 퐁이 괜찮은지 확인하는 동안 나는 그냥 그 자리에 앉은 채 머리카락에서 뚝뚝 떨어지는 바닷물을 맛보았다. 퐁은 계속해서 괜찮다고 고개를 끄덕였다. 최소한 고약하고 배 속을 뒤집는 토악질을 하는 사이사이에는 말이다.

"쌩!" 럭키가 마침내 얼굴을 닦으며 말했다. "방금 거 아주 대단한 파도였어, 친구들. 안 그래?"

"여기서 경험한 것 중에서 가장 큰 파도 축에 드는데." 퐁은 기침을 하는 사이에 투지를 불태우며 덧붙였다. 목소리가 낮게 쉬어 있었다. "최소한으로만 얘기해도 기억에 남을 만해."

럭키가 코웃음을 쳤다. "넌 짐승이야, 퐁. 그 파도를 타려 하다니. 거대한 파도였고 벌써 무너지고 있었다고."

"할 수 있을 줄 알았지." 퐁이 말했다.

"정말 죄송해요." 내가 말했다. 나는 퐁이 나를 구하러 왔다는 걸 알고 있었다. "저한테 경고하려고 휘파람을 부셨죠. 그렇게까지 안쪽으로 들어가면 안 되는 거였는데."

"그럴 수도 있지." 퐁이 말했다. "넌 네가 부딪친 파도가 얼마나 큰 건지 볼 수 없었어. 나도 내가 탄 파도를 과소평가했고. 그걸 타고 너한테 갈 수 있을 줄 알았지. 너도 나한테 똑같은 일을 해 줬으리라는 걸 알아."

럭키가 내 어깨를 두드렸다. "배짱 있는 행동이었어, 젊긴 젊네."

퐁이 고개를 끄덕이며 손을 뻗어 주먹을 부딪쳤다. "아내와 딸들이 너한테 고마워할 거야." 그러더니 그는 덧붙였다. "그래, 딸들만 고마워할 수도 있겠다."

"장난해? 온 세상이 너한테 고마워할 거야!" 럭키가 내 젖은 머리를 거칠게 흩뜨리며 말했다. "수영하는 퐁이 없으면 세상이 다 뭔데? 우린 하마터면 비극을 겪을 뻔했어. 하지만 지금 보라고, 축하할 일을 앞두고 있잖아. 오늘 밤 계획을 조금 바꾸자. 이런 일을 겪었으니 그 이상의 뭔가가 필요해. 하지만 퐁, 네가 지금 당장 자러 가고 싶대도 이해할게."

"조금만 있으면 원래대로 돌아올 거야." 퐁이 다시 호흡을 고르며 대답했다

로노와 데릭이 모든 걸 다시 트럭에 실은 후 퐁과 나는 크루캡에 탔다. 우리는 데릭이 건네준 보온 통에 담긴 구운 쌀차를 서로에게 따라 주었다. 퐁은 내게 종이컵을 들어 보였고 나는 내 컵을 들었다. 이제 그는 괜찮아진 것처럼 보였다. 얼굴에 혈색이 돌았다. 나는 적절하게 재치 있는 말, 관계를 맺되 남자들이 하는 방식으로 관계를 맺을 필요는 없는 어떤 말을 하고 싶었지만 그저 리듬에 맞춰 숨을

쉬며 다시 나 자신으로 돌아가고 있었다. 그냥 그가 무사하다는 게 기뻤다. 또 내가 무사하게 내 인생 최고의 시간처럼 느껴지는 시간을 향해 움직이고 있다는 것도.

우리는 럭키를 따라갔다. 럭키가 앞장서서 그 이국적인 자동차를 몰았다. 나는 우리가 그의 별장으로 가서 조용한 저녁을 보내게 될 줄 알았지만, 로노가 차를 몰며 누군가에게 전화를 걸어 "풀코스로 갈 겁니다, 투투."라고 말하는 걸 듣고 무슨 일이 벌어졌나 보다고 생각했다.

나는 퐁에게 럭키의 실제 직업이 도박사 말고 또 뭐냐고 물었다. "식품 의약청의 국제 조사관이야." 퐁은 기침하며 쉰 목소리로 말했다. "실제로는 중국에 근거지를 두고 있지만 거기에 별로 머물지는 않아."

"공무원이라고요?" 내가 말했다. 그때 나는 쐐기 모양의 나지막한 슈퍼카의 크롬 배기구를 보고 있었다. 우리는 칼라니아나올레 고속도로의 신호등에 멈춰 있었다. 럭키의 옆에는 담배를 피우고 있는 현지 여자 둘이 컨버터블에 탄 채 그의 귀족적인 자동차를 눈여겨보고 있었다. 럭키는 으르렁거리는 듯한 12기통 소음으로 그들에게 세레나데를 부르는 중이었고.

"나처럼 럭키도 평소의 직업을 보완하는 거지."

파란불이 켜지자 럭키는 총알처럼 튀어 나갔다. 로노는 잠시 그와 속도를 맞추다가 숨이 멎을 정도로 급감속을 하더니 고속도로에서 벗어나 언덕을 오르는 쪽으로 방향을 틀었다. 길은 매우 가파르고 어둡고 구불구불했으며 안정되는 듯하다가 다시 밝아졌다. 경비가 한 명도 아니고 두 명이나 배치된 수위실의 조명 때문이었다. 수위실 양 옆으로는 장식적인 무쇠 대문이 설치돼 있었다. 그들은 손짓으로 우리를 통과시켰다. 이어서 우리는 다시 커다란 집들이 있는 주거지를 통과해 위로 올라갔다. 일부는 케이크처럼 층층이 쌓인 채 환하게 밝혀져 있는, 그야말로 대저택이었다. 우리는 담벼락으로 싸인 부지로 들어갔다. 그곳의 나무 대문은 우리가 도착하는 순간에 완벽히 맞춰 스르륵 열렸다. 럭키의 자동차가 거의 속도를 늦추지 않고 단지 안으로 들어간 다음 이미 올라가고 있는 차고 문 밑을 지날 정도였다. 그는 가까스로 대문에도, 차고 문에도 부딪히지 않았다.

로노는 우리를 뜰에 내려 주었다. 문 앞에 서 있던 짧게 깎은 백발의 왜소하고 나이 든 여자가 퐁과 내게 손짓했다. 그녀는 흰 모란 무늬가 들어간 체리처럼 빨간 무무*를 입고 있었으며 나까지 무의식적으로 마주 미소 짓게 할 만큼 활짝 웃고 있었다. 내 두 뺨이 눈가로 꼬집히듯 올라갔다. 햇볕에 거칠어진 그녀의 얼굴은 반짝이는 밤색이었다. 너무도 선명한 주름이 파여 있어 가렵거나 아프지는 않은지 궁금할 정도였다. 사실, 시간이 꾸준히 새겨 놓은 그 개울은 뭐랄까, 아찔했다.

"우리 개차반 같은 아들을 어떻게 참아 주는 거니?" 그녀는 아주 작은 손모아장갑을 낀 두 손으로 퐁의 손을 잡으며 말했다. "넌 저 녀석이 손님맞이 하는 방법을 안다고 생각하지! 하지만 저 녀석은 꼭 널 혼자서 걸어 들어오게 한다니까!"

---

* 헐겁고 화려한 하와이의 여성용 드레스.

"에티켓 때문에 럭키를 좋아하는 건 아니니까요, 이모." 퐁이 말했다. 퐁은 그녀를 품에 덥석 끌어안았다. 래시가드와 서핑용 반바지가 젖어 있었는데도 여자는 전혀 신경 쓰지 않는 듯 두 손으로 퐁의 얼굴을 감쌌다.

"오늘 밀리한테 차이나타운에 가서 장을 봐 오라고 했어. 네가 가장 좋아하는 걸 만들려고."

"락사 국수요?"

"삼발 오크라도! 비행기를 오래 타고 서핑도 했으니 배고프겠지!"

"네, 이모. 배고파요." 퐁이 말했다. 집에 돌아온 여느 소년이 그러듯이 말이다. 그는 나를 소개했고, 여자는 내 뺨을 세게 꼬집었다. 나야 괜찮았다. 다만 그녀는 우리가 집 안으로 들어갈 때 다섯 손가락 전체로 내 엉덩이를 꽉 움켜잡았다. 나는 그게 실수라고 생각했지만, 그녀의 조수 밀리가 그걸 보고 히죽 웃었다. 조수도 그녀처럼 나이가 많고 남아시아인처럼 생겼으며 키가 작고 특이할 정도로 시무룩한 표정을 짓고 다니는 여자였다. 퐁이 이모에게 자기 딸들이 하는 활동에 대해서 얘기하느라 바빴기에 나는 조언을 구할 수 없었다.

이모는 우리를 데리고 거대하고도 놀랍도록 수수한 1층짜리 집을 가로질렀다. 그 집은 70년대 이후로 바뀌지 않은 게 틀림없었다. 모든 것이 아직도 아몬드와 아보카도색이었다. 구불구불한 유리 램프와 펠트/벨벳 예술품이 많았다. 마침내 도착한, 불이 켜진 뒤뜰의 베란다도 파격적인 실외 가구와 조명으로 비슷하게 장식돼 있었다. 다만 테이블과 의자가 놓여 있는 일반적인 발코니와 달리 그곳에는 정자가 있었다. 그 아래에는 꽃이 빽빽하게 자라 있는 정원이 있었고 그 앞에는 바로 뛰어들 수 있는 세 개의 타일 수영장이 단상에 줄지어 설치돼 있었다. 모든 수영장은 2.5제곱미터는 돼 보였고 옆 수영장과 닿아 있었다. 그리고 한쪽에 서 있는 타일 벽에는 손 샤워기가 설치된 샤워 시설 네 개가 있었다. 샤워 시설에는 형식적인 사생활 보호용 칸막이와 앉아서 쓸 수 있는 낮은 플라스틱 의자가 있었다. 의자가 있는 이유는 샤워기가 겨우 1미터 남짓의 위치에 있었기 때문이었다. 각 샤워 시설에는 거울과 샤워젤, 샴푸, 컨디셔너, 면도 크림, 포장지에 들어 있는 일회용 면도기, 거기에 더해 등을 닦을 수 있도록 긴 손잡이가 달린 솔까지 완전히 갖춘 작은 가방이 있었다.

"자, 자, 불레*." 시무룩한 얼굴의 밀리가 내 래시가드를 잡아당기며 말했다. 나는 저항했다. 쿠알라룸푸르에서 온 자무 제조의 달인과 하게 될 회의와 이런 행동이 어떻게 맞아 들어가는 건지 도저히 알 수 없었다.

바로 그때 럭키가 나타나더니 즉시 서핑용 반바지를 벗어 밀리에게 주었다. 퐁도 마찬가지였다. 둘 다 완전히 느긋하게 래시가드를 머리 위로 당겨 벗었다. 그런 다음 둘은 각자 샤워 시설의 플라스틱 의자에 앉아 몸에 물을 뿌리고 비누칠을 하기 시작했다.

이모와 밀리는 나를 기다리며, 사람들의 수영 용품을 들고 그 자리에 서 있었다. 그 전까지 나는 여자 앞에서 완벽히 알몸이 된 경우가 (엄마 앞을 빼면) 딱 두 번 있었다. 두 번 다 대학교 1학년 때였고, 두 번 다 완전히 어두울 때였으며, 두 번 다 첫날밤을 치르지는 못했다.

---

* 인도네시아 사람들이 백인을 부르는 말.

(한번은 너무 취해 있어서 콘돔을 반대로 끼우는 바람에 그랬다. 내가 쿠퍼액으로 그 콘돔을 오염시켰는지 아닌지에 대한 토론이 시작되었고 그 때문에 수축 반응이 시작됐으며 서로의 노력에도 불구하고 그 반응은 역전되지 않았다.) 나는 지금도 그때와 거의 비슷한 기분이었다. 여자들이 나를 바라보는 동안 안 그래도 주눅 든 몸이 점점 더 움츠러들었다. 이모는 그 모든 사연을 다 알아차린 듯 내게서 래시가드를 벗겨 내기 시작했고, 밀리는 내 서핑용 반바지 끈을 풀기 시작했다. 내가 '아니, 괜찮아요.'라고 채 말하기도 전에 둘은 나를 완전한 알몸으로 만들었다. 시원한 돌풍이 언덕에서 휙 내려와 베란다 근처에서 소용돌이쳤다. 바다에 쪼그라든 나의 자두 알을 누가 감싸 쥐는 바람에 놀라지만 않았어도 나는 몸을 떨었을 것이다. 이제 내 자두는 어느새 새의 발톱 같지만 따뜻한 밀리의 작은 손에 단단히 쥐어져 있었다. 그녀의 쭉 뻗은 중지가 내 별표에 닿아 정신이 오락가락했다. 나는 항복의 뜻으로 두 손을 번쩍 들었다. 나머지 몸은 너무 겁먹은 나머지 움직일 수 없었다. 밀리는 쉰 목소리로 태연하게 이모에게 말했다. "이 아기 불레는 아직 더 클 수 있겠네요."

이모는 잘 모르겠다는 듯 쯧 소리를 냈다.

이모의 조수는 쥘 때처럼 빠르게 나를 놔주었다. 그 둘은 우리의 수영 용품을 들고 타박타박 멀어져 갔다. 내가 낮은 의자에 앉자 럭키는 히죽거렸고 퐁은 고개를 저었다. 럭키가 내게 수건을 던졌다. 그는 자기가 게 발톱의 여인에게 나를 기죽이라고 시켰다고 고백했다. 나는 그 말에 웃을 수밖에 없었지만 마음속 일부는 이 모든 남성적 연대에 불안감을 느꼈다. 나야 포용과 정의 같은 평등주의적 이상을 옹호한다. 하지만 그것은 당연히 배타성과 착취라는 기반 위에 세워져 있으며 나는 그런 배타성과 착취를 통해 유지되는 부유한 진보적 지역 및 인구 집단에서 어린 시절을 보내고 교육받았다. 그런 현실 세계의 문제들은 남성 우월주의적인 우리 같은 남자 특권층 대다수가, 나를 포함해서, 별로 생각하지 않는 문제다. 여행 중에 나는 이와 비슷한 다른 상황에도 처하게 됐다. 참여하고 싶지는 않았지만 어째서인지 늘 참여하게 됐다. 우리야 의도적으로든 그렇지 않든 모두에게 해를 끼쳐 가며 늘 그렇게 하니까. 그렇다고 내가 흥청거리며 즐기지 않았다는 뜻은 아니다. 내 머릿속의 목소리가 도망쳐야 한다고 열변을 토할 때도 나는 도망치지 않았다. 나의 대부분이 도망치고 싶어 했을 때조차도. 이를 통해 나라는 인간의 슬픈 진실을 충분히 알 수 있을 것이다.

아무튼 저녁의 그 시점에 나는 벌거벗고 혼란스러워하면서 어떻게 몸을 씻어야 할지 모르겠다고 생각했다. 나는 퐁과 럭키가 어떻게 목욕을 하는지 관찰했다. 특히 그들이 어떻게 그렇게 낮게 쭈그린 자세를 편안하게 여길 수 있는지를 살폈다. 아시아인이라서 그런 걸까? 일부 백인으로서의 내게 어쩌면 병적일지도 모르는 몸을 뻗어야 하는 욕구가 있었다. 그래서 나는 늘 더 많은 공간을 잡아먹었다. 처음에는 그 쪼그린 자세가 확실히 어색하게 느껴졌다. 나는 예를 들어 앉아서 머리를 감는 게 익숙하지 않았다. 하지만 머잖아 나는 그 자세가 얼마나 편안한지 제대로 알게 됐다. 팔꿈치를 무릎에 대고, 발가락 사이에 손을 넣고, 발바닥과 발목의 움푹 들어간 더러운 부분을 세게 문질러 닦을 수 있었다. 유일하게 어려웠던 부분은 엉덩이 골에 비누칠을 하고 헹구기 위해서 잠시 몸을 일으켜 지탱할 때뿐이었다. 어쩌면 키가 크고 다리가 긴 사람들은 그런 자세를 좋아하지 않을지도 모른다. 하지만 어쩌면 키가 크고 다리가 긴 사람들은 만성적으로 발이 역겨운 상태일지도 모른다.

철저하게 몸을 닦고 깨끗해진 우리는 세 차례 욕조에 뛰어들어 몸을 적셨고 (물은 냉탕, 온탕, 열탕이었다.) 거의 조용하게 앉아 있었다. 아까 일어날 뻔했던 일이 이제야 실감 났다. 퐁은 심지어 가장 뜨거운 물의 수면 아래로, 어쩌면 너무 오랫동안 잠수하기까지 했다. 일종의 퇴마 의식이었다. 죽음과의 아슬아슬한 조우를 몰아내려는 것일까? 내 생각이지만 퐁에게 그 사건이 어떤 식으로든 의미가 있었다면 삶과의 굵직한 조우라는 면일 것이다. 그는 뭐든 달콤한 걸 맛보았을 것이다. 심지어 그 안에 두려움과 불가사의함이라는 단단한 씨가 들어 있다 하더라도.

나는 무의식적으로 퐁을 흉내 냈다. 다만 0.5초 이상 몸을 담그고 있을 수 없었다. 눈알이 익어 튀어나올까 봐 두려웠다. 그런 다음 우리는 몸을 헹구고 밀리가 준비해 둔 가운을 입었다. 럭키가 우리를 데리고 어두운 방 안으로 들어갔다. 거기에는 패드가 깔린 리클라이너가 우리를 기다리고 있었다.

"중국식 발 마사지 받아 본 적 있어?" 우리가 리클라이너에 눕자 퐁이 내게 물었다. 받아 본 적 없다고 하자 그는 내게 분명 즐기게 될 거라고 장담했다. 아닐 건 뭔가? 나는 시차로 인한 피로와 서핑을 하며 겪은 미친 듯한 고난, 마지막에 한 용암처럼 뜨거운 목욕으로 명하게 진정됐다. 그 명함은 이도 저도 아니었다. 흑도 백도 아니었다. 아무

283

것도 원하지 않지만 모든 걸 받아들일 수 있는 거대한 공백이었다.

갑자기 발에서 화가 난 바닷새의 날개에 따귀를 맞는 듯한 독특한 감각이 느껴졌다. 나는 눈을 뜨고 사람들이 우리 앞에 무릎을 꿇고 있는 걸 보았다. 그들은 일종의 토닉을 우리 발에 칠하고 있었다. 아마 피를 순환시키는 듯했다. 여자 두 명과 남자 한 명이 와 있었다. 모두 오십 대 후반이나 육십 대였고, 몸매가 상당히 좋고 단단했다. 꼭 풀링 가드나 레슬링 선수 같았다. 내 마사지사는 멍한 황소 같은 표정의 남자로, 유달리 손이 넓고 두꺼웠으며 어깨가 넓고 얼굴에 점이 많았다. 아마 어린 시절에 홍역을 앓은 듯했다.

"전문가의 반사 요법만큼 피로를 풀어 주는 것도 없지." 럭키가 내게 말했다. "우리가 원하는 게 뭔지는 내가 미리 알려 줬어. 퐁은 폐와 기도의 활동을 자극하기 위해 발 위쪽 축에 특히 강한 마사지를 받게 될 거야. 우리는 소화와 관계된 부위를 집중적으로 받게 될 테고. 그래야 앞으로 나올 음식과 술을 온전히 받아들일 수 있거든."

멋지게 들렸다. 약간은 압도당하는 기분도 들었다. 나중에 깨달았지만 그때 나를 압도한 건 본격적인 한국식 목욕과 집에 상주하는 중국식 발 마사지사 그리고 화려한 슈퍼카였다. 대단히 친절하지만 어딘가 거친 럭키의 엄마와 뻔뻔스럽게 몸을 더듬어 대는 그녀의 조수는 말할 것도 없고. 모든 게 약간, 우리 착한 클라크의 표현을 빌리자면 "돌아 버린" 느낌이었다. 확실히 그것들을 전부 합쳐도 내가 무언가를 한눈에 알아볼 수는 없었다. 하지만 나는 뭔가를 '알아보려고' 여기 온 게 아니었다. 익숙한 춤을 추려는 것도 아니었고. 그냥 이 따뜻한 플러시 가운으로 굴 껍데기처럼 몸을 감싸고, 내 몸에 쏟아지는 웰빙의 호르몬이라는 술 속에 축 늘어져 침을 흘리는 것만으로도 충분했다. 내가 정신을 차린 건 마사지사가 본격적인 마사지를 시작했을 때였다.

한 번도 마사지를 받아 본 적이 없던 나는 토닉을 바른 발 마사지가 기분 좋은 경험이리라고 순전히 생각했다. 듬뿍 바른 향기 좋은 크림, 하프를 연주하는 듯 매끄러운 손의 움직임, 수많은 인대와 뼈와 근육을 부드럽게 주무르는 손길. 부드럽지만 단단하게 발가락을 잡아당기는 여러 번의 조그마한 해피 엔딩. 당기고-당기고, 당기고-당기고. 그러나 나는 어느새 입에 물 만한 나무 조각이 있으면 좋겠다고 생각하고 있었다. 웬 불쌍한 개자식이 전쟁터에서 팔다리 절단 수술을 받을 때처럼 말이다. 나는 소리를 질러 다른 사람들을 방해하고 싶지 않았다. 그들은 관에 누운 국가수반처럼 리클라이너에 평화롭게 누워 있었다. 반면 나는 계속 왜 이 사람이 나한테 이렇게까지 화를 내는 건지 궁금했다. 그는 무자비할 정도로 강력한 손가락으로 내 발가락을 뭉개 버렸다. 내 발목뼈와 발허리뼈를 융합시키려는 것처럼 그 둘을 세게 눌렀다. 화강암 같은 손마디로 발의 오목한 부분을 갈아 댔다. 내 아킬레스건을 꼬집고 엄청나게 늘였다. 마지막으로는 날카로운 대나무 막대기로 내 발바닥을 반복적으로 찔러 댔다. 소북두칠성 무늬로 찔러 대는 것 같았다. 틀림없이 피가 난다는 생각이 들 때까지.

'칭 주서우'는 파충류 같은 나의 뇌가 내뱉은 신음이었다. 그 단어가 기적처럼, 내가 거의 빼먹은 중국어2 봄 학기 수업의 흐릿한 기억 가운데 부글부글 떠올랐다. 그것 말고도 다른 단어가 많았는데. 내가

285

예전부터 알아 왔던 맛에 관한 단어라든지. 난 서번트 증후군에 걸린 멍청이인 걸까? 수많은 언어를 마법처럼 말할 수 있는?

아니면 그냥 언어 괴물?

"칭 주서우, 칭 주서우." 제발 그만해.

마사지사는 잠시 멈추었다. 이 '바이런'*의 애원에 놀란 게 틀림없었다. 그가 럭키에게 뭐라 웅얼거렸다. 럭키가 그냥 조용히 하라고 손짓했기 때문에 그는 같은 말을 되풀이해야 했다.

"완." 마사지사가 말했다. 마지막으로 내 발을 거칠게 손등으로 찰싹 때리면서. 끝났습니다.

나는 고마움을 전하고 싶었지만, 마사지가 끝났다는 안도감에 말이 안 나왔다. 반사적으로 이를 꽉 다무느라 턱이 아팠다. 이상한 일이지만 왼쪽 엉덩이도 아팠다. 위쪽 목 힘줄이 나 자신과 줄다리기 전쟁을 벌이며 오른쪽 눈 뒤쪽의 신경을 끊어 시야가 흐려지는 것 같았다. 재미있는 건, 발은 상당히 시원했다는 것이다. 심지어 끝내주게 시원했다. 나는 발을 빠르게 돌려 쭉 늘여 보았다. 전에는 토르티야 칩을 부숴 담아 놓은 봉지같이 느껴졌다면 이제는 탄력 있고 살아 있는 것처럼 느껴졌다. 어떤 벽이라도 타고 오를 수 있고 아무리 먼 거리라도 뛰어넘을 수 있는, 닌자처럼 준비된 얼얼함이었다. 이 느낌이 점차 몸의 나머지 부분으로 전도됐다. 곧 나는 스파의 음악과 오래된 꿀색 형광등 빛, 산들바람이 부는 베란다에서 야자 잎이 서로 스치며 부스럭거리는 소리가 어우러진 분위기 속에 나 자신을 푹 녹

• '백인'을 뜻하는 중국어.

일 수 있었다. 못할 것도 없지 않은가! 나는 밖에서 끝내주는 일을 해 냈다. 물론 퐁을 위한 일이었다. 나 자신을 위한 일이기도 했지만. 솔 직히 나는 이미 퐁과 함께하지 못하게 될 미래를 애도하고 있었다. 그리고 어쩌면 조금은, 오랫동안 쥐고 있던 나 자신의 정체성에 대한 생각을 잠시 내려놓았는지도 몰랐다. 그게 가장 좋은 일이었다. 어떤 방식이나 형태로도 특별한 부분이 없다면, 특별한 패션이나 외모, 재 산, 재능, 카리스마, 미덕이 모두 부족하다면, 평범한 바닐라아이스 크림조차 아니라면, 사람들이 기꺼이 한번 맛보기는 하겠지만 절대 다시는 원하지 않게 되는 그런 실험적인 맛이라면, 자기 자신을 떠올 렸는데 아무것도 생각나지 않는다고 해도 대부분의 사람처럼 흥분하 지 않게 된다. 기나긴 영혼의 밤을 지나며 절망적으로 나아가지 않는 다. 사실 그런 무가치함은 일종의 집행 유예다. 어쩌면 새로운 친구 들과 끝내주는 시간을 보내다 보면 닫힌 문틈의 밝혀진 틈처럼 어떤 신호 같은 빛을 보게 되는지도 모른다. 그러다 보면 반대편에서는 대 체 무슨 일을 꾸미고 있는지 궁금해진다.

이건 아무렇게나 떠오른 생각이 아니었다. 나는 갑자기 그 방 너머 의 존재를 의식하게 됐으니까. 그건 밀도 높게 추출된 어떤 냄새였 다. 번개가 치기 직전에 공기가 충전되는 것 같은, 만질 수 있는 존재 감. 그 냄새는 커다랗고 어수선한 주방으로 이어지는 넓은 복도로 나 를 이끌었다. 주방에서 믹서기가 돌다 말다, 돌다 말다 하는 소리가 들렸다. 거기에는 키가 크고 깡마른 남자가 아일랜드 조리대 위에 뿌 리와 열매와 잎사귀를 산더미같이 쌓아 놓고 업소용 믹서기에 다섯 가지의 재료를 차례차례 집어넣고 있었다. 그는 쥐색 머리카락을 남자 올림머리 스타일로 말아 올리고 턱에는 반다이크 스타일의 수염*을 잡초처럼 기르고 있었다. 그는 스와미**처럼 옷을 입고 있었다. 상체는 귤색 모슬린 천으로 감싸고 있고, 옥과 석류석을 말발굽 모양으로 깎아서 박은 가죽끈 목걸이를 목에 느슨하게 걸고 있었다. 파타야 해변에서나 볼 법한 그 모습은 적절히 초라한 카고 바지와, 오래전에 돈도, 피를 빨아먹을 만한 친구들도 다 떨어져 완전히 소진된 서구 사람이 신을 법한 닳아빠진 아디다스 스포츠 샌들로 완성됐다. 나는 그에게 가까이 다가갔다가 날카롭게 찌르는 대단히 특이한 체취에 타격을 입고 말았다. 그 냄새는 햇볕이 쨍쨍한 날, 더러운 양말이 들어 있는 헬스 가방에 넣어 두고 일주일 동안 발효시킨 테이크아웃 카레치킨 상자처럼 기름지고 톡 쏘는 악취였다.

"어디 있었어?" 그가 천박한 말투로 물었다. "이모들이 도와줄 사람을 보내 주겠다더니, 아무도 도와주러 오지 않잖아."

"전 그냥 들른 건데요……."

"이거랑 이거 껍질 벗겨 놔, 알았어?" 그는 생강처럼 생긴 혹 덩어리 뿌리를 가리키면서 내게 감자 칼을 내밀었다. "준비된 거 맞지?"

그는 고개를 끄덕이더니 내가 대답하거나 동의하지 않았는데도 수많은 플라스틱 믹서 용기 중 하나로 시선을 돌려 회녹색 토사물처럼 생긴 주스의 높이를 확인하고, 그 용기에서 따라 낸 작은 잔들을 조심스러우면서도 부정확한 태도로 다시 다른 용기 몇 개에 나눠 담

• 위쪽은 입술 너비만큼 기르고 아래로 내려갈수록 뾰족하게 다듬은 턱수염 모양.
•• 힌두교의 성자.

288

았다. 대학 시절의 중독자 녀석이 대마초를 물 담배 그릇에 따르던 모습과 비슷했다. 나는 고약한 냄새를 풍기는 이 남자가 바로 자무의 달인이라는 걸 알았다. 그래서 나는 그의 맞은편에 놓여 있는 아일랜드용 의자에 앉아 껍질을 벗기기 시작했다. 뿌리의 안쪽은 짙은 주황색이었으며, 껍질을 벗기려 하자 내 손을 같은 색으로 물들였다. 앞서 말했듯 우리 바드먼 집안 사람들은 요리에 소질이 없다. 나는 도구를 서툴게 다루다가 손가락 끝을 거의 베어 버릴 뻔했다. 나무 질감이 나는 뿌리의 과육도 너무 많이 깎아 냈다.

"너한테 좀 더 주의해 주기를 바라는 건 너무 어려운 일일까?" 그는 짜증스러움을 전혀 가다듬지 않고 쏘아붙였다. "시키는 대로 해, 너만의 방법으로 하지 말고!"

훌륭한 조언이었다. 다만 그는 내게 적절한 방법을 반복해서 보여 주어야 했다. 그 방법은 막대기를 깎듯 뿌리를 조금씩 깎아 내는 내 방법과는 달랐다. 아마 내가 집중하지 않아 제대로 못 봤던 모양이다. 도와주기 싫어서가 아니라, 이 백인 같은 남자가 어떻게 이렇게까지 영어를 엉망진창으로 쓰는지 대단히 궁금했기 때문이다. 사실 나는 그가 하는 말을 따라가는 여행과 산책을 즐기고 있었다. 그의 말은 윤을 낸 구식 자동차처럼 굴러갔다. 범퍼와 문과 휠 캡이 어느 순간에든 떨어져 나갈 것 같았고 엔진은 금방이라도 쾅 터질 것 같았다. 하지만 그 우스꽝스러운 장치 전체는 용케 분해되지 않고 붙어서 덜컹덜컹 길을 따라 앞으로 나아갔다.

"이게 전부 자무인가 봐요?" 나는 믹서기들을 가리키며 물었다.

"그렇기도 하고, 아니기도 해!" 그가 소리쳤다. 그는 어느 믹서기 아랫부분에서 용기를 빼내더니 내 코밑에 들이밀었다. 과일 같고 정글 같은 축축한 향이 혹 솟아올라 잠시 어지러웠다. "기원이 어디냐는 의미에서는 자무가 맞아. 그렇지만 네가 자무의 힘이 뭔지 알기나 해? 그 완전한 의미를 알아?"

나는 럭키의 친구 밑에서 조수로 일하고 있어 조금 배우긴 했다고 말했다. 그는 카운터를 돌아오더니 내 어깨를 꽉 잡고 내 얼굴에 자기 얼굴을 불편할 정도로 가까이 들이댔다.

"나한테서 지혜를 얻게 될 거야! 다들 게티가 최고의 A1 자무 맨이라고 하니까. 사람들이 왜 그런 말을 계속하는 걸까?"

내가 고개를 가로젓자 그는 자무 얘기를 좀 더 들려주었다. 잔뜩 긴장한 초임 교수와 TV에서나 볼 수 있는 노점상의 캐릭터가 뒤섞인 것 같은 태도로, 퐁이 찹 스테이션에서 간략히 훑어 주었던 자무의 문화적 면면을 세세히 설명했다. 내가 강황 뿌리(주황색이 나는 그것)의 껍질을 더 벗기고 시나몬 껍질을 갈고 라임처럼 생긴 과일 껍질을 다듬는 동안 게티는 자무의 모든 것에 관해 개인 지도를 해 주었다. 자무는 대체로 여자들이, 자신의 어머니와 할머니, 할머니의 할머니에게서부터 전해져 온 아주 오래된 비밀 조리법에 따라 만들어졌다. 이런 혼합물은 거의 모든 질병을 치료하도록 고안된 것이었다. 여드름, 요통, 변비, 불면증, 열과 오한, 류머티즘, 당뇨, 심지어 장기와 혈액에 생기는 암도 치료할 수 있었다. 인도네시아의 보통 사람들은 주기적으로 자무를 마셨다. 그중 일부는 종교적인 이유에서 자무를 마시기도 했다. 지역의 자무 상인이 동네의 약사/심리 치료사/치유사 역할을 했으니 말이다. 게티는 자카르타에서 이 년을 산 뒤 그 거대한 군도의 무수한 섬 중 한 곳에서 삼 년을 더 살며 자무 '마법사'에게 수련을 받았다. 그녀가 게티에게 용화수와 소목 잎, 희귀한 종류의 가랑갈과 다양한 쿠르쿠마를 채집한 다음, 그것들을 짓이기고 처리하고 정제해 태곳적에 기원을 둔 혼합물로 만드는 방법을 알려 주었다. 게티는 그것들이 "섬에 이름이 붙여지기도 전, 민족이 민족이기도 전 시대"에 마련된 거라고 주장했다.

"특별한 건강 음료라는 거죠?" 내가 말했다.

게티는 사실상 내게 침을 뱉은 것이나 마찬가지였다. "평범한 서구의 바보로군! 자무는 자무 하나만으로 몸과 마음을 전부 위하는 거야! 모두가 자무의 이 점을 알아야 해. 다들 자무가 몸의 건강에 좋다고 믿지. 하지만 그게 전부가 아니야. 가장 좋은 자무, 일류의 자무는 영혼을 위하는 거야. 그러면 이해하겠지? 모든 것이 달라지리라는 걸 말이야. 가장 위대한 인간의 힘을 가지게 되니까. 그럼 그 의미가 뭘까? 게티가 말해 주지."

나는 여러 가지 이유로 숨을 참으며 기다렸다.

"영원히 살 수 있는 거야." 그가 헛숨을 들이켰다. "영원히!"

그는 진심인 것처럼 "영원히"라고 말하며, 내 흉골을 손가락으로 찌르고는 진짜 신도처럼 휘둥그레진 눈을 빛내며 나를 바라보았다. 그 시점까지 나는 그가 하는 말을 완전히 받아들이고 있었다. 재미있기도 했고 다채롭기도 했고, 빌어먹을 듣지 않을 이유도 없었으니까. 하지만 이 마지막 주장을 듣고 게티가 약간만 미친 게 아닐 수도 있다는 생각이 들었다. 나는 '영원히'라는 개념을 좋아해 본 적이 없었다. 초등학교 시절의 심리 치료사가 그 이유를 말해 줄 것이다. 어쩌

면 그게 클라크와 내가, 함께할 때든 따로 있을 때든 그 끝내주는 LP
의 멋진 음악에 갇혀 있는 이유인지도 몰랐다. 우리 핵가족의 짧은
역사에도 불구하고 그 음악이 편안하게 느껴지는 이유. 아마 심하게
거슬리는 음반 튀는 소리만 우리를 움찔하게 했을 것이다.

　아무튼 우리가 믹서기를 한계선까지 채워 두었을 때 퐁과 럭키가
가운을 입고 슬리퍼를 신은 채 왕족처럼 위엄을 뿜으며 한가로이 들
어왔다. 그들의 얼굴은 만족감에 상기되고 부풀어 있었다. 게티는 고
약한 냄새를 풍기며 둘을 곰처럼 끌어안았다. 그들은 이 포옹을 받아
들이는 듯했다. 럭키는 눈에 띌 정도로 움찔했지만 말이다. 럭키의
어머니와 어머니의 조수도 들어왔다. 게티는 사람들과 한 혼합물의
비율에 대해 친근하게 떠들기 시작했다. 밀리도 자무 메이저리그에
서 경험이 좀 있는 게 분명했다.

　"작년 기억나요, 밀리? 게티가 나한테 요통에 좋은 자무를 만들어
줬을 때요." 퐁이 그녀에게 말했다. "그때 이후로 허리가 아예 안 아
파요."

　"아가, 넌 피에 열이 너무 많았어." 밀리가 퐁의 귓불을 꼬집으며
말했다. "스트레스가 너무 많이 쌓인 거야. 내가 민트와 생강으로 널
식히고 쪼그라뜨린 거지."

　"부탁이니까 나는 쪼그라뜨리지 마세요!" 럭키가 애원했다. "난 지
금도 게르빌루스 쥐처럼 쪼그라들어 있으니까."

　"애야, 넌 아주 적당해." 밀리가 말했다. 내 생각에는 전혀 익살스
럽지 않은 말투였다. 사실 나는 예상했던 것보다 훨씬 더 퇴폐적인
무리에 흡수된 게 아닐까 하는 생각에 일순간 공포를 느꼈다. 내가

과연 감당할 수 있을까? 솔직히 말하면 확신이 없었다. 하지만 그때의 나는 스무 살인 지금의 나보다 근본적으로 더 어린 스무 살이었고, 세상이 내미는 건 뭐든 감당할 수 있으리라고 생각했다.

"다시 내 자무로 돌아가죠, 신사 숙녀 여러분." 게티가 끼어들었다. "이제 해도 될까요?"

우리는 눈앞의 일에 착수했다. 게티가 혼합한 다양한 자무를 맛보았다. 틀림없이 회복 효과보다는 맛과 질감에 집중하고 있었다. 동업자들이 새로 만든 유한 책임 회사를 통해 선전의 외곽에 있는 산업 단지에서 생산하고 병에 담아, 아시아 전체에 팔게 될 최종적 물약에 서명할 수 있도록 말이다. 처음에는 쿠알라룸푸르와 방콕 같은 저급 시장에서 시작해, 희망 사항으로는 결국 상하이나 도쿄 같은 폼 나는 곳에서까지. 막상 다양한 진흙색 주스가 담긴 믹서기를 보니 내가 보기에는 전부 좀 낙관적인 얘기 같았다. 하지만 이 사람들은 자신감이 있고, 번창하고 있으며, 세계를 서핑하고 다니는 기업가들이었다. 나는 누구나 뻔히 짐작할 만한, 아무것도 모르는 특권층 미국인 대학생 꼬마였고. 이 세상이 절실하게 원하는 모든 걸 실제로 생각해 보면 나야말로 밑바닥 중 밑바닥이라고 할 수 있었다.

"미래가 밝다면 이것들은 서구에서도 유명해질 거예요." 게티가 자신 있게 선언하며 맛을 볼 수 있도록 우리 각자에게 자무를 한 잔씩 따라 주었다.

맛이 어땠느냐고? 말로 표현하기 어렵다. WTF Yo!와 비교하면 상당한 차이가 있었다. 그럭저럭 괜찮았던 것 같다. 각기 적당히 달고, 적당히 짭짤했고, 썼지만 쓴 초콜릿처럼 쓰지는 않았다. 마지막 자무에서는 이상하게 고기 같은 맛도 났다. 꼭 과즙이 아니라 호르몬으로 가득한 채소 같았다. 하지만 자무가 입속에서 일으킨 어떤 느낌은 말 그대로 선정적이었다. 강렬한 박하 향 숨결에 서늘한 화상을 입는다고 생각해 보라. 아니면 스케일링을 받은 뒤 잇몸에서 느껴지는 상당한 얼얼함이나, 키스하던 여자애가 갑자기 혀끝을 빨아 나머지 몸이 즉시, 영원히 번들거리는 공간으로 접혀 들어갈 때의 얼얼한 진동을. 그러면 게티의 자무가 어땠는지 짐작할 수 있을지 모른다. 맛만이 아니라, 입안에 고집스럽게 남아 있는 그 존재감까지 말이다. 꼭 도저히 부정할 수 없이 자신만의 생명을 가진 무언가의 숙주가 된 기분이 든다. 그래, 물론 내게는 그때 마셔 본 자무가 인생 첫 자무였다. 하지만 나는 게티가 제대로 된 자무의 달인이라는 걸 믿을 수밖에 없었다.

"아주 좋은데." 럭키가 입술을 핥으며 말했다. "배합이 완벽한 것 같아. 내가 제대로 기억한다면 이 마지막 자무가 정력을 위한 거였지?"

"정력에 가장 도움이 되죠. 맞아요." 게티가 대답했다. "하지만 그렇게만 말하는 건 너무 엄격해요. 당신이 사업가라는 건 알지만 우리 자무를 미국에 들여갈 때는 약이 아니라 자무로 들여가세요. 꼭 기억해요, 신사 여러분. 내 자무는 평범한 자무가 아니에요. 당신들은 내 자무를 문제의 끝이 아니라 좋은 길의 시작으로 알아야 해요. 치유라는 관념을 믿지 마세요. 치유란 없어요. 상처가 없으니까."

"무슨 말인지 알 것 같아." 럭키가 그를 안심시켰다. "전인적 통합성이니 뭐니 말이지. 하지만 우린 시장에 진출해야 한다고. 안 그래? 세상을 순식간에 교육할 수는 없어. 전인적인 존재가 돼야 한다고 느끼는 사람들을 만들려면 한 번에 한 병씩 진행해야지. 네 생각은 어

294

때, 젊은 피? 젊은 사람들이 이걸 살까?"

모두가 나를 돌아보며 내 대답을 기다렸다. 순간 떠오른 건 매일 아침 주방 탁자에 서서 커피 잔 옆에 다양한 알약을 잔뜩 흩어 놓고 있는 클라크의 모습이었다. 하나는 고혈압 약, 하나는 고혈압 약 때문에 생기는 발진을 가라앉히는 약, 하나는 발진 약 때문에 생기는 불면증을 치료하는 약. 그 불면증 약 때문에 클라크는 아침에 커피를 한 주전자 마셔야 했고, 사무실에서도 두 주전자를 더 마셔야 했다. 또 그 커피 때문에 주기적으로 역류성 식도염 약을 먹어야 했고, 그 알약이 클라크의 식욕을 망쳐 놓았다. 그래서 클라크는 불안해졌고, 확실히 혈압이 높아졌다. 그런 식으로 계속되는 것이었다. 엄마가 바람이 세차게 몰아치던 어느 봄날 떠났다가 다시는 돌아오지 않은 그날 이전까지는 이런 증상이 하나도 없었던 것 같다.

"자무에 맛을 들일 수는 있을 것 같아요." 내가 말했다. "다만 천연 에너지 드링크로 마케팅하면 더 성공적일 거 같아요. 뭐랄까, 완전한 유기농 레드불처럼요."

"아주 좋은 아이디어야." 퐁이 말했다.

"마음에 드는데." 럭키가 말했다. "록스타의 힘이 깃든 잠바 주스라."

퐁이 말했다. "틸러는 아주 까다로운 미각의 소유자야. 젊은 층을 타깃으로 한 혼합 음료를 만드는 데 도움을 줄 수 있어."

"아주 좋네. 그리고 부탁이니까 좀 더 단 걸로 해줘. 이것들은 전부 서른 살 이하가 마시기엔 너무 써." 럭키가 말했다.

게티가 신음했다. "부탁인데요, 신사들. 내 자무는 미국 탄산음료가 되면 안 돼요!"

295

"그만 됐어, 인간 믹서기 양반." 럭키가 날카롭게 말했다. 게티는 훌쩍였지만 아무 말도 하지 않았다. 나는 럭키와 럭키 엄마가 유전적으로 닮았다는 걸 알 수 있었다. 둘 다 눈가에 미묘한 불길이 일었다. 차갑고 냉정하게 보이는, 거의 고대 이집트 사람 같은 눈매. "우리한테는 유능한 새 조수인 동시에, 우연히도 잠재적으로 가장 큰 고객층인 젊은 백인을 대표할 수 있는 사람이 있단 말씀이야. 틸러가 하올레가 아니라는 건 나도 알아. 하지만 틸러도 내 말이 무슨 뜻인지 알걸."

"확실히 알지." 퐁이 말했다. "이제 틸러도 우리 중 하나야."

"우리 순두부 동생." 럭키가 웅얼거렸다. "그래도 내 말이 무슨 뜻인지는 알지, 꼬마야? 우리한테 없는 시각을 네가 빌려줄 수 있어."

나는 고개를 끄덕였다. 게티는 오래전에 오직 그 혼자 존재하는 인종으로 바뀌어 버렸으므로 이곳에 있는 사람 중에는 내가 가장 백인에 가까웠다. 이제 게티는 뜨거운 눈길로 나를 바라보았다. 나를 어떤 화려하고도 끔찍한 운명으로 점찍는 듯했다. 특별한 존재가 되는 것, 그것도 긍정적인 의미에서 특별한 존재가 되는 건 이상한 기분이었다. 이와 비슷한 일이 일어났던 몇 안 되는 다른 경우에는 확실히 상황이 반대였다. 그때는 나를 알아보고 형편없는 농담을 하고 싶어 하던 사람들만 나를 그런 식으로 쳐다봤다. 젓가락을 어떻게 잡아야 하느냐고 묻는다든지, 내가 가장 좋아하는 헬로키티는 어떤 헬로키티냐고 묻는다든지. 나는 전혀 신경 쓰지 않았다. 나는 한 번도 인종적이거나 민족적인 자긍심을 느낀 적이 없었다. 물론 이런 말을 하는 건 나의 하올레적인 부분이다. 그 부분에는 조롱이나 격려가 별로 필요 없었다. 그 부분의 인생은 이미 대부분 시중을 받고 있었으니까.

그러나 지금은 내가 세상에 어떻게 보이는지 잊어버렸고 그게 마음에 들었다. 나는 더 예리하고 강해진 기분이 들었다. 내 두 발은 이제 실제로 유연하고 뿌리를 내리고 있는 듯한 느낌으로 얼얼했다. 내 희석된 부분이 이제야 합쳐지고 집중되고 있는 걸지도 몰랐다. 아직 더 선명하고 대담한 색으로 꽃피지는 못했더라도 말이다.

우스운 일이 일어난 건 그때였다. 주방에 내 발 마사지사가 나타나더니 내게 욕을 하기 시작했다. 거의 확실하게 그는 나를 구두쇠이자 계집애 같은 놈, 유령처럼 허여멀건 멍청이라고 말하고 있었다. 나는 내가 마사지를 받다가 도망쳐서 그가 해고당했을지도 모른다는 걸 깨달았다. 나는 바지가 어디 있는지 모르지만 바지에 '돈이' 좀 있다고 전하려 했다. (우리 모두는 여전히 스파 가운을 입고 있었다.) 하지만 발음이 꼭 '상추'를 더 먹고 싶다는 식으로 나왔다. 마사지사는 그 말을 조롱으로 받아들였고, 내 남성성에 더욱 가혹한 모욕을 연달아 쏟아 놓았다. 그중 몇 마디는 중국어2 시간에 내 오디오 실험실 파트너였던 J. J. 펑에게 들어 아는 단어였다. 펑은 아버지가 하얼빈이라는 유독 가스 가득한 곳에서 혼자 노동하며 사는 동안, 누이들과 엄마와 함께 캘리포니아의 산들바람 부는 팔로스 버디스에서 최첨단의 삶을 살고 있었다. 럭키는 갑작스레 벌어진 구경거리가 재미있는 듯 코웃음을 쳤다. 풍은 내 형편없는 중국어에 웃음을 참지 못했다. 변명을 해 보자면, 중국어는 발음의 유사성을 활용한 말장난으로 가득한 언어다. 원어민조차 의도치 않게 어색하거나 모욕적인 말을 하지 않도록 주의해야 한다. 솔직히, 나는 마사지사를 피해야 할지, 변명을 해야 할지, 아니면 같이 쏘아붙여야 할지 알 수 없었다. 그때 럭키의 엄마가 끼어들어 불을 뿜어 댔다. 그녀와 마사지사는 즉시 싸움에 뛰어들어 중국어와 한국어와 영어가 미친 듯이 섞여 있는 그레이비소스를 토해 냈다. 마사지사도 단 1밀리미터조차 밀리지 않았다. 서로가 "좆 까.", "아니, **너나** 좆 까!"라고 소리치는 축제였다. 모든 위계질서가 멈추고 일대일로 붙게 되는 순간, 표면에 붉은 줄무늬를 남기는, 아니 더 깊은 가려움까지도 긁어낼 노골적인 할큄의 순간. 이들의 진짜 불만은 궁극적으로 서로가 아니라, 아마 불공정한 경제적 도식에 있는 듯했다. 나는 던바에서 접시 닦이 일을 하는 동안 이들과 비슷한 한 쌍을 본 적이 있었다. 오래 일한 여자 종업원 몰리와 어느 모로 보나 부업으로 더러운 일을 하고 있었던 게 분명한 식당 주인 필이었다. 둘은 서로의 치아가 부딪힐지도 모른다는 생각이 들 정도로 얼굴을 가까이 대고 소리를 질러 댔다. 아무튼 마사지사와 럭키의 엄마가 나 때문에 계속 서로 칼질을 해 대고 있었기에 나는 두 손을 맞대고 자리에서 일어나 최대한 명료하게 그에게 사과하기 시작했다. 하지만 그가 모두에게 계속 외쳐 대는 소리라고는 "난 돈을 벌고 싶어! 내돈을 벌고 싶어!"뿐이었다.

"그럼 닥치고 일이나 해, 이 쓸모없는 고자 새끼야!" 럭키의 엄마가 반박했다. 정말로 훌륭한 중국어였다.

"할 거야, 이 성질 고약한 늙은 걸레야. 넌 벌고 싶어도 못 벌겠지만!"

"이분이 돌아가셔도 당신보다 두 배는 남자다울걸." 충성스러운 밀리가 식식거렸다.

"늙어 빠진 창녀들 같으니, 딱하기는."

럭키의 엄마는 눈 하나 깜짝하지 않았다. "그럼 기술 한번 보여 주지 그래?"

"여기서?"

"그럼 어디서 보여 주게, 이 못생긴 멍청아!"

"원한다면 얼마든지, 이 말라비틀어진 전복아."

"어디 우리 둘 다 까 보자. 어디 돈값 하고 돈 받아 가 봐."

럭키의 엄마가 치마를 들추었다. 이 말은 할 수밖에 없는데, 그녀는 속옷을 입고 다니는 사람이 아니었다. 마사지사는 무릎을 구부렸다. 그녀의 키가 너무 작아서 더 몸을 숙여야 했던 것이다.

남자의 머리가 사라졌다. 시간이 멎으며 방이 얼어붙었다.

럭키가 나를 보며 한숨을 쉬었다. "영원히 진취적인 여자 밑에서 큰다는 건 이런 식이야, 젊은 피. 그런 인생을 배우라고, 그럼 돼."

12

풍과 나는 럭키의 집에도, 사랑스러운 오아후섬에도 오래 머물지 않았다. 여행은 우리를 던바로, 캐시미어처럼 부드러운 손길이 있는 동쪽으로 되돌려 놓는 대신 태평양 건너 더 먼 곳으로 쏘아 보냈다. 그곳에서 우리는 엘릭서런트를 포함해 풍의 다양한 사업체의 혈관을 뜯어 볼 터였다. 사람들 말을 빌리자면 우리는 그 사업체들을 확장할 계획이었다. 물론 세상에는 무슨 짓을 하더라도 결코 잊을 수 없기에 처음부터 보지 않았으면 좋았을 걸 그랬다는 생각이 드는, 그러나 이미 본 것들이 꼭 존재한다. 우리는 언제나 준비된 PTSD를 지니고 있다. 아마 생존이란 보통 고통을 의미하기 때문일 것이다. 하지만 어느 정도 시간이 지나고 나면, 완전히 뭉개지지 않는 한 몇몇 충격적인 잔상에 대해서는 아주 조금이라도 감사하게 된다. 특히 여위고 공허한 순간에는 더 그렇다. 그런 순간은 언제나 이면에 깔린 잔상으로 채워질 수 있다. 온기는 없지만 최소한 빛은 조금 있으니까.

내가 지금 하는 생각은 우리 관계가 얼마나 엉망진창이었는가 하는 것이다. 예를 들어 럭키의 엄마와 마사지사의 만남을 생각해 보라. 한 명은 서 있고 한 명은 무릎을 꿇고 있는 주군과 가신, 채찍을 휘두르는 자와 등을 대 주는 자 사이의 뻔하디뻔한 한 장면이 아닌가. 이것이야말로 오랜 세월에 걸친 최고의 쇼라는 건 모두가 알고 있다. 하지만 나는 한 가지를 더 깨달을 수밖에 없었다. 처음에 이모는 치마 밑에서 문질러 대는 마사지사에게 상당히 거칠게 대했지만, 머잖아 그의 귀를 꽉 잡고 엉덩이를 조금씩 밀어 대며 박자를 맞춰 끌어당기기 시작했다. 그러는 동안 마사지사는 주인마님의 무릎 뒤를 잡고 있었다. 이모의 가슴께에서 "어흐흐" 하는 바리톤의 음색이 밀려 나올 때까지 그들은 둘의 공통점을 찾았다. 럭키가 지친 듯이 말했다. "엄마, 엄마의 신속함은 교훈이자 축복이네요."

제대로 말씀하셨네요, 최 선생님. 둘의 어머니-아들 관계는, 아주 특별한 어떤 관점에 따르면 전적으로 마음이 따뜻해지는 관계였다. 어느 모로 보나 럭키와 그의 엄마가 가깝지 않다고 할 수는 없었으니까. 하지만 모든 것에는 정도라는 게 있지 않을까? 우리 엄마가 마침내 도망쳤을 때 나는 꽤 어린 나이였지만, 아마 그때가 엄마와 정신적으로나 신체적으로나 가장 가까운 때였을 것이다. 게다가 나는 우리 가족이 점점 붕괴하고 있다는 걸 조금이나마 느낄 수 있는 나이였다. 나는 엄마도 나름대로 괴롭고 까다로운 존재이며 나를 위한 엄마 '봇'이 아니라는 걸, 엄마가 이미 다른 곳에 있다는 걸 느꼈다. 이런 개념을 설명하기 위해 내가 기억하는 순간들은 아주 많다. 하지만 우리가 목격한 걸 생각해 보았을 때 내가 독감에 걸려 집에 머물러 있던 어느 날 아침을 떠올려야겠다.

그때 나는 2학년이었고, 엄마는 내 병에 이상할 만큼 이성을 잃었다. 나는 이틀 동안 거의 아무것도 먹지 못하고 자다 깨고 있었다. 열이 계속 났다. 엄마가 소맥 크림을 주머니에서 짜내 주었는데 나는 그걸 먹고 싶어 하지 않았다. 그래서 엄마가 짜증 냈던 게 기억난다. 엄마는 달걀도 몇 개 삶았다. 심지어 블루베리셰이크까지 갈아다 주었다. 하지만 나는 식욕이 없었던 것 같다. 나는 그냥 주방 구석의 식탁에 놓인 창가 벤치에 웅크리고서, 기력이 없고 열이 나서 마비된 작은 손 위로 뚝뚝 떨어지는 콧물을 지켜보고 있었다. 엄마는 진저리를 내며 거칠게 주저앉더니 나를 반쯤 끌어안고 보라색 스무디를 마셔 보라고 구슬렸다.

"부탁이니까 마셔, 틸러. 제발 마셔 주겠니?" 엄마는 내가 스무디를 마시지 않으면 죽기라도 할 것처럼 말했다. 당연히 그럴 위험성은 제로였다. 그러나 엄마는 내가 죽을 거라고 확신하는 것처럼 보였고, 나는 어린 나이에도 엄마가 집착하는 대상은 내가 아니라는 걸 깨달았다. 나는 한 모금 마셔 보려던 시도를 그만두었다.

"씨발, 좀 마시라고!" 엄마는 내 입에 잔을 세게 대고 눌러 앞니를 쳤다. 나는 소리를 질렀지만 엄마는 포기하지 않았고, 나는 스무디를 삼켜야만 했다. 스무디에서는 진흙 맛이 났다. 내가 뒤로 물러서자 엄마는 이를 악물고 내 머리를 겨드랑이에 끼우더니, 다른 팔로는 수건 천으로 된 얇은 가운 앞섶을 열어젖히고 가슴을 드러냈다. 가슴은 작은 듯했지만 꽉 차 있었고, 아침 첫 햇살을 받아 창백하게 빛났다. 엄마의 유륜은 호두 껍데기 색깔이었다. 내가 목을 쭉 뺐는지 엄마가 밀어 넣었는지 그 유륜이 내 입을 가득 채웠다. 나는 눈을 감았다. 얼마나 오래 그랬는지는 모르겠지만 나는 빨아 먹었다. 물론 아무것도 나오지 않았다. 그냥 희미하게 짠맛이 나는 엄마의 젖꼭지가 단추처럼 솟아올랐다. 코가 막혀서 숨쉬기가 힘들었으나 신경 쓰지 않았던 게 기억난다. 나는 엄마가 나를 죽게 놔두지 않으리라는 걸 알았고, 어느 순간에는 다시 침대에 누워 있었다. 나는 남은 오후에도, 밤에도 내내 잤다.

우리는 다음 날도, 그다음 날도 그날의 얘기를 하지 않았다. 그리고 얼마 지나지 않아 엄마는 사라졌다. 그때는 확실히 아무 할 말이 없었다.

무슨 말이냐고?

뭐냐고?

아무것도 아니다. 다만 사람들이 완전히 다른 곳에서 다시 시작하려는 이유는 절대 다시 그런 일이 벌어지지 않기를 바라는 마음에서일지도 모른다. 내가 그렇게까지 퐁과 함께 가고 싶어 했고, 퐁과 함께 가는 것에 아무 거리낌을 느끼지 않았던 이유가 그래서일까? 내가 결국은 던바의 집으로 돌아가게 되리라는 걸 알았기에, 가장 완벽히 정신을 산만하게 해 줄 만한 어떤 지연을 원했던 걸까? 그랬을 가능성이 매우 높다. 이게 돌아 돌아 가는 궤일로*의 여행담 중 하나로 들린다면 미안하다. 그런 이야기에서는 보통 의지력이 강한 어느 서구 남자가 타국으로 여행을 떠나서 그 지역의 방식을 학습하고 활용

---

* '백인'을 뜻하는 속어.

303

해 원주민들의 신뢰를 얻은 뒤, 그들에게 일을 제대로 처리하는 법이 무엇인지 보여 준다. 예를 들어, 나쁜 군주를 해치우고 그 과정에서 아름다운 농민 계급 소녀를 구해 주는 식으로 말이다. 알잖나, "낯선 물에 들어간 고기가 결국 그 물의 수질을 개선한다."는 식의 얘기 말이다. 뭐, 나는 이 이야기가 그런 식으로 진행되지는 않으리라는 걸 말하려는 것이다. 내 존재는 어디에서도, 아무것도 근본적으로 바꾸지 않았다. 좋은 쪽으로든 나쁜 쪽으로든. 내가 한 일이라고는 충성스러운 조수답게 망설임 없이 내 스승 퐁을 따라다니며, 그가 사업의 흐름을 개선하기 위해 내게 청하는 일이라면 무엇이든 가리지 않고 한 것뿐이다.

이때의 사업이란 게티가 혼합한 자무를 말한다. 퐁의 회사는 세계에 여러 투자처를 두고 있었지만, 이제는 우리가 공식적으로 엘릭서런트라고 부르게 된 자무가 가장 중요한 사업이었다. 다음 날 퐁과 나는 호놀룰루의 차이나타운에서 럭키의 엄마가 병에 담아 준 한 잔짜리 표본 몇 가지를 챙기고 그의 생산 라인 직원들을 만난 후 잠재적인 판매자들에게 자무를 마케팅하러 선전으로 갔다. 한편 럭키는 공급업자들과 계약하러 쿠알라룸푸르로 갔다. 그런 다음에 그들이 '선'이라고 부르는 선전에서 다시 만나기로 했다. 퐁은 비행기에서 우리가 예상보다 조금 더 오래 던바를 떠나 있게 될 거라며 개략적인 설명을 해 주었다. 한 주를 꽉 채우게 될 가능성이 크다고 했다. 드럼 카파고다가 선전 외곽의 언덕 위에 있는 자기 집에서 지내라고 초대했기 때문이었다. 퐁은 내 일정상 그래도 괜찮으면 함께하자고 말했다.

물론 문제는 없었다. 나는 클라크에게 문자를 보내 워싱턴 DC에서 떠나지만, 유럽 프로그램에 일찍 참여해 학기가 시작되기 전에 어느 공학 교수의 조교로 활동하기로 했다고 말했다. 나는 이미 그달 말로 비행기표를 바꿔 놓았다. 우리 계획에 그달 말이라는 시간은 없었는데도 말이다. 최소한 서로의 기분을 좋게 할 얘기 이상은 아예 하지 않는 게 클라크와 나의 방식이었다. 그리고 클라크는 내가 원래 언제 떠나기로 했는지, 어디로 가는지에 관해 대충 생각할 가능성이 컸다. 두어 시간 뒤, 클라크는 내게 답장을 보냈다. 갑작스러운 변경에 대해서는 전혀 신경 쓰지 않았고 소식을 알려 주어 고맙다고만 말했다. 상호 간의 확실한 심리적 평안을 추구하는 바드먼 집안의 오랜 정책에 부합하는 행동이었다. 나는 거짓말하기 싫었지만 거짓말을 한 건 그저 클라크를 사랑하고 클라크가 걱정하는 게 싫어서였다. 우리는 둘 다 내가 그 해에 무슨 일을 하는지가 그리 중요하지 않다는 걸 알고 있었고―내가 그 해에 할 일은 가장 좋은 의미로 보아도 어떤 '프로그램'에 참가하는 것이었다.―이번 일정은 우리 각자가 속한 공통적인 일상에서 벗어난다는 것만으로도 충분히 괜찮은 명분이었다.

클라크는 학기 중에 입을 옷을 가져갔느냐고 물었고, 나는 여행 가방 하나를 꽉 채운 데다 오리털 재킷도 챙겼다고 말했다. 날씨가 바뀌어도 그 정도면 충분할 것 같아요. 이비사섬에서 입을 건 수영복이면 돼요. 나는 농담했다.

자외선차단제 충분히 쓰고. 클라크가 답장을 보냈다. 근데 잠깐, 공학이라고? 엄청나게 더 똑똑해진 거야? 다음은 뭐냐, 초끈 이론? :):):)

그 말에 나는 프레이드 낫! :(:(:(•이라고 답장을 보냈다. 그러면서 나는 교수님의 코딩 작업을 도와줄 거라고 짧게 설명했다. 아빠는 의심하지 않았다. 젊은이라면 누구나 코딩 방법을 알 거라고 생각한 것이다. 이번에도 나는 거짓말이 즐겁지 않았다. 클라크는 친구 스타일이든, 헬리콥터 아빠 스타일이든, 군대 조교 스타일이든 실제적인 아빠가 되지 못할까 봐 걱정했다. 그러나 클라크는 절대 그런 아버지가 될 수 없었다. 클라크는 고전적인 백 오피스 스타일이었다. 이미 실행된 일을 검증하고 처리할 때 가장 편안해했다. 예를 들어 회의실 탁자 상석에서 무슨 거창한 비전을 파워포인트로 설명해야 한다는 생각만으로도 비참해지는 사람 말이다. 클라크는 일어서서 뭔가를 전하기보다는 앉아서 전달받는 편을 훨씬 좋아했다. 그게 클라크의 스타일이었고 아마 내 스타일이기도 할 것이다. 그래서 나는 클라크에게 크리스마스에는 돌아오겠다고 말했고, 클라크는 사람 좋게 답장을 보냈다. 맥주랑 감자튀김 사 먹을 €를 좀 더 보낼게. 그리고 칠면조 얘기나 하자고도 했다. 그 말은 추수감사절에 전화를 걸라는 뜻이었다. (이따금 보내는 안부 확인용 이메일 외에도 말이다.) 나는 클라크가 나를 무조건적으로 사랑한다는 걸 안다. 아마 단점이 될 정도로 그럴 것이다. 가족 상담가나 심리 치료사가 사랑하는 사람의 곁에 있어 주는 일의 중요성에 대해서, 전면에 나서 중심을 잡아 주어야 한다는 점에 대해서 무슨 말을 하든 나는 신경 쓰지 않는다. 우리한테 중요

---

* Frayed knot, 직역하면 해진 매듭이라는 뜻으로 '초끈 이론'에 대한 반응이다. 유감스럽지만 아니라는 뜻의 'afraid not'과 발음이 비슷해서 한 말장난이다.

한 건 생각이다. 우리가 할 수 있는 일은 생각이 전부니까.

　내가 선전 시내에서 문자를 보내고 있다는 걸 알았다면 클라크는 뭐라고 생각했을까? 아마 나와 똑같은 행동을 했을 것이다. 다시 말해, '우와' 소리를 냈을 거다. 나는 뉴욕에 수십 번 가 봤고, 시카고에도 두 번 가 봤으며, LA와 휴스턴에도 각기 한 번씩 가 보았다. 하지만 그런 내게도 선전은 또 다른 질서가 적용되는 거대 도시라는 걸 한눈에 알 만큼 빽빽하고 수직적이고 끝없이 뻗어나가고 있었다. 그런 도시에서 자동차와 버스와 오토바이와 수레와 초소형 혹은 초대형 트럭들이 빠르게 달리는 사방이 꽉 막힌 8차선 대로 중 하나, 그것도 꽉 막힌 인도에 서 있다니. 나는 머잖아 선전이 다른 도시들을 하위 단위로 삼아 이루어진 도시라는 걸 알게 됐다. 해안 도시에 구릉 도시를 더해 사십 년 전 죽마 위에 세워진 시골 어촌에서 솟아난 삼각주의 도시. 선전은 바닥 모를 여러 지역이 모여 전쟁 이전의 후통을 통째로 담고 있었다. 엉덩이 넓이의 골목과 여러 층으로 이루어진 후통, 스타디움식의 푸드 코트와 고가도로, 다리가 갖추어진 초대형 쇼핑몰, 상업 지구, 마천루, 조명을 모아 놓은 듯한 빌딩과 창고, 빨래로 장식된 채 골목 너머 골목 너머 골목까지 이어지는 주택들과 반짝이는 유리로 이루어진 사무용 빌딩들, 발코니가 있는 고층 빌딩과 좁은 구역에 밀려들어 간 듯한 플로리다식 콘도와 1,200만 명 이상의 인구 중 비교적 잘 사는 사람들이 모여 사는 회전식 도로의 토스카나식 빌라들로 이리저리 얽혀 있었다. '선'은 아직도 자라고 있었다. 이미 삼킨 자원과 공간과 사람들로도 성이 차지 않아 여전히 배가 고픈 모양새였다. '선'은 문명의 짐승이었다. 모두가 이리저리 꾀를 짜내고 애쓰는 곳. 이 계절의 정글 같은 날씨도 '선'에게는 그저 견디고 정복해야 할 또 다른 대상일 뿐이었다.

이곳은 미래 이전의 미래였으며, 미래 이후의 미래가 될 가능성도 컸다.

확실히 미래처럼 더웠다. 섭씨 35도의 푹푹 찌는 온도에, 습도도 최대치였다. 주변의 수천 명 중에서 괴로워하는 건 나밖에 없어 보였지만 말이다. 탱크 티셔츠와 카고 바지를 입은 데다, 고약하고 비참한 대학생 특유의 샌들을 방금 벗어 던지고 노점상에서 산 스포츠 샌들로 바꿔 신었는데도. 퐁은 확실히 지치지 않았다. 그는 리넨 셔츠와 빳빳한 바지를 입고, 도시에 흰 아지랑이처럼 걸린 높은 햇살로부터 눈을 가리기 위해 가짜 명품 선글라스를 쓴 채 시원하게, 홀가분하게 어슬렁거리며 돌아다녔다. 퐁은 내게도 똑같은 선글라스를 하나 사 주었다. 나는 퐁보다 머리가 더 검고 그와 체격이 비슷해서 아주 잠깐 보면 사람들이 우리를 사촌이라고 착각할 수도 있겠다고 장난삼아 생각해 보았다. 배가 지나간 자리의 강한 물살에 이끌리지 않으려고 계속해서 빙빙 돌며 실수라는 소용돌이로 빠져들어 가는 멋모르고 천박한 동생 역할이 나였다.

분명 이건 고아들의 수많은 심리적 특징 중 하나일 것이다.—엄밀히 말해 나는 고아가 아니지만. 아홉 살에 학교에서 엄청난 어려움을 겪다가 찾아갔던 정신과 의사는 내가 감정적인 측면에서는 본질적으로 고립된 셈이리고 말했다. 즉, 고아들은 의사 결정에 어려움을 느끼고 언제나 경로에서 벗어난다. 뒤집어 말하면 그들은 비교적 낯선 사람들에게도 쉽게 매달린다. 나도 인정한다. 내게는 사람에게 너무 빨리 매달리는 경향이 있다. 상대가 여자일 때 특히 그랬다. 그렇지, 뭐. 하지만 사실, 나는 상당히 친근한 남자와도 어울릴 준비가 돼 있었다. 모든 걸 털어놓거나 스캇에 대해 떠들어 대지 않으면서 나와 시간을 보내 줄 형제라면 누구에게나. 물론 퐁은 둘 중 어떤 쪽도 아니었다. 그는 언제나 목적의식에 차 있었고 유익했으며 지혜를 일깨워 주었고, 자기 인생의 불행한 가족사를 털어놓는 것도 꺼리지 않았다. 그는 나의 불행한 가족사를 묻지 않았다. 관심이 없어서가 아니라, 내가 실제로 얼마나 큰 상실감을 느끼는지 이해하기 때문인 듯했다. 자세한 내용은 더 이상 중요하지 않았다.

우리의 생체 시계는 시차로 망가져 있었다. 첫 번째 사업상의 약속 시간까지 시간이 조금 남아 퐁은 호텔에 짐을 놔두고 즐거운 시간을 보내자고 제안했다. 그는 우리를 도시의 잘 알려진 상업 지구 화치앙베이로 데려갔다. 그곳은 여태껏 발명된 모든 전자 제품을 부분적으로든, 통째로든 살 수 있는 곳이다. 실내 쇼핑몰을 따라 디지털카메라와 드론과 블루투스 스피커와 스위치, 머더보드, 납땜인두, 메모리칩, 스마트폰 스크린, LED 조명, 활력 징후 측정 웨어러블 기기, 수백만의 수백만에 달하는 아주 작은 나사못과 핀과 배터리 등이 가득한 선반과 통과 공간들로 실내 쇼핑몰 전체가 빼곡했다. 말할 것도 없이 퐁은 다음 몇 시간 동안 쓰자며 호버 보드를 두 개 샀다. 퐁의 것은 검은빛이 도는 보라색 휠이고 내 것은 네온으로 번쩍이는 레몬색이었다. 일설에 따르면 호버 보드가 바로 그곳, 화치앙베이에서 발명됐다고 한다. 혹자에 따르면, 기술사의 연보에서 신성한 자리를 차지하게 될 도시는 팔로알토와 쿠퍼티노지만 호버 보드처럼 더 재미있고 위험한 도시는 언제까지나 선전일 것이다. 우리는 호버 보드를 능숙하게 타기 위해 몇 차례 시험 운전을 해 봐야 했다. 퐁은 서핑과 요가 경험 덕분에 빠르게 균형을 잡으며 호버 보드를 탈 수 있었다. 나는 더 어려움을 겪었다. 덜컥하며 가속을 하다가 두어 차례 엉덩방아를 찧었고, 누군가의 실수로 쇼핑몰 바닥에 떨어진 찐빵을 한쪽 바퀴로 뛰어넘으려다가 얼굴이 갈릴 뻔했다. 우리는 윙윙거리면서 가게들을 구경하고 건물을 가로질렀지만 아무도 신경 쓰지 않는 듯했다. (메이시스 백화점을 떠올린 다음 전체적으로 공간을 비운다. 그리고 그곳에 천 명의 서로 다른 판매자가 플라스틱 통이나 심지어 잘라 낸 상자에 상품을 진열해 놓고 나란히 빼곡하게 들어차 있는 모습을 상상해 보라). 퐁은 핸드폰 케이스나 셀카봉 등 딸들에게 줄 작은 선물을 샀고, 나는 클라크에게 줄 가짜 애플 워치를 샀다. 클라크는 직장 동료가 애플 워치를 찬 걸 보고 감탄을 표현한 적이 있었다. 그러나 그는 자신에게 물 쓰듯 돈을 쓴 적이 없었다. 이 모조품으로는 핸드폰에 걸려 온 전화를 받고 하루에 걸은 걸음 수를 측정하는 일밖에 할 수 없었지만, 기술적으로 보면 어차피 클라크는 그 이상을 다룰 수도 없었다. 퐁은 심술이 난 판매자와 아무렇지 않게, 하지만 집요하게 흥정을 벌여 위안화로 30달러에 해당하는 가격을 20달러까지 깎았다. 나는 저금한 돈의 일부로 스티로폼 그릇에 담긴 화산재처럼 매운 냉국수를 샀다. 우리는 점심시간을 맞아 붐비는 화치앙 대로의 인도를 호버 보드를 타고 빠르게 지나며 국수를 후루룩 삼켰다.

퐁의 핸드폰이 울려 그가 전화를 받았다. 우리는 나무 그늘이 진 벼룩시장 구역에 길게 늘어선 노점상 앞에 있었다. 퐁은 전화를 받으

면서 내게 이상할 정도로 묵직하고 어떤 상표나 숫자도 적혀 있지 않
은, 짙은 회색의 무광 신용카드를 건네주며 쇼핑을 하라고 손짓했다.
입 모양으로 '뭐든 사!'라고 말하면서 무선 이어폰을 손에 들었다. 나
는 "누구한테 줄 건데요?"라고 물어보려 했지만, 곧 떠들썩하고 취한
것처럼 보이는 나이 든 관광객 집단에 휩쓸렸다. (그들은 모두 한국 국
기가 달린 핀을 옷깃에 꽂고 있었다.) 파란색 삼각기가 달린 막대를 들고
있는 젊은 여자가 집단을 이끌고 있었다. 남자들은 모두 안짱다리였
고 여자들은 똑같이 곱슬곱슬한 파마머리를 자랑했다. 모두가 말다
툼을 하는 것 같았지만 말씨에 원기 왕성한 즐거움이 깃들어 있었다.
손에 든 게 뭐든 그걸로 부채질을 하면서 수다를 떨고 크게 웃었다.
그들은 짐 가방, 멍청해 보이는 모자, 슬리퍼, 걸개나 옷으로 쓰는 천,
부채, 주방 용품, 말린 해산물, 미용 크림, 전기 기구, 살아 있는 식물
과 모조 식물, 안경류, 거기에 더해 캠핑이나 공예나 장식적인 과일
깎기 등 이상할 만큼 다양한 물건을 파는 상점에 덤벼들 때 확실히
더 큰 열정을 보였다. 두 명의 한국인 할머니와 함께 내 눈을 잡아끈
건 필기구 및 문방구 상점 앞에 진열된, 엄청나게 많고 우주적으로
완성된 모습처럼 보이는 컬러 마커와 펜이었다. 시험용 스케치 패드
에는 이미 낙서와 사인과 아무렇게나 그린 일본 애니메이션 캐릭터
와 동물들이 가득 휘갈겨져 있었다. 나 또한 그것들을 써 보지 않고
는 정말이지 배길 수 없었다.

　　나는 그림 솜씨가 그럭저럭 괜찮았고, (대학생 시절 대학 신문 만화
작가로 일했던 클라크에게서 물려받은 재주다.) 그다지 캐묻고 싶지 않은
어떤 엽기적인 이유 때문에 나도 모르게 형광 핑크색으로 속눈썹이

긴 유니콘을 그리고 있었다. 유니콘의 뿔 끝에는 별을 하나 달았다. 그 그림이 두 할머니의 박수를 받았다. 그중 한 명은 스케치 패드에서 종이를 찢어 내더니 단호한 태도로 톡톡 두드리며, 내게 하나 더 그려 보라고 신호를 보냈다. 순전히 아마추어적인 작품이었지만 최소한 그 그림에는 서성거리기만 하는 내 인생에 존재하지 않던 어떤 성격과 재주가 특징적으로 배어 있었다.

그래서 나는 한국 할머니들을 잠시 바라본 다음, 그들의 투어 그룹 삼각기 색깔과 어울리는 로열블루 색깔의 마커로 (그 아줌마들처럼) 지나치게 큰 햇빛 가리개 모자를 쓴 채 미소 지으며 엄지를 들고 있는 펭귄 두 마리를 그렸다. 그들은 어떤 펭귄도 그럴 수 없을 만큼 킥킥대며 깡충깡충 뛰었다. 그 바람에 그들의 친구들이 더 몰려들었다.

나는 어느새 최대한 빠르게 그림을 그리고 있었다. 사자와 판다와 돌고래 같은 매력적인 동물 소재를 끌어다 쓴 다음에는 (특정한 얼굴이나 신체의 특징을 포착해야 했을 때) 기린과 아메리카들소, 낙타, 악어로 옮겨 갔다. 누군가 이런 캐리커처에 짜증을 느낄 것 같았는데 알고 보니 사람들은 후자의 그림을 더 좋아했다. 그들은 내 마커가 날카로워질수록 흥미를 느끼고 서로를 쿡쿡 찌르며 더 심하게 웃어 댔다.

나는 시간의 흐름을 놓쳤다. 그 진열대에 꽤 오래 서 있었던 게 분명하다. 늘어선 줄이 거의 노점상 세 곳 너머까지 이어졌다. 제복 경찰관과 배낭여행 중인 꼬질꼬질한 백인 커플도 줄을 섰다. 나는 퐁이 그 행렬을 보고 있다는 걸 알아챘다. 나는 갈 시간이 됐다고 생각하고 걸신들린 야생 멧돼지와(어떤 할아버지에게 말도 안 되게 뾰족한 송곳니가 있었다.) 경계심 많은 미어캣처럼 생긴 그 할아버지의 친구에게

(그는 눈 간격이 매우 좁았다.) 마무리 터치를 해 주었다. 하지만 퐁은 계속하라고 손짓했다. 나는 가게 주인이 다가와 꽤 무례하게 그만하라고 손짓할 때까지 몇몇 사람에게 그림을 계속 그려 주었다. 물건을 사는 사람이 아무도 없고, 고객이 될 만한 사람들까지 가로막고 있다는 걸 생각하면 주인의 요청은 합당했다.

한국인들은 불평했지만 망설이지 않고 흩어져 다시 가게 구경과 쇼핑을 시작했다. 남자들 중 일부는 내 등을 탁 쳤고, 펭귄 할머니 중 한 명은 내게 작게 돌돌 만 위안화를 내밀었다. 나는 거절했지만 그녀는 억지로 내 손바닥을 펴 지폐를 쥐여 주며 소리쳤다. "먹고 마시라고!" 어쩌면 내가 남은 음식으로 끼니를 때워야 하는 절박한 처지의 배낭여행객으로 보였는지도 모르겠다.

"받아야지." 퐁의 말에 나는 돈을 받았다. 그는 여자에게 미소 지었고, 여자와 그녀의 친구는 퐁에게 미소 지었다. 그들은 동시에 내게 엄지를 들어 보이더니 여행 동료들에게 다시 합류했다. "좋은 분들이네. 넌 정말로 그럭저럭 재능이 있어." 퐁이 자비롭게도 말했다. 우리 둘 다 "그럭저럭"이라는 말이 꽤 의미 있는 평가라는 걸 알고 있었다. 어쨌든 퐁에게는 세계 최상위급의 화가 부모가 있었고, 나는 글쎄, 비밀리에 높은 기준을 가지고 있었으니 말이다.

"좋아." 퐁이 다시 호버 보드를 타고 자세를 잡으며 말했다. "이젠 나의 영혼과 어울리는 동물을 그려 줘."

나는 키득대며 손을 내저어 그 제안을 물리치려 했다. 가게 주인이 이미 마커를 빼앗아 간 건 말할 필요도 없었다. 하지만 놀랍게도 퐁이 가게 주인을 때렸다. 이제 보니 퐁은 그를 호되게 나무라고 있었다. 장사를 그렇게 해서는 안 된다는 거였다. 게다가 그의 상품을 사겠다고 말하기도 했다. 가게 주인은 반항하듯 숨을 거칠게 내쉬었다. 그들은 나로서는 이해할 수 없는 대화를 시작했다. 하지만 결국 남자가 내 손에 마커를 다시 쥐여 주고는 십 대인 딸과 함께 점심을 먹던 계산대 뒤쪽 의자로 터덜터덜 걸어갔다.

풍을 어디서부터 그려야 할지 감이 오지 않았다. 초현실적으로 보이는 그의 머리를 제외하면, 내 생각에 풍의 외모는 평범했다. 세상에 평범한 사람이 있다면 말이지만. 그의 눈은 전형적인 아시아인의 눈이었고, 코는 콧등이 거의 없기는 하지만 두드러지는 모양이었다. 얼굴은 턱 쪽으로 뾰족하게 내려가는 부분이 있기는 했지만 전체적으로 모서리가 둥글고 길쭉한 사각형이었다. 턱은 거의 보이지 않게 살짝 파여 있었다. 친근하면서도 차분하고 자신감 있는 얼굴이었다. 아니, 그 이상이었다. 뭐랄까, 무엇에도 '동요하지 않는' 얼굴 같았다. 침착함 이전의 침착함에 뿌리를 내리고 있다고 할까. 그 모습을 보자 나는 문득 풍의 불운한 어린 시절 연대기 속 어떤 사실이 떠올랐고, 황소의 이마와 주둥이를 그리기 시작했다.

왜 황소였냐고? 대학교 1학년 시절, 나는 중국어1 시간에 중국식 간지에 관해 발표했다. 그야말로 청소년들이 좋아할 주제였다. 하지만 서번트 증후군에 걸린 멍청이처럼 내 머릿속에는 어째서인지 출생 연도 및 그와 관련된 동물들만 기억에 남았다. 그래서 1961년이―풍은 1966년에 다섯 살이었다고 했다.―소띠 해라는 걸 즉시 알아차렸다. 소띠 사람들은 성실하고 신뢰감을 주며 드러내지는 않지만 재능이 풍부하다고 알려져 있었다. 조용한 지도자라는 것이다. 형상이 드러나기 시작하자 퐁은 내 작품을 알아보고 씩 웃었다. 내 머릿속에 떠오른 연결 고리를 알아낸 게 틀림없었다.

내가 그린 퐁 황소는 둔감한 느낌이 들면서도 안정적이었다. 눈은 새까맸고 콧구멍은 벌어지지 않았다. 굴레를 쓰고 짐을 지는 짐승이 아니라 자신이 정당하게 차지한 영토를 살펴보는 동물, 털이 북슬북슬한 사향소였다. 가운데에 가르마를 탄 특징적인 머리털은 아래로 말려 내려갔다가 다시 위로 올라가며 날카로운 뿔이 됐다. 그 아랫부분이 특히 퐁의 헬멧처럼 생긴 머리 모양과 비슷했다. 다른 캐리커처 화가라면 틀림없이 퐁의 머리카락을 건초로 표현해 석화된 숲을 제대로 그렸을 것이다. 하지만 나는 호버 보드를 타고 전자 제품 표류 화물이 잔뜩 떠다니는, 냉동 요거트 같은 파도를 솜씨 좋게 헤쳐 나가는 그의 자세에 집중했다.

"아주 좋은데, 틸러." 퐁은 탁자에서 종이를 조심스럽게 찢어 내더니 접어서 노트북 케이스에 집어넣었다. "괜찮으면 내가 가질게. 아내와 딸들이 이런 내 모습을 재미있어 할 거야. 내가 소 머리처럼 생겼고, 일에 너무 많은 시간을 쓴다는 얘기를 자주 하거든. 내가 제대로 안다면 넌 쥐띠일 거야."

실제로 나는 중국식 간지의 첫 번째 동물인 쥐띠였다. 당연히 열두 간지 중 가장 사랑받는 동물은 아니었지만, 최소한 띠별 운세에 따르면 경계심이 많고 영리하며 탐구심이 있는 사람이다. 또 변화하는 환경에 언제나 유연하게 적응한다. 나는 조금이라도 말이 되는 유일한 특징이 마지막 특징이라는 걸 알고 있었다. 다른 건 그렇다 쳐도 나는 닥쳐오는 상황에는 잘 적응하는 편이었다.

"그럴 줄 알았어." 퐁이 말했다. "쥐띠와 소띠가 동업하면 궁합이 좋다는 것도 알지? 모든 사람의 운명이 그렇지는 않을 수도 있지만, 우리한테는 분명 맞는 말이야. 무슨 일이 일어나든 너는 믿을 수 있을 것 같거든. 네 생각도 그래?"

진짜 그런지는 절대 확신할 수 없었지만, 나는 어쨌든 고개를 끄덕였다. 아니, 안 끄덕이면 뭘 어쩌겠는가? 나는 세상이 나에게 바라는 게 무엇인지, 아니면 어떻게 해야 세상을 기쁘게 할 수 있는지 전혀 몰랐다. 다만 내 운명에서 잡아야 할 최고의 기회는 이 남자의 언제든 준비된 부속물이 되는 것임이 명백해 보였다. 문자 그대로, 그가 가리키는 곳이면 어디로든 함께 굴러가는 것 말이다.

우리가 떠날 채비를 하자 가게 주인이 다가와 상당히 많은 물건을 사겠다던 퐁의 약속을 일깨워 주었다. 퐁은 기꺼이 가장 좋은 상품을 보여 달라고 했고, 남자와 그의 딸은 다양한 크기의 칼이 들어 있는 플렉시글라스 진열 상자를 가져왔다. 칼은 하나만 빼고 전부 요리용으로 쓸 만한 것이었는데, 요리용이 아닌 단 한 자루의 칼은 장난감 같은 접이식 칼이었다. 진열용 상자 자체는 여기저기 긁히고 파이고 모서리에 벽에 걸어 둘 수 있는 구멍까지 나 있었는데도 칼은 완전히 새것처럼 보였다.

딸이 앞쪽 판을 열어 퐁이 직접 만져 보게 했다.

"칼 좋아해, 틸러?" 퐁이 작은 주머니칼을 꺼냈다. 망치로 두드려서 만든 강철 손잡이가 달려 있었다. "이건 아주 좋은 칼이거든."

"마음에 드는 것 같아요." 내가 말했다. 하지만 내가 아는 칼이라고는 어릴 때 가지고 있던 맥가이버 칼뿐이었다. 나는 오히려 송곳을 많이 사용했다. 어릴 때 우리 집 참나무 식탁 아래를 송곳으로 네모나게 판 적이 있다. 나는 그 구멍을 젖은 종이나 코딱지로 만든 총알로 채웠다. 그것만으로도 역겨웠지만 더욱 소름 끼치는 건 내가 규칙적으로 식탁 밑에 기어들어 간 것이다.

퐁이 내게 칼을 건넸다. 칼날은 역설적이게도 눈에 보이지 않을 만큼 날카롭게 벼려져 있었으며, 순수하고 차가운 빛을 뿜어냈다.

"일제 칼 중에 이 칼처럼 세계 최고인 것들이 있어. 짐작하겠지만 이런 칼의 기원은 사무라이 시대까지 거슬러 올라가. 그런 칼을 만드는 지식이 칠백 년 이상 전수된 거야. 이 칼은 분명 최고의 장인이 만든 거야. 훌륭한 본보기지. 칼은 비교적 무른 것에서부터 단단한 것까지 다양한 등급의 스테인리스와 탄소강으로 만들어져. 보급형은 무른 쪽에 가까워서 쉽게 무뎌지고 벼려지지. 한두 가지 종류의 금속으로 만들어지고. 그런 칼은 기계로 생산돼. 하지만 이런 칼은 완전히 수공예로 만든 거야. 가장 단단한 청색 탄소강으로만 만들어. 대장간에서 망치로 두드려 형태를 잡지. 노련하게 천 번쯤 두드려서 말이야. 일단 형태가 잡히고 연마되고 나면 면도칼보다도 날카로워져."

퐁은 스케치 패드의 종이를 찢어 한쪽 귀퉁이를 잡더니 칼날을 휘둘러 빠르고 섬세한 손길로 종잇장을 갈랐다. 아래로, 위로 가볍게 그었다. 프로방스의 해바라기 들판에서 수채화용 붓을 들고 서 있는 것처럼. 구불구불한 여러 종잇조각이 하늘하늘 소용돌이를 그리며 떨어져 내렸다. 게다가 그 소리란! 여태 들어 본 소리와는 전혀 달랐다. 지금까지도 어째서인지 초등학교에 있는 무시무시한 종이 절단기에서 나는, 만족스러운 '쉬이익' 소리와도 차이가 있었다. 크기는

317

작지만 필적할 상대가 없을 만큼 또렷한 소리였다. 꼭 초소형 비행기가 종이 돔을 이루고 있는 하늘을 가르고 지나가는 듯했다.

"네 차례야." 퐁이 내게 말했다. 나는 퐁이 내게 남은 종이를, 좁다랗게 잘려 대롱거리는 종잇조각을 건네줄 거라고 생각했다. 하지만 그는 내게 칼을 건네주었다. 남은 종이는 자기가 들고 있었다.

"해 봐."

나는 고개를 저었다.

퐁이 말했다. "넌 날 다치게 할 수 없어, 틸러. 네 머리와 몸이 그런 일이 벌어지도록 놔두지 않을 거야."

"말도 안 돼요." 내가 꽥 소리를 질렀다.

"넌 이미 한 번 나를 구했어." 퐁이 내게 말했다. 나는 그 아무렇지 않은 경솔함이 정말로 두려웠다. "이제부터 일어나는 일은 곁가지일 뿐이야."

"못해요." 내가 대답했다. 땀방울이 엉덩이 골을 따라 흐르는 게 느껴졌다.

"바로 쭉 베는 거야." 퐁이 조언했다. "아래쪽에서 위쪽으로. 최소 세 번은 벨 수 있어."

마비가 온 듯 팔이 저렸다.

"종이에 집중하지 마. 공기를 베."

퐁의 목소리가 어쩐지 나를 위압하는 동시에 강하게 만들었다. 나는 뻣뻣하고 어색하게 시도했다. 형편없이 칼을 긋는 바람에, 칼날이 종이에 닿기도 전에 칼에서 발생한 바람이 종이를 밀어내 버렸다.

"아니, 아니. 오케스트라 지휘자를 생각해 봐." 퐁이 보이지 않는

지휘봉으로 깔끔하게 하나-둘 시범을 보이며 말했다. "빠른 행진을 표현하는 거야. 진심이야. 해 봐."

나는 퐁이 진심이라는 걸 알 수 있었다. 그래서 두 발을 단단히 디뎠다. 나는 흰 넥타이를 매고 턱시도를 입은 내 모습을 떠올렸다. 지저분한 작곡가 스타일의 숱 많은 머리카락이 땀으로 흥건한 이마에 붙어 있는 모습을 말이다. 나는 칼날을 가볍게, 손바닥보다는 손가락으로 쥐고 눈을 반쯤 감은 채 휘둘렀다.

퐁의 손가락에 남아 있는 건 영화표나 택시 영수증 크기의 작은 종이였다. 퐁의 말이 정확했다. 칼날이 아주 섬세해서 종이가 스치는 것도 간신히 느낄 수 있을 정도였다. 그야말로 굉장한 도구였다. 이것이 마법의 ATM 카드와 함께 타국에서 보낸 일 년이 남긴 유일한 물건이다. 나는 즐거워하며 칼을 꽉 잡았다. 떨면서, 배가 아플 정도로 웃으면서. 가게 주인의 딸도 그랬다. 퐁도 그랬다.

13

　쇼핑몰에서의 즉흥적인 공연이 끝난 후, 퐁과 나는 중국 전역에 소매점을 두고 있는, 우리의 판매자가 될 만한 여러 사람들에게 전화를 걸었다. 우리는 옷을 갈아입고(정장 셔츠, 여름용 블레이저, 다린 바지. 이런 것들은 다 비슷하게 생긴 것 같아도 내게 어울리지는 않았다. 내 옷은 호텔 로비의 남성용 상점에서 구한 것이었다.) 드라이아이스로 포장된 자무 샘플 여행 가방을 챙기러 잠깐 호텔에 들렀다. 그날 하루 종일 우리를 도시 이곳저곳으로 데려다줄 기사 딸린 자동차도 구했다.

　우리 둘만 다니는 건 아니었다. 자동차 안에는 세련된 흰색 맞춤 정장을 입은 여자도 함께였다. 그녀는 단단한 손길로 우리와 악수했고, 나를 따뜻하게 '티러'라고 불렀다. 나는 그녀가 던바에서의 첫날밤, 자동차에서 퐁이 전화했던 상대라는 걸 깨달았다. 그녀의 이름은 릴리 장이었다. 아마 마흔 살쯤 됐겠지만 겉보기에는 아무리 많아 봐야 스물다섯 살로 보였다. 퐁이 오십 대 중반이면서도 훨씬 젊게 보이는 것과 마찬가지였다. 릴리는 멋진 외모를 가진 여성이었다. 아른아른한 검은색 머리를 어깨까지 기르고 있었으며 크림색 얼굴은 매끄러웠다. 몸의 나머지 부분은 아주 왜소하고 다듬어진 느낌인데도 두드러진 둥근 광대뼈 때문에 잘 먹고 사는 것처럼 보였다. 그녀는 설렐 정도로 크고 두툼한 입술의 소유자였다. 평소라면 쳐다보지 않았겠지만 나도 모르게 시선이 이끌렸다. 연이어 나는 그녀의 목소리 질감에 즉시 이끌렸다. 그녀의 목소리는 굳이 따지면 높은 편이었으나 특유의 극도로 가벼운 질감이었다. 손을 뻗어 만져 보고 싶은 젖은 페인트의 반짝거리는 느낌 같았다.

그녀와 퐁은 세단 뒷자리에 앉아서 알아들을 수 없을 만큼 빠르게 대화를 나눴다. 그녀는 태블릿의 다양한 화면을 두드렸다. 나는 조수석에 앉아서 도로가 서서히 막혀 가는 모습을 지켜보았다. 운전기사는 운전을 하는 동시에 문자를 보내고, 사이사이에는 게임도 했다. 하필 몬스터 트럭 경주 게임이었다. 퐁과 릴리는 교통 정체가 조금 풀릴 때도 운전기사의 태도에 신경 쓰지 않는 듯했다. 기사는 쉴 새 없이 깜빡이며 진동하는 핸드폰을 운전대에 고정한 채 속도를 내어 자동차들 사이를 헤치고 햇빛을 향해 내달렸다. 늦지 않게 우리를 첫 약속 장소에 데려다주기 위해서였다. 나는 안전벨트를 꽉 잡고 눈을 감은 채 퐁과 릴리가 명랑하게 지껄이는 소리에 귀를 기울였다. 대화는 활기차면서도 산만하지 않았다. 재치 있는 말장난과 편안한 농담 또한 특징적이었다. 그래서 나는 모국어가 서로 다른 퐁과 미노리가 나누던 대화의 수준에 대해 다시 생각해 보았다. 미노리도 중국어를 할 만큼 했고 퐁도 일본어를 할 만큼 한 건 사실이었다. 당연히 그들은 영어를 문법에 맞게 유창하게 썼다. 하지만 모두가 아는 것처럼 언어를 안다는 건 단순히 단어를 아는 데서 그치는 게 아니다. 하긴, 그렇게 치면 우리 부모님은 같은 언어를 썼다. 언어가 다 무슨 소용이겠는가?

사무용 건물에 도착했을 때 릴리는 자동차에 남았다. 생산 시설에 가 회의에 참석하려면 타고 돌아갈 자동차가 필요했기 때문이다. 문자 그대로 그녀의 목소리를 듣는 게 마지막일지 모른다는 생각에 나는 슬퍼졌다. 퐁이 그걸 느낀 게 틀림없었다. 그는 저녁에 드럼 카파고다와 만날 때 그녀를 다시 보게 될 거라고 말해 주었다. 릴리는 자동차를 타고 떠나면서 우리에게 손을 두 번 흔들었다. 적어도 TV에서는 아시아 여자들이 즐겨 하는 것으로 그려지는 귀염성 있는 동작이었다. 우리도 귀염성 있게 마주 손을 흔들었다.

"말했듯이, 제3자의 시설을 이용하면 곧잘 문제가 발생해서 올해 초에 자체 시설을 짓기 시작했어. 릴리가 프로젝트의 총괄 매니저야. 나는 릴리의 판단력을 완전히 믿게 됐지. 무척 일을 훌륭하게 해냈어. 몇 년 전, 겨우 비정규 조사관 자리에서부터 시작해서 말이지. 분명 릴리에게 많은 걸 배울 수 있을 거야. 하지만 릴리는 영어를 잘 못해. 네가 중국어를 연습해야 할 거야. 차에서 나눈 얘기는 얼마나 이해했어?"

"별로 못 알아들었어요. 무슨 궁전 얘기를 하는 것 같던데요?"

퐁이 웃었다. "성조를 잘못 알아들었네! 하지만 거의 비슷했어! 공부를 좀 해야 할지도 모르겠다."

공부를 많이 해야겠지. 나는 알고 있었다. 도매 단위로 새로운 지식을 장착해야 할 터였다. "거의 비슷하다"는 건 나의 외국어 습득 능력에 대한 적절한 설명이었다. 스페인어와의 만남 그리고 그 이후에 만난 프랑스어, 독일어와의 짧은 '리벨라이'*(던바고등학교에 교환 교사로 온 섹시하고 젊은 스위스 선생님 때문이었다.) 등 국정원에서나 시행할 법한 연이은 시간 낭비 과정에서, 중국어는 가장 최근에 배운 언어이자 가장 마지막으로 배울 언어였다. 이 모든 언어에 대한 나의 유창성은 뉴스 기사의 제목을 해독하고 거스름돈을 요구하고 음식과 술을 주문할 수 있다는 점에서 대단히 미국적이었다. 다만, 어째서인지 나는 그 이상을 이해할 수 있었다. 알지도 모르겠지만, 중국어에는 네 개의 성조에 더해 성조가 없는 경우가 있다. 그래서 중국어를 배우는 건 다른 언어를 배우는 것보다 네 배, 혹은 다섯 배쯤 더 어렵다. 사물의 소리에 집중하는 우리 같은 사람들에게도 말이다. 하지만 내가 두 사람이 나눈 대화의 4분의 1밖에 이해하지 못한다 해도 괜찮았다. 알아야 할 때가 오면 내가 알아야 할 걸 퐁이 알려 주리라고 믿었으니까. 게다가 나는 그냥 오르락내리락하는 사랑스럽고 감상적인 그들의 노래를 듣는 것만으로도 좋았다.

우리는 그날의 일정을 고정하기 위해 동업자가 될 만한 사람들에게 전화를 걸었다. 나는 샘플이 담긴 가방을 들고 퐁을 따라갔다. 퐁은 던바 빌리지에 있는 가게들을 오갈 때나 오아후섬의 남쪽 바닷가에서 파도를 탈 때, 혹은 인생 최초로 거닐어 본 페어웨이에서 골프공을 칠 때처럼 이곳에서도 편안해 보였다. 그는 이곳이 바로 익숙한

---

* '한때의 사랑놀이'를 뜻하는 독일어.

323

자신의 행성이라는 듯이 전혀 서두르지 않고, 목적의식을 가지고 걸었다. 우리에게도 이 행성은 우리의 행성이긴 하지만. 지구는 우리 행성이다. 아닌가? 지금의 나는 이것이야말로 사람들이 퐁에게 즉시 매력을 느낀 이유라는 걸 안다. 퐁이 어디에 있든, 무엇을 하든 사람들은 그가 그 자리에 있을 운명이었다고, 이곳이 '그의' 판이라고 생각하게 된다. 퐁이 고함을 치지 않고, 자만하지도 않고, 당연한 권리를 누리는 듯한 행동을 보이지 않아도 그랬다. 우리 대부분은 이 판이 '우리'의 것이라는 사실을 받아들이지 못하기에 웅크리고 돌아다닌다. 빌려 온 가죽을 뒤집어쓴 것처럼 자신을 잡아당기고 긁어 대며, 생각보다 훨씬 빠르게 쌓여 무위로 돌아갈 수 있는 순간들 중 어느 것에도 완전히 속하지 못한다.

우리는 매번 동업자를 방문할 때마다 충분히 시간을 들였다. 내가 둥글게 다듬은 작디작은 나무 접시에 섬세하고 작디작은 일제 도자기를 올리고 다양한 자무를 조심스럽게 따르는 동안 퐁은 사업 제안을 했다. 나야 중국의 사업가들이 어떤 사람들인지, 퐁이 정확히 뭐라고 말했는지 모른다. 하지만 나는 퐁의 율동감과 말투, 자세로부터 그가 모든 걸, 그의 유동적이면서도 통합된 수많은 정체성을 쏟아 내고 있다는 걸 알 수 있었다. 그는 고향을 떠나온 중국인이자 새로운 시대의 미국인, 화학 박사이자 세계적 기업가였다. 모든 행동은 잠재적인 수익성을 위하면서도 동시에 오직 돈만을 값지게 여기는 건 아니라는 신뢰를 심어 주었다. 퐁은 앞서 말한 모든 존재였지만, 그 무엇보다 절대적인 전문가였다. 엄청나게 합리적인 퐁-다움, 머리 모양은 괴상하지만 다른 면에서는 매끈하고 우아하게 옷을 차려입은 모습. 그는 일 초도 빼앗기지 않으면서 동시에 모든 걸 절대적으로 대변할 수 있었다.

퐁은 자무의 기원과 구성 그리고 자무가 건강과 웰빙에 특별히 효과가 있는 지점을 설명했다. 모든 사람이 갖는 최초의 망설임은 퐁과 거래하는 사이에 자기도 모르게 놀라운 마법으로 바뀌었다. 어느 제약 회사의 여성 상속자가 게티가 작은 군도에서 자무 마녀에게서 기술을 배워 왔다는 이국적인 얘기에 귀를 기울이는 모습을 보니 나는 퐁 자신이 일종의 자무가 아닌가 하는 생각이 들었다. 현대인의 고질병인 주의 산만과 현재를 안주 삼는 우리의 습관을 모두 녹여 버리는 인간 강장제 말이다. 확실히 분석적인 성향이 더 컸던 유기농 식품 가게의 부부는 샘플 병에 들어 있는 특정 뿌리와 약초의 혼합물에 대한 퐁의 전문적인 설명을 유심히 들었다. 아무 때나 트림을 하고 거친 말을 써 가며 누구보다 회의적이었던 자수성가형 편의점 거물은 보통 에너지 드링크와는 달리, 실제로 건강에 좋지만 활력을 돋우는 이 강장제의 고객층은 과로에 시달리고 신경이 너덜너덜하며 수면 시간이 부족한 봉급 노예들이라는 퐁의 간단명료한 설명을 받아들였다. 퐁은 확실히 매번 상대 맞춤형으로 상품 설명을 했지만, 내가 정말 감탄한 건 그 설명이 전혀 가짜가 아니고, 지나치게 변주한 것도 아니었기 때문이다. 퐁은 그들에게 필요한 시각을 제공해 주고, 궁극적으로 오직 그 자신이 결정하도록, 자유롭고 자신감 넘치는 결정을 내리도록 돕고 싶어 했다.

이제 보니 퐁은 그들을 자신의 동업자로 만드는 게 아니라 자신을 그들의 동업자로 만들고 있었다.

세 사람 모두가 퐁의 팀원들이 제시한 수량의 거의 두 배는 되는 주문을 넣었다. 다 합쳐도 비교적 적은 분량이었지만, 엘릭서런트의 긍정적 잠재력을 보여 주는 확실한 지표였다. 사무용 건물 앞에서 자동차가 도착하기를 기다리고 있을 때 퐁은 한 점의 흠도 없이 자무를 한 방울, 한 방울 섬세하게 희석했다며 나를 칭찬했다. 나의 자무 찻잔은 스튜어트 리틀의 완벽한 샷 잔이 될 터였다. 그는 내 침착한 태도도 칭찬했다.

"침묵을 지켜야 한다는 생각은 하지 않았으면 좋겠어." 퐁이 덧붙였다. "다들 영어를 그럭저럭 할 줄 알거든. 지우 씨조차도 말이야." 지우 씨는 편의점 거물이었다. "자식들이 뉴잉글랜드에 있는 기숙 학교에 다니거든."

"눈치를 챘어야 했는데." 내가 말했다. 나는 미국에 중국 국적자가 얼마나 많은지 잘 알고 있었다. 내가 다니는 촌구석의 조그만 대학조차 그랬다. 그 중국인 부모들은 던바의 다른 부모들에 비해 세계적으로 유능했고 언어를 잘 알았다. 던바의 부모 대부분은 자기가 세상의 중심에 산다고 확신했으며, 그 중심이 이미 이동했다는 걸 전혀 몰랐다. "그래도 무슨 말을 더할 수 있었을지 모르겠어요."

"말도 안 돼. 넌 하인이 아니야. 로봇도 아니고. 넌 내 조수야. 그것도 유능한 조수. 게티에게 자무나 우리 제품에 대해 내가 배운 모든 걸 너도 배웠잖아. 그러니 네 시각을 제시하는 데 겁먹지 않아도 돼."

나는 퐁의 신뢰에 기뻐서 고개를 끄덕였다. 아직도 내가 어떻게 도움이 될 수 있는지에 대해서는 아무것도 떠오르지 않았지만 말이다.

"당장은 활력 부족, 발기 부전, 소화 불량 같은 특정 질환을 위한 자무를 판매할 거야. 하지만 게티가 고집했듯이 이면의 상황이라는 게 늘 있기 마련이거든. 자무가 신체만큼 정신에도 뿌리를 두고 있다는 점을 함께 이해해야 해. 난 개인화된 자무 시스템이 개발될 거라고 봐. 흙길 위의 손수레에서 파는 것과 비슷하지만, 대량으로 파는 거지. 아마 가정 기반 기술 같은 걸 활용할 수도 있을 거야. 즉각적인 혈액 검사와 생체 측정 등의 검사를 통해 신체 상태를 진단할 수 있는 AI를 갖춘 장치라든지. 궁극적인 시나리오는 한 달이나 한 주, 심지어 그날 하루 등 특정한 기간 동안 개인 맞춤형으로 제공되는 특별한 음료를 구성해서 지속성 있는 웰빙을 가능하게 하는 거야. 사람들은 그냥 오래 사는 것만을 바라는 게 아니야. 신체라는 필멸의 한계에서 자유롭게 너처럼 젊을 때와 비슷한 기분을 느끼고 싶어 하지. 우리 자무가 그런 일에 도움을 줄 수 있다면, 살아간다는 걸 의식할 필요 없이 완전한 삶을 누리게 해 준다면 멋진 일이 될 거야.”

“그게 진짜 가능해요?”

“안 될 건 뭐야?” 퐁이 말했다. 이제 그는 기사를 손짓으로 불러 세우고 있었다. “무한해진 기분이 들지 않아? 경이로운 기분이 들지 않아?”

나는 퐁의 제안에 대해, 사람들이 스무 살짜리와 비슷한 느낌을 받고 싶어 한다는 점에 대해 생각했다. 당연히 나로서는 해 본 적 없는 생각이지만, 말이 되는 것 같았다. 오아후섬에서 함께 물에 빠져 죽을 뻔했을 때와 발 고문/마사지를 받았을 때, 어쩌면 8학년 때 미시 캔터가 내게 핼러윈 밤에 수음을 해 주겠다고 했지만 빨간색 인조 가죽 장갑을 낀 채여야만 한다고 했을 때를 제외하면 나는 신체적 고통

327

을 느껴 본 적이 별로 없었다. 하지만 내 정신이 시달리고 불안정하고 절망에 빠진 것처럼 느껴지던, (관점에 따라) 비참하게 행복하거나 행복하게 비참했던 어린 시절의 사건은 셀 수 없이 다양했다. "그건 그렇고," 퐁이 말했다. "바지 주머니는 확인했어?"

나는 손을 집어넣어 납작한 종이 상자를 만져 보았다. 나는 상자의 한쪽 끝을 열어 일제 주머니칼을 꺼냈다. 우리는 쇼핑몰에서 무서운 서커스를 펼치고 재빨리 그곳을 떠나왔었다. 나는 퐁이 그 칼을 샀다는 걸 몰랐다.

"던바 같은 데서는 작은 칼 같은 걸 들고 다닐 필요가 거의 없지. 하지만 다양한 상황에서 그 칼이 반가운 도구가 될 수 있을 거야."

"정말 그럴 거예요." 내가 말했다. 원칙적으로는 완전히 그 말에 동의했다. 머릿속에 떠오르는 시나리오는 딱히 없었지만 말이다. 나야 괜찮은 미국 교외 마을의 조금 덜 괜찮은 지역에 사는, 또 하나의 산만하고 무해한 어린애일 뿐이었으므로 칼의 다양한 쓰임새에 대해 감조차 잡을 수 없었다.

"최소한 이 여행에 대한 기념품으로 간직해. 우리 우정의 기념품이기도 하고."

그래서 나는 그렇게 했다. 지금까지도.

기사는 우리를 저녁 식사 장소에 내려 주었다. 내게는 마지막 자무 샘플이 남아 있었지만, 퐁은 드럼 카파고다가 그걸 마셔 보고 싶어 할 거라는 생각은 버리라고 말했다. 드럼 카파고다는 마셔 보고 싶어 할지도 모르지만, 그러지 않을지도 모른다. 사업상 대량 주문을 넣는다고 해도 그와는 별개다.

"그 사람한테 주도권을 넘겨줘야 해."

나는 이미 여러 건의 영업으로 예열돼 있었기에 전혀 불안하지 않았다. 그러나 어째서인지 아직 밀려나지도, 현대화되지도 않은 도시의 한 구역에 자리한 레스토랑에 들어가자 신경이 날카로워져 결장부터 윙윙대는 것만 같았다. 내가 잠시 멈추어 불안감을 느낀 건 그 장소 때문이 아니라—그곳은 틀림없이 깔끔하고 수수하지만 배치가 특이했다. 공간은 하나였다. 천장이 낮았고 한가운데에 식탁 높이의 반원형 바가 놓여 공간을 거의 다 차지하고 있었다. 그 바를 중심으로 등받이가 높은 의자들이 놓여 있었다.—오히려 우리를 기다리고 있는 몇몇 남자들 때문이었다. 그들은 나의 극도로 제한적인 경험으로 미뤄 봤을 때도 살육의 화신처럼 보였다. 그들은, 이렇게 말할 수밖에 없는데, 깡패였다. 이렇게 말하는 게 너무 가혹한 일인지는 모르겠지만 다른 선택지가 없었다. 그들은 닳아빠지고 각지고 그야말로 심한 일을 겪은 듯한 모습이었다. 공구 통에서 이리저리 흔들리고 부딪힌 물건처럼. 그들의 체격은 범죄를 저질러 교도소에 갇힌 다음 지방질 가득한 음식을 먹고 키운 것 같은 근육으로 위협적일 만큼 부풀어 올라 있었다. 목과 아래팔에는 불꽃과 홍역 자국처럼 생긴 붉은 점, 서예로 쓴 것 같은 한자 문신이 있었다. 머리를 박박 밀고 검은 파일럿 안경을 쓴 한 남자는 얼굴과 두피 전체에 거미줄 무늬가 있었다. 풀려나온 거미줄의 끝은 그의 목을 감고 있는 굵은 올가미 밧줄처럼 매듭지어져 있었다. 그 위협적이고 고통스러워 보이는 수공품을 보자 나는 보일드 울 펜디 정장에 진주 장신구를 달고 나온 제약회사 상속자가 그리워졌다. 나는 퐁이 그대로 뒤돌아 다시 거리로 나가기를 바라며 그를 보았지만, 그는 이미 나이 많은 남자와 악수하고 있었다. 그 남자는 최소한 눈에 띄는 문신이 전혀 없었다.

"제 동료를 소개해야겠군요." 퐁이 말했다. "카파고다 씨, 이쪽은 틸러 바드먼입니다."

"어서 와, 젊은이." 카파고다가 축축해진 내 손을 잡으며 말했다. 반면 카파고다의 손은 어느 겨울 아침 던바의 우리 집 현관 앞 계단에 놓인 신문처럼 차갑고 건조했다. 그의 손아귀는 단단했으나 살짝 떨렸다. 그는 미간이 넓고 어쩐지 졸려 보이는 눈을 가지고 있었다. 이상하게도 그 눈 때문에 약간 재키 오*를 닮은 듯 보였다. 재키 오가 흰머리를 짧게 깎은, 다중적인 아시아인의 특성을 물려받은 노인이었다면 말이다. 남자는 반원형 식탁의 가운데 의자에 자리 잡더니 퐁과 나를 자기 양옆에 앉혔다. 우리는 꽤 가까운 거리에 있었지만 나는 약간 버려진 느낌이 들었다. 턱이 돌덩이 같은, 문신 가득한 거미줄 얼굴이 옆에서 다 들리게 거친 숨을 쉬고 있어서 더욱 그랬다. 당연한 일이지만, 나는 카파고다처럼 성공적인 국제 사업가에게 이런 악당 부하가 있어야 할 이유가 무엇인지 궁금했다. 카파고다가 앉으라고 신호하자 그들은 망설이지도 않았고 카파고다와 눈을 마주치지도 않았다. 그런 걸 보면 '카파고다의' 부하가 확실했다. 모두가 그런 식이었다. 담배를 피우거나 술을 마시거나 둘 다 하거나, 그들은 세계 포커 선수권 대회의 결승전 테이블에라도 앉은 것처럼 자신들이 이미 한 플레이, 혹은 앞으로 할 플레이를 가늠해 보는 듯 어떤 적막

• 오스트레일리아의 라디오 및 TV 프로그램 진행자.

한 계산을 했다. 그들의 보스인 드럼 카파고다가 누구보다도 적막했다. 어쩌면 평생 생각을 해 왔기 때문에 그런 걸지도 몰랐다.

"로바타는 좀 아나?" 그는 삼촌처럼 경쾌하게 물었다.

퐁은 고개를 끄덕였지만, 나는 드럼이 무슨 말을 하는 건지 전혀 알 수 없었으므로 고개를 저었다. 퐁이 자동차를 타고 오면서 이곳이 구운 음식을 파는 레스토랑이라고 빠르게 설명해 주었지만, 그 말을 오해했을까 봐 걱정됐다. '로바타'는 어쩐지 이국적인 처벌의 이름처럼 들렸다.

"그럼 선전에 오는 시기를 아주 잘 잡았어!" 드럼이 밝게 말했다. 그는 우리를 만나서 신난 게 틀림없었다. 이상할 정도로. "이렇게 말할 수밖에 없는데, 일본에도 로바타야키 레스토랑이 많지만 가 볼 만한 가치가 있는 식당은 별로 없어. 도쿄에 가면 벽에 유명인 사진을 걸어 놓은 식당이 있는데, 특히 그곳은 완전히 쓸모가 없지. 여기는 선전시에서 유일한 로바타야. 교토 출신이 운영하지. 하지만 문을 자주 열지는 않아. 우연히 오늘 밤에 연 거야."

나는 그를 다시 한번 흘낏거리고 싶은 마음을 참지 못했다. 그에게는 알아내야 할 것 같은 무언가가 있었다. 그리고 나는 그의 체격과 걸음걸이, 심지어 목소리의 음색을 확인한 뒤에야 문제가 그의 얼굴에 있음을 깨달았다. 재키 오의 이목구비를 닮은 그 얼굴이 이상하게 생겼다거나 잘생겼다거나 어떤 식으로든 특징적이어서가 아니었다. 나를 놀라게 한 건 그의 안색이었다. 어둑한 조명을 받으면서도 그의 얼굴은 놀라울 정도로, 공격적일 정도로 창백했다. 햇볕을 받지 못해 창백한 럭키와는 달랐다. 드럼의 창백함은 피부의 색조 문제가 아니라 안에서 뿜어져 나오는 어떤 기운 때문이었다. 아무 열기 없는, 내부에서 나오는 빛. 꼭 LED 전구의 빛 같았다.

드럼이 설명했다. "혹시 모를까 봐 하는 말인데, 틸러. 로바타는 석탄에 구운 채소와 고기와 해산물을 말하는 거야. 담백하게, 양념은 최소로 해서 말이지. 그래서 재료의 신선함이 가장 중요해. 하지만 이 로바타에서는 신선함이 그저 절묘한 맛을 내기 위해 중요한 게 아니야. 뭐랄까, 이곳의 호박이나 가지는 인간이 맛볼 수 있는 가장 맛있는 호박이나 가지라고 할 수 있지. 네가 먹기에도 그랬으면 좋겠어. 하지만 맛만이 즐거운 건 아니야. 난 그게 본질적 생명력의 징후라고 믿고 싶어. 우리의 내면은 물론이고 우리의 세상 어디에든 존재하는, 더욱 지속적이고 고결한 에너지로 통하는 관문 말이야."

드럼은 차가 담긴 작은 유리잔을 들어 올렸고, 퐁과 나는 필젠 맥주를 들어 올렸다. 드럼의 그림자 부하들도 똑같이 했다. 우리는 음료를 마시고, 판사가 망치를 내려놓듯 탁자에 잔을 내려놓았다. 우리는 형식적인 박자에 맞춰 이 행동을 네다섯 번 반복했다. 그런 뒤 우리의 첫 코스 요리가 준비됐다. 한 종업원마다 두 배 크기의 맥주병을 하나씩 들고 왔다. 이미 첫판에서 채소가 약간씩 타는 냄새가 풍겨 왔다. 흙내가 나는 골파, 달콤한 당근, 향이 약간 나는 양배추. 드럼은 요리사들에게 퐁과 나에게 가장 먼저 음식을 내주라고 지시했다. 먹는 방식이 특이했다. 요리사들은 우리로부터 너무 멀리 물러나 있어 접시를 건네줄 수가 없었다. 그래서 그들은 기다란 피자 판처럼 생긴 걸 사용했다. 음식이 담긴 작은 접시를 아주 조그만 피자 판 끝에 올려, 넓은 식탁 너머로 한 사람 한 사람에게 전해 주었다. 우리는 첫 번째 음식을 먹었다. 아마 내가 너무 빨리 먹었던 모양이다. 갑자기 배고파 죽을 것 같다는 느낌이 들었다. 그런 다음 십여 가지의 채소가 더 나왔다. 다 한입에 먹을 수 있는 크기였다. 그 뒤에는 나머지 한입 거리 음식들이 나왔다. 새끼 문어와 머리 달린 새우, 바삭바삭하면서도 기름진 작은 민물고기말이 등 온 바다를 망라하는 해산물에, 엉덩이 살과 모래주머니 등 닭의 모든 부위를 활용한 미니 꼬치가 이어졌다. 그런 뒤에는 거의 씹을 필요도 없이, 사실상 입속에서 사르르 녹는 네모난 소고기 조각 몇 점이 나왔다.

내가 그렇게 담백하게 요리된 음식을 맛보기에 이상적인 시식가라고는 생각하지 않는다. 초특급 나초할라페뇨파퍼스 같은, 실험실에서 제조한 냉동 사료나 피자 맛 닭 날개, 꿀비스킷을 덮은 돼지고기 등을 먹으며 혼자 컸으니까. 하지만 이 요리는 한입 한입이 너무나 깔끔하고 순수했다. 눈이 불룩 튀어나온 요리사들이 모든 요리에 비밀스럽게 대마초 가루를 바른 게 아닐까 하는 생각이 들 정도였다. 맛이 혀에 닿아 초고도 화질로 꽃피었다. 나무 연기가 은은하게 모든 음식에 배어 있었다. 그러면서도 더 깊은 곳에서는 내가 뭔가를 먹고 있는 게 아니라 세상의 특별한 메시지를 받고 있다고 느꼈다. 그 메시지는 하나하나 원산지의 소식을, 그곳의 공기와 물과 지리적, 혹은 동물적인 '무엇-스러움'을 얘기했다. 그 맛을 좋아하느냐, 마느냐의 문제가 아니었다. 맛이 주는 쾌감, 혹은 불쾌감의 문제도 아니었다. 오히려 나는 어쩌면 이것들이 드럼이 말한 "활력"이 담긴 용기일지 모른다고 생각했다. 이 땅의 본질적인 생명이라는 재료에 가장 간단한 변형만 가한 음식.

퐁도 음식을 즐기고 있었다. 하지만 그는 대체로 드럼에게 집중하며 그의 찻잔을 다시 채워 주고 피자 판에 담긴 음식을 드럼이 가장 먼저 골라야 한다며 고집을 부렸다. 심지어 드럼이 화장실에 갔다가 돌아왔을 때 그의 의자도 빼 주었다. 내 눈에는 그의 친절한 관심이 영업과는 별 관계가 없는 듯했다. 그렇다고 나이 어린 사람이 아첨을 떠는 모양새도 아니었다. 굳이 따지자면, 드럼이 다시 자리에 앉을 때 그의 어깨에 얹는 손길이나 찻주전자에서 차를 안정적이고 조심스럽게 따라내는 손길이 마치 아들이 부모를 염려하는 마음처럼 느껴졌다. 그냥 '저 여기 있어요.'라고 말하는 손길. 나는 한 번도 클라크를 그런 방식으로 대한 적이 없었던 것 같다. 당연히 어딘가로 가거나 집으로 돌아왔을 때 어깨부터 끌어안는 남자다운 포옹은 할 수 있었다. 하지만 그 외에는 신체적으로 접촉하지 않았다. 재미있는 건, 퐁이 자기 아버지에게 그런 일을 하는 모습도 상상할 수 없었다는 것이다. 퐁의 아버지는 문화대혁명 당시에 그 모든 걸 견디고 또 잃어야 했음에도 여전히 가족과 분리된 공간에서 요리를 해야 했다.

그 순간 나는 깨달았다. 너무도 늦게. 정말 멍청한 일이었다. 드럼 카파고다의 빛바랜 모습을 이미 보고도. 그는 건강이 좋지 않았다.

"말해 봐, 퐁." 드럼이 차를 홀짝이다가 말했다. 찻잔은 여전히 그의 손에서 아주 조금씩 흔들리고 있었다. "스코츠데일에서 아내랑 요가를 한다고 잠깐 얘기했었지. 이제 전문가가 됐나?"

퐁이 대답했다. "전혀요. 그냥 따라 하는 거죠. 재미는 있지만, 잘하는 건 아내 쪽입니다. 저는 중급자로 만족해요."

"내가 묻는 건, 자네도 알겠지만 내가 요가에 꽤 열정적이기 때문이야. 사실 난 전 세계 요가 학원에 있는 최상위급 요가 선생들을 위해 특별한 콘퍼런스를 열 예정이라네. 여기, 선전에 있는 내 빌라에서 말이지."

"보스는 진정한 최상위급 요가의 달인이시거든." 거미줄 얼굴이 말했다. 그가 영어를 쓰다니 놀라운 일이었다.

"지지의 충성심은 감탄할 만하지만, 저 말은 지나쳐. 난 재능 있는 사람이 아니야. 그냥 아주 열심히 노력할 뿐이지. 난 포기하지 않아. 하지만 천성적으로 참을성이 없는 성격이기도 해. 요가 수련자로서는 엄청난 결점이지. 엄청나게 서두르면서 요가의 비밀을 파헤치려 하다니, 상상이나 되나?"

"호흡이 너무 가쁘지만 않다면야……."

퐁의 형편없는 농담에 드럼이 킬킬댔다. "숨을 쉬지 않으면 자세는 취할 수 있겠지. 자네는 몸이 엄청나게 유연해 보이는군. 알고 보니 난 유연한 체질이 아니었어. 하지만 애를 쓰고 나 자신을 밀어붙인 끝에 어찌어찌 꽤 높은 수준에 도달했지. 내 스승은 정말로 놀라면서, 원한다면 강사 트레이닝을 받아도 되겠다고 하더군. 하지만 모든 일이 그렇듯 노력과 수고를 더하는 것만으로 탁월해지는 건 아니야."

"다른 방식으로 그 문을 열어야 하죠." 퐁이 말했다.

"맞아." 드럼이 이제는 나를 돌아보며 그 말에 동의했다. "어떻게 생각하나, 틸러? 그 문을 어떻게 열어야 할까?"

두 남자는 아무렇지 않게 내 대답을 기다렸다. 나는 그것만으로도 기가 죽었다. 더 나빴던 건 퐁이 내가 무슨 말을 하든 전혀 걱정할 게 없다는 표정을 짓고 있었다는 것이다. 나를 완전히 믿고 있거나, 아니면 내가 어차피 망하리라는 걸 이미 아는 표정이었다. 그 표정이 가장 나를 얼어붙게 했다. 나는 어색할 정도로 맥주를 길게 들이마셨다. 당연히 나는 아무 의견이 없었다. 하지만 퐁과 함께하는 여행 내내 나는 퐁이라면 어떻게 움직일지에 대한 상상에 의지하고 있었기에—내 머릿속 자동차 범퍼에 붙여 둔 스티커는 WWPD*였다.—이렇게 중얼거렸다. "사실 문이 존재하지 않는다는 걸 알아차리면 되겠죠."

"와아아!" 드럼이 내 등을 철썩 치며 소리쳤다. "가능성의 문제다, 그 말이지? 모든 질문을 다시 생각하는 것 말이야. 문은 존재하지 않고 한 번도 존재하지 않았다는 거야!"

나는 고개를 끄덕였다. 나도 다른 말을 한마디 덧붙일 만큼 바보는 아니었다.

"이 녀석은 어디서 찾은 건가?" 드럼이 물었다.

"우리 동네에 사는 녀석이에요." 퐁이 자랑스럽게 말했다.

"그럼 자네 사는 동네에 가 봐야겠군."

"꼭 그러실 필요는 없습니다." 퐁이 이제 내게 윙크하며 말했다. "틸러는 고유한 자원이거든요. 앞으로도 이런 모습을 더 보시게 될 거예요. 재활용까지 가능할지 모르죠!"

퐁이 웃자 드럼도 웃었다. 그래서 나와 거미줄 얼굴도 웃었다. 식량과 음료를 통해 연대하는 남자들의 한가로운 즐거움을 실어서. 드럼은 만족스럽다는 듯 내게 고개를 끄덕였다. 내 생각에는 그랬다.

---

* What Would Pong Do(퐁이라면 뭘 했을까.)의 앞 글자인 동시에, 특정 지역의 경찰차에 붙이는 '~PD' 스티커를 패러디한 것.

최소한 나를 자기가 견뎌야 하는 또 하나의 신선하지 않은 음식 조각이라고 생각하지는 않는 듯했다.

우리는 두 시간을 더 머물렀다. 요리사들은 우리가 요리를 한입씩 야금야금 먹는 걸 보며 맞춰 속도를 조절해 주었다. 마지막까지 다 먹어도 음식으로 배가 차지는 않았다. 음식보다도 드럼의 부하들의 목을 기름칠해 준 라거 때문에 배가 불렀다. 그들이 목 깊은 곳을 신나게 퉁겨 대는 통에 식당은 점점 시끌벅적해지고 있었다. 그 우렁우렁한 웅성거림이 연기 가득한 공기를 더욱 따뜻하게 데웠다. 나는 미처 깨닫지도 못한 채, 영원히 고통받는 나의 중국어2 강사가 기쁨의 눈물로 속옷마저 적실 만한 속도로 떠들어 대고 있었다. 나는 씩씩하게도 거미줄 얼굴에게 지역 맥주 중 어떤 맥주를 좋아하느냐고 물었고, 거미줄 얼굴의 동료에게 화치앙베이에서 할 수 있는 가장 좋은 호버 보드 거래에 관해 내 의견을 말했으며, 퐁이 내게 준 작은 주머니칼을 꺼내 멋진 작동 방식을 설명했다. 그러자 거미줄 얼굴이 그 칼을 받아 들고 젓가락을 깎아 치명적으로 날카로운 창으로 만들더니 그걸로 와규 조각을 꿰뚫었다.

우리는 맥주 속에 어뢰를 투하하듯 '쇼추'* 잔을 넣어 주고받은 뒤, 이어서 그들의 멘톨 담배를 빌려 피웠다. 나는 주제를 더욱 넓혀 아시아 공항의 높은 수준과 미국 여대생들을 말로 꾀는 방법, 특정한 품종의 대마초가 가진 강점 등에 대해 떠벌였다. 그들은 나를 보며 말하는 개라도 만난 것처럼 즐거워했다. 내가 듣기에는 표준적이지

---

* 소주를 말한다.

337

만, 게티의 게릴라 영어처럼 사팔뜨기같이 보일 가능성이 높은 이 유창함이 우스운 듯했다. 나는 대담해져 그들에게 보스를 위해 하는 일이 뭐냐고 물었다. 거미줄 얼굴은 입을 다물고 잠시 나를 평가하듯 바라보더니 자기들이 현재 진행하는 프로젝트 몇 가지에 대해 빠르게 얘기해 주었다. 중국 남부에서 MMORPG 게임의 보물 채굴 작전을 벌인다든가, 한국에서 암호화 화폐를 거래한다든가, 일본에서 룸살롱과 파친코 오락실, 복권 판매대를 관리하는 등의 일이었다. 드럼의 수많은 기업이 가진 이러한 준-합법적 측면을 솔직하게 얘기했다는 건, 내 생각에 그의 보스가 퐁을, 또 퐁의 연장으로서 나를 얼마나 믿는지를 보여 주는 듯했다.

한편 드럼과 퐁은 드럼의 요가 학원을 통해 엘릭서런트를 소개하는 방법을 의논했다. 특정 지역에 알맞은 맛의 배합, (남아시아 사람들에게는 짜고 신맛, 북아시아 사람들에게는 좀 더 단 맛) 다양한 포장과 가격 전략 등에 대해서였다. 그중에서 퐁이 'HG'라는 상품에 대해 얘기하는 걸 듣고 내 귀가 쫑긋 섰다. 드럼이 그 단어에 특별한 관심을 보이는 건 분명했다. 이제 그는 고개를 돌려 퐁을 똑바로 보고 있었다.

"그럼 내 음료는 언제 준비될 거라고 예상하나?" 드럼이 물었다. 나는 그래 뭐, 주요 동업자를 위한 맞춤형 음료를 배합하면 안 될 이유가 뭐야, 하고 생각했다. (나는 뚜껑 달린 병에 마커로 '특급'이라고 적혀 있는 모습을 상상했다.) 신체적인 것이든 아니든 그의 특정한 욕구나 질병을 겨냥한 물약일 뿐인데.

"최대한 빨리 준비하죠." 퐁이 말했다. "아직 몇 가지 핵심 성분을 기다리고 있습니다. 다음 주에는 도착할 겁니다. 도착만 하면, 한 달

안에 준비될 것으로 확신합니다."

"아." 드럼이 갑자기 기운이 빠진다는 듯 탄식했다. "우리 친구 최 선생이 일주일이나 이 주일 이상은 걸리지 않을 거라고 말했던 것 같은데. 꽤 확신하는 것 같았어. 최 선생이 잘못 안 건가?"

"럭키는 낙관적인 사람이니까요." 퐁이 숨을 들이쉬며 대답했다. 나는 배그스 파텔이 참 스테이션에서 럭키라고 불리는 친구를 둔다는 것의 의미에 관해 했던 말을 떠올렸다.

"약속은 못 하겠지만, 최선을 다하겠습니다."

"자네라면 그러겠지." 드럼은 식탁 위에서 퐁의 손목을 꽉 잡고 천천히 흔들었다. "고마워."

"저희가 감사드립니다." 퐁은 밝게 대답하며 나를 대화에 끌어들였다. "함께 일할 기회를 갖게 되다니 행운입니다. 틸러도 저만큼 흥분하고 있어요. 그렇지?"

"우이!" 내가 불쑥 말했다. 퐁이 너무도 자연스럽게 나를 곁가지로 끌어들이자 즉시 기분이 치솟아 버린 것이다. 드럼도 그걸 알아차렸다. 그의 눈이 잠깐 휘둥그레졌다. 그러더니 그가 "우이!"라고 대답했다. 우리는 맥주를, 드럼은 미지근한 차를 함께 마셨다. 드럼이 화장실에 가겠다고 일어서자 나는 퐁한테 드럼에게 만들어 주기로 한 음료가 정확히 뭐냐고 물었다.

"구체적인 내용은 중요하지 않아." 퐁은 그렇게 말하며, 종업원에게 우리의 맥주잔을 다시 채우라고 손짓했다. "가장 중요한 건 선수들이 서로를 아는 거지. 모든 건, 특히 사업은 파트너십이 강할 때 가장 잘되거든. 네 동료 접시 닦이들하고도 틀림없이 그랬겠지?"

물론 그랬다. 수증기 안에 있던 우리는 하나의 고약한 장치였다. 하지만 지금 그 순간 내 머릿속에 맑게 울리는 한 가지 사실은, 퐁의 말에 따르면 지금의 내가 이 놀이에 낀 선수 중 하나라는 것이었다. 그럼 놀아 봐야지!

머잖아 우리는 그때까지 남아 있던 선전 구시가지의 수증기가 어려 있는 밤 골목에 이르렀다. 퐁은 드럼이 이후의 일정을 다 부담할 걸 안다면서 로바타야키 값을 자기가 내겠다고 우겼다. 물론 드럼이 엄청난 비용을 낼 게 틀림없었다. 드럼은 퐁이 돈을 내게 두었다. 나는 음식값이 얼마인지 몰랐지만, 그래도 너무 비쌀 리는 없다고 생각했다. 간단히 자른 날것의 식재료를 나무 위에서 구운 것일 뿐이니까. 하지만 퐁이 두툼한 현금 다발을 종업원에게 건네는 걸 보고 식당에서 걸어 나갈 때 물어보니, 음식값과 맥주와 찻값을 포함해 인당 약 300달러를 냈다고 말했다. 나는 경탄했다. 앞서 말한 음식의 가치가 그 정도로 매겨진다는 것도 놀라웠고, 그렇다면 우리 앞에 펼쳐질 일은 과연 무엇일지도 놀라웠다.

"이제 어디로 가요?" 내가 퐁에게 물었다. 우리는 거미줄 얼굴과 그의 친구들 옆에서 깡패처럼 느릿느릿 걷고 있었다. 드럼은 누구를 데려오겠다며 다른 길로 갔다.

"노래하러." 퐁은 간단하게 말했다. 우리가 할 수 있는 다른 일이라고는 없는 것처럼.

14

나는 짧은 평생 노래를 불러 왔으나 큰 소리로 노래한 적은 한 번도 없었다. 아마 당신도 나와 비슷할 것이다. 당신은 샤워실의 스타 가수나 고속도로에서 신나게 노래를 부르는 사람도, 늘 자기만의 라스칼라*를 흔들어 대는 프리마돈나도 아닐 수 있다.

우리 엄마는 가수였다. 나는 저녁이면 엄마가 머리를 감으며 노래 부르는 소리를 들었다. 그녀의 목소리가 고물 라디오 소리처럼, 복도 저쪽에 있는 엄마의 방에서 떨리듯 들려왔다. 낮에는 엄마가 내내 아끼는 음반을 틀어 놓았다. 엄마는 자동 보관대의 기둥에 음반을 한 번에 다섯 개씩 쌓아 놓았다. 이전 음반이 끝나면, 다음 음반이 기분 좋은 '타랏' 소리를 내며 떨어졌다. 음반이 다 돌아가면, 내가 B면을 들을 수 있도록 그 더미를 통째로 뒤집었다. 하루가 시작될 때면 엄

• 라스칼라 극장을 말한다.

마는 노래를 따라 부르지 않고 예열이라도 하듯 흥얼거리기만 했다. 아니면 달걀샐러드샌드위치를 만들어 주거나 빨랫감을 개면서 제자리에서 몸을 흔들었다. 하지만 밤이면 소리를 냈다. 발라드와 가스펠, 포크송, R&B, 컨트리. 부모님의 침실 문이 이미 닫혀 있을 때는 그림책을 가지고 복도로 가서 옆구리를 벽에 바짝 붙였다. 파이프 속의 물이 반주처럼 울려왔다. 나는 엄마의 목소리를 듣기 전부터 느낄수 있었다. 멜로디는 척추를 따라 내려와 경추를 따뜻하게 덥혔다.

나는 엄마와 함께 노래한 적이 없었다. 나 혼자, 조용히, 내 가슴속 결투장에서 부른 노래는 예외다. 나는 아주 오래전부터 그렇게 해 왔다. 그래서 퐁과 나와 드럼과 드럼의 부하들이 가라오케 가르보*라 불리는 곳에서 다시 모였을 때, (가라오케 안은 문자 그대로 졸린 눈의 스타를 찍은 스틸 사진이 도배돼 있었다.) 어떻게 하면 노래하는 차례를 뛰어넘어 다음 사람에게 미룰지 전략을 세우기 시작했다. 어쩌면 타이밍을 잘 잡아 화장실에 가거나 기절한 척하면(그냥 시늉이 아닐 수도 있었다.) 될지도 몰랐다.

1학년 때 한 번, 나는 노래방 기계가 있는 기숙사 방에서 열린 노래하는 모임에 엉겁결에 따라갔다가 너무 많은 좋은 노래가 손상되고 훼손되는 꼴을 한 시간 동안 지켜본 뒤 말 그대로 구역질을 느껴서(부분적으로는 술이 들어간 젤리포와 대마초 기름을 끼얹은 버터스카치 사탕 때문이었다.) 뛰쳐나가야만 했던 적이 있다. 노래를 부를 줄 아는 녀석은 딱 한 명뿐이었다. 심각한 앞니 부정교합 때문에 약간 얼간이

---

* 스웨덴 태생의 미국 배우 그레타 가르보를 말한다.

같이 보였고, 아무도 별다른 관심을 기울이지 않았던 착한 녀석이었다. 하지만 그 녀석이 「유브 로스트 댓 러빙 필링」의 코러스를 대방출했을 때, 나는 남녀 가리지 않고 모두의 미움을 받으면서도 모두가 섹스하고 싶어 하는 대상이던 못된 금발 여자애 둘이 소파에서 뛰어오르는 걸 보고, 걔들이 녀석을 방으로 끌고 가 녀석의 세상을 뒤흔들려나 보다 생각했다. 세상에, 그 녀석은 목청이 대단했다. 그 못된 금발녀들은 녀석이 「스윗 차일드 오 마인」을 빌리 젱킨스식 블루스로 바꿔 부르자 자제심을 잃고, 녀석의 '필 더 번' 티셔츠를 미친 듯이 할퀴어 댔다. 녀석이 벨벳처럼 매끄러운 길을 따라 펄 잼의 「라스트 키스」를 천천히 통과하자 녀석의 스키니진을 곤죽으로 만들어 버렸다. 여자애들은 불행히도 녀석의 마지막 노래인 「돈 스탑 빌리빙」을 망쳐 버렸다. 녀석의 옆에서 엄청난 고음을 내며 소리를 질러 댔던 것이다. 물론 그 녀석은 신경 쓰지 않았다. 모두가 보는 앞에서 자기 마이크로 구강성교 시늉을 하는 섹시한 여자애들과 뺨을 맞대고 있어 제정신이 아니었다. 하지만 며칠 뒤, 학생 식당의 샐러드 바에서 그 여자애들이 자기를 알아보지도 못하자 녀석의 기대감에 찬 표정은 즉시 산산조각 났다.

교훈은 끊임없이 노래를 부르라는 것이다, 나의 형제 로미오여.

아무튼 나는 노래방 주인을 따라 아래로, 위로, 양옆으로 가라오케 가르보의 불길 솟는 미로를 헤치고 가면서 동굴 탐험이라도 하는 기분이었다. 가라오케 가르보는 골목의 골목에서도 벗어난 곳에 있었다. 우리 방에 이르렀을 때는 우리가 해수면 위에 있는지, 아래에 있는지조차 알 수 없었다. 내 순서가 왔을 때 슬쩍 빠져나갈 방법을 계획하고 있지 않았다면 사실 가게가 어떻게 생겼든 어디에 있든 상관없었을 것이다. 다른 사람 앞에서 노래할 때의 두려움과 당황스러움만이 문제는 아니었다. 나는 오직 아름다워야 할 존재를 학살해 버리는 일을 견딜 수 없었고, 숭고해야 하는 존재를 더럽히는 상황을 감당할 수 없었다. 시와 그림과 빵 굽기에 관해서, 나는 언젠가 엄마가 아빠에게 (그 시점에 아빠는 바게트를 만들려고 노력하는 중이었다.) 그럭저럭 잘하는 수준이라면 행동을 삼가야 한다고 말하는 걸 엿들었다. 엄마는 잔인하게 굴 때 굳이 상냥함을 발휘하는 사람은 아니었다. 그리고 솔직히 말하자면 노래도 엄마가 말한 것의 범주에 들어간다. 신성한 모든 것이 그렇듯, 노래도 생각보다 취약하다. 우리 엄마가 전문적인 가수가 될 수 있었는지에 관해서는 이론의 여지가 있겠지만, 최소한 엄마는 음정을 완벽하게 맞췄고 리듬을 탈 줄 알았으며 오래전에 세탁한 플란넬 같은 음색을 가지고 있었다. 그 누구라도 엄마의 노래를 들으면 그 자체가 축복이라는 말밖에 할 수 없었다.

우리 방은 길고 좁은 형태였다. 벽을 따라 여러 칸으로 나뉜 소파와, 열대 과일 조각이며 말린 오징어, 스시 등이 담긴 접시가 놓인 채 적당히 배치된 낮은 탁자가 있었다. 탁자 위에는 뭔지 모르지만 한국 브랜드의 스카치위스키 병도 여러 개 있었다. 가르보는 나이트클럽을 두어 곳 소유하고 있는 한국계 중국인의 사업장이었다. 나는 드럼의 부하들이 모두 그쪽 계열이라는 걸 깨달았다. 그들은 완전히, 혹은 부분적으로 한국계였다. 아마 중국 북부에서 이민해 온 거친 사람들이었을 것이다. 나는 그들이 가르보의 직원과 얘기할 때 쓰는 모국어를 토막토막 들을 수 있었다. 드럼은 그 자리에 없었지만, 대신 거미줄 얼굴이 우리를 긴 직사각형 방의 벽을 따라 놓여 있는, 세 면으로 된 안락한 소파로 안내했다. 퐁과 나는 한쪽에 나란히 앉았고, 드럼이 앉을 상석 자리를 비워 두었다. 드럼의 부하 몇 명은 도착하는 순서대로 자리를 잡았다.

드럼이 들어오자 우리 모두가 일어섰다. 물론 드럼을 존중하는 의미이기도 했지만, 그와 함께 들어온 여자에게 인사를 하기 위해서이기도 했다. 그녀는 소방차처럼 선명한 빨간색에 팔다리를 따라 흰 줄무늬가 한 줄 들어가 있는, 딱 달라붙는 벨루어 트랙 슈트를 입고 있었다. 그녀는 드럼의 딸 콘스턴스였다. 나중에 알게 된 사실이지만 콘스턴스는 드럼의 유일한 자녀였고 나보다 조금 더 나이가 많았다. 드럼보다 한참 어린 그의 아내는 아이를 낳고 얼마 안 돼 뇌졸중으로 죽었다. 콘스턴스는 드럼보다 약간 키가 컸다. 두꺼운 굽이 달린 크로스트레이너를 신고 있으니 최소 175센티미터는 되는 듯했다. 딱 맞는 트랙 슈트를 밀어내는 듯한, 탄탄하고 훌륭한 운동선수 같은 체형이었다.

드럼처럼 콘스턴스도 몸을 꼿꼿이 세우고 앉았다. 그녀는 협상이라도 하려는 것처럼 아래팔을 탁자 위에 얹었다. 드럼처럼 그녀의 목도 위엄 있게 곧고 길었다. 드럼처럼, 조용히 삼키는 듯한 그녀의 시선은 나를 불안한 상태로 몰아넣었다. 그녀는 커다란 정사각형의 검은 테 안경 너머로 나를 바라보았다. 그녀는 크고 멋진 괴짜처럼 보이는 짐승 같은 여자였다. 곱슬곱슬하고 숱 많은 검은 머리카락은 어깨까지 내려왔다. 드럼도 머리를 짧게 깎지 않았다면 똑같은 모습이었을 듯했다. 그녀는 형태가 매우 잘 잡혀 있고 풍만한 가슴을 가지고 있었으나, 내 관심을 끈 건 다름이 아니라 그녀의 손이었다. 그녀의 손은 큼지막했고 힘줄이 도드라졌으며 드럼의 손보다도 단단해 보였다. 그녀의 아버지는 손의 피부가 종잇장 같고 검버섯이 얼룩덜룩 피어 있었으니 그럴 만도 했다. 우리는 서로 고개를 숙여 인사했을 뿐 악수는 하지 않았지만, 그 손아귀의 억센 힘줄이 마치 내 손마디를 꽉 누르는 듯했다.

'콘스턴스.' 나는 게티식 언어로 생각했다. '그녀는 강하다.'

드럼의 부하들과 함께 다니는 다른 사람들이 마저 들어오고 직원들이 마이크 스탠드를 설치하는 동안 가르보의 주인이 와 우리에게 인사했다. 드럼은 그녀를 마담이라고 불렀다. 그녀는 아름다운 용모의 나이 든 여자로, 명품 스커트 정장을 입고 눈에는 짙은 아이섀도를, 길게 기른 손톱에는 은색 매니큐어를 바르고 있었다. 그녀는 콘스턴스와 퐁과 거미줄 얼굴에 이어 나머지 우리와도 새치름하게 악수했다. 드럼에게는 한껏, 미국식으로 활기 있게 포옹을 나누더니 그의 뺨에 입을 맞췄다. 그걸 본 나는 둘이 태양 아래에서 함께 시간을 보낸 적이 있는 건지 궁금해졌다. 둘은 장난스러운 시선을 주고받으며 자신들의 신체 건강에 관해 영어와 중국어가 섞인 진득한 인사를 나눴다. 서로 상대의 몸이 좋아 보인다며 아부를 하면서도 자신의 몸에 관해서는 겸손을 떨었다. 그녀는 직원들이 따라 준 거품 가득한 술잔을 들어 우리에게 환영의 건배를 했다. 드럼은 그녀와 잔을 부딪히고 실제로 술을 한 모금 마셨다.

다음으로 젊은 여자들이 들어와 일렬로 늘어섰다. 칵테일 드레스를 입은 여자들은 레드카펫에 나설 때처럼 헤어와 메이크업을 완벽하게 갖춘 채였다. 모두가 아주 작고 달랑거리는 핸드백을 들고 있었다. 전부 합쳐 여덟 명이었다. 콘스턴스를 포함한 우리 모두에게 한 명씩 짝을 지어 줄 터였다. 미국 교외 출신으로서 견문이 매우 짧은 내 시선으로 볼 때 그들은 그야말로 끝내줬다. 슈퍼 모델급이었다. 그들은 진짜 모델처럼 그 자리에 서 있었다. 전혀 애쓰거나 어색한 기색 없이 하이힐을 신고 근사하게 포즈를 잡고는 우리를 알은체하는 동시에 무시했다.

나는 퐁에게 조용히 물었다. "저 사람들이 혹시, 그러니까……."

"아, 그런 거 아니야. 저들은 그냥 호스티스거든. 저 사람들이 하는 일은 우리와 얘기하고 술을 마시고 노래를 부르는 거야. 네가 듣기에는 아주 구식으로, 심지어 뒤떨어진 것처럼 느껴질지 모르겠지만 전혀 해롭지 않아. 물론 저 중 한 사람이 네 마음에 들고 그 사람도 너를 마음에 들어 한다면 저녁 약속을 잡을 수도 있지. 모든 데이트가 그렇듯 그다음에 일어나는 일은 서로가 결정하는 거야. 다만 상당한 투자가 필요할 수도 있어. 돈이 아니라면 선물로라도." 퐁이 눈썹을 올렸다. "왜, 틸러, 관심 있어?"

"절대 아니에요." 내가 말했다. 이 아찔한 젊은 여자들 중 한 명과 데이트를 한다는 생각만으로도 기운이 솟는 동시에 움츠러들었다. 던바의 에누리 없는 십 대가 이런 외모와 사회적 기술/위신의 범주에 속하는 사람들을 만나기란 거의 불가능한 일이었다. 나는 나와 대칭적인 매력을 가진 여자만을 만날 수 있었다. (그들이 나를 거울처럼 비춘다는, 그러니까 완전히 웃기게 생기지만은 않았다는 의미다.) 물론 그 여자애들은 완전히 복잡하고 생각이 많은 인간이었다. 이 호스티스

347

들이 복잡하지도 않고 생각도 없다는 뜻은 아니다. 그냥 평소처럼 나는 그들의 우월한 신체적 아름다움에 인질로 잡히고 말았다. 그래서는 안 된다는 걸 알았지만, 그랬다.

"나도 좀 더 현실감 있는 외모를 선호해." 퐁이 어째서인지 내 소심함을 감지하고 말했다. "그렇다고 흠을 잡으려는 건 아니지만. 저 사람들 대부분은 배우나 모델로 아직 성공을 거두지 못해서 여기 있는 거야. 꿈을 살려 두면서 돈도 잘 벌 수 있는 곳이 여기니까. 저 사람들은 필요한 일을 하고 있어. 충분히 명예로운 일이야."

이제는 마담이 우리에게 짝을 지어 주는 특권을 떠맡았다. 호스티스가 각기 배정된 손님 옆에 앉았다. 나는 영어를 가장 잘하는 사람을 배정받았는데, 다행이었다. 영어를 못하는 여자와 대화하는 건 거의 생각할 수 없었으니까. 호스티스는 내가 이 정도로 가까이 갈 수 있는 인간 중 가장 사랑스러운 인간이 틀림없었다. 순수한 화이트 초콜릿으로 빚어낸 것만 같았다. 우리는 즉시 말이 통했다. 그녀가 신이 나서 영어를 썼기 때문이다. 가르보에서 그녀가 쓰는 예명은 프라다였다. 진짜 이름은 드러내지 않으려 했다. 하지만 중학교 시절 잠시 미국에, 펜실베이니아 해리스버그 근처의 어딘가에서 살면서 썼던 이름은 알려 주었다. 옛 시대의 배우 모린 오하라를 존경한 그녀의 할머니가 그녀에게 모린이라는 이름을 붙였다고 했다. 그녀는 내가 그 이름으로 자기를 불러 주기를 바랐다.

'멋진데.' 나는 생각했다. '모린이라는 이름의 여신이라니.'

"평생 동안 거기 있을 때가 가장 행복했어." 그녀는 가짜 스카치를 두 잔에 따르며 말했다. "아주 조용한 작은 마을이었어. 아름다운 나무가 많았어. 사람들도 참 착하고 친근했어. 그래, 남자애들 중에는 별로 착하지 않은 애들도 있었지만. 나쁜 애들이야 어디든 있잖아? 중국에는 그런 애들이 잔뜩 있고! 베이징은 끔찍해. 상하이도 끔찍하고. 광저우는 최악. 선전은 괜찮아. 넌 그런 애 아니지?"

모린은 윙크했고 나도 윙크했다. 우리는 그 말을 기리며 술을 마셨다. 우리 중 누군가는 착하게 굴려고 노력하더라도 별로 착하지 않은 게 분명하고, 적어도 노력을 했다는 게 변명이 아니라는 건 아니까. 아무튼 모린은 우리 접시에 파인애플 조각과 모찌를 조금 올려놓았고 우리는 선전의 공기 질에 대해, (대부분의 중국 거대 도시보다 나았다.) 모린이 가장 좋아하는 미국 음식에 대해, (맥앤드치즈, 캘리포니아 롤) 그리고 장래 희망에 대해, (꽃꽂이 사업을 시작하고 싶다.) 온갖 얘기를 나눴다. 그녀와 조금은 사랑에 빠졌느냐고? 당연하다. 사실 나는 내게 절반이라도 친절하게 구는 거의 모든 여자와 조금은 사랑에 빠진다. 엄마가 없었던 어린 시절 때문인 게 분명하다. 카페의 계산대에서, 공공 도서관에서, 미용실에서 그런 일이 종종 벌어질 수 있다. 내가 바란 건, 그날 저녁이 끝나기 전에 모린이 내게 그녀의 정교한 사탕 같은 상냥함에 다가갈 수 있게 해 주고 그 상냥함을 내 위에 조금이나마 녹여 주는 정도였다.

다른 사람들은 다양한 수준의 열정을 가지고 각자의 짝에게 정착하는 중이었다. 확실히 나만큼 신난 사람은 없어 보였다. 아무리 최고급 호스티스가 나온다고 해도 이건 표준적인 업무 절차에 불과했다. 나는 거미줄 얼굴과 그의 동료들이 드럼 카파고다에게 극도로 공손하고 열성적인 걸 알아챘다. 깡패라면 으레 몸에 밴 무례함이나 거친 행동은 전혀 없었다. 오히려 이 세상의 진짜 깡패인 금융계나 기업계 사람들이 취할 만한 행동에 가까웠다.

퐁은 자기 호스티스와 얘기하는 게 편안한 듯했다. 이제 보니 퐁은 호스티스와의 사이에 공간을 충분히 두고 있었다. 꼭 그녀가 자기 딸의 학교 친구라도 되는 듯했다. 심지어 그는 커다란 멜론 덩어리를 그녀를 위해 작게 잘라 주었다. 나도 모린에게 똑같이 해 주었고, 모린은 멜론을 한 조각 집어 내 입에 먼저 넣어 주었다. 드럼은 마담에게 술을 따라 주겠다고 고집을 부리는 중이었다. 어느새 이중초점 안경을 쓴 거미줄 얼굴은 자기 파트너와 함께 노래방 파일을 휙휙 넘기고 있었다. 여자는 책장을 넘기며 이런저런 곡을 추천했다. 유일하게 불편해 보이는 사람은 콘스턴스였다. 그녀는 자기 호스티스 옆에 조용히 앉아 돌아가는 상황을 지켜보고 있었다. 그녀는 내가 있는 쪽을 자주 바라보았고, 나와 시선이 마주치면 눈을 돌렸다. 물론 콘스턴스가 아빠와 함께 이곳에 있다는 건 이상한 일이었다. 하지만 가족사란 복잡한 문제이고 나는 그에 대해 눈곱만큼이라도 뭔가 아는 사람이 아니었다. 그래서 나는 당시에 그랬듯, 또한 앞으로도 그럴 것이듯 준비된 모든 것에 마음을 열고 있었다.

문 두드리는 소리가 나더니 이윽고 젊은 남자 세 명이 나타나 깊이 허리를 숙였다. 그들은 동시에 뛰어오르며 뭐라고 외쳤다. 내가 듣기에는 '씨발!'처럼 들렸다. 곧 조명이 꺼지고 사방이 캄캄해졌다. 잠시 나는 경쟁 조직이 기습한 것인지 궁금해졌다. 나는 본능적으로 모린을 움켜쥐었고, 모린은 "야!"라고 했다. 하지만 그때 아마 내가 들어 본 중 가장 시끄러운 하우스 음악이 쿵쿵 울리기 시작했다. 세 남자에게 문자 그대로 빛이 쏟아졌다. 빛의 철도가 그들의 팔다리와 머리를 따라 줄지어 지났다. 눈에 보이는 것이라고는 네온색의 막대 인간뿐이었다. 그들은 박자에 맞춰 춤을 추기 시작했다. 시계탑의 내부를 이루기라도 하는 듯한 정박자의 춤이었다. 내가 흥미를 잃으려는 순간마다 그들은 춤을 바꾸고 또 바꿨다. 기관차 바퀴를 돌리다가 파이프 오르간을 치고, 치어리더처럼 뒤로 공중제비를 돌아 바닥으로 착지했다. 스트로보 조명이 번쩍였고 피냐 콜라다 향이 나는 가짜 연기가 천장에 숨겨진 통에서 뿜어져 나왔다. 기괴할 만큼 복고적이고 다소 싼티가 났지만, 은근히 멋졌다. 손뼉 치는 소리가 오디오의 일부인지, 우리가 내는 소리인지 알 수 없었다. 우린 그만큼 흥이 올랐다. 하지만 그때 그 순수한 어둠 속에서 한 여자의 사랑스러운 목소리가 울렸다. 내가 오래전에 들었던 어떤 노래의 첫 소절이었다. 어쩌면 엄마의 턴테이블에서 들은 노래인지도 몰랐다. 섬세한 목관 악기 소리가 점점 커져 목소리와 어우러질 즈음, 어두운 조명이 마담을 비추었다. 그녀는 무대 위 마이크 앞에 서 있었다. 그녀가 선 자리가 점점 더 밝아졌다. 이제 나는 가르보를 닮은 그녀의 얼굴을 알아보았다. 진주처럼 빛나며 완벽하게 매끄러운 얼굴. 그렇게 그녀는 천천히, 부드럽게 노래를 불렀다.

마지막 춤…….

내 옆에 앉아 있던 거미줄 얼굴이 영어로 외쳤다. 거친 목소리였다. "멋지다, 프리마돈나!" 정말이지 그녀는 멋졌다. 달콤한 세레나

351

데, 느리게 타오르는 오프닝에 우리는 단물을 쏙 빼앗겼다. 그녀가 "너무 못되게" 군다는 가사를 읊을 때, 나는 자제하지 못하고 환성을 질렀다.

노래의 정점에 이르러 스피커가 폭발했고, 두 번째 광선이 회전하는 디스코 볼을 비추었다. 우리는 모두 일어나, 모를 리 없는 그 박자에 맞춰 몸을 흔들어 댔다. 방 안에 있는 모두가 그녀와 함께 유명한 후렴구를 불렀다. 하지만 후렴구뿐이었다. 아무도 나머지 공연을 망치고 싶지는 않았으니까. 공연은 도나 서머의 여느 공연만큼이나 관능적이고 원기 왕성했다. 진주를 두르고 머리카락을 반짝이는 화려한 육십 대 여성이 부르니 은근히 섹시하게 느껴졌다. 우리는 드럼과 거미줄 얼굴과 퐁을 따라 기립 박수를 쳤다. 퐁은 엄청나게 활짝 웃으며, 자동차에 두는 까딱이 인형처럼 박자에 맞춰 고개를 끄덕이고 있었다. 나는 어느새 우는 소리를 내고 있었고 모린은 내 허리에 팔을 감고 샷 잔을 들어 올렸다. 우리를 포함해 모두가 우리의 세이렌 여왕을 위해 건배했다.

조명이 켜지고 마담이 허리 숙여 인사하고는 드럼을 끌어안았다. 또 우리에게 고맙다며 남은 저녁도 즐겁게 보내라고 했다. 그녀는 다른 방의 손님을 맞이하러 떠났다.

"마담은 특별한 일이 있을 때만 노래해." 모린이 내게 말했다. "드럼 씨를 위해서라든지."

그런 다음에는 드럼의 패거리가 돌아가면서 노래를 불렀다. 호스티스들은 남자들이 원하면 코러스를 넣어 주거나 따로 노래를 불렀다. 커다란 평면 화면에는 영상과(노래와 관련된 영상은 아니었다. 그냥 젊은 아시아인 부부가 손잡고 공원이나 긴 부두를 산책하는 하늘하늘한 장면이었다.) 가사가 따라 나왔다. 노래를 부르는 재능과 기교의 수준은 다양했다. 하지만 모두에게 애창곡이 한두 곡은 있었다. 모든 가수에게 있는 특징적인 버릇과 극적인 침묵, 손동작과 머리 동작, 특정한 높은음에 이르렀을 때 꽉 감는 눈까지 완전히 갖춘 애창곡 말이다.

패거리 중 한 명이 노래를 연달아 부르면서 엘비스를 따라 하듯 계속 몸을 낮추며 정말로 더러운 꼴을 보이더니, 마지막으로 한 발 더 나아가다가 자기 고깃덩어리를 잡고 신음하며 축 늘어졌다. 그의 동료들이 그를 긴 의자까지 부축해야 했지만 다행히 심각한 부상은 아니어서 모두가 한바탕 크게 웃었다. 그날의 하이라이트였다. 노래도 다양했다. 퐁은 그중 몇 곡을 내게 알려 주었다. 탄산 느낌이 나는 90년대의 홍콩 팝송과 거미줄 얼굴이 눈물을 지은 우울한 한국 발라드였다. 놀랍게도 드럼은 로큰롤의 고전을 예약했다. 멋진 녀석들이 복고풍으로 놀고 싶어 할 때 많이 부르는 노래, 「호텔 캘리포니아」였다. 개인적으로는 그 노래에 좀 질렸다. 너무 자주 마시면 핑크 샴페인도 질리는 것과 똑같았다. 하지만 그 기나긴 12현짜리 기타 전주를 듣고 있으니 어쩔 수 없이 부모님이 커다란 화이트와인 잔을 들고 거실에 앉아 있는 모습이 떠올랐다. 서로 얘기를 나누고 있는 건 아니지만 너무 불행하지도 않은 모습. 그냥 하이파이 음향에 젖어 드는 모습. 이제는 모두가 정말로 조용해졌다. 드럼이 노래를 부르기 시작했고 모두가 그 세 번의 드럼 소리를 기다렸다. 드럼의 목소리는 돈 헨리의 목소리처럼 약간 긁는 듯했지만 더 낮고 거칠었다. 나는 그 목소리가 즉시 마음에 들었다. 어쩌면 원곡보다 더 마음에 들었는지도 모르겠다. 그의 목소리는 조용히 임박한 두려움의 전조였다. 우리는 그와 함께 입 모양으로 노래를 불렀다. 가사를 볼 필요는 없었다. 어째서인지는 몰라도, 알려진 우주에 살고 있는 지각 있는 존재라면 노래 가사의 마지막 한마디까지 알고 있었으니까.

　제목이 나오는 부분에 이르자 우리는 사실상 고함을 지르며 그 소절을 불렀다. 고막을 칼로 베는 듯한 소리가 울리며 드럼은 우리에게 마이크를 내밀었다. 방이 뒤흔들리는 듯했다. 대부분의 선곡이 미국 팝송과 록 음악이었으므로 나는 거의 모든 노래를 따라 흥얼거리거나 적당한 순간에 환성을 지르거나 손뼉을 칠 수 있었다. 입 모양으로 코러스를 따라 부르고, 자리에 앉은 채 박자에 맞춰 밥 디스코를 출 수도 있었다. 반쯤은 그 분위기에 참여하는 동시에 반쯤은 위장하고 있었다는 얘기다. 짧지만 이상하게도 끝없는 것처럼 느껴지는 내 인생의 거의 모든 날에 그렇게 해 왔듯이. 이제는 상황이 훨씬 더 빠르게 진전되고 있었다. 나는 실제로는 완전히 즐기고 있으면서도 그런 내 모습을 별로 의식하지 못했다. 어떻게 즐기지 않을 수 있겠는가? 탁자의 아늑한 끄트머리에 앉아 모린의 빽빽하고 훌륭한 향기가 나는 폭포수 같은 머리카락에 안겨 미니 모찌와 망고 조각을 먹고 있는데. 모두가 각자의 노래에 대해 품은 관심과 존중을 만끽하되, 무엇보다 모임 자체를 즐기고 있는데. 남들이 뭐라고 하는 걸 지나치게 의식하는 내 고향 사람 대부분과는 달리, 자만심 어린 아이러니나 죄책감도 없이 자유로웠다. 어쩌면 내가 무리와 적당히 어울리지 못한 탓이거나 그냥 내 문제일지도 모르지만, 이 공간의 즐거움과 최근 몇 주 동안 느낀 형제애/자매애의 경험은 던바에서나 여름 캠프에서,

대학에서도 한 번도 겪어 보지 못한 것이었다. 심지어 아직 우리 가족이 완전하던 때, 삼촌과 이모와 사촌들과 모였던 몇 안 되는 때에도 이런 경험은 해 보지 못했다. 어른들은 와인을 엄청나게 많이 마시며 서로의 머리 너머로 시끄럽게 떠들어 댔다. 우리 엄마만이 예외였다. 엄마는 어느새 우리 어린이들이 있는 곳으로 들어와서는 털썩 주저앉아 아무 말 없이 인공 식도로 음식물을 공급받듯 카툰 네트워크를 보았다. 나는 퐁이 최근에 꾸린 범아시아인 대오에 완벽히 맞는 사람이 아니었다. 하지만 내가 영원히 그 무리에 속할 수 없다고 생각할 이유도 없었다. 나는 퐁의 충직한 후배이자 새로운 친구로서 다시 조율되는 것 같은 기분이었다. 내 열쇠의 홈에 신선한 날이, 더 선명하고 뚜렷한 날이 찾아온 듯했다. 뜻밖에도 재미있게 쓰일 준비가 된 채로.

정말로 원한다면, 우리는 모두 마스터키 아닌가?

퐁의 차례가 다가오고 있었다. 잠시 나는 퐁이 차례를 미루지는 않을까 궁금했다. 그는 고개를 끄덕이고 웃고 음미하듯 술잔을 홀짝이면서 호스티스와 함께 긴 의자에 늘어져 있는 상태에 완벽하게 만족하는 것처럼 보였기 때문이다. 노래하는 퐁이 상상되지 않았다는 건 말할 필요도 없었다. 하긴 그건 퐁의 문제가 아니라 내 문제였다. 던바의 거리에서 퐁을 마주쳤다면, 나는 퐁의 다른 모든 모습을 상상할 수 없었을 것이다. 나는 그가 뒤늦게 이민 온 다른 아시아인과 비슷하다고 생각했을 것이다. 집중력이 강하고 성실하며 아무것도 우연에 맡기지 않는, 초대형 제약 회사에서 일하는 화학자이지만 그 이상도 이하도 아닌, 대체 상품이 뭔지 확실하지 않은데도 그 상품에만 시선을 두고 있는 아시아인. 나는 그를 냉동 요거트 가게에서 세차장, 인도식 결혼식장에 이르는 규모도 종류도 다양한 사업체들을 가지고 있으며 요가와 서핑 등 개인적 관심사도 뚜렷한 다목적 사업가로 볼 수 없었을 것이다. 나는 궤도를 도는 수많은 사람들의 중심에 그가 있다고 생각할 수 없었을 것이다. 우리 모두가 그의 필적할 자 없는 유능함에, 세상에서 가장 부유한 사람으로 보이게 만드는 그의 다양한 기술과 뛰어난 안목과 지극히 자연스러운 관대함에 이끌리고 매이리라고는 상상할 수 없었을 것이다.

바로 그때 문이 열리며 클럽 종업원이 새 손님을 데리고 들어왔다. 릴리 장이었다. 이렇게 늦은 저녁인데도 그녀는 생생하고 활기차게 보였다. 퐁이 벌떡 일어나더니 그녀를 모두에게 소개했다. 고개를 숙이며 인사하고 악수를 나누는 시간이 한바탕 이어졌다. 그녀는 퐁과 퐁의 호스티스가 있는 자리에 앉았다. 퐁이 그녀에게 술을 따라 주었고, 호스티스는 작은 접시에 그녀가 먹을 간식을 담아 주었다. 나는 드럼의 부하 중 한 명이 부르는 노래 때문에 그들의 얘기를 들을 수 없었지만, 두 사람이 남자의 공연에 대해 열광적으로 속삭이는 건 볼 수 있었다. 남자의 노래는 때로 음이 어긋났지만 인상적일 정도로 자신감 있었다. 심지어 건방지게 느껴지기까지 했다. 사람들이 정말로 편안해지고 있었다. 거미줄 얼굴이 재촉하자 모두가 자기 파트너와 '러브 샷'을 했다. '러브 샷'이란 서로 팔을 얽고 술을 마시는 행위였다. 퐁과 릴리는 호스티스와 함께 묘기처럼 세 방향 러브 샷을 했다. 콘스턴스조차 의무적이긴 했지만 자기 호스티스와 러브 샷을 했다. 전부 깔끔하고 훌륭하게 재미있었다. 무엇보다 얼빠진 즐거움이랄까. 내가 그 기회를 잡아 최대한 모린에게 몸을 숙이고, 갓 구워 낸 톨 하우스 쿠키 향이라도 맡듯이 그녀의 향기를 들이마셨다는 건 인정한다.

거미줄 얼굴이 마침내 가냘픈 소리로 "로우 씨!"라고 소리쳤다. 퐁은 잠시도 망설이지 않고 머리를 매만지더니 앞으로 걸어 나갔다. 그는 노래방 기계 보조에게 뭐라 말했고, 보조는 퐁이 원하는 노래의 번호를 입력했다. 퐁은 화면이 확 밝아지며 스피커가 가슴까지 울릴 정도로 소리를 내뿜을 순간을 기다리고 있었다.

퐁이 노래를 잘했느냐고? 확실히 그랬다. 귀가 있는 사람이라면 동의할 수밖에 없었다. 특히 그의 테너 음역은 정확하면서도 울림이 있었다. 나무 탁자에 구슬을 굴린 것처럼, 가슴에 가사가 새겨질 만큼 발산력이 강한 음색이었다. 그는 감상적인 중국 노래를 먼저 불렀다. 닭살이 돋을 만큼 달콤한 노래였다. 그리고 놀랍게도 도니 해서 웨이의 「송 포 유」를 불렀다. 엄마가 어린 시절에 들은 노래를 모아서 구성한 음반 목록에 있던 노래였다. 그는 블루스를 부르듯 그 노래를 불렀다. 박자와 대부분의 음정을 정확히 맞게 노래했다. 카바레 클럽의 전문 가수처럼 자신감 있게 몸을 움직였다. 멜로디가 높아질 때는 마이크를 들지 않은 손을 들어 올렸고 가사에 온점을 찍듯 태연하게 쿡쿡 우리를 가리켰다. 그 모든 게 조금은 느끼했고 사실 그래서 훌륭했다. 하지만 가장 눈에 띈 특징은 자기가 부르는 노래를 완전하게 체현한 점이었다. 그의 얼굴에는 마치 직접 노래를 작곡했을 뿐 아니라 그 노래에 담긴 꿈과 희망을, 그 애절한 이야기를 직접 살아오기라도 한 것처럼 갈망이나 사랑이 드러났다. 그다음 그는 릴리에게 함께 노래하자고 손짓했고 둘은 「돈 고 브레이킹 마이 하트」를 불렀다. 경쾌하게 박자를 맞추고 활력 있게 노래하는 걸 보니 분명 전에도 둘이 그 노래를 불러 본 적이 있다는 걸 알 수 있었다. 나는 요가를 하던 미노리를 잠시 떠올리며 그녀가 퐁과 함께 여행을 해 본 적이 있을지, 아니면 퐁과 함께 출장을 가 본 적이 있을지 생각했다. 퐁은 릴리에게 한 곡을 더 같이 부르자고 했지만, 릴리는 퐁의 독창곡을 한 곡 더 듣고 싶다며 호스티스와 함께 다시 자리에 앉았다. 퐁이 부를 마지막 노래로 보조는 「웬 아이 워즈 어 보이」를 예약했다. 일렉트릭 라이트 오케스트라의 두 번째 앨범이었다. 첫 소절을 들으니 무지갯빛 디스크 우주선과 함께 우리 집 책장에 놓여 있던 그 고전적인 앨범 커버가 떠올랐다.

퐁은 더욱 질감이 풍부한 목소리를 내며 노래를 시작했다. 아쉬움이 담긴 가사와 목소리가 완벽하게 어울렸다. 나는 그 노래를 이미 알고 있었지만, 퐁의 노래 덕에 가사에 더욱 깊이 파고들었다. 꿈만 꾸고 다른 건 아무것도 하지 말라는 그 가사. 특히 퐁 자신을 말하는 것만 같았다. 결국 그는 아무도 못 말리는 퐁, 자신감 있는 퐁이었다. 언제나 자기만의 방식으로 승리하는, 언제나 솟아오르는. 그가, 최소한 내가 아는 그가 부르니 멜로디에 담긴 갈망과 향수가 유달리 가슴 시리게 느껴졌다. 방 전체가 조용해졌다. 아까와는 달리 아무도 노래를 따라 부르거나 환성을 지르지 않았다. 모두 그의 노래에 담긴 이야기를 듣는 것으로 그냥 만족했다. 드럼은 확실히 감동한 듯 멍하니 턱을 문지르고 있었다. 그는 내가 입 모양으로 가사를 따라 부르는 걸 눈치챈 게 분명했다. 나더러 퐁에게 가라는 손짓을 했으니 말이다. 그는 조용히 "퐁이 네 보스잖아."라고 말하고 있었다.

당연히 퐁에게는 아무 도움이 필요하지 않았다. 하지만 나는 드럼의 의도를 읽었다. 어쨌든 내가 퐁 옆에 서 있어야 한다는 것, 퐁의 무대에 올라가야 한다는 것이었다. 그리고 씨발, 꼭 가라오케에 관한 것이 아니라도 뭔가를 배워야 한다는 뜻도 포함돼 있었다. 드럼의 말이 맞았다. 나는 여태 노래를 부르지 않은 유일한 손님이었고, (뭐, 콘스턴스는 예외였다. 그녀는 아낌없이 침묵을 과시하며 자신은 오직 관찰자로만 존재하겠다는 점을 확실히 밝혔다.) 내가 뭘 하든 조금이나마 신경 쓰는 사람은 아무도 없었다. 그러나 나는 퐁을 실망시킬까 봐 두려웠다. 퐁은 나의 형이자 스승, 지금의 이 화류계를 비롯해 우리가 언제 또 함께할지 모를 다른 모든 화류계의 영적 안내자였다. 그리고 나는, 속으로만 운 것이기는 해도 내가 울고 있다는 걸 깨달았다. 퐁과 만난 뒤 처음으로 나는 그가 존재하지 않았던 시절을 그리워하고 있었다.

모린은 내가 멍해진 걸 눈치챘는지 내 뺨에 입을 맞추었다. 그 가벼운 입맞춤은 다정하면서도 정숙했고 즉시 휘발됐다. 나는 그녀가 내 손을 잡고 앞으로 끌고 가게 놔두었다. 노래방 보조가 모린에게 무선 마이크를 건네주었다. 우리는 함께 마이크를 잡았다. 퐁이 젊어서 돈이 한 푼도 없다는 마지막 소절을 부르기 시작했을 즈음이었다. 그는 우리가 함께 노래를 부르는 걸 보고 눈이 휘둥그레졌다. 실제로는 모린 혼자서 다 불렀지만 말이다. 그녀의 강력한 목소리 때문에 나는 그녀가 돌리 파튼의 여동생이라도 되는 줄 알았다. 거미줄 얼굴이 뭐라고 소리치자 그녀는 재빨리 허리를 숙여 인사하더니 하이힐을 신은 채 종종거리며 긴 의자로 돌아갔다. 퐁이 노래를 마저 부르는 동안 나 혼자 코러스로 남겨졌다. 드럼과 그의 부하들, 여자들이 퐁에게 브라보를 외쳤다. 그중에는 슬쩍 방으로 돌아온 마담도 있었다. 콘스턴스조차 자기 자리에서 손뼉을 치고 있었다.

"끝내주던데요." 내가 퐁에게 말했다. 노래방 보조가 배경 음악을 깔았다.

"고맙다고 해야겠지?"

"엄마가 일렉트릭 라이트 오케스트라를 무척 좋아하셨어요. 몇 년 전, 이 노래가 나왔을 때 늘 이 노래를 틀어 두셨죠. 제프 린만큼 잘 부르시네요!"

"나도 네 목소리를 들었어. 아주 작게 노래하기는 했지만 말이야. 말했어야지, 틸러. 목소리가 아주 좋던걸."

나는 고개를 휘휘 저으며 큰 소리로 노래를 불러 본 적이 한 번도 없다고, 음정을 맞출 수가 없다고, 어쩌고저쩌고, 지금 이 순간까지는 내 목소리를 들어 본 적도 없다고 횡설수설했다. 하지만 퐁은 노래방 보조에게 손가락을 빙글 돌려 보였다. 노래방 보조는 「웬 아이 워즈 어 보이」를 다시 틀었다.

"한 번 더 부르자. 이번에는 같은 크기로 부르는 거야. 알았지?"

"못 불러요." 나는 마이크를 다시 노래방 보조에게 돌려주려고 애썼다. 노래방 보조는 마이크를 받아도 되는지 모르겠다는 표정이었다. "부르는 방법을 몰라요."

"방법은 알고 있어." 퐁이 낮은 목소리로 말했다. 그의 힘이 깃든 중국어 억양이 어째서인지 가슴에서 퍼덕이던 공포의 새 떼를 쫓아 버렸다. "한 가지 조언할게. 괜찮지?"

"네."

"「사운드 오브 뮤직」 알아?"

나는 고개를 끄덕였다. 그야 당연히 알았다. 크리스마스 시즌에 TV를 몇 시간씩 틀어 놓기도 했지만, 엄마가 왜인지 집 청소를 할 때마다 그 사운드트랙을 부드럽게 노래했기 때문이기도 했다.

"그러면 머릿속으로 「도레미 송」을 떠올려. 알지? 그냥 음계를 노래하는 가사 말이야. '불러야 할 음을 알면 거의 모든 노래를 할 수 있어.'라는 부분을 기억해."

퐁이 그 부분을 부르자 줄리 앤드루스의 노래가 귓가에 들리는 듯했다. 머잖아 엄마의 목소리도 들렸다. 실제로 암모니아와 레몬 오일과 바닥을 문질러 닦을 때 쓰는 민트 향 광택제 거품의 냄새도 맡을 수 있었다. 나는 혼자 노래를 불렀다. 이상하게도 아무 소리도 나지 않았다. 꼭 내면의 주파수가 내 목소리를 상쇄하는 것 같았다.

"브라보. 순수한 B플랫에, 완벽한 음정이야." 퐁이 말했다. "재능이 있네, 그럴 줄 알았어. 이제 시작하자. 자유롭게 해 봐. 모두가 기다리고 있어."

나는 긴 탁자를 돌아보았다. 정말이었다. 사람들이 로우볼 잔과 담배를 들고 네모난 과일 조각을 입에 물고 오물거리면서 우리의 노래를 기다리고 있었다. 미국의 작은 마을에서 훈련받은 모린은 높이 든 부탄가스 라이터를 탁 튕겼다. 퐁이 내게 어깨동무를 했고 우리는 나란히 섰다. 나는 단지 퐁의 카토, 퐁의 톤토*, 퐁의 준비된 위성이 될

---

* 카토는 영화 「그린 호넷」 시리즈, 톤토는 「론 레인저」에 나오는 등장인물로 둘 다 주인공의 충실한 동료다.

마음의 준비밖에 하지 못했지만 「웬 아이 워즈 어 보이」의 반주가 다시 시작되자 눈을 감았다. 나는 마이크를 꽉 잡았다. 마지막으로 깊이 숨을 들이쉬었다.

풍이 아쉬움이 담긴 듯한 첫 소절을 시작했고 나는 재빨리 그의 음정에 끼어들었다. 그때 풍이 화음을 넣기 시작했다. 괜찮았다. 다만 이제는 소리가 내 경계심을 자극할 만큼 낮아져 있었다. 나는 그가 내는 선명한 소리의 광선을 거의 볼 수 없었다. 나도 아래쪽으로 방향을 틀어 우리의 듀엣을 다시 정렬하려 했지만 두 번째 절에 이르러 다시 엿보니 풍이 아예 옆으로 물러서 있었다. 마이크를 잡고 있긴 한 건가? 나는 눈을 질끈 감고 내면의 공간으로 나 자신을 보내 버렸다. 다른 사람들을 쳐다본다니 견딜 수 없었다. 대신 나는 풍의 노래를, 제프 린의 노래를, 그다음에는 엄마의 노래를 떠올렸다. 엄마라면 어떻게 증언했을지 생각했다. 내 목소리가 무모하고 고삐 풀린 자유의 복음이 돼 떠돌아다니게 놔두었을 때 나를 비웃던 그 모든 제약을 떠올렸다.

음악이 끝났다. 나는 그 소용돌이가 지나간 후 거의 고꾸라질 뻔했다. 슬픔에 잠긴 정적. 하지만 곧 거미줄 얼굴과 그의 동료들에게서 환성과 울부짖는 함성이 솟아올랐다. 노래 중에 은근슬쩍 다시 돌아온 마담은 베나드릴*을 너무 많이 복용한 영국 여왕이 갈채를 보내는 듯 손뼉을 치고 있었다. 미친 것 같기는 해도 적절한 갑작스러운 박수였다. 릴리는 활짝 웃고 있었다. 모린은 두 손으로 천상의 것처럼

---

* 항히스타민제의 상표.

362

아름다운 입을 가리고 있었다. 한편 드럼과 퐁은 건너편에서 서로를 마주 보고 있었다. 둘 다 방금 무슨 일이 일어났는지 잘 모르는 듯했다. 나도 잘 몰랐다. 그저 내 허리를 따라 땀이 흘러내리는 게 느껴질 뿐이었다. 나는 콘스턴스의 얼굴에 드리운 표정을 보고 방금 쪼개져 열린 것이 무엇이든 쉽게 봉합되지는 않으리라는 걸 느꼈다. 그녀는 힘차게 앞으로 성큼성큼 다가오더니 딱딱하게 말했다. "이름이 뭐라고?"

나는 그녀에게 이름을 말했다.

"좋아, 틸러." 그녀는 나를 압박했다. 열정과 광기가 똑같이 어려 있는 듯했다. 자기가 얻을 수 있을 거라 확신한 걸 가지지 못하게 될까 봐 걱정하는 어린애 같았다. "다시 해 줘. 한 곡 더 불러."

"안 하는 게 좋겠어."

"계속해 주면 좋겠는데." 그녀는 자기 아버지를 보았다. 그렇게 하면 나한테 억지로라도 노래를 시킬 수 있을 것처럼.

"아니, 정말로, 난 그럴 생각이……."

"좀 해 봐, 응? 나는 너의 노래하는 목소리가 말하는 목소리보다 십억 배는 마음에 드는 것 같은데."

퐁은 나와 눈을 마주치더니 건너편을 힐끗 보았다. 그 바람에 나도 드럼을 보았다. 그는 콘스턴스가 내게 몸을 숙이고 있는 것과 똑같이 기대감에 찬 사람처럼 앉은 자리에서 몸을 앞으로 기울이고 있었다.

"노래 여기 있어." 콘스턴스는 노래방 보조가 건네준 링바인더를 펼치며 웅얼거렸다. "우리 아버지가 가장 좋아하는 노래들은 이 페이지에 있어. 아버지가 가장 많이 신청하는 노래들이야."

퐁은 이미 자기 자리로 돌아가고 있었다. 내가 그 자리에 꼼짝없이 붙들렸다는 걸 분명히 알 수 있었다. 나는 드럼의 페이지를 훑어보았지만 그건 노래를 고르려는 게 아니라 도망칠 희망을 찾기 위해서였다. 사실 나는 드럼의 선곡 대부분을 알았다. 60년대와 70년대의 팝과 록과 R&B 고전이 대다수였고 그중 다수가 엄마의 LP 컬렉션에 있었다. 엄마의 엄청난 컬렉션은 우리 집 거실의 바닥부터 천장까지 닿는 책장을 다 차지했다. 쌓인 게 너무 많고 무거워서 우린 그걸 치워 버리지도 못했다.

"내가 고를게." 콘스턴스가 파일을 가져가며 말했다. 그녀는 노래방 보조에게 노래 코드를 연달아 불렀다. "모르는 노래가 나오면 화면에 뜨는 가사를 따라 불러."

음악이 시작되었고, 나는 디스코 볼로 시선을 피했고,—드럼과 그의 패거리, 퐁과 릴리, 마담과 아가씨들이 내게 수천 명이 모인 것처럼 보였다.—내 바지 주머니에 있는 밀도 높고 작고 면도날처럼 날카로운 금속 막대 주머니칼을 만지작거리며 음울하게 생각했다. 지금 그 주머니칼로 내 몸을 베어 병원으로 실려 가면 좋겠다고.

첫 번째 노래는 아는 노래였다. 밴 모리슨의 「캐러밴」. 운이 좋았던 건 다들 아는 라 라 라 라, 라-라-라 부분을 함께 부를 수 있다는 점이었다. 그게 용기를 내는 데 도움이 됐다. 나는 그 위대한 가수처럼 비강을 통해 노래를 부르는 대신 배로 노래를 부르려 했다. 비로소 자기가 좋아하는 노래를 부르게 된 합창단 소년처럼 말이다. 노래가 끝날 때쯤 나는 나만의 비행운을 타고 날아올라 활공하고 있었다. 내가 「위드아웃 유」를 연이어 부르기 시작했다는 것도 거의 의식하

지 못했다. 나는 오래돼 너덜너덜해진 해리 닐슨 앨범을 통해 그 노
래를 알고 있었다. 나는 약하게 페달음을 넣다가, 코러스가 한 옥타
브를 뛰어올랐을 때 그녀가 없이는 살 수 없다는 내용의 후렴을 큰
소리로 불렀다. 그다음에는 블러드, 스웨트 앤드 티어스의 「아이 캔
트 큇 허」를 부르기 시작했다. 금관 악기의 소리가 아주 많이 들어간
노래였다. 자연스러운 가라오케 음은 아닐지라도 나는 콘스턴스를
똑바로 바라보며 대략 음색을 조율해 노래를 불렀다. 콘스턴스도 나
를 똑바로 보고 있었다. 이런 일이 일어날 때는 당사자가 누군지 별
로 중요하지 않다고밖에 말할 수 없다. 둘 사이에서 진짜 노래가 솟
아오를 때는 어떤 연결이 아니라 사실 갑작스러운 균열이, 어떤 신비
에 닿게 해 주는 틈새가 발생한다. 엄마는 정말로 좋아하는 노래를
부르다가 내 어깨를 잡곤 했다. 가사는 창으로 돌변해 내 눈 사이를
찔렀다. 그렇게 어린애의 형태를 터트리고 내 심장을 찢어진 물풍선
처럼 쪼그리고 소모해 버렸다.

　그 이후로 몇 곡을 더 불렀는지, 내 주위에서 또 무슨 일이 일어났
는지는 잘 모르겠다. 모든 것이 본능적인 공포의 홍수로부터, 환희의
폭포수와 사납게 솟구치는 해방감과 함께 쏟아졌다. 나는 똑바로 서
있지만 거의 의식을 잃은 상태였다. 나는 과거의 자신이라는 안개를
꿰뚫고 전속력으로 날아갔다. 지금의 나는 누구일까? 방향을 잡아
준 것 중 하나는 퐁이었다. 그는 릴리와 함께 뒤쪽의 긴 의자에 앉아
있었다. 이제 보니 둘은 어깨를 서로 맞대고 내 노래에 맞춰 몸을 좌
우로 흔들고 있었다. 아하. '딱 한 가지 인생만 산다는 건 어려운 일
이구나.' 콘스턴스는 내내 지나치게 큰 안경 너머로 나를 보며 천천

히 눈을 깜빡였다. 내 숨결의 열기를 느낄 수 있을 만큼, 무서울 정도로 가까운 자리에서 꼼짝도 하지 않은 채.

"한 곡 더." 그녀가 말했다. 잔뜩 벼린 그녀의 말투가 이제는 부드럽게 무뎌졌다. "한 곡 더 해 줄래?"

나는 그녀의 선곡에 고개를 끄덕였고, 그녀는 노래방 보조에게 손짓했다. 「타이니 댄서」. 라디오에서 나오면 아빠가 부르던 곡이었다. 아빠는 그렇게 부드럽고 바보 같고 멍청한 방법으로 엄마를 꾀려 했다. 화창하고 푸르던 오후까지, 엄마는 더 이상 자신의 청바지 입은 애인, LA 아가씨, 우리 밴드의 재봉사가 아니었는데도 아빠는 엄마를 그런 존재로 믿었다. 그래서 나는 클라크의 목소리가 전혀 없는데도 충분히 일방적인 너그러움을 갖추고 있는 클라크를 소환했다. 폐의 고통을 느끼면서, 얼마 안 남은 호흡으로 무모할 만큼 콘스턴스에게 전부 쏟았다.

15

　가르보에서 마지막 곡을 부르고 나서 거미줄 얼굴과 그 패거리에
게 갈수록 많은 축하의 술잔을 받은 후 거리로 나와 여러 번 고개를
숙이고 기분 좋게 등을 맞으며 "잘 자."라는 인사를 나눴다. 드럼은
우리에게 도시 북서쪽 언덕에 있는 자기 저택에 꼭 들르라고 했다.
그는 실제로 나를 끌어안았다. 내 공연에 감탄한 것이다. 그 공연은
나조차도 몰랐던, 그도 알 수 없었던 나의 능력이었다. 나는 이로 인
해 미약하게 발버둥 치고 있는 우리 모두가 어떤 식으로든 비밀리에
'무언가'는 멋지게 해낼 수 있다고, 운명을 타고난 사람처럼 숭고한
것과 간단히 연결되는 때가 있다고 생각하게 됐다. 나는 그에게 고맙
다는 인사를 하려고 영웅처럼 높은 C음을 냈으나 대신 듣기 싫은 중
간 음정의 G가 땡그랑거리며 나왔다. 잠시 응결된 침묵이 이어졌다.
바로 퐁이 끼어들어 내 목소리가 쉬어 버린 게 틀림없으니 우리 모두
그만 물러가야겠다며 수습했다. 거의 새벽 다섯 시였다. 드럼은 최고

의 요가 강사들을 상대로 곧 열릴 콘퍼런스 얘기를 다시 꺼냈다. 그 콘퍼런스가 우리에게는 자무를 소개할 기회가 되고, 콘퍼런스에 참여한 요가 강사들은 자기 동료와 제자를 대상으로 자무 브랜드의 홍보 대사가 돼 줄 거라는 합의가 이루어졌다. 우리는 이제 한국과 일본을 돌며 순회공연을 벌인 뒤 던바의 집으로 돌아갈 예정이었다. 하지만 퐁은 다음 날 마카오에서 중국 본토의 몇몇 투자자 미팅이 있으니 이 일정을 마치면 잠시 들르겠다고 약속했다. 나는 그 말을 듣고 기뻤다.

나는 드럼이 좋았다. 퐁이 예상한 대로 그에게 끌렸다. 그에게는 두려울 정도로 어두운 면이, 2센티미터의 깊이일 수도 2층 깊이일 수도 있는 검은 물웅덩이가 있었다. 하지만 마음속의 마음속에서, 나는 그가 완전히 어두운 사람은 아닐 거라고 믿었다. 어쩌면 드럼은 특정 상황과 사람을 정돈하기 위해 거미줄 얼굴과 그의 패거리 같은 터프 가이들을 써야 하는, 물러설 줄 모르는 준-합법적인 사업가일지도 몰랐다. 하지만 나는 그와 함께 정말로 즐겁게 먹고 마시고 노래를 불렀고 드럼의 권유와 칭찬은 그저 친절하고 따뜻하기만 했다. 나는 뭔지는 잘 몰라도 드럼을 괴롭히는 심각한 질병 때문에 그의 색이 약간 바랬다는 게, 그의 원래 색이 어쩌면 영영 돌아오지 않을지도 모른다는 게 슬펐다.

내가 이 말을 하는 건, 당시에는 이런 사실을 알 만한 나이가 아니었음에도 내가 본능적으로 엄마 또한 완전히 건강하지 않다는 걸 알았기 때문이다. 어떤 사람은 만성 두통에 시달리거나 요통과 싸우거나 소화 문제를 겪고 있거나 기력이 없어서 몇 시간 동안 침대에 누워 있는 식으로 허약할 수 있다. 엄마는 달랐다. 굳이 따지자면 날씬하고 건강했으며 거의 항상 움직이고 있었다. 시내에서 친구를 만나 커피를 마시거나 장을 보거나 욕실을 청소하거나 대학교 체육관을 달렸다. 외부인이 들어갈 수 있는 구역 전체의 계단을 오르내리고 또 오르내렸다. 나는 엄마가 유치원 하원 시간마다 그렇게 하는 모습을 지켜보았다. 엄마는 좀 지나치게 움직였다고 할 수도 있었다. 클라크가 사무실이나 거실에 놓인, 가장 좋아하는 리클라이너에 앉아 전기(傳記)를 읽거나 케이블 TV 뉴스를 보면서 몸에 이끼를 키우는 동안 엄마는 약간 미친 사람처럼 이쪽에서 저쪽으로 줄타기를 했다. 엄마는 음반을 재생할 때도 20여 개의 음반을 꺼내 엉망진창이지만 꽤 멋진 콜라주 작품을 만들 듯 바닥에 늘어놓았다가, 레코드 체인저에 차례대로, 한 번에 여섯 장씩 다시 쌓았다. 재생한 뒤에는 다시 슬리브에 넣어 적절한 알파벳 순서로 책장에 도로 꽂았다. 집안일이나 다른 할 일을 하는 동안 다음 곡을 흥얼거리면서.

우리는 이런 얘기를 대체로 피한다. 그래서 나는 엄마의 문제가 정확히 뭐였는지 클라크와 진지하게 얘기해 본 적이 없다. 하지만 내 생각에는 우리 둘 다 엄마가 나름의 미묘한 방식으로 모든 걸 너무 세게, 쉼 없이 잡고 또 잡았다는 걸 알았다. 더 이상은 그럴 수 없어 놓아 버려야만 하는 순간, 그 시간과 그날이 올 때까지 말이다. 나는 클라크가 유난히 지독한 현기증 발작을 일으켜서 거의 일주일 내내 안대를 끼고 침대에 누워 있어야 했을 때를 떠올렸다.ㅡ클라크는 지금도 때로 피곤하거나 스트레스를 받으면 현기증 발작을 일으킨다.ㅡ 엄마는 내게 그게 무슨 일인지 설명해 주었다.

"모두에게 자연스러운 균형 감각이 있는데, 네 아빠의 균형 감각이 일시적으로 망가진 거야. 뭐가 위이고 아래이고 옆인지 분간할 수 없는 거지. 그래서 못 일어나는 거야."

나는 내게도 그런 일이 일어나느냐고 물었다.

"그러진 않을걸." 엄마가 말했다. "넌 그냥 꼬마니까."

"엄마한테는요?"

엄마는 즉시 대답하는 대신 공허하게 미소 지으며 고개를 저었다. 나는 그 모습에 용기를 얻었다. 엄마도 결국 아빠 옆에 눕고 나 혼자 살아야 할까 봐 걱정했으니까. 하지만 지금 와서 그 멍한 표정을 떠올리면, 엄마가 다른 종류의 현기증과 싸우고 있었다는 걸 알겠다. 엄마는 내이(內耳)보다 훨씬 깊은 곳에 뿌리박힌 어떤 동요와 싸우고 있었다. 엄마가 싸우는 방식은 미묘했다. 엄마는 다른 젊은 엄마와 거의 비슷했다. 하지만 지금은 그 끊임없는 움직임과 활동이 스멀스멀 스며드는 그림자를 다루는 엄마만의 방식이었다는 걸 안다. 당시에는 이해하지 못했지만,

내가 유치원에 다닐 무렵 이웃집에 사는 엄마-아이들의 놀이 그룹과 어울린 적이 있었다. 엄마들은 주방에서 로제포테이토칩을 먹었고, 아이들은 뒤뜰에서 틀림없이 중요한 어떤 프로젝트를 준비하느라 흙과 나뭇가지와 돌들을 모으고 있었다. 뒤뜰에는 울타리가 쳐져 있었고, 그 너머로 세계적으로 유명한 과학 연구 시설의 울창한 36,000평짜리 캠퍼스가 맞닿아 있었지만—머리를 엉망진창으로 깎고 안경을 쓴, 보기 고통스러울 정도로 괴짜 같은 온갖 사람들이 약간 비뚜름한 천재의 미소를 지은 채 구부정한 자세로 동네를 어슬렁

거리는 모습을 볼 수 있었다.—반회전문을 통과하면 울타리를 넘어
갈 수 있었다. 그 집에 사는 꼬마가 더 먼 들판에서 보물을 찾아보자
고 제안했고, 우리는 그렇게 오솔길을 따라가다가 갈림길로 내려갔
다. 그다음에는 사슴이 나오는 공터를 찾아 길을 벗어났고, 수풀을
헤치고 또 헤치며 지나간 끝에 길을 잃었다는 걸 깨달았다. 당황한
나머지 우리는 더욱 길을 잃었다. 한여름이었으므로 금방 어두워지
지는 않을 터였으나 숲은 잡목으로 울창했고 검은 딸기 덤불의 가시
가 돋쳐 있었다. 우리는 거의 움직일 수 없었고 일종의 집단 공황에
빠져 더더욱 꼼짝도 하지 못했다. 갑자기 날씨가 바뀌어 구름이 끼고
서늘해졌다. 천둥이 몰려오는 소리를 들을 수 있었고 모기들에게 뜯
기기 시작했다. 비가 세차게 쏟아지기 시작했고 어느 시점에는 누군
가가 울기 시작해서 나머지 우리도 울기 시작했다. 얼마나 오래 지났
는지는 모르겠지만 우리는 영원히 그렇게, 그냥 그 자리에 칭얼대며
서 있었던 것 같다. 하늘에 번개가 번쩍이기 시작했다. 다행히 엄마
중 한 명이 멀리서 자기 자식 이름을 부르는 소리가 들렸고—두 명이
수색조를 꾸려 나왔다.—우리는 더욱 세게 소리를 지르며 울부짖었
다. 알고 보니 우리는 집에서 꽤 멀리 나와 있었다. 한 시간을 꽉 채
운 무단이탈 상태였다. 나는 가엾은 여자의 얼굴을 보고 그녀가 너무
나 겁먹은 탓에 정말로 구역질을 느끼고 있으며 그녀 자신도 눈물을
터뜨리기 일보 직전이라는 걸 알 수 있었다.

집으로 돌아갔을 때, 우리는 한 명 한 명 엄마의 품에 뛰어들어 얼
굴을 묻었다. 어른들은 마음껏 위로받고 안심하라고 말해 주었다. 엄
마들은 현기증을 느끼면서도 부드러운 꾸짖음과 농담을 쏟아 내며

371

남아 있는 두려움의 에너지를 떨쳐 냈다. 하지만 우리 엄마는 무척 진지했고 이것은 내게 우스꽝스럽게 느껴졌다. 당연히 엄마는 우리가 발견돼 안심했고 나를 세게 끌어안았다. 어쩌면 온 힘을 다해 꽉 끌어안은 걸지도 몰랐다. 하지만 다른 엄마들과 달리 엄마는 자기 자식에게만 집중하지 않았다. 내게 매여 있지 않았다. 내가 고개를 쭉 빼고 위를 보니 엄마는 창백해진 얼굴로 비 오는 숲을 내다보고 있었다. 그녀는 나를 내려다보더니 따뜻해졌다. 활짝 미소 지었다. 내 머리카락을 흐트렸다. 하지만 그 시선이라니. 나는 전에도 그 눈빛을 볼 만큼 봤다. 엄마가 부지런히 수많은 활동과 집안일을 하는 사이사이에 그리고 쉴 때 포착한 눈빛이었다. 당시에는 몰랐지만, 그건 두려움의 표정이었다. 엄마는 무한히 펼쳐지는 허무를 바라보고 있는 듯했다.

이런 얘기가 그냥 지나고 나니 하는 말이라고 할지 모르겠다. 내가 회고적인 시선으로 이 일을 정리하고 있다고 말이다. 아마 실제로 그럴 것이다. 나는 엄마가 우리를 떠날 마음을 점점 키워 가고 있었다면, 그 까닭이 평범한 이유는 아니었을 거라고 생각했다. 뭐 그래, 클라크가 세상에서 가장 재미있는 남편은 아닐 것이다. 나도 세상 누구보다 용기를 불어넣는 아이는 아니었다. 우리 가족의 생활이 일상적이고 특이할 것 없었던 것도 확실하다. 다른 가족과 똑같았다. 하지만 엄마의 실종은 평범하지 않았다. 그 실종은 엄마가 갑자기 돌발행동을 하고 술을 너무 많이 마시고 십 대 고스족처럼 옷을 입기 시작하고 학부모 모임에서 만난 웬 끝내주는 아빠와 자다가 완전히 일탈하기로 마음먹는 식의, 무시무시한 중년 초기의 위기에서 비롯된 결과가 아니었다. 둘이 함께 이웃의 환각제 파티에 갔다가, 클라크는 일찍 집에 돌아왔고 엄마는 거기에 남아 사람들과 벌거벗고 뜨거운 욕조에 들어간 주목할 만한 밤이 있긴 했다. 엄마는 그날 이웃 여자와 아주 공개적으로 서로를 더듬어 댔고 그날 이후로 그 여자와 한 번도 말을 섞지 않았다. 하지만 그건 부모님이 상자에 넣어 보이지 않는 곳에 치워 두고 살아갈 만한 일회성 사건이었다. 대화에서든, 무슨 TV 광고에서든 "뜨거운 욕조"라는 말이 나올 때마다 클라크가 눈에 띄게 인상을 찡그리긴 했지만 말이다. 부모님이 다스릴 수 없었던 건 엄마의 정신 상태였다. 앞서 말했지만, 클라크는 엄마에 대해 거의 얘기하지 않았으나—가끔 아무 이유 없이 일 년에 한 번쯤 엄마 얘기를 꺼낼 때는 있었다.—내가 새로 들어간 초등학교에서 친구를 사귀지 못해 힘든 시간을 보내고 있을 때 나한테 "텅 빈" 느낌을 받은 적이 있느냐고 물어본 적은 있었다. 특히 다른 아이들과 어울리려 할 때 말이다. 엄마가 우리를 떠나고 반년쯤 뒤의 일이었다. 나는 아빠가 무슨 말을 하는지 몰랐다. 아빠가 더 자세히 설명했다. 나는 결국 그 말을 이해했던 것 같다. 그런 적은 없다고 말했다. 실제로 없었으니까. 당시 내 심장은 언제나 떨리고 콩닥거리고 빌어먹을 욕구로 인해 부풀어 올랐다. 그게 같은 반 아이들에게는 소름 끼치고 딱하게 느껴진 게 분명했다. 인기 있는 남자애들 중 하나가 나를 껌딱지라고 불러 모두가 나를 기피하게 만들기도 했으니까.

클라크의 말에 따르면, 엄마에게는 정반대 문제가 있었다. 그래서 "텅 비었다"는 개념이 나온 것이다. 클라크가 이 년 전 내게 해 준 말에 따르면, 어느 날 한밤중에 엄마가 겁에 질려 클라크를 깨우더니 디빈첸초의 신선한 대합조개피자를 한 조각 먹는 꿈을 꾸었다고 말했다. 평소 가장 좋아하는 피자인데 꿈에서는 아무것도 아닌 것처럼 느껴졌다. 그냥 한입 가득 찐득찐득하고 뜨거운 걸 물고 있는 느낌만 났다. "아무 맛도 나지 않았어." 엄마가 아빠에게 소리쳤다. "그것보다 더 나쁜 건, 원래 그 피자에서 어떤 맛이 났는지 상상조차 할 수 없었다는 거야!" 나는 엄마가 감정을 느끼는 능력을 잃어 가고 있다고 판단했으리라 본다. 감정을 절실히 느끼고 싶었는데도 불구하고. 물론 클라크는 경솔하게도 엄마에게 미쳤다고 말했다. 아마 이상적인 단어는 아니었을 것이다. 엄마는 다시 잠들었고, 다시는 클라크에게 그 얘기를 꺼내지 않았다. 앞서 말했듯이 나는 엄마에게 일어나는 일들의 퍼즐을 짜 맞추기에는 너무 어렸다. 나는 그냥 평균적으로 엄청나게 자아도취적인 남자아이였다. 내가 뭔가 눈치챘다면, 그건 내가 숲에서 길을 잃을 뻔했는데 엄마가 나를 너무 세게 끌어안았던 일 같은 것이었다. 그렇게 끌어안아야 적절한 감정적 반응을 유발할 수 있다는 듯이. 엄마는 매사 너무 심하게 밀어붙이는 일이 자주 있었다. 시속 70킬로미터의 속도 제한이 걸려 있는 111번 도로의 좁고 텅 빈 길에서 잠시 액셀을 밟아 시속 160킬로미터까지 속도를 올리는 식으로 우리를 재미있으면서도 무서운 상황으로 몰아넣었다. 우리는 둘 다 숨도 못 쉬고 떨었지만 나는 엄마에게 다시 해 달라고 애걸하곤 했다. 하지만 엄마는 완전히 차가워져서 속도를 늦추고 사실상 기나시피 느리게 집으로 향했다.

그런 일들이 엄마를 괴물로 만들고, 엄마를 우리 삶에서 떨어져 나가게 한 것일까? 어쩌면 엄마는 실제로 서른셋이라는 어린 나이에 일종의 치매에 걸린 걸지도 몰랐다. 보통은 훨씬 더 나이 많은 사람들이 그렇게 무뎌지고 사랑하는 사람들과 분리된다. 아니면 엄마로서는 점점 옥죄어 오는 건 알지만 아무 대처도 할 수 없는 소름 끼치고 불길한 광기에 사로잡힌 건지도 모르겠다. 그게 뭐였든, 나는 엄마가 고통받았다고 생각할 수밖에 없다. 엄마는 자기를 끔찍한 아내이자 끔찍한 엄마라고 생각했을 게 틀림없다. 자기가 사랑하고 싶은 사람들을 사랑하지 않는, 기본적으로 끔찍한 사람이라고. 그 죄책감에 점차 갉아 먹혔을 것이다. 그런 감정으로부터 자유로워지기 위해 사라져야만 할 정도로. 그게 엄마가 한 마지막 이기적 행동이었다. 엄마로서는 거의 통제할 수 없었던 일.

우리도 통제할 수 없었던 일.

지금쯤이면 내가 드럼에게서 엄마와 똑같이 고갈된 표정을 보았을 때 경계심을 느꼈으리라고 생각할지도 모르겠다. 건강하지 않은 사람들은 상대를 실망시키거나 그보다 나쁜 일을 할 수 있다는 걸 아니까 말이다. 하지만 노랫말처럼, 나는 어리고 어리석었으며 파산한 상태였다. 최소한 감정적으로는 그랬다. 게다가 초대를 받았다는 사실만으로 그냥 마음이 내켰다. 게다가 드럼은 나를 좋아하는 것처럼 보였다. 최소한 내 노래에 감탄한 건 분명했다. 그는 우리가 방문하면 사용할 수 있는, 전문적인 가라오케를 자기 빌라에 설치해 두었다는 얘기도 잊지 않았다. 물론 콘스턴스도 있었다. 그녀는 내게 여전히 전적으로 신비로운 사람이었다. 그녀를 볼 때마다 내 몸이 나도 모르는 사이 통통 울렸다. 예상치 못한 피스톤 작용이 일어났다. 최소한 아직은 (그렇게까지) 성적이지는 않은 피스톤 작용. 그건 최고급 자동차의 잘 연마된 비스듬한 보닛이나 거대하게 홀로 서 있는 참나무 둥치, 심지어 작업 현장에 남겨져 천천히 녹슬어 가는 철판이 사람을 끌어들이는 것과 비슷한 일종의 자력이었다.

"만나서 반가워." 우리가 가르보에서 나설 때 콘스턴스는 그렇게 말했다. 그녀의 목소리도 그녀의 시선처럼 흔들리지 않았다.

나는 그녀와 악수했고, 그녀는 사실상 내 손을 으깨 버렸다. 그녀는 나를 고통스러울 만큼 긴 시간 붙잡고 있었다. 그런 다음에야 기사가 딸린 세단을 타고 아버지와 함께 떠났다.

호텔로 가는 택시에서 퐁이 말했다. "넌 오늘 밤 엄청난 인상을 남겼어, 틸러. 드럼이 놀라더라. 나도 그랬고. 노래를 그렇게 잘한다는 얘기는 안 했잖아."

내가 말하지 않은 이유는 나도 몰랐기 때문이다. 그 점을 인정하기가 너무 이상하고 창피하게 느껴졌다.

"틸러는 자만심이 강한 녀석이 아니니까." 릴리가 말했다. 그녀의 중국어는 술기운과 졸음으로 꼬여 있었다. 거의 아침이었다. 그녀는 퐁과 어깨를 맞대고 뒷자리에 앉아 있었다. 그녀의 머리가 뒤로 기울어졌다. "착한 녀석, 맞지?"

"하오 하이쯔."• 퐁이 그녀의 말을 받았다. 나는 릴리가 고개를 끄덕이며 살짝 미소 짓더니 곯아떨어지는 모습을 볼 수 있었다.

우리 호텔과 비교하면 릴리가 사는 곳은 큰길을 한참 벗어나 있었으므로 그녀를 데려다주는 데 오랜 시간이 걸렸다. 도착했을 때 릴리

• '착한 아이'를 뜻하는 중국어.

는 죽은 듯이 잠들어 있었고 퐁이 깨워도 끈적끈적한 마비 상태에 빠져 있는 탓에 차에서 제대로 내리지도 못했다. 그녀는 빈속에 엄청나게 많은 위스키를 상당히 빠르게 마셨다. 밤새도록 드럼의 부하들과 샷 잔으로 술을 마셔 댔다. 나와 퐁은 릴리를 부축해 일으켜 세워 입구까지 데려갔다. 퐁은 릴리를 아파트까지 데려다주고 올 테니 내게 택시로 돌아가 기다리라고 했다. 뒷좌석에서 나는 약 4층 높이의 창문에 불이 들어오는 걸 보았다. 그러고는 나도 잠시 잠들었던 게 틀림없다. 퐁이 돌아왔을 때 미터기의 요금이 몇 배로 불어 있었다. 기사는 손목시계를 확인하며 짜증스럽게 한숨을 쉬었다. 그는 퉁명스럽게 이제 어디로 가느냐고 물었으나 퐁은 그를 무시했다.

"실례 좀 할게." 퐁이 내게 말했다. 퐁도 틀림없이 피곤했을 텐데 겉보기에는 멀쩡해 보였다.—퐁은 언제나 이제 막 테니스공 깡통에서 튀어나온 것 같은 종류의 사람이었다.—그는 핸드폰을 확인하며 뭐라고 빠르게 문자를 보냈고 문자와 이모지로 이루어진 답장을 받았다. 나는 힐끗 위를 올려다보았다. 아파트 창문의 불빛이 꺼지는 게 보였다. 퐁은 기사에게 우리가 묵는 호텔 이름을 알려 주었고, 기사는 항의하듯 타이어로 끼익 소리를 내며 속도를 높였다.

"릴리가 너더러 올라와서 노래를 좀 더 불러 주면 좋겠대." 퐁이 키득대며 말했다. "그래서 내가 넌 다음번에 드럼을 만날 때를 대비해서 목소리를 아껴 둬야 한다고 말했지."

"당신이 원했으면 그렇게 했을 텐데요."

"분명 그랬겠지." 퐁이 말했다. "하지만 이젠 우리 모두 쉬어야 해. 릴리는 한번 술을 마시면 과음하지 않고는 못 배겨. 언제나 과음하지. 하지만 내일이면 누구보다도 먼저 생산 시설에 도착할 게 확실해. 모든 준비가 완료된 채로 말이지. 릴리가 우리를 서커우로 데려다줄 자동차를 부를 거야. 마카오로 갈 배표도 메일로 이미 보냈고."

"릴리는 결혼한 적 없어요?"

"한 번 했었지." 퐁이 우울하게 한숨을 쉬며 말했다. "실은 딸도 하나 있어. 아빠는 홍콩의 유명한 집안 사람이야. 런던에서 가족 재산을 가지고 투자하는 투자자지. 딸은 아주 어렸을 때, 이혼한 당시부터 아빠랑 같이 살았어. 몇몇 아시아 가족하고는 다르게 말이지. 지금은 아마 스위스에 있는 기숙 학교에 다닐 거야."

"딸을 만나기는 해요?"

"아닐걸."

나는 어쩔 수 없이 우리 엄마도 달리 할 일이 없어서 이따금 과음하거나 너무 열심히 일할지, 아니면 다른 방식으로 자신을 심하게 밀어붙일지 궁금해졌다.

"아무튼," 퐁이 이제는 고개를 뒤로 젖히고 눈을 감으며 말했다. "릴리가 가끔 우리랑 같이 다닐지도 몰라. 넌 릴리 마음에 들지?"

"네." 나는 그렇게 말했다. 실제로 그녀가 마음에 들었으니까. 또 나는 릴리와 내게 어떤 공통점이 있을지도 모르겠다고 생각했다. 우리는 둘 다 고의적 상황에 의해 혼자 남겨졌다. 퐁 같은 사람이 우리를 불러 모은 이유가 그것이라면, 또 우리가 그렇게까지 신나서 모인 이유가 그것이라면, 나는 충분히 이해할 수 있었다.

다음 날 오후, 우리는 럭키를 만나기 위해 터보제트 페리를 타고 남중국해를 가로질러 마카오로 갔다. 럭키는 시안과 베이징에서 엘릭서런트 판매자가 될 만한 두어 명과 며칠간 술을 마시고 식사를 하고 당연히 도박도 할 예정이었다. 도박이야말로 사람들이 마카오에 들르는 진짜 이유였으니까. 세금 문제 때문에 유한 회사의 일정 지분은 중국인이 소유해야 했고, 럭키는 중국에 근거를 둔 FDA 조사관으로서 그 역할을 맡을 사람들을 소개해 주었다. 이번에도 럭키의 직업은 시간제 겸 전일제 일자리로 보였다. 아늑하고 값비싼 대학교의 종신 교수직과 비슷할지 모르겠다. 전혀 다른 세계의 사람들—예컨대 퐁과 럭키—이 재정적으로 유리하게 활용할 수 있을 만큼 충분한 자유 활동을 허락해 주는 그런 일자리 말이다. 럭키는 당연히 마카오를 좋아했고, 그래서 우리의 회의 장소는 마카오로 결정됐다.

마카오는 해변에 있는 아시아의 라스베이거스다. 웅장한 카지노 건물과 쇼핑 지구 전체가 중국의 극단적인 졸부들을 위해 지역 특유의 로코코 양식으로 지어졌다. 땅거미가 지면 둥근 지붕과 공중부벽, 초고층 호텔의 펜트하우스와 높이 솟은 마천루의 조명들이 요란한 와트량을 자랑하며 이미 취해 버린 밤공기를 몇 단계 더 돋우는 것처럼 보인다. 딱 그만큼, 게임과 뷔페와 쇼 등 당장 할 수 있는 수많은 합법적, 불법적 활동에 대한 갈증을 부추긴다. 관광객으로서 내가 본 마카오의 가장 흥미로운 점은 포르투갈과 중국의 역사적 건축물이었다. 그 건물들의 역사는 마카오가 식민지였던 시대로 거슬러 올라간다. 장식적인 16~17세기의 교회와 거대한 무덤, 요새와 사원뿐 아니라 비교적 단순한 형태의 항구 스타일 주거지와 밝은 색깔로 칠한 세관도 마찬가지다.

럭키는 최상위급 호화 호텔 중 한 곳을 골라 바다 경관 객실들을 쭉 예약했다. 나는 럭키가 여행에 따라온 조수나 보모들에게 예약해 주는, 기본적이고 깔끔한 딸린 방을 내 앞으로 예약해 주었을 거라고 생각했다. 하지만 럭키는 내게도 똑같이 거대한 스위트룸을 얻어 주었다. 도금된 가구와 스레드 카운트°가 높은 이불, 얼굴과 엉덩이를 동시에 담글 수 있는 욕조, 온갖 종류와 형태의 거울이 사방에 달려 벌거벗고 다니기 싫어지는 75제곱미터의 공간. 럭키는 분명 도박 분야의 VVIP 중 한 명이었다. 매일 새로 채워 두는 신선한 과일과 샴페인 바구니, 최고급 레스토랑과 나이트클럽 예약권, 최고급 골프장에서의 티타임, 호텔에서 바깥을 오갈 때 이용할 기사 딸린 호화 스프린터 밴까지 포함해서 우리를 초대한 걸 보면 확실했다. 호텔 측에서는 우리 일행이 확실한 거물은 아닐지라도 몰라도 럭키를 필두로 한 무모한 도박꾼이리라고 기대했다. 럭키는 물론 억만장자가 아니었지만—심지어 퐁의 투자자 단체에서 가장 돈이 많은 사람도 아니었다.—포커 테이블에서는 크게 한탕 하려는 사람처럼 돈을 걸었고, 주사위나 룰렛 같은 기술이 필요 없는 게임에 다시 자기가 딴 돈을 걸었다. 테이블 게임의 확률에 자신을 내건다니 포커 플레이어로서는 이상한 일이었다. 럭키처럼 포커를 잘하는 사람으로서는 특히 그랬다. 하지만 럭키는 자기가 숫자의 운명을 거스르는 데 유난히 승률이 높다고 했다. 그 말은 세상을 상대로 승리를 거두는 것이나 다름없다면서. 퐁은 럭키가 인근 코타이에 있는 작은 카지노를 털어먹다시피 했다고 말했다. 화이트 러시안과 시가로 불타던 밤낮의 룰렛 게임 동

• 1제곱인치의 천에 들어가는 실 가닥수. 천의 성기고 촘촘한 정도를 말한다.

안 거의 300만 달러를 딴 것이다. 비록 다음 달에 같은 카지노에서 후원한 도박꾼 전용 태국행 슈퍼 요트 여행에서 그 돈을 전부 잃었지만. 럭키는 게임을 할 때면 자기가 '온돌' 같은 느낌이 든다고 했다. 한국인의 특성인지 뭔지 발이 너무 뜨거워져서 신발과 양말을 벗고 맨발로 도박을 해야 한다는 것이었다.

　나는 체크인을 한 후에 퐁과 내가 호텔 콘퍼런스 룸에서 중국 본토 사업가들과 공식적인 회의를 먼저 한 다음, 자리를 옮겨 식사와 음주를 할 줄 알았다. 하지만 아니었다. 럭키 최가 모임의 주최자였고, 그는 우리의 잠재적 동업자들을 바탄°으로 함께 행군 온 전우처럼 대했다. 서로의 땀과 오줌과 피가 몸에 튄, 이제 겨우 살아남아 마침내 여유를 가지고 큰 목소리를 내며 모든 걸 내려놓고 함께 즐길 수 있는 전우처럼 말이다. 우리의 전우는 베이징에서 온 두 명의 형제와 시안 출신의 깡마른 남자였다. 그들은 체격이 왜소하고 이 땅의 소금으로 살겠다는 듯 건전한 느낌을 풍기는 마흔 몇 살의 남자들이었다. 이전에도 비슷한 사업을 연달아 해서 상당히 자산을 축적했다고 했다. 아무리 그들이라도 방에 짐을 풀자마자 럭키가 건네준, 슬롯머신 토큰이 묵직하게 들어 있는 검은색 벨벳 주머니를 보고는 놀랐을 것이다. (나는 더 작은 주머니를 받았다.) 이어 럭키는 우리를 주요 게임장으로 데려갔다. 퐁은 도박을 하지 않았다. 대신 우리의 손님들을 배당이 큰 게임기의 예약석으로 안내하고 술을 주문하며 한때 크게 이루어진 마카오의 무역에 관해 유명하고 다채로운 역사적 사실들을 들려

•　2차 세계대전 당시의 격전지.

381

주었다. 일본에서 들어온 화려한 비단과 리스본산 은제품 및 금제품, 말라카와 고아에서 온 향신료와 차 등. 그는 투지 넘치고 매력 있으며 품행 바른 태도로 얘기를 전했다. 그는 자기가 말하고 있는 주제에 진심으로 매료돼 있었기에 사람들도 그에게 매료됐다. 문화적, 상업적인 정보나 특유의 통찰력을 보여 주면서도 슬롯머신에 대한 환성, 때로는 위로도 잊지 않았다. 그러나 전혀 알랑거리지는 않았다. 풍만큼 유창하지 않았던 나는 레버를 당기고 달콤한 열대 과일 음료를 마시며 무리의 분위기를 부드럽게 하는 역할을 맡았다. 럭키는 시그니처 음료인 화이트 러시안을 꿀꺽꿀꺽 삼키며 슬롯머신에 대고 뭐라고 지껄이거나 애걸하거나 쿡쿡 찔러 댔다.

"이러기냐, 이 사기꾼 매춘부야!"

"날 조져 놓을 거면 최소한 사랑한다는 말이라도 하라고!"

"그렇지, 그렇지, 그렇게 돌란 말이야!"

나머지 우리도 그의 신호를 받아들였다. 도박장이 미리 정해 놓은 조작된 프로그램이라는 걸 알면서도 나는 나도 모르게 럭키와 비슷하게 지껄이고 있었다. 음흉하게 즐거워하고 몹시 분해하며, 번쩍이며 땡땡 소리를 내는 난공불락의 치사한 도깨비 상자에게 달콤한 말과 쓰레기 같은 말을 연달아 뱉어 댔다. 우리는 각기 토큰 하나씩을 땄다. 아마 도박장에서 정해 놓은 액수가 그 정도였을 것이다. 럭키가 꽤 큰돈을 딴 건 놀랍지도 않았다. 럭키 본인에게는 별로 크다고 생각되지 않는 액수였겠지만 말이다. 그는 자기가 딴 돈의 상당 부분을 우리 손님들에게 주고, 나머지 돈은 종업원들에게 후한 팁으로 주었다.

두려움과 혐오감 때문에 기억이 잘 안 난 것도 아니고, 언제 지나 갔는지 모를 주말처럼 흘러간 것도 아니지만 다음 서른여섯 시간은 왠지 흐릿하다. 어쩌면 아시아 남자들은 다른 걸지도 모른다. 아니면 다르지 않은 걸지도. 아무튼 이 특정 아시아 남자들은 좋은 시간을 즐기는 영혼의 여정 동안 어두운 밤을 보내며 뇌세포와 간세포를 마지막 하나까지 파괴하는 데 열중하는 것 같지는 않았다. 물론 과식과 음주는 얼마든지 했다. 거의 계속해서 게임을 한 것도 사실이었다. 그리고 어떻게 피했는지 모를 위험한 순간도 몇 번 있었다. 전부 아주 전형적이었다. 그 말이 정확할 것이다. 하지만 퐁과 럭키가 함께 계획을 세웠기 때문에(어쩌면 실제로는 럭키가 배정한 호텔의 VIP 해결사/집사가 세운 걸지도 모른다. 그는 아르마니 정장을 입고 파란빛으로 깜빡이는 이어피스를 끼고 있는 어딘가 소름 끼치는 젊은 남자였다.) 우리는 더욱 드넓고 즐거움이 가득 찬 우주를 맛볼 수 있었다. 우리는 낮에 지역의 해양사 박물관을 둘러보았고, 스리랑카 요리 수업을 들었으며, 오래된 중국 사원에서 징을 쳤다. 심지어 인근 헝친섬에 가서 세계에서 가장 큰 수족관을 방문하기도 했다. 우리는 잠수복을 입고 거대한 중앙 수조에 들어가 수족관 방문객들 앞에서 스쿠버다이빙을 했다.

시안과 베이징에서 온 사람들은 스쿠버다이빙을 한 번도 해 본 적이 없었다. 나도 마찬가지였다. 하지만 직원 탈의실에서 잠수복에 몸을 구겨 넣으며 십오 분 동안 개별 지도를 받는 동안에도 아무도 그 점을 중요하게 생각하지 않았다. 당시에는 어떻게 숨을 쉬고 쉬지 말아야 하는지, 귓구멍 안팎의 압력을 어떻게 똑같이 유지하는지 등의 태평한 충고 정도로 충분하다고 느껴졌다. 다만 시안에서 온 로는 첫

날 자기 전에 VSOP급* 브랜디를 마신 데다 럭키가 그 야심한 시간에 끈질기게 권한 쿠바산 시가 탓에 숙취에 시달리고 있었고, 낮이 된 그 시점에는 약간씩 발을 끌고 있었다. 그러면서도 그는 사실상 던바콜로니얼의 방 네 개짜리 호텔과 똑같은 크기에 가오리와 참치와 그루퍼** 등 커다란 바닷물고기가 잔뜩 들어 있는 4,100만 리터짜리 수조에 뛰어들게 돼 신나 있었다.

스쿠버다이빙의 문제는 예상과 너무 다르다는 것이다. 케이블 TV 프로그램에서 볼 때는 너무도 재미있고 쉬워 보인다. 그 모습을 보면 우리에게 아가미가 달려 있던 태곳적 평온함에 대한 갈망을 느낀다. 그때의 나와 연결되는 것만 같다. 한때 우리가 물속에서 즐겼던 기억을 되살리고 차라리 진화하지 않는 편이 좋았을지도 모른다는 생각으로 푸르고 완벽한 공간을 물갈퀴로 헤치고 나아가는 위엄 있는 장면을 상상하게 된다. 하지만 실제로 스쿠버다이빙을 해 보면, 난생처음 마스크를 착용하고 입에 장치를 끼우는 순간 시야가 불투명하고 비명도 지를 수 없도록 설계된 형편없는 개인용 잠수함이 된 것 같은 기분이 든다. 폐소 공포증이 밀려든다. 호흡이 너무 가빠진다. 어쩌면 머리를 제외한 나머지 신체는 자연스럽게 내가 수중 생물이 아니라는 걸 알기 때문일 것이다. 하강할수록 수압은 예상보다 빠르게 높아진다. 양옆과 뒤에서 눈을 누르는 것만 같다. 바로 이때가 압력 조절을 위해 침을 세게 삼켜야 한다는 다이버의 충고를 떠올려야 하는

---

* 18~25년 된 브랜디.
** 농엇과의 물고기.

순간이다. 그러나 그 방법은 통하지 않는다. 그러므로 비행기를 탔을 때처럼 코를 꽉 잡고 숨을 뿜어 귀로 공기를 밀어내야 한다. 하지만 그러다가 마스크가 거의 벗겨질 뻔한다. 다른 수족관 방문객들은 우리가 특수 연구를 수행하는 최고의 해양 생물학자 팀이라고 생각했다. 우리를 손가락으로 가리키며 손을 흔들었다. 아이들은 유리를 두드렸다. 그 모습을 보자 마스크를 벗어 던지고 수면으로 도망쳐 아이들을 실망시키거나 겁먹게 하는 일은 하지 말아야겠다는, 멍청할 만큼 용감한 생각이 들었다. 가엾은 로는 인간 크기의 귀상어가 몸을 말고 옆을 지나가며 등지느러미로 그의 물갈퀴를 스치자 바로 그렇게 행동했지만 말이다. 나도 마스크를 벗어 던지고 튈 뻔했지만, 산호초 사이의 빈 공간을 발견하고 「죠스」의 후퍼만큼 빠르게 그리로 움직였다.

시안에서 온 로는 너무 빨리 떠오르는 바람에 끔찍한 귓병에 걸렸고, 베이징에서 온 형제 중 한 명은 갑자기 발작이 일어나 토를 했다. 하지만 나머지 우리는 괜찮았다. 나는 산호 사이의 틈새에 숨어 파란색과 흰색의 점박이 무늬 드레스를 입은 사랑스러운 여자아이에게 수줍게 손을 흔들었다. 아마 그 애는 나를 이상한 종류의 해양 생물이라고 생각할 터였다. 퐁이 그 모습을 보고는 나를 꾀어내 수면으로 데려갔다. 수년간 감독하는 어른이 없는 가운데 케이블 TV로 「샤크 위크」를 보면서 어린 시절을 보냈기에 나는 따개비로 뒤덮인 커다란 홍합처럼 뿌리를 내리고 있었다. 퐁은 내게 귀상어가 얼마나 잘 길들인 강아지 같은 녀석인지 보여 주려고 녀석의 입에 실제로 손을 집어넣기도 했다. 퐁이 그러지 않았다면 나는 산소통이 다 닳을 때까지 그 자리에 웅크리고 있었을 것이다.

"놀랄지도 모르겠지만," 퐁이 나중에 수족관 카페에서 내게 말했다. 우리는 녹차와 라테를 마시며 몸을 데우고 있었다. "나도 바다 관련 공포증이 있어."

"정말이에요? 물에서 늘 편안해 보이시는데요." 나는 그렇게 말하고는 퐁이 파도 밑에 처박혔던 때를 잠시 떠올렸다. 그는 너무나 아무렇지 않게 호기심을 가지고 몸을 풀어내려 했다. 전혀 두렵지 않다는 듯이.

"그건 맞아. 아주 편안해. 하지만 난 외딴섬에 난파되는 꿈을 계속 꿔. 주위 수천 킬로미터에는 오직 바다뿐이고 마실 수 있는 단물도 없는 섬에 말이야."

"음식도 없어요?"

"모르겠어. 음식은 중요하지 않은 것 같아. 꿈에서 내가 집중하는 건 단물을 얻는 방법이거든. 나는 계속 하늘을 쳐다보면서 먹구름을 찾아. 하지만 하늘은 절망적으로 맑지."

"갈증으로 죽어 가나요?" 나는 건조한 중국 북중부에서 양부모와 함께 수박이 익기를 기다리던 어린 시절의 퐁을 생각하며 말했다.

"아직은 아니야. 하지만 그렇게 되겠지. 내가 생각할 수 있는 건 그것뿐이야. 난 그 시간이 다가오고 있다는 걸 알아."

분투 끝에 성공한 사람이라면 그 꿈을 가난에 대한 두려움으로 해석할 법했다. 나도 자연스레 퐁이 아무것도 없던 시절을 두려워하는 거라고 해몽했다. 때로는 꿈이야말로 투명할 수 있는 거니까. 나는 혹시 퐁이 꿈에서 엉뚱한 부분을 강조한 건 아닌지 궁금했다. 그 꿈은 어쩌면 "갈증"에 대한 것만은 아니거나, 아예 "갈증"에 대한 것이 아닐지도 몰랐다. 그보다는 혼자가 되는 것, 거대한 바다에서 혼자 고립되는 것에 관한 꿈일지도 몰랐다. 퐁과 퐁다움에 대해 생각하면 늘 수많은 팀이라는 맥락 안에 있는 그를 생각하게 된다. 처음에는 배그스의 골프 클럽에서 만난 퐁, 던바의 가게에 있던 퐁. 거대한, 언제나 붐비는 그의 집에서 맞닥뜨린 다양한 사람들과 함께 있던 퐁. 그다음에는 참 스테이션에서부터 럭키 엄마의 집과 현재에 이르기까지, 우리가 만난 모든 사람들 사이에 있던 퐁. 가족이든 직원이든 사업상의 동료나 친구든 퐁은 사람들 사이에 있었다. 그리고 나는 이 남자가 실제로 유의미한 시간 동안 혼자 있어 본 적이 한 번도 없다는 걸 깨달았다. 나는 퐁이 자신의 이런 점, 즉 계속해서 관계를 맺는 무의식적인 행동을 알고 있는지 궁금했다. 물론 퐁의 다양한 무리와 어울리는 건 늘 파란만장하고 즐거운 일이었다. 하지만 자신을 절대 혼자 두지 않는다는 건 그 사람에 대해 무엇을 말해 주는 걸까?

나는 혼자 있는 게 어떤 건지 알았다. 나는 집에서 상당히 오랜 시간을 혼자 지냈다. 나는 그런 시간에 익숙해졌지만, 보상 욕구로 우스꽝스러운 일을 할 때도 있었다. 우리 집에는 화장실이 세 군데 있었는데, 나는 그저 다시 소변을 보러 갔을 때 누군가 함께 있는 것 같은 느낌을 받기 위해서 변기 세 곳에 모두 소변을 보고 물을 내리지 않았다. (우리는 "노랗다면 익어 가게 놔두는" 스타일이다.) 클라크는 안방 화장실에서 소변을 보아도 아무 말도 하지 않았다. 아마 아침에는 기차를 놓치지 않으려고 전력 질주해야 하는 경우가 많았고, 때로는 그냥 물 내리는 걸 잊었겠거니 생각했을 것이다. 내가 했던 또 다른 일은 빵을 전혀 먹고 싶지 않아도 토스트기에 집어넣은 다음, 집의 구석까지 달려가 그 냄새가 풍겨 올 때까지 기다리는 것이었다. 물론 음악도 틀어 놓았다. 턴테이블에 LP 더미를 쌓아 놓았다. 하지만 이때도 특별히 좋아서 그런 건 아니었다. 오히려 그렇게 하다 보면 유령이 된 가족에 대한 원한에 먹이를 주는 짜증의 불길이 일어났다. 나는 운전하는 방법을 배우기 한참 전부터 진입로에 서 있는 자동차에 시동을 걸고 엔진을 켠 채로 놔두기까지 했다. 엔진 소리가 꼭 누군가가 내가 나오기를 기다리는 것처럼 들렸다. 한번은 시동 끄는 걸 잊는 바람에, 자동차가 완전히 멎을 때까지 작동됐다. 그 바람에 클라크는 주말에 철물점에 가려다가 계기판 바늘이 E에 가 있는 걸 보고 완전히 당황했다. 이 모든 일이 상당히 한심한 짓이라는 건 안다. 나는 결국 토스트를 억지로 먹거나 버려야 했고, 고약한 냄새가 나는 변기 물을 혼자 내려야 했으며, LP판을 하나하나 다시 슬리브에 넣어야 했다. 그러다 보면 내가 얼마나 혼자인지, 얼마나 그러기 싫은지 더욱 분명해지기만 했다. 정말로 그러고 싶은 사람이 누가 있겠는가? 정말로 혼자 있는 자신을, 다른 모든 사람으로부터 고립된 자신을 상상하다 보면 원하든 원하지 않든 울퉁불퉁하고 불안한 질문들을 잔뜩 마주하게 되는데 말이다. 방과 후에 나는 주방 식탁에 앉아 내가 직접 차린 설탕 버터 샌드위치와 우유 한 잔을 바라보며, 벽시계의 윙윙거리는 전자음에 몸을 맡기고 완전히 의식을 잃었다. 엉덩이가 마비돼 얼얼하게 느껴질 때까지. 그리고 나서 어느 순간이 되면 나는 정신을 차리고 현재로 돌아왔다. 나의 존재라는 창백한 정물화를 보며 몸을 떨었다. 그러다 보면 나처럼 둔한 녀석에게도 '넌 뭘 원해? 그걸 왜 원하는 거야? 여기서 뭘 하고 있어? 대체 왜 신경을 쓰는 거야?' 같은 궁금증이 자꾸 솟아나게 마련이었다.

내가 계속해서 생각할 수 있었던 유일한 이유는 '그래야 클라크가 걱정하지 않으니까.'였다. 하지만 아빠가 갑자기 그림에서 사라진다면, 실제로 아무 답이 떠오르지 않았으리라 생각했다. 내게는 그 어떤 관점도, 의지할 곳도 사라질 것이다. 그저 숨을 쉬는 나 자신뿐. 나를 다 합친 결과가 그것이었다. 반면 퐁에게는 그를 끌어당기는 무수히 많은 사람과 상황이 있었다. 그를 보호하고, 부유하게 하고, 그가 어디에 가든 뿌리를 내리게 하는 사람들 말이다. 그래서 그는 사실상 한 번도 침입자가 된 적이 없었다. 베이징과 시안 출신의 잠재적인 새 동업자들의 경우처럼, 퐁은 세계 안에 자신의 세계를 구성하는 연줄의 덤불을 끊임없이 불려 나갔다.

낮에서 밤으로, 다시 낮으로 이어지는 마카오의 새벽에도 잠깐 쉴 시간은 '있었다'. 다양한 문화 관광과 활동이 끝난 후였다. 우리는 활동과 활동 사이에 오랫동안, 혹은 잠깐씩 게임을 했다. 그러던 중 릴리가 예상치 못하게 나타났다. 선전에서 늦게까지 밤을 샌 이후로 처음이었다. 그녀는 약간 나이가 들어 보이는 얼굴로 호텔 로비에서 우리를 만났다. 그다음에는 소금과 후추로 간을 한 싱가포르식 게 요리가 너무 높이 쌓여 있어 서로의 얼굴이 보이지 않았다. 그다음에는 나이트클럽에 가고 꾸준히 술을 마시고 노점에서 파는 코프타와 볶음국수를 네 번째와 다섯 번째 식사로 먹었다. 그다음에는 럭키가 우리를 택시에 태워 에버그린 쇼어라는 클럽으로 데려갔다. 그곳에서는 전구로 만들어진, 우주 시대의 문자로 쓰인 간판이 에메랄드색과 황금색으로 번쩍였다. 위스콘신주나 메인주에 있는 복고적인 호숫가 모텔에서 체크인하는 기분이 들었다. 퐁이 옆에 릴리를 끼고서 "이봐, 럭키. 오늘 밤은 좀 그렇지 않아?"라고 말하고 이 말에 럭키가 "그럼 어느 날 밤이어야 하는데?"라고 말했다. 그때에야 나는 무슨 일이 일어났다는 걸 알았다.

베이징 형제가 킥킥댔고 시안의 로는 짓궂게 푸념했다. 이번만큼은 퐁에게도 준비된 답이 없었다. 우리는 모두 안으로 들어갔다. 환영을 받으며 번지르르한 저택의 번지르르한 안방극장 같은 곳으로 안내됐다. 그곳에는 강당 스타일 초록색 벨벳 의자가 두 줄로 놓여 있었고 의자들 사이에는 어린이 극장 정도 크기의 무대가 있었다. 황금색 생선 비늘 같은 천 커튼이 무대 앞에 드리워져 있었다. 그때까지도 나는 무슨 일이 벌어지려는지 전혀 감을 잡지 못했다. 우리는 첫째 줄에 앉았다. 내가 퐁과 릴리 그리고 다른 사람들 사이에 앉았다. 종업원 몇 명이 서둘러 우리에게는 맥주와 술을, 럭키에게는 화이트 러시안을 가져다주었다. 우리가 공연 시작 직전에 도착한 모양이었다. 그러나 조명은 어두워지는 대신 더 밝아졌다. 웬 중국 랩 음악이 어딘가에 숨겨진 스피커에서 터져 나왔다. 나는 퐁에게 이게 무슨 쇼인지 물으려고 하다가 그가 릴리의 손에 손을 얹고 있는 걸 보았다. 그들은 은밀하게 행동하지 않았다. 둘의 손이 좌석 사이에 놓인, 패드가 대어진 팔걸이에 포개져 있었다. 그들은 서로를 보지 않고 있었으나 퐁의 손이 그녀의 손에 놓여 있는 모습을 보고 나는 둘이 연인이라는 걸 알 수 있었다.

나는 당연히 잠시 미노리를 떠올렸다. 요가복을 입고 집 안의 거대한 주방에서 혼자 커피를 홀짝이고 있을 그녀가 떠올랐다. 나는 배를 강타당한 것만 같았다. 퐁은 내게 딱히 거짓말을 한 게 아니었지만—그는 릴리가 우리 곁에 아주 많이 있을 거라고 했다.—그래도 7학년 때, 케이티 라이어든이 봄 무도회에서 나와 데이트를 하기로 해놓고 꼴사나운 (유일한 아시아인이었던) 코너 칭이라는 녀석과 춤을 추기 시작했을 때와 비슷한 기분이 들었다. 그녀는 체육관 관중석 밑에서 너무도 완벽하게 영화 속 자세를 취하고 그의 얼굴을 빨아 댔다. 그들이 처음부터 이런 일을 계획했다는 확신이 들 정도였다. 나는 코너가 미칠 듯이 부러웠고 케이티에게는 깊은 상처를 입었다. 케이티가 코너의 경직된 수줍음과 오만한 부자 녀석 같은 애버크롬비식 외모에 넘어가기에는 생각이 많은 애라고 생각했는데 착각이었다. 내밀하게 손을 잡고 있는 릴리와 퐁을 보고 고통을 느낀 나머지 내가 게이인가 하는 충격도 들었다. 꼭 내가 퐁과 사랑에 빠지기라도 한 것 같았다. 하긴 빌어먹을. 나는 그를 사랑했다. 정말이었다! 그러면 안 될 이유는 뭔가? 그는 처음부터 나를 자극했다. 수많은 자원과 관심사로 나를 기쁘게 해 주고, 잡다하고 무한한 사업의 매끄러운 길을 따라 나를 끌고 다녔다. 나는 내가 그의 수제자라는 사실을, 언제든 쓸 수 있도록 충전된 그의 후배였다는 점을 그가 나의 주된 관심사이듯 나 역시 '그의' 주된 관심사라는 의미로 받아들였던 듯하다. 나는 내가 유혹당한 이유가 퐁이 나를 유혹했기 때문이라고 생각했다. 그는 자연스럽고 후한 퐁 자신으로 존재하며 모두를 끌어당겼을 뿐인데.

사실 나 역시 나로서 존재한 것뿐이었다. 다른 사람들은 모두 알았다고 해도 당시의 나는 아직 그 점을 완전히 알지 못했다. 내가 어딘가에 휩쓸리기를 열망하는 사람, 아무렇게나 뛰어다니는 병아리, 내 앞길에 있는 아름답거나 카리스마 있거나 따뜻한 것에 무조건 다가간 뒤 쉽게 떨어지지 않는 존재라는 건 새삼 놀랍지도 않았다.

유혹하기 쉬운 소년, 그게 나였다.

나는 퐁과 눈을 마주쳤다. 그는 내 시선에서 어떤 황폐함을 본 게 틀림없었다. 아쉬워하는 듯 잠시 말을 멈춘 그는 자유로운 손을 내게 내밀었다.

"나중에." 그는 내 손목을 가볍게 두드리며 말했다. "나중에 얘기하자."

"괜찮아요." 내가 대답했다. 나는 그의 얘기가 궁금했지만, 사실은 그와 릴리가 무슨 일을 꾸미든 어떤 이유나 변명도 들을 이유가 없었다. 둘이 꾸미는 일이 다른 일들과 어떻게 어울리는지, 또는 어울리지 않는지에 대해서도 그랬다. 미노리가 딱하게 느껴진 건 사실이었다. 하지만 모든 부부는(아마 클라크와 엄마도 똑같았을 것이다.) 생각보다 일찌감치 자신들이 어떤 계약을 맺었는지 알아차린다. 어쩌면 미노리와 그녀의 몸 좋은 요가 선생도 특별한 우정을 맺고 있을지 몰랐다. 아무튼 그건 퐁의 인생이었고 그는 성인이었다. 언젠가 나도 완전한 성인이 된다면, 퐁의 인생에서 아주 작은 부분을 차지할 수 있었던 것에 대해 다시 한번 방종한 고마움을 품으면 될 뿐이었다. 나는 퐁에게 이 모든 말을 겸손하고도 태연하게 건넬 생각이었다. 그때 커튼이 열렸고 검은 옷깃이 달린 자주색 턱시도를 입은 남자가 등장했다. 그의 뒤에는 하이힐을 신고 거의 아무것도 가리지 못할 정도로 가는 끈으로 된 검은색 비키니를 입은 젊은 여자들이 일렬로 늘어서 있었다. 그 여자들은 가르보의 아가씨들과는 달랐다.

나는 나쁜 예감이 들었다. 럭키와 우리 일행이 한 차례 함성을 터뜨리자 그 예감은 더욱 날카로워지기만 했다. 하지만 도망칠 곳이 없었다. 무대 위 남자는 졸린 사람처럼 얼굴이 부어 있었고 음흉한 미소를 짓고 있었다. 단정치 못한 곱슬머리는 군데군데가 허옇게 세어 있었다. 나는 아시아계 딘 마틴처럼 생긴 그 남자가 노래를 부르든지, 최소한 그 여자들의 쇼에 관해 사회라도 보기를 기대했다. 그러나 그는 단순히 무대를 따라 걸으며 꼭 게임쇼의 상품을 소개하듯이 유치하고 과장되게 여러 가지 손동작을 보여 가며 여자들을 소개할 뿐이었다. 그는 풍만한 가슴이나 긴 다리 등 자기가 보기에 눈에 띄는 여자들의 신체적 측면을 극악한 손동작으로 보여 준 뒤, 눈을 휘둥그렇게 뜨거나 혀를 축 늘어뜨려 빼물었다. 그는 상당히 취해 있거나 취한 척을 하고 있었다. 머잖아 그가 사실 우리를 놀리고 있을 뿐이라는 생각이 들기 시작했다. 우리의 더러운 욕망을 은밀히 흉내 내는 것이라고. 반면 퐁과 릴리는 노출된 살을 비추는 그 눈부신 조명에 별다른 반응을 보이지 않고, 단둘이 심야의 카페에라도 와 있는 것처럼 속삭였다.

젊은 여자들은 시베리아나 러시아 출신으로 보이는 금발 백인 한 명과 줄 끝에 서 있는 피부색이 짙은 여자 한 명을 빼면 전부 아시아인이었다. 다른 여자들처럼 피부색이 짙은 여자도 기분 나쁜 티를 내는 건 아니지만 미소는 짓지 않았다. 그러나 엄청난 열광 앞에 그녀가 그저 버티기 모드로 전환됐다는 건 알 수 있었다. 그녀는 우산 없이 세찬 비를 뚫고 걸어가야 한다는 걸 아는 사람 같은 표정이었다.

그제야 나는 이곳이 어떤 곳인지 알았다.

이제 럭키가 내게 말했다. "여기가 왜 에버그린 쇼어라고 불리는지 궁금했을 거야. 늘 여자들을 바꿔서, 그렇게 여자들이 영원히 어리기 때문이지. 너보다도 어려, 틸러. 표정을 보니 넌 아마 중년 여자들을 좋아하는 것 같지만. 하지만 우리 같은 중년의 개자식들한테는 에버그린 쇼어야 말로 젊음의 샘이라고."

럭키가 베이징 형제 중 정신이 덜 든 사람을 일으켜 세웠다. 시안의 로도 일으켜 세웠다. 그들 모두가 비틀거리며 무대로 올라갔다. 럭키는 계속해서 남자들에게 누구를 선택할지 조언했다. 생각처럼 쉬운 일이 아니었다. 형제가 둘 다 금발 여자를 원한다는 게 명백했기 때문이다. 둘은 각기 여자의 손을 한쪽씩 잡았고, 이제는 로까지도 그녀를 원했다. 로는 여자를 향해 뻣뻣하고도 어색하게 트월킹* 시늉을 해 보였다. 내가 보기에는 추운 날씨에 뭘 한 덩어리 끄집어내느라 엉거주춤한 것 같았지만.

"제발 궁둥이 떼고 일어나서 형제들과 함께해 주지 않겠어?" 럭키는 낮은 무대에서 뛰어 내려와 나와 퐁을 나무랐다. 그는 우유처럼 하얀 칵테일을 다 마신 터라 얼굴과 목이 바닷가재처럼 얼룩덜룩 붉었다. 그가 잔을 들어 올리자 젊은 남자 종업원이 즉시 술잔을 새것으로 바꿔 주었다. 럭키는 그를 탁 쳤다. "낡고 무딘 칼이 질리면 번쩍이는 새 칼을 가질 수 있다는 거 알지, 릴리? 여기선 이 녀석들도 이용 가능하다고. 오늘 밤에는 모두에게 한턱 쏠 거야!"

---

* 엉덩이를 들이밀고 낮은 자세로 추는 성적인 춤.

릴리는 고개도 들지 않고 손을 내저었다.

"그러시든지." 럭키는 투덜거리더니 그 녀석을 보냈다. "퐁 동지! 어때? 우리와 함께 행군할 텐가?"

"오늘 밤은 괜찮아, 고맙지만."

"넌 괜찮은 적이 참 많아, 안 그래?" 럭키가 소리쳤다. "좋아, 됐어. 너도 엿이나 먹어. 얼른 호텔로 돌아가라고. 우리 때문에 가식 떨 필요 없어. 우리도 다 컸다고, 알았지? 근데 넌, 틸도*! 계집애처럼 굴지 마!"

나는 그가 던진 거친 도전장에도 별로 신경이 거슬리지 않았지만, 그가 퐁에게 쓰는 거친 말투에는 놀랐다. 럭키가 아무리 취했고 룰렛 테이블에서 상당히 미친 사람처럼 굴었다고는 해도, 여태까지 나는 누군가 퐁에 대해 속삭이듯 불평하는 소리조차 들어 본 적이 없었다. 우리는 모두 함께 애쓰고 있었다. 함께 뇌세포를 소모해 가면서 사업을 해 나가고 있었다. 에버그린 쇼어에서든, 아니든 말이다. 나는 자리에서 일어나려 했으나 퐁과 릴리가 먼저 일어났다.

"원하면 계속 있어." 퐁이 말했다. "우리 모두 원하는 일을 해야지."

"집어치워!" 럭키가 내게 식식댔다. "넌 사업한다는 애가 무슨 그 모양이냐? 무슨 전우가 그래? 도대체 우리가 형제야, 배신자야?"

나는 스승에게 딱 붙어 서둘러 떠나고 싶었지만, 기이할 정도로 해진 내 결심이 더욱 너덜너덜해지는 걸 느꼈다. 나는 좋든 나쁘든 중독자처럼 어딘가에 끼는 인간이었고, 끼지 않는 쪽을 더 참을 수 없

---

* 틸러라는 이름과 딜도의 합성어.

었다. 게다가 완전히 솔직하게 말하면, 그 노출된 살갗을 보자 내 안에서 자율 신경계의 자극이 일어났다. 가슴이 아팠다. 나의 공포 분비샘이 과로하고 있었는데도.

퐁은 그냥 고개를 끄덕였다. 그의 눈은 친절하고 관대하기만 했다. 그는 내게 작별 인사를 했고, 럭키는 나를 무대의 가혹한 조명으로 끌어들였다. 돌아보니 퐁과 릴리는 이미 떠나고 없었다. 나는 오래된 영화에서 이 장면이 어떻게 그려질지 상상할 수밖에 없었다. 그런 영화에서는 겁먹은 십 대나 풋내기 군인이 양아치 같은 친구들에게 떠밀려, 피폐한 매춘부가 사는 통탄할 소굴에 들어간다. 그러면 그 매춘부는 어떤 이유에서인지 그 불운한 녀석을 확실한 치욕에서 풀어 주기로 하고, 남자들의 형편없음을 새로이 지각한 그를 밖으로 돌려보낸다. 이 순간 그 형편없음은 럭키와 딘 마틴이 시베리아 눈의 여왕과 함께하려고 경쟁하는 베이징 형제들을 다루는 방식에서, 그러니까 남자들과 그 여자 사이에 직접 끼어드는 모습으로 표현됐다. 여자는 백인이 가진 힘을 확실히 이해하고 있었다. 그녀는 팔짱을 낀 채, 형제들이 뭐라고 제안하든 고개를 저었다. 결국 럭키가 두꺼운 위안화 더미를 홱 꺼내자, 그녀는 둘 모두와 함께 가겠다고 얼음처럼 차갑게 말했다. 시안의 로가 갑자기 비틀거리더니 한쪽 무릎을 꿇으며 젊은 여자 중 한 명의 다리를 잡았다. 그 여자는 로를 떨쳐 냈다. 그는 다시 관객석으로 안내되었고, 거기에서 곧 정신을 잃었다.

럭키는 내 선택을 기다리고 있었으나 실망했다. 어째서인지 나는 그냥 로의 옆에 앉아 그냥 기다리겠다며 배짱을 부렸다. 나는 퐁과 릴리가 아직 있었으면, 그래서 나의 존엄성 발작을 목격할 수 있었으면 좋겠다고 생각했다.

"씨발, 안 되지." 럭키가 말했다. "선택해야 해."

나는 고개를 저었다.

"당장!"

그의 천둥 같은 고함이 일렬로 늘어선 젊은 여자들을 포함한 우리 모두를 겁먹게 했다. 여자들은 살금살금 그에게서 멀어졌다. 하지만 럭키는 그 꼴을 두고 보지 않았다. 그는 줄지어 서 있던 여자 두 명을 홱 끌어당기더니 내게로 끌고 왔다. 여자들은 럭키에게 저항했다. 갑자기 경비원들이 나타나 럭키와 여자들 사이에 끼어들었다. 딘 마틴이 모두를 진정시키려 애썼다. 그때 검은 피부의 여자가 앞으로 나서더니 내 손을 잡고 말했다. "내가 같이 갈게요."

"네가?" 럭키는 여자들을 놓으며 말했다. 그러더니 그는 나를 보았다. "괜찮아?"

내가 대답하지 않자 여자는 내 손을 꽉 잡고, 나를 무대 뒤의 복도와 연결된 몇 개의 방으로 데려갔다. 완벽하게 그녀가 이 일을 원했음에도 불구하고 나는 이미 이런 요구에 응한 데 대한 죄책감과 자기혐오에 흠뻑 젖어 있었다. 나는 우리가 그냥 수다를 떨며 시간을 보내면 럭키를 포함한 모두가 만족할 거라고 생각했다. 우리는 이름을 말했고—그녀의 이름은 네니타였다.—그녀는 자기가 필리핀 출신이며 돈을 버는 대로 돌아갈 거라고 말했다.

"다 왔어, 틸-러." 그녀가 노래하는 듯한 예쁜 목소리로 말했다. 그녀가 문을 열었다. 나는 그 방이 이제까지처럼 에버그린 벨벳 벽지와 묵직한 술이 달린 비단 쿠션 그리고 소름 끼치는 티파니 램프로 뒤덮여 있을 거라고 생각했다. 어쩌면 구석에서 가짜 벽난로가 타닥거리고 있을지도 몰랐다. 하지만 그곳은 기능적이고 헐벗은 공간이었다. 막 입실한 기숙사 방 같았다. 낮은 와트량의 LED 천장 등과 회색빛이 도는 리놀륨 바닥, 석회를 칠한 벽. 창문 없는 공간과 그 한가운데에는 꼭 맞는 시트와 베개 두 개가 놓인 플랫폼 침대*가 있었다. 세면대와 변기가 딸린 옷장 크기의 욕실도 있었다. 에어컨 바람이 세서몹시 추웠다. 유일한 다른 가구는 철사 옷걸이가 딸린 바퀴 달린 선반이었다. 남자의 옷을 걸어 두는 곳이 분명했다. 네니타는 그 선반을 가리켰다.

그녀는 침대에 앉아 내게 옷을 벗으라고 했다. 나는 그러고 싶지 않다고 말했고, 네니타는 얼굴이 밝아졌다. 하지만 그녀는 어쨌든 옷을 벗지 않겠느냐고 물었다. 보스 중 한 명이 문을 두드릴 수도 있으니 말이다. 나는 감시당하는 듯한 이상한 느낌을 받았다.

"부탁이야, 틸-러. 그럼 큰 도움이 될 거야. 거기다가 난 온갖 걸 봤어. 그런 면에서는 의사나 마찬가지야."

그녀가 진심으로 이 말을 하기에 나는 속옷만 남기고 옷을 벗었지만, 속옷은 입고 있기로 했다. 내 물건이 유난히 부실하게 느껴졌다. 냉장고 서랍 뒤쪽에서 발견될 만한 것, 즙이 다 빠진 포도송이나 쭈그러든 어린 당근 같았다.

우리는 침대 가장자리에 걸터앉았다. 수다를 떨되 애매하게만 말했다. 뭔가를 숨기려는 게 아니라, 그게 요점이 아니기 때문이었다.

---

* 매트리스를 고정하기 위해 약간 파인 상자 모양으로 만든 침대.

네니타는 마닐라 외곽 출신이었고 나는 뉴욕 외곽 출신이었다. 그녀는 간호 학교에 가고 싶어 했고 나는 사업을 하고 싶어 했다. (하지만 내가 이미 비슷한 일을 하고 있다고는 말하지 않았다.) 그녀는 사업이란 힘든 거라고 말했고, 그 말에 나는 입을 다물었다. 우리는 마카오가 얼마나 특이한 곳인지에 관해 수다를 떨었다. 다만 그 이유에 대해서는 자세히 파고들지 않았다. 네니타가 절반은 인도, 절반은 필리핀 혈통이라는 사실 외에 우리는 가족이나 다른 개인 정보를 언급하지 않았다. 특히 나는 그녀가 어쩌다 에버그린 쇼어에 오게 됐는지에 관한 질문을 절대로 꺼내지 않았다. 그녀가 똑똑하고 침착하며 자신 있는 사람이라는 걸 한눈에 알 수 있었다. 그녀를 보니 던바에서 만났던 샐리 무투라주라는 총명하고 쾌활한 여자애가 생각났다. 나는 9학년 때 모의 유엔 활동을 하는 내내 그녀에게 비밀리에 반해 있었다. 지금 이곳에 네니타와 함께 있는 나를 보면 샐리가 뭐라고 말할지 몰랐다. 나를 끔찍한 인간으로 만든 수없이 많은 선택에 대해서도. 그러자 나는 더욱더 쭈그러들고 작아졌다. 에어컨 바람이 강해서 얼어붙을 것처럼 춥기도 했다. 나는 팔짱을 끼고 두 팔을 몸에 바짝 붙였다. 네니타는 거의 맨몸인데도 온도가 신경 쓰이지 않는 듯했다. 그녀가 잠깐, 가볍게 나를 끌어안은 걸 보면 내가 떨고 있었던 게 틀림없다. 그 포옹은 사실 나를 더욱 춥게 만들었다. 그녀의 피부는 매끄러운 플러시 천 같았지만 퍼티처럼 차가웠다. 네니타는 서랍으로 손을 집어넣어 딱딱한 사탕 두 개를 꺼냈다. 우리는 그 캔디를 까서 입에 넣었다.

"친구들이 너보다 훨씬 나이가 많은데도 어린애처럼 굴더라. 여기에 오는 사람들이 대부분 그렇지만. 넌 안 그래. 예쁜 아가씨랑 같이 떠난 사람도 그렇고. 그 사람은 누구야? 괜찮은 남자 같던데. 네 친척이야?"

나는 네니타의 말을 잘못 알아들은 줄 알았다. 내가 부분적으로 하파이기는 하지만, 누군가 퐁과 내가 같은 혈통일 거라고 생각할 이유를 전혀 알 수 없었기 때문이다. 우리는 체형도, 이목구비도, 걸음걸이도 매우 달랐다. 머리카락 때문이었을까. 우리가 6촌이나 8촌쯤 될 수도 있겠다는 생각이 들었다. 우리 엄마가 부분적으로 옛 만주 사람들의 후손이고, 만주는 퐁의 식구들이 기원한 곳이자 어떤 식으로든 얽혀 있는 곳이니까. 언제까지나 돌아가는 운명의 수레바퀴가 슬롯머신처럼 맞춰져 우리의 우정을 만들어 내고, 그 우정과 연관돼 앞으로 볼 것과 할 것을 열어 버린 것인지도 몰랐다.

"응, 맞아." 나는 그 갑작스러운 현실성에 동의하며 말했다. 아무리 빈약한 현실성이라고는 해도.

"그럴 줄 알았어." 네니타는 내 허벅지에 손을 얹으며 말했다. "너도 괜찮은 남자야, 틸-러."

"고마워, 네니타."

"내가 그걸 어떻게 알게? 내가 널 선택하게 해 줬으니까. 네 친구가 놀라더라. 내가 피부색 때문에 자주 선택되지 않는다는 걸 알아서 그런 거야. 하지만 날 선택하는 사람들은 보통 좋은 사람들이야."

"그랬으면 좋겠네."

"난 내가 괜찮은 사람이라고 생각해. 난 사람들을 돕는 걸 좋아하거든. 언젠가 간호사가 되고 싶은 것도 그래서야. 난 대체로 나이 든 사람들을 돕고 싶지만, 어린애들도 괜찮을 것 같아. 넌 사람들 돕는 거 좋아해?"

"응." 내가 말했다. 다만 실제로 누군가를 도운 적은 한 번도 없다는 걸 바로 깨달았다. 어째서인지 나는 늘 도움을 받는 쪽이었다.

"날 돕고 싶어?"

"응." 내가 말했다. 이제는 걱정스러웠다.

"난 실수를 했어." 그녀가 말했다. "난 오늘 밤 여기 오면 안 됐어."

"무슨 일인데?" 내가 물었다. "다른 데 가기로 했어?"

"아니, 그런 건 아니야." 그녀가 내 손을 잡고 나와 깍지를 끼며 말했다. 내게 그 행동은 다른 사람과 할 수 있는 가장 관능적인 행동이었다. 연인 사이이든, 아니든. "보스한테 오늘 일할 수 없다고 말했어야 했어. 그 상태거든. 너도 알겠지만."

"임신한 거야?"

"세상에, 아니야, 틸-러!" 그녀가 웃었다. "알잖아."

"난 잘……."

"피가 난다고."

"아……." 실제로는 그렇지 않았는데도 내 목소리가 실망한 것처럼 들렸는지―나는 그저 내 둔감함에 놀랐을 뿐이었다.―그녀가 사과했다. 매니저에게 알렸어야 했지만, 이번 달 출근 도장을 채우고 싶어서 선택받지 못할 가능성에 걸어 보았다고 했다. 그런 일이 아주 자주 일어나니까.

"정말 미안해. 근데 괜찮으면, 정말로 즐거운 시간을 보냈다고 말해 줄래? 안 그러면 문제가 생길 수 있어."

"그럴게."

"어쩌면 나랑 정말 하고 싶었을지도 모르는데. 속은 것 같겠다."

"아니야, 진짜로." 내가 말했다. 그 말은 사실이었고, 나는 내 말을 증명하기 위해 그녀의 손가락을 꽉 잡았다. "그냥 추워서 그래, 그게 다야."

"내가 따뜻하게 해 줄게." 그녀가 말했다. 그녀는 내 어깨와 목을 활기차게 문지르기 시작했다. 나를 엎드리게 하고, 자기도 내 등 위에 엎드렸다. 그녀는 나를 뒤집었다. 다행히도 가슴과 배는 훨씬 더 부드럽게 문질렀다. 플랫폼 침대의 옆에 설치된 서랍에서 꺼낸 윤활제와 상당량의 침을 마사지 오일로 써 가면서.

"네가 본 그대로야." 네니타가 말했다. 그녀는 두 다리를 벌리고 내게 올라탄 채 두 손으로 내 젖꼭지 주변을 천천히 돌렸다. "프레더리카가 가장 인기가 많아. 나머지 여자애들은 중간 정도고, 내가 가장 인기가 없어."

"왜 그런지 모르겠는데."

"아, 틸-러. 너 정말 예의 바르구나. 왜, 넌 내가 좋아?"

"응."

"왜?"

"모르겠어. 네 배꼽 때문에?"

"웃기네." 그녀는 배꼽을 내려다보고 만지며 말했다. 그녀의 검은 머리카락이 내 흉골까지 흘러내려 가슴을 간지럽혔다.

"맞아." 내가 말했다. "네 배꼽은 완벽해. 네 배꼽을 보니까 배꼽이 얼마나 중요한지, 사람한테 배꼽이 있는 게 얼마나 중요한지 알겠어.

내 말은, 미적으로 말이야."

"너 이상한 애구나." 네니타가 말했다. "더 말해 봐."

"널 보니까, 배꼽이 없으면 우리가 얼마나 이상해 보일지 알겠어. 우리 모두가 완성되지 않은 것처럼 끔찍하게 보일 거야. 아직 다 만들어지지 않은 것처럼. 네 배꼽을 만들어 주신 신께 감사해."

"정말?"

"그런 것 같아. 맞아."

그녀는 잠시 멈추었다. 재미있다는 듯한 표정이었다.

"내 배꼽에 입 맞추고 싶어?"

내가 고개를 끄덕인 게 틀림없었다. 그녀는 앞으로 움직여 내 얼굴 위로 상체를 숙였다. 작고 단단한 가슴으로 내 턱과 코를 스치더니, 배꼽을 내 입 위에 띄워 놓았다. 가까이서 보니 그녀의 배꼽은 내 생각보다도 더 이상적이었다. 딱 맞는 정도로 주변이 파인, 나긋나긋하고 부드러운 분화구. 다만 남동쪽만이 예외였다. 그 부분은 내려가는 각도가 약간 더 평평했다. 혀가 지나갈 수 있도록 준비된 길이었다. 나는 그 자리에 정숙하게 입을 맞췄고, 그녀는 내게 닿도록 몸을 낮추었다. 조금 오랫동안 그녀는 내 얼굴 냄새를 맡았다.

"정말 좋다, 틸-러." 그녀가 다시 내려가 내 위에 걸터앉으며 말했다. 그녀는 거의 느껴지지 않을 정도로 움직거렸다. "너도 아주 좋았나 보네."

확실했다. 저 아래에 갑자기 아주 많은 활동이 일어났으니까. 최소한, 작은 것의 아주 활발한 활동이. 그와 어울리게, 아마 습관에 따른 것이겠지만, 네니타의 아래쪽 지역이 미묘하게 북쪽 남쪽, 북쪽, 남쪽으로 덜컥덜컥 움직이기 시작했다.

"사탕 하나 더 먹을래?"

"아니." 내가 말했다. 부끄럽게도 새로운 욕망이 나를 잠식하고 있었다. "괜찮아."

"마닐라의 우리 동네에 사탕을 나눠 주는 나이 든 신부가 있었어."

"아 그래?" 나는 네니타가 하는 말을 우리 신체 부위 사이의 점점 더 강해지는 전류와 조율해 보려고 노력하며 말했다.

"필리핀에서 인기 있는 그 사탕 알아? 거의 땅콩이랑 초콜릿으로 만들어졌는데."

"스니커즈?" 그게 내가 한 멍청한 미국식 답변이었다. 내 머릿속에서 이미 다른 것이 대부분 비워졌다. 우리 아래쪽 지역의 북쪽 남쪽, 북쪽 남쪽만 남았다.

"아니, 그거 말고! 초크-넛이라고 해. 압축 초콜릿이랑 땅콩 가루로 만든 아주 작고 네모난 사탕이야. 코코넛도 좀 들어가 있고. 포장을 하나씩 깔 때 조심해야 해. 아주 건조해서 잘 부스러지거든. 먹으려고 하면 분해돼 버리니까 빨리 먹어야 해."

이제 그녀는 조금 빠르게 움직이고 있었다. 어쩌면 사탕을 받으러 달려가던 기억 때문일까?

"뒤아멜로 신부님이었어." 그녀가 말했다. 그녀는 이제 딱히 나를 보지 않고, 내 정수리와 아주 먼 곳이 만나는 어느 지점을 보고 있었다.

"아아." 나는 짙은 캐리멜색 카속*을 입고 샌들을 신은, 땅딸막하고

---

* 설교복에 받쳐 입는 비단 상의.

늙은 사제를 상상했다. 나의 싹터 가는 상태 때문에 상상이 어렵기는 했지만, 초콜릿으로 뒤덮인 견과의 살처럼 변해 가는 초크-넛을 두 손 가득 들고 있는 그의 모습이 떠올랐다. 뚱뚱하고 둥근 캐슈너트. 뇌처럼 생긴 호두. 몸을 웅크리고 뜨뜻해진 초콜릿 소스 통에 들어가는 나⋯⋯.

"신부님은 우리 같은 교구의 어린이들에게 신을 사랑하고 섬기면 좋은 일만 일어날 거라고 했어." 그녀는 더욱 빠르게 움직이며 내게 눌러야 할 부분이 더 있다는 듯 세게 몸을 밀어붙였다. 북쪽 남쪽, 북쪽 남쪽과 함께 동쪽, 서쪽, 동쪽으로 이동했다가 다시 돌아가는 새로운 여행 경로도 생겼다. 나로서는 남자 다람쥐가 여자 다람쥐를 따라, 두꺼운 나무 둥치를 위아래로 오가는 모습밖에 떠오르지 않았다⋯⋯.

"'그래서 내가 너한테 사탕을 주는 거야.' 뒤아멜로 신부님은 우리에게 말했어. '주님의 위대함을 기리기 위해서지. 너희가 그분의 달콤한 선물이야. 너희 모두가.'"

그녀의 엉덩이가 피스톤처럼 움직였다. 내 엉덩이도 마찬가지였다. 그녀가 갑작스럽게 힘을 주며 내 목을 잡았다. 나는 그녀에게 지지대가, 손을 둘 곳이 필요하기 때문이라고 생각했다. 그게 나한테 쾌락을 가져다줄 거라고는 생각하지 않았다. 하지만 어째서인지 나는 쾌락을 느꼈다. 마치 동맥류가 터진 것처럼 눈을 떨며 속옷 안쪽에 회반죽을 쏘아 냈다. 하지만 네니타는 침착하게 몸을 들어 올렸다. 여전히 무릎을 꿇은 채 두 무릎 사이에 나를 두고 있었다. 그녀는 곧고 높이 허리를 펴고서 나를 내려다보았다.

"마음에 들었나 봐?" 그녀가 속삭였다.

"응." 나는 딱 단어를 이룰 만큼의 호흡을 끌어내며 헐떡였다.

"나 뭐 좀 해도 돼?"

나는 고개를 끄덕였다. 엔도르핀 때문에 무한하고도 해방적인 관대함이 흘러넘쳤다.

"네가 어떤 사람인지 생각해 보면, 네가 별로 싫어하지는 않을 것 같아."

"뭐든 원하는 대로 해."

"내가 언제나 해 보고 싶었던 일이야."

나는 고개를 끄덕였다. 그러자 그녀는 자기 다리 사이로 손을 뻗어 우스꽝스러울 정도로 가느다란 천 조각을 옆으로 밀었다. 나는 '세상에, 혼자만의 시간을 좀 즐기려나 봐.'라고 생각했다. 하지만 네니타는 손가락 두 개를 구부려 몸 안에 넣었다. 그녀의 손가락 끝이 진득하고 신선하게 반짝이는 피를 뒤집어쓴 채 나왔다. 잠시 나는 그녀가 맛을 보려 한다고 생각했다. 하지만 그녀는 내 이마와 뺨, 떨리는 턱에 두 줄의 선을 천천히 그렸다. 나는 움직일 수 없었다. 끝내주는 향기였다. 살아 있는 동시에 죽어 있는. 꼭 내가 회오리치는 무쇠 바다의 해변 한가운데에 서 있는 것만 같았다.

16

부적절하고 이상한 전개가 미안하지만, 시간을 뒤로 감아 스태그노로 돌아가 보자. (아니, 사실은 앞으로 감았다고 해야 맞을 것이다.) 뱅과 나는 서로 잘 지내기를 무척 원했다.

무단이탈 사건 이후로 몇 주가 지났고, 우리는 적절한 새 리듬을 찾으려고 최선을 다하고 있었다. 처음에는 아무 소득이 없었다. 주말을 보내느라 기운이 빠진 동시에 다가오는 한 주 때문에 불안해지는 일요일 오후의 늦은 시간처럼, 낮잠을 자야 할지 조깅을 해야 할지, 커피를 마셔야 할지 맥주를 마셔야 할지, 명상을 해야 할지 짝짓기를 해야 할지, 그 마지막 선택지가 과연 가능한 것인지 알 수 없는 맥빠지는 기간이었다. 연옥에 있는 것 같았다. 최근에는 별로 바쁘지 않았지만 우리에게는 늘 마지막 선택지가 가능했다. 각자가 리비도적 전성기에 있다는 과학적 사실을 감안하면 그 선택지는 괜찮은 일로 보였다. '지역의 의료 전문가를 만나 보세요.' 심야 행사를 치르고 난 직후(그에 관한 더 자세한 내용은 공개되지 않았다. 나도 원하지 않았고.) 우리는 새로 사귄 연인처럼 그걸 했다. 비즈가 홈스쿨링 시험을 보거나 믹서기로 쿠키 반죽을 섞는 등의 기회가 생길 때마다 화장실이나 차고로 몰래 들어가 서로에게 사랑스러우면서도 더러운 일을 했다. 둘 중 한 사람이 절정에 이르면 더 좋았지만, 둘 다 절정에 이르지 못하더라도 좋았다. 그러면 욕구에 별개의 시작이나 끝이 없게 되고 우리는 얘기의 중간 부분을 다시, 또다시 행하게 되니까. 모든 기록이 쾌락이 되고, 끝나지 않는 문장을 지속적으로 만들어 내니까. 하지만 어느 정도 시간이 흐르고 나자 계속 그렇게 한다는 건 지나친 일이 됐다. 밤에는 침대에서 레슬링, 미친 듯이 손바닥으로 때리기, 입에 손가락 집어넣기 같은 일이 벌어졌다. 하지만 서로에게 몸을 딱 붙이고 서로의 뼈대이자 덮개가 돼 뒤섞인 채 단단한 잠으로 빠져드는 일도 똑같이 자주 일어났다.

우리에게는 잠이 필요했다. 우리는 맛에 굶주린 동네 사람들이 지나가다 들르곤 하는, 스태그노의 그리 비밀스럽지 않은 비밀 임시 식당으로 변해 있었기 때문이다. 분명 계획한 일은 아니었다. 내 생각에 밸과 나는 우리의 육체성이 가져온 고통으로부터 관심을 돌릴, 다른 종류의 몰입할 만한 활동을 찾고 있었던 것 같다. 그래서 우리는 월요일만 빼고 매일 주방에서 일했다. (비즈는 주방장들이 보통 월요일에 쉰다는 걸 알게 됐다.) 정오부터 오후 아홉 시 삼십 분이라는, 비즈의 정확한 취침 시간까지 계속해서 쭉 말이다. 어쩌다 그렇게 됐냐고? 실제로 친구 비슷한 게 돼 가던 코트니와 키퍼와 리엄은 말할 것도 없고, 마사(와 슬리브스), 레이프와 그의 이복동생 하드타임, 난방기업자와 우리의 굶주린 나머지 이웃 등 단골손님들은 우리의 요리 일정을 인지하고는 여섯 시 정각이 되기 직전에 막무가내로 나타나기 시작했다. 우리는 누군가를 초대한 적이 한 번도 없었지만 사람들이 나타날 걸 대비해 더 많은 음식을 준비했고, 사람들은 언제나 우리 집에 음식이 충분히 있을 거라고 생각하기 시작했다. 그런 뒤에는 그들의 친구들과 고속도로 건너편의 개발 구역에까지 소문이 났다. 그런 다음에는 시내와 가까운 동네 사람들에게까지 말이 퍼졌다. 우리가 한 번도 만나 본 적 없는 사람들이 초인종을 누르고는 우리 집이 개인 레시피로 '현장 시식회'를 여는 꼬마 요리사의 집이 맞느냐고 수줍게 물었다. 나는 늘 그들에게 누구와 관계가 있느냐고 물었다. 그들이 무해하거나 열성적이거나 둘 다이거나 충분히 간절해 보이면 그리고 식탁에 남는 자리가 있으면 나는 그들을 맞아들였다. 추천인이 없으면 입장도 불가능했다. 며칠 뒤부터 그들은 누군가의 이름에 사연까지 가지고 돌아왔다. 한번은 심지어 탄원서를 가져온 사람도 있었다. 어느 딱한 녀석이 문맹 퇴치 프로그램과 범죄 피해자 지지 단체에서 한 자원봉사에 대해 쓴 글을 가져와 큰 소리로 읽었다. 내 생각에는 아마 자기가 정말로 괜찮은 인간이라는 걸 증명하기 위해서였던 것 같다. 나는 내가 그런 걸 바라는 것처럼 보인다는 걸 몰랐다. 의식적으로는 그런 걸 바라지 않았다. 그러나 실제로는 바랐다. 그날 밤에 그 녀석은 운이 좋았다. 우리에게 남는 자리가 하나 있었고, 비즈가 저크*닭다리를 만들었으니까. 그 치킨은 녀석의 미뢰를

---

* 고기를 양념에 절였다가 장작불에 굽는 요리 방식.

곧장 포트안토니오로 날려 보냈다가, 깨끗하게 만족한 채 돌아오게 만들었다. 그는 나를 몇 박자쯤 지나치게 오래 끌어안은 뒤 떠났다. 내가 주방에서 비즈를 돕고 있거나 상을 차리고 있으면 밸이 문을 열어 주기도 했다. 나는 그게 마음에 들지 않았다. 밸은 너무 후하게 사람을 골랐기 때문이다. 그녀는 처음 코트니와 만났을 때처럼 활력적인 태도로 낯선 사람을 맞이했다. 그녀는 매력적이고 환하게 빛났지만 최소한 내게는 너무 들떠 있고 심지어 미친 것처럼 보였다. 외박하고 온 날 이후로 그녀는 약간 현기증 날 정도로 에너지를 뿜어냈다. 안팎으로 언제나 움직였다. 비즈가 손 하나만 까딱해도 잊어버릴 뻔했다가 가까스로 기억해 낸 재료나 비품을 사러 갔고, 계속해서 집은 물론 뜰까지 정리하고 청소했으며, 내내 케이티 페리의 노래를 흥얼거렸다. 그녀는 심지어 케이티 페리를 좋아하지도 않았다. (나와는 다르게 말이다.) 나는 그게 더 걱정스러웠다.

결국 낯선 사람들의 친구와 친척들까지 나타나기 시작했다. 자원봉사자의 힙스터 누이와 그녀의 남자 친구가 한 예였다. 문제의 남자 친구는 메인주 포틀랜드인가 어딘가에서 온 사람으로, 네 캔들이 수제 맥주를 가지고 나타나 우리 집이 전국에서 가장 뛰어난 식당이라는 얘기를 들었다고 말했다. 딱히 과한 말은 아니었다. 그는 대구세비체와 아히 데 가이나* 그리고 풋벼를 깨끗이 먹어 치웠다. 그러고는 고양이가 핥은 것처럼 깨끗한 접시를 주방 싱크대로 가져다준 후 비즈를 기리며 녀석의 통통한 손에 20달러짜리 지폐 두 장을 턱 쥐여

---

* 페루식 치킨스튜.

주었다. "대단한 음식이었어, 꼬마 천재님." 밸이 그를 말리려고 끼어들었지만, 비즈는 이미 집 안 어딘가에 현금을 숨기러 달려가 버렸다. 그들은 다음 날 밤 레드와인 한 병을 가지고 또 왔다. 비즈가 그들에게 마늘이 들어간 해시브라운과 최고급 행어스테이크 오 푸아브르 베르°를 요리할 계획이라고 말했기 때문이다. 그건 아주 인기 있는 저녁 식사여서 결국 우리를 빼고도 일곱 명이 참석하게 됐다. 모두가 식탁에 끼어 앉아 음식과 각자 가져온 술을 즐겼다.

그날 이후 사람들이 "웨트20"이라고 불렀던 우리 집은 (웨트스톤 가에 있는 우리 집의 번지수가 20이었다.) 거의 터져 나갔다. 소문이 빠르게 돌았다. 얼마 지나지 않아 창문 키튼 사이를 집 앞을 내다보면 오후 다섯 시 사십오 분부터 줄을 서는 사람들이 보였다. 시간이 좀 지나자 주말 저녁이면 다섯 시, 심지어 네 시 삼십 분부터 줄을 섰다. 언젠가 전설로 남을 빅터 주니어의 초기 걸작을 꼭 한번 맛보기 위해서였다. 당연히 우리는 식재료와 주방 용품, 접시, 식기 등에 '훨씬 더' 많은 돈을 쓰고 있었으나 퐁의 마법의 카드는 한 번도 실패하지 않았다. 나는 그 점에 대해 죄책감을 느끼지 않았다. 비즈를 위한 고급 어린이 강화 프로그램에 카드를 쓰는 건 괜찮은 일로 느껴졌기 때문이다. 밸은 사람들의 도움을 거절하는 일을 포기하게 됐다. 도움이란 레이프가 주는 사악한 꽃을 빼면 언제나 현금이었다. 어렵게 벌어들인 푼돈인 경우가 많았고, (어쨌든 이곳은 스태그노였으니까.) 가끔 뭉

• '피망을 곁들인 행어스테이크'를 뜻하는 프랑스어. 행어스테이크는 소의 횡격막 부위로 만든 스테이크를 말한다.

411

칫돈도 들어왔다. (허풍선이 제약 회사 영업 사원은 빳빳한 100달러짜리 지폐를 놓고 갔다.) 다들 돈을 내며 빅터 주니어의 대학 장학금으로 기부하는 것이라고 우겼다. 밸과 나는 한 번도 그런 장학금이 필요할 거라 생각한 적이 없었지만 이제는 '안 될 건 뭐야?'라고 생각하게 됐다. 아이는 확실히 자기 몫만큼 성숙해지고 있었다. 사랑하는 사람들을 위해서, 더욱이 특별한 무언가를 기대하는 굶주린 타인을 위해서 가스레인지를 다스리는 동시에 열기와 튀는 기름과 언제나 위협적인 엔트로피에 물러서지 않고 집중력과 인내심과 규율을 유지하는 건 쉬운 일이 아니었다.

비즈는 더 현명해지기도 했다. "친구들, 인생이란 사람 장사야." 빅터 주니어는 우리가 레이프와 하드타임에게 주먹 인사를 하고 판송 부인과 끌어안고 작별 인사를 하고 난 다음 편안해진 어깨에 얼룩진 행주를 걸치고 그렇게 선언했다. 판송 부인은 웨트20을 처음으로 방문한 터였다. 밸과 나는 빅터 주니어가 동영상에서 어느 요리사가 철학적으로 말한 것을 보고 따라 했으리라고 생각했지만, 반짝이는 눈빛을 보니 그에게 다른 차원이 열린 게 아닌가 싶기도 했다. 그는—수많은 성인들이 절대로 하지 않는 방식으로—자신에게 근본적으로 좋은 건 바쁘게 움직이고 새로운 뭔가를 매일 만들고 사람들과 잘 어울리는 것임을 깨달은 것 같았다. 우리는 우리 안에서도 뭔가가 바뀌었다는 걸 깨달았다. 모든 걸 흠뻑 적시는 여름 날씨가 이 지역에 완전히 자리를 잡아 매일매일 번개와 바람, 심한 비와 심지어 우박까지 퍼부을 때였다. 그런 날씨도 나쁘지는 않았다. 며칠 동안 문 앞에 아무도 나타나지 않았다는 것만 빼면 말이다. 우리는 그냥 우리가 먹을 음식을 요리해야겠다고 생각했다. 하지만 우리 셋은 균형이 무너진 채로 각자의 역할을 했다. 계속해서 서로의 역할에 침입했고, 타이밍이 맞지 않았다. 심지어 비즈는 증기에 데어 고약한 화상까지 입었다. 폭풍이 지나자 초인종이 다시 울렸고 우리는 리듬을 되찾아 전력으로 질주했다.

그때가 우리에겐 가장 훌륭한 시기였다. 우리는 일에, 일의 가차 없는 리듬에 완전히 몰입했다. 몇 시간이 그저 몇 분으로 느껴졌다. 밤마다 입을 쩍 벌리고 팔다리가 마비된 채 잠들었다. 다음 날이면 다시 일 때문에 활력을 얻었다. 결과물도 좋았다. 다만 좋아진 방식이 특이했다. 내가 여태 맛본 요리 중 가장 훌륭한 걸 한 가지만 꼽자면, 프랑스식으로(주걱을 사용하지 않고 팬만 흔들어서 만든다.) 만든 간단한 정통 오믈렛이었을 것이다. 빅터 주니어가 달걀 두 판으로 연습해 본 뒤 성공한 오믈렛이었다. 폭신폭신하고 버터 맛이 나는 그 걸 작은 입에 넣자마자 혀부터 미끄러져 구름이 됐다. 우리는 의식하지 못했지만, 특별한 기술과 장비, 정제된 양념, 점점 정교해지는 소스, 실험실에서처럼 완벽한 타이밍이 필요한 어려운 요리들을 몇 주간 만들고 나니 아이도 좀 더 소박하고 기본적인 것에 대한 우리의 갈망에 물들었다. 녀석은 튀긴 빙어, 치킨가스 등 좀 더 가정 요리에 가까운 걸 만들기 시작했다. 대합조개링귀네라든지. 녀석은 일부러 두 가지 재료만을 썼다. 최대로 써도 세 가지였다. 편한 음식인 건 분명했지만 아찔할 정도로 순수한 형태를 갖춘 요리에 처음에는 손님들도 당황했다. 하지만 이내 미친 듯이 음식을 빨아들였다.

새로운 가족의 방식이 자리 잡았다. 우리는 더 이상 TV 프로그램과 영화를 스트리밍 서비스로 보지 않았다. 우리는 마리화나를 아주 조금 덜 피웠고, 우리를 재워 줄 자장가로 EDM과 라운지 음악, 바로크 실내악을 들었다. 빅터 주니어는 게임을 하던 취미를 버리고 우리가 구독 신청한 반짝반짝한 요리 잡지를 읽기 시작했다. 좋아하는 요리 사진은 프린트해 침대 위 벽에 붙였다. 그러는 내내 우리는 상당한 양의 현금을 쌓았다. 아무도 그 돈을 세지 않았다. 그냥 그 돈이 냉동 팩 하나를, 또 하나를 가득 채우게 놔두었다. 우리는 그 돈을 주방 싱크대 밑에 보관했다. 너무 바빠서 우리의 노력이 쌓여 무엇이 돼 가는지, 또는 그런 노력이 어디로 이어지는지 생각할 겨를이 없었다. 우리는 시간을 죽이는 데서 더 나아가 아예 중요하지 않은 것으로 만들어 갔다. 아마 그게 가장 자유로운 정신 상태가 아닐까. 정말로 주제에서 벗어나 떠다닐 수 있는 상태 말이다.

나는 그 시기에 접어들어서도 처음 온 사람을 면접했고, 그들이 누구인지, 웨트20과는 언제 어떻게 관계를 맺게 되었는지 추적하기 위해서 태블릿의 스프레드시트에 그들의 개인 정보를 입력했다. 하지만 사실상 자료 수집은 나의 심리 상태를 피상적으로 위로하는 것 말고 아무런 역할도 하지 않았다. 만약 악당이 나타난다면 와인과 음식에 미친 괴짜들과 함께 줄을 서서 찻잎으로 훈연한 비즈의 비둘기 고기에 어떤 리슬링 와인(모젤일까? 바하우일까?)이 더 어울릴지 떠들어 대고 있지는 않을 테니 말이다. 악당은—혹은 악당들은—다른 접근을 할 것이다. 아마 밸이 뜰에 나와 있을 때나 대형 할인 매장으로 장을 보러 갈 때 그녀를 납치할 기회를 노리겠지. 그래서 나는 밸이 집을 떠날 때 늘 그녀와 함께하려고 노력했다. 또 최대한 집에 머물게 하려고 미묘하게 노력했다.

확실하게 내 신경을 거슬리는 일도 한 가지 있었다. 우리 동네가 아닌 먼 곳에서 온 몇몇 사람들은 'NeighborLady.com'이라는 사이트를 통해 우리를 알게 됐다고 했다. 그 사이트는 기본적으로 물건을 팔고 흥정하거나 포트럭 파티를 열거나 분실물을 찾거나 가정부 혹은 베이비시터를 구하거나 잃어버린 반려동물에 관해 알리거나 수상한 활동과 경범죄를 보고하는 등등의 용도로 활용되는 지역 공동체 게시판이었다. 사실상 사람들이 진짜 이웃과 나눌 만한 모든 얘기가 그 게시판에서 이루어졌다. 나는 밸이 쓰는 동영상 스트리밍 사이트의 ID와 패스워드로 그 사이트에 접속을 시도했는데, 짜잔, 밸이 이미 가입돼 있었다. 실명 전체와 사진까지 등록돼 있었다. 프로필이 공개된 건 아니었지만, 쓰레기 수거 시간과 시내에 생긴 새 교차로의 교통마비, 슈퍼마켓의 형편없는 제품에 관한 그녀의 게시물에는 이메일 주소가 붙어 있었다. 어떤 게시물에는 우리가 사는 거리 이름까지 적혀 있었다. 증인 보호를 받는 사람은 말할 것도 없고, 평범한 여자라 해도 추천할 만한 일은 아니었다.

하지만 다행히도 웨트20에 관한 게시물을 올리는 사람들은 그저 동네를 돌아다니는 착한 식도락가들이었다. 그야말로 소셜 미디어에 부지런히 참여하지 않고는 아무것도 못 하고, 아무 데도 못 가는 그런 사람들 말이다. 나는 로그인을 하고 그들의 글 타래를 찾았다. 신동 요리사에 관한 수많은 게시물이 있었고 그 가운데에 우리의 이름도 언급돼 있었다. 몇 명은 요리 사진은 물론 집이 나오는 배경이나 주방에 서 있는 우리 사진까지 올려놓았다. 나는 분명히 저녁마다 사

용하는 칠판에 **사진 금지**라고 적어 놓았다. 그러나 음식 사진을 찍는
건 이제 인간의 비자발적인 반응이 돼 버린 지 오래이므로 **트림 금지**
라고 쓴 것이나 마찬가지였다. 내 사진은 찍혀도 상관없었다. 심지어
비즈의 사진조차 상관없다고 말할 수 있었다. 비즈는 내가 가스레인
지 앞에 설치한 판자 위에 앉아 자연스러운 스냅 사진을 여러 장 찍
었다. 유난히 사랑스러운 사진 속에서 녀석은 빨간 스카프와 6호짜
리 주황색 크록스를 자랑스럽게 내보이며 부젓가락을 휘두르고 있었
다. 하지만 배경에 밸이, 땀을 흘리고 있지만 기분이 좋아 보이는 매
력적인 흑갈색 머리카락의 여성이 찍힌 우연한 사진들은 경계할 만
했다. 밸을 찾는 사람이라면 그 사진을 충분히 알아볼 수 있었으니까.

　나는 밸에게 일언반구도 꺼내지 않았다. 그냥 손님들에게 우리 방
침을 다시 고지하거나, 최소한 그들에게 단백질 요리만 멋지게 찍기
를 부탁했다. 앞서 말했듯 밸은 에너지가 넘치는 상태였다. 내가 처
음 만났을 때의 밸과 비슷했다. 전날 밤에 설거지한 냄비와 프라이팬
과 접시들을 정리하고 오후를 대비해 비즈의 미즈 앙 플라스*를 정리
하는 아침이면 기운이 넘치고 쾌활했다. 나와 함께 내가 만든 가벼운
아침 식사와 진한 커피를 마시고 난 뒤에는 비즈의 작업 책과 소설
책, 미술 도구들을 정리했다. 우리는 최선을 다했다. 홈스쿨링을 할
때 마땅히 그래야 하듯 재활용 쓰레기통 깊숙한 곳에서 효율적으로
재료들을 건졌고, 그렇게 골라낸 것들을 제대로 활용했다. 우리는 지
질학, 통계, 인간 해부학에 관한 진지한 문제들을 배우고 있었다. 비

---

* '영업장'을 뜻하는 조리학 용어.

즈는 심지어 매일 십오 분 동안 러닝머신을 달리기로 했다. 동맥경화로 쓰러져 죽은 유명한 젊은 요리사에 관해 읽은 뒤였다. 자연스럽게도 우리는 지금이 그럭저럭 괜찮은 시기라고 생각했다. 어쩌면 괜찮은 정도가 아니라 좋은 시기일지도 몰랐다. 심지어 훌륭한 시기일 수도 있었다.

물론 나는 밸을 세심히 살피는 일을 그만둘 수 없었다. 사실 긍정적인 면이 많이 보였다. 그녀는 채석장에 가는 데 전혀 관심이 없는 것처럼 보였다. 몰래 칼을 만지작거리지도 않았다. 내일, 다음 주, 혹은 다가오는 계절에 해야 할 일을 얘기했다. 하지만 확신할 수는 없는 법이다. 잔잔하게 빛이 반사되는 수면 말고 아무것도 보이지 않을 때도, 빵가루 하나조차 보이지 않을 때도 모르는 법이다. 그래서 나는 빛이 단절된 부분을 찾게 된다. 어디든 빛이 무뎌진 부분을. 어느 날 오후, 나는 비즈가 요리할 때 필요한 허브를 작은 텃밭에서 모아들이는 중이었다. 그때 차고에서 어떤 소리가 났다. 차고 옆에는 문의 절반 크기만 한 창문이 달려 있었는데, 나는 몸을 아슬아슬하게 틀어 차고의 구석에 서 있는 밸을 보았다. 그녀는 나를 등지고 서서 오래된 나무 작업대를 보고 있었다. 그녀의 머리 위에는 작업실 형광등이 켜져 있었다. 우리 둘 다 손재주가 좋지 않아서 차고에는 공구를 찾을 때만 갔고―집주인이든 누구든 우리보다 먼저 이곳에 살았던 사람은 못과 나사못, 볼트를 가득 채운 유리 용기와 함께 다양한 유형의 집게와 와이어 스트리퍼, 드라이버가 걸려 있는 펙 보드*를

---

* 구멍에 못을 끼운 뒤 각종 물건을 걸어 둘 수 있게 만든 판.

남겨 두었다.─나는 그녀에게 도와주겠다고 말하기 직전이었다. 그때 밸이 작은 망치로 뭔가를 톡톡 두드리더니 또 한 번 두드렸다. 나는 그게 끝일 거라고 생각했으나 그녀는 마지막으로 세게 망치를 내리쳤다. 그녀는 망치를 다시 걸어 놓고 전등의 전깃줄을 뽑더니 빈손으로 집으로 돌아갔다.

그날 저녁, 밸이 비즈와 함께 책을 읽고 있을 때 나는 몰래 차고로 들어갔다. 작업실 전등을 켰다. 아무 작업물도 없었다. 그저 작업대와 공구로 장식된 펙 보드뿐이었다. 다른 건 아무것도 없는 듯했다. 하지만 시간이 고스란히 새겨진 작업대 상판의 표면을 자세히 살펴보자 작은 망치가 남긴 희미한 고리 모양의 자국이 보였다. 더 가까이서 보니 아주 가는 못이 나무에 박혀 있었다. 수많은 작은 못대가리가 표면 여기저기에 아무렇게나 잔뜩 박혀 있었다. 일종의 천연두 같았다. 평소라면 이런 일에 관해 아무렇지 않게 큰 소리로 묻거나, 망치 휘두르기란 (망치는 언제나 망치니까) 참 무서운 일이라는 멍청한 농담을 하거나, 그냥 '저기, 자기야, 아니 씨발 뭐야?'라고 말했을 것이다. 하지만 나는 그날 밤도, 그다음 날도 그 문제를 입 밖으로 꺼낼 수 없었다. 나는 밸이 작업대로 몰래 빠져나가 못을 한두 개 고른 뒤 효과적으로 박아 넣는 모습을 계속해서 상상했다. 끝. 그게 뭐가 그렇게 잘못이라고? 다른 사람들은 시가를 뻐끔거리거나 소파 쿠션을 팡팡 때리곤 한다. 못을 똑바로, 깨끗하게 박아 넣는 작업은 만족감을 얻을 수도 있는 일이었다. 그래도 그렇지. 나는 밸이 언제 그런 행동을 시작했는지 알 수 없었으나 그녀는 계속 그 행동을 했다. 새로운 못대가리가 거의 매일 생겨났다. 나는 밸이 자기 자신이나 다른 사람을 해치지 않는 한, 작업대도 나도 참을 수 있을 거라고 생각했다.

나는 경계심을 풀지 않았다. 어쩌면 좀 지나치게 그랬는지도 모른다. 최근 식사하러 온 두 사람은 실제로 좀 소름 끼쳤다. 그들은 IT 영업 및 마케팅 분야에 있다고 말했다. 하지만 내가 보기에 그들은 그 분야에서 일하기에는 지나치게 나이가 많았다. 중년의 백인 남자였고 약간 지나칠 만큼 일상적인, 금요일에나 입을 만한 옷을 입고 있었다. 그중 한 명은 호리호리하고 창백했으며, 다른 하나는 건장했고 만성 음주자처럼 얼굴이 붉었다. 코와 두 뺨이 터진 모세 혈관으로 성나 있었다. 그들은 "렌과 피트"라고 자신들을 소개했다. 발음이 이상하게 내 신경을 거슬렀다. 어쩌면 피트의 허리띠 고리에 아직 달려 있는 가격표 때문일지도 몰랐고, (피트가 깡마른 사람이었다.) 렌이 가져온 와인병을 쥐고 있는 자세 때문인지도 몰랐으며, (그는 병을 양초처럼 똑바로 들고 있는 게 아니라 곤봉처럼 아래로 들고 있었다.) 자리를 안내받을 때까지 기다리지 않고 우리 공동체의 식탁 한가운데에 알아서 앉은 것 때문일지도 몰랐다. 어쨌든 나는 그들을 들어오게 한 나 자신을 책망하기 시작했다.

"그래서 저녁 값은 얼마예요?" 피트가 칠판에 적힌 메뉴를 살펴보며 물었다.

"커다란 와인 잔 있나요?" 렌이 즉시 덧붙였다. "콜키지 요금은 얼맙니까?"

아뇨, 없어요, 0원입니다, 라고 나는 대답했다. 그들은 의심스럽다는 표정이었다. 이 세 가지 말 중 한 마디도 믿을 수 없는 듯했다. 나는 골치가 아팠지만 새로 온 다른 손님들도 있었기에 모두에게 우리

419

는 레스토랑을 운영하는 것이 아니라고, 그저 꼬마의 재능과 열정을 공유하는 사람들을 즐겁게 맞아들이고 있으며 이건 단지 교육과 재미를 위한, 발전해 가고 있는 실험 과정일 뿐이라고 평소대로 설명했다. 렌과 피트는 안전 및 비상 상황 관련 안내를 하는 승무원을 보듯이 나를 빤히 쳐다보았다. 다시 말해 그들은 아무 말도 듣지 않았다. 그들은 주위를 두리번거리며 다른 손님들을 살펴보았고 분명히 말하는데, 나를 가늠해 보고 있었다. 하지만 우리의 생활 방식에 익숙하지 않고 나의 상대적인 젊음을 수상한 것까지는 아니더라도 궁금하게 여기는 다른 사람들과 달리, 그들은 빅터 주니어가 내 동생인지, 내가 일을 도와주러 온 이웃인지, 혹은 밸이 내 사촌이나 이모인지 묻지 않았다. 그래서 나는 "렌과 피트"가 실제로 무슨 일을 꾸미고 있는지 궁금해졌다.

다른 두 커플이 나타났다. 둘 다 단골이었다. 그렇게 식탁이 가득 찼다. 단골들은 수다를 떨면서 비즈가 지난번 방문 때 준비했던 음식에 관해 후기를 나눴으나 렌과 피트는 아무리 좋게 봐도 정중하기만 한 태도로 어울리며, 의자를 뒤로 살짝 밀어 다른 사람들과 간격을 두었다. 온라인 게시물에서 의자가 놓인 모습을 보아 알았을 텐데도 친밀한 간격에 거리낌을 느끼는 듯했다. 피트의 얼굴은 차가운 피자 조각처럼 굳어 있었고, 렌은 대놓고 다리를 쩍 벌리고 앉아 옆자리의 여자가 비스듬하게 앉도록 만들었다. 그는 와인을 잔 가장자리까지 찰랑거리게 따랐고—우리의 작은 와인 잔이 마음에 들지 않는다는 걸 강력히 표현하는 게 틀림없었다.—이 지역이 고급화와 거리가 멀고 예스럽다는 주제로 떠들었다. 자기가 보기에 동네 주민으로 보이는 다른 손님들에게 이토록 "진정성 있는" 곳에 살기로 선택한 걸 칭찬하면서 말이다.

"차를 타고 이 동네를 돌아다녀 보니 꼭 시간을 거슬러 여행하는 것 같던데요. 요즘 구두 수선 가게를 어디에서 보겠습니까? 제대로 작동하는 버스 정류장이라든지 말이죠. 여기엔 분명 최고급 VFW* 회관도 있을 거예요. 안 그래요?"

물론 맞는 말이었다. 아마 그들은 퍼더 대로의 전우회 회관을 지나왔을 것이다. 회관의 겉은 작고 노후한 비행기 격납고처럼 생겼다. 안은 크러드 앤드 크러드 조명을 광고하는 오래되고 유일한 전광판을 제외하면 동굴 속처럼 캄캄했다. 내가 그 사실을 아는 건 어느 날 오후, 밖에서 갑자기 비즈가 소변이 급하다고 해서 그곳에 들른 적이 있기 때문이었다. 회관에 있는 몇 안 되는 구부정한 사람들은 바텐더를 포함해 모두가 졸고 있었다. 원래 그런 식이었다. 사람들은 대부분 그 점에 대해 아무 생각도 하지 않았다. 그러나 그 회관이나 스태그노의 다른 "진정성 있는" 시설에 대해 과장된 칭찬을 늘어놓는 건 이 동네 사람들에게 그림자를 드리우는 렌만의 열정적이고 고약한 방법이었다. 이 동네 사람들은 스태그노를 오래전부터 아무 매력 없이 버려진 쓰레기 같은 채석장으로 받아들였으며 기회만 생기면 이곳에서 나노초 안에 도망칠 생각이었으니까. 그들이 비즈가 무료 애피타이저로 준비한 김칫국물에 절인 굴 등 마음에 들지 안 들지도 모르는 음식을 먹겠다고 우리 집 앞에 줄을 서는 데는 그런 이유도 있

* Veterans of Foreign War, 해외 참전용사를 말한다.

었다. 목구멍 깊은 곳에서 나오는 그들의 '와아, 흥미로운데, 흐음.' 같은 소리는 그럭저럭 유쾌하게 들렸다.

피트는 주제를 소득세와 정부 규제 쪽으로 계속 돌리면서 남자들하고만 얘기했다. 그는 그런 세금이 제2조를 제외한 모든 수정 헌법과 함께 폐지돼야 한다고 믿는 게 틀림없었다. 한편 렌은 여자들에게 지나친 관심을 쏟았다. 특히 그에게 아무런 관심도 없는 게 분명한, 십자가에 매달린 예수 모양의 아주 작은 코걸이를 달고 있는 근사한 폭주족 여자애한테 말이다. 그녀가 렌에게 아무 관심을 보이지 않은 이유는 레즈비언이어서만이 아니었다. 그녀와 그녀의 여자 친구는 렌이 권하는 와인을 두 번 거절했다. 피트는 전혀 기쁘지 않은 듯 자기 와인 잔을 홀짝이며 계속 나를 바쁘게 했다. 메인 접시에 도저히 다 담을 수 없다는 듯 남은 연어 껍질을 덜 앞 접시를 달라고 하거나, 탄산수를 계속해서 다시 채워 달라고 하거나, 첫 번째 디저트 스푼에 아주 작은 얼굴 무늬 같은 게 묻어 있으니 다른 디저트 스푼으로 바꿔 달라고 하는 식이었다. 그러면서 그는 우리가 설치한 둥근 창이 달린 반 회전문을 밀어 주방 안쪽을 유심히 바라보았다. 내 생각에는 아마 밸을 찾는 것 같았다. 피트의 거슬리는 보수주의와 여자들에 대한 렌의 저급한 칭찬을 듣고 있으니 그들이 실수를 저지를까 봐 걱정하는 하류 인생이라기보다는 재수 없게 굴려고 특별히 애를 쓰는 부류라는 생각이 들었다. 밸이 도움이 필요한지 물었을 때, 나는 별일 없으니 비즈의 부주방장 역할이나 계속하라고 말했다.

다른 손님들은 끝내줬다. 그들이 저녁을 즐기려고 최선을 다했다는 건 인정할 수밖에 없었다. 하지만 식사가 끝날 때 즈음에는 밤새 억지로 화장실 청소를 한 것 같은 표정이었다. 렌과 피트가 디저트를 두고 미적미적 시간을 끄는 동안 다른 사람들은 접시와 잔을 나르고 카운터 위에 놔둔 커피 통에 대학 자금용 기부금을 넣고(우리는 기부금 거절을 포기한 상태였다.) 비즈와 뱃에게 따뜻한 칭찬을 건넨 뒤 밖으로 나갔다. 뱃은 둥근 창을 통해 두 남자가 아직 식탁에 앉아 있는 걸 보았다.

"저 사람들은 뭐야?" 뱃이 말했다.

"그냥 우파 얼간이들이야." 나는 태평하게 대답했다. 더 이상 말하고 싶지 않았다. 빅터 주니어는 이미 평소와 똑같이 풍선껌 담배와 다이어트용 루트비어 한 캔을 들고 덱으로 나가 긴장을 풀고 있었다. 렌과 피트가 주방 쪽을 기웃거리는 걸 보고 나는 단호하게 말했다. "문 닫을 시간입니다." 나는 두 팔을 활짝 펴고 그들을 밖으로 내보냈다.

"그래서, 권장 기부금은 얼마예요?" 피트가 지갑을 꺼내며 말했다. 그는 주방을 힐끗 돌아보았다. "우린 공짜를 싫어해서."

"뭐, 오늘 밤만큼은 두 분이 복지 혜택을 누리셨네요." 나는 그의 돈을 슬쩍 밀어내며 말했다. 피트와 렌은 얼음장같이 차가운 시선을 주고받았다. 그때 우리는 진입로와 만나는 집 앞의 짧은 자갈길에 서 있었다. 손님 커플 중 한 명이 자동차 안에서 우리에게 손을 흔들며 떠났다. 폭주족 매그다와 그녀의 친구 제이드는 헬멧 끈을 채우고 진입로에 있던 무광 청회색 닌자*에 올라타는 중이었다.

---

* 오토바이 상표.

"끝내줬어, 브라더!" 매그다가 내게 말했다. 이제 그녀는 운전석에 걸터앉아 있었다. 그녀가 오토바이에 시동을 걸었고, 제이드가 뒷자리에 올라탔다. "곧 또 올게!"

"빨리 와 줘." 내가 우르릉거리는 피스톤 소리 너머로 그녀에게 소리쳤다.

"소꿉장난이 제법이네." 피트가 말했다. 갑자기 목소리가 더럽게, 깡패같이 변해 있었다. "저 터프 걸들한테는 형씨 같은 마누라가 제격이겠어."

"마누라는 니미." 매그다가 피트에게 가운뎃손가락을 쑥 내밀며 입 모양으로 말했다. 제이드도 그에게 두 손으로 같은 동작을 해 보였다.

렌이 그들에게 다가가 짧은 핸들을 꽉 쥐고 흔들었다. 그 바람에 제이드가 뒷자리에서 기우뚱하며 뛰어내렸다.

"뭐야!" 그녀가 다시 균형을 잡으며 외쳤다.

"당신 왜 그래?" 매그다가 소리쳤다. 그녀는 시동을 끄고 내리더니 헬멧을 벗지 않은 채로 렌의 누런 이 앞에 섰다. 그녀는 렌보다 거의 30센티미터쯤 키가 작았으므로 까치발을 들고 그의 얼굴에 대고 소리쳤다. "당신들, 진짜 좆같네!"

"그래도 사랑해." 렌은 그녀의 머리 위로 몸을 숙이며 신음했다. "너도 날 사랑할 수 있을지 몰라."

그녀가 비웃었다. "당신이 천국에 남은 마지막 레즈라도 그럴 일은 없어."

렌이 웃으며 그녀를 가슴으로 들이받았다. 제이드가 둘 사이에 뛰어들어 그를 마주 들이받았다. 이제는 피트가 끼어들어 매그다를 붙잡았다. 매그다는 렌을 걷어차려는 중이었다. 나는 누구보다도 밸을 우선해야 했다. 우리 집 문을 걸어 잠그고 오늘 저녁을 재빨리 마무리하고 그들이 돌아오기 전에 우리가 해야 할 다음 행동을 계획해야 했다. 하지만 순간적으로 아무것도 눈에 보이지 않았다. 내가 남성 우월주의자인 건지도 모르겠다. 그들 모두가 남자였다면 그냥 놔뒀을 테니까. 하지만 해진 청 핫팬츠를 입고 둥근 헬멧을 쓴 이 훌륭한 두 여자가 이리저리 떠밀리고 괴롭힘을 당하는 모습을 보니 가슴이 단단하게 부풀어 올랐다. 사랑으로 그렇게 된 건 아니었다. 갑자기 나는 호리호리한 피트에게 덤벼들어, 매그다를 붙들고 있던 그를 밀쳤다. 렌이 나를 밀었고, 나는 그와 씨름을 했지만 발이 땅에서 떨어지는 바람에 그와 함께 잔디밭을 굴렀다. 렌은 나보다 덩치가 컸으나 어찌어찌 내가 그에게 올라탔다. 나는 피트가 로퍼로 나를 짓밟고 있었는데도 내가 드럼의 집에서 어떤 비극의 블랙홀을 마주쳤어도 포기하거나 주저앉거나 항복하지 않았던 걸 떠올렸다. 나는 렌의 목을 팔꿈치로 얽었다. 그가 버둥거리자 나는 더욱 세게 힘을 주었다. 그에게서 생명력이 빠져나가는 것이 느껴졌다. 내가 정말 해 버린 걸까? 지상에서 보낼 그의 시간을 줄여 버린 걸까? 절대 그런 일을 할 수는 없다고 생각하겠지만, 나는 어깨와 목과 머리를 신발 굽으로 가격당할 때마다 그를 더욱 세게 조였다. 밸에게 내면적으로나 외면적으로나 문자 그대로 발생할 수 있는 모든 가능성을 생각했을 때, 나역시 일찍 퇴장해도 괜찮다고 생각했기 때문일지 몰랐다.

왜냐고? 사랑하는 사람이 어두운 흉계의 그림자에 휘말리는 것보다 무시무시한 일은 없을 테니까. 안 그런가?

이번 경우에는 칼을 든 소년이 더 무시무시했던 것 같지만.

"물러나, 더러운 똥개들아." 빅터 주니어가 위로 뻗은 성난 돼지 꼬리 모양으로 빨간 반다나를 매듭지어 쓴 채 소리쳤다. 피트는 더 이상 나를 걷어차지 않았고 나도 렌을 놔주었다. 렌은 숨을 헐떡였다. 하지만 그조차도 비즈에게서 눈을 떼지 못했다. 비즈는 우리가 통통한 아래팔에 그렇게 허락해 준 임시 문신까지 하고 있어서(케이블 TV에 나오는 비즈의 영웅 요리사처럼 말이다.) 잔인하고 공격적으로 보였다. 그가 휘두르는, 뼈까지 썰어 버릴 수 있는 어른용 식칼은 말할 것도 없었다. 납작하고 넓은 날이 노을빛을 받아 주황색으로 번쩍였다.

"당신들 대체 뭐가 문제야?" 피트가 소리쳤다. 그의 얼굴이 공포로 일그러졌다. 그는 우리 모두를 노려보고 있었다. 이 모든 소동에 이끌려 나온 당황한 밸까지 모두를. "씨발, 다들 미쳤어?"

나는 우리가 정말로 미친 걸지도 모른다는 생각이 들었다.

"딱 가만히 있어!" 피트는 덜덜 떨리는 손으로 비즈를 가리키며 외쳤다. 렌이 그를 일으켰다. 렌은 목을 꽉 쥐고 있었다. 내가 무슨 끔찍한 실수를 했는지 명확하게 알 수 있었다. 그들은 겁먹은 표정으로 자동차를 향해 허둥지둥 달려갔다. 나는 끔찍한 기분이 들었지만, 피트가 차를 몰 때 렌이 쉰 목소리로 "씨발, 음식도 좆같으면서!"라고 소리치자 그들이 얼마나 멍청한 놈들인지 다시 확인할 수 있었다.

그 말은 전혀 사실이 아니었다. 그러나 모욕적이기는 했다. 어떤 식으로든 아이의 열정이나 희망에 악담을 퍼부어서는 안 된다. 그보다 소중한 건 정말이지 없으니까.

17

지금의 나는 어느 장소를 떠올리면 반드시 그곳의 향기를 함께 떠올린다. 전혀 놀랍지 않은 일이라고 본다.

어쩌면 무의식적으로는 늘 그렇게 해 왔는지도 모르겠다. 던바처럼 평범한 지역에도 향기가 있다. 던바는 보통 차가운 버터 덩어리처럼 전혀 냄새가 나지 않지만, 떼 지어 마을을 포위한 조경사들이 방금 깎은 풀 냄새와 투 스트로크 엔진의 알싸한 배기가스로 공기를 습하게 만들 때는 예외다. 대학교의 오래된 참나무 책상 서랍을 열면 피어오르는, 먼지 낀 곰팡내와 말라붙은 맥주, 빨지 않은 플리스의 냄새. 앞서 말했듯 오아후섬에는 은하수처럼 펼쳐진 탁 트인 푸른 바다라는 필터를 수 킬로미터나 거친 산들바람이 불어온다. 선전의 거리에서는 젖은 아스팔트와, 억제할 수 없는 지하의 하수도 냄새가 난다. 마카오에서는 과열된 카지노의 조명과 쏟은 화이트 러시안과 네니타의 냄새 그리고 뭐, 뻔한 냄새가 난다. 그 모든 건 영원히 기억에 남아 있다.

선전과 둥관 사이 어딘가의 계곡에 위치한 카파고다의 저택은 또 달랐다. 퐁과 나와 럭키는 마카오 페리를 타고 서커우의 항구 옆에 내렸다. 그곳에서부터는 드럼이 미리 보내 놓은 창문이 새까만 레인지로버를 타고 이동했다. 사람들이 빽빽하게 모여 사는 몇몇 거주지와 완전히 비어 있는 거대한 골프장을 지나자마자 나는 창문을 살짝 내려 공기를 맡았다. 처음에는 익숙한 냄새가 났다. 던바의 북쪽이나 애디론댁, 웨스트버지니아 등지처럼 평범한 낙엽수와 침엽수가 섞인 숲의 냄새였다. 하지만 곧 무화과나무와 목련과 대나무의 냄새가 두드러지며 섞여 들었다. 거기에, 나중에 알게 됐지만 인도보리수와 검은 자두나무의 냄새도 섞여 있었다. 다름 아닌 부처가 존재의 순환에 관해 명상할 때 그늘을 드리운 나무였다. 시내 옆으로 구불구불 올라가는 길에 점점이 나 있는 칸나와 포인세티아와 협죽도 꽃으로 공기는 더욱 달콤해졌다. 아무렇게나 그 식물들을 씹어 대고 있는 동물이 우르릉 소리를 내며 지나가는 우리를 바라보았다.

우리가 향하는 곳은 뾰족한 언덕의 높은 꼭대기였다. 도로가 갑자기 매끄러워지며 기름을 바른 듯 꽉 찬 자갈길로 변해 드럼의 전용 진입로가 됐다. 거의 다 도착했지 싶었다. 우리는 좀 더 올라가고 다시 지그재그식으로 나아가다가 또 올라갔다. 공기가 더 신선해지고 허브 냄새가 강해졌다. 마침내 우리는 아래쪽을 향해 천천히 굴러갔다. 비스듬한 땅에 커다란 콘크리트 기둥이 박혀 있고 그 위에 건물이 설치돼 있었다. 개인의 집이라니 믿기 어려웠다. 건물 전체를 따라 테라스가 있는, 길고 낮고 평평한 A자 구조의 건물을 상상해 보

라. 알프스의 스키장에나 있을 법한 건물이었다. 그리고 양옆으로는 작은 A자 구조의 별관이 뻗어 나와 있었다.

"원래는 호텔로 쓰려던 건물인데 아시아 금융 위기가 닥친 후에 드럼이 어느 개발 업자한테서 샀어." 럭키가 앞자리 조수석에서 말했다. "거의 공짜로 얻었지."

"드럼이 호텔을 운영하려고 했어요?" 내가 물었다.

"고민은 했지." 럭키가 말했다. "근데 생각을 고쳐먹었어. 밤낮없이 하루 종일 다른 사람들한테 필요한 걸 챙겨 주고 싶은 사람이 어디 있어? 드럼이 여관 주인을 할 것도 아니고! 아무튼 드럼은 이 건물을 시골 별장으로 쓰기로 했어. 35개의 방 전부를 말이야. 그 말은 우리가 이층 침대를 쓸 필요는 없다는 뜻이지!"

럭키가 뒤로 손을 뻗어 내 머리를 헝클어뜨리려 했다. 그는 에버그린 쇼어에서의 내 경험을 끝끝내 알아내 나를 워 페인트*라고 부르며 놀렸다. 내가 네니타의 불행한 기억을 그릴 의외의 캔버스가 된 것이 거슬렸다는 얘기는 아니다. 내가 배운 건 우리는 할 수 있을 때마다 서로의 악마를 쫓아 주어야 한다는 것이다. 물론 퐁은 그저 고개만 저었다.

직원들이 벌 떼처럼 몰려들어 우리가 탄 차에서 짐을 내렸지만—필요 이상으로 많은 사람들이었다. (한 명이 쉽게 들 수 있는 짐을 둘이 들었다.)—어쩔 수 없이 그들 중 지역민이 아닌 게 분명한 한 사람이 눈에 띄었다. 그는 검은색의 면직 유니섹스 시프트를 입고 있었는데

---

* 북미 원주민 등이 전투에 나갈 때 얼굴과 몸에 바르는 물감.

429

체격이나 체형이 남들과 달랐다. 서구인에게서 기대할 법한 체형이었다. 피부가 극도로 희기도 했다. 자랑스럽게 걸고 있는 검은색의 볼베어링 모양의 코 피어싱 때문에 더 하얘 보였다. 피어싱의 크기가 너무 커서 코 한쪽이 아래쪽으로 살짝 처진 것처럼 보였다. 그는 정수리가 벗어지고 있었으나 남은 머리카락은 길고 지저분하게 말라붙어 있었다. 꼭 포장한 해초 같았다. 나는 그가 럭키의 엄마 집에서 만났던, 말 많고 고약한 냄새를 풍기던 자무의 달인 게티의 도플갱어라는 걸 깨달았다. 나는 본능적으로 그의 시선을 끌어 보려 했지만, 직원들은 오로지 눈앞의 과제에 집중하고 있었고 그는 나를 완전히 무시했다. 그는 심지어 직원들이 가방을 들고 떠날 때 얼음장같이 차가운 눈으로, 내가 자기에게 무슨 잘못이라도 한 것처럼 나를 힐끗 돌아보았다.

내가 퐁에게 말을 걸려고 했을 때 어둑한 곳에서 콘스턴스가 나타나 인사를 건네며 예의 바르게 허리를 숙였다. 다만 내게 인사할 때는 내 팔을 만졌다. 그녀는 우리를 데리고 널찍한 계단을 지나 직원용 층을 지났다. 우리는 그다음 층에 짐을 내려놓고 건물의 중앙 홀에 도착했다. 그 건물은 영락없는 스키용 별장이었다. 우리가 차를 타고 올라올 때 지나온 계곡이며 저 멀리 연녹색 언덕들을 향해 완전히 트여 있는 커다란 공간까지. 그 공간은 축구장 절반 정도의 크기였고 전체가 티크 바닥이었다. 서까래가 노출된 천장까지 모든 게 소박하고 미완성이면서 깔끔하고 극도로 청결했다. 레몬 오일과 나무 광택제의 냄새가 났다. 바닥과 널빤지를 붙인 벽은 반짝반짝 빛났고, 광활한 공간에 비해 얼마 없는 가구는—소파 몇 개, 대여섯 개의 안락의자, 낮은 커피 탁자 몇 개, 입식 램프―작고 기능적이었다. 눈에 띄는 건 공간을 나누는 장벽이 하나도 없다는 것이었다. 난간도, 낮은 벽도 없었다. 나무 바닥은 열린 미닫이식 유리문이 통로처럼 연달아 이어진 곳 너머로 테라스가 됐다가 야외로 뻗어 나갔다. 아래쪽의 빽빽한 삼림까지 낙하 거리가 아마 10미터는 됐을 것이다.

"당연한 얘기지만, 원래는 난간이 있었어." 드럼이 뒤에서 다가오며 말했다. 그는 우리와 악수했고, 우리를 거의 가장자리까지 이끌었다. 우리는 매력적인 풍경을 내려다보았다. 콘스턴스는 떠 있는 단상 끝에 아무렇지 않게 털썩 주저앉아 여성스럽게 다리를 꼬았다. 그녀는 내게 자기 옆에 앉으라고 손짓했지만 나는 거절했다. 나는 높은 곳이 싫었다. 더 정확하게 말하자면 높이가 주는 짜릿함은 좋았지만 발을 헛디뎌 떨어질지 모른다는 두려움에서 벗어날 수가 없었다.

"여기는 사교 공간이 될 예정이었지만, 내가 요가에 관심이 있는 만큼 요가 스튜디오로 쓰기에 이상적이라는 생각이 들었지. 좀 거창하기는 하지만 말이야. 여기서 연습을 하기 시작하자 난간이 풍경을 가리는 게 확실히 거슬리더군. 난간을 제거하고 프레임 없는 유리로 교체하게 했지만, 그 유리조차 안 보이는 건 아니었어. 그래서 그것도 없애 버렸지. 한 건축가가 아래쪽에 정교한 안전그물을 설치하는 계획을 세웠지만 거기까지 신경 쓰지는 않았어."

퐁이 말했다. "그물이 있다는 걸 아는 것만으로도 효과가 떨어질 수 있지요."

"나도 그렇게 생각했어, 친구." 드럼이 말했다. "우리와 이 세계 사이에는 아무것도 없어야지. 안 그래?"

럭키가 끼어들었다. "세상이 나한테 불리하게 조작돼 있지만 않다면 말이죠."

"최 선생, 어떻게 자네처럼 생기와 투지가 넘치는 사람이 그렇게 비관적인 시각을 가질 수 있나?"

"승률 51프로라는 말은," 그가 우울하게 말했다. "질 확률이 49프로라는 얘기죠. 작은 흰색 공이 여기저기 튀어 다니는 모습을 지켜보면 신경이 너덜너덜해져요. 제 눈을 보세요. 제 영혼이 얼마나 심오한 비용을 치렀는지 보이시죠?"

럭키는 모두가 가까이 들여다보게 해 주었고, 우리는 그가 불쌍한 척하는 걸 보고 웃었다. 하지만 나는 그가 우리와 함께 키득거리는 매끄러운 얼굴에 아주 조금 주름이 잡히는 모습을 보고 그 불쌍한 척이 오히려 흉내가 아닐까 궁금했다. 서커우에서 천천히, 구불구불한 찻길을 따라오면서 그는 심한 숙취에 시달렸다. 밤 동안 다양한 과잉으로 너덜너덜해진 터였다. 하지만 깊은 곳으로 내려가 보면, 럭키의 과잉은 호사나 허세가 아니라 우리처럼 평범한 사람, 처리하지 못한 결함이 있는 사람의 과잉에 가까웠는지도 모르겠다.

"어찌나 철저히 잠을 자는지." 럭키는 셰익스피어식으로 퐁을 보며 말했다. 미니밴의 세 번째 줄에서 깊이 잠든 퐁의 감긴 눈꺼풀이 어떤 친절한 꿈 때문인지 파르르 떨리고 있었다. "꼭 세상이 자기를 위해 돈다고 생각하는 것 같다니까."

"부모님 얘기를 들으니까 처음부터 그랬던 건 아닌 것 같던데요." 나는 준비된 퐁의 조수답게 말했다.

"우리 모두 시작은 험난했어, 워 페인트." 럭키는 낮게 숨을 쉬며

반박했다. 그는 오랫동안 퐁을 들여다보았다. "최소한 퐁의 거친 시
절은 다 지나갔잖아."

　나는 잠든 척하며 입을 다물었다. 앞서 말했듯 함께 있을 때는 그
의 존재가 대단히 즐거웠지만 나는 럭키에게 본능적으로 겁을 먹었
고 언제나 그와 단둘이 있지 않는 쪽을 선택했다. 확실히 그는 퐁이
릴리를 초대한 것이 못마땅한 듯했다. 그 바람에 럭키의 저녁 계획이
바뀌었기 때문이다. 사업은 우리가 함께 보낸 전날 밤에 맞게 진행됐
다. 베이징 형제들과 시안의 로는 거래 조건은 물론, 축제의 소용돌
이 같았던 마카오 방문에 만족해, 각자 비행기를 타고 집에 도착하기
도 전에 그룹의 유한 회사 계좌로 최초 투자금을 송금했다. 하지만
오늘의 분위기는 달랐다. 릴리는 선전으로 돌아갔고, 퐁과 럭키 사이
는 무언가 무미건조했다. 조금씩 알게 되었지만, 럭키는 상황이 자기
생각대로 돌아가는 동안은 완벽했지만 얘기가 갑자기 방향을 틀면
닻이 풀려 버리는 사람이었다. 그의 독특한 어머니와 말하지 않은 어
린 시절 속에 아마 주된 불안이 숨어 있을 것이다. 그래서 럭키가 변
화무쌍한 도박을 즐기는 것일까? 자신을 에워쌀 길고 우회적인 얘기
에 귀를 기울이는 것일까? 럭키가 빨강이나 검정에 내기를 걸고 그
공이 데굴데굴 굴러 초록색에 떨어지는 걸 볼 때마다 엄청난 집중력
을 발휘하는 것 자체가 그만의 얘기였을까? 나는 중국인과 한국인이
어떻게 다른지 모르고, 특정한 배경과 이력이 있는 퐁과 럭키가 전형
적인 중국인이나 한국인과 얼마나 일치하는지도 모른다. 하지만 한
가지 말해야 한다면 이렇게 말할 수 있을 것 같다. 두 남자 모두 높은
수준으로 위험을 감당했지만, 퐁은 모든 숨겨진 각도, 중요한 지표,

지배적 추세를 정신적으로 분석하고 부정확한 그 총계를 완전히 받아들인 다음 큰 내기를 걸었다. 내가 보기에 오래된 둘 사이에 남은 건 딱 하나밖에 없었다. 퐁이 실제로는 한 번도 도박을 한 적이 없다는 사실과 럭키가 그것에 상처를 받았다는 것.

그때 드럼이 말했다. "차를 좀 마시면서 투자 구조에 대해 자세히 얘기해 보는 건 어떨까? 자네들 사업에 관심을 두는 사람들이 여럿 있다는 건 알지만 아마 내 조건이 더 낫다고 생각하게 될 거야."

"지금 당장 얘기해야 하나요?" 콘스턴스가 말했다. "너무 지루한데."

"너는 틸러를 데리고 집 구경을 시켜 주지 그러냐?" 드럼이 제안했다. "그런 다음에 모두 모여 저녁을 먹기 전에 기분 전환 겸해 한잔하자꾸나. 요가 강사들이 이미 와 있어. 단체로 하이킹을 하러 간 모양이다만. 너희가 따라잡을 수 있을지도 모르겠다."

"틸러한테 건물 구경시켜 줄게요." 콘스턴스는 내가 자기를 일으킬 수 있도록 내게 손을 뻗으며 대답했다. 나는 콘스턴스의 손을 놓칠까 봐 겁을 먹었다. 그 결과는 재앙이 될 터였으니까. 그래서 나는 콘스턴스의 아래팔을 두 손으로 아주 꽉 잡고 내 어깨를 그녀의 어깨에 파묻고 그녀를 안고 들어 올리다시피 했다. 그녀는 만족스러울 만큼 단단하면서도 나긋나긋했다. 헬스장에 있는 묵직한 공 같았다.

"틸러 너무 피곤하게 하지는 말고, 애야." 드럼이 말했다.

"틸러는 괜찮을 거예요." 콘스턴스가 말했다. 그녀는 내게 무슨 말을 할 겨를도 주지 않고 내 팔짱을 끼더니 드럼과 퐁과 럭키의 반대편을 향해 나를 데려갔다. 그들은 건물 한쪽 끝에 있는 드럼의 사무실로 향하고 있었다. 콘스턴스는 중앙 홀의 항공 모함 갑판 같은 곳을 가로지르는 내내 나를 놔주지 않았다. 놀이공원에서 어린 여자아이가 베이비시터를 꽉 붙들고 솜사탕 수레로 곧장 끌고 가는 모양새였다. 나는 베이비시터가 아니었고 그녀는 어린 여자아이가 아니었지만 말이다. 이때 나는 처음으로 환한 대낮에 아주 가까이에서 그녀를 오랫동안 보았다. 콘스턴스는 내 기억보다도 체격이 단단했다. 그녀는 나보다 2~3센티미터쯤 키가 컸다. 밀도가 높고 건조한 그녀의 손은 내 손을 꽉 잡았다. 그마저 잠재적인 힘의 아주 작은 일부 같았다. 그녀는 딱 달라붙는 흰색 V자 탱크톱을 안에 받쳐 입고 겉에는 속이 비치는 흰색 모슬린 블라우스를 입고 있었다. 근육질의 두 다리와 넓고 단단한 엉덩이는 잘 늘어나는 흰색 요가 바지로 감싸여 있었다. 그녀의 쫙 벌어진 엉덩이는 작고 하얀 가죽 히프 색으로 더 돋보였다. 흰색 에나멜가죽 버켄스탁 구두를 신고 있는 그녀의 두 발은 호두 껍데기 같은 색이었고, 두드러진 발톱은 얼음장 같은 상록수색 페디큐어가 칠해져 있었다.

"난 이쪽에서 지내." 그녀가 말했다. 우리가 이미 남자들과 한참 멀어졌다는 걸 강조하려는 듯했다. 콘스턴스의 아버지 사무실 쪽 계단으로 향한 남자들은 이제 조그마한 피규어 인형처럼 보였다. 우리는 이쪽 편에 있는 쌍둥이 계단을 올라 일종의 최고급 첨탑으로 향했다. 그 첨탑은 숲으로 뒤덮인 계곡을 내려다보고 있었다. 그녀의 방은 넓었고 수수한 가구를 갖추고 있었다. 쐐기 모양의 태국식 바닥 쿠션 두어 개와 틀이 널찍한 아편 침대* 하나, 옷장 하나, 여기에 더해 의

---

* 옆으로 길게 누워 아편을 피울 수 있는, 중국 명나라 및 청나라 시대의 나무 의자.

자가 딸린 책상 하나와 변호사들이 쓸 법한 서양식 회전 책장 두어 개였다. 책장은 모두 『로빈슨 크루소』와 『정글』, 에드거 앨런 포의 단편집 등 보통 7학년 과정부터 읽기 시작하는 고전 문학 페이퍼백 도서로 가득했다. 딸린 화장실도 마찬가지로 기본적이었다. 세면대와 변기 하나, 일부러 거칠게 다듬어 원시적인 느낌을 준 둥근 돌 욕조 하나가 있었다. 콘스턴스는 내게 모든 방이 비슷하게 생겼다고, 때로는 모든 방에 사람이 있을 때도 있다고 말했다.

"아빠가 재능을 입증한 사람들을 모으는 데 빠져 있거든." 콘스턴스는 눈알을 굴리며 말했다. "전에는 늘 여행을 다녔지만 지금은 별로 안 다녀. 그래서 아버지는 사람들을 우리에게 데려와. 아빠의 관심사에 따라서. 재즈 음악가들과 기술자들과 기후 과학자들을 데려온 적도 있어."

나는 그녀의 발음과 억양이 익숙하다고 느꼈다. 태도는 다를지라도 말이다. 이상하게도 그녀의 억양은 미국 부촌 고등학생이 쓰는 말투처럼 들렸다. 북동부 회랑 지역*의 말투 말이다. 알고 보니 내 생각이 맞았다. 그녀는 코네티컷의 기숙 학교에서 이 년을 보냈다고 했다.

"최근에는 전부 웰빙뿐이야. 웰빙, 웰빙. 그래서 영양학자, 심리학자, 영적 지도자들을 불렀어. 이제는 요가 쪽 사람들이고. 의사는 없지만. 아빠가 의사들을 싫어해서."

"왜?"

"아빠 말로는 의사들 대부분이 환자는 아무것도 모른다고 생각해

---

* 보스턴에서 뉴욕시, 워싱턴 D.C.에 이르는 인구 밀집 지대.

서 환자 말을 듣지 않고, 그중 다수는 실제로 자기가 하는 일을 싫어한대. 아빠는 우리 엄마한테 일어났던 일도 의사들 탓이라고 생각해.”

“어머니한테 무슨 일이 있었는데?”

이때 그녀는 어머니가 자기를 낳은 직후 뇌졸중으로 죽었다고 말했다.

나는 엄청나게 미안함을 느끼며 알아들을 수 없는 말을 웅얼거렸지만, 그녀가 말했다.

“알았어.”

“아, 다행이네.”

“난 진실을 말한 것뿐이야. 그냥 사람들의 반응을 지켜보지 않을 수가 없어서. 네 반응은 ‘이제 사라질게요, 감사합니다.’라는 식이었고.”

나는 웃었다. 약간 겁이 났지만 호기심도 생겼다. “그러니까 엄마를 알았던 적이 없는 거네.”

“하, 뭐 그런 셈이지. 극복했어. 질문. 넌 엄마 있어?”

“아니.” 나는 그녀의 질문에 흔들려 불쑥 답했다. 사람들은 내 나이의 어린애에게는 살아 있는 엄마라는 존재가 있을 거라고 생각하고, 엄마가 어디 사는지, 혹은 직업이 뭔지 같은 질문을 무심히 던진다. 애매한 답변을 듣고 나서야 내 그림에는 엄마가 이혼이나 그보다 나쁜 일로 빠져 있다는 낌새를 챈다. 하지만 콘스턴스는 추가적인 정보나 단서에 관심이 없었다.

“그럼 나랑 비슷하네. 아빠만 있는 게 어떤 건지 알겠다.”

“어떤데?” 내가 물었다.

“버르장머리 없고, 외롭달까.”

나는 동의하는 뜻으로 고개를 끄덕였다. 최소한 아빠 복권에서 폭력적인 사람이나 성추행범, 혹은 감정적 사디스트가 아닌 사람을 뽑은 우리처럼 비교적 운이 좋은 사람들이라면 동의할 만한 의견이었다. 나도 미친 소리라는 건 알고, 이런 말을 하는 것이 현기증이 날 정도로 엄청난 특권이라는 것도 알지만, 때로는 클라크가 잔뜩 취해서 밑바닥을 드러내며 내가 어떤 식으로든 자기를 무시했다며 내 방문을 걷어찼으면 좋겠다는 생각을 했다. 내가 어쩔 수 없이 클라크를 레슬링 기술을 사용해 제압하고 그가 항복할 때까지 버티고 있어야 하는 상황을, 그런 다음에는 내가 클라크의 인생이 얼마나 거대하고 말라비틀어진 똥 덩어리가 되었는지에 관해 눈물 섞인, 그러나 신랄한 순교자의 연설을 토로하며 그의 품에 안기는 상황을 공상하곤 했다. 하지만 물론, 클라크는 그때나 지금이나 그저 온화하고 부드러울 뿐이다. 지금 이 시점에는 다른 무엇도 아니다. 그저 맥주를 조금씩 홀짝일 뿐이다. 손마디로 내 방문을 살짝 노크하며 들어가도 되느냐고 묻고, 작별 인사로 입을 맞추고, 그는 대마초 냄새에 대해서도, 내가 음소거를 시키고 창을 꺼 버렸다고 생각했으나 실제로는 음소거도 되지 않고 정지도 되지 않은 채 신음을 재생하는 유부녀 사냥 페이지에 대해서도 의견을 삼킨다.

그때까지 나를 놔주지 않았던 콘스턴스는 내 손을 더욱 세게 움켜쥐었고, 나는 그녀가 나를 잡아당겨 내 입에 축축한 키스를 하리라고 생각했다. 나는 그녀가 내게 키스하고 싶은 긴지 확신할 수 없었다. 그녀는 크고 섹시하고 내 스타일이었지만, 약간 무서운 사람이기도 했기 때문이다. 그녀의 눈은 유난히 두꺼운 안경 렌즈 때문에 유령의 집에서 보는 무엇처럼 커져 있었다.

"네가 와서 좋아." 그녀가 말했다. 그녀의 속눈썹이 믿을 수 없을 만큼 천천히 '사라락', 하며 감겼다. 갑작스러운 봄비가 내린 뒤 해를 쬐며 몸을 데우는 나비 같았다. "요가 하는 사람들은 부르지 않았으면 더 좋았을 텐데. 난 요가에 관심 없거든. 넌?"

나는 그녀에게 대학 때 요가 수업을 들은 적이 있다고 말했다. 그 수업이 룰루레몬 레깅스를 입은 여자들의 엉덩이 골을 쳐다볼 아주 훌륭한 핑계가 되리라고 생각했지만, 실제로는 전혀 기분 좋게 기억되지 않는다는 자세한 내용을 빼 놓았다. 사실, 그 수업에는 남학생 사교 클럽에서 술 게임을 하다가 보드카와 레드불로 이중 숙취에 시달리던 녀석이 들어왔다. 털이 아주 많은 그 녀석이 비좁고 지나치게 더운 방에서 양파 악취를 풍기는 바람에 나는 가까스로 체육관에서 도망쳐 더러운 눈 더미에 토했다.

"난 전혀 유연하지 않아. 보이지?" 그녀는 마침내 나를 놓고 허리를 숙여 반짝이는 발톱을 만지려 했다. 하지만 무릎 바로 아래까지밖에 손이 닿지 않았다. "넌?"

나는 다리를 곧게 펴고도 두 손을 바닥에 납작하게 대어 그녀와 나 자신 모두를 놀라게 했다.

"너 웃긴다." 콘스턴스가 말했다. 흥미로운 듯 그녀의 이마에 주름이 잡혔다. "팝 스타처럼 노래하는 데다 엄청나게 유연하고. 질문. 또 뭘 할 수 있어?"

나는 어깨를 으쓱했다. 정말이지 알 수 없었다. 이런 잠재적인 능력이 조금 소름 끼치게 느껴지기 시작했다. 덕분에 수많은 문이 새로 열린다는 건 기뻤지만 말이다. 콘스턴스의 커다란 눈동자에서 음흉한 즐거움이 흘러나왔다.

"알아보면 되지." 그녀가 말했다. "아빠가 물어볼지도 모르니까. 집 구경을 시켜 줄게."

그래서 우리는 집의 나머지 방들을 둘러보았다. 내 말은, 남은 방을 전부 보았다는 것이다. 정확히 말하면 서른세 곳이었다. 나는 대표적인 방을 하나 보고 지나갈 줄 알았으나 콘스턴스는 나를 다음 방 안으로, 또 다음 방 안으로 데려갔고 결국 우리는 건물을 따라 난 복도의 한쪽 면 전체를 살펴보았다. 그런 다음, 반대편으로 돌아가 모든 문을 밀어젖히고 방마다 들어가 침대와 침실용 탁자를 보고 고개를 끄덕였으며 욕실과 때로는 옷장까지 살펴본 뒤 나가서 다음 방으로 이동했다. 그때 나는 콘스턴스가 정상적으로 보이지만, 알고 보면 사회생활을 하다 보면 매우 중요한 코드 단 한 줄에 오류가 있는 것으로 밝혀지는 특이한 사람 중 한 명일지 모른다고 생각했다. 콘스턴스가 어리고 매력적이고 기막히게 부자이면서도 지금까지 아빠와 함께 빈둥거리는 이유가 그래서일까?

우리는 다음 층의 손님방을 살펴보러 가는 중이었으나, 나는 혹시 지하실이나 주방 등 건물의 나머지 부분을 볼 수 있느냐고 물었다. 그런 곳이 있을 거라고 가정하고서 말이다. 이 말에 어쩐지 그녀는 강박의 사슬이 깨지고 재부팅된 듯했다. 나는 그녀를 불쾌하게 했을까 봐 두려웠기에—내가 할 수 있는 최악의 행동이 한 가지 있다면, 그건 어떤 식으로든 드림과의 잠재적인 동업 관계를 무산시키는 것이었다.—차고가 있는 층을, 그다음에는 우르릉거리는 발전기실과 목공 도구와 조경 용품이 들어 있는 창고와 이불보와 수건이 있는 창고, 개인용 비누와 로션과 샴푸가 있는 창고, 휴지와 청소 용품이 있는 창고를 꼼꼼히 살펴보았다. 이때도 그녀는 절대 서두르지 않았다. 이어 우리는 직원용 층으로 한 층을 올라갔다. 그곳에 거대한 주방이 있었다. 매력적인 난장판이었다. 목가적인 그림처럼 자연광이 가득했고, 공간은 중앙 홀이 그렇듯 한쪽 면이 계곡을 향해 트여 있었으며, 반대쪽 벽에는 인접한 언덕 안에 붙박이 형태로 팬트리 로커가 쭉 늘어서 있었다. 이곳에도 수수하고 기본적인 가구가 배치돼 있었다. 큼직하고 오래된 인더스트리 스타일의 싱크대와 냉장고가 한쪽 벽을 따라 놓여 있었고, 사이사이에 강철 작업대와 통나무를 패어 만든 것 같은 대여섯 개의 정육점 도마가 놓여 있었다. 방에는 생강과 마늘과 열대의 허브, 게다가 뾰족뾰족한 두리안이 가득 담긴 바구니에서 풍기는 달콤하고도 토할 것 같은 죽음의 악취가 가득 뒤섞여 있었다. 앞치마 차림을 한 남녀노소 모두가 껍질을 벗기고 써는 등의 다양한 준비 작업에 한창이었다. 한 여자는 닭털을 뽑고 있었고, 다른 노인은 잉어처럼 생긴 뚱뚱한 물고기의 내장을 빼고 있었으며, 다른 사람들은 작은 동물들을 녹슨 프로페인 가스통에 호스로 연결돼 일렬로 놓인 이동식 무쇠 요리판에 올려 찌거나 처리하고 있었다. 그들은 훈련받은 요리사나 전문가처럼 보이지 않았다. 그냥 경험을 통해 토끼 가죽을 벗기는 방법을 잘 알게 된, 강하지만 평범한 사람들 같았다. 실제로 토끼 가죽을 벗기고 있는 어떤 사람은 우스꽝스럽게 보였다. 우리는 숲의 한가운데에 있었지만, 그 숲은 거의 사십 년 동안 부글부글 끓어오른 진주강 삼각주의 도시-공장 문명으로 둘러싸여 있었기 때문이다. 이런 문명의 한가운데에 토끼 가죽을 벗길 만한 사람이 흔할까? 어쩌면 비교적 가난하고 거친 지역에서 온 사람들일지도 몰랐다. 주방은 필요하다면 얼마든지, 주방 일꾼들이 무리 지어 들어와도 될 만큼 거대했다. 그 모두가 산더미처럼 쌓여 있는 깃털과 뿌리채소와 잎이 달린 줄기와 내장 사이에서 조용히 일하는 모습이 쉽게 상상됐다.

"이런, 이런, 우리 코니 아가씨네!"

"칠리스!"

겨우 150센티미터쯤 되는 깡마른 남자가 팬트리 로커 쪽에서 나와 콘스턴스를 있는 힘껏 끌어안았다. 그는 주름지고 말린 능금처럼 생긴 자기 얼굴을 그녀의 가슴에 파묻었다. 그의 으스대는 걸음걸이를 보고 나는 그가 주방 책임자일 거라고 생각했다. 그는 끈이 달린 헐렁한 바지와 아틀레티코 드 마드리드 배지가 달린 티셔츠를 입고 있었는데, 그 티셔츠를 알아본 이유는 그가 다른 사람들과 달리 앞치마를 입지 않았기 때문이었다. 그가 손을 내밀어 열대 과일과 똑같은 모양과 색으로 만들어진 작은 사탕 더미를 보여 주었다.

"룩 춥•이다!" 콘스턴스가 파파야를 가져가며 외쳤다.

"어제 오시는 줄 알았는데!" 그가 다른 사탕을 그녀에게 내밀며 소리쳤다. 그녀는 검붉은 오렌지를 골랐다. "왜 안 왔어요?"

"하루 종일 잤어요."

"이제 칠리스를 사랑하지 않나 보네!"

• 과일 모양으로 만든 태국 전통 사탕.

"그건 미친 소리예요."

"아가씨 때문에 미친 거죠!" 그는 나를 보더니 미소를 그쳤다. "이야, 이 파랑*은 누구예요?"

"틸러예요!" 콘스턴스는 그가 이미 알고 있어야 한다는 듯 외쳤다. "아버지랑 거래하는 사람!"

"글쎄, 저는 딱히……."

"거물이 아니다?" 칠리스가 나를 훑어보면서 아직은 좋아할 만한 구석을 전혀 찾지 못했다는 듯 말했다. 그는 내게 사탕을 내밀었다. "먹어 봐."

"괜찮아요." 나는 그의 손금에 낀 때를 보았다.

"먹어 봐!"

콘스턴스가 말했다. "칠리스가 너한테 화내는 건 별로 바람직하지 않아……."

나는 바나나를 골랐다. 바나나 맛은 아니었다. (어쩌면 플랜테인**인지도 몰랐다.) 바나나보다 까끌까끌하고 설탕 맛이 강했다. 나는 이 사탕이 칠리스의 손바닥 땀 때문에 짭짤하게 더러워진 모양이라고 생각했다. 뱉어 버리고 싶었지만 그럴 기회가 없었다. 콘스턴스와 칠리스가 오래된 사이라는 건 분명했다. 칠리스는 드럼이 연 콘퍼런스를 또 준비해야 한다며 대놓고 불평하기 시작했다.

"코니 아가씨나 보스를 위해서 요리하는 거랑, 이상하고 나쁜 사람

---

* '백인'을 뜻하는 태국어.
** 열대 과일의 일종.

들을 위해서 요리하는 건 완전 다르다고요."

"나쁜 사람들은 아니에요." 콘스턴스가 말했다. "그냥 엄청나게 지겨운 사람들이죠."

"파랑은 늘 음식 불평을 해대지." 그는 나를 힐끗 보며 말했다. "소금도 못 먹는다, 단것도 못 먹는다, 지방도 못 먹는다, 모든 걸 겁낸다니까! 너도 겁이 나니, 파랑?"

"전 아무거나 잘 먹어요." 내가 툴툴댔다.

칠리는 우리를 데리고 돌아다니며 다양한 상자와 통을 보여 주고, 얼마나 껍질이 깨끗하게 벗겨졌는지 보라며 동물 사체 더미를 주의 깊게 살펴보았다. 채소 껍질도 보았다. 그는 여기저기에서 멈추며 누군가를 나무랐다. 콘스턴스는 나중에 그가 인종적으로 중국인이지만 태국에서 어린 시절을 보냈으며, 드럼이 이 휴양지를 산 직후에 관리인이자 개인 요리사로 채용됐다고 말해 주었다. 당시 콘스턴스는 유치원에 다닐 나이였다. 그 이후로 지금까지 칠리스는 이 집의 유일한 종업원이었다. 그러나 시간이 지나고 드럼이 점점 더 큰 모임을 주최하기 시작하면서 직원들이 꾸준히 늘어났다. 칠리스는—그의 특기는 태국 요리였다.—자연히 주방 책임자가 됐다.

"여기 오래 머물수록 더 놀라운 걸 맛보게 되지." 그가 내게 말했다. "특히 내 비밀 카레 말이야."

나는 그에게 며칠 뒤면 다시 사업상의 순회 여행을 떠나야 한다고 말했다.

그가 비웃었다. "맘대로 해! 하지만 냄새만 맡아도 미칠걸! 먹는 걸 멈출 수가 없을 거야! 그래도 조심해. 네 파랑 피부를 이렇게 보이게

444

만들 테니까!" 그는 내 얼굴 가까이 자기 얼굴을 들이밀었다. 너무 가까워서 그의 주름 안쪽 홈이 보일 정도였다. 시간이라는 무딘 리놀륨 칼로만 파였을 리 없는, 고통스러워 보이는 개울이었다.

"아, 칠리스. 겁주지 말아요."

"확실해요, 코니 아가씨?"

"그런 것 같아요."

그는 느린 동작으로 내 가슴을 손마디로 쳤다. "이런, 파랑! 코니 아가씨가 널 좋아하나 봐!"

나는 주방을 돌아보는 나머지 시간 동안 콘스턴스를 사이에 두고 칠리스와 최대한 떨어져 있었다. 콘스턴스가 위층에 있는, 우리 일행이 묵는 방쪽으로 나를 데리고 다니는 동안에 쇄골의 욱신거리는 한 지점에서 쨍 소리가 나는 듯했다. 이번에도 콘스턴스는 방을 하나씩 하나씩 보여 주었다. 퐁과 럭키의 방을 포함해서였다. (그들의 짐이 운반돼 있었고, 옷은 옷장 안에 걸려 있거나 개어져 있었다.) 실제로 콘스턴스의 방 바로 아래에 있는 내 방에 가서 보니 내 물건도 걸려 있거나 개어져 있었다. 내 빗과 치실은 세면대 옆의 수건 위에 놓여 있었고, 칫솔은 대나무 컵에 준비돼 있었다. 약간 소름 끼치기는 했지만, 모든 것이 대단히 배려심 깊고 친절했다. 나는 이 방도 콘스턴스 특유의 철저함이 연장된 결과라고 생각할 수밖에 없었다. 죽은 그녀의 엄마가 물려준 유산일까? 아니면 아직 두드러지게 나타나지 않은 드림의 다른 면모일까? 아니면 그냥 콘스턴스 본연의 모습일까? 그녀도 다른 사람들처럼 집에서 자신만의 광기를 빚어내고 있을 테니까. 훨씬 더 비밀스럽게 빚어내는지는 몰라도.

"옷 갈아입을래?" 콘스턴스는 깔끔하고 낮게 쌓아 놓은 내 티셔츠와 반바지를 찌르며 말했다. "이 시간에는 옷이 정말 끈적끈적해지니까."

그녀는 하늘하늘한 면직 시프트 원피스와 허리에 감아두었던 작은 히프 색을 벗어 침대에 던졌다. 꽉 찬 체격의 위풍당당함이 드러났다. 나는 갑자기 쑥스러워져 시선을 돌렸다. 이 영역에서 무슨 일이 일어나는 건지 정확히는 알 수 없었지만 뭔가 잘못된 게 틀림없었다. 나는 매력적인 여자와 이렇게까지 자주 가까이 있었던 적이 없었다. 가엾은 네니타에게는 선택권이 없었다고 쳐도.

콘스턴스는 이제 흰 레깅스와 목이 깊이 팬 흰색 상의를 입고 내 앞에 서 있었다. 흐르는 땀에 그녀의 가슴골이 건강하게 빛났고, 진흙 빛깔의 유륜은 눌려서 특히 넓어 보였으며, 젖꼭지는 탄력 있고 튀어나와 보였다. 앞쪽으로 내민 아랫배는 턱을 올려놓기 좋은 절벽이었다. 문득 비디 도르트문트가 떠올랐다. 그녀는 던바고등학교에 다니는 여자 아이스하키 팀의 스타이자 나보다 두 살 많은 사랑스럽고 덩치 큰 소녀였다. 대학에 가서는 동부 대학 운동선수 연합 소속이었으며, 마지막으로 들은 소식에 따르면 올림픽 선수 팀에서 훈련을 받고 있었다. 우리는 친구가 아니었지만, 애매하게 친밀한 순간을 딱 한 번 나눈 적이 있었다. 나는 여자 탈의실 앞 음수대에서 물을 마시고 있었다. 그때 농구선수 몇 명이 반회전 문에서 쏜살같이 뛰어나왔고, 나는 비디가 문 너머에서 머리에 두른 수건 터번만 두르고 완전히 벌거벗은 채 어슬렁거리며 걸어 다니는 모습을 힐끗 보았다. (그녀가 왜 농구선수 탈의실 쪽에 있었는지는 전혀 모르겠다. 남자 탈의실은 여자 탈의실과 똑같이 생겼고, 샤워 시설은 저 멀리 구석에 적절하게 처박혀 있었으니까.) 나는 턱에서 물을 뚝뚝 흘리며 비디와 눈을 마주쳤다. 그녀의 이상할 만큼 작은 얼굴에 미소가 떠오르며 살짝 주름이 졌다. 그렇게 문이 휙 닫히고 그녀는 사라졌다. 그로부터 얼마 후 나는 어느 게임을 보러 갔다가 우연히 그녀가 스케이트를 타는 모습을 보게 됐다. 땋아 내린 짙은 금발의 끝이 땀에 젖은 채 헬멧에서 삐져나와 날카롭게 엉켜 있는 모습이 엄청나게 강렬했다. 그녀가 해트트릭의 마지막 득점을 올리는 순간 나도 모르게 고함을 질렀다. 오늘날까지도 섹시함에 불을 댕겨야 할 때 나는 진홍색과 황금색으로 이루어진 묵직한 텐트 같은 그녀의 99번 선수복을 떠올린다. 겹겹이 쌓인 패딩 아래에 숨겨져 있을 짓궂도록 뜨거운 증기. 그 열기로 정신을 수비드[•]하는 것이다.

콘스턴스는 비디의 신체 대역 같았다. 아니면 비디가 콘스턴스의 대역이거나. 어느 쪽이든 나는 탕 하고 울리는 느낌을 받았다. 처음에는 그 느낌이 밑에서부터 느껴졌다. 그다음에는 그 따뜻하고 기름지고 젤리화된 좋은 느낌의 가닥들이 척추에서 뻗어 나와 나를 휘감았다. 콘스턴스는 내게 침대에 앉으라고 했다. 나는 내가 아직 서 있는 줄 알았는데 이제 보니 이미 누워서 천장을 보고 있었다. 그녀가 스르륵 부드럽게 창문을 열었다. 강렬한 햇빛이 들어왔다. 나는 눈을 가늘게 떴다. 그녀를 향해 손을 뻗었지만 그녀는 손이 닿지 않는 거리에 있었다. 나는 내가 전혀 손을 뻗지 않고 있다는 걸 깨달았다. 두

• 고기를 진공으로 밀봉한 뒤 낮은 온도의 물에 넣고 천천히 숙성시켜 조리하는 방법.

447

팔은 양옆으로 늘어진 채 얼얼한 느낌만을 전했고 두 다리는 햄으로 이루어진 통나무가 됐다. 정신은 멀쩡하게 작동하는 것 같았다. 다만 내게는 아무 의지도, 주체성도 없었다. 그녀가 하는 말과 행동 모두가 전적으로 받아들일 수 있는 제안이었다. 머릿속 일부가 미친 듯이 내게 손을 저으며 도주 반응을 불러일으키려 애썼다. 하지만 내 안에서는 아무것도 그 신호에 반응하지 않았다.

"내가 도와줄게, 틸러. 알았지?" 그녀는 이미 옷장에서 내 보드 반바지와 위저* 티셔츠 한 벌을 꺼내 들고 있었다. "일단, 이런 도시의 옷부터 벗겨야겠어."

"좋아."

그녀는 내 신발과 양말부터 벗기기 시작해 잔디깎이에 시동이라도 걸듯 허리띠를 바지의 허리춤에서 당겨 빼냈다. 그녀는 허리띠를 다탁 위, 내 양말 옆에 두었다. 둘 다 나란히 납작하게 놓여 있었다. 내가 목마르다는 얘기를 했는지 그녀가 대나무 잔에 물을 가득 담아와 깊이 들이켜게 해 주었다. 나는 물을 다 마셨고, 그녀가 또 한 잔을 가져다주자 그것도 다 마셨다. 중국의 시강을 통째로 마셔 버릴 수도 있을 것 같았다. 내 혀에는 칠리스가 준 사탕 효모의 달콤함이 남아 있었다. 문득 나는 아무런 경계심도 없이 '룩 춥'이 문제라는 생각을 떠올렸다. 콘스턴스가 자기 팔다리를 이리저리 통제하는 모습은 나와 달라 보였다. 나는 큰 소리로 그런 생각을 말했다. 그 말에 콘스턴스는 배를 잡고 웃었다.

---

* 록밴드 이름.

"칠리스 말이 맞는다니까!"

"그래?"

"한 번도 틀린 적이 없어." 그녀가 말했다. 거의 엄마 같은 경이감과 자부심이 느껴졌다. 그녀는 칠리스의 목소리로 소리쳤다. "그래요! 파랑은 언제나 같은 걸 고르지요! 바나나와 파인애플. 파인애플과 바나나. 오직 팟타이만 먹고 싶어 하는 모든 파랑처럼!"

나는 그녀와 함께 웃으며 말했다. "근데 파인애플은 없었는걸."

"파인애플은 만들기 쉽지 않아!" 그녀가 다시 웃으며 말했다. "너도 알겠지만, 정말이야. 나는 어릴 때부터 봐 왔어. 껍질이랑 뾰족뾰족한 윗부분 때문에 어려워. 매번 만들지는 않아."

"내가 다른 걸 고르면?"

"안 골랐을걸!"

"왜?"

"왜는, 틸러! 넌 파랑이잖아!"

내게는 어느 정도 말이 되게 들렸다. 약을 탄 '룩 춥' 때문만은 아니었다. 콘스턴스는 그 룩 춥에 이 지역의 부룬당가*가, 그 악명 높은 남미의 악마의 숨결이 들어가 있다고 확인해 주었다. 그 약은 피부의 정상적인 감각과 촉각만은 남겨 놓되 나머지 신체를 완전히 좀비로 만든다. 누가 내게 몰래 약을 먹였다는 생각에 기겁했어야 마땅하지만, 내가 뭔가 불만을 느꼈다면 그건 나를 파랑이라고 부르는 그녀의 말에 신경이 거슬린 것뿐이었다. 나는 파랑이, 방금 비행기에서 내린

---

* 수면제와 진통제로 쓰이는 성분인 스코폴라민 계열의 마약을 말한다.

흰둥이가 되고 싶지 않았다. 더 이상은 싫었다. 나의 붉어진 혈통에도 불구하고 그녀와 칠리스와 세상 대부분이 보기에 나는 G 삼관왕이었다(gweilo, gaijin, gringo*). 지금 나는 상자 안쪽에 핀으로 고정돼 관찰당하는 신세였다. 이제 판세가 뒤집혀, 내가 연구용 표본이 된 것이다.

콘스턴스는 강한 팔로 나를 떠받치고 내 셔츠 단추를 풀었다. 내게 달콤하게 속삭였다. 그러더니 그녀는 나를 다시 눕히고, 침대에 올라올 준비를 하면서 아기 기저귀를 갈아줄 때와 똑같이 완강한 힘으로 내 허벅지를 들어 올려 자기 무릎에 받치고 내 엉덩이를 자유롭게 했다.

"좀 나아?" 그녀는 내 바지를, 그다음에는 속옷을 벗기더니 말했다. 내 살갗에 닿는 산 공기가 섀미 가죽의 보송보송한 끄트머리처럼 느껴졌다.

"응." 내가 말했다. 나는 이제 나를 체계적으로 한 부분씩 훑어보기 시작한 콘스턴스를 보고 있었다.

"너 아주 하얗구나."

"파랑 중에서도 파랑인가 봐."

이 말에 그녀는 신난 듯 코웃음 쳤다. 그녀는 내 옆에 앉았다. 매트리스에 가해진 그녀의 체중 때문에 몸이 그녀 쪽으로 기울어졌다. 내 콩팥 부분에 닿는, 매끄럽고 단단한 그녀의 레깅스 피복이 느껴졌다. 제2의 틸러도 기울이졌다. 아직은 불가지론적인 태도로 현장을 살펴

• 각기 '외국인'과 '미국인'을 뜻하는 속어다.

보고 있었지만.

"난 네가 당장 떠나는 게 싫어. 네가 여기 남았으면 좋겠어. 당분간 여기 있을래?"

"응." 그 말은 사실이었다. 칠리스의 불길한 사탕은 강력한 진실의 물약이기도 했으니까. 나는 대체로 더 머물고 싶었다. 최소한 돌아가고 싶지는 않았다. 내가 새로운 장소와 새로 만난 재미있는 사람들을 갈망하거나 달리 할 일이 없었기 때문만은 아니다. (달리 할 일이 없다는 건 내가 평소에 대는 한심한 핑계였다.). 물론 그것도 전부 사실이었지만, 올해는 타국에서 보내는 나의 일 년이었다. 해외 연수 홍보 책자는 내가 나 자신의 고정관념에 도전장을 내밀고 관점을 바꾸고 나 자신을 다양한 생각과 사람과 문화에 몰입시키면 그 경험이 평생 이어질 거라는 허황된 약속을 늘어놓았다. 아무도 그 말을 진정으로 믿지는 않았다. 하지만 콘스턴스가 빙하처럼 서늘하고도 위압적인 모습으로, 불안정한 안경 너머의 시선으로 완전히 발가벗겨진 내 자신을 평가하고 있는 지금 나는 나 자신을 그냥 그녀에게 넘겨주고 싶었다. 그냥 찰흙이 되고 싶었다. 퐁이 아버지의 인생에 대해 얘기할 때 한 말처럼, '신발 뒤축에 묻은 흙먼지'처럼 말이다. 나는 사라지고 싶었다. 삶으로부터 사라지는 게 아니라, 삶 속으로 사라지고 싶었다.

콘스턴스는 바람을 불며 내 배를 따라 세로로, 또 가로로 느긋하게 물음표를 그리더니 바닥에 무릎을 꿇은 채로 매트리스에 아래팔을 기대고 쭈그렸다. 내 이웃인 베니 립셰어가 자신의 반려 아기 도마뱀 치토의 사육통에 귀뚜라미를 넣어 주었을 때 우리가 그 모습을 지켜보던 것처럼 내 사타구니 위로 고개를 숙였다. 당시에 우리는 기다리고 기다리고 또 기다렸다. 그러다가 우리가 초점을 잃는 바로 그 순간, '콰직', 치토가 그 뚱하고 주름진 표정으로 우리를 바라보았다. 나뭇가지 같은 다리들이 녀석의 입에서 더듬이처럼 뻗어 나왔다.

이제 콘스턴스는 그냥 입김을 불기만 했다. 아니, 아니었다. 그녀는 실제로 숨을 내쉬었다. 어떤 목적을 가지고 내 땀나는 털투성이 바드면 전체에 진동하는 작은 선풍기처럼 숨결을 불었다. 아시아 여자들과 그들의 성애적 관습에 관한 거친 신화를 더욱 영속화하는 것 같아 미안하지만, (특히 아키노-마스 교수님께 죄송하다.) 장담하는데 콘스턴스가 한 일은 바람을 불어 나를 말리는 일이었다. 내 소시지가 잠이라는 스튜에서 솟아오를 때까지 말이다.

"우리가 이런 일을 했다는 걸 아빠가 알게 하면 안 돼." 그녀는 내 쪽으로 얼굴을 움직이며 말했다. "아빠는 내가 남자들과 어울리는 걸 싫어하거든. 완전히 바보 같은 일이야. 나한테 남자 친구가 있을 만큼 있었다는 건 아빠도 아는데. 그래도. 아빠가 네 노래에 아무리 감탄하더라도 이런 걸 좋아하지 않을 거야. 난 아빠가 널 좋아했으면 좋겠고."

"그래?" 나는 약에 취해 솔직하고 고분고분해진 것 외에도 희망을 품게 된 것 같았다.

콘스턴스는 대답 대신 내 뺨에 입을 맞췄다. 활기찬 입맞춤은 아니었지만, 따뜻하고 오래 남는 부드러움이 담긴 입맞춤이었다. 이 사람은 누굴까? 나는 깊이 숨을 들이쉬며, 정략결혼의 첫날밤을 치르기 직전인 신부가 이런 느낌일지 궁금해졌다. 모든 걸 원하는 동시에 아무것도 원하지 않는 감정이 온통 뒤섞인 느낌.

"이제 널 살펴봐야 해." 콘스턴스가 다소 차갑게 말했다. 나는 혼란스러웠다. 그동안 내내 콘스턴스가 나를 살펴보고 있었다고 생각했으니까. 그녀는 책상으로 다가가더니 작은 히프 색의 지퍼를 열고, 커다란 부탄가스 라이터처럼 생긴 검은 실린더를 꺼냈다.

그녀는 실린더의 한쪽 끝에 웬 헐렁한 부품을 나사로 조였다. 그녀가 그 부품을 찰칵 누르는 순간 나는 그게 불이 들어오는 검사기라는 걸 알았다. 이비인후과 전문의가 쓸 만한 물건이었다. 콘스턴스가 한 일이 바로 그것이었다. 그녀는 내이도에서부터 시작해, 내 귀의 나사선과 두피, 목덜미 전부를 살폈다. 모든 혹과 사마귀와 쥐젖을 전부 확대해 보았다. 그녀는 내 동공에 대고 불을 깜빡였고, 내 눈꺼풀을 젖혀 눈알의 흰자와 눈알을 감싸고 있는 붉은 살점을 확인했다. 그러더니 내 콧구멍을 탐사하는 데 더 적당한 것으로 검사기의 머리 부분을 바꿔 끼웠다.

"재미있네." 그녀가 말했다. 그녀의 한쪽 눈과 입이 비뚜름하게 닫혀 있었다. "코털이 이렇게 적다니. 대부분의 다른 사람들과 비교해서 말이야."

"대부분?"

"아예 코털이 없는 남자가 한 명 있었거든. 한 가닥도 없었어. 유전적 결함이 있었던 것 같아. 다른 사람은 털이 너무 많아서, 입으로만 숨을 쉬는 게 분명해 보였어. 검사를 해 보니까 내 생각이 맞더라." 그녀가 윙크했다. "질문. 넌 후각이 아주 뛰어난 편이야, 아주 나쁜 편이야?"

"아주 뛰어난 편인 것 같아."

"그럴 줄 알았어. 입 벌려 봐. 더 크게."

그녀는 내 치아를, 혀를, 입천장을 살펴보았다. 나는 그녀가 우리 집 주치의 미네르바 오 박사님이라도 되는 것처럼 그녀의 지시에 고분고분 따랐다. 오 박사님은 우리 엄마와 친하게 지냈었다. (같은 독서 클럽 소속이었다.) 오 박사님은 엄마 얘기를 전혀 꺼내지 않았지만, 몇 년 전 진찰을 받으러 갔더니 검사용 탁자에 앉아 있는 내 어깨를 잡고, 거의 나와 이마를 맞대며 말했다. "때로는 정말로 화가 나도 괜찮아, 틸러. 그냥 비명을 지르는 게 나아." 그렇게 말하는 그녀야말로 분노의 에너지로 사실상 덜덜 떨고 있었다.

사실대로 말하자면, 나는 한 번도 비명을 지르고 싶었던 적이 없다. 그보다는 다른 걸 하고 싶었다. 오래 할 수 있는 걸. 계속해서 오래, 아주 오래 공기를 꿰뚫을 수 있는 음을 낸다든지.

아무튼, 당연한 말이겠지만 오 박사님은 나를 제외하고 내 성기를 만져 본 첫 번째 사람이었다. (아마 우리 부모님도 만져 봤겠지만.) 탈장 검사를 할 때였다. 나이가 좀 들었을 때, 나는 성기를 조금 더 오래 잡고 있어야 하니 기침을 해 보라는 오 박사님의 말을 못 들은 척하곤 했다. 라텍스 장갑을 낀 오 박사님의 손길은 벨벳처럼 부드러운 여우원숭이의 손길처럼 느껴졌다. 분명히 말해서 그건 바위 절벽을 올라가는 듯한 콘스턴스의 서툰 손길과는 정반대였다. 그 순간 콘스턴스는 검사기의 네모난 유리 렌즈를 들여다보고 있었다. 그 탐사봉이 내 부비동의 움푹한 부분을 동굴 탐험하듯 지나갔다. 나는 뇌의 가장 아랫부분이 간지럽혀지는 기분이었지만 움찔거리지 않았다.

"너 정말 긴장 안 하는구나, 틸러! 훌륭하게 해내고 있어." 나에게 고용량 '룩 춤'을 먹였다는 걸 생각하면, 그녀가 하기에는 우스꽝스러운 말이었다. 하지만 나는 상태가 상태인 만큼 칭찬 속에 따뜻하게 몸을 적셨다.

"고마워." 완전히 열려 있는 창문에서 축축하고 꽃향기가 깃든 오후의 산들바람이 불어 들어왔다. 나는 더 이상 내가 벌거벗고 있는지 아닌지 알 수 없었다. 최소한 촉감으로는 그랬다. 칠리스가 그 사탕을 약국에서 판매한다면, 이름을 코퍼세틱*이라고 지어야 할 것이다.

내가 말했다. "훌륭하게 해내고 싶어. 내가 이 일을 기억하게 될까?"

"질문. 기억하고 싶어?"

"그런 것 같아. 맞아."

"그럼 기억하게 될 거야. 기분 좋게."

"그래, 고마워."

그녀는 검사기를 치우고 나를 만지기 시작했다. 넓적하고 통통한 그녀의 손가락 살은 놀랄 만큼 말랑말랑했다. 그 커다란 손은 노동하는 손이 아니었다. 그녀는 탐색을 할 때 관능적으로 할 생각이 없었던 게 분명했다. 기록하고 싶다는 강박 외에는 아무 이유도 없이 나에 관한 정밀 지도를 그린 것이다. 하지만 너무도 천천히, 체계적으로 움직이는 그녀의 동작은 어쨌거나 대단히 섹시했다. 그녀는 내 이마와 관자놀이와 두 뺨에서부터 시작해 천천히 공을 들여 아래로 내려갔다. 피부 한 뼘, 한 뼘을 오리엔티어링** 했다. 그녀는 내 냄새도

---

* 나무랄 데 없이 좋다는 뜻.
** 지도와 자석만 가지고 목적지에 도착하는 크로스컨트리 경기.

검사했다. 내 흉골에, 그다음은 내 두 팔 밑에 코를 댔다가 나를 뒤집어 엎드리게 하고 아마도 끈적끈적했을 내 엉덩이 골 맨 위쪽과 무릎 뒤쪽, 아킬레스건의 까끌까끌한 굴곡 냄새도 맡았다. 평소라면 이 모든 행동이 나를 움츠러들게 만들었을 것이다. 하지만 다름 아닌 그녀의 법의학적 냉담함 때문에 솔직함을 향한 순수하고도 물러섬 없는 욕망이라고 할 수밖에 없는 것이 솟구쳤다. 그 바람에 내 것이 커졌다. 내가 두 팔과 다리를 움직일 수 있었다면, 환영의 뜻으로 팔다리를 활짝 벌렸을 것이다.

내 골반이 어색하게 위로 구부러졌는지 콘스턴스가 나를 뒤집어 눕혔다. 틸러 2세는 이 순간 커다란 텐트를 치고 대륙간 탄도탄을 쏘아 올릴 기세였다. 하지만 콘스턴스는 그다지 알아차리지 못했다. 그녀는 검사기 렌즈를 뽑아내고 여행용 사이즈 튜브에 든 무언가를 히프 색에서 꺼냈다. 그녀가 뚜껑을 열자 가래 덩어리 같은 투명한 젤리가 철퍽 하며 책상 위에 떨어졌다.

"이런!" 그녀는 두꺼운 손가락으로 그걸 퍼 올렸다. 손가락의 통통한 끝부분이 번들거렸다. "이걸 낭비하면 안 되지!"

머리보다 빠르게 상황을 깨달은 내 항문이 반사적으로 오므라들었다. 하지만 나의 나머지 부분은 그렇게 단호하지 않았다. 어쩌면 성스러운 요가 수행자처럼 단호한 콘스턴스의 표정 때문이었을지도 모른다. 어쩌면 룩 춤의 효능 때문이었을지도 모른다. 아니면 그냥 완전히 새로운 나, 절대 상상할 수 없을 만큼 더 멀리, 더 깊이까지 정말로 가 버린 새롭게 융합된 내 자아 때문이었을지도 모르겠다. 콘스턴스는 손바닥에 끈적거리는 물질을 더 짜내더니 기습적으로 내 물건을 꽉 잡았다. 그녀의 큼직한 손에 잡힌 내 물건은 의기소침할 만큼 앙증맞게 보였다. 그녀는 부드럽게 나를 만졌다. 미끄럽게 내린 첫서리가 처음에는 욕조의 물처럼 뜨겁게, 그다음에는 봄의 녹은 눈처럼 차갑게 느껴졌다. 나의 작은 친구는 티타늄처럼 단단하면서도 약간 얼얼해졌고, 나는 생각했다. '잠깐, 내가 완전히 잘못 생각했나 봐, 여기 이 사람은 경험이 있는 여자야, 나 같은 녀석이 너무 빠르게 터져 버릴 수 있다는 걸 아는 사람이라고.' 그녀는 손을 놓았다. 나는 그녀가 나와 함께 신나는 일을 시작하기 위해 윗도리와 레깅스를 벗을 거라고 생각했다. 하지만 그녀는 검사기의 몸체에 다시 새로운 장치를 끼웠다. 그녀가 찰칵 누르자 길쭉한 선의 끝부분에 밝은 빛이 들어왔다. 꼭 극도로 깊고 어두운 바다에 사는, 악몽에나 나올 것 같은 물고기들을 위한 미끼 같았다.

"질문. 사운딩을 해 본 적 있어?"

"노래를 녹음해 본 적이 있냐는 뜻이야?" 축 늘어져 있던 나는 내 목소리가 스튜디오에서 녹음할 만한 가치가 있다고 전제하며 조금 더 목소리를 가다듬고 말했다.

"아." 그녀는 약간 실망한 듯 중얼거렸다. 하지만 그녀는 곧 밝아졌다. "좋아 그럼! 걱정하지 마." 그녀는 실처럼 얇은 금속 선을 만지작거리며, 검사기를 내 아랫배에 두었다.

"처음에는 좀 불편할 거야. 하지만 멋질걸. 너도 알게 될 거야."

나는 그녀가 무슨 말을 하는 건지 이해하지 못했지만, 쇄도하는 경계심에도 불구하고 그녀의 열정에 둥실둥실 떠올랐다. 그녀가 다시 내 물건을 쥐었을 때, 나는 우리가 어딘가로 떠나려는 줄 알았다. 그녀는 고위급 사제나 열정적인 장인의 열의와 몰입력을 보이며 내 물건을 바라보았다. 내 물건도 외눈박이처럼 그녀를 마주 보았다. 그녀는 빛을 가늘게 비추며 점점 다가왔다. 더 가까이…….

잠깐.

잠깐만.

뭐라고?

그녀가 들어온 곳은, 나로서는 감히 닿을 수 있는 줄도 몰랐던 곳이었다.

18

질문: 너무 멀리까지 가면 어떤 일이 벌어질까?

그냥 길을 벗어난 게 아니다. 심지어 덤불을 헤치고 간 것도 아니다. 알고 보니 일반적인 물리 법칙이 통하지 않는 지역으로 모험을 떠난 것이다. 앞으로도, 뒤로도 갈 길이 없는 곳. 시간이 빨라지지도, 느려지지도 않고 마치 버르장머리 없는 부자 꼬마의 생일 파티에서 드라이아이스 조각이 완전히 소멸되듯 사라지는 곳. 파티가 끝날 때쯤에는 나무로 만든 스시 보트만이 얼마 되지도 않는 아지랑이 위에 남아 고립되기 마련이다.

드럼 카파고다의 별장에서 머물던 당시의 나를 돌아본다는 건 나를 '나'로 만든 모든 개념을 떨쳐 버린다는 뜻이다. 화장실 거울에 비친 나는 분명 나였지만 그 얼굴은 파산한 사람의 얼굴이었다. 그 모습에서 나를 찾기란 꿀이 잔뜩 들어 있는 통에서 독특한 꿀 한 방울을 찾아내는 것만큼 어려웠다. 나는 나 자신을 알아보는 능력을 잃어 버렸다. 드럼—그리고 그의 연장으로서 콘스턴스—은 인간의 근본적인 존재에 대한 분명한 시각을 가지고 있었다. 그 사람이 어디에서 태어났는지, 누가 그를 길렀는지, 혹은 어떤 예술적이거나 종교적이거나 문화적인 전통에 노출되었는지에 관해서는 아무런 관심이 없었다. 보통 그런 요소들은 많은 경우 탈출하기 위해서, 혹은 어떤 합리화를 위해서 평생 노력해야 하는 중차대한 것인데도 말이다. 드럼에게는 기본적으로 우리 모두가—자신도 포함해—강화할 수 있는 물질에 불과했다. 그것이 드럼이 가진 요가에 대한 관심, 우리의 엘릭서런트 사업에 대한 관심, 또 그와 퐁이 로바타야키에서 나눈 얘기, 드럼 전용으로 배합한 혼합물에 대해 보인 열렬한 관심을 설명해 주었다. 결국은 나도 그 혼합물에 가까워질 수 있게 됐다. 그게 좋은 일이든, 나쁜 일이든 간에 말이다.

온건하게 표현하자면, 나는 콘스턴스와의 사건 이후 상당히 신체적인 존재가 된 느낌이 들었다. 세상에는 밖에서 보면 대단히 불규칙하거나 극단적인 것, 심지어 노골적으로 망가진 것처럼 보이는 이상한 인간의 행동이 무수히 많다. 하지만 그 행동의 지지자들에게 그런 행동은 단순히 해야 하는 일에 불과하다. 한 가지 실천으로서의 사운딩도 마찬가지였다. 말하자면 나는 그녀의 취조가 드리운 가혹한 빛에 여전히 눈이 멀어 있었고, 여느 수련생처럼 정말이지 무슨 생각을 해야 할지 전혀 몰랐다. 나는 화를 냈어야 했고, 부끄러워해야 했으며 당황했어야 했다. 하지만 나는 그때 일어난 일이 정말로 일어난 일인지 아직 확신할 수 없었다. 내가 아는 건 온전히 의식을 되찾았을 때, 내가 생각한 대로라면 늦은 오후였어야 할 내 방이 훨씬 밝았

다는 것과 처음에 콘스턴스가 권했던 보드 반바지와 티셔츠를 입고
있다는 것뿐이었다. 콘스턴스는 사라지고 없었다. 그녀의 악마 같은
장치도 흔적조차 없었다. 나는 일어나 앉으려 했지만, 팔다리가 트라
우마에 절은 축축한 찰흙처럼 느껴졌다. 나는 그 자리에 누워서 지지
않은 태양이 떠오르는 모습을 지켜보아야 했다. 새벽이라는 걸 깨달
았다. 내가 정말로 열두 시간 이상 지하 세계에 갔다 온 걸까? 아니면
여전히 지하 세계에 있는 걸까?

　가능한 일이었다. 나는 혼자였지만, 아주 작은 새 한 쌍이 활짝 열
린 창문의 창틀에 걸터앉았다. 새들의 깃털은 보는 각도에 따라 빛깔
을 달리하며 분홍색으로도, 보라색으로도 보였다. 극도로 가늘고 굽
은 부리는 거의 몸통만큼 길었다. 녀석들은 그 부리로 서로에게 사랑
의 칼을 들이댔다. 활을 시험하는 바이올리니스트처럼 부드럽게 앞
뒤로 문질러 댔다. 그들이 내는 아주 작은 음악 소리는, 이제는 파헤
쳐진 내 음부 파이프의 굴곡 안쪽에서만 울릴 뿐 들을 수 없었다. 듣
기 좋게 울린 건 아니었다. 나는 흐느끼고 싶기도 했다. 수치스러움
에 울부짖고 싶었다. 내 짓밟힌 순결에, 내가 견뎌야 했던 불경스러
운 과정에 대한 순수한 공포심에. 하지만 우스운 일이 일어났다. 날
개가 윙윙대는 걸로 보아 벌새의 일종으로 추정되는 아주 작은 그 두
마리의 새가 날아오르더니 방 안으로 들어와 빠르게 날아다녔다. 아
마 침대 옆 화분의 난초에 이끌린 듯했다. 녀석들은 서로를 빙빙 돌
며 왈츠를 추듯 내 머리 위를 맴돌았고, 나는 녀석들의 날갯짓에서
발생한 이중의 부채질로 팔과 목에 소름이 돋는 걸 느꼈다. 나는 수
상하게 밀려드는 홍조의 감각에 얼얼했다. 아마 아이를 낳는 산모나

끔찍한 사고를 겪는 사람들이 이런 기분을 느낄 것 같다. 청각이 예민해졌고, 젖꼭지가 피어났다. 나는 콘스턴스가 내 위에서 흔들리던 모습도 기억했다. 바늘 같은 탐사경의 눈이 따갑게, 한 번도 깜빡이지 않으며 나를 보았다. 살면서 다시는 이런 감각을 느끼지 못할 거라고 장담할 수 있다.

그 말은 맞기도, 틀리기도 했다. 맞는 부분은 엄청난 가려움을 완벽하게 해소했다는 점이었다. 나는 분명 죽고 싶었지만, 휙 고개를 돌리자 그 감각을 더 원하게 됐다. 틀린 부분은 그녀가 말라 버린 우물 바닥에 이르렀을 때—그 누구도 측량될 수 없을 것만 같던 지점을 훨씬, 훨씬 더 멀리 지나서까지—나는 어느새 총의 약실에 든 신세였다는 점이다. 마치 퐁과 내가 오아후섬에서 서핑을 하다가 죽을 뻔했을 때와 비슷했다. 총열에 정렬된 감각, 가장 좁은 탈출 통로만 남은 채 사방에 포위돼 있다가, 역으로 쏘아져 나가 자유로워지는 그 느낌.

뭐, 대체로는 그런 느낌이었다. 물론 콘스턴스는 문자 그대로 고통스러울 만큼 자세하게 나를 살펴보겠다는 강박을 가지고 있었다. 물론 그녀는 실제로 '모든 걸' 보아야만 했다. 하지만 문제의 진실을 따져 보자면, 나 역시 나 자신을 더욱 선명하게 보기 시작했다. 더 광활한 황홀경과 고통을 불러들이지 않고는 견디지 못하는 인간으로서의 나를. 지금의 나는 믿기 힘든 것 중에서도 가장 믿기 힘든 파멸로 몸을 떨 수밖에 없으니까.

'이봐, 콘스턴스, 어디 있어?'

나도 모르는 사이에 SM 취향이 된 걸까? 나는 한 번도 그런 갈망을 느낀 적이 없었다. 오히려 생각만 해도 몸이 움츠러들었다. 대체로는 오직 가죽 팬티만 입은 채 꼼짝 못 하도록 묶여, 공 모양의 재갈이 물린 채로 안대를 쓴 채 돼지비계 같은 궁둥이가 미디엄 레어 단계로 빨개진 창백한 남자밖에 상상할 수 없기 때문이다. 그런데도 이게 내 운명인 걸까? 좀 더 눈물이 나는 형태이기는 해도? 아니면 고통이 곧 쾌락이라는 생각에 빠져 있는 건 아니지만 고통이 나를 데려갈 수 있는 막다른 지점에, 내가 불가결해지는 영역에, 누군가의 어두운 꿈이라는 기계 속의 핵심적인 톱니바퀴가 되는 지점에 끌리는 걸지도 몰랐다. 아무 데도 속하지 않으니 어둠에라도 속하고 싶은 것이다.

내가 완전히 박살 나지 않았다는 건 아니다. 이후 약 한 시간 동안 나는 몇 번이나 까무룩 정신을 잃고 다시 차렸다. 정신을 차렸을 때는 딱하게 훌쩍거리다가 격렬한 현기증을 느꼈다가 하는 상태를 오갔고, 정신을 잃었을 때는 내가 드릴이 된 꿈을 꿨다. 꿈속에서 나의 뜨거운 두개골은 땅의 여러 층을 뚫고 들어가는 어느 조각의 뭉툭한 끄트머리였다. 내 머리는 전혀 물러서지 않으려는 바위와 열기와 어둠을 전부 뚫고 들어갔다가 돌아서서 다시 위로, 공중으로 나왔다. 서서히 내 운동 능력이 돌아왔다. 나는 욕조에서 간신히 지난 행위를 씻어 냈다. 방금 태어난 캥거루 새끼를 씻기듯이 내 몸에 미지근한 물을 섬세하게 뿌렸다. 여기, 여기, 작고 눈먼 외눈박이가 있었다. 울지 마. 언젠가는 자라서 세상과 대결하게 될 거야. 나는 나 자신을 정성스럽게 돌보고 나서 다시 옷을 입었다. 그때 문을 두드리는 소리가 났다.

나는 문을 열지 않을 생각이었다. 콘스턴스를 향한 나의 일탈적 소망이 실현되었을까 봐 겁이 났다. 하지만 문을 살짝 열고 보니 그는 퐁이었다. 놀라고 심약해진 상태라 그를 덥석 끌어안고 싶었지만 그의 손에는 주방에 말해 준비시킨 쟁반이 들려 있었다. 예쁘게 자른 과일과 단팥빵, 커피 한 주전자였다.

"지금쯤 배가 무척 고플 것 같아서."

나는 퐁을 들어오게 하고 쟁반을 받아 창문 옆의 작은 책상에 내려놓았다. 퐁이 의자에 앉았고 나는 침대에 기댔다. 정말로 굶어 죽을 것 같은 기분이었다. 나는 퐁이 커피를 따르는 동안 다소 무례하게 커스터드 빵을 입에 쑤셔 넣었다.

"너 괜찮아?" 퐁이 나를 살펴보며 물었다. "저녁 먹기 직전에 콘스턴스를 봤어. 네가 낮잠을 자는 것 같다고 하길래 나중에 와서 방문을 두드렸는데 네가 정말 깊이 잠들어 있던 모양이야."

"그랬나 봐요." 나는 벌어진 모든 일을—뭐, 모든 일까지는 아니라도—퐁에게 말하고 싶어서 그렇게 말했으나 콘스턴스가 그녀의 파트너들을 아버지가 좋아하지 않는다고 한 말을 떠올리고 입을 다물었다.

"컨디션이 안 좋으면 의사를 부를 수도 있어." 퐁이 말했다.

"그럴 필요 없어요!" 이 지역 의원에 왕진 가능한 비뇨기과 전문의가 있을 거라는 생각은 들지 않았지만 나는 이 이상 검사를 받는다는 생각에 공포를 느끼며 대답했다. "이제 나아졌어요. 이렇게 여행을 많이 한 적이 별로 없어서 그런 것 같아요. 어젯밤에 중요한 일을 놓쳤다면 죄송해요."

"괜찮은 저녁이었어." 퐁이 말했다. 늘 그렇듯 기운차고 상냥한 말투였지만, 나는 그의 턱에 살짝 힘이 들어가는 걸 눈치챘다. "드럼이 요가 강사들에게 인간의 몸이 가진 가능성에 관해 고무적인 연설을 했어. 럭키는 평소의 무기를 동원했고. 나는 잠시 엘릭서런트에 관해서 프레젠테이션을 했지만 저녁을 먹은 뒤 강사들에게 더 자세히 얘기할 기회는 없었어. 방금 도착했는데도 다들 일찍 떠났거든. 네가 그 자리에 있었으면 더 좋았을 거야."

"정말 죄송해요……."

"괜찮아." 그가 말했다. "중요한 일이었으면 널 깨웠겠지. 네가 우리 제품에 대해서나 사업 계획에 대해서 더 자세한 프레젠테이션을 할 기회는 충분히 있어."

"제가요?"

퐁이 고개를 끄덕였다. "드럼과 나는 누구보다도 네가 드럼의 손님들을 잘 다룰 수 있을 거라고 생각해. 대부분 너랑 같은 서구의 MZ세대거든. 드럼이랑 나는 당연히 아니잖아."

"하지만 전 아무것도 모르는데요."

"그런 말은 하지 마라." 퐁이 거의 짜증을 내며 말했다. 그는 내게 커피를 더 따라 주었다. "넌 우리 제품에 대해서 얘기할 수 있어. 더 좋은 건 그 부분을 노래로 하는 거지. 필요한 정보는 게티한테 전부 들었잖아? 그러니까 어째서 우리 엘릭서런트 제품군이 좀 더 지속적인 웰빙을 촉진하는 음료가 될 수 있는지 얘기할 수 있을 거야. 오래된 것과 현대적인 것, 땅과 몸을 연결해 주는 음료라고 말이지. 너희 모두가 새로운 방식의 건강의 선봉에 서 있다는 얘기를 들려주는 거야."

나는 퐁의 발음에서 평소보다 좀 더 '셔' 소리와 '워' 소리가 많이 들리는 걸 눈치챌 수밖에 없었다. 억양에 좀 더 힘을 주고 있었다. 나는 퐁도 내게 노래를 부르고 있다는 생각을 잠시 했다. 하지만 왜? 지금쯤이면 퐁도 내가 올인한 상태라는 걸 알 터였다. 나는 모든 판돈을 걸었다. 충성스러운 종업원-겸-조수-겸-조연이 해야 할 일은 뭐든지 할 생각이었다. 팀에 도움이 되기 위해서라면, 예컨대 벽을 들이박거나 벌어진 틈을 뛰어넘거나 내 머리카락에 불을 붙이는 일도 할 수 있었다. 몇 가지 충격을 받기는 했지만—생각할수록 그렇게까지 끔찍한 일은 아니었다.—그가 열어 준 광범위한 경험을 내가 활짝 포용하고 있다는 걸 퐁도 알 게 틀림없었다. 그는 내가 자신을 가장 친한 친구, 큰형, 언제나 갈망해 온 사람인 것처럼 사랑한다는 걸 알 게 틀림없었다.

"해 볼게요." 내가 말했다. "근데 성공할지는 모르겠어요."

"그야 누가 알겠어?" 퐁이 반박했다. "나는 알고 하는 것 같아? 드럼은?"

"그런 것 같은데요."

"틸러!" 퐁이 한숨을 쉬었다. "드럼이 모든 걸 갖게 된 것이 언젠가는 가지게 되리라고 확신했기 때문이라고 생각해? 너도 알겠지만 드럼은 여기서 멀지 않은 곳에서, 시강의 서쪽 지류 근처에서 태어났어. 내 가족과 달리 드럼의 가족은 전혀 교육받지 못했지. 최저 생활 수준의 보드피플이었이. 그 사람들에게 영향을 끼칠 만한 건 거의 없었지. 마오조차도 말이야! 그들은 그 진흙투성이 강둑에서 영원히 살아갈 확률이 높았어. 당연히 드럼에게는 치열한 생각이나, 다소 말도 안 되는 희망이 있었겠지. 하지만 그건 확신하고는 전혀 다른 거야."

"어쩌면 저한테는 치열한 생각이 없는 걸지도 모르겠어요. 치열한 뭐라도요."

퐁이 말했다. "던바 같은 곳에서 어린 시절을 보냈으니 그럴 수 있지. 하지만 나는 너한테 심오한 욕망이 있다는 걸 알아. 배그스의 골프 클럽에서 처음 널 봤을 때, 네가 캐디를 수행하는 걸 보고 알았어. 네가 먹는 모습은 말할 것도 없고. 당연히 네가 먹은 양을 말하는 게 아니야. 먹는 방법을 말한 거지. 가르보에서의 네 노래도 마찬가지였어. 네 안에는 어떤 절박함이 있어, 틸러. 일종의 허기가 있지. 넌 그게 뭐라고 생각해?"

"모르겠어요." 내가 말했다. 사실이었다. 물론 쉬운 답은 내게 엄마가 없다는 것이었다. 솔직히 말해서, 엄마가 없는데 과연 누가 완전히 괜찮을 수 있을까? 내 말은, 평생 아무렇지 않게, 꾸준히, 자신감 있게, 불가피한 신경쇠약을 겪지 않고 나아갈 수 있는 사람이 누가 있겠느냐는 것이다. 하지만 엄마가 없다는 게 공백의 전부는 아니었다. 물론 그 동굴에 들어가 보면 그렇게 보일 수는 있었다. 서늘하고 축축한 넓은 공간에 펜 라이트를 비추면, 익숙하고 끔찍한 윤곽선이 나타난다. 하지만 사실 그 동굴은 훨씬 더 춥고 거대한 의문의 극장으로 진입하기 위한 로비일 뿐이다. 그래서 펜 라이트를 서둘러 꺼버리게 된다.

"가끔은 겁이 나요."

"모두가 그래." 퐁이 천명했다. 그의 단호한 말에 정신이 들었다. 아마 이건 나라는 사람 특유의 자기중심성 때문이겠지만, 퐁 역시 이른 나이에 어머니를 잃었으며 그의 아버지는 형기를 마친 뒤 원래 모습을 잃었다는 사실을 잊어버릴 뻔했다. "그래서 우리가 자주 충동적인 행동을 하는 거야. 아니면 충동적으로 행해야 할 때조차 하지 않든지. 나도 남들만큼 그런 잘못이 있어."

"하지만 당신은 엄청나게 성공했잖아요."

퐁은 반쯤 씩 웃었다. "그렇게 보일 수도 있지. 하지만 틸러, 분명히 말하는데 내 성공은 다른 모든 성공이 그렇듯 우연이야. 내가 최선을 다해 열심히 일하지 않았다거나 사업에 대해서 고심하지 않았다는 뜻은 아니야. 당연히 그렇게 했지. 난 가족들이 있어서 행복해. 여느 이민자가 그렇듯이 우리가 가진 것이 자랑스러워. 우리가 일군 바쁜 삶이 말이야. 하지만 이건 병에 담긴 사탕처럼 수많은 결과 중 하나야. 넌 아직 모를 수도 있겠지만 세상은 너무도 쉽게, 너무도 수월하게 어느 순간에는 네게 다른 사탕을 줄 수 있어."

내 얼굴이 하얗게 질렸는지 퐁이 말했다. "너한테 경고하려는 게 아니야, 틸러. 무서울 수는 있겠지만 절대 널 낙담시킬 생각은 없어! 결국 난 네가 무슨 일이 닥치든 잘 해낼 거라고 믿어. 그런 면에서는 우리가 비슷하다고 느껴. 우리는 우리가 생각하는 것 이상을 버틸 수 있어. 우리는 견뎌내고 계속해서 움직이지."

나는 콘스턴스가 우리 만남의 성격 전체를 폭로했을지도 모른다는 두려움이 들기 시작했다. 아니면 이곳에 감시 장치가 있어서, 그녀의 아버지가 퐁에게 나더러 당장 짐을 싸게 하라고 했을지 모른다는 생각이 들었다. "하지만 전 떠나기 싫어요." 내가 웅얼거렸다.

"누가 떠나래?" 퐁이 말했다. "드럼은 절대 그런 걸 바라지 않아.

사실 드럼은 나한테 네가 잠시 머물러 주면 참 좋겠다고 했어. 너도 알겠지만 드럼은 여기에 전문가 수준의 노래방을 꾸며 놨어. 드럼의 관계자들이 도시에서 이따금 들르기도 하니 드럼은 네가 좀 더 머물면서 사람들과 어울릴 수 없겠느냐고 물었어. 당연히 자기와 함께 노래도 부르고 말이야. 요가 쪽 사람들이 콘퍼런스 때문에 여기 와 있는 동안 그 사람들과 좀 더 교류할 수도 있겠지. 내가 아는 한 럭키는 분명히 여길 떠날 테니까."

"알겠어요." 내가 말했다. 그런 다음 나는 퐁이 아직 하지 않은 말이 무엇인지 깨달았다. 나는 내 몸이 모든 물리적 속성을 벗어던지고 떠오르는 걸 느꼈다. 꼭 내 몸이 본능적으로 전혀 참여하고 싶지 않은 순간과 거리를 두는 것 같았다.

"떠나시는 거예요?" 내가 속삭였다.

퐁이 고개를 끄덕였다. "공항까지 가는 차가 올 거야."

"어디로요?"

"던바로 돌아가야지."

"그럼 저도 갈래요!"

퐁이 키득거리며 불완전한 치아를 드러냈다. 그는 나를 안심시키려고 내 아래팔을 잡았다. "네가 정할 일이다만, 틸러. 나는 네가 여기 더 머물면 안 되는 이유를 모르겠어. 나는 다음 주 초에 돌아올 거야. 그때 부산과 오사카에서 마지막 회의를 할 수 있게 일정을 바꿔 놨어."

그는 계곡을 내다보았다. "잘 들어. 하고 싶은 말이 있어. 미노리가 집에 와 달라고 했어. 나랑 그녀 사이에 할 얘기가 있다는 게 놀랍지는 않겠지. 넌 미노리와 한 번밖에 안 만난 사이지만, 네가 미노리와 나의 관계나 미노리의 처지에 대해 생각해야만 한다는 건 불공평한 일이야. 난 그런 종류의 우정을 믿지 않아. 너를 어색한 처지에 빠뜨린 걸 후회해."

"그렇게까지 어색하지는 않아요." 내가 말했다.

"아니, 어색해." 그는 고개를 숙인 채 대답했다. "아무튼 사과하마."

그는 손을 내밀었다. 솔직히 좀 어색했다. 하지만 그와 악수하자 그가 얼마나 깊이 신경을 써 주고 있는지 느낄 수 있었다. 그는 여러 가지 다양한 결과를, 예를 들어 세상이 가장 놀라운 룩 춤을 내밀 수 있다는 확률을 받아들이면서도 운명론자가 되거나 뭔가를 포기하고 받아들이는 것처럼 보이지는 않았다. 게다가 이 남자는 속속들이 친절했다. 나 자신의 뿌리 깊은 성향 때문이기도 했지만 나는 내 몸의 모든 힘줄이 그와 붙어 있기를 바랐다. 아니, 대체 퐁 없이 내가 뭐라고 생각했던 걸까? 하지만 그는 내 어깨를 탁 치며 말했다. "네가 여기서 우리 대신 대표 역할을 해 준다니 고마워. 다시 한번 용서해 줘. 이미 드럼에게 네가 남을 거라고 말해 뒀어." 그러더니 퐁은 윙크를 했다. 나는 내 머그잔을 조용히 그의 잔과 부딪혔다. 우리는 창가에 가만히 서서, 새벽안개가 옅어져 가는 모습을 지켜보았다. 조용했다. 활기찬 새들이 지저귀는 소리뿐이었다. 나는 퐁에게 언제 떠나야 하느냐고 물었다.

"내 생각엔 차가 이미 와 있는 것 같아. 하지만 몇 분 더 기다릴 수도 있겠지. 너도 알겠지만 난 네 아버지에 대해서 물은 적이 한 번도 없어. 네가 아버지의 직장에 대해서 얘기한 적은 있지만 말이야. 아버지에 대해 더 묻지 않은 나를 몹시 무례하다고 생각하겠구나."

"괜찮아요." 나는 사람들의 질문에 익숙해져 있었고 그 문제를 빠르게 치워 버리는 기술을 잘 갈고닦아 두었기에 늘 그렇듯 흔쾌히 말했다. "아버지는 제가 대학을 잠시 쉬어도 신경 쓰지 않으세요. 제가 여름 방학에 멋진 회사의 인턴으로 일하든, 그냥 접시를 닦든 간에요. 자유를 아주 많이 주세요."

"좋은 분 같네." 퐁이 말했다. 하지만 나는 나도 모르게 클라크와 내가, 어떤 끔찍한 일이 일어났을 때 뼛속까지 아파할 만큼 서로에게 중요한 사람이기를 바랐다. 어쩌면 우리에게는 그런 사건이 필요한 걸지도 몰랐다. 아니, 그런 일이 한 번 더 있어야 한다고 해야 할까. 이렇게 생각하기는 싫지만, 어쩌면 다른 식으로 사랑하는 사람들 대부분이 그런 걸지도 모른다.

언제나 눈치가 빠른 퐁은 클라크에 관해 더 밀어붙이지 않았다. WTF Yo!에서 기꺼이 음식을 받아먹은 첫날부터 퐁은 내게서 아버지에 관한 낌새를 챈 게 틀림없었다. 다만 지금 그는 내가 그의 준비된 위성이 되기 위해 던바와 대학 생활을 쉽게 버리리라는 걸 알고 있었다. 퐁은 자기가 떠나는 것에 내가 불안해하는 걸 느꼈는지, 손목시계를 확인하고는 시간에 쫓기는 게 분명했는데도 커피를 한 잔 더 따랐다. 심지어 크림빵 하나를 베어 물기까지 했다.

"너도 알겠지만, 미노리랑 나는 레스토랑에서 함께 일했어. 뭐, 함께 일한 건 아니지만."

"당신이 접시 닦이였다고요?"

"접시 닦이였으면 좋게!" 퐁은 그 생각에도, 내가 나 자신의 일을 언급한 사실에도 키득거리며 말했다. 그는 내가 접시 닦이로 일한 걸 좋아하는 게 틀림없었다. 다른 사람들이 남긴 걸 닦아 내는 것이 인생의 좋은 교훈이라고 생각해서였다. "나는 주방 보조였지만, 주방에서 일하지는 않았어. 미노리는 서빙을 했지. 하지만 일을 시작하고 나서 한참이 지날 때까지 난 미노리를 만나지 못했어. 레오니아에 있는 중국집이었어."

"화려한 연회장 같은 곳이요?"

"아니, 평범한 곳이었어. 작고, 다른 중국집과 메뉴도 똑같았지. 하지만 그 식당에는 아주 큰 지하실이 있었고, 나는 두어 명의 사람들과 함께 그 지하실에서 일했어. 이 나라에 오고 나서 첫 이 년 동안 말이야. 기분 좋은 곳은 아니었어. 아주 어두웠고 곰팡내가 나는 데다 언제나 서늘했지. 여름에만 좋았어. 겨울에는 코트를 입고 모자까지 써야 했지."

나는 퐁에게 그 아래에서 뭘 했느냐고 물었다.

"우리는 껍질을 벗기고 또 벗겼어. 양파, 마늘, 생강, 때로는 새우도 있었어. 보행로 쪽에서 음식 운반용 승강기에 실어 내려보내는 건 뭐든지 벗겼지. 열두 시간, 심지어 열네 시간씩 의자에 앉아 껍질과 껍데기를 벗겼어. 재료를 산더미처럼 쌓아 놓고 하루를 시작하곤 했어. 공간이 아주 많이 필요했지."

"작은 식당이었다면서요."

"맞아. 하지만 사장이 그 지역에 똑같은 중국집을 네 개 더 가지고 있었어. 거기에 뷔페 스타일의 식당도 하나 있었고, 임대료를 내지 못한 멕시코 식당까지 인수했지. 우리가 그 모든 식당에 들어가는 음식 재료를 준비하고 있었던 거야. 양파를 자르지 않은 채로 껍질을 벗기는 게 얼마나 답답한 일인지 알아? 우린 양파를 자를 수가 없었어. 요리사들이 자기 방식대로 잘라 사용할 수 있도록 해야 했거든. 그래서 우리는 장갑도 끼지 않고 양파를 하나씩 깠어. 어떨 때는 껍질이 잘 떨어졌고, 어떨 때는 아주 어려웠지. 양파 껍질은 아주 끈적끈적할 때도 있거든. 요리를 하다 보면 양파 껍질의 경계선이 언제나 분명한 건 아니라는 걸 알게 돼. 어떨 때는 종이 같은 부분이 양파가 되기도 하고. 그리고 사장은, 끔찍한 놈이었는데, 그런 양파를 발견하면 꼭 손에 들고 내려와서 멀쩡한 부분을 벗겨 냈다고 소리를 지르곤 했어. 우리가 벗겨 놓은 껍질 더미를 검사한 거야. 아마 양파가 백 개쯤 되면, 그중 한 개 정도 그랬을 거야. 마늘도 마찬가지였어. 대량으로 미리 까 놓은 양파를 살 수 있게 될 때까지는 말이야. 사장이 통마늘을 가져오면 우리는 마늘의 둥근 부분 껍질을 벗겨야 했어. 새우가 최악이었지. 얼린 새우가 덩어리째 들어오면, 우린 대가리가 붙어 있는 채로 새우를 상자에서 꺼냈어. 그런 다음에는 뜨거운 물로 빨리 해동시켜야 했지. 그래야 껍질을 벗기고 등골을 뽑을 수 있었으니까. 덩어리진 오징어도 있었어. 우리는 그 오징어의 입과 먹물도 제거해야 했지. 늘 엉망진창이었어. 교대 근무가 끝날 때 콘크리트 바닥에 물을 뿌리고 걸레질을 했지만, 고약한 냄새는 여전했어. 틀림없이 바닥에 난 금 때문이었을 거야. 냄새는 절대로 빠지지 않았어."

"그러다 위층에서 일하기 시작하신 거군요."

"그래, 그렇다고 할 수 있어. 하지만 난 서빙을 한 게 아니었어. 사장은 베이징 출신이라는 이유로 나를 싫어했고 교육받은 사람이 농

473

노처럼 일하는 걸 보며 즐거워했어. 나는 여행 비자로 미국에 와 있던 터라 내게 재능이 충분하다는 걸 증명하고 학생 비자를 신청할 돈을 벌 계획이었어. 나는 괜찮은 주방 일손이었어. 사장은 극도로 불쾌한 사람이었지만 아내인 링은 좋은 사람이었지. 상냥하고 친절했고 말씨도 아주 조용조용했어. 링의 얼굴에는 왼쪽 눈과 뺨 전체를 덮고 있는 커다란 모반이 있었는데, 나는 링이 사장 같은 인간과 결혼한 게 바로 그것 때문이라는 생각을 자주 했어. 링의 모반 때문에 결혼하지 않으려 한 사람들이 있을 테니까. 아시아인들은 그런 걸로 심하게 차별하거든. 심지어 유전도 아닌데! 어느 날 링이 내가 화학 대학원 시험공부를 하는 걸 보더니 장부 살펴보는 걸 도와줄 수 있겠느냐고 물었어. 세무 조사를 준비해야 한다면서 말이야. 당연히 링 부부는 탈세를 하고 있었고 그 방법은 체계적이지 않았어. 나는 몇 년을 거슬러 올라가며 완전히 새로운 장부를 만들어 내야 했지. 나는 관공서에 납품하고 남은 물건을 파는 가게에서 팔리지 않은 공책 중 오래된 걸 찾아 다양한 펜과 연필로 내용을 적었어. 그 작업에 거의 삼 개월이 걸렸지. 끊임없이 해야 했지만 지하실에서 일하는 것보다는 훨씬 나았어. 남편은 계속 내가 주방 보조로서 버는 돈 이상을 주지 않겠다고 했어. 그 돈은 최저 임금의 절반에도 못 미쳤고."

"그럼 얼마예요? 한 시간에 5달러?"

"내가 처음 일을 시작했을 때는 한 시간에 3달러 25센트였어! 그 시절에는 나쁘지 않았지. 우리 주방 보조들은 한 시간에 75센트를 벌었어. 사장은 그 이상 돈을 주지 않겠다고 했어. 우리한테 숙식도 제공하고 있다며 말이지. 그건 사실이었어. 사장은 자기가 고용한 수많은 서빙 직원과 접시 닦이, 요리사들이 살 수 있는 임대 주택을 여러 채 가지고 있었거든. 우리 방에는 남자 일곱 명이 살았는데, 최대 세 명 정도가 살면 그럭저럭 적당한 곳이었어. 악취에, 코 고는 소리에, 너무 붐벼서 정말 견디기 힘들었지. 하지만 난 돈을 모을 수 있었어. 돈을 더 모아야 하거나, 이를 때워야 하는 것 같은 예상치 못한 지출이 생기면 나는 며칠 동안 튀긴 양파와 밥만 먹었어. 내가 특별한 건 아니었어. 우리 모두 그랬으니까. 그리고 장부 정리를 도와주자 링이 비밀리에 덤으로 현금을 좀 더 줬지. 링은 내가 자기들의 돈을 엄청 나게 많이 아껴 준다는 걸 알고 있었어. 아예 그들의 살림 전체를 지켜 준다고도 할 수 있을 만큼. 링은 아주 검소했지만 앞뒤 재지 않고 자투리를 최소화하고 요리사들에게도 똑같이 하라고 지시하는 남편과는 달리 영리했어. 때로 사장은 재료가 상한 게 뻔한데도 굳이 손질하라고 시켰지. 손님들이 병든 것도 놀랄 일은 아니었어. 사장의 식당들은 늘 보건 조사관들의 조사 대상이었고 문제가 생길 때마다 벌금도 내야 했어. 사업은 점점 몰락해 갔지. 상황이 너무 심각해서 식당 두 곳을 닫고 사람들도 더 해고해야 했어. 비좁은 방에 있던 일곱 명은 네 명으로 줄었지. 우리 모두가 더 열심히 일할 각오를 다질 정도였어. 심지어 나는 손님이 많을 때마다 서빙도 시작했지.”

“그때 미노리를 만난 거군요.”

“그건 아니야. 미노리가 레오니아의 주요 식당에서 서빙을 하기 시작한 건 그로부터 육 개월 뒤거든. 피아니스트로서의 경력을 포기한 뒤였지. 미노리는 자기가 피아니스트라는 직업을 싫어하고 예전부터 그래왔다는 걸 깨달았어. 피아노를 가르치는 건 더 싫어했고. 미노리는 아무것도 없는 데서부터 다시 시작하고 싶어 했어. 그녀는 길 건너편에 가까이 살고 있었지만 링의 남편이 죽고 나서야 일자리를 얻을 수 있었어. 사장은 아주 보수적이어서 서빙 직원으로는 남자만 두었거든. 사장의 죽음은 예상치 못한 일이었어. 오십 대 정도였으니 그렇게 나이가 많지는 않았지. 그는 어느 날 저녁에 문을 닫다가 강도를 당했어. 사장이 맞서 싸워서 강도들을 쫓아낸 게 분명해. 사장이 발견됐을 때, 그는 여전히 현금 자루를 가지고 있었고 현금 자루는 가득 차 있었대. 하지만 그 직후에 거리에서 심장마비로 죽었어. 경찰이 오고 있는 와중에 말이지. 그 이후로 링은 내게 훨씬 더 많이 의지했고 나는 여러 식당 일을 도와줬어. 사장 부부한테는 내 또래의 다 자란 아들이 있었지만, 그 아들은 정신이 온전치 않고 링은 혼자서 아들과 사업을 다 돌볼 수 없었어. 남편이 그랬던 것처럼 매일 돌보는 건 특히 불가능했고. 이때 나는 식당을 관리하고 운영하는 방법을 배웠지. 당연히 나는 사업을 개선하기 위해 할 수 있는 모든 일을 당장 시행했어. 우리는 꼭대기부터 밑바닥까지 청소했지. 나는 주방의 관행도 바꿨어. 형편없는 요리사들을 해고하고 새 요리사들을 고용했고, 식사 공간에는 저렴하지만 꼭 필요한 개선을 했지. 사람들은 품질을 알아보고 그 품질에 돈을 내거든. 또 사람들은 특별한 걸 좋아해. 그래서 난 새 요리사들에게 어디든 각자의 출신 지역에서 먹는 요리를 더 많이 만들라고 했어. 지역 특색 음식들 말이야. 그리고 그것들을 메뉴 부록에 넣고 손님들에게 설명하도록 했지. 이런 추가 메뉴는 아주 인기가 좋았고, 우린 머잖아 더 많은 음식을 추가했어. 모든 식당이 훌륭하게 개선됐지. 멕시코 식당을 포함해서 말이야. 난 거기에서도 똑같은 일을 했거든. 심지어 우리는 이미 문을 닫은 식당 중 하나를 다시 열기까지 했어."

나는 퐁이 드디어 급료를 인상받았기를 바란다고 큰 소리로 말했다.

퐁의 얼굴이 밝아졌다. "그래. 링은 우리가 거둔 성공에 무척 기뻐했고 나한테 큰 액수의 보너스를 줬어. 2,500달러였지. 말했지만 나는 당시 대학원에 갈 생각이었고 연구생이 되려면 더 나은 옷과 책과 숙소에 필요한 돈이 있어야 했어. 그래서 링의 보너스가 무척 고마웠지. 둘 다 나의 참여와 노력이 그보다 더 값지다는 건 알았지만 말이야."

"거기다가 링은 아들도 돌봐야 했으니까요." 내가 말했다.

"그럼, 그럼. 링은 아들을 진정으로 사랑했어. 링의 아들은 성격이 좋았고 꽤 사랑스러웠어. 자기 몸을 돌볼 수 없고, 영영 그러지 못했지만. 아들이 성인인데 신체적 문제가 있으니 링으로서는 아들에게 옷을 입히거나 씻기거나 심지어 먹이는 것 자체가 쉽지 않은 일이었어. 링의 아들은 선천적인 심장 결함도 있어서 언제나 약했어. 창백하고 연신 땀을 흘렸지. 의사들은 아들이 삼십 대 초반까지밖에 살지 못할 거라고 추정했어. 내가 보기엔 그조차 낙관적인 전망이었어. 나는 매일 그날의 영수증과 현금을 들고 알파인에 있는 링의 집에 들르곤 했기에 그 아들도 자주 봤거든. 때로는 링이 아들을 욕실에서 침대로 옮기는 걸 돕기도 했어. 어느 날 밤에는 유독 그 일이 어려웠지. 아들이 독감에 걸려서 호흡이 아주 힘들었거든. 링은 겁을 먹고 나한테 하룻밤 머물면서 자기랑 번갈아 가며 아들을 지켜볼 수 있겠느냐고 물었어. 다음 날 링은 집의 지하에 있는 침실과 개인용 화장실을 보여 주며 나한테 거기에서 공짜로 살 수 있다고 했어. 때로 아들 일

477

을 돌봐 주는 대가로 말이야."

"하숙집보다는 훨씬 낫네요."

"만 배는 낫지!" 퐁이 말했다. "사실 던바 스테이션에 있는 내 집은 그 집을 본뜬 거야. 거의 비어 있긴 했지만 크기는 오히려 그 집이 더 컸어. 링도, 링의 남편도 미적 감각은 전혀 없었어. 그들은 하루 종일 일을 했고 아들도 직접 돌봤기 때문에 좋은 가구를 채울 시간적 여력도, 관심도 없었어. 간병인을 고용한 적이 있었지만, 그중 일부가 도둑질을 하거나 별 도움이 되지 않아서 링은 그들을 믿지 않았지. 최소한 집은 깨끗하고 넓었어. 그래도 나는 거기 살고 싶은 마음이 없었지. 나는 내 집을 원했거든. 그때까지도 언젠가 대학원에 가고 싶다고 생각하고 있었지만, 처음에는 식당에서 전일제 근무를 하는 걸 그만두고 사업을 시작하고 싶었어. 아마 연애도 하고 싶었을 거야. 확실히 나만의 인생을 추구하고 싶었어. 링에게 일을 줄이고 싶다고 말했더니 링은 오히려 내게 함께 살면서 식당 관리를 계속하고 아들을 돌보는 일을 도와준다면 급료를 크게 인상해 주겠다고 했어. 꽤 많은 액수였지. 나는 온갖 야심을 가지고 있었지만 사실 어떤 전망도 없는 상태였어. 그렇지만 링과 링의 아들이라는 존재에게 갇혀 버리는 건 두려웠어. 말해 봐, 틸러. 너라면 어떻게 했을까? 하숙집에서 더 지내면서 조금씩 돈을 모았을까? 아니면 집과 괜찮은 급료를 받고 네 인생을 그 사람들의 인생과 합치라는 제안을 받아들였을까?"

나는 퐁이 내가 어떤 결정을 내릴지 알았다고 생각한다. 내 결정은 이력이나 재정적인 전망과는 상관이 없었다. 혼자 지내는 걸 별로 좋아하지 않았다는 건 차치하더라도, (상대적) 특권을 누린 어린 시절의 행운 덕에 나는 엄청나게 신세를 망쳐 버리지 않는 이상 결국 괜찮은 대학교를 나와 괜찮은 일자리를 갖고, 어쩌면 나한테 한참 아까운 특별한 여자를 만나 매일 따뜻한 물로 샤워하는 계급에 안착할 것이었다. 뭔가 엄청나게 매력적인 어떤 일이 일어나기를 기다리는 동안에 말이다. 그러니까, 그렇다. 나는 퐁에게 링의 집에서 살겠다고 말했다. 그게 단지 천장에서 울리는 발꿈치 소리와 계단 아래로 익숙한 목소리가 울려 퍼지는 일 외에는 아무것도 아닐 거라고 구체적으로 말하지는 않았지만 말이다.

"나도 그러기로 했어." 퐁이 말했다. "내가 많은 사업에 참여하고 있으니, 넌 나를 타고난 기업가라고 생각할지도 몰라. 내게 늘 위험을 감수하는 성향이 있다고 말이야. 하지만 사실, 그건 내 본성이 아니야."

그는 커피를 내려다보며 두 손으로 머그잔을 감싸 쥐었다. 퐁이 어린 시절 얘기를 했을 때를 포함하더라도 나는 우리가 만난 뒤 처음으로 퐁이 날카로운 쟁기 날에 베이는 듯 슬퍼 보인다고 생각했다. 그의 얼굴이 유독 흐리고 어두웠다.

"너는 모르겠지만, 힘겨운 몇 년이었어. 다행히 사업은 그럭저럭 괜찮았지. 집은 다른 얘기였어. 내 딸들은 나랑 대화하는 데 아무 관심이 없어. 아버지도 미묘하게 점점 더 노망이 심해지시고. 미노리가 어제 나한테 아버지가 또 더러운 빨래를 냉장고에 넣었다고 메일을 보냈더라. 우리 사이에는 쓰라린 대화 주제야. 결혼 상담가가 제안한 대로 나는 출장에 시간을 덜 쓰려고 노력하고 있지만 그렇다고 미노리와 가까워지지는 않았어. 진짜 현실은 우리가 떨어져 있을 때 더 잘 지낸다는 거야. 나는 그럴 때 내가 신경 쓰는 모든 사람에게 유용한 사람이 되는 일에 더 집중할 수 있어. 필요한 것, 책임, 의무 등 가치 있는 모든 걸 돌보는 거지. 심지어 고맙다는 얘기까지 들어. 그래도 심각한 불균형이 있지. 그런 일을 하다가 잠시 덜 바빠지면, 대체 내게 필요한 단 한 사람이 누굴까 궁금해지거든. 그렇게 궁금해하다가 탐색을 시작하게 되지. 결국은 길을 잃고. 다시 말하지만 나는 네게 이 문제로 부담을 줄 생각이 없어. 내 생각에 넌 유난히 개방적이고 인내심이 강한 젊은이야."

나는 한 번도 나 자신을 "개방적이고 인내심이 강한" 사람이라고 생각해 본 적이 없다. 하긴 나의 짧고도 무기력한 인생에서 사람들의 눈치를 보느라 주저하는 것 말고 오랫동안 연습해 온 게 또 뭐가 있겠는가?

그래서 나는 말했다. "당신에게 동료들이 많다는 건 알아요. 하지만 제가 뭔가 할 수 있다면……."

퐁이 말했다. "나한테는 네가 여기 있어 주는 것만으로도 큰 도움이야. 럭키는 상하이에서 회의를 좀 해야 하거든. 본업 때문에! 게다가 난 너를 잘 알아. 너는 말을 귀 기울여 듣는 재능을 타고났어. 그러니까 내가 돌아오면 모든 일에 관해서 더 얘기하도록 하자. 내 동업자들은 괜찮은 사람들이지만 페리가 딸의 약물 문제를 털어놓은 때처럼 사적인 문제를 드러내는 건 드문 일이야. 우리는 많은 활동을 함께하고 괜찮은 농담을 하지. 그런 건 늘 즐거워. 하지만 때로는 길을 잃은 느낌이 들어. 내 나이의 많은 남자들이 비슷하게 느낄 거야. 거의 모든 면에서 자리를 잡았지만 자기의 영역을 둘러보다 보면 문득 정말로 친한 친구를 사귄 적이 있는지 궁금해지는 거지. 내 장례식에는 조문객이 한 백 명쯤 찾아오겠지. 하지만 가족을 제외하면 내가 어떤 사람이었는지에 대해서 진정성 있게, 숨김없이 말할 수 있는 사람이 두세 명은 있을까? 그래, 아마 있겠지. 더 나은 건 그런 사람이 딱 한 명 있는 거야."

우리는 조용히 커피를 홀짝였다. 나는 퐁에게 친한 친구가 한 명도 없다는 말에 경악한 상태였다. 내가 보기에는 친한 친구가 수십 명은 돼 보였다. 나는 나중에 다른 중요한 사건들이 일어난 뒤에야 그가 외로운 사람이라는 걸 알게 됐다. 나는 사람에 대한 최종적인 평가가 단 한 사람이 아무것도 숨기지 않고 하는 말이라는 생각이 마음에 들었다. 하지만 한편으로 내 인생 얘기를 전할 사람이 단 한 명이고 그 증인에게 모든 평가를 의존하는 건 너무 운을 믿는 일이라는 생각도 들었다. 그 사람이 온전한 진실을 얘기할까? 아니면 내가 원하는 진실을 전할까? 아마도 퐁은 이것이 누군가 바랄 수 있는 최선의 결과임을 알았을 것이다.

나는 내가 퐁에 대해 말해야 한다면 말하리라는 걸 알았다. 그리고 내가 아는 모든 얘기를 하리라는 것도.

퐁은 손목시계를 확인했다. 시간이 다 돼서 우리는 그의 방에 들러 짐을 챙겨 처음 도착했던 아래층으로 내려갔다. 우리 둘과 경비원, 검은 차의 운전기사뿐이었다. 드럼도, 콘스턴스도, 심지어 럭키도 퐁을 배웅하러 나오지 않았다. 내가 보기에는 좀 우스운 일이었다. 물론 아직 무척 이른 시간이긴 했다. 모두가 잠들어 있을 가능성이 컸다. 우리는 악수했고 퐁은 검은 창문의 세단에 올라탔다. 자동차는 잠시 멈추지도 않고 멀어졌다. 나는 이상하게 얼어붙은 채, 여덟 살 때 이웃들이 나를 캠프장에 남겨 놓고 떠났을 때처럼 그 자리에 서 있었다. 아버지는 드물게 회의에 참석하러 도시로 나가 있었고, 대신 옆집의 친절한 노부부가 나를 데려다주었다. 그들이 마침내 차를 몰고 떠날 때, 그들의 뒤통수가 점점 작아지고 보이지 않을 만큼 멀어질 때까지, 내 마음은 여전히 그들을 따라 달려가고 있었다.

19

그렇게 퐁이 사라지자 모든 것이 살짝 맛이 갔다.

퐁의 자동차가 떠나고 건물의 어둑한 아랫부분에 서 있는데 갑자기 주변이 지하실처럼 축축하고 신선하지 않게 느껴졌다. 척추를 따라 한기가 올라왔다. 꼭 모든 면에서 역겨운 저예산 영화를 보는 기분이었다. 마지막 순간에 더빙을 하는 바람에 음질이 갑자기 바뀌면서 돌이킬 수 없이 몰입이 깨져 버리는 기분. 나는 그냥 또 다른 지저분하고 예술인 척하는, 운동화가 바닥에 쩍쩍 달라붙는 극장에 와 있을 뿐이었다. 나는 박쥐들이 끽끽대는 소리를 들었다고 생각했지만 그 소리는 경비원이 잇새에 낀 뭔가를 빨아들이는 소리였다. 그는 한쪽 뺨이 부자연스럽게 비뚤어진 채로 내게 곁눈질을 했다. 송곳니와 어금니가 흐린 오줌 색이었다. 그는 경비원용 조끼 안쪽에 보온병을 꽂아 놓고 만지작거렸다. 나는 허둥지둥 도망쳤다. 죽은 듯 조용한 별장을 가로질러 내 방으로 돌아가는 길을 찾았다. 재빨리 문을 닫고 잠갔다. 나는 털썩 주저앉아 침대에 기대 퐁에게 같이 가겠다고 우기지 않은 나 자신을 나무랐다. 나는 내가 사실상 이 사람들에 대해 하나도 모른다는 걸 깨달았다. 그러나 그들은 이미 나에 대한 어처구니없을 정도로 내밀한 정보들을 알고 있었고 이것이 불안하게 느껴졌다. 던바는 비록 낡고 울퉁불퉁한 베개였지만, 지금 만약 순간 이동을 할 수만 있다면 곰팡내 나는 그 그물로 얼굴부터 뛰어들고 싶었다. 택시를 잡아타고 터미널로 가 퐁에게 비행기표를 사 달라고 부탁하기에는 너무 늦은 걸까 생각하고 있는데 누군가 조용히 문을 두드렸다.

나는 움직이지 않았다. 교대 근무를 마치고 들어가는 경비원이 새로운 일행에 굶주려 나를 찾아온 것일까 봐 두려웠다. 거의 들리지도 않게 "웨이 니."* 하는 소리가 들리더니 곧 발소리가 멀어져 갔다. 나는 살금살금 다가가 문을 살짝 열어 보았다. 바닥에 바구니가 있었고 돌돌 말린 매트와 몸에 달라붙는 남성용 요가 반바지와 티셔츠 한 벌이 그 안에 담겨 있었다. 손잡이에는 두꺼운 마커로 "요가 하러 와!"라고 적힌 종이가 테이프로 붙어 있었다. 콘스턴스의 손글씨인 것 같았다. 글씨체는 실제의 그녀보다 훨씬 소녀답고 활기찼다. 쾌활하게 내 요도를 벌려 주는 그 환영 인사가 어째서인지 나를 진정시켰다.

나는 옷을 갈아입고 문을 나섰다. 그때 누군가가 어둠침침한 복도에서 나왔다. 게티와 닮은 그 짐꾼이었다. 내가 그에게 인사를 건네려고 하는데 그가 쉿 소리를 내며 '따라 와.'라고 입 모양으로 말했다. 그는 내가 거리를 두고 따라오기를 바라는 듯 서둘러 앞장서더니 층

---

* '실례합니다.'를 뜻하는 중국어.

계로 사라졌다. 그가 아래층 복도 끝으로 돌아가는 모습이 아슬아슬하게 보였다. 길은 흙과 바위로 이루어진 언덕 옆쪽으로 곧장 이어지는 듯했다. 공기가 갑자기 무척 축축해졌다. 그는 아주 짧은 복도로 이어지는 묵직한 나무 문을 당겨 열었다. 공장에서나 볼 법한 은빛 조명이 트랙을 따라 일렬로 늘어서 흐릿하게 빛났다.

"들어와." 그가 지시했다.

복도의 한쪽 면에는 문 없는 방이 두 개 있었고, 그중 하나가 그의 방이었다. 다른 방에는 주인이 없었다. 말할 필요도 없지만 그곳에는 창문이 없었다. 그저 복도에서 뻗어 나온 트랙에 똑같은 두 개의 조명 기구가 달려 있고 회반죽 벽은 아무 장식 없이 비어 있었다. 밖으로 뻗어 나온 L자 형태의 금속 막대만이 예외였다. 그 막대에는 몇 벌의 셔츠와 반바지, 단 한 벌의 긴 바지가 장식물처럼 걸려 있었다. 그는 낮은 의자에 웅크리고 앉아 내게도 자기 맞은편의 펼쳐진 트윈베드에 앉으라고 손짓했다. 뭉친 이불 아래로 주름진 시트가 물결치듯 흘러나왔다. 나는 앉고 싶지 않았지만 그가 고집을 부려 조심스럽게 이불 부분에 걸터앉았다. 나는 그의 등 뒤로 방 사이에 자리 잡은 화장실을 볼 수 있었다. 도자기로 된 세면대와 손으로 들고 쓰는, 타일 벽에서 곧장 뻗어 나온 샤워기가 있었다. 샤워용 칸막이가 설치돼 있지는 않았다. 변기도 없었고 문도 없었다.

"난 프루잇이야." 그가 말했다. "네 이름은 이미 알아. 이젠 말해도 돼, 틸러. 네가 가르치는 과목은 뭐야? 걔한테 뭘 가르치는지 말해 주면, 우리가 지금까지 해 온 일을 말해 줄게."

"가르친다뇨?"

"사회학? 예술사? 경제학? 하지만 경제학을 가르칠 리는 없지. 갠 아무리 경제학을 배우라고 해도 듣지 않았으니까."

"전 그냥 건강 음료 때문에 여기 와 있는 거예요."

"그 부분은 나도 알아!" 그가 숨을 죽이고 식식댔다. "아, 그렇구나. 난 그냥 직원이고 정직한 노동을 하니까 알려 줄 수 없다는 거지? 나한테는 능력이 없다는 거야? 네가 사회에 대해 경직된 관념을 가지고 있다는 말은 하지 마. 안 통할 테니까! 그냥 안 통해!"

나는 프루잇의 열의에 동요해, 잠시 그가 게티의 일란성 쌍둥이거나 형제일지도 모른다는 의심을 놓치고 말았다. 둘은 똑같이 팔다리가 길고, 사춘기 때 너무 빠르게 키가 커 버린 사람처럼 어깨가 살짝 굽어 있었다. 창백한 얼굴의 가발 쓴 귀족을 그린 17세기 초상화에서 바로 튀어나온 듯한 오만한 옆얼굴도 똑같았다. 물론 말씨는 완전히 달랐다. 태도도 그랬다. 그는 게티와 달리 완벽하게 미국적이었다. 인문학 대학원에서 마주칠 법한 종자였다. 모든 걸 다 안다는 식의 말투는 둘 다 약간 거슬리기는 했다. 국외에서 생활하는 변종으로서, 130달러짜리 테바*를 신고 깨달음을 향해 터덜터덜 걸어가는 잃어버린 서구 영혼이랄까. 둘이 최소 친척이라는 확신을 하게 된 건 프루잇의 체취 때문이었다. 그는 가까이 다가오는 모든 사람에게 강력한 완충 장치가 될 만한 냄새를 뿜어내고 있었다. 분명 동일한 미생물군 유전체였다.

"혹시 게티라는 형제가 있어요?" 나는 물어보지 않고 배길 수가 없

---

* 샌들 상표.

었다. 하지만 프루잇은 무슨 말도 안 되는 소리를 하느냐는 얼굴로 나를 쳐다봤다. 심지어 알아들은 척하는 수고도 들이지 않았다. 갑자기 나는 그가 실제로는 어떤 상상의 존재일지 모른다는 생각이 들었다. 그는 영원히 '룩 춤'이 배어 버린 내 시냅스의 흉한 발명품일지 몰랐다. 프루잇은 유효한 자원은 영어 능력이라는 역사적인 행운밖에 없다는, 나 자신의 깊은 직업적 불안을 투사한 존재일까? 아니면 미친 현실의 조각일까? 미친 사람들의 문제는 그들이 진짜로 미쳐 버렸거나, 다른 사람이 모르고 심지어 감지하지도 못하는 뭔가를 안다는 것이다.

"잘 들어. 나는 큰형님이 그 애를 위해서 누군가를 데려오려 했다는 걸 알아. 그건 나도 안다고. 우리 모두에게는 햇볕 아래에서 보낼 시간이 주어지지. 그런 다음에는 땅거미가 져. 우리는 영원히 주인공이 되지는 못해. 그냥 네가 뭘 가르치러 여기에 왔는지만 말해. 돕고 싶어서 그러는 거야. 문학, 맞지?" 그가 나를 너무도 깊이, 진실하게 바라보았기에 나는 무슨 말을 꺼낼 용기가 생기지 않았다. 그의 눈이 초롱초롱해졌다. 아니 거의 촉촉해졌다. "있잖아, 나는 걔의 첫 번째 영어 교사였어. ESL*만 가르친 게 아니야! 거기서부터 시작했지만 난 한계를 두지 않았어. 위대한 책들을 다뤘지. 기초를 닦겠다고 플라톤부터 프루스트까지 읽었단 말이야. 쉽지 않았어! 내가 도를 지나친 탓에 실패한 순간들도 있었을 거야. 걘 타고난 비평가가 아니었어, 너랑 둘이서 하는 얘기지만. 걘 아무 감정도 느끼지 못했거든!"

---

* 제2언어로서의 영어.

이때 프루잇은 눈을 빛내고 있었고, 내게는 그의 광기 어린 영혼에 찬물을 끼얹는 말을 할 용기가 없었다. 그는 분명 무해했다. 어쩌면 뿌리까지 망가진 것인지도 몰랐다. 나는 1학년 오리엔테이션 시간에 '실생활 기술' 워크숍에서 들은, 인내심에 관한 어떤 진부한 얘기를 중얼거렸다. 프루잇이 앞으로 쑥 나오더니 나를 힘차게 끌어안고 내 날개 뼈를 조금 가혹하게 탁 쳤다.

"그 결과 우리가 어떻게 되는지는 알지?" 그는 나를 잡고 팔을 쭉 뻗은 채 말했다. "내가 무슨 말 하는 건지 알지? 몰라?"

"아는 것 같기도 하고요."

"당연히 알지!" 그가 소리쳤다. 이렇게 가까이에서 보니 그의 키는 그리 커 보이지 않았다. 그냥 아주 깡마르고 차분하지 못할 뿐이었다. 꼭 칼로리를 너무 빨리 태워 버리는 것만 같았다. "나도 너랑 똑같았어. 진짜야. 나는 이국적인 곳에 가서 누군가를 가르치는 게 젊은 남자가 할 수 있는 가장 멋진 일이라고 생각했어. 아니, 더 이상 말할 필요 없어, 친구. 난 이미 다 안다고! 넌 비길 데 없는 모험을 하는 중이겠지. 일부러 방황하는 걸 거야. 나도 방황을 해 왔어. 그렇게 목격하고 배웠지. 나는 규슈의 짭짤한 안개 사이로 비치는 햇살이 어떻게 굴절되는지 알아. 산둥의 수타면이 금속 작업대에 찰싹 부딪히는 소리도 알고. 페낭의 기진맥진해진 미용사가 두피 마사지를 해줄 때 그 손끝의 느낌도 알아. 나는 일산이나 베이가오*나 덴엔초후** 같

---

* 중국 푸젠성의 한 구역.
** 일본 도쿄도 오타구의 한 지역으로 고급 주택가로 유명하다.

은, 열심히 사는 사람들이 거주하는 교외 지역에 가는 버스와 전철 노선을 그려 줄 수도 있어. 내 방귀 냄새만큼 자세하게 그 모든 곳을 포함한 여러 장소의 하수구 냄새를 구분할 수 있다고! 유황 냄새, 유독한 냄새, 과일이 썩는 단내. 세상에, 아 세상에! 난 네가 부러워, 싯다르타. 너의 순수한 상태가 부러워. 네가 활짝 벌린 두 팔이.”

그는 두 팔을 활짝 벌렸다. 나는 그가 다시 나를 꽉 끌어안고 싶어 한다고 생각해 움찔했지만, 프루잇은 그냥 표현을 하는 것뿐이었다.

“말했지만, 모든 게 다 신선한 두부 같지는 않았어, 친구. 각오해. 그 애는 너의 처음이 되겠지만, 마지막이 되지는 않을 거야. 나는 도서관 두 개 분량의 작문 숙제를 내야 했어. 빛 한 점 들지 않는, 2차 교정과 3차 교정의 덤불을 헤치고 나왔지. 나는 생략 삼단 논법의 개념을 ‘천 번의 천 번의 천 번’이나 설명했어. 지금까지도 모든 색이 형광펜 색깔로 보인다니까? 내 이름이 한글로 게시판에 흘러가는 꿈을 꾸고! 난 삼베에서 나무 덩어리까지 온갖 종류의 베개를 베고 잘 수 있어! 그건 그렇고, 이봐. 내 침실을 어떻게 생각해?”

나는 두 엄지를 들어 보였다. 사실 무슨 대답을 하든 중요하지 않으리라는 생각에서였다.

“여긴 작고 어둡지만 사생활이 원래 다 그렇지. 진정한 금욕주의도 같이 오는 거야. 우리 삶에는 그런 금욕주의가 더 필요해. 나도 너랑 비슷했어. 여기로 나오기 전에는 인간적이고 진보적인 무수한 관념을 만족스럽게 품고서 통통하게 살쪄 있었지. 다른 모든 사람이 그랬듯 배가 불러 있었다고. 안 그럴 건 뭐야? 내 인생은 매일 아침 출근하는 길에 사 먹는 커다란 블루베리머핀 같았는걸. 그 머핀은 트랜스

지방과 화학조미료와 시럽으로 가득했어. 어쩌면 말렸다가 다시 불린 블루베리도 몇 개 들어 있었겠지. 얼마나 먹기 편하고 맛있는지 정신을 못 차릴 지경이었어. 그 머핀은 잘 먹혀. 머핀이 하는 일이 그거야. 그리고 다음 머핀을 먹는 바로 그 순간까지 남지. 내 말 무슨 뜻인지 알아?"

"당신 몸에 남는다는 얘기예요?"

"바로 그거야, 친구! 머핀의 주기는 자기 영속적이야. 무한히 그렇게 할 수 있다고. 비밀은 이거야. 사람들은 그렇게 머핀을 먹어 대는 삶이 지속 불가능하다고 말하지만, 실은 그렇지 않아. 뇌졸중에 걸려 쓰러지지 않을 확률도 있거든. 꼭 당뇨병에 걸려서 발가락을 몇 개 잘라 내야 하는 건 아니야. 그냥 그렇게 계속 사는 거야. 지속적으로. 그래, 어쩌면 보너스 지방층이 하나 더 생길지도 모르지. 하지만 그 지방층은 완충 작용도 훨씬 뛰어나고 따뜻해. 내 말 알아듣지?"

놀랍게도 나는 그럭저럭 그의 말을 알아들었다. 프루잇이 하는 말보다는 그라는 인간 자체를 더 이해할 수 있었지만. 그를 보자 내가 어린 시절을 함께 보낸 선량하고 무책임한 녀석들이 떠올랐다. 그들은 뿌리 깊은 특권 덕에 자기들 마음속에 투영된 세상의 본질적 정당성 혹은 세상의 본질적 정당성에 투영된 자신들의 마음에 관한 미진한 이론을 좇아 제트 팩을 달고 온 세계를 돌아다닐 진취성(과 잔고)을 누린다. 대부분은 그 여행에서 자신이 찾던 이론을 발견한다. 최소한 그들의 소셜 미디어 페이지, 가장 높은 빈도로는 우아함을 더해 주는 것처럼 보이는 열대와 산악지대의 새벽과 해 질 녘을 찍은 아이폰 사진을 통해 보고되는 바에 따르면 그렇다. 그런 사람들은 유독 자신들이 발견해야 하는 걸 쏙쏙 찾아내는 능력이 있기 때문이다. 놀랍다, 놀랍다.

프루잇은 관자놀이에서 땀방울을 꾹꾹 찍어 냈다. 싸늘한 날씨였는데도 그랬다. 정말로 흥분한 듯했다.

"말할 필요도 없지만, 머핀이라는 측면에서 보면 이건 오래된 일이야. 말하자면 그렇다는 거지! 나는 여기서 쉬운 길을 보장받지 못했어. 가르치는 일이 끝난 뒤에도 그런 길을 찾지 못했고. 하지만 오해하지는 마. 나는 지금 하는 일이 고마워. 가르치는 일처럼 진을 빼지는 않거든. 신체적으로 고되기는 하지만, 내가 무대 중앙에, 숏 라인에 선 게 아니라 좋아. 어느 시점에는 더 이상 근접 촬영을 할 준비를 할 수 없게 돼. 아직은 내 말이 무슨 뜻인지 모른다는 거 잘 알아! 아무튼 네가 여기 온 걸 보니까 내가 처음에 어땠는지 생각나."

"그게 언제였는데요?" 내가 물었다.

"거의 십오 년 전이었어!"

"제 말은, 카파고다 가족하고 같이 지낸 시간 말이에요."

"말했잖아! 나는 그전에 환태평양 국가 전체에서 ESL을 오 년인가 육 년 가르쳤어. 대학 졸업식이 끝나고 앵커리지로 향하는 전세기를, 그다음에는 서울을 지나는 싸구려 전세기를 탔지. 그때 이후로 돌아간 적이 없고! 정말이지 어제 일 같네……."

나는 충격에 입을 다물었다. 우주선 선원 중 일부가 상대성 이론에 따라 다른 중력이 적용되는 행성으로 내려갔다가 자기들에게는 두 시간이지만 우주선에 혼자 남은 선원에게는 '십 년'에 해당하는 시간이 지난 뒤에 돌아오는, 어느 공상 과학 영화의 한 장면밖에 생각나

491

지 않았다. 그 선원은 머리가 허옇게 세었다. 고립으로 인해 성격도 약간 변했을 게 틀림없다. 하지만 더욱 믿기 힘든 부분은 그들 모두가 바로 다음 일에 착수한다는 것이다. 물론, 줄거리 진행을 위해 그렇게 해야만 한다. 하지만 현실이라면 우주선에 있던 가엾은 녀석은 동료 선원들을 다시 보고 솟구치는 감정에 미쳐 날뛰거나 무너져 내렸을 것이다.

나는 프루잇이 거의 내 평생에 해당하는 기간을 이 눅눅한 스위트룸에서 살아 왔다는 사실에서 그의 고유한 인내력을 알 수 있을 것 같았다. 다만 그가 워크북을 처음 펼친 첫 번째 ESL 수업부터 이렇게 무작위적인 수다를 쏟아 내 학생들을 즐거운 동시에 당황하게 했으리라는 건 확신할 수 있었다. 아마 그때는 머리카락이 좀 더 많고, 자외선 차단 지수 1,000에 해당하는 이 동굴 같은 주거지에서 살지 않은 만큼 피부색도 좀 더 진했을 수 있지만, 그것 말고는 생긴 모습도 거의 똑같았을 것이다. 그 오랜 시간 동안 프루잇의 샌들을 신고 그와 똑같은 처지로 지냈다면 나라고 과연 달랐을까? 나는 그렇게 생각하고 싶다. 하긴 우리는 모든 증거가 반대 방향을 가리켜도 자신이 맞춤형 연금술을 거친 금속이기를 바란다.

"집이 그립지는 않았어요?" 나는 그에게 물을 수밖에 없었다. 갑자기 클라크를 이십 년 동안 못 본다는 생각이 나를 깊게 찔렀다. 클라크는 귀에서 털이 나는 그런 노인이 될까? 엄청난 갈색 기미가 있는 노인? 저녁을 먹은 다음 꾸벅꾸벅 조는 노인?

프루잇은 음침하게 코웃음 쳤다. "집이라면 미국을 말하는 거야? 지금의 미국? 하하. 가족 얘기라면, 몇 년에 한 번씩 안부를 확인하고 있어. 지금 자세히 말할 수는 없지만 우리 부모님은 일 중독자에 알코올 중독자인 사교계 명사였어. 서로와 자식들을 제외한 모두에게 친절하고 우아한 부류 말이야. 형제 셋은 그냥 알코올 중독자야. 그중에 자식이 있는 사람은 없어. 선밸리랑 산타페랑 몬탁에 있는, 취미로 하는 사업체를 오가면서 그 업체를 운영하는 사람들이 너무 많은 돈을 훔치지는 않는지 확인하지. 키우는 개랑 가정부들을 누구보다 사랑하면서 그들이 죽거나 추방당할 때마다 즉시 갈아치워. 그래서 내가 나의 옛 세계를 그리워하느냐고, 젊은 동지? 너라면 내가 있던 곳이 그립겠어?"

"아마 아니겠죠."

"추측하지 마!" 그는 몸을 반쯤 웅크리고 내 앞으로 폴짝 뛰어들었다. 공격 라인의 코치가 패스-수비 자세를 보여 주듯 두 손을 들어 올린 준비된 자세였다. "넌 확실히 아는 거야! 내가 학생들한테 항상 해 준 얘기가 그거야. 콘스턴스 양에게도 그렇게 말했지. 아는 건 안다고 말하고, 그 말을 지키도록 해. 수줍어하지 마! 두려워하지 마! 모든 게 불규칙 동사는 아니라고!"

"알았다는 말도 'knowed'라고 해야겠네요."•

프루잇은 낄낄거리며 내 문법 농담을 인정했다. "너랑 나는 놀라운 한 팀이 됐을 텐데. 집의 나머지 부분도 보고 싶어?"

나는 고개를 끄덕였다. 내가 이 건물의 또 다른 부분 전체를 놓친

• 불규칙 동사인 알다(know)의 과거형은 knew이지만, 앞서 프루잇이 한 대사를 받아 농담한 것이다.

줄 알았다. 하지만 우리는 앞서 말한 욕실로 계단 한 개 반을 올랐을 뿐이다. 그게 나의 웅대한 여행 전부였다. 그곳은 구덩이였다. 프루잇은 중년이었지만 대학 기숙사 수준의 위생 상태에서 일 분도 진화하지 못한 게 분명했다. 휑하니 드러난 이 변소에는 비누 찌꺼기와 깃털처럼 떨어진 음모 여러 가닥이 내려앉아 있었으며, 궁둥이 냄새가 영구적으로 배어 있었다. 변기는 물이 내려진 상태였지만, 땅에 파묻혀 쪼그리고 앉아 사용하는 것이었다. 그래서 아까 변기가 보이지 않은 것이다. 깔끔함 발작을 일으켰는지, 프루잇은 털이 반쯤 빠진 칫솔을 세면대의 녹슨 아랫부분에서 집어 들고 둥근 모서리에 균형을 잡아 내려놓았다. 선반도, 거울도, 찬장도 없어서 빗이나 알약이나 디오더런트를 놔둘 수가 없었다. 안개 색깔의 수건이 샤워기 근처 구석의 고리에 걸려 있었다. 수도꼭지 하나에는 털이 다 빠져 가는 천이 감겨 있었다. 타일 바닥의 배수구 근처에는 더러운 비누 덩어리가 있었다.

"난 운이 좋아. 다른 상주 직원들은 공용 화장실을 쓰거든." 그가 나를 옆의 침실로 안내하며 말했다. "몇 년 전에 다른 파랑이 있었어. 윌버라는 이름의 오스트레일리아 사람이었지. 하지만 그 사람은 머물지 않았어. 바이지우를 맥주처럼 들이키더라고. 아무리 오스트레일리아 사람이라도 그런 짓을 오래 할 수는 없지. 펑* 하게 되거든."

프루잇은 조명을 켰다. 그 공간은 프루잇의 방과 거의 비슷했다. 젖힐 수 있는 막대 형태의 옷걸이와 야영지 스타일의 간이침대까지

• '미친다.'를 뜻하는 중국어.

똑같았다. 다만 옷과 침구는 없었다. 매트리스의 가운데가 크고 거무튀튀한 얼룩으로 물들어 있었다.

"이 지역 사람들은 절대로 이런 곳에 살지 않아. 이렇게 넓고 프라이버시까지 있는데! 아주 상냥한 사람들이지만 매우 특이하지. 친절하다는 점만 빼면 스위스 사람들이랑 비슷해. 네가 여기 왔으니까 하는 말이지만, 뭐랄까, 다시 친구가 생겨서 특별한 기분이 드는 것 같아. 프루잇 스태니언 룩스 3세의 독주는 끝이 난 거야! 그렇게 되라지!"

프루잇의 디지털 손목시계에서 '삑-삑' 소리가 났다.

"조경 시간이야!" 그가 말했다. 우리는 다시 옆방으로 돌아갔고, 프루잇은 그곳에서 거친 면 셔츠로 갈아입었다. 그는 새로운 서양 친구가 생겼다는 생각에 신이 나 사실상 부들부들 떨고 있었다. 감히 내가 이곳에 머무는 기간은 짧을 거라고 말할 수가 없었다.

나는 그를 따라 한 층을 올라갔고 그는 바깥의 층계참으로 이어지는 방화문을 열었다. 가까운 공터에 모여 있는 소수의 작업자들이 보였다. 그들은 전정가위와 마체테를 휘두르고 있었다. 덤불을 헤치고 조경을 하러 모여든 것 같았다.

"나중에 보자." 프루잇이 말했다. "그리고 숙소 규칙을 살펴보는 거야. 서로에 대한 기대, 운영상의 책임 같은 것들. 너도 사람들이 하는 말 알지! 우린 함께 일하거나, 떨어져서 일할 수 있어. 우리가 정하는 거야!"

그는 내게 답할 기회를 주지 않고 서둘러 외부 계단을 내려갔다. 그가 동료 직원들이 있는 곳에 이르자 그중 한 명이 아무렇지 않게 그에게 마체테를 던졌고, 프루잇은 놀랄 만큼 침착하게 마체테의 손잡이를 낚아챘다. 그는 마체테를 휘두르다가 내 쪽을 다시 돌아보며, 바닷가로 간 해적이 배에 있는 동료들에게 눈앞에 쉬운 약탈감이 있다고 신호하는 듯 그 칼을 휘둘러 댔다. 곧 프루잇과 널찍한 푸른 강철 날이 달린 칼을 든 사람들은 다시 오솔길을 따라 행진하며 숲속으로 사라졌다.

그 뒤 나는 중앙 홀로 올라가는 길을 찾았다. 앞으로 며칠은 그냥 프루잇을 피해야겠다는 생각이었다. 가능할 것 같았다. 나도 요가인들에게 볼 일이 있었고, 나의 육신을 다시 콘스턴스에게 내 주어야 하는지에 관한 의문도 있었으니까. 후자의 생각이 계속 텅 빈 머릿속 리놀륨 바닥을 게처럼 옆걸음질 쳤다가 다시 돌아오곤 했다. 사각, 사각, 사각. 나는 그저 그 생각이 가까이, 더 가까이 다가오는 모습을 지켜볼 수밖에 없었다. 간지러움과 당황스러움을 동시에 느꼈다. 그 생각에 저항하기 위해 뭘 했느냐고? 니엔테.*

중앙 홀에는 기이할 만큼 유연한 몸뚱이를 가진 십여 명에 더해 놀랄 만큼 건강한 드럼과 쇠꼬챙이처럼 마른 서핑 선수 럭키가 있었다. (다만 콘스턴스는 보이지 않았다.) 그들 모두가 동시에 자세를 바꾸고 움직였다. 드럼은 내게 함께하자고 손을 흔들었고, 나는 매트를 펼쳤다. 똑같은 유니섹스 요가복을 입은 우리가 제임스 본드나 이소룡 영화의 배경에 나와도 어울리겠다는 생각을 했다. 나는 대오 사이에 십

---

* '아무 일도 하지 않는다.'를 뜻하는 이탈리아어.

긴 침입자가 될 것이다. 내가 용의 길에 들어선 걸까? 우리는 세 차례 호흡 운동을 한 뒤 태양의 인사, 선 채로 허리 숙이기, 하이 플랭크와 코브라와 언더도그 자세를 여러 번 했다. 요가 선생들에게는 아주 가벼운 스트레칭조차 못 되는 동작이었다. 그저 (수업 진행자가 말하기를) 고약한 여행자 호르몬을 쓸어 내기 위한 동작일 뿐이었다. 하지만 나는 상당히 힘들었다. 내 흉근은 차투랑가* 동작을 하는 내내 덜덜 떨렸고, 평소에는 유연했던 내 허리는 역 전사 자세를 하는 동안 얼음으로 만든 덮개처럼 느껴졌다. 반이나마 멀쩡하게 느껴지는 건 쇠막대로 쑤셔졌던 내 물건뿐이었다. 딱히 성교로 인한 것이라고는 할 수 없는 외상을 겪은 뒤, 내 성기는 여전히 혼란스럽고 슬플 만큼 고요하고 약간 아팠다.

한번은 심지어 뒤로 넘어가기도 했다. 그 바람에 사타구니로 A자 형태를 만들며 나뒹굴었는데 그 사이로 다른 사람들의 거꾸로 된 눈길을 마주했다. 사람들이 모두 같은 옷을 입고 있을 때는 그들에 대해 알기가 더 어렵지만, 그들은 대체로 백인이었고 서양 사람이었으며 젊었다. 남자들은 엄청나게 길고 풍성한 수염을 기르고 있었으며 여자들은 목에 신중한 문신을 하고 귀까지 가리는 머리띠를 차고 있었다. 힙스터의 훈장 같은 것인 모양이었다. 나 같은 부르주아는 성인 초기에 자랑스럽게 내보이다가, 내면적으로나 외면적으로나 영원히 평범한 쪽으로 전향하면서 끝내는 내버리게 될 훈장. 아니, 이런 말은 공평하지 않다. 이 사람들이 제대로 된 전문가라는 건 분명했으

---

* 고대 인도의 놀이 중 하나.

니까. 일단 수업이 시작되자 방 안의 공기가 바뀌었다. 그들은 함께 움직이고 있었지만, 각자의 스위치를 젖히고 은밀하게 부글부글 끓어오르며 일에 착수하는 것처럼 보였다. 모든 포즈와 표정이 고요하고도 매끄럽고 강력하게 전환됐다.

우리는 누워서 눈을 감은 채 의도적으로 숨을 들이쉬고 내쉬며 수업을 마쳤다. 수업의 지도자인 숀드라는 웃음기가 많고 친근한 눈에 끝이 안으로 말린 단발머리를 한, 놀랍도록 몸집이 크고 창백한 백인 여자였다. 그녀는 고요함의 가치에 관해 종이 울리는 듯한 목소리로 말했다. "고요함은 찾아야 할 대상이 아니라, 한 번 숨을 쉴 때마다 우리에게 쌓여 가는 사랑과 수용을 향해 우리의 마음을 열어 주는 존재입니다."라고 했다. 나는 그 생각이 마음에 들었고, 숀드라의 노선을 따라 흐름에 몸을 맡겼다. 장담한다. 나는 그때까지도 슬픔에 잠겨 있던 내 몸의 마지막 구석까지 차분한 물이 똑똑 떨어지는 걸 느낄 수 있었다. 그녀는 계속해서 얼음이 녹고 웅덩이가 넓어지고 있다고 말했고, 내 몸은 서서히 무너져 내렸다. 남아 있는 건 그저 물 자체였다. 그런 다음에는 그 물조차 물러갔다. 그렇게 우리 모두가 존재한다고 숀드라는 말했다. 일종의 지식으로서, 더 이상 알아야 할 것이 남아 있지 않은 지식으로서만 존재한다고.

"바로 그때 자유로워지는 것입니다."

나는 눈을 떴다. 나 자신의 완전한 삭제에 흥분하다시피 한 상태였다. 그때 나는 내가 마지막까지 누워 있는 몇 안 되는 사람 중 한 명이라는 걸 깨달았다. 드럼과 럭키와 나머지 사람들은 조용히 일어나서 매트를 둘둘 말아 놓고 맨발로 광활한 바닥을 가로질러 주스 바와

긴 브런치 식탁이 차려진 곳으로 이동하고 있었다. 말할 것도 없이 우리가 병에 담아 놓은 엘릭서런트도 그곳에 있었다.

나는 숀드라의 잔을 다시 채워 주며 그녀에게 자기소개를 했다.

그녀는 내게 고맙다고 인사하며 말했다. "있잖아요. 이렇게 젊은 나이에 어떻게 그렇게 성공했는지 궁금해요! 카파고다 씨 같은 거물에게 건강 음료를 팔다니! 카파고다 씨가 전 세계곳곳에서 우리 모두를 이곳으로 실어 날랐다는 거 아시죠? 그것도 비즈니스석으로요. 내가 앉았던 자리는 완전히 평평하게 펴지더라고요! 그건 그렇고, 몇 살이에요? 대학에는 다녔어요?"

"이 년밖에 안 다녔어요." 나는 "지금까지는"이라는 말을 덧붙이려 했지만, 병든 참나무가 서 있는 대학 안뜰의 얼음 낀 통로를 다시 밟아야 한다고 생각하니 그대로 쪼그라들어 죽고 싶어졌다.

"대학은 지역 전문 대학이 최고죠. 나는 거기 다녔어요, 위스콘신에 있는 전문대. 내가 어린 시절을 위스콘신에서 보냈거든요. 교수님들이 훌륭했어요. 그쪽 대학교는요?"

"괜찮았어요." 나는 자세히 설명하지 않았다. 뭐시기 교수님이라는 식으로밖에 기억나지 않았다. "아무튼, 전 그냥 조수일 뿐이에요. 저분이 투자자죠." 나는 럭키를 가리켰다. 그는 음료를 섞느라 바빠 보였다.

숀드라가 말했다. "다른 분은 어디 가셨어요? 머리 모양이 독특하고 친절한 인상을 가진 분이었는데. 어젯밤에 그분이 건강 음료에 대해서 아주 많은 정보를 알려 주셨거든요."

나는 퐁이 며칠 뒤에 돌아올 예정이지만 여기에는 마지막 일정을 가기 전 잠시 들르는 것뿐이며 우리는 퐁이 돌아오는 대로 다시 아시아를 순회하며 여러 회의에 참석할 예정이라고 말했다.

"뭐, 난 당신의 건강 음료가 마음에 들어요. 내 학생들도 분명 좋아할 테고요. 발이 엄청나게 가볍게 느껴지거든요."

나는 숀드라에게 그 이상 가벼워질 수는 없을 거라고 말하고 싶었지만, 그녀가 말뜻을 오해할지 모른다는 생각이 들었다. 나도 내가 숀드라의 덩치 얘기를 계속한다는 건 알지만, 그건 그녀가 (a) 어느 범주에도 속하지 않는 인물로서 지나치게 근육이 많거나 우락부락하지 않고 지나치게 마르거나 지나치게 뚱뚱하지도 않으며, 가장 절묘한 양의 노력을 들이되 불필요한 땀은 한 방울도 더 흘리지 않고 만들어 낸 듯한 사람 중 한 명이었기 때문이다. 일부 올림픽 선수들을 보면 휴식기에 아플지도 모르겠다는 생각이 드는데 그녀의 몸은 전혀 그렇지 않았다. 그녀는 내가 우연히 만난 요가 선생 중 이상적이라고 생각하는 체격을 가진 몇 안 되는 사람 중 한 명이었다. 거기에 더해 (b) 그녀는 아무렇지도 않게, 너무도 쉽게, 언더도그 자세를 하든 안 하든 꼭 체중이 존재하지 않는 것처럼 자신의 체중을 지고 다녔다.─당연히 165센티미터의 키에 90킬로그램 이상은 됐을 것이다.─거의 공중 부양과 마찬가지였다. 상당한 체중이었는데도 거의 바닥에 닿지도 않는 것 같았다. 그녀의 가슴과 다리와 팔은 기분 좋게 손마디를 깊이 박아 넣을 수 있을 것 같은, 멋지고 신선하게 부풀린 발효된 밀가루 반죽 같았다.

"분명 내가 여기서 뭘 하는지 궁금하겠죠? 여기 있는 사람들 중에도 궁금해하는 사람이 있을 테고." 숀드라가 동료들 쪽으로 잔을 기울이며 말했다. 그녀의 목소리는 차크라를 하면서 우리의 호흡을 이끌어 주던 때와는 달리 좀 날카로웠다. "미묘하긴 하지만, 몸을 이유로 사람한테 모욕을 주는 사람이 생각보다 많아요. 놀랍겠지만, 우리 분야에는 분명한 차별이 있어요. 하지만 카파고다 씨는 그렇지 않죠. 카파고다 씨는 작년에 내 스튜디오에 방문해서 내가 운동하는 모습을 보더니 이 수업 진행을 부탁했어요. 정말 멋진 일 아니에요?"

"무척 감동적인 분이죠." 나는 가르보에서 눈을 감고 자기 부하들이 부르는 노래를 들으며 자연스레 몸을 흔들고 후렴구를 따라 부르던 그를 떠올렸다.

"처음에는 일자리를 얻는 게 정말 힘들었어요. 내가 새로운 스튜디오로 옛 학생들을 데리고 갈 게 분명할 때조차 말이죠. 참 끔찍하잖아요, 요가는 전부 수용에 관한 건데. 평범한 세상에서라면 이해해요. 내가 첫 수업에 들어가면 그쪽은 내가 선생이라고 생각하겠어요? 말해 봐요, 솔직하게 말해도 돼요. 진심이에요."

나는 솔직하지 않았기에 지나칠 정도로 힘차게 고개를 끄덕였다.

숀드라는 나를 주먹으로 가볍게 치더니 긴 탁자에 함께 앉자고 했다. 우리는 한쪽 끝에 앉았고, 드림이 반대쪽 끝 상석에 앉았다. 럭키는 가운데에 앉았다. 콘퍼런스 참석자들은 대부분 서로를 잘 몰랐다. 다들 시간이 조금 흐르고 편안해진 후에야 자유롭게 자신들의 사업과 작은 사업체를 운영할 때의 짜증 나는 측면들을 얘기하기 시작했다. 그런 다음에는 곧 짜증 나는 학생들과 짜증 나는 남자 친구, 여자 친구, 배우자와 짜증 나는 나머지 것들에 관한 얘기를 꺼내기 시작했다. 보다 보니 요가인들도 다른 사람들과 비슷했다. 태평해 보이는 바깥의 껍질을 뚫고 실제의 인간적 다양성으로 들어가 보면 불안과 우쭐함, 세속적인 모습과 경건한 모습, 엉망진창인 모습과 꼼꼼한 모습이 선명하게 드러났다. 손드라가 얘기한 대로 크고 작은 문제에 관해 때로는 단단하고 때로는 무른 편협함이 두드러졌다. 내가 이 사람들에 대해 눈치챈 또 한 가지는 약간 날이 서 있다는 점이었다. 그건 그들이 사람들 앞에서 자기 솜씨를 뽐내야 하고, 대단히 진지하게 자신들을 비교하고 남과 대조해야 했기 때문이다. 어쨌거나 이건 그냥 모임이 아니었다. 대단히 유명한 요가 수행자가 특별히 그들의 실력을 인정해 줄 거라는 얘기가 돌았으니까.

"상을 준다는 얘기죠." 알렉산더라는 이름의 남자가 명확히 밝혔다. 퀘벡시에서 온 그는 뻣뻣하고 완벽하게 구불구불한 예수 머리를 하고 있었다.

"그 생각은 하고 싶지 않네요." 맞은편에 있던 여자가 말했다. 그녀의 이름은 리지인지 리시였다. 발음을 알아듣기 어려웠다. 다람쥐 같은 그녀의 앞니 때문일지도 모르고 바르셀로나 출신이기 때문일지도 몰랐다. "우린 협력하러 온 거잖아요? 지식과 능력을 기를 수 있도록 서로를 응원하고 도우려고 말이죠. 일단 나는 이번 행사를 경쟁으로 보지 않으려 해요."

"돈 얘기가 나오던데요." 데빈이 말했다. 마치 미래를 보는 슈퍼 히어로처럼 미친 듯이 번쩍이는 청록색 눈을 가진, 눈이 불룩 튀어나온 흑인 남자였다. "게다가 그분의 개인 요가 선생이 될 수 있대요."

"내가 듣기로는 이 지역 사업 지분을 나눠 준다고 했어요." 다른 여자가 끼어들었다. "그 돈이 얼마일지 알아요?"

"뭐든 간에요." 알렉산더는 쌀쌀하게 말했다. 그의 억양은 식어 버린 캐나다식 감자튀김 같았다. "카파고다는 엄청난 비용을 들여서 우리를 여기로 데려왔어요. 올해에는 오히려 파견단의 수가 훨씬 적죠. 우리가 대단히 선별된 집단이란 얘깁니다. 카파고다는 어디까지 가능한지 알고 싶다고 확실히 말했어요. 특-별한 뭔가를 보고 싶다는 거죠."

"그래서 뭐가 불만인데요?" 숀드라가 말했다.

"불만은 전혀 없죠." 그가 코웃음 치며 대꾸했다. 그는 말하면서 굳이 숀드라를 보지도 않았다. "그냥 이 콘퍼런스의 중요성과 카파고다의 대단히 높은 기대치를 짚어 주는 거예요. 나는 준비됐으니까. 당신은요?"

"우린 모두 준비됐어요." 숀드라가 대답했다. 그녀는 몸을 기울이며 노골적으로 뱃살을 탁자의 가장자리로 들어 올렸다. "당신보다 못할 건 없죠."

"그러시겠죠."

이 대화로 어색한 침묵이 흘렀다. 사람들이 각자의 접시에 놓인 열대과일샐러드를 푹푹 찔러 댔다. 나는 숀드라가 사실 르 케베쿠아˙에게 엿을 먹이고 있다는 걸 알았다. 숀드라가 그에게 이중 속임수를 걸기 직전에 발로 내 발을 쿡 찔렀기 때문이다. 그건 대놓고 유혹적인 행동이었다. 팔꿈치도 우연인 듯 서로 닿았다. 그녀의 팔꿈치는 빨간색 발포 고무공만큼 쫀득했다. 내 가슴은 애정으로 떨렸다. 최근

• '퀘벡 사람'을 뜻하는 프랑스어.

에는 이런 일이 잦았다. 어쩌면 손님방에서 일어난 일과 퐁의 갑작스러운 부재가 남긴 항적을 따라가고 있는 건지도 몰랐다. 어쨌든 나는 즉시 숀드라에게 열정을 느꼈다. 그녀라는 현상 자체에 강타당했다. 완전히 자기 자신으로 존재하는 모습을 보니 세상의 기쁨을 더 크게 누릴 수 있었다. 뭐, 숀드라가 엄청나게 재수 없었다면 다른 얘기겠지만. 가장 이상적인 경우에 우리 인간은 더 넓은 세상을 향한 창문이다. 강박적인 몸속 동굴 탐험가 콘스턴스 카파고다 양의 깨진 창문도 그런 창문이다. 문득 커다란 검은 테 안경을 쓴 그녀가 자기의 스위트룸으로 이어지는 반대쪽 층계 입구에 서 있는 모습을 보았다. 대체 얼마나 오래 서 있었는지 알 수 없을 만큼 진득하게 우리를 관찰하면서.

반사적으로 몸이 떨렸다. 나는 손을 흔들었다. 그녀를 보고 반쯤은 전율이 인 것이다. 하지만 그녀는 이미 사라지고 없었다. 나는 그녀를 쫓아갈까 생각했지만, 드럼이 유리잔을 땡그랑땡그랑 두드리며 일어섰고 식탁이 즉시 조용해졌다. 그는 이곳을 "여관"이라고 부르며 여관에 온 우리를 환영했다. 매우 겸손하게도 우리가 충분히 편안했으면 좋겠다고 했고, 우리는 웅성거리며 그 말에 동의했다. 그는 여덟 개의 팔다리와 다섯 클레샤스, 번뇌라고 불리는 무언가에 대해 얘기했다. 드베샤, 혹은 고통에 대한 회피라는 얘기도 포함돼 있었다. 내게 유난히 매력적으로 느껴지는 개념이었다. 내 하반신이 반갑지 않은 진동으로 울리기 시작했으니까.

"잠시 후, 여러분은 이 음료들에 대해 더 자세한 내용을 듣게 될 겁니다. 이 음료들은 곧 여러분 각자의 스튜디오로 운송될 테고요. 여러분이 학생들에게 이 건강 음료를 마셔 보라고 말해 준다면 나와 동업자들은 무척 고마울 거요. 미리 감사 인사를 전하지요. 여러분 모두가 여기에 와서 무척 기쁘다는 말을 꼭 하고 싶습니다. 공식적인 모임의 목적이 있긴 하지만, 사실 우리는 지속적이고도 영원한 무언가와 연결되고 싶어 하는 사람들입니다. 안 그렇습니까? 과거에는 미술이나 음악이나 문학 같은 오락거리가 우리를 고양시켰소. 그런 것들이 우리를 신비롭고 위대한 것과 연결하게 해 주었지. 하지만 지금은 시대가 변했소. 지금은 그런 것들을 감상하는 사람들이 점점 더 적어지고, 가장 광범위한 상품과 서비스에 즉시 접근할 수 있는 것이 가장 가치 있는 일이 되었소. 정의상 이런 것들은 비내구재지요. 그런 것에는 지속적인 가치가 아예 없거나, 있다고 해도 거의 없소. 다들 알겠지만, 이런 면에서 나는 무척 운이 좋았소. 이 산속 별장과 나의 수많은 사업체와 투자처들, 언젠가는 이런 것들이 존재했다는 증거조차 남지 않게 될 거요. 이런 것들은 전부 더해져 무로 돌아가겠지. 이건 무슨 심오한 깨달음이 아닙니다. 그럼 여러분처럼 특별한 재능이 있는 수행자들을 굳이 이곳에 모아들인 이유가 뭘까요? 그렇습니다, 보상이 있을 거요. 여러분은 모두 어떤 식으로든 제대로 보상받게 될 겁니다. 내가 이토록 우둔하고 '비내구재'에 가까운 사람인 건 유감이지만, 난 그걸 알려야 한다고 생각했소. 그러니 이 말로 그만 마무리합시다. 우리는 이곳에 우리의 신체를 기념하기 위해 와 있습니다. 그 신체가 비록 빌려 온 것이고 일시적인 것이라 해도 말입니다. 우리가 여러분의 노력을 통해 발견할지도 모르는 건 필멸하는 우리 능력의 가능성에 관한 관념이오. 그리고 그에 따라 삶의 더 큰 능력에 관한 관념도 얻고자 합니다. 친애하는 수행자님들, 그처럼 진정한 지식은 쉽게 사라지지 않을 겁니다. 정말이지 영원히 이어질 수 있소."

모두가 진심으로 드럼에게 박수를 보냈다. 그의 희망찬 지혜 때문이기도 했지만 그의 태도에서 느껴지는 놀랍도록 겸손한 온기 때문이기도 했다. 그는 인간적이었다. 욕심 없는 요가인들에게 세속적인 면에서도 이득을 보장하겠다고 한 말 역시 나쁠 건 없었다. 그들은 다른 모두가 그렇듯 먹고 옷을 입고 집을 구하는 걸 즐겼고, 이따금 더 좋은 것들을 맛보는 것도 싫을 이유가 없었다. 브런치가 신속하게 나왔다. 확실히 고급 음식이었다. 직원들은 내가 던바에서나 산속의 작은 대학 마을에서 한 번도 맛보지 못한 게 분명한 푸짐한 요리들을 내놓았다. 고춧가루에 빠뜨렸다가 기름에 튀긴 토끼 고기와 달고 매콤한 소스에 잠긴 소의 힘줄, 돼지고기와 절인 양배추를 곁들인 수제 국수, 기름을 넣고 살짝 볶은 쓴 멜론, 기름에 볶은 뒤 물을 넣고 끓인 가지의 끈적거리는 속살을 작게 썬 요리도 포함돼 있었다. 나는 이 모든 걸 식도로 내려보냈다.

내가 이 얘기를 자세히 전하는 이유는 이 훌륭한 음식만큼이나 숀드라가 눈앞에서 회전하는 대접시를 다루는 모습을 지켜보는 것도 즐거웠기 때문이다. 그 모습을 눈여겨본 이유가 뭐냐고? 누군가는 사람이라면 원래 다른 사람이 얼마나 많이 먹는지에 불공평할 정도로 큰 관심을 기울이기 때문이라고 생각할지 모르겠다. 하지만 맹세하는데, 내가 그녀를 주의 깊게 본 건 그냥 숀드라가 음식을 먹는 방식이 특별했기 때문이었다. 그녀는 간단명료하게 먹었다. 나처럼 대놓고 돼지처럼 먹지 않았다. 오히려 그녀는 거의 왕족 같은 예절을 갖추고 자신을 대접했다. 조금이라도 주의를 덜 기울이면 음식이 즉시 분해돼 버리기라도 할 것처럼, 그녀는 자기 그릇이나 접시에 음식을 한 번 덜 때마다 아주 섬세하게 국자와 포크를 놀렸다. 모든 요리를 마주할 때 잠시 시간을 들여 알록달록하게 쌓여 있는 음식을 살펴보고 그 냄새를 들이마신 뒤에야 손을 입으로 가져갔다. 기계적이고 정확한 행동이었다. 지켜보고 있으면 놀라웠다. 물 흐르는 듯한 레버의 작용은 어떤 무한 동력 장치만큼이나 매끄러웠다. 그녀가 음식을 고갈시키는 모습은 아름다울 만큼 수학적이었고, 동시에 뭐랄까, 영적이었다. 그 자체가 일종의 요가였다. 국수와 고기와 샐러드가 전혀 동요하지 않으면서도 양껏 먹는 여자에게 정교하게 통합되는 모습이란. 음식의 입장에서, 숀드라는 최고의 운명이었다. 소비될 운명이라면 이런 식으로 소비되기를 바랄 수밖에 없을 것이다.

나와 숀드라 뒤에서 칠리스가 나타나 새된 소리로 말했다. "자, 내 음식 어때요?" 모두가 극찬하며 마주 소리를 질러댔다. 그가 나를 내려다보고 서 있는 게 조금 걱정스럽기는 했지만, 나는 그가 여느 요리사만큼 순수하게 손님들의 칭찬을 열망한다고 생각했다. 우리가 아무것도 모르는 '파랑' 떼거지이고, 우리의 의견에 관해서 어떤 반응을 보여야 한다면 칠리스는 아무리 많은 침을 튀겨도 모자란다고 생각했겠지만 말이다. "어디에서도 다시 이런 맛을 볼 수는 없을걸!" 그가 말했다. 그 말은 사실이었을 것이다. 덕분에 그에게는 내 목덜미에 시커먼 카더멈 향의 입김을 뿜어내며 (그는 양치를 하는 대신 카더멈 깍지를 씹었다.) 열정적으로 속삭일 기회가 생겼다. "이젠 우리 꼬마가 버릇을 망치게 생겼네."

칠리스가 시커먼 치아를 드러내며 환히 웃었고 나도 마주 활짝 웃었다. 나는 그가 자기 음식에 게걸스럽게 덤벼드는 내 모습에 대해 말하는 줄 알았다. 하지만 그는 날카로운 손톱으로 내 목덜미를 살짝 꼬집더니, 긴 탁자의 반대쪽 끝으로 더 많은 찬사를 만끽하러 갔다. 나는 불안했지만, 그때 럭키가 내 관심을 끌었다. 자기 옆으로 오라고 손짓한 것이다. 나는 목을 문지르며 음료 탁자 옆에 가서 그의 옆에 앉았다.

"그래서, 퐁이 설명은 해 준 거야?"

"미노리에 대해서요?"

"미노리?" 럭키가 말했다. 언제까지나 매끄러운 그의 얼굴에 주름이 졌다. "네가 무슨 일을 해야 하는지 말해 주지 않았어?"

"말해 준 걸지도 몰라요." 나는 자세히 몰랐지만 그렇게 말했다. 사실 나는 완전히 혼란에 빠져 있었다. 나는 칠리스가 방금 어떤 식으로든 내게 또 약을 먹인 건 아닌지 궁금했다.

"잘 봐, 틸러." 럭키가 엄격하게 말했다. "이건 무슨 고등학교 수학여행이 아니야. 씨발, 장난이 아니라고. 걸린 게 아주 많아. 이 요가인들이 자기들 스튜디오에서 우리 대신 물건을 파느냐, 마느냐에서 그치는 문제가 아니라고. 팔아 봤자 한 병에 6달러인걸. 우리는 그런 식으로 돈을 벌려는 게 아니야. 물론 저 사람들은 자무를 팔아야 해. 하지만 우리가 기하급수적인 성장을 일으키는 게 더 중요하다고. 왜인줄 알아? 우리의 궁극적인 목표는 대기업 간부와 드럼의 인맥을 이용하는 것이기 때문이야. 어떤 회사에서 최근에 새로운 맛이 나는 녹

508

차인지 뭔지로 돈을 얼마나 많이 벌었는지 말해 줄까? 3,000만 달러에 이르는 돈이야. 일본 시장만 따져도! 우리 음료는 아시아 전역과 유럽 연합 그리고 가능하면 미국 연안 지역에서까지 판매될 테고. 그게 무슨 뜻인지 알아?"

나는 고개를 저었다.

"기업 유동화가 가능하다는 거야. 인생이 바뀌는 거지. 너도 네 몫을 해내면 제대로 맛보게 해 줄게. 그러니까 망치지 마."

나는 힘없이 말했다. "혹시 퐁이 저한테 젊은 층과 건강에 대해서 얘기하라고 시킨 건가요?"

"뭐든 간에." 럭키가 가까이 허리를 숙이며 쏘아붙였다. 나는 럭키의 입에서 고춧가루 냄새에 섞여 있는 '바이지우' 특유의, 의료 기기에서 나는 들척지근한 향을 맡았다. 아침부터 술을 마셨거나, 그게 아니라면 전날 밤에 술을 엄청나게 많이 마신 듯했다. "퐁은 계속해서 너한테 무한한 능력이 있다고 말해. 나도 그 말을 믿기 시작했고. 그러니까 저 사람들이 우리를 신뢰할 수 있게 분위기를 만들어. 할 수 있지?"

"지금요?"

"지금보다 나은 때는 없어. 나는 오늘 늦게 상하이로 떠날 거야."

"FDA 일 때문에요?"

"불행한 일이지만, 맞아. 아무튼 퐁은 네가 잘 처리할 거라고 날 안심시켰어. 그러니까 슬슬 쇼를 시작하자고."

내가 숀드라 옆으로 돌아왔을 때는 디저트로 에그커스터드타르트가 나오고 있었다. 럭키와 얘기하고 나니 배가 갑자기 허해진 것 같기도 했다. 숀드라와 나는 즉시 파이들을 지구상에서 완전히 없애버렸다. 한 겹씩 벗겨지는 페이스트리 조각이 식탁보를 어지럽혔다. 럭키가 물잔을 숟가락으로 두드리며 내가 몇 마디 할 거라고 알리자 토할 것 같았다. 내가 천천히 일어서자 모두가 나를 돌아보았다. 알렉산더는 툭 불거진 콧등 너머로 나를 음흉하게 보았다. 숀드라는 뻔뻔하게 윙크했다. 감동받을 준비가 된 듯했다. 그리고 드럼은, 글쎄, 그는 번영한 왕처럼 식탁의 저쪽 끝에서 조용한 자신감을 풍기며 앉아 있었다. 가르보에서 벌어졌던 일과 비슷한 계열의 무언가를 기대하는 게 틀림없었다. 하지만 나는 내가 곤경에 빠져 있다는 걸 알았다. 나는 전에도 이런 상황에 처한 적이 있었다. 예컨대 에릭 골드플루스의 바르미츠바*가 그랬다. 그때 나는 이상하게도 우리의 우정에 관해 얘기할 두 아이 중 한 명으로 꼽혔는데(에릭과 나는 아무리 잘 봐줘도 지인 관계였다. 우리 둘 다 가까운 친구가 없었기 때문이다. 내가 초대라도 받은 건 그 때문이었다.) 완전히 기겁해서 녀석의 여동생이 시내 수영장에서 다이빙하는 모습이 보기 좋았다고 기괴하게 떠들어댔다. 그런 상황에서는 사람이 꾸준히 자기를 파괴해 가는 가운데 시간이 정지한다. 사람은 모르는 것, 기억하지 못하는 걸 찾아 낼 때 생각이 날카로워진다. 이 경우에는 엘릭서런트 사업 모델/계획의 기초와 지저분한 게티에게서 들은 엄청나게 많은 말이 그랬다. 이 모든 것이 무대 공포증과 어쩌면 그 악마적인 '룩 춤'의 재발현으로 인해 일어났다. 모든 것이 뚫을 수 없는 안개 너머 어딘가로 사라졌고, 나는 흥얼거

---

* 유대교에서 13세가 된 소년에게 열어 주는 성인식.

리기 시작했다. 내 안의 고립된 짐승이 침묵의 블랙홀에 빠져 버리고 말았고 이를 메우려는 마음으로 절박해졌다.

럭키의 얼굴은 평소보다도 더 하얗게 질렸다. 나는 차마 드럼을 볼 수 없었다. 숀드라가 내 손목을 잡으며 미국 중서부의 콧소리로 "이봐요, 꼬맹이."라고 말한 건 그때였다. 그 말에 어쩐지 나는 정신이 들었다. 게티의 뒤죽박죽 트러스터페어리언* 섬 방언이 갑자기 내 머릿속에서 횡설수설 터져 나왔다. 나는 그가 나를 상대로 현학적인 발작을 일으키며 내뱉었던 그 이상한 단어들을, 우리의 혼합 음료를 구성하는 뿌리와 잎사귀와 열매와 나무껍질의 준-과학적인 이름들을 떠올렸다. 그래서 나는 말했다. "진지베르 오로나티쿰." 그 소리가 마음에 들었다. 그런 다음에는 G음으로 소리 높여 말했다. "카엠페리 갈랑가." 그런 다음, 계속해서 "티오스포라 룸피 보엘"과 "기제이자히자 글라브라"라는, 끈적끈적한 포르투갈식 단어를 말한 뒤 다시 "포에니쿨룸 불가레 밀"의 고전적인 형태로 휙 돌아왔다가, 지역의 나쁜 남자인 "자타니눔 순박 아이트"를 말했다. 그런 다음, 설명할 수 없는 이유로 내가 가장 좋아하는 단어가 된 "피잘릭 안굴라타 힘"을 구호처럼 외쳤다. 나는 나조차도 얼마나 오래인지 알 수 없을 정도로 계속해서 떠들어댔다. 웅얼거린 건지, 노래를 한 건지 알 수 없었다. 나는 게티에 이어 9학년 때의 과학 선생님 아르시디아코노 선생님까지 소환했다. 선생님은 우리에게 아래팔 양쪽에 식물계의 분류를 펜으로 적어 넣도록 했으며, 직접 교잡해 싹을 키워 낸 것으로 유명한 자

---

* 빈민처럼 행세하는 부유층 젊은이.

칭 무정부주의자였다. 그러다가 내 머릿속 화면에서 파동을 일으키던 자막들이 마침내 소진됐다.

나는 혼란과 동정심 사이에 정지 화면처럼 굳어 있는 숀드라의 표정을 보고 뭔가 잘못됐다는 걸 알았다. 그녀는 입을 쩍 벌리고 있었다. 아마 심한 공포감을 느낀 듯했다. 식탁의 나머지 사람들도 겁을 먹고 입을 다물었다. 방언을 터뜨린 꼬마를 맞닥뜨리면 아마 당신도 그렇게 될 것이다. 바르셀로나 여자는 고통스러운 미소를 지으며, 튀어나온 앞니로 아랫입술을 깨물었다. 알렉산더는 내게서 게티만큼 고약한 냄새가 나기라도 하는 듯 멀리 몸을 기울였다. 그리고 럭키는 내 맞은편에 화강암처럼 고요히 앉아 있었다. 그의 두 팔이 굳은 삼각형을 이룬 채 식탁에 놓여 있었다. 한쪽 주먹이 반대쪽 손을 꽉 눌렀다. 꼭 도장에서 쫓아내야 할 제자에 대해 곰곰이 생각하는 사범 같은 표정이었다. 숀드라는 내 아래팔을 부드럽게 잡아당겼고 나는 자리에 앉았다. 나는 그대로 더 내려가서, 식탁 밑에 웅크리고 싶었다. 어쩌면 바닥에 굴을 파고 빠져나가고 싶었는지도 모르겠다. 드럼이 자비를 베푼다면, 서둘러 부하에게 신호를 보내 나를 자동차에 태워 산과 계곡 저 아래로, 선전 공항의 아찔한 터미널로 곧장 보내 버릴 텐데. 거기에서 나는 비참한 미국 승무원들이 배치된 비참한 미국 상용 항공기에 콩나물시루 속 콩나물처럼 실려 장거리 비행을 한 끝에 뉴어크 공항으로, 아직 숨 쉬는 자들의 그 거대한 무덤으로 가게 될 것이다. 그런 일을 당해야 마땅했고.

하지만 그때 드럼이 일어나 선명한 초록색 자무 잔을 들어 올렸다. "칼로필룸 이나필루." 그가 말했다. "카에살피니아 사판 힌. 시트라에

512

아우란티팔리아 시빙글." 그는 학위를 받기 직전의 사람들을 부르듯 선명하게, 공들여 발음했다. 나는 경이로웠다. 그는 게티를 만났거나, 어느 시점엔가 퐁이 가져온 실험 데이터를 검토한 게 틀림없었다.

그가 말했다. "자연은 드넓습니다. 자연은 고갈되지 않습니다. 자연은 분명 특이한 설계를 즐깁니다." 이 말에 몇 사람이 키득거렸다. "개연성 없는 일로 보일지도 모르겠지만, 나의 젊은 친구와 내가 언급한 걸 비롯한 여러 가지 꽃들은 사실 저 친구의 관계자들이 이미 연구한 식물 및 다른 진액의 극히 일부일 뿐입니다. 그러니 저와 함께, 그 다양성에 대한 극적으로 간략한 검토를 해 준 틸러에게 감사 인사를 하는 게 어떻겠습니까?"

그는 잠시 뜸을 들였다가 활짝 웃었다. 모두가 갈채를 보내기 시작했다. 내가 아니라 그의 우아한 간섭에 보내는 갈채였다. 숀드라와 데빈은 활기차게 축배를 들며 내게 경의를 표했다. 럭키는 다행히 좀 더 자비로운 표정으로 그 장면을 지켜보았다. 그러더니 요가 강사들에게 선전과 쿠알라룸푸르에 있는 우리의 생산 시설이 대단히 엄격한 생산 기준을 가지고 있으며, 각 시설의 내부 실험실에서 계속해서 살충제와 중금속을 검사한다고, 유럽 연합 표준의 유기농 생산 방식을 인준받기 위해 독립적인 조사관들이 미리 알리지 않고 농장을 방문하게 했다고도 말했다. 그 모든 얘기는 정말로 인상적이었지만 나로서는 처음 듣는 소식이었다. 하긴 내 인생의 작은 그림에서든, 큰 그림에서든 새로운 소식이 아닌 게 뭐라고? 정보를 알려 주는 사람이기보다는 듣는 사람으로서의 존재론적 입장이 형성된 나의 행복하고도 불행한 어린 시절의 그 사건 이후로 일상적이면서도 심오하도록 놀랄 일이 아닌 게 무엇이었던가?

"오늘은 모두 쉬면서 마음을 가라앉힙시다." 드럼이 선언했다. "내일은 기적적인 이틀의 첫날이 될 테니까요." 이 말은 분명 요가인들을 진정시키기 위한 것이었지만 그들을 놀라게 한 듯했다. 브런치 자리가 파하면서 요가인들은 긴장해 고개를 끄덕였다. 숀드라조차 불쑥 의자에서 일어났다. 그녀를 비롯한 다른 사람들은 맨 위층에 남아 있었고, 모두가 떠나려는 순간 그녀가 말했다. "당신이 내 본격적인 요가를 보게 되다니 기쁘네요."

"저도요. 그야말로 공평한 일이기도 하고요." 내가 말했다. "당신도 내 본격적인 멍청함을 봤으니까요."

"전혀 멍청하지 않았어요!" 숀드라가 소리쳤다. "굳이 따지자면 좀 소름 끼쳤죠. 당신을 꼭 끌어안아 주고 싶었는데, 그때 당신이 뭐랄까, 리듬을 타더라고요."

"네, 꼭 공원의 미친 사람처럼 그랬죠."

"지금 안아 줄까요?"

나는 그녀 쪽으로 몸을 숙였다. 그 멋지고 단단한 모찌 같은 살에 파묻히려는 참이었다. 그때 "이제 가야 해."라는 소리가 들렸다.

콘스턴스였다. 그녀는 돋보이는 흰색 라이크라*를 입고 우리 사이에 망령처럼 불쑥 나타났다. 그녀가 내 팔꿈치를 잡았다. 나는 그녀의 튼실한 손아귀 안에서 잔가지가 된 것 같은 기분이었다. 쉽게 꺾이는, 발사 나무 고무 동력기처럼 말이다.

---

* 신축성 폴리우레탄 섬유로 스포츠웨어 등에 쓰임.

"아, 그래야죠, 콘스턴스 씨." 숀드라가 말했다. 복종하는 뜻에서 그녀는 어깨의 힘을 풀었다. 그녀는 즐겁고 편안한 미소를 지어 보이며 어쨌든 나를 끌어안았다. 그게 콘스턴스에게는 짜증스러운 일이었다. 숀드라는 단념하지 않으려 했다. 그녀가 말했다. "틸러, 모를 수도 있겠지만 당신 주위에는 숭고한 흐름이 아주 많이 있어요. 계속 그걸 불러들여요. 위대한 스와미 시바난다의 말을 떠올리세요. '이 세상은 너의 몸이다. 이 세상은 위대한 학교다. 이 세상은 너의 말 없는 스승이다.'"

그 말을 하는 숀드라의 목소리가 듣기 좋았다. 나는 숀드라가 그랬듯 내 마음을 숨기지 않았다. 세상으로부터, 나 자신이기도 한 이 세상으로부터 배운다는 생각도 마음에 들었다. 이것이 비밀스러운 순환일까? 이 세상이 다른 모두의 것인 만큼 내 것이기도 하다는 것이? 그랬다. 얼마든지 그랬다. 콘스턴스에게 끌려가는 동안 떠올랐던 가장 긴박한 질문은 사람이 과연 다른 사람의 것이기도 하느냐는 문제였던 듯하다.

20

　결국 렌과 피트가 가정 식당 프로젝트의 마지막 손님이 됐다. 잔디
밭에서 벌어진 무질서한 시간이 지난 뒤, 불굴의 오토바이녀들이 굉
음을 울리며 떠나고 밸이 빅터 주니어의 사나운 손아귀에서 큰 식칼
을 빼내자마자—빅터 주니어의 몸 안에서는 여전히 아드레날린이
솟구치고 있었다.—우리 셋은 안으로 돌아가 말없이 손을 씻고 와인
잔을 닦고 가스레인지의 화구와 상판을 닦고 다양한 양념과 기름과
식초가 놓여 있던 조리대를 치우며 주방을 정리했다. 내가 주방의 전
등을 껐을 때 즈음에는 아마 좋은 시절이 끝났다는 걸 우리 모두 알
았을 것이다. 작은 축하 의례라고 해 봐야 셋이 함께 빅터 주니어의
풍선껌 담배를 하나씩 가져다가 뒤쪽 현관 계단에서 과자 제조자의
흰 설탕을 뻐끔뻐끔 뿜어낸 뒤 조용히 함께 껌을 씹은 것뿐이었다.
밤하늘은 섬세하고 완벽한 초승달을 지나쳐 흘러가는 긴 곤봉 같은
구름으로 수놓여 있었다. 나는 이렇게 존재하는 동안 무언가가 차오

르는 것인지 저물어가는 것인지는 그저 추정할 수밖에 없으며 어쩔 수 없이 우리가 할 수 있는 최선은 아름다움을 기념하는 것뿐이라고 생각했다. 밸도 달을 쳐다보고 있었다. 나는 같은 생각을 전달하고 싶었다. 최소한 그 달빛에 데운 생각만이라도 말이다. 그때 빅터 주니어가 일어서서 깊이 한숨을 쉬었다. 그는 입에서 껌 조각을 꺼내 풀밭으로 탁 튕겼다. 빅터 주니어는 내가 그에게서 한 번도 본 적이 없는 방식으로 입을 꽉 다물고 있었고 졸린 듯 절반쯤 눈을 감고 있었다. 그가 나직하게 말했다. "고마워."

밸과 나는 대체 무슨 일이 일어나는 건지 몰라 그를 다시 보았다.

"고마워, 전부 다." 그가 우리를 똑바로 보며 말했다. 그러더니 빅터 주니어는 자러 가겠다고 선언하고 우리 둘 모두의 뺨에 입을 맞췄다. 그 순간 우리는 그의 부처님 배를 쓸어 주어야만 할 것 같았다. 행운과 더 깊은 깨달음을 위해서 말이다. 하지만 그는 깡충깡충 안으로 뛰어 들어갔다.

"방금 일어난 일 진짜일까?" 밸이 오랫동안 침묵하다가 물었다.

"그런 것 같아."

밸이 고개를 저었다.

그게 전부였다. 빅터 주니어가 내뱉은 단순한 단어들 덕분에 함께 고생한 몇 주가 원래보다도 더 큰 가치를 갖게 됐다. 나는 빅터 주니어가 빌어먹을 만큼 자랑스러웠다. 하지만 그 이상으로, 나는 우리 종족에 대해 다시 한번 새로운 자긍심을 느꼈다. 한때는 짐승 같던 우리의 비즈가 자기 자신을 넘어서는 무언가를 보고 더 넓은 맥락을 제대로 이해할 만큼 진화할 수 있다면, 우리는 파멸할 운명이 아닌 걸지도 몰랐다.

　물론 단계적인 축소의 시기도 있었다. 웨트20은 NeighborLady.com 에서 여전히 활발한 화제였고, 이후 이 주 정도는 상황을 모르거나 기대감에 찬 손님들이 우리 집 초인종을 누르곤 했다. 우리의 냉장고는 여전히 그냥 두면 상할 수 있는 재료들로 가득했으므로, 우리가 먹을 저녁을 지나치게 많은 분량으로 준비한 다음 아직 소식을 듣지 못해 멀리에서 여행해 온 사람들에게 포장 음식으로 건네주었다. 하지만 그 재료들이 다 떨어지고 난 후에 사람들은 우울하게 빈손으로 돌아가야 했다. 영원히 문을 닫았다는 걸 분명히 알리기 위해, 우리는 다시 외식을 하러 나가기 시작했다. 스태그노 지역 전체의 거의 모든 식당을 둘러보았다. 분명히 말하지만 우리는 모든 걸 먹었다. 떠먹는 피자와 무슈돼지고기*, 엔칠라다와 버터치킨, 치즈버거와 드래건롤. 그 모든 게 극도의 평범성이라는 좁은 범주라 해도 우리는 신경 쓰지 않았다. 음식이 접시에 올라오려면 어떤 대가를 치러야 하는지 잘 알았기 때문이었다. 작업자가 하는 일이라고는 대체로 버튼을 누르고 땡 소리가 나기를 기다리는 것뿐인 큰 체인점에서도 우리는 즐겁지 않더라도 존중하는 마음을 담아 배를 채웠다. 우리가 절대로 다시는 오지 않겠다고 맹세한 식당이 하나 있긴 했다. 55채 이상의 고급 주택이 모인 단지 안에 있는 골프 및 테니스 클럽의 식당이었다. "별 여섯 개짜리 식당"이라고 광고한 그 식당은 둥글게 자른 껄끄러운 필레 스테이크 덩어리 위에 미지근한 게살을 올려놓겠다고 고집을 부렸

•　달걀, 채소, 돼지고기 등이 주재료인 미국식 퓨전 중국요리.

518

다. 우리는 즉시 밑이 빠질라 도망쳤다. 나는 그렇게 빨리 차를 몰아본 적이 없다. 그전에는 한 번도.

다른 면에서 우리는 늘 걸신들린 사람들 같았다. 어쩌면 우리가 갑자기 외로워졌기 때문인지도 몰랐다. 때로 코트니와 리엄, 심지어 키퍼도 우리와 함께했다. 어느 날 밤, 우리는 그들과 함께 볼링장에서 가서 레인 두 개를 차지하고(둘 다 어린이용 보호대가 설치된 레인이었다.) 메뉴에 있는 튀긴 음식 전부와 탄산음료와 맥주 피처 여럿을 주문했다. 덕분에 우리는 훌륭한 시간을 보냈다. 단지 그뿐이었다. 아무 일도 일어나지 않았다. 위험한 순간은 한 번뿐이었다. 빅터 주니어가 최대한 세게 공을 던지려다가 그걸 낮게 꺼진 천장까지 쏘아 올렸다. 천장 타일 하나가 밀려 올라갔고 공이 다시 땅으로 떨어지면서 바닥의 타일도 깨뜨렸다. 공은 리엄의 두개골을 박살 낼 뻔했으나 아슬아슬하게 그러지 않았다. 리엄은 그저 자기 공이 꾸준히, 거북처럼 다음 레인을 굴러가는 모습을 지켜보고 있었다. 우리는 헛숨을 들이켰고, 전율이 풀린 후에는 코트니가 크게 웃었다. 우리는 관리자가 지당하게도 화가 잔뜩 난 채로 올 때까지 고함과 환성을 질렀다. 관리자는 별문제가 아니었다. 내가 그를 데리고 ATM기로 갔고, 거기에서 마법의 카드가 다시 돈을 주었으니 말이다. 나는 볼링장이 입은 피해와 볼링장 사용료, 음식값을 전부 냈고 관리자가 겪은 불편과 곤란에 대해서도 후한 팁을 주었다. 대도시 클럽 경비원한테라면 그의 표정을 잠시 누그러뜨릴 수 있는 액수에 불과했지만, 볼링장의 관리자는 내가 다시 레인으로 돌아간 후에도 뚱뚱한 현금 뭉치를 손에 든 채 얼어붙어 있었다. 그 돈이 자기 것일 리 없다는 표정이었다. 내가 왜 그런 행동을 하게 됐는지는 모르겠다. 앞서 말했듯 나는 요리와 관련된 비용을 쓸 때를 제외하면 늘 보수적으로 카드를 사용해 왔다. 돈이 떨어질까 봐 걱정해서가 아니라 낭비가 부끄러워서였다. 그런 수치심은 분명 클라크에게서 물려받은 것이었다. 하지만 나는 내 몸을 휘감는 그 쾌감이 마음에 들었다. 아마 복권 당첨자가(그냥 평범한 '자수성가형' 더럽게 돈 많은 남자가 아니라) 됐을 때와 비슷한 기분이 아닐까. 마땅히 모든 사람을 위해 넉넉해야 할 세상의 이면에 깔린 확률이라는 광기를 이해하는 사람 말이다. 그날 이후로 나는 사치스러운 산타 삼촌이 됐다. 리엄부터 시작이었다. 나는 그를 데리고 쇼핑몰에 가서 가정용 과학 실험 세트와 직접 만드는 드론 세트가 있는 세련된 어린이 장난감 가게에서 흥청망청 돈을 썼다. 코트니와 키퍼도 따라왔기에 각자에게 털 달린 실내용 장화와 오리 사냥용 방수 장화를 사 주었다. 그리고 활발한 꼬마 여자아이도 있었다. 그 애가 유명 브랜드가 아닌 축구화를 신어 보며 결정에 어려움을 겪고 있기에 나는 그 애의 신발을 은색-검은색과 노란색-초록색으로 출시된 골든 부트 모델로 업그레이드해 주었다. 매우 지친 표정의 그 애 엄마가 나를 끌어안았다. 머잖아 식당 종업원들도 나를 끌어안았고, 가스 앤드 고*의 계산원은 방탄용 안전유리 너머에서 나와 주먹 인사를 했으며, 스태그노 도서관의 수석 사서는 책과 DVD를 한 주 더 추가로 대여할 수 있는 특수 대출증을 빌려주었다. 내가 연체 도서를 반납하면서 상당한 액수를 기부한 다음에 일어난 일이었다.

---

* 미국의 주유소.

특히 나는 얼마든지 기쁜 마음으로 밸과 주니어의 버릇을 말도 안 되게 망쳐 놓고 싶었다. 하지만 내가 시내에 있는 유일한 보석 가게에 가서 명품 시계를 사 주겠다고 하자 밸이 그 생각을 짓밟아 버렸다. 그녀는 "우리 아빠도 내가 해 달라는 대로 다 해 줬는데, 그래 봤자 비참해지기만 했어."라고 말했다. 나는 비즈에게 뭘 갖고 싶으냐고 묻지 않았다. 비즈는 우리와 어울리며 가끔 리엄과 노는 것에 만족했다. 그 역시 처지가 달라졌기 때문이었다. 소시오패스 아기 망나니에서 신동 음식 공학자로의 여정을 완전히 이해하려는 노력이랄까, 일종의 우울 상태였다. 그는 요리 잡지가 가득 담긴 태블릿을 겨드랑이에 끼고 온 집 안을 돌아다녔다. "흐름을 놓치지 않기 위해서"라고 했다. 하지만 비즈가 고민에 빠진 듯 한숨을 쉬며 초조한 듯 이리저리 돌아다니는 모습을 보니, 나는 그가 다시 앞치마를 두를 날이 올지 의문이었다. 그 작은 녀석은 용광로의 위풍당당한 심장에서 일을 했으며, 이제는 그 열기가 지나간 자리에 있었다. 그 수준에 도달하기 위해 어떤 대가를 치러야 하는지 안다는 것 자체가 무겁게 느껴지는 모양이었다.

어쩌면 내가 지나친 보상을 해 주었거나 실제로는 존재하지 않는 취약성을 보고 있는 것일 수도 있다. 비틀거리는 건 나였을지도 모른다. 나쁜 일이 전혀 일어나지 않았다는 사실, 악당이 우리 집 앞이나 동네에 나타난 적이 없다는 사실(내가 아는 한에서는 그랬다.)을 도저히 지워 버릴 수 없었다. 우리가 탈출했다는 감각이 뼛속까지 전해지지 않았다. 그러던 어느 날, 마법의 ATM 카드가 오작동했다. 지금까지 계좌의 잔고를 한 번도 알려 준 적이 없었는데 그날은 ATM기가 은행에 연락하라는 말을 화면에 띄우며 카드를 뱉어 냈다. 뱀에게는 말하지 않았다. 다음 날 나는 다시 같은 은행으로 갔다. 카드가 작동했다. 그래서 이후 몇 주 동안 500달러를 인출했고, 차를 타고 다른 은행들을 돌며 더 많은 돈을 꺼냈다. 그런 방법이 통해서는 안 되었지만 실제로는 통했다. 나는 돈 자체에는 별 관심이 없었지만―돈이 다 떨어지면, 누구의 밑에서든 접시를 닦으면 됐다.―끝이 가까워지고 있다는 위협이 느껴지자 저장 모드에 돌입했다. 비즈를 위해 쓴 돈과 그렇게 모은 돈을 더하자 상당한 액수가 됐다.

어쩌면 이 일 때문에 내가 결말에 관해 집착하게 된 걸지도 몰랐다. 예컨대 우리가 함께하는 시간이 끝날지도 모른다는 생각에 관해서 말이다. 이야기에서와는 달랐다. 이야기의 결말은 꼭 해피엔딩이 아니라도 소화할 수 있다. 나는 결말에 잠시 머물 수도 있고, 떠날 수도 있고, 약간의 경이로움과 희망의 지지를 받을 수도 있다. 하지만 사랑하는 사람에게 진짜 최후의 작별 인사를―'사람' 말이다. 사물이나 관념과는 다르다.―해야 할 때는 다르다. 그러니까 내 말은 최후의, 최후의, 최후의 작별 인사말이다. 그건 정말 놀랍도록 슬픈 일이다. 절대적인 슬픔이다. 그래. 꽃송이를, 어쩌면 꽃 피우기를 영원히 방해하는 건 일방적인 작별 인사일 것이다.

나는 얽힌 덤불에서 벗어나려고 운동을 더 열심히 하기 시작했다. 뱀과 비즈는 러닝머신을 좋아했지만 나는 스태그노의 축축한 여름 공기를 직접 들이마시는 편이 더 좋았다. 그 공기를 마시면 짐승같이 줄줄 땀을 흘리게 된다. 스태그노의 공기 장막은 내 반바지와 양말을 완전히 적시고, 좋으면서도 기진맥진하게 만들었다. 홈스쿨링으로 정해 놓은 운동 시간이 되면 나는 동네에서 인터벌 달리기를 했다. 나이 든 사람에게는 심장마비의 위험 때문에 추천되지 않지만, 나처럼 유연한 스무 살의 대동맥에는 한계에 닿을락 말락 하는 압력을 불어넣고 만족스러운 스트레스를 주었다. 달리기에는 시간이 별로 걸리지 않았다. 다만 달리기가 끝날 즈음에 나는 더 빨리 달리려고 노력했다. 나를 약탈하려는 가택 침입자들에 대한 생각이 순풍처럼 뒤에서 나를 밀어 주었다. 나는 누군가가 우리의 평소 일정을 알아낸 다음 내가 우리 둥지에서 가장 먼 곳에 있을 때 택배 기사인 척 접근하는 경우를 상상해 보았다. 나는 밸과 비즈에게 언제나 경보 시스템을 작동시켜 놓고 내가 집에 없을 때는 절대로 문을 열지 말라고, 당연히 나가지도 말라고 지시해 두었다. 한 차례 둘을 시험해 본 적도 있다. 그때 비즈는 누군지 묻지도 않고 현관문을 열었다. 경고음도 울리지 않았다. 그래서 며칠 동안 나는 인터벌 달리기를 하며 20번지가 시야를 벗어나지 않도록 웨트스톤 가 도로를 따라 달렸다. 처음에는 괜찮은 방법 같았지만 곧 내가 미친 사람이라는 생각이 들기 시작했다. 그래서 레이프에게서 농구공을 빌려다가 윗 골목의 낡은 농구대에서 농구를 하기 시작했다. 아마 그 농구대는 수십 년 전에 윗 골목에 사는 이웃 중 한 명이 아이들과 친구들이 거리에서 농구를 할 수 있도록 마당 앞에 두었지만 이후로 비바람에 녹슬고 색깔이 희미해지며 방치된 물건이었을 것이다. 던바에서는 이런 행동이 심각한 동네 훼손이지만, 여기 스태그노에서는 그 농구대가 멋진 잔디 장식품 축에 들었다. 아내를 잃고 휠체어에서 생활하는 이웃은 거실 안에서 사람들을 지켜보는 걸 좋아했다. 그는 내가 빅터 주니어를 데려갈

523

때마다 엄지를 들어 보였다. 이제 비즈는 게임에 흥미를 잃어 가고 있었고 나는 그에게 진짜 스포츠를 소개해 주고 싶은 생각이 굴뚝같았다. 농구대는 웨트스톤 가의 저쪽 끝, 길이 채석장 쪽으로 방향을 트는 지점에 있었다. 나는 드리블, 슛, 패스 연습을 하며 우리 집의 지붕을 언뜻 볼 수 있었다. 나는 집을 떠날 때마다 밸이 차를 타고 나가는지 보려고 차고 문의 문틈에 아주 작은 테이프 조각을 붙여 놓았다. 설령 밸이 차를 몰고 나갔다는 걸 알게 된다 해도 뭔가 말을 할지, 말한다면 무슨 말을 하게 될지는 전혀 알 수 없었지만 말이다. 우리는 밸이 완전히 안정적이라고 확신하는 상태와 그랬으면 좋겠다고 바라는 절망적인 상태 사이에 있었다. 이런 상태에서는 좋은 일을 굳이 큰소리로 확인하지 않고 그냥 두는 게 최선이다.

심지어 일주일 전, 비즈와 함께 호스 게임*을 하고 돌아오다가 뭔가 이상한 낌새를 눈치챘지만 밸에게 아무 말도 하지 않았다. 당시 나는 비즈와 함께 진입로를 따라 올라가다가 차고 옆문이 약간 안쪽으로 열려 있는 걸 보았다. 즉시 공포가 솟구쳤지만, 그때 밸이 소음 차단 기능이 있는 헤드폰을 낀 채 거실에서 청소기를 돌리는 모습이 보였다. 안심했다. 그래도 밸이나 비즈가 차고 문을 잠그지 않았다는 게 짜증 났다. 내가 둘에게 늘 경고하고 있는데 아무도 들어먹질 않았다. 나는 비즈에게 집으로 들어가라고 말했다. 차고의 테이프가 멀쩡히 붙어 있었다. 기쁜 마음으로 테이프를 뜯어낸 다음 옆문으로 들어갔다. 나는 어두운 차고를 둘러보며, 반바지 뒷주머니에 고이 들어

---

* 번갈아 가며 농구대에 공을 던져 점수 내기를 하는 게임.

있는 말도 안 되게 날카로운 작은 칼을 톡톡 두드렸다. 토드 브라운이 재활용 쓰레기통 뒤에서 나올 걸 각오했다. 타국에 다녀온 이후로, 나는 남은 평생 언제라도 촉발될 수 있는 이 PTSD를 갖고 살 것이다. 하지만 그건 고마워할 일이기도 했다. 퐁이 나를 대비시켜 준 것이다. 조심스럽게 작업대 전등을 켰지만 안에는 아무것도 없었다. 그저 차고의 먼지 낀 물건들뿐이었다. 우리가 거의 쓰지 않는 조경 도구, 녹슬어 가는 토마토 받침대, 주황색 연장 코드의 바퀴 달린 통. 나는 작업대의 못대가리들을 살펴보았다. 여기저기 뻗어 있는 못대가리의 군집이 보였다. 대가리가 유난히 반짝이는 걸 보면 그중 일부는 새로 박아 넣은 것이었다. 별로 달라진 건 없었다. 나는 문을 잠그고 비좁은 차고를 가로질렀다. 자동차 앞과 벽 사이를 옆걸음질 쳤다. 그때 무심코 손으로 보닛을 만져 보았다. 잠시 멈출 수밖에 없었다. 철판이 따뜻했다. 아니, 따뜻한 차고 공기보다 아주 약간 더 따뜻했다. 배기가스 냄새는 전혀 나지 않았다. 나는 엔진이 오랫동안은 아니더라도 켜져 있었다는 확신이 들었다.

안에서는 뱅이 여전히 청소기를 돌리고 있었다. 우리 청소기는 편하게 쓸 수 있는 무선 청소기였지만 어떤 이유에서인지 공장에서부터 화난 밴시* 같은 소리를 내도록 설정돼 있었다. 고통스러울 만큼 비명에 가까운 고음이었다. 어느 우주 생물체가 자기 새끼에게 너무 가까이 다가가는 인간을 보며 내는 소리 같았다. 비즈는 주방에서 얼음을 넣은 레모네이드를 한 잔 따르다가, 나한테도 마실 거냐고 손짓

---

* 아일랜드 민간에 전승되는 귀신으로 죽을 사람이 있으면 나타나 곡을 한다고 한다.

하더니—빠르게 성숙해 가는 비즈의 놀랍고도 경이로운 모습 중 하나였다.—한 잔을 더 따르면서 내게는 자기 걸 주었다. 비즈는 등 뒤로 드리블하는 방법에 관한 동영상을 재생했고, 나는 거실로 나갔다. 나는 밸의 움직임을 살폈다. 그녀가 인내심 있게 집 안을 돌아다니며 의자를 밀치고 구석을 샅샅이 훑는 모습이나 톱질하듯 밀고 당기는 왼손 동작에 조금이라도 달라진 점이 있는지 분석했다. 그녀의 표정은 애매모호했다. ……어쩌면, 지나치게 애매모호했다. 밸의 손이 아주 조금씩 떨리고 있는 걸까? 자기가 무슨 짓을 한 건지 몰라 겁에 질린 걸까? 뭘 듣는지는 몰라도, 그녀는 그 음악에 맞춰 노래를 부르지 않았다. 발을 까닥이지도 않았다. 나는 계속해서 운전대를 잡은 그녀를, 시동을 걸고 최대한 오래 숨을 참은 뒤 탄소가 섞인 최초의 달콤한 숨을 안정적이고도 깊게 들이쉬는 모습을 떠올렸다.

"다신 그러지 마!" 나는 소리쳤다. 내 목소리가 나에게조차 거의 들리지도 않았다.

그녀는 계속해서 청소기를 돌렸다. 청소기의 머리 부분을 들어 올려 천장 조명이 고정된 부분에 있는 거미줄을 빨아들였다.

"제발 그러지 마!"

밸이 무언가를 느꼈는지 내 쪽을 돌아보며 청소기 전원을 껐다. 그녀는 헤드폰 한쪽을 들었다. "와, 그거 정말 멋져 보이네."

나는 얼어붙었다. 그녀의 단순한 생기에 패배했다. 얼마나 대단한 일인가, 살아 있다니. 그녀의 뺨에서 보이는 미묘한 맥박. 나는 얼음을 넣은 레모네이드를 권했다.

그녀는 크게 한 모금을 들이키더니 또다시 홀짝였다. 그녀가 다시 잔을 내밀었을 때 나는 고개를 저으며 그녀가 레모네이드를 마저 마시는 모습을 지켜보았다. 그녀의 매끄럽고 흰 목은 사랑스럽고 길었다. 그녀의 갈증은 과도했다. 그녀가 내게 유리잔을 건네주었다. 컵 모양의 헤드폰을 다시 귀에 고정하고 청소기를 켰다.

그 사건 이후 나는 자동차 열쇠를 가지고 들고 다니려고 했다. 예컨대 밸은 머리를 하러 나가야 할 때면 열쇠가 어디에 있는지 궁금해하며 주방 서랍을 뒤질 것이다. 나는 그냥 내 나름의 용건이 있어서 나간 것처럼 굴 테고. 새로운 할 일을 만들어 내 그녀를 따라간다면 더 좋겠지. 나는 이런 식으로 세면도구를 구입했다. 여행용 크기의 치약과 로션을 한 개씩 구입했다. 나는 그녀가 의심할지도 모른다고 생각한다. 하지만 그녀는 아무렇지 않게 동의했다. 오히려 운전해 줄 사람이 생겼다며 좋아했다. 물론 그 경우에는 빅터 주니어도 함께 가야 했다. 미슐랭 등급을 받을 수도 있었다고는 하지만, 아직 녀석은 어린아이에 불과했으니 말이다. 그래서 모든 행사가 가족 행사가 됐다. 나는 이로써 상황이 얼마나 괜찮은지 그녀에게 자연스럽게 일깨워 줄 수 있겠다고 생각했다. 밸의 아들은 내 운전석의 등을 차거나 불량 식품을 사달라고 애원하며 밸을 포위하려는 충동을 전혀 느끼지 않았다. 대신 침착하고 평온하게 다양한 독서 플랫폼을 들여다보고 있었다. 물론 비즈는 지금도 배고파했다. 다만 파괴의 기쁨을 위한 사료일 뿐인 것들을 먹고 싶어 하지는 않았다.

"내 생각엔 비즈에게 글을 더 쓰라고 해야 할 것 같아." 내가 말했다. 비즈의 지능 발전을 위한 제안이기도 했지만, 밸이 다음 단계, 그 다음 단계에 계속 집중하도록 하려는 것이기도 했다. 빅터는 뒷자리에서 자연 효모에 관한 팟캐스트를 듣고 있었다. "전에 뭘 끄적이고 있길래 슬쩍 봤거든. 첫 번째 수플레를 만들었을 때에 관한 내용이더라고."

"정말? 그건 잘되지 않았는데." 밸은 그때의 일을 기억하고 있었다. 직접 수플레 만드는 걸 도와주었으니까. 수플레는 오븐에서 나오자마자 빠르게 주저앉아 버렸다.

"실패와 분노, 그다음에는 실패야말로 가르침이라는 걸 깨달았다는 내용이었어. 진짜 회고록 작가라고 해도 될 정도였다니까."

"와, 그건 예상치 못했지만 적절한 결과네." 밸이 한숨을 쉬며 비즈를 돌아보았다. "우리가 할 수 있는 일은……."

그 방면에서 나는 할 얘기가 아주 많았다. 그중 어느 것도 밸에게 얘기하지는 않겠지만. 특히 부정적인 얘기는 말이다. "난 키츠 얘기를 하는 게 아니다."• 언제나 건방진 아키노-마스 교수의 말을 빌려서 하는 얘기지. 물론 밸이 왜 자기가 은밀하게 영사하고 있는 또 다른 상상 속 환각을 내게 신호하는 건지 궁금하긴 했다. 미용실에 도착했을 때, 나는 밸에게 옆 가게에서 비즈와 함께 중고 음반과 만화책을 훑어볼 테니 네일아트와 페디큐어도 받으라고 했다. 밸은 그 아이디어를 마음에 들어 했지만, 나와 비즈도 같이 네일아트와 페디큐어를 받는다면 그러겠다고 했다. 그녀의 눈에 깃든 갈망은 무엇일까? 우리가 가까이 있었으면 좋겠다는 마음? 머잖아 우리 셋은 발가

• 영국 시인 존 키츠가 '부정적 능력'(negative capability)이라는 개념과 연관 지어 '부정적인 얘기를 하지 않았다.'라고 한 농담이다.

락 사이에 간격을 벌리기 위한 패드를 끼우고 있었다. 밸은 손톱에 칠한 뽀얀 산딸기색 네일을 마무리하는 중이었고, 나는 무광 투명을, 비즈는 어째서인지 감초 같은 검은색을 골랐다. 그를 맡은 동유럽 이민자 여자가 놀라서 속삭이기까지 했다. 그녀는 처음부터 미심쩍어하더니 (어린애를, 남자애를?) 나와 밸에게 색을 재차 확인했다. 우리는 둘 다 괜찮다고 손짓했다. 비즈는 결국 무슨 새끼 좀비처럼 보였고, 내가 돈을 내는 동안 여자는 너무도 경멸 어린 시선으로 나를 보았다. 위대한 미국이 장래에 멸망할 운명이라고 생각하는 게 분명했다. 나도 반대할 수는 없었다. 우리는 파멸할 운명이었고, 마음속 깊은 곳에서는 모두가 그 사실을 알았다. 하지만 그 걱정까지 할 수는 없었다. 나는 여전히 내 궤도에 있는 몇 안 되는 사람들과 함께 함께 팽팽 돌아갈 방법을 걱정해야 했다. 그런 방법에는 어린애가 변덕을 마음껏 부릴 수 있게 해 주는 일도 포함돼 있었다.

엄마도 내가 마음대로 할 수 있게 받아 줬을까? 언제나 그랬다. 내 기억에 엄마는 한 번도 결정적으로, 딱 잘라 '안 돼.'라고 말한 적이 없었다. 가끔은 검소한 클라크를 살짝 놀리기 위해서 그랬을 것이다. 그게 아니면 엄마는 늘 자유 수집 기간을 선포했다. 아이스크림 트럭 아저씨는 언제나 내가 봄 팝*을 살 거라고 생각했다. 나는 모든 색깔의 발야구 공을 가지고 있었다. 세상에, 내게는 압정이 가득한 신발 상자도 있었다. 어떤 이유에서인지 나는 압정을 코르크판에 잔뜩 꽂아 놓는 걸 무척 좋아했다. 아이러니한 점은, 그 몇 안 되는 물건 외

---

* 아이스크림 상표.

에 내가 실제로 원했던 건 별로 없었다는 사실이다. 나는 어린 시절부터 어째서인지 더 많은 걸 달라는 나의 요구가 나 자신의 욕구를 충족시키기 위한 것이라기보다는 엄마에게 주는 일의 기쁨을 느끼게 하기 위해서라는 걸 알았다. 내게는 욕구가 없었다. 엄마가 더 이상 존재하지 않게 된 그 순간까지 말이다. 하긴, 욕구가 어디에서부터 시작되는 것인지는 알기 어려운 법이다.

네일아트를 받은 뒤 우리는 여름의 열기 속에 시내의 가게들을 돌아다니며 음반이 꽂힌 선반들과 골동품 가게의 도자기 인형들을 살펴보았고 오래전에 비누칠을 하거나 두꺼운 방습지를 붙여 놓은 수많은 가게 진열창 가운데에서 어째서인지 아직 살아남은 다른 가게들을 구경했다. 그래도 생명의 징후는 있었다. 나보다 나이가 그리 많지 않고 제3세계 수준의 임대료에 이끌린 진취적인 사람들이 최근 다양한 가게를 열고 있었다. 그중에는 미식가를 위한 차와 쿠키, 스케이트보드와 스쿠터를 파는 가게도 포함돼 있었다. 최근에 중심가에 새로 생긴 어떤 가게는 의료용 마리화나를 파는 '건강 관리 센터'로, 젊은이와 늙은이를 가리지 않고 스태그노의 입문자들에게 인기가 높았다. 이걸 시민사회의 부활이라고 볼 수 있을지는 불분명했지만, 최소한 스태그노는 덜 빠르게 죽어 가고 있었다. 밸은 반바지와 레깅스를 입고 땀을 흘리는 게 지겨워진 나머지 길 건너의 어느 위탁 상점에서 따뜻한 날씨용 드레스를 쇼핑하고 있었다. 그러는 동안 빅터 주니어와 나는 맛있는 쿠키를 하나 산 다음, 마리화나 의료 센터 옆에 있는 마약 용품 가게 앞에 서서 진열창을 보고 있었다. 가게에서 비즈를 들여보내지 않았기 때문이었다. 내가 입으로 부는 물 담배를 좀 더 장식적인 것으로 업그레이드해야 하나 고민하는 사이 네 명의 소년 무리가 진열창을 확인하러 왔다. 거의 우스꽝스러운 키 차이와 윗입술의 야심 찬 털 가닥들을 보면 이제 막 7학년에 올라가는 아이들 같았다. 그들은 남자애들이라면 으레 그러듯 자세를 취하고 서로를 열받게 하며 자신들이 선호하는 것과 역량을 시험하며 상징적으로 연기를 피워댔다. 그들을 보니 어울리고 싶었던 적은 없지만 때로 심심하고 외로워서 어울리곤 했던 남자애들이 떠올랐다. 나는 그들과 보낸 모든 순간이 후회스러웠다. 밸이 하늘하늘한 노란색 여름 원피스를 입고서 다시 길을 건너오고 있었다. 그때 남자애들 중 하나가 빅터 주니어를 보았다. 빅터 주니어는 이어버드를 낀 채 해양 생물처럼 생긴 물 담뱃대와 후커의 사진을 찍으려고 태블릿을 들어 올리고 있었다.

"야, 바비." 한 꼬마가 빅터 주니어를 눈여겨보며 자기 친구 중 한 명에게 속삭였다. 그는 뻔뻔스런 장난을 꾸미고 있었다. 유독 쳐 버리고 싶은 건방진 얼굴이었다. 그가 손가락을 팔락팔락 흔들어 댔다. "쟤도 너처럼 트랜스젠더가 되려나 봐." 다른 녀석들이 히죽거렸다.

"그건 네 생각이지, 이 못생긴 레즈비언아." 바비가 대답했다. "내 거시기를 반으로 잘라도 네 두 배는 돼."

"최소한 쿠치 말로는 내 거시기 맛이 구리진 않대." 그 아이가 말했다. 가장 호리호리한 쿠치라는 녀석이 그에게 가운뎃손가락을 내밀었고, 바비도 똑같이 했다. 그런 다음 모두가 또 한 차례 휘소리를 해 댔다. 나는 그 애들의 멍청함에 역겨움을 느꼈지만, 비즈는 한 마디도 듣지 못한 게 분명했다. 그래서 나는 그냥 지나가기로 했다. 그때 밸이 입고 있던 옷을 담은 쇼핑백을 내게 건네주고 그들에게 곧장 다가갔다.

"애들아, 괜찮겠어?" 밸이 말했다. 낮은 목소리는 이상하게 짝사랑에라도 빠져 있는 듯했다. 그러고 보니 나는 원피스를 입은 그녀를 한 번도 본 적이 없었다. 이 드레스는 화려한 여름 점심 모임에 입고 갈 만한 옷, 매릴린 먼로가 입을 법한 옷이었다. 몸에 달라붙고 속이 비치며 길이가 짧지만 고급스러워 보이는 옷. 푹 파인 비단이 가슴골을 감싸고 있었다. 게다가 그녀는 브래지어를 차지 않고 있었다. 절대로 차는 적이 없었으니까. 세상에, 그녀는 빛이 났다.

남자애들은 그녀에게서 눈을 떼지 못했다. 절대 부정할 수 없는 이 멋진 여자가 이 습한 공기 중에 아찔한 몸매로 자기들에게 말을 걸다니 믿을 수가 없어서. 쿠치라는 녀석만이 밸보다 약간 더 키가 컸다. 밸은 하이힐도 사서 신고 있었다. 몸매로나 태도로나 그들을 쉽게 능가했다. 쭈글쭈글한 들개들 사이에 선 1급 암사자였다.

"어디 보여 줄래?" 그녀는 레프러콘*처럼 생긴 아이의 팔꿈치를 잡으며 말했다. "장담하는데, 네 친구는 그냥 질투하는 걸 거야." 그녀는 골목 쪽을 고갯짓했다. "저리로 가 보자. 분명 넌 대물일 거야. 상상만 하고 싶지는 않은걸."

아이는 그녀에게서 팔꿈치를 빼내려고 했고 다른 녀석들은 반쯤 웃고 있었다. 나처럼 불안해하고 있기는 했지만 말이다. 그녀는 아무 계기도 없이 0에서 미친 상태로 순식간에 가 버렸다. 나는 빅터 주니

---

* 아일랜드 민화 속 작은 남자 요정.

어가 앞으로 얼마나 혼란스럽고 불안해할지 걱정됐다. 하지만 밸은 그 아이를 놔주지 않으려 했고 이미 창백한 녀석의 얼굴이 더 하얗게 질려 가고 있었다. 녀석은 심각한 심리적 위축을 겪고 있었다. 밸이 녀석을 더 가까이 끌어당기자 녀석은 밸의 손아귀에서 벗어나기 위해 자기 아래팔을 힘껏 내리쳤다.

"놔요." 그는 애원하다가 바비의 품으로 넘어질 뻔했다. 바비도 상당히 위축된 모습이었다. 그들이 상영하던 갱 뱅 포르노가 갑자기 십대 고문 영화 「능지처참Ⅱ」로 바뀐 모양이었다.

"놔줄게." 밸은 계속해서 그를 다그치며 말했다. 나는 밸이 그렇게 거칠게 구는 걸, 그렇게 부글부글 끓는 기운을 뿜어내는 모습을 본 적이 없었다. 나는 그녀가 실제로 녀석의 머리를 뜯어 버릴까 봐 겁이 났다. "그냥 사람들한테 더 친절하게 굴겠다고만 말해. 네 친구들을 포함해서 말이야. 넌 사람들이 무슨 꿈을 꾸는지, 또는 무엇을 견디고 있는지 몰라. 그냥 너 자신에 대해서 생각해 봐. 다른 사람들이 네가 무슨 걱정을 하는지 전혀 모르잖아. 그러니까 네가 그런 말을 하면 세상은 그냥 더 차갑고 못된 곳이 될 뿐이야. 네가 원하는 게 그런 거야? 세상이 모두에게 더 달갑지 않은 곳이 되는 것?"

어색한 침묵이 흘렀고 아이는 고개를 저었다. 밸은 녀석의 어깨로 손을 뻗더니 말했다. "나도 미안해." 그러더니 그녀는 아이를 부드럽게 안아 주었다. 아이도 밸을 끌어안았다. 나는 기뻤다. 그러지 않았다면 비즈가 태블릿을 들고 패거리를 공격했을지도 모른다. 밸은 다른 아이들도 안아 주었고, 그다음에는 비즈도 안아 주었다. 나는 아이들 각자에게 20달러짜리 지폐를 한 장씩 나눠 줌으로써 상황을 더 기이하게 만들었다. (그들이 너무도 낙심한 표정을 짓고 있어서 그랬다.) 그들은 비틀거리며 떠났고 걷다가 거의 서로를 들이박을 뻔했다. 어디로 가야 할지 방향을 잃은 듯했다. 물론 밸도 알았겠지만, 애들은 얼마 지나지 않아 다시 고함을 치기 시작할 것이다. 하지만 어쩌면 그들 중 한 명은 지나치게 호기롭거나 냉담하게 말하려다 밸을 떠올리고 좀 더 일찍 입을 다물지도 몰랐다.

우연인지 모르겠지만, 그날 밤 침대에서 밸과 나는 어색하게 일을 시작했다. 우리는 극지를 향해 여행했다. 그녀가 탐험대를 이끌었고 나는 충실하게 뒤따랐다. 우리는 핵을 조사했고, 우리의 육체-동시성 궤도를 고정했다. 나의 축과 그녀의 축이 너무도 정확하게 정렬됐다. 우리는 땅에 새로운 홈을 파서 지구 반대편으로 나올 만큼 깊숙이 빠졌다가, 결국 다시 위로 솟구친 것만 같았다. 나의 모든 부분이 그녀의 모든 부분을 왕복했다. 아침에 우리는 서로를 쳐다보기가 힘들었다. 그 일은 전적으로 마찰이었고 순수하게 물질적인 반응이었기에 놀라웠고 약간은 부끄러웠다.

그런 다음에는 우리가 스스로 감지할 수 없을 만큼 달라진 형태가 된 것 같았다. 우리의 몸은 도둑맞았다가, 다시 정확하게 원래 자리로 배치된 느낌이었다. 우리는 둘 다 미스터 피브*를 뒤집어쓴 상태라는 걸 의식하지 않으려 했다. 긴장감은 없었다. 어쩌면 그게 문제였는지도 모르겠다. 밸과 나는 하루하루가 녹아 버리듯 떠내려가고 그 흐름에 몸을 싣는 것으로 만족했다. (이제는 거기에서 웨트20의 솟구

---

* 탄산음료 상표.

치는 흰 파도가 빠져 있었다.) 빅터 주니어의 지적, 신체적 교육을 수행하고 최대한 많은 지역의 식당과 가게를 방문하고, 밤이면 더 깊이 잘 수 있도록 문을 꽁꽁 걸어 잠그는 나날. 다만 나는 깊이 잠든 적이 거의 없었다. 밤마다 눈이 번쩍 뜨였고, 밸과 그녀의 쩍 벌어진 입을─밸은 최근 저녁을 먹으면서 더 많은 와인을 들이부었다. 외식을 할 때는 술을 두 번, 심지어 세 번까지도 주문했다.─돌아보며 밀물과 썰물처럼 느껴지는 그녀의 호흡에 바싹 귀를 기울였다. 나는 그녀의 리듬을 따라 해 보려고 했으나 정신이 홀딱 깨어 있는 사람에게는 주기가 너무 길고 안정적이었다. 자연스럽게 숨을 쉬려는 충동을 억눌러야 했다. 그러다 보면 결국 창문과 문을 다시 확인하게 됐다. 그런 다음에는 어느새 빅터 주니어의 침대 발치에 걸터앉아 녀석이 꿈을 꾸면서 꾸르륵대고 가냘프게 우는 소리를 듣게 됐다. 나는 녀석의 꿈이 환상적인 대혼란이나 두려움에 관한 것이 아니라, 그늘을 드리운 거대하고 신비로운 나무를 타거나 커다랗고 납작한 돌을 뒤집어 신기하게 꿈틀거리는 외계의 생명체들을 발견하는 식의 재미있고 유치한 것이기를 바랐다.

우스운 일이었다. 엄마가 사라지고 나서 얼마 지나지 않은 어느 이른 아침이었다. 반쯤 깨어 보니 클라크가 내 어린이용 작은 책상에 앉아 두 손에 얼굴을 파묻고 있었다. 나는 느슨하게 눈을 감고 그가 고개를 들고 울음을 터뜨리는 모습을 지켜보았다. 그는 떨고 있었다. 분명히 자신을 억누르는 듯했다. 당시에도 나는 달려가 그의 품에 뛰어들어 울부짖어야 한다고 생각하면서도, 그냥 눈을 꽉 감고 클라크가 창피해하거나 더욱 기분이 상하지 않도록 최대한 고요하게 있었다. 나는 아마 다시 잠들었던 것 같다. 진짜로 잠을 깼을 때는 클라크가 주말용 가운을 입고 주방에서 우리가 먹을 팬케이크를 만들고 있었다. 그는 평소처럼 친절하고도 바보같이 내게 인사를 건넸다. "우리 틸러 아저씨는 차를 좀 마시려나?" 그게 그냥 꿈이었던 것처럼.

21

콘스턴스는 영적으로나 신체적으로나 전적으로 현실적인 존재였고 우리를 좁은 의미에서든, 넓은 의미에서든 바쁘게 했다.

콘스턴스가 요가 브런치 때의 엽기적이고도 형편없는 프리젠테이션 현장에서 나를 끌고 간 뒤, 나는 내게서 가장 응석받이에 가까운, 꼬마 왕자님 같은 면을 끌어내기 위해 맞춤 설계된 것 같은 방에서 그녀와 야영하며 이틀을 보내게 됐다. 물론 나는 콘스턴스에게 엘릭서런트 마케팅 업무를 해야 한다고 말했다. 하지만 그녀는 우리가 함께 있다는 걸 자기 아버지도 알고 있다고, 그가 우리에게 "친하게 지내라"는 축복을 해 주었다고 고집을 부렸다. 콘스턴스는 자기 아버지가 나를 아주 많이 좋아한다고 했다. 드럼은 그 '친하다'는 말의 의미를 콘스턴스와 다르게 이해했을 게 분명하지만 말이다. 아니, 똑같이 이해했을까? 아무튼 콘스턴스는 자기 아버지가 전문가들과 함께 수준 높은 요가 작업을 하는 데 골몰하고 있으며 사업에 관한 얘기로 수행을 방해받고 싶어 하지 않는다고 말했다.

콘스턴스에게도 나름의 시나리오가 있었다. 그녀의 특별한 스위트 룸은 러시아 귀족의 촉촉한 꿈에나 나올 것 같았다. 생바르텔미에 있는 무슨 거대 요트에서나 발견될 법한 장식품과 가구들이 가득했다. 잔뜩 부풀어 있고 지나치게 큰 의자들과 아른거리는 실내 장식용 천, 아메바 모양의 검은색과 흰색 깔개들. 깔개는 깃털을 거칠게 뽑아 버린 펭귄으로 만든 것처럼 보였다. 어둑하게 켜져 있는 레이스 갓이 달린 여러 개의 전등. 침대는 술이 달린 검은색-체리색-빨간색 시트와 이에 어울리는 술 달린 검은색-체리색-빨간색의 새틴 베개 더미로 이루어진 킹사이즈 캘리포니아 침대였다. 상아로 깎은 다양한 알몸 조각상들이 서랍장과 책상과 침대 옆 탁자 위에 놓여 있었다. 여자 조각상은 엉덩이가 너무 크고 불거져 있어서, 꼭 뒤로 임신을 한 것 같았다. 남자 조각상들은 다리만큼 길고 다리 굵기의 두 배는 되는 성기가 위로 솟아 있었다. 나는 콘스턴스가 그저 산술적으로 평균적인 나의 물건에 대해 뭐라고 생각할지 궁금했다. 침대보 위에는 갓 따온 흰색과 노란색의 난 수백 송이가 흩뿌려져 있었고 이것이 내 마음에 와닿았다. 그 무차별한 낭비가 나의 내면을 똑같은 비율의 죄책감과 기쁨으로 뒤얽었다. 나는 콘스턴스의 신부였다. 낭만적으로 서로를 알아가고 구애하고 첫날밤을 치르는 표준적인 절차는 짓궂게도 역전되었지만, 나는 우리 사이에 파헤쳐야 할 신비의 칼데라*가 여전히 남아 있다고 느꼈다.

---

* 화산 중앙부의 크게 함몰된 곳.

나로서는 놀랍게도 우리는 천천히, 순수하게 시작했다. 정말이지 정교하고 이상한 첫 키스의 느낌에 대해 알아보려는 5학년짜리들 같았다. 우리는 완전히 옷을 벗지 않았다. 대신 콘스턴스는 침대 옆 탁자에 놔둔 고급 캄보디아산 대마에 불을 붙였고, 그다음에는 앉아서 그녀가 틀어 둔 자연의 소리에 귀를 기울이며 빈둥거렸다. 우리는 서로에게 코를 비비고 애무하고 끌어안고 씨름하고 굴러다니고 새틴 이불에 너무 심한 정전기가 일어서 전하를 방출하기 위해 말 그대로 몸을 바닥에 문질러야 할 때까지 그 이불 위를 미끄러져 다녔다. 그 정숙한 문지르기가 우리 둘을 흥분시켰다. 그녀의 어깨선이 달아오르고 축축해졌으며, 내 귓불은 열이 나는 듯 뜨거워졌다. (어떤 이유에서인지 나는 하향식으로 불이 붙었다.) 우리의 하반신은 열이 오른 채 옷 아래에 갇혀 사실상 풀어 달라고 비명을 지르고 있었다. 하지만 콘스턴스는 미리 정한 계획에 따라 주방을 호출했고, 신음을 억누르고 사타구니를 몇 번 더 비비는 사이에 풍미 좋고 달콤한 간식들이 배달됐다. 아마 다양한 먹을 것과 디저트가 담긴 작은 접시가 총 스무 개는 들어온 듯했다. 심지어 한 접시는 룩 춤으로 가득 차 있었는데, 나는 그걸 보고 겁을 먹었지만 그렇다고 그 사탕 몇 알을 무모하게 입에 쑤셔 넣지 않은 건 아니었다. 내 영혼은 그야말로 난잡했으니까. '빌어먹을 검사기 같으니!' 우리는 원기 왕성하게 접시들을 비우고, 흐트러진 시트 위에 웅크린 채 잠들었다. 썰매를 끌고 난 후 피곤해진 아이디터로드*의 개들만큼이나 깊이 잠든 것 같았다. 모든 여정과 지

---

*　알래스카의 지명.

나온 툰드라가 무겁게 층층이 쌓여, 귀조차 쫑긋 세울 수 없는 그 개들처럼 말이다.

서른여섯 시간이 이런 식으로 흘러갔다. 어느 시점에 나는 혼자 눈을 떴다. 한순간 구역질이 났고, 움직일 수 없다고 생각했다. 더 나쁜 건 내가 누군지, 혹은 어디에 있는지 알 수 없다는 것이다. 이런 일은 기숙사나 심지어 집에서도 주기적으로 일어났다. 눈을 떴는데 침대가 비뚜름한 평면에 놓여 있고, 모든 창문이 엉뚱한 자리에 달려 있으며, 그게 뭐든 깊숙한 심리 속에 숨겨진 지배적인 감정이 링거로 주사되는 느낌. 걱정이나 공포나 후회가 자유롭게 흘러들어 오는 느낌.

하지만 그때 콘스턴스가 나타났고, 눈물은 말라 버렸다. 그녀는 벌거벗은 채로 침대 옆에서 큰 키를 자랑하며 서 있었다. 그녀는 샤워를 한 터라 머리카락에서 어깨로 물이 뚝뚝 떨어지고 있었다. 물방울이 그녀의 몸을 따라 구부러진 물줄기를 그렸다. 그녀의 가슴이 눈에 띄게 쿵쾅거렸다. 꼭 언덕을 달려 올라온 것만 같았다. 그녀의 배는 얕게 맥동하고 있었으며, 그녀의 불두덩에 난 이슬 맺힌 잔디는 욕실 불빛을 굴절시키며 알록달록하게 빛났다. 나는 '이게 내 세상의 새벽, 새로운 나의 새벽이야.'라고 생각했다.

그렇게 그곳의 커다란 빨간색 침대에서, 나는 내가 아주 작고 무의미하지만 동시에 단단히 뿌리를 내리고 있다는 감각으로 충만해졌다. 꼭 진드기처럼 말이다. 그리고 나는 진드기처럼, 뿌리째 핀셋으로 뽑혀 아무렇지 않게 뭉개질 지속적인 위험에 처해 있었다. 상관없었다. 나는 더 이상 '수많은 그럴싸한 결과들', 즉 갑갑한 던바나 나의 엄청나게 안전한 대학교 등 그 기초적이고 안전한 공간에 머물고 싶지 않았다. 퐁의 불안하고 갑작스러운 부재가 일시적인 상황이라는 사실 또한 다가오는 나날을 나름 각오할 만한 것으로 만들었다. 나는 계속 나 자신에게 준비됐다고 되뇌었다. 캠프에서 만난 상담사이자 친절한 마약 중독자로 이름이 프로스트이던 예수쟁이가 집을 떠나와 보내는 그 무시무시하던 첫날 밤에 여덟 살의 내게 조언해 준 대로, 누군가 나를 다시 데려갈 게 '확실하니까'. 어떤 상처를 입든 살아날 게 '확실하니까'. 얘기를 전하게 될 게 '확실하니까'.

우리의 첫 막간 촌극에 관해 콘스턴스는 어떤 식으로 얘기할지 궁금하다. 거기에 아무 애정도 담겨 있지 않았다고는 생각할 수 없다. 그녀도 아주 조금은 불안했을까? 그때의 근접성은 특별했다. 때로는 누가 이끌고 누가 따라가는 것인지 구분하기가 불가능했다. 모든 블라인드를 내리고, 오직 촛불로만 우리를 비추었기에 사실상 끊이지 않는 밤이었다. 어슴푸레하면서도 낭만적이었다는 뜻이다. 동시에 가장 밝은 새벽처럼 밝고 따뜻하기도 했다. 그녀와 내가 일어나 서로에게 부채질을 해 줄 때마다 아주 작게 피어나는 불꽃 수십 개와, 벽에서 춤추며 깜빡이는 불빛의 파도 때문이었다. 우리는 수분 공급용으로 코코넛워터를 마셨고, 자기 전에는 칠리스의 '룩 춥' 진액이 연하게 들어간 달콤한 밀크티를 마셨다. 농도가 낮은 '룩 춥'은 꿈을 흐릿하게 했다. 우리는 깬 채로 꿈을 꾸며 이 감각에서 저 감각으로 움직였다. 대화는 거의 없었다. 콘스턴스는 근본적으로 행위가 앞서는 사람이었고 나는 글쎄, 나는 내 운명이 이리저리 '털러당하는' 것이었다고 생각한다. 신경과 분비샘이 제대로 있는, 피부로 만든 인간 더플백이었다고 말이다. 물론 우리는 어머니 문제에 관해 서로에게 심리 치료를 해 준 걸지도 몰랐다. 우리의 영혼에는 노골적으로 구멍을 뻥 뚫려 있었고 이를 통해 문제가 드러났다. 하지만 분명히 우리는 서로를 활용해 자신을 메우고 육체적 간격을 아무것도 아닌 수준으로 좁혔다. 나는 전형적인 부분이나 구성에 대해 말하는 것이 아니다. 그런 건 충분히 흔했다. 나로서는 놀랍게도(더욱 충격적인 건, 약간 실망하기까지 했다는 것이다.) 더 이상 배터리로 작동하는 검사기가 존재하지 않았다. 그거야말로 탄소에 기반을 둔 다양한 접촉의 고급 개별 지도 과정이었는데 말이다.

우리는 서로를 소모했다고 말할 수 있다. 은유가 아니다. 콘스턴스는 고무줄로 머리를 올려 묶고 붓처럼 생긴 그 끄트머리를 내 입에 집어넣었다. 나는 땀이 뚝뚝 떨어질 때까지 미용 체조를 했고, 그녀는 내 몸의 모든 부분을 건조해질 때까지 핥았다. 우리는 서로의 손톱을 씹었고, 각자의 두피에서 나는 기름진 사향 냄새에 코를 비벼 댔다. 그녀는 내 혀에 가래 덩어리를 담보로 올렸고 나도 그 호의를 갚았다. 화장실 문제는 건너뛰었다. 본질적으로 부르주아인 우리 같은 녀석들에게 그 문제는 여전히 좀 역겨웠기 때문이다. 마찰이 최고였다. 우리는 우리의 아래팔과 두 뺨, 엉덩이의 튀어나온 부분을 문질렀다. 쓰린 수준을 훨씬 지나서까지. 우리는 이마에 윤활제를 바르고 마구 흔들어 댔다. 서로의 덩치가 비슷해 우리 행위는 회전 운동처럼 느껴졌다. 우리 사이의 힘은 증가하면서 점점 중심으로 향했다. 갑자기 행위를 그만두면 멀리 날아갈 것만 같았다. 나는 실제로 이 섹스가 애피타이저였는지, 메인 요리였는지, 디저트였는지 알 수 없다. 우리는 결국 계속적인 순환 속에 있었으니까. 콘스턴스는 종종 계곡 쪽으로 트인 방 바깥으로 몸을 기울이고 방울을 몇 차례 딸랑거려 추가 간식과 음료를 받았다. 그렇게 우리는 연료를 공급했다.

한번은 프루잇이 한밤중에 쟁반을 가지고 올라왔다. 그는 내게 문너머에서 쟁반을 건네주며 "네가 있을 자리를 마련해 놨으니까, 언제든 준비가 되면 와!"라고 말했다. 그는 내가 이 경박스러운 생활을 곧 그만두기라도 할 것처럼 투지를 갖고 고개를 끄덕였다. 그럴 수도 있었다. 하지만 나는 프루잇의 지하 스위트룸을 함께 쓰니 일찌감치 떠나 버릴 거라고 마음먹었다. 나는 무례하게 프루잇의 면전에서 문을 쾅 닫고, 주방에서 마련해 준 걸 가지고 침대 위의 콘스턴스에게로 돌아갔다. 이번에는 새우를 곁들인 리소토였다. 콘스턴스는 새우 대가리를 뜯어내 내게 건네며 바짝 마를 때까지 빨아 먹도록 했다. 맛은 있었지만, 콘스턴스가 내 배와 허벅지에 발랐다가 한 번에 한 숟가락씩 덜어 간, 피부가 벗겨질 정도로 뜨거운 크림 맛 밥만큼 맛있지는 않았다. 콘스턴스는 내게 수음을 해 주는 와중에도 나와 자신에게 번갈아 그 밥을 먹였다. 아무리 느낌이 좋아도 그럴 일은 없을 줄 알았는데, 나는 매우 갑작스럽게 사정하는 동시에 목에 반쯤 걸린 끈적한 덩어리 때문에 질식할 뻔했다.

나도 우리의 육신에 어떤 설계가 있다는 걸 알아채기 시작했다. 콘스턴스는 체계적으로 이런저런 자극과 리듬, 작업 순서에 대한 내 반응을 평가했다. 그녀는 씁쓸한 것과 달콤한 것, 파격적인 것과 고약한 것으로 이루어진 특정 구조에 따라 나의 고통에 대한 취약성과 쾌락에 대한 인내도를 측정했다. 그녀는 심리적이고 분자적인 내 성질을 실험했고, 분젠버너를 다루는 듯 집중력의 범위를 좁혀 나를 휘발하기 직전의 상태에 두면서 플라스크에서 비커로 부었다. 그녀는 분석 자체를 위해 분석했다. 순수한 연구를 추구했다. 그러는 내내 그녀는 황홀경의 고통을 맛보았다. 비록 그 황홀경이 훨씬 멋진 종류의 황홀경이라고는 해도 말이다. 그녀의 표정은 기대와 광증 사이에 아슬아슬하게 걸쳐 있었다. 내가 그녀를 절정에 이르게 할 수 있을 때마다—그녀는 자신이 오르가슴을 아주 잘 느끼는 편은 아니라고 고백했다.—우리 둘은 몹시 놀랐다. 경천동지할 일이었다. 안경에 안개가 낀 채로, 그녀는 끔찍하게 몸을 떨며 뭐든 자기 앞을 막는 내 신체 부위—입, 귀, 엉덩이 골—를 할퀴어 댔다. 그러다가 손아귀 힘이 풀리고 그녀는 내게 입을 맞추기 시작했다. 거칠지만 부끄러운 줄 모르는 부드러운 그 키스는 어두운 기쁨으로 나를 반들반들하게 닦아 냈다. 그 시점까지 내가 누군가와 잤던 사건은 몇 번 없었다. 대체로 가엾고 불운한 여자애와, 더 나은 할 일이 없고 그 일을 같이 할 더 매력적인 사람도 없는 내가 만나 발생한 일이었다. 우리는 그 일이 진행되는 동안 본질적으로 나란히 자위를 한 것이나 다름없었다. 그러나 콘스턴스와 함께할 때는 성교 자체가 근본적인 속박이었다. 수갑이나 끈은 필요하지 않았다. 우리는 인내의 한계를 표시하는 것만이 목표인 기계에서 유일하게 움직이는 부품이었다. 인내심, 끈기. 오직 육신의 측면에서 볼 때, 그 이상의 뭐가 있겠는가? 그게 진짜 사랑이었을까? 그럴지도 모른다. 내가 아는 건, 밸과 나의 관계는 완전히 달랐다는 것이다. 콘스턴스와 지낸 기간이 없었다면 나는 내가 밸에게 가치 있는 연인이 될 수 있을 거라 생각하지 못했을 것이다. 단순히 침대에서만의 일을 얘기하는 게 아니다.

앞서 말했듯이 콘스턴스의 침실이라는 작은 우주의 바깥에서는 며칠이 흘러 기간이 만료됐다. 나의 출발이(나는 퐁이 돌아오자마자 떠날 예정이었다.) 임박했고 이제 우리는 무슨 일이 일어날지 몰랐다. 아쉬움이 가득한 궁금증만큼 우리는 더욱 가까워졌다. 어쩌면 눈물을 흘리게 될지 몰랐다. 이 행성의 반대편에서 온 젊은 두 사람이 어째서인지, 감히 말하자면, 눈을 마주 보며 우주적 평온함을 찾고 서둘러 다 안다는 듯 웃게 될 건 분명했다. 다음 단계에 만나자, 나의 큰 사탕 덩어리. 콘스턴스가 자는 동안 나는 옆에 누워 그녀의 거친 숨소리를 들으며 드럼이 내 장인이 되는 시나리오를 상상했다. 그가 어느 귀한 감로를 걸러 수정처럼 투명한 잔에 따라 주고, 내게 엄청난 곡식을 거둘 사람은 절대 서둘러서는 안 된다며 천천히 마시라고 일깨우는 시나리오 말이다. 물론 나는 그들의 부로 환영받는 데는 1위안만큼도 관심 없었다. 그냥 환영받는 게 중요했다. 선택의 여지없이 주물러지고 모아져 기쁜 마음으로 더 큰 반죽으로 통합돼 사라지는 것 자체가.

어쩌면 콘스턴스 문제에서는 선택의 여지가 없기를 은밀히 바랐는지도 모르겠다. 퐁을 따라다니는 동안 이렇게 된 것인지, 아니면 그가 부재하는 지금 유독 두드러지게 된 것인지 모르지만, 나는 내가 한 번도 선택이라는 평범한 일을 해 본 적도, 그 필요를 느껴 본 적도 없다는 사실을 받아들이기 시작했다. 여느 아마추어 정신과 의사라면 결핍 때문에 촉발된 것이라고 뻔한 심리 분석을 할 수 있을 것이다. 누가 반대하겠는가? 나는 특별하지 않다. 힘들고 거지 같은 일이 벌어지면, 분노에 휩싸여 고삐를 쥐려 달려들거나 깃털까지 달린 통째로 자신을 내어 준 다음 모든 털이 뽑히지는 않기를 기도하게 된다. 어쩌면 선택하는 자와 선택당하는 자는 생각보다 비슷할지도 모른다. 넓게 보면 우리는 모두 존재라는, 수상한 실험실의 비자발적인 실험 대상이다. 우리는 존재의 최고위 조사관에 대해 절대 알 수 없을 가능성이 크다. 그 혹은 그녀가 무엇을 탐구하는지 이해하거나, 그 실험에서 도출된 지혜를 영영 알아낼 수 없을지도 모른다. 우리에게는 밀고, 당기고, 괴롭히고, 위로하고, 어둠 속에서 끌어안을 서로밖에 없다. 운이 좋다면 우리는 이 장치를 함께 타고 갈 수 있다. 한기에 맞서 최대한 오랫동안 서로를 준비시킬 수 있다.

햇빛이 고파져서, 나는 콘스턴스의 뜨겁고 빽빽한 허벅지 아래에서 풀려나 그녀의 두꺼운 검은색 테리직물 가운을 걸치고 슬리퍼를 신은 채―내 옷이 어디로 간 건지는 분명하지 않았다.―밖에 나왔다. 프루잇의 지하 감옥이 있는 층을 지나 계단을 몰래 내려갔다. 나는 프루잇을 무척 피하고 싶었지만 그에 대한 생각을 멈출 수는 없었다. 자신이 처한 상황에서 한 발짝도 움직이지 못하고 한 번에 한 수업씩 자신을 빠뜨린 그는 ESL 교사의 악몽을 몸소 보여 주고 있었다. 반면 내게는 선택지와 야심, 다중의 운명이 있었다. 나는 완성된 녀석은 아닐지라도 가능성이 있는 녀석이었다. 아침 이른 시각이라 아직 추웠다. 나는 별장에서 나와 터벅터벅 짧은 거리를 걸어갔다. 거대 도시 쪽으로, 숲을 지나 아래로 이어지는 진입로를 따라갔다. 안개가 접시 닦은 물처럼 깔려 있어 지평선 위로 도시가 간신히 보였다. 아름답지는 않았지만 현실적이었다. 오랜만에 처음으로, 나는 완전한 만족감을 느꼈다. 혼자 있었는데도. 내가 딱히 내 자리를 찾은 건 아니라도 최소한 지속적인 상황을 기다리는 동안 새로운 존재 방법을 찾았으니까.

나는 누군가 입이 막힌 채 울부짖는 소리를 들었다고 생각했다. 상처 입은 동물의 불평 같았다. 소리는 곧 멈췄다. 나무 타는 냄새도 났다. (고기 굽는 냄새를 제외하면) 인간에게는 그만한 향기도 없었을 것이다. 연기가 언덕 주위의 우듬지를 뚫고 피어오르는 모습이 보였다. 나는 금속 대문 너머의 주요 접근로에 비교적 좁은, 포장된 진입로가 갈라지는 걸 보고 그 길을 따라갔다. 이상한 소리가 다시 들렸다. 진입로는 언덕을 빙 돌아 비스듬한 땅에 박혀 있는 차고 문으로 이어졌다. 무기고 혹은 벙커로 통하는 입구 같았다. 좁다란 검은색 금속 굴뚝이 지붕 위로 삐죽 솟아오른, 작은 나무 오두막이 눈에 들어온 건 그때였다. 그 오두막은 계단처럼 생긴 땅 위에 있었고, 건물을 받치는 벽은 주요 건물의 외곽을 둘러싸고 있는 바위와 똑같이 회녹색이었다. 건물 옆에는 조그만 인공 연못이 있었는데 자연 개천을 활용해 물을 공급하고 있었다. 오두막 앞의 땅은 계곡의 풍경이 가려지지 않도록 평평하게 다져 있었다. 오두막이 더 잘 보이는 곳에 이르자 나는 유리문 너머로 벌거벗은 드럼 카파고다를 볼 수 있었다. 그는 무릎에 수건을 걸친 채 붙박이 벤치에 앉아 있었다. 그는 내가 물러나기 전에 나를 보았고, 나더러 앞으로 나오라고 손짓했다.

"함께하지." 그가 말했다. 두꺼운 유리 때문에 그의 목소리가 잘 들리지 않았다. 나는 슬리퍼를 벗고 들어갔다가, 향나무로 만들어진 사우나의 격렬한 열기에 감싸였다. 우리 두 사람이 들어가기에는 비좁았다. 드럼은 내가 실수로 작은 무쇠 난로에 다리를 지지지 않도록

547

벽 쪽으로 움직여 공간을 내주어야 했다. 난로 위에는 화강암 덩어리들이 쌓여 있었다.

"야외에서 수행하는 모습을 들켰군." 그가 즐거워하며 말했다. 그는 골무 정도 크기의 도자기 잔을 들고 있었다. 카파고다 옆에는 그 컵과 세트인 찻주전자가 놓여 있었는데, 주전자가 머그잔만 했다. 카파고다는 찻주전자를 기울여 새까만 액체를 컵에 아주 조금 쪼르륵 부었다. "너한텐 여기가 너무 뜨거우려나?"

"괜찮아요." 나는 그에게 말했다. 갑작스러운 열기가 이불을 한 겹 더 덮었을 때처럼 따뜻하게 좋았다. 좁은 공간이라 카파고다의 차 향기가 강하게 느껴졌다. 광물처럼 쓰게 느껴지는, 마른 점토와 뿌리 같은 그 지질학적인 톡 쏘는 느낌에 나는 고대의 약재상을 떠올렸다. 머리 장식을 쓴 광기 어린 눈의 주술사가 강력한 음료를 혼합해 내는 모습 말이다. 칠리스의 나무껍질 같은 얼굴이 휙 스쳐 갔다. "방해하고 싶지는 않습니다. 혼자 계실 수 있도록 가 볼게요."

"그러지 마!" 카파고다가 말했다. 그는 차를 한 모금 마시기 직전이었다. "내 음료를 좀 권할 생각이었지만 너처럼 젊고 건강한 사람을 위한 게 아니라서. 네가 운을 시험해 보고 싶다면 모르겠다만……."

나는 서둘러 카파고다에게서 차를 받아 들었다. 이 지역을 깊이 맛보기 위해서가 아니라면 여기까지 올 이유도 없었다. 내가 냄새를 맡고 찻잔을 돌리는 쇼를 한 뒤 초소형 잔을 입술로 가져가자 그가 눈썹을 추켜올렸다. 그때 카파고다는 내가 음료를 마실 겨를을 주지 않고 잔을 빼앗아 갔다.

"내성을 키워야 해." 드럼이 말했다. 그는 음료를 마셨다. 삼키는 동안 눈을 꽉 감고 있었다. 그는 끔찍하게 몸을 떨더니 회복하려는 듯 요가 호흡법으로 숨을 쉬었다. "이건 퐁이 나를 위해 만들고 있는 걸 마실 수 있도록 몸을 준비시키기 위한 극소량의 독이야."

"HG 말인가요?" 내가 불쑥 말했다.

드럼의 눈이 번쩍였다. 하지만 그는 신중하게 나를 보았다. 그보다 조금이라도 활기찬 반응을 보이면 뭔가 저주에 걸릴지도 모른다고 생각하는 것 같았다. "HG에 대해서 아나?"

나는 얼어붙었다. 나야 아주 조금밖에 몰랐다. 카파고다에게는 대단히 중요한 문제일 게 분명한 화제를 꺼낸 것이 미숙하고 무모한 일로 느껴졌다.

"괜찮아. 필요한 순간이 오면 퐁이 너한테도 말해 주겠지. 퐁한테는 모든 것이 이미 준비된 자리에 있거든. 퐁은 절대 서두르지 않아. 이것 역시 내가 퐁을 안 지 그리 오래되지 않았지만 믿는 이유지. 퐁 같은 사람은 엄청난 자신감을 주거든. 거의 모든 것이 내 손이 닿는 범위 안에 있다는 느낌을 주지."

드럼의 말이 맞았다. 퐁과 함께 있으면 나도 같은 기분이 들었다. 이제 나는 더 노련해졌달까, 좀 더 단련되었달까. 뭐라고 해야 할지는 모르겠다. 아무튼 내가 쌓은 경험의 진짜 의미는, 내게 주어진 상황을 직접 처리할 수 있다고 믿게 됐다는 점에 있었다. 내가 전보다 조금이라도 용감해졌다는 얘기는 아니다. 그저 퐁이 내 뒤에 버티고 있다는 걸 아니까 침착해진 것뿐이다. 나는 드럼이 여전히 설득력 있고 이성적이긴 하지만, 질병으로 인해 정신에까지 영향을 받은 게 아닌지 의심이 들었다. 위험에 빠진 사람은 아무 희망이나 움켜쥐려 하니까.

"듣자니 힘을 좀 아껴 써야 할 것 같던데. 내 딸이 너를 바쁘게 하는 것 같더라만?"

나는 이 말에 뭐라고 말해야 할지 알 수 없었다. 그냥 그와 시선을 마주치지 않으려고 애쓰면서 멍청하게 고개만 끄덕였다.

"걱정할 것 없어, 무슨 일이 벌어지는지는 나도 모르니까." 그가 웃었다. 심지어 능글맞았다. 그 모든 게 이미 기정사실이라는 것처럼. 사실 나는 그가 문자 그대로 내 몸에 무엇이 들어갔는지 알지 궁금해졌다. 그러자 더욱 부끄러웠다. 나는 우리 사업이나 풍을 생각해서라도 아무것도 망치고 싶지 않았다. 이제 막 들기 시작한 생각이지만, 나 자신을 생각해서라도.

"콘스턴스는 특정한 기분을 느끼면 우주적인 에너지를 발휘할 수 있지." 카파고다는 다양한 방향으로 고개를 쭉 뻗었다. 한계를 넘어 힘을 줄 때는 눈을 꽉 감았다. "너도 지금쯤은 아마 그 사실을 제대로 이해하고 있을지도 모르겠다. 내가 콘스턴스를 믿는 건 그래서야. 그 맹렬한 결단력 때문이지. 나는 안타깝게 콘스턴스가 일찍 혼자가 된다 해도 잘 살아가리라는 걸 알아."

"절대 그런 일은 없을 겁니다." 내가 말했다. 나는 그의 어깨뼈와 쇄골이 놀라울 정도로 불거진 걸 보았다. 뭔지는 모르지만 그의 질병은 그를 끌어내리고 약하게 만들고 있었다. 나는 그가 극도의 열기로 피를 데워 계속 흐르게 만들고 있는 게 아닌지, 뻣뻣하게 말려 들어가지 않도록 하고 있는 것인지 궁금해졌다.

"네 에너지는 종류가 달라." 카파고다가 말했다. "전혀 젠체하지 않으면서도 대단히 불규칙하지. 놀라운 방식으로 예외적이야. 넌 늘 네가 그저 평범할 뿐이라고 생각하지. 내 말이 맞느냐?"

나는 그의 날카로운 추정에 모욕당한 기분이었지만, 그 말이 사실이었기에 고개를 끄덕일 수밖에 없었다. 나는 늘 내가 태어난 직후부터 어정쩡한 것들의 강에 담긴 것만 같았다. 그냥 괜찮음이라는 투명한 잉크가 내게 묻어 있는 것 같았다. 일부 사람들은 즉시 그 점을 알아챈다. 대부분의 다른 사람들은 결국 나에 대해 알고 나서 '아, 그렇군.' 하는 표정을 잠시 짓는다. 보통 그 표정은 출구로 안내되는 전주곡이었다.

"널 비난하려는 게 아니다, 틸러. 어떻게 그러겠느냐? 결국 우린 모두 평범한걸. 신체적 존재로서 말이지. 그래, 나의 소중한 콘스턴스조차 말이야! 우리는 우리의 차이점과 예외성을 최대한 활용하지. 노력하고 밀어붙이고 자신이 남들과 다르다고 자신을 설득해. 하지만 어느 시점에는 우리 세포의 복제 속도가 느려진단다. 아니면 내 질병이 그렇듯이 그 복제가 멈추지 않게 되지. 너는 젊고 쉽게 세포를 재생할 수 있는 긴 시간을 앞두고 있어. 생각해 보면 그 과정은 진정한 기적이야. 심지어 마법적이라고까지 할 수 있지. 분자 수준에서 필요한 무수히 많은 작용을 생각해 보면 말이다. 그건 나이와 상관없이 우리 모두에게 내재된 코드야. 죽음과 삶의 춤. 이 춤이 우리의 구성 성분 안에 있어. 언제나 말이야. 문제는 그 코드가 잘못됐을 때 다시 설정할 수 있느냐는 거다. 만일 다시 설정한다면, 계속해서 생명을 연장할 수 있을까? 서구에서는 연금술사들이 납을 금으로 바꾸는 것 같은 일에 주된 관심을 두었다. 금이라니! 끝에 가서 금이 무슨 소용이라고. 하지만 연금술에 관한 초기 도교의 문헌을 읽어 보면, 사람들이 영생을 가능하다고 믿었다는 걸 알 수 있어. 통일 중국의 첫 황제 진시황도 그런 사람이었다. 퐁은 도교 연금술은 물론 진시황에 대한 수많은 문헌과, 그와 관계된 다른 철학적인 저작들을 보내 줬어. 진시황은 의원들에게 특별한 약초와 광물로 만든 약을 준비하게 했지. 그중에는 비상과 수은도 포함돼 있었다. 신화 속에 나오는 불멸의 꽃을 채취하라고 전설 속 섬의 산으로 사절단을 보내기도 했고."

"하지만 영원히 살지는 못했죠?"

"우리가 아는 한은 그렇지." 드럼이 딱 잘라 말했다. 나는 이상한 눈으로 그를 보았지만 그는 윙크했다. "그보다 더 유명한 건 진시황의 무덤에 토기 전사 수천 명이 함께 묻혔다는 거야. 그는 길고도 번영하는 내생에서 자연히 그들을 필요로 할 테니까. 그러니까 진시황은 일종의 죽음 없는 세상을 예견했던 셈이다."

"정신으로 경험하는 세상 말이죠."

"꽤 똑똑하구나, 틸러! 그래, 진시황은 자기가 다른 존재가 될 거라고 믿은 게 틀림없다. 도교의 연금술에서는 명상을 통해 심리적 영약을 찾을 수 있다고 하지. 나는 그 말을 믿는다. 완전한 깨달음을 얻은 의식은 무엇보다 강력한 도구가 되지. 하지만 역사적 문헌을 다 읽은 뒤, 나는 장수에 관한 가능성이 여전히 존재한다는 직감이 어쩔 수 없이 들더구나. 내 말이 무슨 뜻인지 알겠냐, 틸러? 내가 무슨 말을 하는 건지 알아?"

나는 고개를 끄덕였지만 한마디도 하지 않았다. 그런 생각에 대체 무슨 말을 할 수 있단 말인가? 그것도 곧 죽을지 모르는 사람한테?

"여기가 마음에 들지?"

나는 그렇다고 말했다.

"퐁이 돌아오면 얘기해 볼 수 있을 거야. 나는 네가 아시아의 이 지역에서 퐁의 영업 대리인이 될 수 있을 거라고 생각한다. 엘릭서런트에 대한 내 투자 관리인 역할을 하면서 말이야. 유럽의 요가 스튜디오로 출장을 갈 수도 있지. 퐁도 네가 여기 머물러도 괜찮은 것 같던데." 그가 잠시 말을 멈추었다. "우리가 아는 다른 어떤 사람은 매우 기뻐할 테고."

나는 고개만 끄덕였다. 콘스턴스에 대한 이 언급이—무서운 만큼 흥분되기도 했다.—잠시나마 드럼과 일할 수 있다는 대단히 멋진 생각에 그림자를 드리웠기 때문이다. 게다가 여기에, 영원히 윙윙거릴 아시아의 발전기 한복판에서 지낸다니. 안 그래도 나는 이곳이야말로 내가 뿌리를 내려야 할 곳이 아닌가 생각하고 있었다. 하긴 나는 고향에 돌아온 먼 친척이 아니던가? 이제 내 안의 바드먼 혈통이 희석되고 몇 촌쯤 핏줄이 가까워지지 않았을까? 깔끔하게 다듬어진 공기 방울 속의 던바가 더욱 숨 막히고 중요하지 않게 느껴진 건 말할 필요도 없다. 게다가 던바는 은하수 저 멀리에 있는 것만 같았다. 미국의 나머지 지역은 무질서하고 황폐하게 느껴졌다. 문화적으로 비열하고 후진적인 건 말할 것도 없고. 단 한 가지 걸리는 점은, 아직 그 무엇에도 동의하지 않았으나 내 가슴을 꼬챙이처럼 찌르는 퐁에 관한 뾰족한 죄책감이었다. 그는 이 평범한 인생이라는 돌에서 광맥을 찾아 반짝반짝한 원석으로서의 나를 발견했다. 그래서 나는 드럼의 제안을 받아들인다 하더라도 자유롭게 활동하는 건 잠깐뿐일 거라고, 독립성과 능력을 키우고 풍의 사업에 도움이자 기여가 되며 가장 중요하게는 우리의 화학적 브로맨스를 영구적으로 다질 만큼 새로운 전문성을 가지고 돌아올 때까지만 그렇게 할 거라고 결심했다. 이따금 대단히 불안한 자극을 받긴 하겠지만 카파고다 가족과 함께라면 오직 기쁨과 지혜만이 내 앞에 놓여 있으리라고 나는 확신했다.

드럼이 다시 조용해졌다. 그는 어떤 생각에 잠겨 있었다. 너무도 절대적으로 고요히 앉아 있어서, 꼭 내가 그 자리에 있다는 걸 잊은 듯했다. 우리는 이제 오두막 안을 비추는 아침의 태양 때문에 더욱 뜨거워진 게 분명한 열기 안에서 구워지고 있었다. 그때 그가 말했다. "좀 식힐 시간이군."

그는 나를 데리고 나가더니, 나더러 옷을 다 벗고 먼저 개울이 흘러드는 웅덩이에 몸을 담그라고 했다. 웅덩이는 한 명씩만 들어갈 수 있는 크기였다. 드럼의 분위기가 어두웠기에 나는 망설이지 않았다. 웅덩이는 예상보다 깊었다. 물이 너무 차가워서, 마이크로초 동안 내 발과 발목은 그 물을 용암처럼 뜨거운 것으로 해석했고 나는 작은 비명을 질렀다. 하지만 또 한 번 비명을 지를 수는 없었다. 한기에 모든 숨을 빼앗겼으니까.

"머리도 넣어야지." 드럼이 말했다. 내가 그 말에 따르지 않자 그는 부드럽지만 단호한 손길로 내 머리통을 톡톡 두드렸다. 나는 잠수했다. 그가 다시 머리를 두드리기에 나는 펄쩍 뛰어나와 가운으로 재빨리 몸을 감쌌다. "사우나에 들어가라. 하지만 머리를 말리지는 마. 그 편이 건강에 더 좋으니까. 열기가 습기를 천천히 증발시켜."

나는 오두막 안에서 불쌍하게 덜덜 떨며, 그의 지시에 따르지 못하고 가운 소매로 머리를 문질렀다. 나는 손가락을 주물러 다시 피가 돌게 하면서 드럼이 물속으로 들어가 자리 잡는 모습을 지켜보았다. 옷을 입을 때는 몰랐는데 벌거벗은 그는 내 생각보다 훨씬 체구가 작았다. 옷을 입었을 때와 달리 가슴이 둥글게 튀어나와 있지 않았다. 나머지 부분, 어깨와 엉덩이, 다리는 여전히 튼튼해 보였지만 미세한 발진이 올이 굵은 천을 덮은 것처럼 온몸을 뒤덮고 있었다. 작은 점 모양의 붉은 반점이 끔찍할 만큼 가려워 보였으나 그는 신경 쓰지 않았다. 아니면 신경 쓰는 걸 감추려고 했다. 그는 차가운 물에도 아무 반응을 보이지 않았다. 그냥 1센티미터씩 몸을 천천히 가라앉힌 끝에 물속으로 사라졌다. 그가 바로 떠오르지 않자 나는 수를 세기 시작했다. 천, 2천, 하지만 2만에 이르렀을 때 나는 헤아리기를 멈추고 조용히 물결치는 수면을 빤히 바라보았다. 내 호흡조차 멎어 버렸다. 직접 가서 그를 끌어내리려고 마음먹은 참에 그가 내려갈 때와 똑같이 느리게, 점진적으로 물에서 떠올랐다. 그러더니 그는 다시 내려갔다. 마침내 떠올랐을 때, 그의 눈은 감겨 있었다. 그는 깊고 고통스럽게 숨을 들이쉬었다. 그의 얼굴은 일그러져 있었지만, 내 생각에는 불편해서가 아니라 그 불편함을 다스리려는 노력 때문에 그런 것 같았다. 고통을 경험하지 않았다는 말은 아니다. 나는 그가 고통스러웠으리라고 확신한다. 드럼은 웅덩이에서 나와 허리에 빈약한 수건을 감더니, 뻣뻣하게 다리를 절며 사우나로 돌아왔다. 두 다리의 관절이 풀려 버린 것 같았다. 나는 그가 난로 바로 옆에 앉을 수 있도록 자리를 비켰으나 그는 고개를 저었다.

"가만히 있어." 그가 말했다. 그는 아래팔을 무릎에 괴고 고개를 숙인 채 앉았다. 그의 코에서, 턱에서 물이 뚝뚝 떨어졌다. "나는 천천히 몸을 데우는 걸 더 좋아해. 넌 아직 무척 젊으니까 알 수 없겠지. 나는 내 안의 세포가 하나하나 깨어나는 걸 느껴. 매일 아침 무덤에서 일어나는 것과 같아. 노래를 부를 때도 같은 기분이야. 부활하는 거지."

"아까는 무슨 노래를 부르신 거예요?"

"그거? 가르쳐 주마."

그는 즉시 노래를 시작했고 곧바로 내가 희미하게 들었던 높고도 비명을 지르는 듯한 음에 이르렀다. 가르보에서, 그는 아름답고도 선율이 살아 있는 노래를 불렀다. 하지만 이 노래는 완전히 달랐다. 무슨 NPR* 다큐멘터리에서 들어 본 중국 오페라의 일부 같았다. 서구인인 내 귀에는 아무 음조 없이 새되게만 들렸다. 게다가 박자도 불규칙했다. 마녀 의사가 강력한 영혼들을 불러내기 위해 부를 만한, 일종의 원시적인 외침이었다. 드럼은 그게 뱃사공의 노래라고, 그의 증조할아버지와 할아버지와 아버지가 손님과 물건을 싣고 노를 저어 진주강의 지류를 오르내릴 때 부르던 노래라고 했다. 아무도 선전이 지금의 선전이 될 수 있을 거라고는 꿈도 꾸지 못했던 오래전의 일이었다.

"어느 정도 크고 나서 나도 노 젓기를 도왔지만, 아버지는 내가 그분과 똑같은 인생을 사는 걸 바라지 않으셨다. 계절을 가리지 않았고 일이 극도로 힘들기도 했지만 진짜 문제는 그게 아니었어. 당시에는

---

* 미국의 방송국 이름.

이 지역에 결국 일어날 일, 그 엄청난 개발에 관한 실마리가 전혀 없었어. 그런 발전이 일어나기까지는 아직도 십 년이 남아 있었지. 하지만 어째서인지 아버지는 뱃사공 일에 미래가 없다는 걸 아셨어. 내가 직접 다른 인생을 만들어 나가야 한다고 생각하셨어. 아버지는 아버지의 아버지와 할아버지가 그랬듯 자신도 배에서 죽게 될 거라고 하셨지만, 내가 그런 운명을 사는 건 바라지 않으셨다. 끝날 때까지 물에 둥둥 떠다니는 그런 삶 말이야. 아버지는 내가 내 이름이 붙은 땅을 가지기를 바라셨어. 내 땅 말이다."

나는 드럼이 부르는 모든 소절을 따라 불렀다. 내 입과 성대는 그런 식으로 비틀리고 떨리는 데 익숙하지 않았다. 소리를 내는 일이 목구멍을 긁어내는 것처럼 느껴졌다. 하지만 기분 좋은 방식이었다. 내가 사투리를 전혀 이해하지 못했기에 드럼이 내게 가사를 해석해주었다. 내가 의미를 알고 노래를 부를 수 있도록.

당기고 또 당겨야지
물살에 맞서 힘을 주어야지
마지막 손님을 저쪽 강변에 데려다줄 때까지
휴식이란 없다네
가득한 밤은 조용한 강물을,
검게 소용돌이치는 강물을 가져온다네
뜨는 해는 상냥할까?
우리가 깨어나기를 기다려 줄까?

두어 번 함께 연습한 뒤, 나는 혼자서 그 노래를 불렀다. 음조가 좀 더 편하게 느껴졌다. 나는 이 노래도 다른 노래와 똑같다는 걸, 노래를 부르는 데 한 가지 정답이란 존재하지 않는다는 걸 깨닫고 익숙하지 않은 음높이와 낯선 당김음을 약간 느슨하게 놓았다. 자연스럽게 왜곡되고 확장돼 각자의 생명력을 갖도록 했다. 이번에도 나는 내가 정말 어떤 소리를 내는지 몰랐다. 사람은 자기 목소리를 절대 제대로 들을 수 없다. 하지만 내가 특정 음정에 이르자 오두막이 약간 흔들렸다. 드럼은 비통한 인식과 갈망, 작게 터져 나오는 행복 때문인지 고개를 끄덕였다.

"내가 바라던 바로 그 가라오케야." 그가 말했다. "말했다시피, 잘 부른 노래는 놀라운 일들을 할 수 있지."

나는 참지 못하고 물었다. "아버지께서는 배에서 돌아가셨나요?"

"그렇기도 하고, 아니기도 하고." 드럼은 움찔했다. 다만 어깨는 미묘하게 버틴 채로 가슴만 움직거렸다. "나는 그 자리에 없었어. 어머니가 무슨 일이 일어났는지 말해 주셨지. 당시에 나는 이미 선전 구시가지에서 혼자 살고 있었다. 중고 라디오와 TV 부품을 사고팔았지. 그게 내가 처음으로 한 진짜 사업이었어. 우리 부모님은 늘 그랬듯 뱃일을 하고 계셨고. 고용된 노잡이 중 한 명이 너무 아파서 노를 저을 수 없게 되자 아버지가 그 사람 자리를 대신했다. 그렇게 힘을 쓰는 일에 익숙하지 않으셨는데도. 당시는 몬순철이라 비가 심하게 오고 있었다. 하지만 아버지는 하루를 버티셨지. 그날 밤 아버지는 늘 그렇듯 뱃머리에 앉아서 파이프를 피우셨어. 결국 어머니가 들어오라며 아버지를 부르셨는데 밖을 내다보니 아버지가 사라지고 안 계셨다는 거야. 어머니는 아버지가 심장마비나 뇌졸중으로 쓰러져 빠르게 흐르는 물에 빠졌다고 생각하셨지. 아버지는 수영을 잘하셨으니 아마 어머니 말씀이 맞을 거야. 며칠 뒤, 고기 잡는 소년 몇 명이 진흙 둔덕에 처박혀 있는 아버지의 시신을 발견했다. 아버지의 유해를 수습하러 가 보니 아버지 입이 진흙으로 가득하더구나. 나는 손가락으로 최선을 다해 진흙을 닦아 냈다. 아버지의 존엄성을 위해서가 아니었어. 난 어린애가 아니었지만, 아버지가 죽었다는 게 이해되지 않았어. 아버지의 입을 닦아 내면 아버지가 일어나 앉아서 우리와 함께 다시 걸으실 거라는 생각이 어쩔 수 없이 들었다."

드럼은 얼굴을 문질렀다. 우리는 잠시 조용히 앉아 드럼이 처방한 방법대로 천천히 몸을 말렸다. 그 방법이 정말로 자연스럽고 올바르게 느껴졌다. 꼭 식물이 온전한 아침 햇빛을 받아들이며 꾸준히 생명을 만들어 나가는 듯했다. 우리 몸이 편안할 정도로 말랐을 때 그가 말했다. "가자, 틸러. 이제 뭔가 보여 주고 싶구나."

나는 그를 따라 오두막을 나섰다. 그는 오솔길에서 한 발짝 물러나 차고 문에 달린 패널을 열어젖히고 전자식 패드를 두드렸다. 문은 여느 교외의 차고 문처럼 열렸다가 저절로 원위치로 돌아갔다. 차갑고 축축한 공기가 빠르게 발목 부근을 지나 흘렀다. 그곳은 흙과 바위를 깎아 낸 비좁은 전실이었다. 이중문이 있었고 드럼이 그 문을 열자 더욱 차가운 공기가 세차게 우리를 후려쳤다. 그는 조명을 켰고 나는 눈앞에 갑작스레 너무 넓은 공간이 트여 방향 감각을 잃고 휘청거릴 뻔했다. 별장의 중앙 주방과 비슷한 크기였다. 거대하고 천장이 높은 공간에 상자와 여러 통과 수조, 산업용 파이프와 환기용 후드가 가득했다. 고등학교 과학 실험실과 양조장을 섞어 놓은 듯했다.

"퐁이 이 모든 걸 준비했다." 드럼이 말했다. 그는 나를 데리고 한쪽 끝에 마개가 달린 커다랗고 흰 플라스틱 수조들 쪽으로 다가갔다. "럭키가 광둥의 건설 회사를 동원했고, 퐁은 이 장치 설계의 모든 단계에 자문을 해 줬지. 퐁이 이 모든 기계와 원자재를 수급했어."

드럼은 카트에 실린 비커를 하나 가져오더니 마개를 돌려 투명한 액체를 비커에 부었다. 그는 내 코밑에서 비커를 흔들었다.

"이건 수산화나트륨 용액이야. 오븐 청소제나 세제 같은, 집에서 흔히 보이는 재료지. 종이를 만드는 과정에서도 매우 중요하게 쓰인다. 이걸로 올리브를 절일 수도 있어. 나는 이 모든 내용을 퐁에게서 배웠다. 나의 마지막 동업자가 훈련받은 화학자라니, 운명이지."

그는 비커를 치우고 수산화나트륨과 반응시킬 원재료가 든 통들을 보여 주었다. 노란색 유황과 가루 알루미늄 그리고 마지막 통에는 빨은 고춧가루처럼 보이는 것이 들어 있었다. 드럼은 그 통에 손을 집어넣고 한 줌을 꺼내더니 손마디가 하얗게 질릴 때까지 붉은 가루를 꽉 쥐었다.

"이건 진사야." 그가 말했다. "우리의 원천 광물이지. 중국 연지라고도 알려져 있다. 우린 다른 재료들을 사용해서 이 안에 들어 있는 걸 만들어 냈어. 열과 증류를 통해서도 만들 수 있지만, 우리는 단순한 화학적 방법을 사용했지."

드럼은 주둥이 달린 통들을 가리켰다. 2~3센티미터 두께의 유리로 만들어진 통들은 양옆에 꽂혀 있는 강철 손잡이를 활용하면 앞으로 기울일 수 있었다. "작은 용량으로 무수히 여러 번 반복 작업해서 해

낸 일이야. 여기엔 인력이 충분하니 가능했지. 그런 다음에 알루미늄을 섞었다. 반응이 일어날 때는 내내 유해한 기체가 발생해. 그래서 강한 환기 장치가 필요하지. 수많은 청소와 정화를 거친 뒤, 우리는 매번 약 250그램의 물질을 만들어 냈다."

그는 이두박근까지 올라오는 두꺼운 검은색 고무장갑 한 켤레를 내게 건넸다. 자기도 한 켤레를 꼈다. 우리 앞에는 약 120센티미터 높이의 쇠로 만든 통이 놓여 있었다. 폭은 작은 욕조 정도 됐다. 모든 통은 안에 고무가 대어져 있고 한쪽에는 경첩이, 다른 쪽에는 접이식 무쇠 자물쇠가 달린 두꺼운 유리 뚜껑이 달려 있었다. 거대한 잼 병 같았다. 금속 무빙워크 위로 올라가야 안을 내려다볼 수 있었다.

"우리는 절대적으로 순수한 물질을 만들어 낼 수 있었어. 여느 최첨단 산업용 실험실에서 만들어 낸 것만큼 순수하지. 아마 너는 풍과 내가 탐구하고 있는 대상을 위해 이것들 전부를 만든 것이라고 생각할 거고 일정 부분 그 말이 맞아. 하지만 그 목적을 위해서는 아주 적은 양만이 필요해. 그 정도면 풍이 곧 가지고 돌아올 걸 보완하기에 충분하거든. 나머지는 글쎄, 내가 하는 작업을 위한 거지."

"무슨 작업이요?"

드럼은 내 도움을 받아 뚜껑을 들어 올릴 수 있었다.

"우리는 휘발되는 양을 줄이려고 온도를 차갑게 유지하고 있어." 드럼이 말했다. "그렇더라도 너무 깊이 숨을 들이쉬면 안 돼."

하지만 나는 거의 듣지 않고 있었다. 나는 즉시 내용물이 무엇인지 알고 얼어붙었다. 수은이었다. 나는 언젠가 동전 크기의 수은 방울을 가지고 논 적이 있었다. 톡톡 두드리며 방울이 분리됐다가 다시 합쳐지는 모습을 지켜보면서. 여기에는 한 솥 가득 거울처럼 보이는 수은이 있었다. 나는 표면장력으로 인해 살짝 굽어진 수은의 표면에 비친 나와 드럼의 모습을 넋 놓고 바라보았다.

"안으로 손을 넣어 봐." 드럼이 장갑 낀 팔을 집어넣으며 말했다. "겁먹지 말고."

나는 그렇게 했다. 겁을 먹기에는 너무 아름다웠다. 여기에 천국의 샘이, 열반의 웅덩이가 있었다. 나는 깜짝 놀랐고 경이감에 젖었다. 수은 안쪽으로 손을 밀어 넣기가 믿을 수 없을 만큼 어려워서 거의 현기증이 났다. 잠시 내 손이 박살 난다고 생각했다. 하지만 아니었다. 그보다는 마침내 오랫동안 헤매고 다니던 내 손가락, 손바닥, 팔이라는 열쇠에 딱 맞는 완벽한 자물쇠를 발견한 것만 같았다. 나는 지구의 심장으로 손을 뻗고 있었다. 다만 그 심장은 차가웠다. 그 어떤 얼음이나 돌보다도.

"더 깊이 넣어, 팔꿈치까지." 드럼이 형형하게 눈을 빛내며 말했다. "그 안에 안기거라."

22

'아가씨가 보이는구나…….'

그 말이 드럼 카파고다가 결국 내게 속삭일 말이었다. 물론 그는 문자 그대로 수은에 대해 얘기하고 있었다. 중국어로는 '공'이라고 했다. 과학적으로는 하이드라저럼으로 알려져 있다. Hg. 찾아보면 된다. 주기율표의 80번이다. 하지만 돌아보니 드럼이 그보다 더 원소에 가까우며 영속적인 것에 대해 말하고 있었다는 걸 알겠다. 영원히 흐르는 것에 대해서.

HG는 드럼과 퐁이 부차적 프로젝트에 붙인 암호명이었다. 이는 퐁이 드럼에게 약속한 것의 일부이기도 하고 전부이기도 했다. 그게 말이 된다면 얘기지만. 물론 엘릭서런트도 진지한 사업이었지만 드럼에게 정말로 중요한 건 이 일이었다. HG는 그저 드럼의 몸 전체에 아무 방해도 받지 않고 번져 가는 암 치료제만이 아니었다. 깡패 세포들을 죽이는 것보다 훨씬 거창한 임무였다. 수은은 궁극의 팅크제*가 될 예정이었다. 드럼의 말에 따르면 끝나지 않는 생명을 주는 음료였다. 야외 사우나에서 그랬듯 나는 그의 말에 잠시 입을 다물어야만 했다. 드럼이 내게 수은의 방을 보여 준 다음 날 저녁, 내가 드럼을 위해 노래를 부르고 있을 때였다. 나는 드럼의 말이 그냥 흘러가게 두었다. 심지어 내 마음속 일부는 질병이 그의 뇌에까지 이르렀다고 확신했다. 그는 최소한 지나친 희망으로 고통 받고 있었다. 생각해 보면 그게 최악의 고통이라 말하기는 어렵다. 인간이 할 수 있는 유일한 일이 그런 지나친 희망을 믿는 일일뿐인 때도 많다. 지나친 희망에 대해 생각하다 보니 퐁이 드럼에게 실제로 뭐라고 말했을지 궁금해졌다. 퐁에 대해 조금이라도 안다면, 그가 얼마나 현실적이고 합리적인지 누구나 알 수 있었으니 말이다. 물론 동전의 양면도 있었다. 퐁이 영원히 살 수 있다고 말하면, 눈을 똑바로 바라보며 그 말을 꾸밈없이 한다면, 그의 말을 믿을 수 있을 것이다.

나라면 당연히 믿었을 것이다.

말할 필요도 없이 드럼과 나는 우리만의 관계를 다져 갔다. 콘스턴스와 오후부터 해 질 녘까지 평소대로 노동을 끝내고 나면, 누군가가 별장을 가로질러 가라오케 방으로 나를 데려갔다. 화학자 퐁은 우리가 융합됐다고 표현했을 것이다. 은박이나 금박을 수은에 더하면 순식간에 하나가 되듯이.

문제는 드럼이 그 말을 다시 꺼냈을 때였다. 나는 드럼과 「아일랜드 인 더 스트림」을 유독 절묘하고 짜릿하게 듀엣으로 부른 직후, 다

• 알코올에 혼합해 약으로 쓰는 물질.

564

음 곡을 고르는 데 지나치게 오랜 시간을 들이며 드럼에게 물었다. 가장 절제되고 제정신인 말투로, 퐁이 어떻게 그에게 불멸의 영약을 가져다줄 것인지 말이다.

"럭키 최가 처음 그 얘기를 한 건 작년이었어." 그가 말했다. "럭키 최가 나와 퐁을 연결해 주었지. 퐁과 나는 결국 어느 콘퍼런스에서 만났고, 그 후 몇 달간 몇 번 더 만났다. 우리는 그동안 의논해 온 도교 연금술 개념의 일부를 활용해 혼합물을 만들어 보기로 했지. 읽으면 읽을수록 내가 보기에는 말이 되는 얘기였어. 내가 이미 너에게 얘기한, 소위 내적 연금술이라는 것도 있긴 하지. 삶의 '삼보'(三寶)—우리가 요가를 통해 키우려는 정기와 생기, 영기—말이야. 하지만 특정한 원소와 식물 등의 땅의 원료 그리고 증류 과정을 활용하는 소위 외적 연금술도 존재해. 퐁이 나를 위해 사용하는 게 바로 그것들이야. 염색체 발생의 순간, 우리 모두가 존재의 극히 초반에 짧게 경험하는 순수 상태를 복원하려는 거야. 그때는 각자가 자기 부모의 융합체가 되지. 둘에서 나와 완벽한 하나가 되는 거야. 퐁은 아무것도 약속할 수 없다고 했다. 앞으로도 그러겠지. 하지만 나는 퐁이 나를 위해 최선을 다하고 있다는 걸 알아."

이번에도 나는 그의 말에 의문을 품지 않았다. 그냥 더 오래, 더 낮은 소리로, 어쩌면 그 어느 때보다도 더 아름답게 노래를 불렀다. 드럼은 신체나 정신이 모두 손상되었지만 어떤 면에서는 나도 마찬가지였다. 퐁이 드럼에게 제시한 것에 대해 생각하면 생각할수록, 나는 드럼의 침착한 확신이 내 머릿속에서 일어났어야 할 사이클론에 자이로스코프 역할을 해 준다는 생각이 들었다. 아무튼 그렇게 생각하고 싶어졌다. 그의 믿음이 내게 단단한 중심이 돼 주었기에 나는 더이상 멀리 돌아갈 필요가 없었다. 내가 원하는 건 풍이 돌아올 때까지 이 이상한 막간의 시간이 잘 지나가는 것뿐이었다.

가라오케가 끝나면 나는 다시 콘스턴스에게 맡겨졌다. 우리는 정오가 될 때까지 잤다. 솔직히 그런 식으로 딸-아버지-딸, 딸-아버지-딸로 교대하는 건 왠지 타락처럼 느껴졌다. 다만 일단 상황에 더 이상 저항하지 않게 되면, 새로운 선명함이 생긴다. 내게는 신체적이고 심리적인 유사성, 예컨대 그들이 혀를 놀리는 방식이나(비록 아주 다른 활동 영역에서 그런 것이기는 하지만) 그들이 즐거운 순간에 아주 약간 침울하게 움찔하는 방식 등이 눈에 들어왔다. 중간 G음을 명중시켰을 때라든지, 적절한 타이밍에 배꼽을 잡아당긴다든지. 둘 모두가 가진 연속적인 친밀함이었다.

노래방에서 드럼과 나는 드럼의 태블릿에 들어 있는 거의 무한한 노래 목록을 착착 헤치며 나아갔다. 강에서 배를 타던 시절의 노래부터 그가 부유해지기 직전의 노래까지(드럼은 그때부터 삶다운 삶과 멀어졌다고 말했다.). 내가 고른 노래들은 엄마의 컬렉션에서 본 노래들이었다. 우리는 온 마음을 담아 감상적으로 노래했다. 많이 부른 쪽은 나였다. 그게 내 역할이었으니까. 하지만 분명 나는 노래를 하고 싶었고 노래를 하는 일이 내게 자양분이 되었으며 밤마다 그 안에서 살고 있었다. 내 성대는 잔뜩 쉬어 더 이상 소리를 내지 않을 때까지 떨리고 낮아지고 지저귀고 크게 울렸다. 어느 날 밤에는 실제로 질식할 뻔했다. 내 목구멍 뒷부분이 너무 건조해져 달라붙은 것이다. 드럼은 내 기도를 여느라 내 뺨을 때려야 했다.

우스운 건 콘스턴스도 결국 내 따귀를 때리게 됐다는 점이다. 내가 수은의 방에 방문하고 나서 며칠 뒤이자 퐁이 원래 오기로 한 시간보다 마흔여덟 시간 늦은 시점에 벌어진 일이었다. 드럼은 속으로 걱정했을지 몰라도 티를 내지 않았으므로 나도 딱히 걱정하지 않았다. 반면 콘스턴스는 퐁이 다시 나타나는 걸 그리 달가워하지 않았다. 둘다 내가 계속 머물 수도 있다는 얘기를 입 밖으로 꺼내지 않았으나 콘스턴스는 그럴 가능성이 있다는 걸 알고 있었다. 내가 머물 가능성은 그 지역을 휙휙 날아다니는, 미립자가 가득한 아지랑이처럼 걸려 있었다. 그 물질은 삼투압으로 우리를 얼룩지게 했고 급기야 정욕의 어느 분열점에서 콘스턴스가 손등으로 내 뺨을 갈기며 코웃음 쳤다. "넌 씨발 여기가 얼마나 외로워질 수 있는지 몰라."

나는 콘스턴스에게 원한다면 다시 날 때려도 된다고 말했지만, 콘스턴스는 내 가슴팍에 무너져 내리더니 엉엉 울다가 성교 후의 혼수상태에 빠져 내 목에 뜨거운 침을 흘리며 잠이 들었다. 그녀는 젖은 솜 자루 같았다. 나는 최대한 얕게 숨을 쉬며 가만히 누워 있었다. 그러다가는 결국 나도 기절할 거라는 확신이 들어 몸을 지렛대처럼 활용해 요가의 브리지 동작을 하며 최대한 가만히 콘스턴스를 옆으로 밀어냈다. 나는 콘스턴스의 침대 옆 탁자에 놓여 있는 시계를 보았다. 프루잇에 따르면 결승 진출자들이 소집되고 있었기에—프루잇은 점심 쟁반을 가져다주며 그렇게 속삭였다.—나는 슬쩍 방을 빠져나가 강당으로 올라갔다. 사람들이 모여 있었다.

드럼도 그곳에 있었고, 럭키 최도 함께였다. 둘 다 헐렁한 요가 바지와 티셔츠 차림이었다. 앞서 말했듯 그는 퐁이 떠나자마자 상하이로 떠났다. 카파고다 가문을 위해 노동하던 어느 꼭두새벽에 나는 럭키 최가 돌아와 있는 걸 보고 놀랐다. 럭키는 냉정하게 나를 바라보았고, 나도 냉정하게 그를 마주 보았다. 나는 내가 여기에 혼자 머무는 일을 얼마나 잘 감당하고 있는지 자랑하고 싶었다. 사실 럭키를 보자 행복감이 물결처럼 밀려오기도 했다. 내가 그를 전혀 좋아하지 않는다는 걸 이미 알게 된 후였는데도 그랬다. 어쨌든 럭키는 풍과 연결되는 닻이었고 내게는 그것만으로도 안심이 됐다.

다른 누구보다도 숀드라를 다시 보게 된 것이 기뻤다. 그녀는 증오심에 가득 찬 유연한 캐나다인 알렉산더와 바르셀로나 출신의 리시 그리고 체격을 보면 전에 덩치 큰 12번 라인배커였을 법한 또 다른 벽돌집 덩치의 강사와 함께 드럼의 결승전에 진출했다. 드럼은 이제 그들에게 각자 가장 좋아하는 특기 자세를 보여 달라고 했다.

리시가 앞장서서 매우 다양한 개구리 자세를 보여 주었다. 두 발을 앞으로 향하기 위해 양쪽 무릎을 부러질 듯 구부리고 배를 아래로 했다. 서까래를 똑바로 올려다볼 정도로 머리를 뒤로 젖히지 않았다 해도 그것만으로 충분히 말도 안 되는 자세였다. 엄청난 덩치의 남자는 반딧불이 자세를 했다. 내가 보기에는 터무니없는 정도로까지 밀어붙여 자세를 취한 것 같았다. 그는 상체를 두 다리 사이로 너무 깊숙이 숙이고 서 있어서, 자기 구멍에 쉽게 혀를 찔러 넣을 수도 있을 것만 같았다. 자신을 사랑하는 알렉산더가 그 모습에 유독 감탄했다. 다음에는 알렉산더가 서서 전혀 힘들이지 않고 한쪽 다리로 자기 목을 감았다. 숀드라는 한 손만 날아가는 공작 자세로 펼쳐 아찔한 힘과 균형 감각을 보여 주었다. 그 동작을 보고 있으니 아예 무게가 없

는 사람처럼 보였다. 모두가 갈채를 보냈다. 아마 내가 가장 크게 손
뼉을 쳤을 것이다. 내가 이 모든 얘기를 하는 이유는 요가인들이 동
작을 하나씩 선보일 때마다 드럼이 점점 생기를 띠는 것 같았기 때문
이다. 나는 문득 드럼이 집착하는 대상이 인간의 신체가 취할 수 있
는 더 넓은 범위가 아닐까 하는 생각이 들었다. 단순히 왜곡을 하거
나 극단적인 걸 정상화하는 것이 아니라, 고통스러운 과정을 통해 더
욱 아름다운 관념을 추구하는 문제였다.

"씨발, 워 페인트. 너 얼굴이 좆같은데." 럭키가 말했다. 그는 비웃
음을 띠고 내 곁으로 다가왔다.

"보이는 게 전부는 아니죠." 나는 갑자기 그를 살짝 도발해 보고 싶
은 마음이 들었다.

"네가 양쪽 전선에서 우리를 위해 노력하고 있다는 얘길 들었어."
그는 늘어선 사람들을 쭉 지나쳐, 스트레칭을 하고 있는 드럼을 쳐다
보았다. "그래서, 오두막의 여주인은 어때?"

"당신이라면 감당 못할 걸요."

럭키는 내 건방짐에 웃었다. "난 네가 아무짝에도 쓸모없을 줄 알
았어. 퐁은 늘 그게 아니라고 생각했지만 말이야. 이제야 네가 쓸모
를 찾은 모양인데."

"저야 제 몫을 하는 거죠. 당신은요?"

"진정해, 젊은 피. 넣어 두라고. 나는 다시 떠나기 전에 드럼의 안
부나 확인할 겸 잠깐 들른 것뿐이야. 서울에서 퐁을 만난 다음 다시
함께 돌아올 거야."

"퐁은 저도 서울에 가게 될 거라고 했는데요."

"뭐야, 난 네가 여길 좋아하는 줄 알았는데! 아무튼 우리 모두 더 많은 여행을 하게 될 거야. 그러니까 그냥 들어. 알았지?"

"알겠어요."

"다음 주에 퐁과 내가 돌아오기 전까지는 네가 우리 대표야. 콘스턴스를 계속 만족시켜. 드럼에게는 아들처럼 굴고. 방금 드럼이 네 목소리 덕에 편안하고 행복해진다고 했어. 간단한 거지. 그러니까 절대 노래를 멈추지 마. 알았지?"

"그러길 바라셔야죠."

그는 주먹으로 내 가슴을 쿡 찌르더니 어슬렁어슬렁 드럼에게로 돌아갔다. 사람들은 스크럼을 짜고 서로에게 편안하게 작별 인사를 하고 있었다. 결승 진출자를 제외한 콘퍼런스 참석자들은 곧 떠날 예정이었다. 나는 럭키의 룰렛 공이 계속해서 초록색 0에 떨어지고 또 떨어지는 모습을 상상하며 그를 저주했다. 다시는 그 공이 빨간색이나 검은색에 떨어지지 않기를! 나는 숀드라에게 다가갔다. 그녀는 팔을 벌리며 오븐처럼 따뜻하고 머핀처럼 폭신한 품으로 나를 끌어안았다.

"다시는 못 볼 줄 알았어요! 그쪽이 카파고다 씨의 딸과 여행을 떠났다는 얘길 들었죠! 어디에 갔던 거예요? 뭘 봤어요?"

"글쎄, 지역 관광인 것 같네요." 내가 말했다. "그건 그렇고, 방금 한 그 자세 멋지던데요."

그녀는 자연스럽고 겸손하게 어깨를 으쓱했다. "우리는 카파고다 씨와 마지막 특별 수업을 할 거예요. 우리가 또 뭘 할 수 있는지 한꺼번에 보고 싶어 하시거든요."

"미스터 유니버스 포즈 같은 건가요?"

"비슷하죠. 하지만 난 경쟁을 별로 좋아하지 않아요. 요가에서는 특히 그렇고요. 솔직히 말해서 지금 사람들하고 같이 떠나야 할지 고민하고 있어요."

"하지만 이미 결승에 올랐잖아요." 나는 갑자기 자신이 YOLO 특공대 대장이라도 된 것처럼 말했다. 이게 나의 새로운 범행 수법인걸까? 퐁은 나를 더 넓은 세상에 빠뜨렸지만 나는 이제야 처음으로 세상을 완전히 들이마실 준비가 끝난 기분이 들었다. 그 모든 이치가 내 머릿속으로 들어오는 것 같았다. 퐁이 여기 없기를 바랐다는 뜻은 아니다. 하지만 어쩌면 우리의 훌륭한 우정에도 불구하고 이를 넘어서까지 퐁이 필요하지는 않은 걸지도 몰랐다. 어쩌면 우리는 멘토가 친절한 상상 속 어딘가에 물러앉아 기쁨과 자긍심으로 바라봐 주는, 영적 안내자로서만 존재하는 그 불가피하고 감동적인 교차로에 이른 걸지도 몰랐다.

"솔직해져 봐요. 다른 사람들이 무슨 일을 할지 조금은 궁금하지 않아요?"

그녀가 눈을 빛냈다. "엄청나게 궁금하죠."

"그럼, 그냥 혼자 있다고 생각해 보는 건 어때요? 그냥 당신 할 일만 하고, 다른 일에는 관심조차 두지 않는 거죠."

"괜찮겠네요." 그녀가 말했다. "저기, 카파고다 씨가 그쪽이 와서 구경하게 해 줄까요? 그쪽이 잠깐 여기서 지낼 거라고 얘기하시던데."

나는 카파고다가 엿들을 수 없는 먼 거리에 있음을 확인한 다음 말했다. "당연히 그렇게 해 줘야 할 걸요! 거기다 나도 무지무지 궁금하

571

거든요. 방금 한 그 자세가 결승전용이 아니었다면 더 말도 안 되는 걸 아껴 뒀다는 소린데."

"그렇겠죠……?"

"그러니까요. 그걸 놓칠 순 없죠!"

"정말요?"

"맨 앞줄 예약입니다, 아가씨!"

"그쪽은 바보지만, 상냥하기도 하네요."

숀드라는 활짝 웃으며 내게 가까이 몸을 숙였다. 나는 그 자리에서 그녀가 내게 호화로운 입맞춤을 해 줄 거라고 생각했다. 나를 꼭 끌어안고 시나몬 번처럼 풍성한 그녀의 몸 안에 나를 얇게 펴 바를 거라고 말이다. 그때 누군가 내 날개뼈 사이를 쿡 찔렀다.

나무 숟가락을 휘두르고 있는 칠리스였다. 칠리스 뒤에는 프루잇이 서 있었다. 프루잇은 요리사보다 머리 두 개는 족히 컸지만 자세가 너무 구부정해서 프루잇과 키가 비슷해 보였다. 프루잇은 눈에 그늘이 진 채 시선을 옆으로 내리깔고 있었다. 끊임없이 떠들어 대는 평소와 달리 콜리플라워처럼 입을 다물고 있었다. 샌들 밖으로 삐져나온 두 발만이 불안한 듯 움찔거렸다.

"내가 가장 좋아하는 파랑이 요가도 좋아한다, 이건가?" 칠리스는 웃고 있었지만, 친절한 웃음은 아니었다. 내 생각이지만 프루잇은 "가장 좋아하는"이라는 말에 괴로운 것처럼 보였다.

"저야 다양한 것들을 즐기니까요." 나는 그렇게 선언하며 내 뻔뻔스러움에 짜릿했다.

"칠리스도 이제 알겠어!" 칠리스는 경계심을 가지고 다 안다는 듯한 태도로 말했다. 그는 숀드라의 체중을 살펴보았다. 그야 모두에게 그랬지만, 칠리스의 시선은 의사처럼 냉정했다. 그녀를 마블링이 잘 된 한입 크기의 네모난 고기 조각으로 분해하고 있는 듯했다. "아주, 아주 열심히 운동하나 보네!" 그는 어린애처럼 낄낄댔다. "이야! 하지만 큰형님이 이제 넌 칠리스 밑에서 일해야 한다고 하셨어. 마음에 드나, 파랑?"

"당신 밑에서 일한다고요?" 나는 칠리스에게 뭔가 잘못 안 것 아니냐고 말하고 싶었다. 사업에 필요한 새로운 자무 혼합물을 만들어야 한다는 오해 때문에 벌어진 일 아닐까 싶었다. 나는 이렇게 생각했다. '그딴 소원을 이루고 싶다면 소원의 주스 안에서 좀 더 푹 삶아져야 할 거다, 이 악마야.'

나는 중얼거렸다. "드럼이 그걸 원한다면, 좋은 일이죠."

"방금 내 말 못 들은 거야? 큰형님을 위해서 일하면 곧 칠리스를 위해서 일하는 거지. 같은 거야, 같은 거. 앞으로나, 뒤로나!"

내가 다시 숀드라와 얘기를 나누려고 했는데 칠리스가 내 목덜미를 잡아당겼다.

"무슨 짓이에요, 칠리스?" 내가 그의 손을 탁 쳐냈다.

"놀이 시간은 끝이야!"

나는 방 건너편에 있는 드럼을 향해 손을 흔들었다. 그는 알렉산더를 비롯한 몇몇 사람들과 얘기하고 있었다. 심지어 드럼과 눈을 마주치기도 했다. 하지만 드럼은 눈 하나 깜짝하거나 흔들리지 않았다. 칠리스와 그의 뒤를 따르는 프루잇이 나를 쿡쿡 찔러 내보내고 있는데도 말이다.

손드라가 입 모양으로 말했다. '잘 가요?'

나는 곧 돌아오겠다고 말했다. 그 말에 칠리스는 코웃음을 쳤다. 나는 이게 혹시 콘스턴스의 비밀 작전인지 의심스러워지기 시작했다. 콘스턴스가 어떤 식으로든 나를 감시하다가 방금 손드라와 잡담하는 나를 보고, 신선하지만 구속력 있는 우리의 관계를 다시 일깨워 주기로 한 것일까. 아니면 그냥 장난을 치는 걸지도 몰랐다. 칠리스와, 틀림없이 그녀의 아버지까지 동원해서.

"어디 가요?"

"어디일 것 같은데?" 칠리스는 나를 계단 쪽으로 떠밀며 대답했다. "너 똑똑하잖아. 맞혀 봐. 싫어? 네가 말해 줘, 푸-잇!"

프루잇은 고개를 저었다. 너무 겁을 먹어서 킥킥거리는 소리도 못 냈다. 우리는 한 층을 내려갔다. 나는 긴 복도를 따라 반대쪽 끝에 있는 콘스턴스의 특별 스위트룸으로 가는 줄 알았다. 하지만 우리는 한 층을 더 내려갔다. 그때 프루잇이 칠리스에게 재빨리 고개를 숙여 인사하더니 우리와 갈라졌다. 더 내려가 그의 비참한 소굴로 돌아가려는 듯했다. 나는 프루잇이 가여웠지만 한편으로는 그가 지나치게 달라붙는 성격에 소름 끼치는 인간이었기에 그를 떨쳐 낸 게 다행스러웠다. 게다가 나는 프루잇 같은 파랑이 아니었다. 아니, 사실 아예 파랑이 아니었다. 퐁과 드럼의 영역에서 완전히 환영받는 지금, 나의 다른 혈통은 더 이상 낮은 속삭임이 아니었다. 작았던 부분이 지금은 큰 부분으로 드러났다. 비록 나라는 인간 전체를 규정할 수는 없다 하더라도.

내가 순순히 칠리스를 따라갔으므로 칠리스는 더 이상 나를 떠밀

필요가 없었다. 나는 우리가 주방으로 향한다는 걸 알았다. 어쩌면 콘스턴스가 우리가 먹을 맛있는 깜짝 요리를 끓이라고 명령한 게 아닐까 궁금했다. 어쩌면 함께 소풍을 가기 위해 도시락을 준비한 걸지도 몰랐다. 어둑하게 밝혀진 주방은 이런저런 활동으로 분주했다. 젊은 작업자들이 옆에 높이 쌓인 레몬그라스 줄기를 다듬고 있었고, 다른 한 녀석은 여러 바구니에 담긴 적양파의 바스락거리는 껍질을 벗기는 중이었다. 이미 벗겨진 적양파가 보랏빛이 도는 흰색 구근이 돼 큰 더미로 쌓여 있었다. 그 매운 냄새 때문에 눈에 눈물이 괴었다.

"또 잔치를 하나 보네요." 내가 말했다.

"아니." 칠리스가 대답했다. "칠리스의 일이야."

"아, 그래요?" 내가 콧방귀를 뀌었다. "무슨 일인데요?"

"파랑도 알게 될 거야."

"당연히 그렇겠죠." 나는 뿌리 식물이 담긴 바구니를 파헤치며 가볍게 말했다. 나는 그중 하나를 집어 들고 엄지손톱으로 껍질을 긁어 냄새를 맡았다.

"그 정도면 되겠어?" 칠리스가 물었다.

"신선하네요." 나는 럭키 엄마의 주방에서 게티가 갈아 놓았던 뿌리를 떠올렸다. 게티의 손가락 끝은 짙은 색 오렌지 주스로 영영 물들어 있었다. "이건 엘릭서런트에 들어가는 핵심 재료예요. 실은 레몬그라스도 그렇죠. 생강도 그렇고."

"아, 그래?"

"네." 나는 바구니를 하나하나 찌르며 말했다. "설마, 비밀리에 당신만의 자무를 만드는 건 아니죠?"

칠리스는 공장의 깨진 창문 같은 치아를 드러내며 킬킬댔다. "그럴 리가. 내 것이 건강에 더 좋은걸. 요가인들한테도 말이야. 하지만 좀 질렸지?"

"요가인들한테 질렸느냐고요? 안 질렸는데요."

"어쨌든! 큰형님도 좋아하시는 것 같아. 칠리스는 아니지만! 왜인지 알아? 그 사람들은 한 가지밖에 관심 없거든! 나, 나, 나! 기지개를 제대로 켜기만 하면 뭐든 괜찮아지는 줄 알지!"

다른 건 그렇다 치더라도, 나는 이처럼 각박하고 편협한 공격으로부터 숀드라를 방어하고 싶었다. 설령 칠리스의 말에 일리가 있다고 해도. 가끔은 모든 의도적인 신체 활동과 웰빙 명상과 특별한 식단이 그저 좆같은 인생을 틀어막는 또 하나의 수단이라는 생각이 들긴 한다. 과연 그게 더 잘 사는 방법일까? 성채를 세우고 단단한 경계선을 긋는 것이? 결국은 실패하지 않을까?

칠리스는 나를 주방 뒤쪽의 넓은 공간으로 데려갔다. 정육과 설거지를 위한 공간이었다. 하지만 지금은 한 무리의 남자들이 거대한 돌 대야를 묵직한 짐수레에 싣고 들어오고 있었다. 그들은 먼저 짐수레의 바퀴를 잠그고 바닥의 구멍에서 두꺼운 강철 갈고리를 끄집어내더니 수레를 고정시킨 후 갈고리를 팽팽하게 당겼다. 금속이 돌과 다른 금속에 부딪는 소리가 원초적이고 깊은 만족감을 주었다. 돌 대야는 고급 멕시코 레스토랑에서(던바에 있는 자파타 같은 곳에서) 손님 식탁까지 싣고 나와 바로 과카몰레를 만들어 줄 때 사용하는 것과 비슷하게 생겼다. 다만 이 대야는 높이가 내 키만큼 높고, 둘레는 다인용 스파 욕조만큼 컸으며, 테두리의 두께가 내 발 길이만큼 두꺼웠다.

보고 있자니 헛웃음이 나올 지경이었으나 그 거친 바깥 표면과 안쪽의 차갑고 매끄러운 우물을 만져 보니 갑자기 내가 조잡하고 작은 존재처럼 느껴졌다. 대야는 최소 2톤은 나갈 게 틀림없었다.

"거인 약사라도 있나 보죠?" 나는 말장난을 시도했으나 칠리스는 웃지 않았다.

"나는 자주 꿈을 꿔, 파랑. 매번 같은 꿈이지. 할머니가 나한테 와서 '칠리스, 왜 나를 잊었니? 넌 나를 많이 사랑하지만 잊는구나. 어째서야, 어째서?' 분명히 말하는데, 파랑. 나는 할머니가 무슨 말을 하는 건지 전혀 모르겠어. 내가 뭘 잊었다는 거지? 내가 뭘 잃어 간다는 거지? 칠리스는 미쳐 가, 미쳐 가. 그러다가 깨닫지. 할머니가 하는 대로 해야 하는구나. 더는 기계를 써서 만들면 안 되는구나. 우리는 손으로, 오래된 방법으로 해야 해. 할머니처럼 만들어야 해."

"뭘 만들어요?"

칠리스는 내 말을 듣지 못했다. 아니, 들으려고 하지도 않았다. "그래서 나는 여러 달 동안 계획을 세워. 이것저것 그리지. 채석장을 찾았고 그다음엔 가장 단단한 바위로 이걸 깎아 냈어. 하지만 제대로 알고 믿으면, 정말 진심으로 믿으면 너무 힘든 일이란 없어. 이해 못 하지, 넌, 파랑?"

나는 고개를 저었다. 이해하지 못했으니까. 프루잇이 눈을 내리깔고 나타나 "준비됐어, 친구?"라고 말했을 때는 더더욱 그랬다. 그는 머리에 망을 쓰고 있었고 셔츠와 바지는 벗은 채였다. 그가 입고 있는 유일한 옷가지는 두꺼운 노끈으로 허리에 감겨 있는 얼룩진 천 조각뿐이었다. 그건 사실상 끈 팬티나 마찬가지였다. 나는 이해할 수 없었다. 내 직장 깊은 곳을 가르는 한기를 느꼈다. 무언가를 알기 전부터 나는 알았던 것이다.

"무슨 일이죠?"

"네 치수를 쟀어야 하는데." 프루잇이 내 질문을 무시하고 말했다. 그는 내게도 코드피스*를 건네며 말했다. "줄을 꽉 잡아야 할지도 몰라." 천은 린넨 비슷했지만 훨씬 성글고 거칠었다. 조악하고 작은, 넝마 같은 기저귀였다.

"자, 어서." 프루잇이 말했다. "입어 봐."

나는 진심으로 웃음을 터뜨렸다. 프루잇도 웃었다. 다만 그의 웃음은 초조했다. 주변의 수많은 짐꾼들과 껍질을 벗기고 있는 사람들도 웃었다. 이제는 칠리스도 웃고 있었다. 다만 그의 기쁨은 종류가 달랐다.

"서둘러, 파랑!" 칠리스가 소리쳤다. "한국 사람들이 뭐라고 하더라? 빨리-빨리!"

이제는 모두가 "빨리-빨리!"라고 외쳤다. 빨리-빨리, 빨리-빨리. 프루잇이 그들의 박자에 맞춰 고개를 끄덕였다. 나는 얼어붙었다. 한편으로는 프루잇의 더러운 걸레 조각을 걸칠 생각이 전혀 없었기 때문이고, 한편으로는 완전히 겁에 질렸기 때문이다. 내가 꼼짝하지 않자 칠리스가 대야를 밀고 들어온 덩치 큰 남자 두 명에게 뭐라 지껄였다. 그중 한 명이 나와 악수를 하려는가 싶더니 내 배를 강타했다. 타격은 짧았지만 아주 단단했다. 나머지 한 명은 나를 붙들고 내 셔츠

• 성기를 보호하도록 만들어진 갑옷의 일부.

를 머리 위로 당겨 벗겼다. 당신은 살면서 한 번이라도, 아니면 한동안 그런 식으로 맞아 본 적이 없는가? 그렇다면 분명히 알려 주겠다. 그런 타격으로 충격을 받았을 때 차오르는 건 전적인 불신감이다. 그 불신감은 곧 근본적인 불의에 대한 분노로 바뀐다. 그런 뒤에는 무릎이 꺾이는 고통이 느껴진다. 그리고 머잖아 순응하게 된다. 시야가 흐릿한 가운데 집에서부터 신고 온 슬리퍼가 어느새 벗겨져 버렸고, 파자마처럼 생긴 바지 끈이 헐렁하게 풀렸다가 뜯겨 나갔다. 주방에 있는 모두의 시선이 빠르게 쪼그라든 내 치욕스러운 몸에 고정됐다.

프루잇이 직접 만든 작품은—입어 보니 불안할 정도로 따뜻하고 축축했다. 꼭 프루잇이 시험 삼아 방금 입어 본 것만 같았다.—실제로 내 몸에 잘 맞았다. 프루잇은 엄지를 들어 보였고, 나는 그에게 무지막지한 욕설을 뱉는 것으로 답했다. 나는 지금까지도 그 욕설에 미안함을 느낀다. 나는 그저 미친 혼란 속에서 왜 상황이 좀 덜 혼란스럽고 덜 치욕스러운 길이 아니라 이런 방식으로 흘러가는지 알아보려 했을 뿐이다. 여기에서 보낸 짧은 나흘 밤낮 동안 내가 대체 뭘 그렇게 잘못했다고? 나는 그저 열의에 차 있는, 고용될지도 모르는 한 사람이었을 뿐이다. 그 누구보다 고분고분한 손님이었다는 점은 말할 필요도 없다. 나는 이 집의 젊은 여주인이 완전히 마음대로 쓸 수 있도록 내 몸뚱이도 내주었다. 나는 '네.'라는 대답의 순수한 화신이었다. 그게 내가 칠리스에게 드럼을 데려오라고, 드럼을 이리로 데려와 상황을 바로잡으라고 부탁한—뭐, 실은 시큼한 침방울을 뿜으며 괴성을 지른 것이지만—이유였다.

"이젠 내가 네 상관이야. 큰형님이 그렇게 하라셨어!" 칠리스가 소리쳤다. 그의 얼굴이 즐거움으로 일그러졌다.

주방 직원 하나가 국자로 내 등을 쿡 찔러 나는 비참하게 손을 쫙 폈다. 프루잇도 손을 저었다. 칠리스는 프루잇이 그러든 말든 아무 관심이 없는 게 분명했지만 말이다. 내가 칠리스에게 콘스턴스를 데려오라고 말할 때도 그는 신경 쓰지 않았다. 한편 일꾼들이 대야 옆으로 작은 크레인을 밀고 들어오더니 안에 설치된 통에 고정된 금속 나사로 크레인 다리를 바닥에 고정시켰다. 또 다른 사람들은 내가 보기에는 거대하고 길쭉한 똥처럼 생긴 무언가를 수레에 싣고 들어왔다. 대야와 똑같은 회녹색이었다. 나는 그 똥이 절굿공이라는 걸 깨달았다. 그들이 금속 케이블을 절굿공이의 좁은 쪽 끝에 뚫린 구멍으로 집어넣어 고리를 만들고 절굿공이를 대야 위쪽으로 끌어 올리자 더욱 확실해졌다.

프루잇이 배 속 깊은 곳부터 신음했다. 그는 깊이 숨을 들이쉬고 내쉬고, 들이쉬고 내쉬었다. "여기에 있는 거야, 친구."

"뭐가 여기에 있어?" 나는 그의 깊은 목소리 톤에 당황해 물었다.

"모르겠어?"

나는 고개를 저었다. 나는 간절하게 칠리스를 보았다. 그는 태연하게 치아에서 힘줄 조각 같은 걸 빼내고 있었다. 그는 빼낸 힘줄 조각을 높이 탁 튕겼다. 그 고기 조각이 별똥별처럼 주방의 어두운 천장으로 쏘아졌다. 나는 갑작스럽게 그 조각에 심각하게 감정 이입이 돼 몸을 떨었다.

프루잇이 신음했다. "악마의 작업장."

23

나는 사악한 행위를 저지르는 사람들이 반드시 게으른 건 아니라는 걸 알게 됐다.

때로는 정반대다. 특히 강박과 집착은 더 그렇다. 당신이 누군가의 꺼지지 않는 귀여운 아이디어의 육화된 알고리즘이라면 그 어느 때보다 상황은 심각해진다. 당신은 그 일에 관심이 있든 없든, 끊임없이 지시 사항을 수행하는 것밖에 도리가 없다. 박자를 놓치는 것보다 더 파괴적인 일은 없으니까. 모든 것이 무너져 내린다. 모든 것이 해체된다. 상징적인 의미에서가 아니라 당신은 자신의 오물에서 몸을 일으키고 타는 눈을 문지르고 다시 처음부터 속도를 올려야 한다.

내가 받은 구체적인 선고가 뭐였냐고? 칠리스를 탓할 수도 있겠지만 그건 틀린 답이었다. 물론 칠리스는 무시무시하고 악마적이지만 대부분이 그렇듯 수단에 불과했다. 자기가 부여받은 근본적인 권한을 알기에 자세한 사항은 즉흥성과 우연이라는 용광로에 맡겨 버리는, 더욱 투철한 의식의 연장 말이다. 이 모든 일을 결정한 건 드럼이었다. 그러나 그는 나와 프루잇을 처리하는 소소한 세부 사항에는 관여하지 않았다. 그는 우리가 해야 했던 일, 혹은 우리에게 일어날 일에 관해 실제로 개입한 적이 없었다. 우리는 그가 팔꿈치에서 털어 낸 모래나 입가에서 핥아 낸 빵가루와도 같았다.

처음에 나는 긴 속박 속에서 언제 다시 위층으로 초대받을 수 있는지 계속 물었다. 언제쯤 상대적으로 고상한 콘스턴스의 대상으로 되돌아갈 수 있느냐고. 나는 드럼과 직접 얘기하게 해 달라고 재차 물었다. 또 퐁에게 전화를 걸거나 메일을 보낼 수 있는지, 아빠에게 전화를 걸거나 메일을 보낼 수 있는지도 물었다. 내 마음속의 겁에 질린 관광객은 심지어 그 지역의 미국 영사를 불러 달라고까지 했다. 그러나 돌아오는 대답은 매번 내 등과 다리를 악랄하게 후려치는 두껍고 뻣뻣한 레몬그라스 줄기 매질이었다. 퐁이 언제 돌아오는지에 대해 아무것도 대답하지 못해 나는 더 많은 매를 맞았다. 주방 직원들은 우리의 감시자이자 처벌자 역할을 번갈아 맡았다. 그중에는 젊은 사람들도 포함됐다. 그들은 자비롭게도 나를 낭창낭창하고 가느다란 쪽으로 때렸다. 그들은 프루잇도 후려치곤 했다. 프루잇은 아무 것도 요구하지 않았는데. 그들은 나보다 프루잇을 더 심하게 때렸다. 프루잇은 내게 조용히 하라고 요구하지 않았다. 우리가 받은 몫을 그저 체념하고 받아들였다. 그는 그냥 쭈그러든 채로 주어진 걸 받아들였다. 한 번 맞을 때마다 조랑말처럼 조용히 히히힝거릴 뿐이었다. 나는 결국 그만두었다. 그 불쾌한 소리를 더 이상 들을 수 없었다. 이 점은 인정할 수밖에 없는데, 내가 물러서고 얼마 되지 않아 우리는 아주 멋진 단계에 접어들었다.

우리는 시계가 돌아가는 내내 일했다. 푸-잇과 티티. 티티와 푸-잇. 우리는 칠리스의 주방이라는 꼬인 내장에 붙들려 있었다. 판송 부인은 우리가 맡은 일의 규모를 절대 믿지 못할 것이다. 빅터 주니어라면 믿을지 모르겠다. 녀석이야 어려서 아직 기이하고도 환상적인 모든 것에 열려 있으니까. 밸은 그저 히죽거리며 내 터무니없는 상상력이 사랑스럽다는 듯 내 엉덩이를 꼬집을 것이다. 나는 물론 두 사람에게 이런 얘기를 하나도 전하지 않았다. 이렇게 말도 안 되는 일이 그들과 조우할 필요는 전혀 없다.

엄밀히 말해 우리가 만든 건 카레였다. 다만 장담하건대 그건 전에 만들어진 그 어떤 카레와도 달랐다. 그건 칠리스가 '니'라고 부르는, 자기 가족의 비밀 요리법이었다. 나의 초보적인 중국어 실력에 따르면, 그 단어는 '진흙'을 의미할 수 있었다. 나는 드럼이 자기 아버지의 입이 진흙으로 가득 찼다고 했던 얘기를 떠올렸다. 그 얘기가 끊임없이 떠올라 우리를 근원으로 돌아가게 했다.

알고 보니 우리는 칠리스가 지난 몇 년 동안 추진한 사업을 위해 카레를 만들고 있었다. 주방 직원 중 한 명이 카레가 담긴 병을 내게 보여 주었는데, 카레는 최고급 잼처럼 상당히 화려하게 포장돼 있었으며 라벨에는 사람 좋게 미소 짓는 칠리스의 얼굴 사진이 들어가 있었다. 그 라벨에는 체이슨 아저씨의 유기농 카레 소스라고 적혀 있었고, 칠리스의 치아는 포토샵으로 매끄럽게 손질돼 있었다. 완벽하게 바르고 하얗게 말이다.

우리에게 주어진 도구는 바로 그 무시무시한 막자사발과 절굿공이였다. 칠리스는 그렇게 자신의 할머니에게 특별히 큰 오마주를 바쳤다. 그는 우리에게 간신히 몸을 가리는 옷과 헤어 망을 착용하고 바로 일을 시작하라고 했다. 처음에 우리는 발을 씻어야 했다. 일단은 소의 털로 만든 솔로 비누와 물을 이용해 씻은 다음, 한동안 라임 즙에 발을 담갔다. 발이 후끈거리기 시작했다. 라임 즙 때문에 우리의 발은 주름지고 벌게졌다. 그런 뒤에는 곧 붉은 기운이 생새우처럼 회색으로 변해서 깜짝 놀랐다. 하지만 그 당시에도 나는 전체의 10분의 1조차 알지 못했다. 우리가 충분히 소독되자 누군가가 프루잇을 쿡 찔렀고, 프루잇은 막자사발의 넓은 테두리로 올라서서 내게 손을 내밀었다. 하지만 나는 고개를 저었다. 왜인지 나는 아예 이륙하지도 못한 아폴로 우주선에 타라는 신호를 받는 것만 같았다. 사람들이 들이쉬던 순수한 산소가 단 한 번의 누전으로 즉시 불타오른 그 우주선 말이다.

'후우우웅.'

그래, 뭐 그렇게 끔찍하지는 않을지도 몰랐다. 하지만 열 살짜리 남자애가 카누의 노 같은 나무 숟가락으로 콩팥을 찌르고, 그다음에는 비슷한 장비를 갖춘 다른 꼬마가 와서 똑같이 찌른다면 누구든 움직임을 시작하게 된다. 뿐만 아니라 그 사랑스러운 아이 두 명이 칠리스와 놀랍도록 닮은 것에도 눈을 뜨게 된다. 이 상황을 완전히, 제대로 이해하기 시작하는 것이다. 나는 주위를 둘러보며 어떻게 해야 탈출할 수 있는지 생각했다. 어떤 식으로든 누군가에게 뇌물을 줄 수 있을지도 몰랐다. 하지만 나는 이윽고 다른 남자아이들과 여자아이들과 청소년들과 젊은 성인들 중 일부도 아랫니가 거칠게 뿌리 뽑힌

듯 비틀려 있거나, 광대뼈가 부메랑처럼 특이한 형태로 파여 있는 등의 특징이 있다는 걸 점차 알아차렸다. 심지어 비교적 예쁜 젊은 여자 중 한 명은 있지도 않은 코털이 간지럽다는 듯 코웃음을 치면서 한쪽 콧구멍을 벌름거리는 미묘한 습관까지 드러냈다. 이 모든 걸 더하면, 칠리스가 이 폐쇄적인 생태계의 생성자이며 그가 없을 때조차 수많은 눈과 손이 프루잇과 나를 꼼짝없이 잡아 둘 수 있다는 걸 알 수 있었다.

막자사발의 테두리 표면은 구멍이 숭숭 뚫려 있고 거칠었다. 안쪽과는 달랐다. 안쪽은 앞서도 말했듯 매끄러운 무광 표면으로 마감돼 있었다. 발꿈치가 닿으면 가루가 뿌려진 것처럼 건조하게 느껴졌다. 프루잇은 반대편 끝에서 큰 키를 자랑하며 서 있었다. 그는 눈앞의 임무에만 집중하면서, 마치 다른 현실에서 못생긴 갑판 슈즈를 신고 '나는 주정뱅이'라 적힌 낸터킷 레드 반바지를 입고서 돛단배의 돛기둥을 잡고 있는 사람 같았다. 그는 크레인의 뻗어 나온 부분을 숙련된 동작으로 움켜쥐고서 다가오는 수레를 향해 손을 흔들었다. 수레는 껍질을 벗긴 마늘과 적양파의 묵직한 더미를 쏟아 놓았다. 다리가 다 파묻힐 정도였다. 나까지 안으로 딸려 들어갈 뻔했지만 그 누구도 내게 경고해 주지 않았다. 프루잇은 위에 걸려 있는 절굿공이를 묵직한 더미 위쪽으로 휙 돌렸고, 내 도움을 받아 구부러진 맞춤형 대나무 막대 장치를 절굿공이 위에 달았다. 대나무 장치에는 직각으로 교차하는 버팀목이 여러 개 있어서, 꼭 절굿공이 위에 사다리가 수평으로 균형을 잡고 놓여 있는 것처럼 보였다. 휘어진 사다리의 양쪽 끝이 가운데보다 높았다. 사실 그 사다리는 균형을 잡고 있는 게 아니어서 프루잇과 내가 까치발을 들고 양쪽에서 사다리를 잡고 있어야 했다. 나는 뒤에서 두 번째 버팀목을 잡았고, 프루잇은 우리의 무게 차이를 감안해 더 안쪽의 버팀목을 잡았다. 그가 지금! 하고 소리치면, 우리는 동시에 버팀목을 잡고 펄쩍 뛰었다. 우리 둘의 합친 몸무게로 절굿공이의 머리 부분을 마늘과 적양파에 처박았다. 나는 절굿공이를 찧을 때마다 그 타격에 손이 풀릴 것만 같았다. 우리는 다시 위로 튀어 올랐고, (내 생각에는 크레인의 관절 부분에 있는 두꺼운 용수철과 위로 자연스럽게 휘어진 '사다리' 때문인 것 같았다.) 각자의 위치를 시계 방향으로 15도쯤 틀며 다시 테두리에 멋지게 올라탔다. 태양의 서커스 단원이라도 우릴 보면 자랑스러워했을 것이다.

"이야, 벌써 잘하네!" 프루잇이 말했다.

"아니, 씨발 아닌데요!"

"하! 네 생각이 틀렸어. 그리고 넌 더 이상 틸러가 아니야! 지금부터 난 너를 창백한 귀뚜라미라고 부르겠어!"

"그래요, 근데 우리 이제 이 짓을 좀 그만할 수 없어요?"

"하하, 농담도 잘하시네."

"씨발, 농담 아닌데요?"

"그렇겠지, 파트너! 하나, 둘……. 간다!"

"씨발!"

그렇게 우리는 가고, 가고, 또 갔다. 나는 항복한다는 뜻으로 손을 내저으려 했지만, 그 즉시 칠리스가 까지른 새끼 중 하나가 아래에서 나를 쿡 찔렀다. 이번에는 훨씬 더 세게 찔렀다. 그들은 얼마만큼 힘이 필요한지 정확히 알았다. 그렇게 우리는 둘이서 추는 메이폴 춤*

을 이어 나갔다. 무방비 상태의 향료들을 공격하며 세차게 춤을 췄다. 처음 찧을 때는 아무 소리도 나지 않았지만, 빻으면 빻을수록 돌과 돌이 부딪치는 충격이 세어지며 귀로도 들리고 촉감으로도 느껴졌다. 그 충돌에 뼈가 흔들렸다. 으깨진 구근들은 너무도 날카롭고 강력한 향을 뿜어 올려 상승 기류마저 느껴졌다. 내 눈은 눈물을 뱉어 냈고, 코는 콧물로 막혔다. 프루잇은 전혀 신경 쓰지 않는 듯 보였지만, 그의 얼굴은 이미 잔인한 종합 격투기 경기를 몇 번 치른 사람처럼 잔뜩 붉어졌고 부풀어 올랐다. 나는 내 꼴이 그보다 훨씬 심각하리라는 걸 알았다. 어쩌면 울기 시작했을지도 모른다. 하지만 내가 운다 해도 그걸 알아차리기는 불가능했다. 그래서 더 세게 울었던 것 같다.

프루잇은 내가 짓이겨진 채소에 너무 많은 눈물을 뿌리지 않으려고 노력하는 걸 보고, "걱정하지 마, 창백한 귀뚜라미. 주방장님은 사실 부산물을 좋아하시거든. 덕분에 맛이 좋아진대!"라고 말했다.

그다음에는 방동사니와 레몬그라스가 여러 통 부어졌다. 다음은 갈아 놓은 고수 씨앗과 흰 후추, 건조했다가 다시 물에 불린 붉은 고추, 약 열세 가지 다른 식물의 뿌리나 잎사귀 차례였다. 마지막으로는 진흙을 벽돌 모양으로 굳힌 것처럼 생긴, 선사시대의 발가락 치즈 같은 냄새가 나는 흙 색깔의 새우 액젓이 들어갔다. 그 모든 것의 파편이 대공포처럼 우리를 향해 날아왔다. 나는 눈물 한 방울도 용서를 용납하지 않는 돌의 관성에 허둥거리다가 미끄러워진 테두리에서 발

• 유럽 민속 축제 놀이로 높은 나무 기둥 주변을 돌며 추는 춤.

을 헛디뎠고 힘이 풀려 손잡이를 놓치고 안으로 떨어졌다. 다행히도 프루잇이 즉시 사다리를 잡아당겨 내 발이 뭉개지는 걸 아슬아슬하게 막았다. 그다음부터는 더욱 주의를 기울였다. 당연한 얘기지만, 재료를 하나 더할 때마다 혼합물은 크게 변했고 점점 카레와 비슷하게 변해 갔다. 나는 그런 처참한 상황에서도 그 놀라운 연금술적 변화 과정을 눈여겨보았다. 하지만 진정으로 놀란 건 모든 첨가물이 내게서 다양한 신체적 반응을 끌어냈다는 점이다. (오래전에 면역된 프루잇은 영향을 받지 않았지만 말이다.) 꼭 질병의 진행 과정과도 같았다. 레몬그라스는 통제할 수 없는 재채기를 일으켰다. 간 양념은 사타구니를 가렵게 했다. 고추는 눈을 용암처럼 따끔거리게 했다. 카피르 라임 잎사귀는 시큼한 땀을 솟구치게 했다. 카레가 걸쭉해질수록 비밀리에 첨가된 건 내 침이었다. 내 혀는 두드러기로 부은 채 출발 직전의 경주마처럼 밖으로 나왔다. 등 전체도 마찬가지였다. 카레는 강한 약물이었다. 냄새가 고약하고 심오한 이 약물은 내 신경에서 각종 즙을 짜내면서 나를 똑바로 서 있게 했다. 분명히 나를 중독시키고 있었다. 이것이 일명 체이슨 아저씨의 유기농 카레 소스, 즉 칠리스의 화학 요법이었다.

우리는 엄청나게 많은 양의 카레 세 통을 만들었다. 프루잇조차 이런 작업의 강도에 대해 한마디 했다. 그는 몸을 숙이고 손등으로 눈을 닦아 낸 다음, 멍한 눈으로 어깨를 웅크린 채 덜 익은 애플 바나나를 천천히 씹었다. 망을 쓴 그의 머리통이 계속 아주 조금씩 까딱거렸다. 나는 결국 일시적으로 눈이 멀었다. 양손은 까지고 벗겨졌다. 힘줄은 잔뜩 엉겨 못 쓰게 됐다. 주방 일꾼 두 명이 나를 바닥에 내려서게 도와주었고, 나는 그 자리에 쓰러졌다. 태어난 직후의 신생아처럼 보였을 게 틀림없다. 내 몸에는 카레가 뒤엉긴 땀과 콧물, 눈물, 소변(나는 완전히 기가 빠져 두어 차례 오줌을 지렸다.)으로 뒤덮여 있었으니까. 나는 어떤 나이 든 여자의 품에 안긴 채 누워 있었다. 그 여자는 소매로 내 얼굴을 닦아 주었다. 나는 숨을 얕게 쉬었다. 안 그래도 새가슴인 내 가슴은 더욱 푹 꺼졌을 테고 뼈는 노골적으로 드러났을 것이었다. 마치 피에타에서처럼 말이다. 내가 순교자였다는 얘기가 아니다. 나는 정의로운 사람도, 억울한 일을 당한 사람도 아니었다. 그냥 내가 완전히 고갈됐다는 말을 하고 싶은 거다. 나는 딱 한 번 쓸 수 있고, 그 이상은 아무런 쓸모도 없는 화장지처럼 낭비됐다.

어쨌든 나는 그렇게 생각했다. 그 여자는 내게 미지근한 홍차와 잘 익은 망고 한 조각을 주었는데, 그 망고가 너무 맛있어서 몸이 떨렸다. 나는 두 손을 들어 보았지만 쥐가 나서 손가락이 오그라졌다. 그녀는 손에 망고를 쥐고 한 번에 한 입씩 부드럽게 찢어 내게 먹여 주었다. 한편 칠리스가 다시 나타나 우리의 작업물을 맛보았다. 그는 주방 일꾼들이 우리의 결과물을 담아 놓은 여러 질그릇 중 몇 개에 손가락을 담갔다. 그는 입속에서 카레를 굴리며 구성 요소를 분석하더니, 침을 모아 다시 막자사발에 묵직하게 쏘아 냈다. 덩어리는 평평한 호선을 그리며 떨어졌다. 일꾼 몇 명이 친절한 여자에게서 나를 끌어내 일으켜 세웠다. 프루잇도 내 옆에 서 있었다. 우리 둘 다 어깨는 축 처지고 턱은 무거웠다. 더러워진 우리의 코드피스는 무겁게 늘어져 있었다.

"처음 치고는 나쁘지 않네." 그가 이번만큼은 강경하지 않은 말투로 내게 말했다. 그런 뒤 프루잇에게 말했다. "제대로 가르치고 있어, 영어 교사."

프루잇은 힘없이 경례했다. 감히 고개를 들지는 않았다. "이제 끝날 시간인가요, 주방장님?"

"끝날 시간?" 칠리스의 주름진 얼굴에 비웃음이 스쳤다. "파랑은 늘 끝날 시간, 끝날 시간 타령을 하지."

"막자사발 하나를 통째로 더 했으니까요……."

"뭘 잊었네?" 칠리스가 꾸짖었다. "또 잊었어?"

프루잇은 생각해 보더니 기진맥진해 한숨을 쉬었다. "죄송합니다, 주방장님. 제 잘못입니다. 오늘 좀 피곤해서요."

칠리스가 호통을 쳤다. "왜지, 티티? 왜! 왜 파랑들은 늘 지름길을 찾는 거야?"

그들은 프루잇과 내게 말의 털로 만든 빗자루와 대걸레를 하나씩 주었고, 우리는 다시 그릇으로 기어들어 가 청소했다. 처음에는 비질을 하고 그다음에는 닦아 냈다. 청소가 카레 만들기보다 훨씬 쉽다고 생각할지 모르겠다. 우리는 그저 절구를 문질러 닦은 뒤 호스로 맹물을 뿜어내면 되니까. (돌이 오염될 테니 세제는 사용할 수 없었다.) 하지만 호스가 없었다. 어쩌면 호스가 있는데 쓰지 못하게 한 걸지도 몰랐다. 우리는 비질과 걸레질을 한 다음 서로에게 뜨거운 물이 담긴 양동이를 건넸다. 그리고 그 뜨거운 물을 절구 양옆에서 쏟아부었다. 다시 비질을 하고 걸레질을 했다. 그런 다음 물을 퍼냈다. 당연한 일이지만 절구에는 배수구가 없었다. 마무리까지 이 짓을 여섯 번 반복해야 했다. 필요하다고 생각한 것보다 훨씬 큰 15리터짜리 양동이가 사용됐다. 전혀 도움 안 되는 프루잇이 계속 지적했듯 상대적 부피는 기만적일 수 있다. 매콤한 양념이 들어간 물이 닿을 때마다 발과 발목에 새로 생긴 상처와 멍이 후끈거렸다. 그래도 그 불같고 전기적인 자극은 나를 계속 움직이게 했다. 결국 우리는 통에 가득한 대걸레를 다 썼다. 사발을 닦아 보았는데 마지막 대걸레가 여전히 깨끗하고 마른 걸 보고 우리는 작업이 끝났다는 걸 알았다. 나는 프루잇과 조금도 엮이고 싶지 않았으나, 황량한 막자사발 안에 말없이 앉아 있는 내게 그가 손을 내밀었을 때 그 손을 잡을 수밖에 없었다. 우리가 끝낸 일이 경이롭게 느껴졌다.

나는 살면서 접시를 만 개쯤 닦아 보았지만, 이런 접시를 닦은 건 처음이었다.

"누가 알겠어." 프루잇이 쉰 목소리로 힘없이 말했다. "내일은 통 네 개를 해야 할지도 몰라."

"내일이요?"

프루잇은 진심으로 이상하다는 듯 나를 보았다. "뭐, 지금 한 통 더 해야 한다고 생각하는 거야?"

칠리스의 졸때기 중 하나가 나를 쿡 찌르며 나가라고 신호했을 때 나는 앙상한 프루잇의 목을 조를 뻔했다. 나는 분노에 제정신이 아니었다. 이 정신병자들을 뚫고 돌격해 주요 도로가 있는 곳까지 언덕을 빠르게 달려 내려간 다음 누군가를 불러 세울 방법을 생각했다. 그때 다름 아닌 조각상 같은 콘스턴스가 나타났다. 그녀는 놀랄 만큼 깨끗하고 단단하며 살집이 두둑했다. 예의 흰색 탱크톱과 요가 반바지를 입고 있었고 사프론 색깔의 모슬린 천이 튼튼한 엉덩이 부근에서 하늘거렸다. 나는 비틀거리며 앞으로 나가 그녀를 움켜쥐었다. 나는 축축하고 끈적거리고 더러웠으나 절대 놓지 않으려고 손에 힘을 줬다. 게다가 나는 고함을 치고 있었다. 노골적으로 떨고 있었다. 눈물과 콧물이 내 몸의 나머지 부분을 녹여 '니'처럼, 끈적거리는 곤죽으로 만든 것 같았다. 하지만 콘스턴스는 꿈쩍도 하지 않았다. 그녀는 전혀 동요하지 않았고, 그녀가 도저히 견디지 못할 거라 확신했던 거리보다 더 가깝게 접근해도 나를 그대로 놔두었다. 그게 나를 더 비참하게 만들었다.

"마무리 단계에 널 보러 오고 싶었어." 콘스턴스는 내 손을 가만히 떼어 내며 말했다. "이제 괜찮아. 곧 기분이 나아질 거야."

"기분이 나아질 일은 절대로 없어!" 나는 끅끅거렸다.

"계집애 같은 파랑." 칠리스는 문자 그대로 침을 뱉었다. 내가 떼를 부리는 모습을 단 일 초도 더 참아 줄 수 없는 듯했다. 그는 코웃음을 치며 자리를 떠났다. 다만 그의 패거리는 남아 있었다.

"쉿, 쉿." 콘스턴스가 나를 얼렀다. "지금은 이걸로 충분해. 중요한 건 네가 끝까지 해냈다는 거야."

"그게 뭐가 중요한데?"

"우리 아버지한테 중요하다는 거지, 바보야! 아버지가 칠리스한테 너를 시험하도록 지시하셨다는 걸 모르겠어? 네가 정말 무엇으로 만들어진 사람인지 알아보려고 말이야. 난 네가 무엇으로 만들어졌는지 알아. 이젠 아버지도 제대로 알게 되실 거야. 네가 얼마나 많은 걸 견딜 수 있는지."

"더는 안 견디고 싶은데." 나는 매끄러운 밧줄이라도 되는 양 그녀의 향기로운 목에 매달렸다. "난 아무것도 견디고 싶지 않아."

"내가 하는 것도?" 콘스턴스는 그렇게 말하며 손가락으로 내 두피를 쓸었다. 나는 너무 힘이 없어서 차마 대답하지 못했다.

"이건 좀 슬프네."

나는 그녀를 위해서라면 언제든지 준비돼 있다고 가냘픈 목소리로 전했다. 실제로는 더 이상 뭔가에 찔리는 걸 견딜 수 없었지만 말이다. 꼭 치과에 가서 하루에 충치 네 개를 때운 것 같은 기분이었다. 이를 다 갈아내서 욱신거리고 얼얼함이 점차 사라져 가는 가운데 오직 대체 내가 무슨 잘못을 했기에 이런 운명을 당해야 하느냐는 생각뿐인 그런 순간······.

콘스턴스가 나를 계단 위쪽이 아니라 아래쪽, 거기에서 다시 뒤쪽 복도로 데려갔을 때 내 머릿속에 번뜩 든 생각은 바로 그런 생각이었다. 그곳은 프루잇이 사는 곳이었다. 프루잇은 콘스턴스에게 한마디도 건네지 않았으나 콘스턴스는 프루잇을 무시했다. 그냥 프루잇이 그 자리에 없다는 식으로 무시한 게 아니라, 그가 처음부터 존재한 적이 없다는 것처럼 그랬다. 구부정한 자세의 프루잇은 이 현실에 알맞게 조율된 것처럼 보였다.

우리를 기다리는 건 아주 나이가 많고 웃옷을 벗고 있으며 고무 샌들을 신은 자둣빛 얼굴의 두 남자였다. 아마 전직 주방 팀원이었다가 은퇴한 사람들 같았다. 그들은 우리가 돌 대야를 닦을 때 사용했던 것과 똑같은 두껍고 뻣뻣한, 말의 털로 만든 솔을 무기처럼 들고 있었다.

"저 사람들이 자기 일을 다 마치면 쉴 수 있어. 내가 나중에 연락할지도 몰라.”

“가지 마.” 나는 늙은 남자들을 힐긋 보며 애원했다. 그들 중 한 명이 내 끈 팬티의 노끈을 당기기 시작했다. 내가 그의 손을 탁 쳐냈다.

“예의 바르게 굴어, 틸러.” 콘스턴스가 말했다. “저 사람들은 자기할 일을 하는 거야. 네가 씻도록 도와주겠지. 난 네가 그걸 완전히, 완전히 씻어 내길 원해. 두드러기가 나기는 싫거든.”

“저 사람들은 일을 꽤 잘해.” 프루잇이 혼자 중얼댔다. 그는 터벅터벅 음침한 욕실로 들어갔다.

“하지만 난 싫어!”

“나도 싫어하는 게 있어, 이 자식아.” 콘스턴스가 갑자기 얼음처럼 차갑게 돌변해 쏘아붙였다. 나는 다시 그녀를 붙잡으려 했으나 그녀는 나를 밀쳤다. “난 아버지가 편찮으신 게 싫어. 아버지가 고통받으시는 게 싫어. 혼자가 되기 싫어.”

마지막 문장을 내뱉는 콘스턴스는 약간 정신이 나간 것처럼 보였다. 그녀는 숨을 골랐다.

“하지만 이젠 그렇게 될지도 몰라. 네 상사인 퐁이 아버지에게 그 많은 돈을 받아 갔으면서 아직도 아버지를 도와주지 않으려 드니까!”

“무슨 소리야? 엘릭서런트 거래를 말하는 거야?”

“아니, 이 멍청아! 아버지가 정말로 그 토할 것 같은 맛이 나는 스무디에 관심이 있으실 거라고 생각해? 아버진 죽어 가고 있어!”

갑자기 손이 얼음장처럼 차가워졌다. 수은의 방이, 드럼이 얘기했던 내면과 외면의 요가 연금술이 문득 떠올랐기 때문이다. HG. “분명히 오해가 있을 거야. 퐁은 늘 모든 걸 제대로 처리해. 네 아버지를

594

위해서 할 수 있는 모든 일을 할 거야."

"여기에 돌아오지 않는 방법으로?"

"당연히 돌아올 거야!" 내가 소리쳤다. "왜 안 오겠어?"

콘스턴스가 내 목을 움켜잡았다. 그녀의 손톱이 목으로 파고들었다.

"네가 말해 봐."

24

나도 정말이지 콘스턴스에게 말해 주고 싶었다. 하지만 내게는 해 줄 얘기가 없었다. 실화든, 지어낸 얘기든. 나는 그동안 다른 누군가의 얘기를 따라 흘러왔을 뿐이었다. 퐁은 며칠 동안 돌아오지 않았다. 일주일 동안, 그다음에는 이 주일 동안 돌아오지 않았다. 그가 금방 돌아오지 않으리라는 게 명백해지자—럭키 최도 완전히 연락이 끊겼다.—카파고다 산장에서의 내 지위도 빠르게 변했다. 추락은 위태로웠다. 나는 산장의 VIP 고객에서부터 시작해 장난감 소공자로, 주방의 실험용 직원으로, 이제는 완전히 다른 무언가로 추락했다. 나는 계속해서 나의 이 한심한 상황은 일시적인 것이라고, 내가 버려진 건 의도치 않은 일이며 퐁은 그저 중요한 역할을 수행하라고 나를 남겨 둔 것뿐이라고 스스로를 안심시켰다. 그러니까 드럼을 위해서 계속 노래를 불러 주고, 콘스턴스가 원하는 어둠의 탐구를 위해 내 몸을 제공하고, 요가인들이나 누구든 우리의 얘기를 들을 만한 사람들에게 엘릭서런트를 파는 역할 말이다. 하지만 반복적으로 돌아오는 시건방진 코러스와 후렴구는 내가 양동작전의 희생물이라고 말했다. 어쩌면 완전한 사기 작전의 희생물이 돼 버렸다는 것이었다.

내가 장기간에 걸친 신뢰 게임에 속아 넘어간 걸까? 퐁의 서재에서 처음 드럼의 이름이 언급된 순간부터, 찹 스테이션에서 들었던 사업 투자 그룹의 대화와 럭키 엄마의 집에 있었던 자무 혼합물까지 그 모든 게 놀랍고도 냉소적인 연출이었을까? 이제 보니 나는 멍청하게도 얼마나 잠들어 있었는지조차 모를 만큼 깊이 잠들어 있었다. 나는 이곳, 카파고다 산장이라는 악의 배 속에서 가장 무례한 방식으로 잠에서 깨어난, 준비된 멍청한 배우였다.

조금이나마 힘이 생길 때마다 나는 퐁을 저주했다. 오 나의 친구, 나의 스승이여! 내 저주는 집안이 멸망하기를 바란다는 식의 표준적인 저주가 아니었다. 나는 그의 사업이나 그의 딸들, 미노리, 릴리 장에게 나쁜 일이 벌어지기를 바라지 않았다. 나는 형제를 저주하듯이 그를 저주했다. 맹목적이고도 자해에 가까운 분노를 담아, 내 귀를 비틀고 손마디로 거친 돌벽을 갈아 대면서 저주했다. 다양한 부패로 인해 발톱이 빠지기 시작했다. 나는 빠질 준비가 덜 된 발톱마저 잡아 빼 버렸다. 결국 진짜 시험이 닥치면 최초의 인과관계를 모두 잊고 비참함이라는 어둑한 세상의 품에서 존재하게 되는 법이다.

칠리스는 우리의 간수이자 우리가 겪어야 할 날씨였고 우리의 신이었다. 그는 우리에게 간신히 생존할 수 있는 수준의 음식만을 배급했다. 여기에 끊임없는 노동이 더해지자 나는 더욱 광기에 사로잡혔고 간절해졌다. 공포감이 차오르며 나를 압박해 왔다. 분출구가 보일 때마다 공포감이 폭포수처럼 뿜어 나왔다. 프루잇이 시비를 걸지 않아도 나는 그에게 말로 채찍을 휘둘렀다. 내 머리카락을 뽑아 댔다. 놀랄 만큼 많이, 한 움큼씩. 나는 최대한 큰 소리로 드럼의 아버지가 부른 뱃사공의 노래를 부르기 시작했다. 드럼이 내 목소리를 들을지도 모른다는 기대에서였다. 칠리스는 내가 입을 다물지 않으면 내게 채찍을 휘두르라고 지시했다. 내가 단식을 시작하자 그들은 내게 마실 걸 주지 않는 식으로 대응했다. 곧 나는 아무것도 이해하지 못하게 됐다.

"그놈이 큰형님과의 거래를 깼어." 칠리스가 발가락을 움직여 날카로운 발톱으로 나를 간지럽혀 정신이 들게 하더니 말했다. 주방 일꾼이 내 입술에 밀크티를 똑똑 떨어뜨렸다. "그놈의 특별한 약은 전부 거짓말이야! 존재하지 않아, 절대로!" 그는 쉰 목소리로 역겹다는 듯 말했다. "그래서 우리에게 남은 건 너밖에 없어, 파랑."

"퐁이 약을 가져올 거야!" 나는 소리쳤다. 마지막 남은 얼마 안 되는 희망은 아직 부서지지 않았다. "돌아올 거야!"

"너를 구하려고, 티티?" 그가 구슬리듯 말했다. "글쎄다!"

물론 나는 드럼을 만나게 해 달라고 빌었다. 콘스턴스에게도, 칠리스에게도 간청했다. 심지어 프루잇에게도 직원인 친구를 통해 숀드라에게 전해달라고, 나를 위한 로비 활동을 해 달라고 부탁했다. 하지만 프루잇에게는 진짜 직원 친구가 없었다. 게다가 숀드라와 다른 요가인들은 이미 오래전에 이곳을 떠났다. 나는 따돌림을 당했다. 퐁과 럭키가 드럼 카파고다의 숨도 못 쉴 만큼 많은 돈을 들고튀었다는 구체적인 사실이 아니라 나 때문에 퐁이 돌아오지 않는다고 생각하는 것 같았다. 프루잇의 말에 따르면, 그들이 빼돌린 돈은 그저 계약금에 불과했다. 프루잇은 그 돈이 2천만 달러, 혹은 한 명당 2천만 달러라는 귀엣말을 엿들었다. 시한부 인생을 사는 사람에게 액수가 얼마든 무슨 의미이겠느냐만.

아무리 그래도 나는 퐁이 누군가에게 사기를 칠 수 있다는 걸 믿을 수 없었다. 대체 왜? 그에게는 부족한 게 아무것도 없었다. 명예와 존경심을 포함해서. 그는 매일 새로운 사업에 참여하거나 그 사업을 인수하고 있었다.

"속는 걸 좋아하는 사람은 아무도 없어." 절구질을 하다가 쉴 때, 프루잇이 무의미하게도 손톱에서 향신료 가루를 긁어내며 말했다. "왕이든, 거지든."

하지만 당연히 거지들에게는 부이로 쓸 만한 게 훨씬 적다. 나는 점점 더 아래로 가라앉았다. 나는 대단히 전형적인 단계들을 거쳤다. 퐁을 저주하다가 이 모든 게 실수라고, 엄청난 오해라고 다시 나 자신을 속이고, 아무것도 변하지 않자 퐁을 더더욱 저주했다. 그토록 한심하고 무력했던 나 자신도 함께. 나는 매일 밤 흐느끼다가 잠들었다. 내 절여진 눈물이 나를 위로하는 연고가 됐다. 나는 어느 비겁한 신과 흥정했지만, 대안적인 거래는 이미 이루어졌다는 걸 깨달았다. 그 이후로는 우스운 일이 일어났다. 어쩌면 신체적 구속 상태와 갑자기 버려졌다는 나의 개인사가 합쳐지며 일어난 일인지도 모르겠다. 그 상황이 내 안에 묻혀 있던 작은 생물을 밖으로 끄집어냈다. 나는 뭐라도 좋으니 관계를 원하며 마음을 누그러뜨렸다. 나 자신을 칠리스의 가내 수공업에 완전히 넘겨주었다. 무슨 카지노에라도 간 것처럼 그랬다. 나는 대단히 특별한 활동과 안정적이고도 마음을 빼앗는 리듬에 사로잡혔다. 그런 곳에서는 눈치채지도 못하는 사이에 달과 별이 나 없이 이동해 버린다. 전에도 늘 그랬고, 앞으로도 언제까지 나 그러겠지.

우리는 새벽부터 오후 서너 시까지 일했다. 늦은 아침에 밥을 먹을 때만 잠깐 쉬었다. 그런 다음에는 씻겼다. 노인 세신사들의 손에 호스로 물이 뿌려지고 박박 닦였다. 그들은 연안의 부두 노동자들처럼 힘이 셌다. 뻣뻣한 솔과 뜨거운 물로 내 가죽을 벗기려 들었다. 그러고 나면 나는 프루잇의 방 맞은편에 있는 내 지하 감옥의 이불조차 없는 간이침대에서 정신을 잃었다. 갓 태반에서 나온 듯한, 나 자신의 날것같이 신선한 냄새를 맡을 수 있었다. 어느 날 밤, 나는 아무것도 보이지 않는 순수한 어둠 속에서 잠을 깨어 미친 듯이 내 머리를 가렸다. 누군가 나를 내려다보는 것이 느껴졌다.

"누구야?" 나는 비명을 질렀다. 아니면 비명을 질렀다고 생각했다. 누군가는 대답할 만큼 절박한 비명이었다. 그 누군가는 나 자신이었고.

꼭 드럼의 목소리 같았다. 그는 가만히 머물러 있었다. 얼마나 가까운지는 알 수 없었다. 동굴 안처럼 아무 흐름 없는 암흑이 모든 걸 알아볼 수 없게 만들었다.

"이제 진정해라." 그가 말했다. "천천히 숨을 쉬어. 해치지 않는다."

안심시키는 말에 나는 더욱 겁이 날 뿐이었다.

"네가 노래를 불러 주면 좋겠다."

나는 대답할 수 없었다. 형체 없는 단어들이 부유할 뿐 딱히 달라붙지 않았다.

"그렇게 해 주겠니? 네가 가르보에서 불렀던 노래 중 한 곡이면 좋겠구나."

"어떤 노래요?" 결국 내가 새된 소리로 말했다. 긴 침묵이 흘렀다. 내가 환각을 본 게 아닌가 싶을 정도로 긴 시간이었다.

"위드아웃 유."

닐슨의 노래였다. 믿음직스럽고 구슬픈 음정들. 내게도 그 노래가 필요했다. 나는 일어나 앉았다. 헛기침으로 내 목에 엉겨 있던 공포의 담즙을 없앤 뒤 숀드라가 산 자세를 취했을 때처럼 가슴을 활짝 열고 숨을 들이쉬었다. 완전한 어둠 속에서도 나는 눈을 감고 그 오래된 음반이 돌아가는 모습을 떠올렸다. 음반의 가장자리가 약간 우그러져 물결치는 것처럼 보였다. 탁탁 소리가 나도록 바늘을 만지는 엄마의 늘씬한 손가락도 보였다. 분명히 말하지만 어린아이의 심장은 그 마지막 잡음의 순간에 노래가 시작되기를 기다리다가 실제로 멈출 수 있다.

다음에 무슨 일이 일어났느냐고? 내가 진짜로 노래를 부른 듯했다. 선명한 목소리로 장외 홈런을 쳐 공이 인근 거리로 날아갔고 아이들과 개들이 톱밥 날리는 아일랜드식 바의 현관을 지나쳐 공을 쫓아간 게 분명했다. 내가 노래를 마친 직후 드럼이 "같은 걸로 다시."라고 말했다. '같은 걸로 다시.' 나는 그 말에 따랐다. "다시." 그래서 나는 한 번 더 노래했다. 그다음에는 드럼의 요청이 없어도 또 한 번 노래를 불렀다. 뜨끈해진 내 폐가 구원의 감각을 미친 듯이 원했다. 그런 다음 나는 드럼에게 왜 나에게 이런 불행을 안기느냐고 물었다.

답은 없었다. 나는 두 손으로 어둠 속을 더듬거렸고 발을 끌며 중얼거렸다. 문득 드림은 내가 두 번째 노래를 부르던 중에 떠났고 나는 평소처럼 혼자 공연을 하고 있었다는 걸 깨달았다. 아니면 드림은 처음부터 없었던 걸지도 몰랐다. 나는 벽의 이음새 부분을 더듬다가 아래쪽에서 손잡이를 발견하고 당겼다. 하나밖에 없는 LED 전구의 가혹한 빛이 일시적으로 내 눈을 멀게 했다. 신이라도 죽일 수 있을 악취가 났다. 나는 눈을 가늘게 뜨고 그 자리에 웅크리고 있는 프루잇을 보았다. 프루잇은 땅에 설치된 도자기 똥통에 편안하게 쭈그리고 앉아 무릎에 팔꿈치를 걸고서 위를 쳐다보았다. 그는 닳아빠진 페이퍼백 서부극을 들고서 독서용 안경을 끼고 있었다.

"너 때문에 깬 거 아니야." 그는 책장을 넘기며 웅얼거렸다. "우연히 지금이 내 타이밍이었던 거지. 그건 그렇고, 노래를 아주 잘 부르던걸."

'노래를 아주 잘 부르던걸.' 내가 한 말의 반복. 처음에 나는 시간의 흐름을 헤아리지 못했다. 그런 건 다 포기하고, 무인도에 발이 묶인 상태를 기록해야겠다는 결심을 한 뒤에야 하는 것이니까. 우리는 각자의 방식으로 이런 일을 한다. 우주라는 냉담한 바다에 의해 어쨌든 해체돼 버릴, 무슨 떠다니는 나무판자 같은 곳에 가로세로 줄을 그으며 우리의 존재에 괄호를 치는 것이다. 내가 가장 좋아하는 영화의 한순간을 인용하자면, 우리는 그저 빗속의 눈물일 뿐이다. 그런데도 우리는 고집을 피운다. 나는 결국 새벽 세 시마다 울리는 짜증 나는 프루잇의 변기 물소리를 활용해 나의 조그만 접이식 칼로 간이침대의 알루미늄 다리에 무늬를 새기기 시작했다. 프루잇의 장운동은 그의 신체가 견뎌 온 지옥 같은 노동에도 게르만 민족의 기차 시간표처럼 정확했다. 그 역시 우리 육신이 가진, 정신이 혼란스러워질 정도로 지독한 내성에 대한 또 하나의 증언이다.

나는 콘스턴스도 보았다. 전과는 다른 방식이었다. 콘스턴스가 원하면 나는 콘스턴스에게 배달됐다. 그녀가 어떤 기분일지는 절대로 알 수 없었다. 그녀는 말이 많고 친절할 수도 있었다. 그럴 때면 그녀는 재스민 차와 팥 모찌를 내놓았다. 그게 아니면 격분해서 조바심을 내며, 내가 문지방을 넘는 순간 내 옷을 잡아당겨 벗기고 자신의 욕구라는 맹렬한 불바다에서 나를 태워 버렸다. 전체 욕구 중 성적인 욕구는 작은 부분이었다. 대부분의 경우 나는 그 자리에 존재하지 않는 것만 같았다. 그녀는 침대에 누워서 두꺼운 빅토리아 시대의 장편소설을 팔락팔락 넘겨 대거나, 흥얼거리며 오랫동안 느릿느릿 목욕을 했다. 심지어 그냥 손바닥으로 얼굴을 감싸고 어린 시절에 쓰던 지나치게 작은 책상에 앉아 있기도 했다. 아버지 때문에 슬퍼서 그러는 게 틀림없었다. 나는 한 시간이나 두 시간 정도 머물렀다. 때로는 겨우 몇 분만 머물 때도 있었다. 프루잇처럼 나도 그녀에게 질문을 던지지 않았다. 심지어 그녀를 훔쳐보지도 않았다. 나는 아무런 의욕이 없는 존재의 비밀스러운 기쁨을 이해하기 시작했다. 나는 바다에 붙어 조류에 휩쓸리는 단 하나의 조개였다. 고립됐다가 물에 잠겼다가 거친 파도에 두들겨 맞았다가를 번갈아 겪다가 떨어지면 떨어지는 것이다. 상관없었다. 나는 온전히 보고 듣고 느끼고 맛보았다. 더 이상 '룩 춤' 비슷한 상태에 갇히는 것도 두려워하지 않았다. 갇힐 만한 존재가 존재하지 않았으니까. 이전의 나 자신이 가지고 있던 윤곽선은 해체돼 허공으로 증발했다.

그 허공 속에서 칠리스가 새로운 형태를 제공해 주었다. 그는 일종의 세미나를 열었다. 처음에는 형편없는 제자였지만 나는 결국 그의 말을 알아들었다. 카레 제조에 대해서만 말하는 것이 아니다. 그 일이야 프루잇과 계속하고 있었다. 우리는 계속 일을 해야만 했다. 분명 체이슨 아저씨의 유기농 카레 소스는 인기 있었고, 우리는 그 카레를 아주 많이 제조해야 했다.

물론 막자사발에서의 강제 노동이 제조 과정의 가장 핵심적인 요소였다. 하지만 그 모든 동작과 행위가 기계적인 것이 되고, 내가 프루잇만큼이나 전문적인 기술자가 된 다음에도 칠리스는 내 지식을 더욱 넓혔다. 기술에 통달하는 것만이 다인 경우는 없으니까. 그는 기본적으로 아주 높은 의자라고 할 수 있는 곳에 앉아(테니스 심판의 좌석이라 해도 될 만했다.) 우리를 지켜보곤 했다. 우리를 관찰하며 우리의 작업물에 대해 비판하는 건 아니었다.—앞서 말했듯 우리는 그야말로 제대로 일처리를 했다.—하지만 칠리스는 그 자리에 앉음으로써 특권적인 위치를 유지할 수 있었다. 거기에서는 '위를' 보며 말하지 않아도 됐다.

칠리스는 나에게 말하고 있었지만, 프루잇은 다시 수업을 들어도 괜찮은 듯했다.

"그분은 심오한 세계관을 갖고 있어." 프루잇은 시선을 피하며 속삭였다. "귀 기울여 들을 가치가 있어."

처음에 나는 그 말을 무시했다. 학교에 다닌 적도 없는, 사투리나 쓰는 가학적인 주방장을 누가 무시하지 않겠는가. 사실 칠리스 본인

604

이 내게 아무렇지 않게 밝혔듯 그는 거의 문맹이었다. 그는 지역에서 구할 수 없는 식재료나 원료의 목록을 작성하는 일을 조수들에게 시켜야만 했다. 그러나 그에게는 타고난 언어적 재능이 있었다. 비록 구어를 유창하게 쓴다고는 못하겠지만 그는 영어, 프랑스어, 태국어, 핀란드어, 러시아어, 위구르어, 한국어, 일본어에 더해 당연하게도 중국의 주요 방언 다섯 가지를 알아들었다. 그리고 칠리스는 이 능력을 이용해, 온라인 동영상 및 온라인 대학 수업만으로 지식을 쌓았다. 그는 모든 자유 시간을 여기에 썼다. 나는 그가 독학으로 공부한 사람들이 그러듯 데이터로 내려받은 정보를 내게 권할 줄 알았다. 요리의 과학이나 자신의 악마적 조리법의 문화적 기원이나 인류학, 식물학, 심지어 드럼과 퐁이 생물 강화 콘퍼런스에서 얘기한 것과 관련된 내용 등 적당히 음식과 연관 지을 수 있는 학문 분야에 관한 내용을 토악질하듯 뿜어낼 줄 알았다.

그러나 칠리스는 노동력이나 화폐 형태, 사용 가치 등에 대해 얘기했다. 서구의 사상과 이론 수업에서 본 적 있는 낯익은 단어들이었다. 나는 그런 단어들을 어렴풋하게만 이해했던 게 기억났다. 그 모든 것이 자본에 관한 것이었다. 알고 보니 칠리스는 마르크스주의의 사도였다. 실천적으로는 그렇지 않더라도 지적으로는 그랬다. 아니, 어쩌면 실천적으로도 그랬는지 모르겠다. 내가 확신할 수 없는 이유는 대학에 다닐 때 나는 책을 대충 읽는 사람이었고 칠리스는 그야말로 엄청나게 많은 영상을 본 사람이기 때문이다. 게다가 과 대표가 자주 지적했듯 이론은 극도로 복잡했다. 삶 자체만큼 다양하고 뒤죽박죽이며 모순적이었다.

아무튼 칠리스는 우리가 일하는 동안 강의를 이어 나갔고, 듣다 보면 그가 말하는 동시에 자신의 해석적, 개념적 틀을 미세하게 조정해 나가며 자유롭게 내달리고 있다는 생각이 들었다. 그는 기본적인 질문과 주장에서부터 시작했다.

"넌 네가 뭘 하고 있다고 생각하냐?" 그는 내게 물었다. 나는 피로하고 목마르고 갈린 향신료의 타는 듯한 즙을 뒤집어쓰고 있으면서도 진정성 있게 대답했다. "카레를 만들죠?"

"그건 네 생각이지!" 칠리스가 소리쳤다. "너는 상부 구조의 도구야!"

나는 그 말이 우리 모두가 더 지배적인 행위자의 노예라고 말하는 줄 알았다. 내가 그의 노예이고, 그는 드럼의 노예이고, 드럼은 다른 누군가의 노예인 것처럼 말이다. 하지만 그가 내뱉었다. "좆같이 높은 저 위에 있지! 하지만 우린 아주 빨리 움직여. 너도 전체 상황을 봐야 해!"

그런 식으로 칠리스는 배경지식을 얘기했다. 우리는 우리의 문명이, 다시 말해 생산과 노동이 어떻게 발전해 왔는지 함께 검토했다. 부족 사회에서부터 봉건주의로, 프롤레타리아의 탄생과 원시 공산주의와 마침내 자본주의로. 지금은 자본주의의 영향력에 아무도 의문을 제기하지 않는다. 그 힘이 너무도 강력하고 교활한 나머지, 칠리스의 말을 빌리자면 "피와 뼛속에 깃들어" 있었다. "자본주의는 사람들이 치료제라 생각하는 질병이야!"

나는 자본주의가 치료제인지 아닌지 생각하지 않았다. 사실 자본주의에 대해 별로 생각해 본 적도 없었다. 물론 칠리스에게는 이것이 그가 인용한 것처럼, 어디에나 편재하면서도 감지할 수 없는 자본주의 권력에 관한 제임스적 시각을 뒷받침하는 사실이었다. 그는 내게 던바와 우리 가족의 집과 아버지의 직업과 내가 교양 교육 과정에서 배운 직업적 과목(코딩의 기초 101, 신흥시장 마케팅 202)에 관해 설명하라고 했다. 칠리스의 생각에는 아무 검토를 거치지 않은 내 파랑 인생의 모든 측면이 세계주의적 기업과 은행업과 기술의 메커니즘을 이루는 대단히 발달되고 세련된 요소였다. 그리고 이런 메커니즘은 내 안팎에 동시적으로 만연하는 사회적, 경제적 구조를 강화하고 있었다. 내 영혼이 그 기계의 영혼이 되도록 말이다.

"그 이유가 뭐지, 파랑?" 칠리스는 내게 소리쳤다. 그의 침방울이 튀겨 눈이 따가웠다. "부르주아 맛이 나는 그 자무를 팔기 위해서? 그런 거야? 그냥 주스잖아! 주스!"

하지만 칠리스는―유능한 교사였기에―자신 또한 이 "빌어먹을 헤게모니적 권력"에 종속돼 있음을 인정했다. 비록 자신이 처음부터 가난하고 문맹이었으며 언제까지나 가난하고 문맹일 거라고 교활하게 한탄함으로써 자신을 정당화했지만 말이다. 또한 그는 자신이 병에 담아 파는 카레 소스의 모든 수익금이 구이저우의 시골 지방에 있는, 강을 따라 죽 늘어선 그의 고향 마을들을 먹여 살리는 데 쓰인다고도 했다.

솔직히 말해 나는 그 말을 믿었다. 그에게는 거짓말할 이유가 없었다. 그가 이윤이라는 인피니티 풀에서 첨벙거리기 위해 제트기를 타고 무슨 호화로운 섬의 고층 빌딩으로 떠날 것도 아니고. 그가 어디로도 가지 않을 것이며 현재 상황에 만족하고 있다는 건 명백했다. 자신의 주방이라는 높은 석벽과 가족 노동자 부족으로 이루어진 그의 불결한 부하들, 드럼 카파고다에 대한 충성심이 그의 우주를 이루고 있었다. 그는 나와 프루잇의 '사용 가치' 말고는 아무것도 요구하지 않았다. 그는 다른 누군가에게서 이런 노동력을 끌어다 쓸 수도 있었지만, 우리 같은 파랑에게서 그 노동력을 끌어다 쓸 때 더 만족감을 느꼈다. 그런 의미에서 칠리스가 보기에 우리에게는 특별한 추상적 가치가, 다른 방식으로는 행사될 수 없는 어떤 매력이 있었다. 우리는 그의 창백한 귀뚜라미였다. 신발 상자라는 동물원에 넣어 두는 장난감이었다. 우리의 신음과 울부짖음 하나하나가, 그가 순수한 형태라고 보는 인간 공동체에 대해 우리의 파랑 문화와 이데올로기가 끼친 심대한 재앙에 대한 사소하지만 감미로운 보상이었다.

"중요한 건 친족 관계뿐이야, 티티!"

그는 프루잇을 더욱 거칠게 대했다. 일도 더 오래 시켰고, 제멋대로 아무 이유 없이 때렸다. 칠리스가 생각하기에 프루잇은 파랑 중에서도 파랑이었다. ESL 배낭여행자라는 그의 프로필이야말로 서구의 연성 제국주의의 표상이었으니 말이다. 영어 사용이라는 오염을 전파하고, 토착민 여자들과 잠자리를 하고, 지역 경제를 타락시키는. 종종 칠리스는 강의를 보다가 이어폰과 태블릿을 그대로 내려놓고 프루잇에게 손짓했다. 그러면 프루잇은 커다란 돌 대야에서 기어 나와 칠리스의 의자로 다가갔다. 칠리스는 거무스름하고 울퉁불퉁한 맨발을 망을 쓴 프루잇의 이마 위에 올려놓고―프루잇은 눈을 꽉 감곤 했다.―잔뜩 부풀어 오른 지적 분노와 불만감을 풀고자 한 차례 세게 그를 밟았다. 프루잇은 어느 정도 지나치게 연극적인 태도로 비틀거리며 물러났다. 칠리스는 그게 과장이라는 걸 알면서도 즐겼다.

그는 꿍 소리를 내며 손을 탁 쳐냈다. 프루잇에게 다시 일을 시작하라는 신호였다.

그가 나를 괴롭히는 방식은 좀 더 미묘했다. 더욱 깊이 파고들었다. 이런 방식은 그가 프로이트나 라캉이나 크리스테바 같은 이론가들에 대한 무수히 많은 강연을 보고 배운 것이 틀림없었다. 나는 프로이트의 이름만 들어봤으며 오줌과 똥, 엄마와 아빠에 대한 내용 정도를 어렴풋하게 알고 있었다. 칠리스는 우리 부모님에 대해 물으며 내게 그 둘과 우리의 가정생활에 대해 얘기하라고 강요했다. 나는 주로 착한 클라크에 대해 얘기했다. 우리가 단단한 아버지-아들 팀을 이루고 있다고, 최소한 우리 같은 사람들이 외로움이라는 궤도 내에서 단단한 관계를 맺을 수 있는 한 그렇다고 말했다. 우리가 그 속에서 얼마나 따뜻하고 진정성 있게 지내는지 얘기했다. 나로서는 냉소도 비판도 아니었다. 우리에게 주어진 것 이상 대단한 건 없었다. 어쩌면 언젠가는 클라크와 내가 함께 나이 들어가는 일을 즐기게 될지도 몰랐다. 집 뒤의 테라스에서 레모네이드를 홀짝이며 친절한 희망과 용서를 말없이 전하게 될지 몰랐다. 내가 정확히 칠리스에게 이렇게 표현한 건 아니었다. 하지만 그는 요점을 알아들었다. 못 알아들을 것도 없지 않은가? 칠리스에게 인간의 영원히 우울하고 절망적인 부분을 인정할 능력이 없다고 생각한 건 그저 나의 파랑 이분법 때문이었다.

칠리스가 더 알고 싶어 했던 건 우리 어머니에 대해서였다. 다행히 어머니의 부재에 관한 정보를 얻고 싶어 한 건 아니었다. "외모를 더 잘 설명해 봐, 티티." 그는 쉰 목소리로 말하곤 했다. 내가 그의 궁금증을 채워 주면, 그는 내 등에 자국이 푹 파이거나 머리에 멍이 들 정도로 세게 후추 열매를 집어 던졌다. 나는 어머니의 머리카락 같은 디테일한 내용에서부터 시작하곤 했다. 어머니의 머리카락은 거의 검은색에 가까웠고 풍성했으며, 아주 약간 구불구불했고 종종 살짝 탄내가 났다. 집이든 밖이든 항상 고데를 사용해 머리 끝부분을 말았기 때문이다.

"아시아적인 부분이네!" 칠리스가 웃었다. 나도 아니라고는 할 수 없었다. 우리는 뭐든 우리에게 없는 걸 원한다.

칠리스가 후추 열매를 하나 더 던졌고, 나는 동네 수영장에서 엄마 옆에 수줍게 서서 엄마의 매끄러운 무릎과 허벅지에 팔꿈치를 걸고 있던 모습을 떠올렸다. 그러다가 웬 남자애인지 여자애가 나를 불렀다. 아니면 엄마가 파를 썰어 넣어 달걀 요리를 했던 걸 떠올리기도 했다. 클라크는 그 요리를 좋아했지만, 입 냄새가 고약해진다며 주말에만 즐겨 먹었다. 또는 엄마가 우리 도요타 자동차를(그날 바로 전시장에서 가져온 새 차였다.) 타고 후진하다가, 나사못 머리가 튀어나와 있던 진입로의 가로등에 차를 긁어 흠 하나 없던 파란 금속 패널 전체에 깊은 못 자국을 냈던 일도 떠올랐다. 클라크는 최선의 모습을 보여 주었다. 분노를 평소의 괴짜스러운 경악으로 승화시킨 것이다. 완벽하게 곧게 난 그 장식을 한 뼘 한 뼘 쫓는 눈에서 지폐 계수기가 찰칵찰칵 올라가는 듯했다. 어머니는 아무 말도 하지 않았지만 자신에게 격분해, 손가락에서 피가 날 때까지 날카로운 나사못 대가리를 밀어 넣었다. 그래 봐야 더욱 화가 날 뿐이었지만. 칠리스는 이 얘기에서 음흉한 기쁨을 느꼈다. 특히 엄마가 집 안으로 쿵쾅거리며 들어

갔을 때 피투성이 얼룩이 자동차 보닛에 남아 있었다는 나의 자세한 묘사를 재미있어 했다. 나는 칠리스 때문에 이런 일들을 떠올렸지만 칠리스의 목표는 당연히 내 관심의 범위를 좁혀 나의 출신 성분을 교육하고 나를 구슬려 여기에 온 '목적'을 찾는 것이었다. 칠리스에 따르면 내 '목적'은 프루잇의 "벌거벗은 오리엔탈리즘"과는 대조적이었다. 나는 퐁을 돕기 위해 여기에 온 것이라고 고집을 부렸으나 칠리스는 손을 내저으며 그 주장을 일축했다. 그는 내 목적은 바로 나라고, 내가 알던 나 자신을 지우고 돌이킬 수 없을 만큼 현실적인 것에 몰두해 자신을 찾는 것이라고 말했다. 그리고 그 현실적인 건 영영 사라져 버렸다고 말했다. 나는 그의 말을 하나도 이해할 수 없었지만, 칠리스가 아무 억양 없이 "엄마의 무릎 뒤 말이야, 파랑, 엄마의 무릎 뒤!"라고 말할 때는 어느 정도 그 말을 이해했다.

나는 물론 칠리스를 증오했다. 나를 노예로 부리는 간수는 경멸할 수밖에 없다. 그러나 돌 대야의 그림자 아래에서 프루잇과 함께 앉아 발을 문질러 닦는 매일 아침, 왠지 마음속에서 설렘이 일었다는 건 부정할 수 없다. 신발 끈을 천천히 당기는 축구 선수들이 그렇듯 우리는 치열한 싸움을 앞두고 있다는 걸 알았다. 그 짐승 같은 일에 뛰어드는 건 세속적이고도 원초적인 것과의 접촉이며, 어느 돌파의 순간에는 명료함에 자리를 내줄 수밖에 없을 터였다. 칠리스는 나를 은근히 자극해 그 방향으로 몰았다. 그는 수많은 이론적 구성물로 이루어진 뜨거운 부지깽이로 나를 찔러 댔다. 나는 더 어렸을 때의 단편적인 기억들을 끌어냈다. 그러는 내내 그는 적절한 타이밍에 향기로운 체벌로 우리에게 양념을 뿌렸다. 나를 이곳으로 데려온, 오직 이

611

곳으로밖에 데려올 수 없었던 필연적인 운명의 낙인을 내게 찍었다. 나는 그게 말도 안 되는 생각이라는 걸 안다. 황갈색 곤죽에 허벅지까지 잠긴 나를 보고 있으면 특히 그랬다. 하지만 나는 진심으로 그렇게 생각하고 느꼈다. 향신료로 후끈거리는 내 불쌍한 발의 뼛속 깊은 곳까지 그렇게 느꼈다. 칠리스는 몸이든 정신이든 닥친 모든 것에 집중하라고 강요했다. 그가 소리친 대로였다. "브리콜라주*를 하란 말이야, 파랑! 씨발 즉흥적으로 하라고!"

나는 그렇게 했다. 나는 내가 뭘 찾는지는 몰랐지만, 그냥 견디려고 하는 대신 내가 가진 인간으로서의 능력과 생명체로서의 능력을 다해 나 자신을 작업에 바쳤다. 나는 프루잇에게 '소방 사다리'에 매달리는 방식을 바꾸어 절굿공이의 초점이 좀 더 무작위로 흩어지게 하자고 제안했다. 그러면 각 단계 사이사이에 재료를 다시 섞고 쌓는 시간을 줄일 수 있었고, 좀 더 빠르게, 더 균일한 소스를 만들 수 있었다. 절굿공이의 연결 부위를 조금 바꿀 방법도 생각해 냈다. 그렇게 하면 절굿공이가 좀 더 자유롭게 움직일 수 있었다. 실제로 그 방법은 멋지게 통했다. 우리는 전에 카레 다섯 통을 만들 수 있었던 시간 안에 여섯 통을 만들 수 있었다. 그다음에는 네 통을 만들 수 있었던 시간 안에, 또 세 통을 만들 수 있었던 시간 안에 여섯 통을 만들었다. 빠르게 높아지는 효율성에 칠리스는 말을 잃었다. 우리는 이미 체이슨 아저씨의 유기농 카레 소스를 남을 만큼 쌓아 놓았지만, 그는 더 많은 소스를 원했다. 소스를 넣어 둘 병을 다 썼는데도, 그저 우리

---

* 손에 넣을 수 있는 건 뭐든 활용해서 만드는 만들기 기법.

가 석기시대 실험실의 생산성을 어디까지 높일 수 있는지 보려고 말이다.

나는 다양한 크기와 형태의 다른 절굿공이들이 있다는 걸 알고 그것들을 새로운 장치에 연결했다. 체중을 싣는 방법은 어쩔 수 없이 바꿔야 해서 결국 우리는 최초의 방법으로 돌아갔다. 프루잇도 여기에 빠져들어서, 재료를 대야에 넣는 순서를 약간 바꾸자고 제안했다. 칠리스는 듣자마자 그 제안을 이단적인 것이라고 했다. 고대의 문화적 전통에 대해 파랑이 선천적으로 품고 있는 식민주의적 경멸이 드러나는 또 한 가지의 사례라고 했다. 칠리스는 레몬그라스 회초리로 프루잇을 몇 차례 후려치라고 했다. 나중에 나는 칠리스에게 로비를 벌여 프루잇의 아이디어를 실험해 보자고 했다. 나 역시 맞았다. 하지만 마지막 통의 카레를 만들려고 할 때 칠리스가 "실험은 해 볼 수 있지."라고 웅얼거렸고, 우리는 작업 순서를 프루잇이 말한 대로 바꾸었다. 그러자 소스가 더 부드러워지고 빨리 섞였다. 그렇다고 제조 과정이 눈에 띄게 빨라진 건 아니었지만, 소스의 질감이 더 고와지고 향과 맛도 강해졌다. 칠리스는 그 방법이 더 마음에 든다고 인정하지는 않았으나 다음 날에는 "새 방법으로 해."라고 말했다.

그 이후로도 칠리스와 나 사이에 눈에 띄게 달라진 점은 아무것도 없었다. 그러나 공감과 온정까지는 아니더라도, 우리는 어쩔 수 없이 서로를 알아보고 신뢰하게 됐다. 선전 증후군이라고 해야 할까. 우리는 일을 했고 땀과 피를 흘렸다. 칠리스는 열변을 토하고 설교했다. 조롱하고 비판했다. 그의 부하들과 부하 노릇을 하는 아이들이 번갈아 가며 우리를 처벌했다. 처벌은 타당한 것도 있었지만 아무 까닭이 없을 때도 있었다. 이 사업은 강도가 높았다. 살아 있으면서도 현실적이었다. 게다가 우리만의 사업이었다. 우리 모두와 우리가 한 기여가 이 독특한 사업을 번성시켰다.

반면 콘스턴스는 축 늘어지기 시작했다. 나나 우리 관계에 싫증이 난 것인지, 아니면 아버지 때문에 슬퍼서 그런 것인지는 알 수 없었다. 프루잇이 직원들의 속삭임을 엿듣고 알게 된 바에 따르면, 드럼의 상태가 나빠졌다. 물론 나도 예전과는 달라졌다. 내가 더 이상은 옛날의 나 자신을 애도하지 않았기에 그 점을 똑똑히 알 수 있었다. 내가 아는 것이라고는 그녀가 더 이상 내게 손을 대지 않았으며 내가 그녀를 만질 때마다 좀비처럼 군다는 것뿐이었다. 그녀는 딴 데 정신이 팔렸고 변덕이 심해졌다. 더욱 무뚝뚝해지고 자기 생각에만 빠졌다. 그녀는 나를 점점 덜 불렀고, 꽤 긴 시간 동안 아예 부르지 않기도 했다.

어느 날 몸을 씻은 후에 한 직원이 나타났다. 나를 콘스턴스에게 데려갈 사람이었다. 나는 그 남자가 시키는 대로 가운이 아니라 진짜 옷을 빠르게 입었다. 프루잇은 완전히 지쳐 있었지만 투지만만한 미소를 지어 보였다. 나는 그래, 콘스턴스에게 새로운 상황이 필요한가 보지, 하고 생각했다. 나한테도 그런 상황은 필요했다. 그즈음에는 나도 다시 부서지고 엄청나게 작아진 느낌에 시달리고 있었다. 바퀴가 지나간 자리에 희미하게 남아 말라붙은 자국이 된 느낌이었다. 우리는 이런저런 노력과 활동을 하며 분주하게 주방에서 동지애를 쌓아 갔지만, 내게는 심오한 외로움이 싹트기 시작했다. 때로는 숨이 멎을 만큼 놀라웠다. 아마 (행복하게도) 내가 가벼운 네그로니 한 잔을 들고 람블라스 거리나 베키오 다리를 거닐리라 생각하고 있을 클라크를 빼면 나를 생각하거나 그리워할 사람은 아무도 없었다.

솔직히 말해 나는 뭔가 격렬한 일을 계획하고 있었다. 칠리스나 드럼이 아니라 나 자신에게 말이다. 어떤 식으로든 프루잇이 장치 한가운데에 온 체중을 싣고 매달리게 할 수만 있으면, 그가 위로 튀어 오를 때 바닥으로 떨어져 내 머리통이 그 거대한 눈물방울 모양의 돌 바로 아래 놓인 모습을 보리라고. 그러면 뇌가 곤죽이 될 것이다. 완벽한 품질의 카레도 한 통 망치게 된다. 나는 머릿속으로 프루잇에게 미리 사과했다. 그가 그 모든 걸 치워야 할 테니까.

콘스턴스의 둥지로 이어지는 복도를 지나 낮의 빛으로 아른거리는 드넓은 중앙 홀을 가로지를 때, 나는 흥분했다. 혹시 콘스턴스가 새로운 시작을 염두에 두고 있는 건 아닐까? 예를 들어 테라스에서 스무디를 한 잔 마신다거나, 심지어 소풍을 간다거나. 밖에는 아무도 없었다. 사실 근처에 아무도 없었다. 드문드문 놓인 가구들이 더더욱 버려진 것처럼 보였다. 하지만 따뜻한 자연광을 가득 쐬는 것만으로도 나는 감사함에 마음이 가벼워졌다. 내가 휘청거렸는지, 직원이 내 팔을 붙들어 부축했다. 그는 딱히 덩치가 크거나 우락부락하지 않았으나 지나치게 힘이 센 것 같았다. 바로 그때 나는 미닫이식 현관에 비친 나 자신의 유령 같은 모습을 보고 내가 충격적으로 말랐다는 걸 알았다. 팔꿈치와 어깨가 뾰족했다. 나는 문득 내가 프루잇인 줄 알았다. 단, 좀 더 아시아적인 면모가 드러난 프루잇이었다. 내 광대뼈는 더욱 두드러졌고, 긴장감에 시달려서인지 눈꼬리도 더 높아진 것처럼 보였다. 주방의 동굴 원시인으로 살아가고 있었기에 그 어느 때보다 창백해진 내 피부와 반대로 머리카락은 상당히 검게 보였다. 이것도 칠리스의 맞춤형 재교육 프로그램이었을까? 나를 기초적인 단계로 해체함으로써 나 자신만의 문화 혁명을 촉발하는 것이 그 목표였을까?

우리는 계속 나아갔다. 직원이 내 앙상한 이두박근을 끌어당겼다. 나는 그와 발걸음을 맞추려고 애를 써야 했다. 그가 문을 두드렸다. 나는 그 문이 콘스턴스의 스위트룸 문이 아니라는 걸 알았지만, 대답한 사람은 콘스턴스였다. 그녀에게서 자연스레 풍기는 설탕을 입힌 듯한 향기가 마음을 무너뜨리는 환영 인사처럼 느껴졌다. 나는 그녀의 가슴에 몸을 던지고 싶었지만, 그녀의 얼굴에 떠오른 단호하고 차분한 표정과 그녀의 날카로운 시선에 당황했다.

"생김새가 달라졌네." 그녀가 말했다. 칭찬은 아니었다. "어느 면에서는 더 강해졌어. 다시 살을 찌워야겠다. 지금 모습은 나한테 어울리기에는 너무 여위었어. 내가 반으로 부러뜨릴 수도 있겠는걸."

"너랑 같이 있을 수만 있으면 상관없어."

"너무 극적인 말이야." 나는 좁은 방으로 들어갔고, 그녀는 나를 끌어안았다. 나는 콘스턴스에게로 무너져 내렸다. 그녀의 살 안에 숨고 싶었다. 거의 숨을 쉴 수 없었지만 중요하지 않았다. 숨을 더 쉬어 봐야 고생뿐이라는 점을 생각하면, 나는 기꺼이 숨을 멈출 생각이었다. 그녀는 몸을 뒤로 젖히고 고문을 당한 내 얼굴을 바라보았다.

"나랑 같이 있고 싶어 하지 않잖아." 그녀는 이제 더 차갑게 말했다. 거의 속삭이는 듯했다. "나도 알아. 영원할 수는 없겠지. 영원은 아마 다른 사람들을 위한 것일 거야. 내가 아니라."

"정말 미안해." 내가 말했다. 나는 자기연민이라는 내 오리털 베개를 톡톡 두드려 더욱 부풀릴 수밖에 없었다. "전부 다 미안해."

"이제 다 끝났어." 그녀는 나를 스위트룸의 더 깊은 공간으로 데려가며 말했다. "우린 끝이야."

"나한테 뭐든 너 하고 싶은 대로 해." 나는 그녀의 목에 대고 신음했다. "그냥 날 여기서 내보내지만 마. 부탁이야."

"바보야, 그럴 거였으면 여기로 부르지도 않았어."

방 깊숙한 곳이 너무 어두워 잠시 나는 방향 감각을 잃었다. 블라인드가 전부 닫혀 있었고 무작위적인 햇빛의 파편이 그 틈새로 새어 들어왔다. 눈이 적응하자 나는 우리가 드럼의 서재에 와 있다는 걸 깨달았다. 다름 아닌 드럼이 나지막한 안락의자에 앉아 있었다. 그는 더 마른 것처럼 보였다. 거의 꼬챙이 같았다. 그의 옆에 서 있는 건장하고 땅딸한 사람 때문에 더욱 그렇게 보였다. 로바타야키와 가르보에서 만났던 거미줄 얼굴이었다. 그는 비밀 요원이라도 되는 것처럼 무선 이어피스를 끼고 있었다. 그는 나를 보았지만 전혀 알아보는 티를 내지 않았다. 드럼은 어색하게 앉아 있었다. 의자에 걸터앉아, 뻣뻣한 다리를 꼰 채 한쪽으로 기대고 있는 것 같았다. 다리를 꼬고 있으면 몸 안의 어떤 부분이 덜 아프기라도 한 것처럼.

"이리 와라." 그가 말했다. 목구멍이 다 까진 듯 거친 목소리였다. "넌 이걸 놓쳤어."

커피 테이블 위 받침대에 태블릿이 세워져 있었다. 거미줄 얼굴이 태블릿을 두드려 켰다. 화면에는 숀드라와 알렉산드라를 찍은 정지 화면이 떠 있었다. 둘 다 손을 쭉 뻗고 매트에 나란히 무력하게 누워 있었다.

"난 이미 본 거야." 콘스턴스는 나를 떠밀며 웅얼거렸다. 그녀는 드럼의 책상 위에서 소설책을 집어 들고 구석의 안락의자에 앉아 읽기 시작했다. 나는 커피 테이블을 돌아 드럼 옆의 소파에 앉았다. 물론 왜 나를 칠리스에게 보냈는지, 내가 대체 드럼에게 무슨 잘못을 했는지 따져 물어야 했으나 쉬고 있는 그의 약한 모습은 우리가 함께 그의 아버지가 불렀던 뱃사공의 노래를 부를 때와는 다른 존재로 보였다. 물론, 실제로 달랐다.

"숀드라는 네가 결승전에 참석하지 못해 아쉬워했다. 난 너에게도 이 승부를 반드시 보여 주겠다고 안심시켰고."

거미줄 얼굴이 허리를 숙여 화살표를 눌렀다. 배경음의 웅성거리는 소리가, 공허한 백색 소음이 울렸다. 숀드라와 알렉산더, 둘 다 자세를 유지하며 번갈아 팔을 뻗고 있었다. 몸이 훨씬 긴 알렉산더는 힘차게 두 손을 뻗었다. 그의 손이 거의 숀드라의 발에 닿았을 정도였다. 반면 숀드라는 더욱 쉽게 움직였다. 그 통통한 몸을 쭉 뻗었다. 그녀는 느리고 고른 호흡을 했다. 그때 화면에는 보이지 않는 곳에서 조용히 종소리가 울렸다. 둘은 두 손을 몸 아래로 말아 넣고 밀어 올리는 동시에 상체를 들었다. 배를 앞으로 하고 몸을 천장 쪽으로 구부렸다. 이제는 둘 다 위를 향해 이완된 활 자세를, 바퀴 자세를 취하고 있었다.

"대단히 이상적인 형태지." 드럼이 취한 듯 말했다.

꽤 완벽해 보였다. 나조차도 두 사람에게는 이 동작이 그다지 어려운 자세가 아니라는 걸 알지만 말이다. 잠깐은 아무 일도 일어나지

618

않았다. 둘 다 그대로 머물렀다. 종이 다시 울리자 알렉산더가 두 손과 발을 눈에 띄게 더 가까이 붙였다. 숀드라도 똑같이 했다. 다만 알렉산더만큼 빠르지는 않았다. 알렉산더가 다시 움직였다. 그의 배가 더 높이 솟아올랐다. 긍정적인 환성이 울렸다. 그는 손을 더 움직였다. 그야말로 놀라운 자세였다. 가동 범위가 넓은 그의 신체가 놀라울 정도로 가파른 포물선을 그리며 휘어졌다. 나는 저절로 몸을 움찔했다. 숀드라의 손과 발도 안쪽으로 움직이며 점차 그녀를 위로 끌어당겼다. 숀드라의 자세가 알렉산더와 일치하더니, 곧 그의 자세를 능가했다. 나는 눈을 감고 싶었지만 그럴 수 없었다. 알렉산더는 그녀를 보며 문자 그대로 발꿈치를 박아 넣었다. 그의 턱에 잔뜩 힘이 들어갔다. 하지만 그때, 그는 등에 경련을 일으키며 움찔하더니 비명을 질렀다. 다른 사람들이 달려가 그를 그 자세에서 풀어 주고 화면의 보이지 않는 곳으로 걸어가게 도와주었다. 하지만 숀드라는 계속 이어 나갔다. 더 이상 호선이 아니게 될 때까지 몸의 호선을 더욱 좁혔다. 그녀는 등을 평행하게 구부려 갔다. 트롬본의 휘어진 부분과 비슷했다. 그녀의 두 손과 발이 사실상 닿아 있었다. 구식 서커스의 기인 열전, 라스베이거스식 마술, 터무니없이 훌륭한 컴퓨터 그래픽 같았다. 사람들이 함성을 지르고 있었다. 나는 아랫입술을 깨물었다. 그녀의 척추에 가해지는 부하가 느껴졌다. 그녀는 천천히 자세를 풀고 보다 표준적인 바퀴 자세를 다시 취하더니, 민첩하고 매끄럽게 몸을 뒤집어 물구나무를 섰다가 체조 선수처럼 다시 발을 딛고 섰다. 그녀는 엄청나게 많은 땀을 흘리고 있었고 약간 몸을 떨었으나 괜찮았다. 희미하게 미소 짓고 있었다. 그녀는 눈에 띄지 않게 "휴" 소리를 내며 이마를 훔쳤다.

"이제 숀드라만의 요가 스튜디오가 생기는 건가요?" 내가 물었다.

"많이 생기겠지." 드럼이 말했다. 그는 여전히 숀드라에게서 눈을 떼지 않았다. 숀드라는 다른 사람들의 포옹을 받는 중이었다. 그는 다시 영상을 되감기 해 숀드라의 궁극의 자세를 다시 재생했다. 그는 팔꿈치를 무릎에 댄 채 몸을 앞으로 숙였다. 일시적으로 그의 얼굴에 혈색이 돌았다. "숀드라는 자신을 밀어붙였어. 물론 나를 위한 행동이기도, 상을 받기 위한 행동이기도 했지. 하지만 나는 말 그대로의 가능성을 믿는다. 사람이 달성할 수 있는 일은 놀라워. 이런 장면을 보면 어쩔 수 없이 희망이 불쑥 솟아나지."

거미줄 얼굴이 이어피스를 만지작거리며 드럼에게 일본어로 뭐라 속삭였다. 드럼은 화면을 두드려 다른 창을 띄웠다. 새로운 영상은 흑백이었다. 화면 속 공간은 거의 텅 비어 있었지만 별장의 방 중 한 곳이 분명했다. 그곳의 유일한 가구는 임시로 만든 작업대뿐이었다. 나무 받침대 두 개로 괴인 거친 합판 양옆에 접이식 의자가 놓여 있었다. 드럼은 어두운 표정으로 화면을 들여다보았다.

"희망이야말로 가장 사람을 겸손하게 만드는 감정이야."

나는 동의할 수밖에 없었다. 나도 평생 간절히 희망하며 지속적이고 심각한 모욕감에 젖어 들었으니까. 그러니 내 경우에는 맞는 말이었다. 하지만 나는 바로 다른 데 정신이 팔렸다. 정지 화면이라고 생각했는데 영상에 움직임이 보였다. 화면 속에 세 남자가 들어왔다. 앞에 있는 사람은 몸을 푹 숙이고 있었다. 두 손이 앞으로 묶여 있었다. 그는 다른 두 사람에게 떠밀려 억지로 앉았다. 소리는 나지 않았다. 나는 무슨 일이냐고 물었으나 드럼도, 거미줄 얼굴도 아무 말도 하지 않았다. 럭키 최였다. 내 생각에는 그랬다. 그의 소년 같은 매끄러운 얼굴은 심하게 구타당한 상태였고, 아랫입술은 잔인할 정도로 부풀어 오르고 뒤집혀 있었다. 로드킬을 당한 동물의 사체처럼 찢긴 것 같았다. 그는 고통스러워하는 것처럼 보이지 않았다. 약에 취한 듯, 생각에 잠긴 것처럼 고개가 한쪽으로 기울어 있었다. 그의 흰색 정장 셔츠 어깨와 소매는 짙은 색으로 얼룩져 있었다. 한쪽 신발은 벗겨져 있고, 다른 발에는 아직 단화가 신겨져 있었다. 그 비대칭성에 그가 더욱 비참하고 약해 보였다. 하지만 색이 없어서 모든 것이 멀고도 창백하게, 어쩐지 학술적으로 느껴졌다. 이미 지나간 장면인 것처럼 말이다. 하지만 콘스턴스가 그걸 보겠다고 앞으로 나섰을 때, 나는 그 영상이 생중계임을 알았다.

"하지만 그 감정은 지속되지 않지." 드럼이 말했다. "사람은 사소한 딴생각으로 고개를 돌리게 돼 있어. 상황의 어마어마한 규모에도 작은 아픔에 집중하게 되지. 우리는 모두 그런 식으로 갇혀 있는 거야."

또 다른 남자가 반대편 의자로 떠밀려 왔다. 나는 숨이 멎었다. 남자가 카메라 쪽을 돌아보기도 전에 나는 그가 퐁이라는 걸 알았다. 머리카락, 그 놀라운 헬멧 같은 머리 모양 때문이었다. 늘 동적으로 솟아 있는 그 머리카락을 보자 이런 상황에도 불구하고 유능한 전성기의 모습처럼 보였다. 하지만 그가 고개를 들자 나는 모든 것이 잘못됐다는 걸 알 수 있었다. 그는 수염을 깎지 않았으며 인상을 쓰고 있었다. 최소한 눈에 띄는 방식으로는 구타를 당한 흔적도 없고 심지어 세련된 여행복을 입고 있는데도 흐트러져 보였다. 좀 다른 티가 난다면, 그는 자기 안에 문을 닫고 들어간 것처럼 보였다. 깊은 곳으로 물러난 듯했다. 그의 시선은 럭키 너머의 어딘가에 애매하게 머물러 있었다.

"깨고 나와야 해." 드럼이 차분하고 침착하게 말했다. 그의 눈이 화면의 빛을 반사하며 반짝였다. "직접 깨고 나올 수 없다면 다른 방법이라도 써야지."

럭키 옆의 한 남자가 앞으로 나서서 합판 가장자리를 붙잡았다. 내 안의 무언가가 산사태를 일으켰다. 그 탁자에서 무슨 일이 일어날지가 떠올랐다. 하지만 남자는 합판을 들어 올려 밀쳤다. 널빤지가 바닥으로 굴러떨어졌다. 나는 그가 왜 화가 났는지, 또는 왜 답답해하는지 알 수 없었다. 이 모든 일이 내게는 절대적인 고요함으로 전달됐다. 다른 남자가 럭키를 일으켜 세우더니 나무 버팀목에 기대게 했다. 남자의 동료가 그의 뒤로 가서 아래팔로 럭키의 가슴과 목 앞쪽을 감았다. 그런 뒤 그의 동료가 럭키 앞에 무릎을 꿇고 앉아 태클이라도 걸듯 자기 팔을 럭키의 허벅지에 감았다. 문득 그들이 하려는 끔찍한 일이 분명해졌다. 그들은 럭키를 잘못된 방향으로 접을 생각이었다. 아니, 맞는 방향이라고 해야 할까. 나는 더 이상 볼 수 없었다. 최소한 럭키는 볼 수 없었다. 나는 그냥 폭만 계속 바라보았다. 그는 버둥거리며 발길질을 하려 했지만 바닥에 눌려 있었다. 그는 폐가 터지도록 소리를 지르고 있었다. 알 수 있었다. 화면은 조용했지만 장담하는데 나는 그의 목소리를 들을 수 있었다.

25

이곳 스태그노에서 나는 너무도 쉽게 꿈을 소환한다. 앞서 말했듯 나는 밸과 빅터 주니어와 내가 그럭저럭 잘 지낸다고 생각했다. 우리의 생활이 약간 고요해지기는 했지만, 나는 여전히 일상의 리듬을 제대로 회복하는 데 전념하고 있었다. 밸이 약간 높은 RPM으로 돌아가고 있는 것도 내게는 긍정적으로 보였다. 비즈와 내가 많은 일을 끊임없이 함께하는 모습을 보고 그녀가 무척 기뻐했다는 걸 생각하면 특히 그랬다. 농구 외에도—비즈는 시내에서 놀라울 정도로 치명적인 세트 슛*을 배워 왔다.—비즈와 나는 안뜰을 단장하기로 함께 결정했다. 나는 잔디가 종아리 높이까지 올라오면 깎긴 했으나 그 외의 나머지 땅 부분은 대체로 거칠고 덥수룩한 난장판이었다. 그래서 나는 조경 장비를 검색해 본 뒤 보호경과 작업용 장갑을 마련했다. 우

---

* 두 손으로 공을 던지는 기술.

리는 제멋대로 방치된 땅뙈기를 변화를 앞둔 날것의 식재료 더미인 양 살펴보았다. 나는 차고 벽에 걸려 있던 몇몇 동력 장치의 먼지를 털었다. 보통 때라면 빅터 주니어 또래의 아이는 절대 손도 못 대게 할 장비였다. 하지만 나는 비즈가 주방에서 보여 준 기술을 감안해 그가 방아쇠를 당기는 기쁨을 누릴 수 있게 해 주었다. 나는 갈퀴나 블로어*를 들고 빅터 주니어의 뒤를 따라다녔다. 우리는 햇빛에 그을린 산울타리를 조금이나마 품위 있게 보이도록 다듬었다. 기회주의적으로 마구 자란 블랙베리 덤불은 뽑아내 빌려온 세절기로 처리했다. 우리는 진입로 양옆을 침범해 들어온 바랭이**들의 그물을 훑었다. 비즈는 전기 위드웨커***를 가장 좋아했고 며칠에 한 번씩 그걸로 뜰 전체를 공격했다. 전깃줄이 허용하는 한 멀리까지 말이다. 그는 거리와 맞닿아 있고 딱하게도 페인트가 벗겨져 나간 말뚝 울타리 주변의 좁은 구역을 가장 좋아했다. 그곳에서 윙윙대는 제초기의 머리를 마음껏 휘둘렀다. "나 꼭 치과 의사 같아!" 귀를 주황색 귀마개로 막고 그가 소리쳤다. 그렇게 인정사정없는 집중력으로 말뚝 근처에 자란 고집스러운 잡초들을 지이익 지익 잘라 헐벗은 땅으로 만들어 놓았다.

때로는 밸이 거실에서 그 모습을 지켜보았다. 커피 잔이나, 시간이 늦었을 때는 와인 잔을 들어 올리며 우리를 응원했다. 우리가 일을 마치면 그녀는 얼음처럼 차가운 음료를 주었다. 수박을 잘라 놓기도

- 바람을 뿜어 청소에 활용하는 장치.
- •• 잡초의 일종.
- ••• 제초기 상표.

했다. 점점 더 기승을 부리는 태양 아래에서 먼지투성이, 모래투성이가 되는 노동을 두어 시간 하고 난 뒤에 수박을 크게 한입 깨물면 심장으로 직행하는 꿀의 고속도로가 뚫리는 것 같았다.

"둘이 멋지게 해내고 있어." 우리가 일주일 내내 정원 일을 했을 때 그녀가 말했다. 비즈와 나는 고개를 푹 숙인 채 입을 오물거리고 후루룩 마셔 대며 수박 껍질을 옆에 쌓고 있었다. "이 동네에서 가장 멋진 정원이라고는 할 수 없겠지만, 적어도 이제 더 이상 안구 테러는 안 하게 됐네."

"누가 차를 몰고 가더라도 특이하게 생각하지는 않을 거라는 얘기야?" 내가 말했다.

"바로 그거야."

"우리 실력이 그냥 그렇다는 거야?" 비즈가 말했다. 턱이 과즙으로 번들거렸다. 그가 보고 듣는 다양한 팟캐스트와 웹 기사 중에는 불가피하게도 자율 최적화에 관한 내용이 너무 많았다. 그것 때문에 나는 비즈가 스도쿠 퍼즐을 풀거나, 대단히 중요한 요근을 스트레칭하게 해 준다는 머리 위 전사 자세를 취하는 모습을 자주 보았다. 부유한 산업 국가의 사람들은 너무 오래 앉아 있어서, 근육이 뭉치고 만성적인 요통 문제를 일으킨다고 했다.

"그러니까 우리 같은 경우에는 레이더망 아래에서 안전하게 비행하고 있다는 뜻이야." 내가 말했다. 비즈는 그 표현을 이해하지 못한 게 틀림없었다. "우린 괜찮다고."

비즈는 약간 의심스러운 표정을 짓긴 했으나 내 말에 찬성했다. 나로서는 기쁘게도 밸이 씩 웃었다. 검붉은 와인 때문에 치아가 암적색으로 물들어 있었다. 그녀는 많이 취하지 않았다. 아니, 아예 취하지 않았다. 언제나 배경 음악처럼 꾸준하게 느긋함을 깔아 두는 것뿐이었다. 뜨거운 욕조에 조금은 지나치게 오래 몸을 담근 후 나와 욕조 가장자리에 걸터앉아 쉬는 것과 비슷한 그 느낌 말이다. 이럴 때면 몸의 모든 경직이 풀리고, 생각은 제약 없이 둥둥 떠다닌다. 카베르네를 조금 즐긴다고 해서 잘못된 건 없지 않을까? 내가 그다지 걱정하지 않은 또 한 가지 이유는 정원에 대한 나와 빅터 주니어의 관심과 비슷하게 밸도 새로운 미용 요법을 시작했기 때문이다. 이런 일은 처음이라고도 할 수 있었다. 나와 함께하는 내내 그녀는 샤워를 한 뒤 머리가 자연스럽게 마르도록 놔두고 얼굴에 선크림을 바르고 코트니 무리를 만날 예정이면 립스틱을 조금 바르는 정도로 만족했으니까. 요즘 그녀의 루틴은 훨씬 더 정교해졌다. 그녀는 온 도시의 미용 용품을 욕실 선반으로 가져왔다. 눈과 뺨에 바를 색조 화장품과 블러시 콤팩트, 마스카라와 립 라이너가 버글거렸다. 다양한 로션과 토닉과 젤은 말할 것도 없었다. 그녀는 헤어드라이어와 고데와 발을 담글 작은 대야도 샀다. 나는 전부터 그녀의 스타일을 늘 좋아해 왔다고 말했는데, 이 말에 밸은 이렇게 말했다. "그야 내가 전에 어땠는지 못 봐서 그렇지. 지난주에 거울을 봤는데, 내가 더 이상 나처럼 보이지 않는다는 걸 알게 됐어."

이 말은 이상하게 들렸다. 지금의 그녀가 화장에 아주 능숙해진 건 사실이지만 그 모습도 별로 그녀처럼 보이지 않았기 때문이다. 금문교에서 찍은 밸과 빅터 시니어의 사진이 떠오르기는 했다. 그러니까 밸이 화장을 즐기는 성향이 있다는 건 사실일지도 몰랐다. 내가 보기에는 두꺼운 화장과 매만진 머리 때문에 더욱 나이 든 동시에 어리게 보였다. 우리가 어디를 가든 확실히 사람들은 기꺼이 그녀를 더 주목했다. 밸은 그런 점에 신경 쓰지 않는 듯했다. 코트니는 새로운 밸의 모습에 완전히 흥분해 자기도 멋을 내기 시작했다. 여자들이 오후 내내 십 대 아이들처럼 서로에게 미용 실험을 하는 동안, 키퍼와 나는 담배를 피우며 간단히 간식을 먹었다. 그들이 최신 스트리퍼처럼 화려한 반짝이를 잔뜩 달고, 나른하게 만 머리카락에는 희게 하이라이트를 칠하고, 가슴골을 살짝 반짝이며, 밤하늘 같은 아이섀도로 토요일의 늦은 오후를 더욱 늘리고 그 느린 시간의 흐름을 얼려 아예 빙하기처럼 느껴지도록 만들 때면 키퍼와 나는 그냥 들뜨는 데 그치지 않았다. 나는 그날 밤 그들 사이에 무슨 일이 오갔는지 모른다. 하지만 밸과 나는 한동안 함께하지 않았던 걸 보상하듯 대단히 날쌔게 바빠졌다. 우리의 봉사는 영화로 찍어도 될 법했다. 당연히 멋진 일이었다. 그러나 최소한 내 생각에는 뭔가 빠져 있었다. 피부가 피부에 달라붙었다. 팔다리가 아프고 떨렸다. 하지만 아무리 좋더라도 둘 다 별다른 소리를 내지 않았고, 나는 여전히 그녀를 간절히 그리워하고 있었다.

그래서 판송 부인에게 YWCA에서 열리는 연례 자선 요리 대회에 열두 살 이하의 아이들이 참여하는 부문도 있다는 소식을 들었을 때, 나는 대회에 관해 자세히 알아본 다음 빅터 주니어나 밸에게 말하지 않고 참가 신청서를 냈다. 내가 중점을 둔 건 요리 자체가 아니라 우리가 요리를 하는 동안 즐겼던 열의와 흥취였다. 좋은 것, 심지어 위대한 것, 숭고한 무언가를 위해 땀 흘리고 스트레스를 겪고 때로는 그을리고 화상을 입어 가며 계속해서 움직이고 전력을 다해 밀어붙이는, 끝내주는 우리 팀의 저력 말이다. 코트니네와 함께 치킨 헛에서 식사하던 어느 날 저녁, 나는 아무렇지 않게 이 얘기를 꺼냈고 키퍼는 아이들 대회에도 특별한 주제가 있는지 물었다.

"있어요." 내가 말했다. "샌드위치예요."

"샌드위치?" 모두가 신음했다. 하지만 나는 더 이상 권할 필요도 없었다. 모두가 틀림없이 같은 생각을 하고 있었다. 리엄이 특유의 무감정한 말투로 우리를 대신해 깔끔하게 표현해 주었다. "빅터한테 샌드위치 정도는 식은 죽 먹기야."

밸이 비즈에게 관심이 있느냐고 물었다.

"아마." 그는 골똘히 생각에 잠긴 채 드럼스틱의 말랑한 끝부분을 씹으며 말했다. "근데 혼자 하고 싶지는 않아."

"너도 참가하지 그래?" 코트니가 리엄에게 말했다. "너 샌드위치 만드는 거 좋아하잖아. 전에 근사한 살라미치즈샌드위치도 직접 만들었고."

리엄은 흥미를 느끼는지 허리를 세워 앉았으나 맞은편에 앉아 있던 웨트20의 신동을 힐끗 보고는 안색이 어두워졌다. 그가 중얼거렸다. "난 그렇게까지 자신 있진 않아요, 어머니."

"걱정하지 마, 우리 꼬마 아인슈타인." 그녀가 리엄에게 말했다. "잘 해낼 거야. 그리고 있잖아, 어쩌면 빅터 주니어가 네게 조언을 해 줄지도 몰라."

내 생각이지만, 우리는 모두 그다지 이상적인 답변을 기대하지 않았던 것 같다. 녀석은 아직 여덟 살이었으니까. 하지만 비즈는 그냥 동의하는 것 이상의 한마디를 했다. "너만 괜찮으면 같이 하고 싶은데?"

빅터 주니어가 드럼스틱을 들어 올리자 리엄이 닭 날개를 들며 건배하는 시늉을 했고, 우리는 모두 만세를 외쳤다. 밸은 점점 발전해가는 아들의 인간적인 품위에 상당히 경이로워하며 약간 고요해졌다. 밸은 비즈의 머리에 입을 맞췄다. 그녀의 입술이 아이의 머리카락에 잠시 머물렀다. 어쩌면 아직 사향 냄새를 풍기지 않는, 순식간에 지나갈 녀석의 아이다움을 맛보는 것인지도 몰랐다. 나는 그녀가 어느 때보다 행복해하고 있다는 느낌을 받았다. 최소한 내가 그녀를 알게 된 이후로는 말이다.

대회가 겨우 일주일 뒤였으므로, 다음 날 빅터 주니어와 리엄은 우리 주방에서 준비를 시작했다. 이런저런 아이디어를 발전시키고 검증해 보았다. 우리는 연습을 하고 또 했으며, 대회가 시작될 때쯤에는 준비가 끝났다. 대회는 내가 생각했던 것보다 큰 행사였다. 커다란 흰색 파티용 천막이 YWCA 주차장에 설치됐다. 아이들만의 대회가 처음이었기에 우리는 우리 애들을 다른 참가자 아동 및 그들의 도우미/보호자들과 함께 있도록 실내 주방에 남겨 놓고(나는 가죽 칼꽂이를 꺼내 비즈가 전문적이고 빠른 깍둑썰기 기술을 선보이도록 한 다음에야 미심쩍어하는 주최자에게 비즈가 도우미/보호자 역할을 해낼 수 있음을 설득할 수 있었다.) 밖으로 나가 자리를 잡았다. 천막은 이미 아동 참가자들의 가족과 친구들로 가득했고, 공기 중에는 대회 직전의 상기된 웅웅거림이 감돌았다. 근육질에 배가 잔뜩 나온 아빠들이 야구 모자를 쓰고서 서로에게 친근하게 장난기 어린 한마디를 주고받고 있었고, 엄마들은 아이들이 연습을 한답시고 어지른 난장판에 대해 짐짓 가짜 불평을 하고 있었다. 제한 없는 부모들의 야망에 비하면 걸린 판돈이 극도로 작은, 어린이 스포츠 토너먼트 같았다. 키퍼와 코트니는 심사 위원 중 한 명(소방 대장)이 아는 사람이라 바로 그에게 로비를 시도했다. 키퍼는 적절하고도 멋지고 간결한 말을 건넸고, 코트니는 쾌활하게 시시덕거리며 귀엽게 굴었다. 밸과 나는 세 번째 줄에 자리를 잡았다. 자원봉사자들이 앞쪽의 긴 단상에 식탁보를 펼치고 있었다. 출품작들이 전시될 공간이었다.

"세상에." 밸이 내 손에 자기 손을 포개며 말했다. "우리가 어디에 왔는지를 좀 봐."

"오랫동안 잊힌 어느 오지의 주차장에 뜬금없이 세워진 천막?"

"뭐, 그건 그렇지." 밸은 태평한 미소를 지었지만 나는 그녀가 농담을 즐길 기분이 아니라는 걸 눈치챘다. "난 빅터 주니어 얘기를 한 거야. 저 애를 저 안에 혼자 놔두고 다른 사람을 온전히 책임지라고 해놓고 조금도 걱정하지 않아도 된다니 얼마나 놀라워?"

"생각만 해도 짜릿하지."

"그게 다가 아니야. 가장 놀라운 건, 내가 방금 한 말을 내가 완전히 믿는다는 거야. 난 리엄이 하나도 걱정되지 않아. 유능한 사람에게 맡겨 놨다는 걸 아니까. 솔직히 난 빅터 주니어가 친구를 실망시키고 싶어 하지 않을까 봐 불안할 뿐이야. 말도 안 되지?"

"나도 그게 걱정되는 것 같아." 내가 말했다. 정말 그렇다는 걸 깨달았으니까. 어쩌면 지금이 진정한 부모가 되는 변곡점, 자식이 어느새 자기 인생의 방향타를 잡았다는 걸 깨닫는 순간인지도 몰랐다. 지금부터는 가장 아픈 돌팔매나 화살이 내면에서 올 가능성이 크다는 걸 알기에 더 이상은 보호가 크게 의미가 없어지는 순간 말이다.

밸이 나를 끌어안더니 내 입술에도 입을 맞췄다. 건조하지만 단호하게. 나는 우리의 치아가 서로 부딪는 걸 느낄 수 있었다.

"네가 있다는 게 빅터 주니어한테는 엄청난 행운이야."

"빅터가 있어서 내가 행운이지."

"너희 아버지는 틀림없이 좋은 분이실 거야." 밸이 우리의 규칙 중 하나를 다시 어기며 말했다.

"맞아." 나는 밸의 위반을 지적하고 싶지 않아서 태연하게 대답했다. 이게 우리 새 출발의 시작점인지도 몰랐다. 대부분의 사람들이 드러내는 걸 우리도 드러내는 순간. 서로를 더 잘 이해하기 위해서라기보다는, 그냥 그것들을 소중히 여기기에 나누는 순간. 나는 실제로 퐁 얘기를 꺼내고 싶은 충동을 느꼈다. 아직 어린 내 인생에서, 아직도 대단히 생생하고 복잡한 코일을 슬슬 풀어내고 싶었다. 하지만 뭔가가 계속해서 나를 방해했다. 어쩌면 밸의 예쁜 얼굴에 덕지덕지 칠한 화장품들 때문이었을지도 모른다. 퐁 얘기는 좀 더 안정된 다음에 하자고 마음먹었다.

밸이 말했다. "딱히 네가 운이 좋다고 할 수는 없겠지만, 괜찮아. 빅터 주니어는 널 무척 사랑해, 알겠지만."

"아, 그래?" 나는 본능적으로 클라크처럼 말을 쳐내며 키득거렸다.

"그럼." 밸이 말했다. "그 사실을 회피할 방법은 없어. 빅터 주니어는 널 사랑해."

우리는 조용히 앉아 있었다. 밸의 말이 완전히 끊기면서 모든 게 정지됐다. 그녀의 말이 내 심장에 남아 응어리졌다. 내가 할 수 있는 일이라고는 꽉 잡은 우리의 두 손을 내려다보며, 누군가 진실을 얘기할 때마다 나를 덮치는 유체 이탈의 느낌을 견디는 것뿐이었다.

밸이 내 손을 꽉 잡으며 말했다. "고마워, T." 내가 기꺼이 했을 법한 답에 대한 그녀의 답이었다.

이제는 코트니와 키퍼가 다가와 우리의 양옆에 앉았다. 대회가 시작되기를 즐거운 신나는 마음으로 기다리는 게 분명했다.

키퍼가 말했다. "소방 대장이 우리 아빠의 오랜 친구예요. 피위에서 내 코치를 맡기도 했고. 그러니까 잘될 거예요."

"심사 위원이 두 명 더 있잖아." 코트니가 지적했다. 그 사람들도 다른 관객들에게 로비를 당하고 있었다. 한 명은 작년에 세 개 카운티의 미인 대회에서 우승한 풍만하고 건강해 보이는 젊은 여자였고, 다른 한 명은 마을에 새로 생긴 주방 기구 판매점을 소유하고 있는 중년의 힙스터였다. 그녀는 다른 심사 위원들에게 자기 가게 로고가 박힌 앞치마를 나눠 주고 있었다. "네가 미인 대회 여왕님하고도 친한 게 아니라면 말이지만."

"아직은 모르는 사람이야." 키퍼가 젊은 여자를 곁눈질하며 말했다. 그녀는 자기 등 뒤로 앞치마 끈을 묶어 주고 있는 소방 대장과 무슨 얘기를 나누며 낄낄거리고 있었다.

코트니가 키퍼에게 혀를 쏙 내밀었고, 키퍼도 짓궂게 혀를 날름거렸다. 둘의 사이가 좋아진 걸 보니 좋았다. 우리의 가족 외출이 모두에게 유익했다고, 나는 생각했다. 덕분에 함께 즐기고 바보처럼 굴 비교적 단순한 활동이 생겼으니까. 정기적으로 볼링을 친다거나, 밤에 오락실에 간다거나, 일요일 오후마다 이 지역 여기저기에 흩어져 있는 그림 같은 작은 호수 중 한 곳에서 부두 낚시를 시작한다거나. 스태그노는 이름을 라고*로 지어야 했다. 그 이름도 이 오랜 마을에 높이 쌓여 있는, 놓쳐 버린 기회에 더해야겠다. 하지만 주변의 쾌활한 사람들을 바라보고 있자니 이곳이 그렇게 헛되고 구시대적인 공간이 아니라는 걸 깨닫기 시작했다. 설사 이곳이 헛되고 구시대적이라 하더라도 시민들이 희망을 포기한 건 아니었다. 거부감에서든 반항심에서든 그들은 노력을 이어 나가고 있었다.

아이들의 참가작이 어떤 지표가 될 수 있다면, 스태그노에는 아직 끌어올 창의력의 저장고가 많았다. YWCA의 감독인 칙칙한 갈색 머리의 날씬한 남자가 확성기를 들고서 대회의 참가자들을 소개했다. 아이들이 저마다 자기가 만든 샌드위치가 담긴 접시를 들고서 줄지어 입장했다. 삼각형으로 접은 카드가 쭉 놓여 있는 단상을 따라 비좁게 늘어섰다. 모든 카드에는 작품 제목과 번호가 적혀 있었다. 참가자는 모두 합해 열네 명이었다. 리엄은 5번이었고, 참가자 뒤에 서 있는 어린이 조수는 빅터 주니어뿐이었다. 심사 위원들이 차례로 샌드위치를 한입 먹고 평가했다. (출품된 샌드위치는 한 조각씩 잘려 있었다.) 미인 대회 우승자와 주방 용품 가게 주인은 앞치마 주머니에서 패드를 꺼내 기나긴 메모를 했고, 절대로 봉을 타고 미끄러져 내려오거나 사다리를 타고 올라가는 모습을 상상할 수 없는 땅딸막하고 목살이 늘어진 소방 대장은 그냥 먹는 행위를 즐겼다. 심지어 다른 심

---

* Lago, 이탈리아 칼라브리아주의 지명. 호수로 유명하다.

633

사 위원들이 먹고 남긴 꼬투리를 입에 던져 넣기까지 했다. 안 될 것도 없었다. 그곳에는 맛있어 보이는 긴 빵 샌드위치와 거대 샌드위치, 슬라이더*, 지로**, 파니니, 멜트샌드위치***는 물론, 하마나 돼야 실제로 한입 먹어 볼 수 있을 듯한 다다익선파의 약 30센티미터 높이 초대형 샌드위치까지 있었다. 물론 소방 대장은 그것도 먹어 보려 했다. 솔직히 말해서 최소한 겉으로 볼 때 좀 불운한 참가작은 한 가지뿐이었다. 크랜베리 소스 '케첩'으로 채워져 있고 한쪽 끝에서는 매독에라도 걸린 것처럼, 다른 쪽 끝에서는 뭄바이에서 노점 음식을 사 먹는 여느 관광객처럼 갈색 그레이비 소스를 줄줄 흘리고 있는 '추수감사절 칠면조랩'이었다.

나는 그 참가작에 공감할 수 있었다. 비즈와 같은 나이일 때 나는 파인우드 경주 대회에 보이스카우트 어린이 단원으로서 야심 차게 참가했다. 나는 흰색과 노란색의 줄무늬를 그려 넣고 운전석에는 스누피 머리를 풀로 붙여 만든 조잡한 무광택 초록색 인디 카를 가지고 잔뜩 신이 나서 대회에 참가했다. 클라크가 나무 블록의 귀퉁이를 깎는 기초 작업을 했고, 내가 뒤를 이어 한 시간 내내 사포질을 했다. 그런 다음 우리는 함께 색칠을 했고(클라크는 원래 오클레어**** 출신이었으므로 패커스***** 색깔을 골랐다.) 작업을 마친 뒤에는 우리의 작품이 속도, 혹은 스타일 부문에서 꽤 승률이 높을 거라고 낙관했다.

---

* 한 손에 들어가는 햄버거 모양의 샌드위치.
** 쇠고기 등을 마늘로 양념해 빵에 얹어 먹는 그리스식 샌드위치.
*** 치즈, 고기, 채소 등을 빵 사이에 넣고 치즈가 녹을 정도로 데워 먹는 샌드위치.
**** 위스콘신주 서부의 도시.
***** NFL 프로 팀 중 하나.

하지만 차라리 우리 자동차에서 드러난 네안데르탈인 수준의 기술로 넙다리뼈를 휘둘러 대는 편이 나을 뻔했다. 대회장은 마치 국제 디자인 엑스포 같았다. 참가 작품 절반이 진짜 자동차 같았다. 그 창의성과 솜씨라니! 도장 및 전사 인쇄 작업은 어떻고! 그곳에는 가오리 모양 자동차와 스위스 치즈 조각 모양의 자동차, 네모난 빈티지 핸드폰 모양의 자동차가 있었다. 아마 가장 멋진 자동차는 조그만 경주용 자동차들이 경사면을 따라 내달리는, 작은 파인우드 경주 트랙이었을 것이다. 거기에서는 그 작은 경주용 자동차가 일종의 메타적 무한궤도를 그리며 승리를 거두고 있었다.

다른 참가작은 페라리 데이토나의 완벽한 복제품과 셸비 머스탱의 배트모빌, 「백 투 더 퓨처」의 드로리언에 이르기까지 다양했다. 너무도 욕심이 난 나머지 부숴 버리고 싶었던 자동차는 네이션의 핫도그 트럭이었다. 모든 어린이 대회가 그렇듯 그 대회도 대체로 부모의 능력을, 특히 이 경우에는 아빠들의 능력을 겨루고 있었다. 지하실에 여전히 목공과 금속 작업장을 갖추고 있는 유능한 노동 계급 아빠들과 정교한 키트를 주문하거나 컨설턴트를 고용하거나 그 두 가지를 다 한 부자 아빠들, 마지막으로 전문적인 엔지니어와 건축가 아빠들. 그들의 아들 또한 비슷한 성향이라 그런지 상당한 기술력과 고갈되지 않는 창의성을 가지고 있었다. 말할 필요도 없지만 나의 똥 모양 경주 자동차는 첫 번째 경주에서 탈락하고 말았다. 우리가 이긴 건 불가사리 모양의 바큇살이 달린 롱보드에 비키니 차림의 인형을 단 자동차뿐이었다. 그걸 만든 아버지와 아들은(둘은 하와이안 셔츠와 선글라스를 똑같이 맞춰 걸치고 있었다.) 최적의 공기 역학이나 무게 배분에 관해서는 하와이식 센스를 전혀 발휘하지 않은 게 분명했다. 다들 그 자동차 주위에 모여들어 10센티미터 남짓의 후끈한 서핑 인형 몸매에 추파를 던졌다. 그들은 최고의 디자인상을 받았다.

우리 패배자들은 노란 리본을 받았는데―안다, 알아. 한심한 MZ 세대의 감정적 복지를 위한 기념품이었다.―나는 오늘의 참가자들에게도 그런 리본이 주어지기를 바랐다. 진심으로 신이 나서 기대감에 찬 모든 아이들에게 말이다. 밸의 길고도 직접적인 조언이 있었기에, 나는 리엄의 작품이 우승할 가능성이 매우 높다고 자신했다. 둘의 '타이 딕시 브리오슈 반미'에는 카레로 양념한 오리 가슴살과 튀긴 녹색 토마토, 적양파와 망고 소스, 매콤한 바질 아이올리 소스가 들어갔다. 이 모든 게 그날 아침 일찍, 비즈가 직접 만든 브리오슈 번에 있었다. 이 샌드위치는 시식용 반미를 우물거리던 세 명의 심사 위원 모두에게 주목받았다. 소방 대장은 심지어 전시용으로 놔둔 완제품 샌드위치에 손을 뻗어 한입을 더 먹으려 했다. 주방 용품 가게 주인은 그 탐욕스러운 손가락을 쳐내 버렸다.

"진짜 좋아하는데요!" 키퍼가 그걸 보고 소리쳤다. "소방 대장은 아무리 먹어도 질리지 않는 눈친데!"

이때 밸이 말했다. "결승 진출자를 발표하려나 봐요."

우리는 모두 자리에서 일어나 결과를 기대하며 단상으로 다가갔다. YWCA 감독이 얼굴 앞에 확성기를 대고 있었다. 밸은 빅터 주니어에게 온전히 집중했고, 빅터 주니어는 큰형처럼 리엄에게 한 팔을 걸친 채 그의 가슴을 톡톡 치며 발표를 기다렸다. YWCA 감독이 음식을 기부해 준 푸드 뱅크에 늘 하는 감사의 말을 시작으로 이 마을 어린이들의 재능을 응원하는 진부한 얘기를 잇자 웬 여자가 소리쳤다. "독가스 공격이다!" YWCA 감독은 목을 가다듬고 모든 참가자가 한 달짜리 무료 헬스장 회원권 쿠폰을 받게 될 거라고 설명했다. 지역 자동차 딜러가 제공한 기념용 샷 잔도 준다고 했다. 대회 참가자들이 어린이들이라는 걸 생각하면 좀 웃겼지만 상관없었다. 승자는 심사 위원의 주방 용품 가게 쿠폰을 받게 될 터였다. 마지막으로 그는 확성기를 소방 대장에게 건네주었고, 소방 대장은 결승전 진출자세 명을 호명했다. 키가 크고 돼지 꼬리 모양의 머리를 한 아미시파 여자아이가 만든 누에콩후무스 및 노란 비트 싹과 구운 고춧가루를 곁들인 비건 글루텐 프리 베이글 그리고 천사 같은 중남미 출신 소년이 만든 정말로 맛있게 생긴 돼지고기 알 파스토르*와 코티하치즈와 선인장 할라피뇨 콜슬로로 속을 채운 튀긴 토르타 그리고 세 번째는 전혀 놀랍지 않지만 리엄(과 비즈)의 작품이었다.

환성과 웃음과 박수가 들려왔다. 우리 셋은 과호흡을 시작한 코트니를 둘러쌌다. 그때 소방 대장이 갑자기 3위를 발표해 천막의 모두를 기습 공격했다. "비건 베이글입니다!" 하지만 소방 대장은 아미시파 소녀가 상장을 받은 이후에는 리엄과 중남미 소년을 단상 앞으로 불러들여 시간을 끌며 극적 긴장감을 고조시켰다. 그 아이의 이름은 호르헤였다. 소방 대장은 그들에게 작품을 만들 때 어디에서 영감을 얻었는지 물었다.

호르헤가 먼저 입을 열었다. 그는 부모님이 밤늦게까지 일하므로

• 큰 쇠 꼬치에 꽂아 구운 멕시코 음식.

할머니가(호르헤 옆에 서 있는, 위엄 있는 백발 여인이었다.) 매일 밤 저녁을 준비하는 모습을 지켜봤으며 부모님이 집에 와서 즐겁게 먹을 수 있는 뭔가를 만들고 싶었다고 말했다. 이 말에 모든 사람은 심장을 쥐어뜯었다. 소방 대장이 리엄의 생각을 물었고, 리엄은 확성기를 든 채 뭔가 말하려다가 우물거렸다. 자기를 쳐다보는 수십 명의 눈이 지나치게 의식된 탓이었다. 자폐 스펙트럼에 있다 보면 그런 감정으로부터 고립될 거라고 생각할지 모르지만, 리엄은 오히려 조개처럼 입을 꽉 다문 채 안전하고 어둡고 조용한 공간에서 겨울잠을 자는 편이었다. 소방 대장은 기다리면서 계속 고개를 끄덕였다. 천막이 죽은 듯 고요해졌다. 코트니가 약하게 내는 듯한, 공들인 휘파람 소리만이 유일하게 들려오는 것 같았다. 우리는 한동안 그런 식으로 서 있었을 것이다. 그때 빅터 주니어가 앞으로 나서서 친구의 확성기를 받아 들고 말했다. "리엄도 부모님에게 영광을 돌리고 싶어 해요. 두 분의 지지와 응원, 사랑이 없었으면 리엄은 이렇게 창의성을 발휘하지 못했을 거예요."

　"리-엄 만세!" 키퍼가 소리쳤고, 나도 불쑥 말했다. "존나 만세!" YWCA 감독과 소방 대장과 다른 심사 위원들과 거의 모든 다른 사람들이 나를 노려보았다. 하지만 나는 상관없었다. 밸도 마찬가지였다. 비즈의 말을 듣자—비록 비즈가 유튜브에서 요리 관련 재단 시상식을 보고 베낀 말이라 할지라도—나는 그 자리에서 부스러졌다. 자기 자식이 부정할 수 없이, 순수하고 품위 있게 착한 일을 했을 때 부모가 느낄 만한 감정을 이해했으니까. 그건 당장 행복하게 사라져도 된다는, 기꺼이 그럴 수 있다는 느낌이었다.

하지만 이제는 결정의 순간이 왔다. 세 심사 위원이 한데 모였다. 그러더니 그들은 YWCA 감독의 양옆에 섰고, 감독은 두 소년이 놀랍도록 태연한 태도로 옆에 서 있는 가운데 확성기에 대고 판결을 외쳤다. "승자는……. 끝내주는 토르타입니다!"

밸과 나는 혹시 몰라 즉시 빅터 주니어를 보았다. 하지만 빅터 주니어는 그곳에서 호르헤와 하이 파이브를 한 다음, 심사 위원들과 우아하게 악수했다. 리엄은 2등 상장을 흔들며 신이 나서 폴짝폴짝 뛰다가 이미 단상으로 달려 나간 코트니와 키퍼의 품에 뛰어들었다. 감독이 관객을 불러 조각낸 샌드위치를 모두 맛보게 했다. 밸과 나는 호르헤의 할머니와 번갈아 가며 우리 아이들의 작품을 처음으로 맛보았다. 반미는 끝내줬다. 입속에서 엄청난 혼란이 벌어졌다. 하지만 정당하게 토르타도 만족스러웠다고 말할 수밖에 없었다. 토르타는 강렬하면서도 편안했다. 확실히 마지막 한 끼로 먹을 만한 음식이었다. 빅터 주니어는 깨끗이 승복했다. 눈을 휘둥그렇게 뜨고 호르헤를 보며 샌드위치를 우물거렸다. 곧 둘은 어떻게 삶았는지, 사용한 양념이 무엇인지 업무적인 얘기를 나눴고, 그 가족에게 나는 기념으로 함께 저녁 식사를 하자고 했다. 물론 내가 대접할 생각이었다. 우리 익명 가족은 저녁에 맥도너 가족, 쿠에야르스 가족과 스파게티 디포에서 만나 뷔페식 새우와 파스타 요리를 즐기기로 했다.

우리는 집으로 돌아가 서둘러 낮잠을 잤다. 빅터 주니어와 나는 함께 소파에서 졸았다. 그동안 밸은 주방을 정리했다. (아이들이 아침에 미리 연습한 데다 서둘러 집을 나서느라 주방이 어수선했다.) 어느 시점에, 나는 그녀가 우리 머리에 입맞춤을 했다고 느꼈다. 기진맥진한 자기 남자들에게 축복을 준 것이다. 혹은 그녀가 우리를 오랫동안 바라보고 있는 꿈을 꾼 것 같았다. 아무튼 눈을 떠보니 밸은 집 안에 없었다. 나는 잠시 허둥거리다가 윙윙거리는 소리를 들었다. 나는 전망창을 통해 밸이 위드웨커를 가지고 정원 앞 울타리에 덤벼드는 모습을 보았다. 긴 주황색 전깃줄이 집 뒤쪽의 외부 콘센트와 연결돼 있었다. 밸의 자세는 아들과 똑같았다. 구부정한 어깨와 약간 안짱다리로 서 있는 모습이 그랬다. 나는 그녀를 보는 것만으로 만족감을 느끼고 있다가, 그녀가 보호경을 쓰지 않았다는 걸 알고 차고의 작업대에 들러 보호경을 가지고 달려 나갔다.

"이런." 그녀는 내게서 보안경을 받아들며 말했다. 머리카락이 그녀의 관자놀이에 달라붙어 있었고, 코와 두 뺨은 8월의 열기로 땀에 젖어 있었다. "완전히 잊어버렸네."

"이해할 만한 실수야." 나는 형편없는 농담을 던졌다.

"분명히 오래 이해할 수는 없을걸." 그녀가 덜 형편없는 농담으로 대꾸했다.

"근데 무슨 일이야?" 내가 물었다. 밸은 한 번도 정원 일을 한 적이 없었다.

"둘이 할 때 재미있어 보여서 해 보고 싶었어."

"어때?"

"나쁘지 않아." 그녀는 엄청나게 신나지는 않은 말투로 말했다. "그냥 남자 일을 하는 걸 즐기고 있었어."

"다음엔 트리머를 써 봐. 머리 자르는 거랑 비슷해."

"그래야겠다."

그녀는 보호경을 쓰고 내게 물러나라고 손짓하더니, 방아쇠를 당겨 제초기를 돌렸다. 나는 잠시 그 모습을 지켜보다가 그녀가 울타리 아랫부분에 골몰하며 남은 페인트를 날려 보내기에 다시 집으로 들어왔다. 빅터 주니어는 운동 후 회복을 돕는다는 말을 어딘가에서 읽고 맥아 가루가 들어간 특별 음료를 만들고 있었다. 농구 때문이었다. 우리는 매일 일정을 잡아 놓고 농구를 하고 있었다. 때로는 빅터 또래의 동네 아이들과 즉흥 경기가 벌어지기도 했다. 그럴 때면 내가 심판을 봤다. 비즈와 나는 우리의 운동 요법을 세밀하게 조정해 코어 운동과 바벨 들기를 번갈아 가며 연습했다. 거기에 더해 고강도 러닝 머신 달리기와 농구도 했다. 그러나 나는 왜인지 집에 있어야 한다는 느낌을 받았다. 심지어 나가서 밸을 도와주어야 할 것 같았다. 비즈는 농구장에서 훅 슛과 플로터 슛 연습을 하고 싶어 했고 나는 좋다고 했다. 우리가 드리블을 하며 진입로를 따라 나가고 있을 때 밸은 전정가위를 들고 불쌍하고 헐벗은, 비대칭적 산울타리를 다듬고 있었다. 내가 손을 흔들자 그녀는 고개를 들고 우리를 잠시 보았다가 다시 트리머를 움직였다. 내가 다시 손을 흔들었을 때도 밸은 멍하니 우리가 지나가게 두었다. 이해했다. 트리머의 톱날 같은 이빨을 계속 보다 보면 최면에 걸리는 것 같기도 했다. 하지만 비즈에게 다시 공을 던져 주는 동안에도 그녀가 우리를 보면서도 보지 못한 모습이 왠지 계속 떠올랐다. 꺼 버리고 싶지만 끌 수 없는 조용한 알림음 같았다. 어쨌든 날도 더워서 농구를 그만하고 싶었다. 운 좋게도 평소 같이 농구를 하는 아이들 몇 명이 더 나타났다. 나는 혼자 모두를 상대하는 게임을 두어 번 뛴 뒤 더 이상 못하겠다고 말하고 비즈를 남겨 놓고 떠났다.

웨트스톤 가를 지나는 내내 사람이고 반려동물이고 하나도 보이지 않았다. 밸도 더는 정원에 없었다. 중앙 에어컨이 부드럽게 덜컥거리는 집으로 들어가 뜨거운 혈류를 한기로 식히니 기분이 좋았다. 나는 샤워 중인 밸을 보게 될지 모른다는 섹시한 기대를 하며 침실로 갔지만—우리는 그때까지도 충분히 얽히지 못하고 있었다.—침실은 비어 있었다. 나는 밖으로 나왔다가 복도 쪽 욕실 문이 닫혀 있는 걸 보고 손마디를 문에 굴려 부드럽게 노크했다.

"밸?" 나는 문에 기대어 조용히 말했다.

"안녕." 그녀가 대답했다. 목소리가 뭔가에 가로막힌 듯 멀게 들렸다. "빨리 왔네."

"밖이 푹푹 쪄."

"빅터 주니어는?"

"다른 애들이랑 더 놀겠대."

"그렇구나."

내가 말했다. "어쩌다 거기 들어갔어?"

밸은 대답하지 않았다.

"밸?"

"목욕을 하고 싶었어."

공용 욕실에는 샤워실밖에 없었다. 내가 말했다. "들어가도 돼?" 나는 조심스럽게 손잡이를 돌려 보았다. 잠겨 있었다.

"나 벌써 욕조에 들어와 있어."

나는 몇 박자가 흐르도록 가만히 있다가 말했다. "알았어, 난 샤워하러 갈게." 나는 여전히 대답을 들으려 고개를 빼고 있다가 한발 물러섰다. 그러나 내가 침실에서 옷을 벗으려 할 때 파이프가 울컥거리며 진동하는 소리가 났고—이 집의 모든 게 그렇듯 벽도 엄청나게 얇았다.—나는 밸이 천천히 욕조에 물을 채우는 소리를 들었다. 놀랍지도 않지만 우리 집은 수압도 삼류였다. 짜증 나는 드립 커피 기계 같았다. 나는 밸이 왜 욕조가 가득 차 있다고 했는지, 왜 나를 들여보내지 않은 건지 궁금했다. 물론 때로는 뜬금없이 자기 몸이 부끄럽다. 때로는 그냥 혼자 있고 싶다. 때로는 자기만의 울타리를 세우고, 일종의 고아원 비슷한 곳에 있고 싶다. 그런 이유라면 욕조도 얼마든지 쓸 만하다. 그래. 하지만 그때 웬 벌거벗은 남자가 반쪽짜리 욕실 창문을 비집고 나와 아래의 화단으로 뛰어내리는 모습이 떠올랐다. 그야말로 멍청한 생각이었다. 하지만 나는 곧장 현관으로 나갔다. 그저 밸의 조경 솜씨가 궁금할 뿐이라고 나 자신을 다독였다. 물론 그곳에 궁둥이를 드러낸 로사리오는 없었다. 앞뜰은 유독 깔끔하고 깨끗했다. 그녀는 울타리 주변에 풀을 하나도 남겨 두지 않았다. 심지어 잘려 나간 고운 풀과 잡초 조각조차 없었다. 유일하게 남아 있는 건 보호경이었다. 나는 보호경을 잔디밭 위에서 발견했다. 나는 그녀가 우리 집의 외로운 산울타리에 해 놓은 일을 보고 깜짝 놀랐다. 산울타리는 더 이상 건들거리는 꼽추가 아니었다. 여전히 바싹 마른 잎이 거의 떨어진 상태이기는 했지만, 이제 거의 어깨를 펴고 있었다. 새로 깎인 끝부분이 작열하는 빛을 받아 흰 녹색으로 빛났다. 그 가엾은 녀석에게 아직 생명에 대한 희망이 남아 있는 것만 같았다.

하지만 다른 어떤 것도 별로 살아 있는 것 같지 않았다. 미칠 듯이 덥고 환한 오후였지만 노르웨이의 겨울 같았다. 내 머릿속에서는 계속 그 이상한 후렴구가 들려왔다. '무엇을 위해서.' 후렴구가 말했다. '무엇을 위해서, 무엇을 위해서, 무엇을 위해서.' 그건 철학적 한탄이 아니라 아무리 노력해도 딱 짚어 낼 수 없는 무언가에 대한 나의 반응이었다. 잠에서 막 깼는데 방금 전까지 너무도 강렬했으나 벌써 잘 기억나지 않는 꿈만 같았다. 그 꿈이 황홀한 것이었는지, 무서운 것이었는지, 슬픈 것이었는지는 오직 몸만이 기억하는. 뭔가 느꼈다면, 그것은 고갈당한 느낌이었다. 내게 중요한 부분이 빠져 있는 것 같았다. 잠시 나는 칠리스가 어떤 식으로든 비밀리에 어느 장기를 빼냈을지도 모른다는 생각에 겁에 질렸다. 나는 다시 차고 옆문으로 들어갔다. 모든 것이 정돈된 것처럼 보였다. 트리머도, 막 깎은 풀 냄새를 풍기는 제초기도 벽에 기대어져 각자의 자리에 돌아가 있었다. 펙 보드에는 공구가 장식처럼 가지런히 걸려 있었다. 나는 보호경을 다시 작업대 위에 올려놓았다. 손가락 끝으로 점점 번성해 가는 못대가리들을 만져 보았다. 스무 개쯤 더 생긴 것 같았다.

나는 밸의 욕실 수돗물이 계속 흐르는 소리를 들었다. 그 소리를 들으니 갈증이 나서 주방으로 가 빅터 주니어의 맥아 건강 음료 한 잔을 따랐다. 톱밥으로 만든 탄산음료 맛이 났다. 나는 배수구에 음료를 붓다가 주황색 전깃줄을 보았다. 싱크대 위 창문을 통해 침실이 있는 뒤쪽의 작은 테라스가 보이는데, 그 전깃줄이 집 가장자리를 구불구불 돌아 화단에서 복도 쪽 욕실 창문으로 연결돼 있었다. 전깃줄은 창문 밑으로 사라졌다. 나는 별생각 없이 음식물 처리기 스위치를 켰다. 음식물 처리기는 알아서 돌아갔다. 금속에 금속이 갈렸다. '전원이 켜져 있는데.' 그제야 나는 머릿속의 이상한 노래에 눈을 떴다. '무엇을 위해서, 무엇을 위해서?' 그때 갑자기 무늬가, 작업대 상판에 박혀 있는 못대가리들이 떠올랐다. 그제야 모든 메시지가 합쳐지며 모습을 드러냈다.

미안

나는 복도 쪽 욕실로 달려가 문을 마구 두드리며 소리쳤다. "밸! 밸!" 그녀가 대답하지 않자 나는 문을 걷어찼다. 싸구려 문설주의 일부가 쪼개졌다. 분명 발이 부러졌을 것이다. 어깨로 문을 들이받았지만 아무 일도 벌어지지 않았다. 작은 칼을 빗장에 끼워 지렛대로 삼아 미친 듯이 힘을 주었다. 그다음에는 차고에서 훨씬 큰 뭔가를 가져오려고 했다. 그때 문이 알아서 삐걱거리며 조금 열렸다.

사람들은 자기가 보게 될 걸 보게 되리라는 생각을 전혀 하지 않다가 그걸 보게 된다. 밸이 옷을 입은 채 물이 가득 찬 욕조에 앉아 있었다. 그녀의 검은 티셔츠가 흠뻑 젖어 있었다. 분명 추울 터였다. 그녀는 심하게 떨고 있었다. 그녀의 손에는 고데가 들려 있었다. 검은 전선이 창문에서 내려온 두꺼운 주황색 전선의 콘센트에 꽂혀 있었다. 세면대 옆에도 콘센트가 있었지만 건축 관련 규정 때문에 그 콘센트에는 안전장치가 걸려 있었다.

"누나." 내가 속삭였다. 가슴에서 간신히 공기를 끌어냈다. 고데의 스위치가 빨갛게 빛났다.

"가." 밸이 이를 악물고 뱉었다. "나가."

나는 젖은 타일을 철벅철벅 밟고 앞으로 움직였다. 전류의 간질간질한 느낌이 실제로 느껴졌다.

"가만히 있어!" 밸이 잔인하게, 비참하게 외쳤다. "씨발, 물러나!"

내가 말했다. "어떻게 될 줄 알고 이러는 거야?"

"무슨 소리야?" 밸은 믿을 수 없다는 눈으로 고데를 흔들어 대며 말했다.

"누나 얘기가 아니야!" 내가 말했다. "누나 얘기가 아니라고! 누나 아들 말이야! 누나의 천재 아들!"

밸이 살짝 몸을 떨었다. 이제 검은 전깃줄의 꼬인 부분이 물에 닿아 있었다. "네가 돌봐 줄 거야. 넌 지금도 아주 잘하고 있어. 걔 아빠보다 나아. 난 절대로 너처럼 못해."

"내가 뭘 하든 상관없어! 어떻게 될지 몰라서 이래? 빅터 주니어가 가슴 깊은 곳에서 영원히 어떤 감정을 느끼게 될지 몰라? 그 생각은 해 봤어?" 나는 숨을 골랐다. "무슨 바보 같은 메시지만 남기면 충분할 줄 알아? 아니, 진짜로! '미안'? 그게 대체 뭐야? 거의 읽을 수도 없잖아!"

밸이 입술을 깨물었다. 손에 고데를 들고 뻣뻣하게 있었다.

"여기 있기 싫으면 내가 다른 걸 제안할게, 고려해 줘." 내가 말했다. "여행을 가. 어디 멋진 데로. 정말로 누나 자신을 고문해야겠다면 끔찍한 데로 가든지. 얼마든지 오래 있어도 돼. 빅터 주니어한테는 누나가 인도주의적 임무를 띠고 여행을 떠났다고 말할게. 아니면 내가 빅터 시니어처럼 누나를 때려서 누나가 겁을 먹고 도망쳤다고 할게. 뭐든 빅터 주니어가 들어야만 하는 얘기를 해 줄게. 빅터 주니어가 날 싫어하게 둘게. 누나를 싫어하느니 날 싫어하는 게 빅터 주니어한테 나아.”

이 말에 뱀은 울기 시작했다. 그녀의 손이 툭 떨어졌다. 내가 가까이 다가가자 그녀는 고데를 내게 겨누었다. “오지 마!”

나는 어쨌든 한 걸음 더 다가갔다. “하지만 누나가 죽었다는 얘기를 전하는 사람이 되지는 않을 거야. 그거야 무슨 불쌍한 경찰이나 사회 복지사가 해야겠지. 난 여기 남아 있지 않을 거야. 매일 아침 아직도 누나가 나타날 거라고 확신하는 순간을 봐야 할 테니까. 그러니까 맹세하는데, 누나가 이렇게 하면 난 차에 탈 거야. 지금 당장 떠날 거야.”

“그러지 마⋯⋯.”

“왜? 앞으로 비즈에게 진짜 인생이라고는 없을 텐데. 지금 이 순간부터는 말이야. 비즈는 계속 뭔가 붙들 걸 찾으려 하겠지만 그런 건 존재하지 않을 거야. 비즈는 아무 소용도 없이 뭐든 작은 친절함만 있으면 붙들고 자기 마음을 채우려 할 거야. 불쌍한 패배자들이 그러듯 늘 가식을 떨 거야. 내가 그러는 것처럼.”

“넌 패배자가 아니야!” 뱀이 비참하게 소리쳤다. “제발 다시는 그런 말 하지 마!”

“그게 사실이야. 누난 비즈를 망치고 있어.” 내가 말했다. “누나가 비즈를 파멸시키고 있어.”

“하지만 너희 엄마는 저 바깥 어딘가에 계시잖아. 그치?” 뱀이 말했다. “언젠가는 네게로 돌아오실 거야⋯⋯.”

“아니야!” 내가 큰 소리로 외쳤다. “아니야!” 나는 내가 가진 모든 걸 짜내 고함을 질렀다. 그 못난 소리에 목구멍이 아팠다. 목이 찢어지는 것 같았다. 어쩌면 다른 것도 같이. "엄만 떠났어. 떠났다고." 나는 한 번도 말해 본 적 없는 방식으로 그 말을 했다.

"아, 틸……. 난 너희 엄마가……. 아아, 안 돼……."

밸이 물에서 일어나 내게 손을 뻗으려 했지만, 나는 무슨 일이 벌어질지 정확하게 알 수 있었다. 그녀의 손이 젖은 욕조 가장자리에서 미끄러지고, 나머지 손은 넘어지지 않으려고 본의 아니게 허공을 짚었다. 그리고는 살아 있는 쇳덩이가 살인자 같은 물속으로 처박혔다.

26

아무리 노력해도 나는 퐁을 계속 미워할 수가 없었다. 내게는 얼마든지 그를 미워할 권리와 이유가 있었다. 나는 그에게 나쁜 일이 벌어지기를 빌었지만, 결국은 그가 얼마나 심한 고통을 겪고 있을지 어쩔 수 없이 생각하게 됐다. 그들은 퐁의 상체를 두들겨 패고 걷어찼다. 퐁은 그렇게 멍든 부분을 내게 보이지 않으려 했다. 그런 행동이 내게 상처의 고통을 더 실감하게 했다. 나는 전혀 망가지지 않은 그의 겉모습만을 보아야 했으니까. 잠시 그는 벽에 기대서서 한 팔로 몸 가운데 부분을 감싸 안고 있었다. 그런 뒤에는 앉아서 잇새로 거친 숨을 쉬어야만 했다. 일어서려고 하다 보니 더 이상 늘어나지 않는 그의 몸 안 무언가가 저항했기 때문이었다. 결국 그는 오른쪽으로 몸을 돌리고 무릎을 약간 위로 끌어당긴 채 바닥에 누웠다. 그의 몸은 뻣뻣했지만 더 이상 긴장한 상태는 아니었다. 놈들이 럭키 최에게 그런 짓을 하고 나서 하루 낮과 하루 밤이 지난 뒤의 일이었다. 럭키

최의 몸은 놈들이 나를 퐁과 같은 곳에 집어넣기 전에 어딘가로 보내졌다.

나무 버팀목은 그때도 여전히 텅 빈 별장의 방 한가운데에 옆으로 놓여 있었다. 합판으로 된 작업대의 윗부분은 바닥에 팽개쳐진 그대로였다. 나는 그 끔찍한 장치를 움직이거나, 심지어 건드리는 일조차 참을 수 없었다. 럭키에게 일어난 일은, 영상에서는 완전히 조용하게 벌어졌으나 나는 지금도 때로 그의 척추에서 난 분명하고 선명한 소리에 몸이 떨린다. 눈보라가 세게 불어닥쳐 나뭇가지가 꺾이는 것 같은 소리. 럭키가 즉사했을 리는 없었다. 부러진 부분은 목에서 한참 아래쪽이었다. 어쩌면 고통이 너무 커서 죽었을지도 모른다. 아니면, 최악의 경우 하반신이 먼저 죽은 채로 있다가 거미줄 얼굴의 패거리 중 한 명이 마침내 그의 비극을 끝냈을 것이다.

나는 그러기를 바랐다.

그들은 퐁과 럭키가 마지막 입금을 막 끝낸 주룽에서 그들을 납치해 동력 요트에 실어 이곳으로 데려왔다. 드럼의 아버지가 물에 빠져 죽은 바로 그 강둑을 지나 진주강을 타고 올라왔다. 퐁이 던바로 돌아가 아내와 딸들을 다시 보려 했는지는 모르겠다. 하지만 그는 그렇게 하지 않았다. 대신 그와 럭키는 전세기를 빌려 마닐라에서 자카르타로, 프놈펜으로 이동하고 있었다. 출처가 불분명한 대규모의 현금 예금을 기꺼이 받아 줄 다른 은행업자들을 만나기 위해서였다. 그들이 둘둘 말아 가지고 다니는 더플백 안에는 주머니 속에서 닳아 해진 엔화와 위안화, 루피, 바트 등의 소액권이 빽빽하게 들어 있었다. 전부 다양한 카파고다의 사업체에서 모아들인 것이었다. 나는 내가 간

650

힌 지 얼마 안 됐을 때 내게 찾아와 남은 찐빵 하나를 건네준 프루잇에게서 이 말을 들었다.

"큰형님 아파." 프루잇이 속삭였다. 그의 말투는 칠리스와 더욱 비슷해졌다. 너무 오랫동안 갈려 나간 탓에. 그가 몇 년 동안이나 애써 성취하려던 동화가 이제는 완료된 것이다. 그는 그의 남자에게 동화됐다. 이것이 존경심의 표현과 자기 보호라는 두 가지를 모두 이룰 수단이었다. 심지어 프루잇은 머리 모양조차 주방장의 구불구불하고 짧게 깎은 스타일로 다듬었다. 키가 더 작아지기 위해 어깨를 주저앉혔다. "감정이 가장 아파. 네 상관은 나쁘고 나쁜 사람이야. 넌 알고 있었어? 왜 그 사람이랑 럭키는 배신을 해야 했던 거지? 왜 모든 걸 망쳐?"

나는 고개를 저었다. 퐁은 분명 듣고 있었으나 여전히 아무 말도 하지 않았다. 그냥 배와 갈비를 부둥켜안고 인상을 찌푸린 채 바닥만 내려다보았다.

"난 모르겠어, 창백한 귀뚜라미. 지금 큰형님은 그냥 너무 기분이 나빠. 심장 가장 깊은 곳으로 가라앉았어." 그 침울한 개과 동물의 눈빛을 보니 프루잇도 망가져 있었다. 프루잇은 우중충하고 끈적끈적한 특유의 포옹으로 나를 안아 주었다. 나만큼 자신을 구원하려는 것처럼 느껴지기는 했지만. "조심해." 프루잇은 그 자리를 떠나며 퐁을 차갑게 힐끗 보고 말했다. "믿지 마."

내가 상한 찐빵을 움켜쥐며 나 자신에게 타이른 말이 바로 그것이었다. 그때쯤 나는 심하게 굶주리고 있었으나 입맛도 없었다. 파멸이 다가온다는 감각이 더욱 강해질 뿐이었다. 나는 찐빵을 구석에 던져 버렸고, 찐빵은 먼지로 뒤덮인 채 굴러갔다. 그런 식으로 버려진 찐빵을 보니 가슴이 움찔거렸다. 눈이 너무 건조하고 가려워서 울 수도 없었다. 입속에 아무것도 없었기에 나는 아무것도 뱉을 수 없었다. 퐁이 그런 상태 속에서도 단 한 번도 신음하거나 흐느끼지 않는 것도 미칠 듯이 화가 났다. 그는 억지로 절제하려는 게 아니었다. 퐁은 그냥 그런 사람이었다. 비참한 상태에서도 마지막까지 절제된 사람. 지금은 퐁의 그런 절제심이 다른 사람들에게나 자기 자신에게 보이기 위한 것이 아니었다는 생각이 든다. 그의 절제심에는 훨씬 큰 자만심이 깃들어 있었다. 그동안 내내, 퐁의 이데아는 그가—또 그를 따라다닐 수 있었던, 운 좋은(혹은 운 나쁜) 우리가—어쨌든 늘 있어야 할 바로 그곳에 있다는 것이었다. 어느 신적인 GPS에서처럼 좌표를 반짝이며, 세상의 어떤 기초적인 화합을 확인해 주면서 말이다. 이제는 모든 것이 시뮬레이션처럼, 그것도 정렬이 심하게 어긋난 시뮬레이션처럼 드러났다. 겁에 질려서 뭐든 움켜쥐려는 내 안의 짐승은 그가 고통받기를, 후회하기를, 그의 입속에 차오르는 쓰디쓴 담즙의 맛을 보고 그가 저지른 짓의 끔찍한 총계에 떨기를 바랐다. 그 모든 짓의 향기로운 폐기물을 똑똑히 보고서.

　그러나 머릿속으로 퐁에 대한 생각을 돌려 보고 돌려 볼수록, 나의 내면이 분노로 비명을 질러 대는 와중에도 나는 대체로 형편없고 쓸모없는 나 자신을 돌아볼 수밖에 없었다. 결국 누구한테든 매달리던 사람, 미친 듯이 달라붙던 사람은 나였다. 그런 열망 속에서 나는 다른 방법으로는 될 수 없었던 인간이 되기 위해 필요한 무언가를 찾았고, 또 발견했다. 문제는 그 사람이 이용당하기 쉬운 멍청이, 언제든 기꺼이 간섭을 받아들일 부품이었다는 점이다. 타인에 의해서든, 상황에 의해서든 소모되고 말. 나는 화장실로 물러나 차갑고 메마른 욕조 안에 몸을 웅크려야만 했다. 무릎을 최대한 세게 가슴에 품고, 갑옷을 입은 벌레처럼 몸을 둥글게 말아 현실이라는 더 큰 영역을 어떻게든 부정하려 했다. 그렇게 하면 최소한 차분해졌다.

하지만 밖으로 나와 보니 퐁이 창백하게 질려 있었다. 놀라서 숨이 쉬어지지 않을 만큼 창백했다. 그의 머리는 천장에 달린 희미한 전구—창문에는 덧문이 달려 있었고, 그 덧문은 밖에서 못으로 고정돼 있었다.—아래 늘어져 벽에 기대어 있었다. 나는 우리 둘 모두가 끔찍하게 걱정돼 몸을 떨었다. 나는 참지 못하고 그에게 물이 필요하냐고 물었다. 퐁은 대답하지 않았다. 그는 내게 자기를 위한 일은 무엇도 시키지 않을 생각이었다. 하지만 그가 힘없이, 생기가 빠져나간 듯 미끄러지듯 주저앉아 몸을 웅크리자 나는 화장실로 가서 그곳에 있는 유일하게 쓸모 있는 물건을 찾았다. 색이 바랜 플라스틱 비누 그릇이었다. 나는 퐁을 위해 그 그릇을 채웠다.

퐁은 물을 천천히 홀짝였다. 그게 아주 뜨거운 차라도 되는 것처럼. 퐁은 움찔거리고 떨면서 물을 삼켰다. 그는 실수로 물을 흘렸다. 그가 더 많은 물을 원하는 건 분명했다. 그는 일어나려고 했으나 그러지 못했다. 나는 잠시 그를 지켜보았지만, 더는 견딜 수 없었다. 나는 비누 그릇을 가져가 다시 채웠다. 처음에 퐁은 그 그릇을 다시 내게 내밀었고 그런 다음에는 물을 조금 마셨다. 우리는 미끌미끌하고 비누 맛이 나는 나머지 물을 나눠 마셨다.

"너도 알겠지만, 난 링과 링의 아들에게 무슨 일이 일어났는지 끝

653

까지 말하지 않았어." 그가 말했다. 지금 식당 주인을 언급하다니 놀라웠다. 나는 지금 와서 그게 무슨 상관이냐며 코웃음을 쳤다.

"대단히 중요하달 건 없지." 그가 말했다. "하지만 말해 주고 싶어. 말하게 해 줄래? 그런다고 달라지는 것도 없을 테니."

"아무것도 바뀌지 않아요." 내가 말했다. "그게 사실 아니에요?"

퐁은 대답하지 않았다. 그러더니 대화가 잠깐 끊겼던 것처럼 다시 말했다. "내가 그 사람들에 대해서 뭐라고 했는지 기억나?"

"모르겠는데요." 내가 말했다. 완전히 거짓말이었다. 잠시 후 내가 말했다. "그 사람들 집에 들어가야 할지, 혼자 헤쳐 나가야 할지 고민했다고 했어요."

"그래, 맞아." 그가 말했다. "넌 늘 주의를 기울이는구나. 요거트 가게에서 널 본 첫날에 바로 알았어."

"당신한테는 주의하지 않은 것 같네요." 내가 씁쓸하게 말했다.

그는 내 악의에 찬 단어들을 그대로 흡수했다. 나는 퐁이 그 무엇에 대해서도, 그 누구에 대해서도 직접적으로 반대하는 모습을 한 번도 보지 못했다는 걸 깨달았다. 어떻게 그랬는지, 딱히 예스맨처럼 굴지도 않는데 말이다. 하지만 어쩌면 이것이 더 경멸스러운 일인지도 몰랐다. 어쩌면 최악의 거짓말인지도 몰랐다. 다른 사람들이 느끼거나 생각하거나 바라는 모든 일이 가능한 것처럼, 심지어 옳은 것처럼 보이게 만들다니. 아무 희망도 그 어떤 기회도 없을 때는 더더욱 나쁜 거짓말이었다.

그는 잠시 말을 멈추었다가 다시 이었다.

"나는 링의 거대한 집에서 함께 살기 시작했어. 처음에는 지하의 침실에서 잤지만, 당시 링의 아들이 발작을 자주 일으켰고 하루 종일 내 도움이 필요했지. 그래서 링의 아들 방과 붙어 있는 위층 방으로 옮겼어. 링의 아들은 침대에서 떨어질 만큼 심하게 경련했지. 나는 침대 한쪽에 난간을 달아 주고, 벽에도 패드를 대 줬어. 링의 아들이 몸부림을 치다가 코가 부러질 뻔했거든. 결국 난 그 녀석의 방에 내 침대를 뒀지. 밤새 녀석을 지켜볼 수 있도록 말이야. 아마 우연이었 겠지만 녀석은 나랑 방을 같이 쓰기 시작한 뒤로 발작을 거의 멈췄 어. 우리는 나이가 비슷했지. 녀석은 인지 능력이 매우 제한적이어서 거의 의사소통을 할 수 없었지만, 우리가 함께 있는 걸 기뻐하는 게 틀림없었어."

"형제처럼?" 내가 내뱉었다. 하지만 그 단어는 내 의도보다 훨씬 덜 신랄하게 들렸다. 나는 고함을 질러 그를 무너뜨리고 싶었다. 그 를 찢고 속으로 들어가고 싶었다. 하지만 그때조차 나는 퐁이 해야만 한다는 말에 이끌렸고 나를 장애를 가진 링의 아들이라고 상상할 수 밖에 없었다. 나는 어둑하게 밝혀진 방 건너편 침대에 누워 있는 사 람을 바라보며, 퐁이 바로 나의 보초라는 걸 알고 기뻐하는 나 자신 을 상상했다.

"그래, 그랬던 것 같아." 퐁이 대답했다. "내가 그 방에서 살기 시작 하자 정말로 상태가 좋아지는 것 같았어. 몸도 덜 뻣뻣해졌고 신체 기능도 더 잘 다스렸지. 언제나 잘 먹었고. 링은 이 모든 걸 고맙게 여겼어. 낮에는 내가 식당 일을 돌볼 수 있도록 링이 녀석을 지켜봤 고, 하루가 끝나 내가 집으로 돌아오면 링이 저녁을 준비했어. 난 식 당 중 한 곳에서 얼마든지 음식을 가져올 수 있었지만, 링이 요리를 해 주겠다고 고집을 피웠지. 자기 아들이 그걸 더 좋아한다면서 말이야. 또 링은 나 역시 마찬가지라는 걸 알았어. 튀긴 토끼 고기가 링의 장기였지. 링은 자기 고향인 청두 스타일의 뜨거운 국을 끓였어. 향신료 냄새가 많이 나고 아주 매운 국이었지. 링의 아들이 먹기에는 자극적인 음식이었지만 녀석은 그걸 좋아했어. 링이랑 나는 번갈아 가면서 끓는 냄비에서 고기와 채소를 건져 입으로 불어 식힌 다음 녀석에게 먹였어."

"난 한 번도 안 먹어 봤는데." 내가 웅얼거렸다.

"먹게 될 거야." 퐁이 대답했다. 그의 얼굴이 잠시 밝아졌다. 나는 그의 억양이 약간 두드러진다고 느꼈다. 웅얼거리고 식식거리는 소리가 어쩐지 더 견고하고 둥글게 느껴졌다. 우리가 처음 만났을 때와 더 비슷했다. "안 믿을지도 모르겠지만 확실해. 지금의 문제 중 네 잘못은 하나도 없어. 너한텐 이게 그냥 시작일 뿐이야. 넌 방금 네 재능을 해방시키기 시작했어. 너의 진짜 모습을 말이야. 난 네가 최고의 삶을 살아가리라는 걸 알아."

최고의 삶이라. 나는 퐁과 함께 돌아다니며 이미 그 삶을 살게 됐다고 확신했다. 그래, 모든 게 내 문제는 아닐지 몰랐다. 그러나 곧장 내 눈으로 솟구쳐 올랐다. 퐁의 말은 너무도 자연스럽고 확신에 찬 것처럼, 너무도 다정하고 형제애가 가득한 것처럼 느껴졌다. 나는 그게 사기라고 생각하면서도, 마침내 그게 나한테 필요한 사기였다는 걸 알았다. 지금도 그렇고 처음부터도 그랬다. 당신이 가장 좋아하는 선생님이나 코치나 친한 친구가 당신을 속여 당신이 아직 상상조차 해 보지 않았던 당신의 모습을, 지금의 당신보다 몇 배는 유능한 모습, 다른 방식으로는 꽃피울 수 없었던 모습을 믿게 한다면 당신도 그럴 것이다.

나는 참지 못하고 물었다. "그 사람들을 정말로 좋아했는지 어땠는지는 한 번도 얘기한 적이 없네요."

퐁인 물을 한 모금 더 마셨다. "우습네." 퐁이 웅얼거렸다. "방금 네가 한 얘기. 그 말을 듣고 보니 내가 사람을 그런 식으로 생각하지 않는다는 걸 알겠어. 그러니까, 내가 그 사람들을 '좋아했는지는' 몰라. 그 사람들하고 가까워진 건 분명해. 우린 서로를 믿고 존중하게 됐어. 링은 자기 아들을 무척 사랑했지만, 나와 함께 살다 보니 자기한테 다른 자식이 있었다면 어땠을까 하는 생각을 하게 됐지. 심한 장애가 없는 자식, 자신만의 온전하고 활기찬 인생을 살아 나갈 수 있는 자식. 이곳에서 함께 보낼 시간이 짧게 끝나지 않을 자식 말이야. 내 생각에 이런 이유로 링은 나의 존재에 대해 고마움과 슬픔을 동시에 느꼈던 것 같아. 내가 뭘 어떻게 한 건 아니었지만, 링은 아들을 더욱 사랑하게 됐던 것 같아."

나는 그 생각을 하며 잠시 앉아 있었다. 퐁은 아마 딸들을 떠올렸을 것이고, 나는 확실히 엄마를 떠올렸다. 나는 이런 식의 사랑이 담긴 슬픔 탓에 엄마가 영영 떠나 버린 건지 궁금했다. 그 생각을 하자 나는 가슴이 철렁했다. 나도 모르게 퐁에게 엄마에 대해, 엄마가 사라지기 전에 어떤 사람이었는지 전부 말하려 했다. 하지만 그러기엔 너무 늦었다. 그 말까지 했다면 나는 더욱 비참해졌을 것이다. 너무 많이 생각하다 보면, 퐁이 말한 것 같은 진짜 감정을 온전하게 인정하다 보면, 우리 인생에 대한 사랑이 너무 소중해 깨어 있는 매 순간

애도하지 않을 수 없게 된다. 그 삶이 진행되는 와중에도 말이다. 어떤 경우에는 그래서 그저 도망칠 수밖에 없다.

"나는 링과 링의 아들에게 진정으로 헌신했어. 나한테도 이런저런 꿈이 많았지만, 이상하게도 그 당시에는 미래를 생각하지 않았지. 나는 그들과 같이 있는 것만으로 만족스러웠어, 매일이."

"그렇게 아주 오랫동안 지낼 수 있었겠네요."

퐁이 고개를 끄덕였다. "그럼 내 말이 무슨 뜻인지 아는 모양이구나. 나는 일을 하면서 작지만 성장하는 사업체를 운영하는 방법에 관해 모든 걸 배웠어. 돈도 꽤 잘 벌면서. 우린 서로를 도왔고 서로의 존재를 고마워했어. 나는 무척 집에 있는 것 같다고 느꼈어. 그걸 젊은 남자가 인생을 시작하는 이상적인 시나리오라고 생각할 사람은 아무도 없겠지만, 나름의 방식으로 그 상황은 내게 이상적이었어. 우리에게는 우리만의 작은 세상이 있었고, 나는 그 세상에 속해 있는 걸 행운이라고 느꼈어. 링의 아들을 돌보다 보면 기운이 빠질 때도 많았지만 우리가 못 할 일은 아무것도 없었어. 우리는 늘 어떻게든 해냈어. 해결되지 않은 하나의 장애물은 내 이민 상태였지. 내가 신청한 학생 비자가 그때 막 거절됐고, 관광 비자는 이미 만료됐거든. 나는 링에게 곧 떠나야 한다고 말했어. 링은 매우 동요했지. 자기가 아는 몇몇 이민 변호사에게 전화를 걸었지만, 할 수 있는 일이 아무것도 없었어. 그 모든 변호사들이 내가 최대한 빨리 미국을 떠나야 한다고 확인해 줬어. 비자 기간이 만료된 이후에 미국에 머문 기간에 따라 장차 미국으로 돌아올 수 있는 시점을 삼 년, 심지어 십 년까지 지연시킬 수 있다는 엄격한 지침이 있었거든. 영원히 돌아오지 못할 수도 있었고. 나는 그런 식의 위험을 무릅쓸 수 없었어. 동시에 링의 아들은 건강이 나빠졌지. 발작이 다시 시작됐고, 한 번 발작할 때마다 녀석은 눈에 띄게 더 약해지는 것처럼 보였어. 한 주 내내 입원해야 한 적도 있었지. 녀석을 집으로 데려온 뒤로 우리는 녀석을 침대에 뉘인 채 밥을 먹이고 수건을 가져와 씻겨야 했어. 녀석은 거의 일어나 앉지도 못했지만 영혼만은 여전히 생기 있었어. 나는 그들을 떠나기 싫었지만 어쩔 수 없이 베이징으로 가는 비행기표를 샀어. 떠나는 날 아침, 짐을 싸고 있는데 링이 주방에서 잠깐 얘기하자고 하더니 내게 파전을 만들어 줬어. 링의 파전은 언제나 무척 맛있었지. 내가 마지막으로 남은 파전을 다 먹자 링이 무너져 내렸어. 내 앞에 몸을 던졌어. 링은 그때까지 의사들이 해 준 말을 내게 다 알리지 않았는데, 사실 아들의 기형 심장이 빠르게 망가지고 있고 녀석에게는 살날이 일 년도 남지 않았다고 했어. 언제든 죽을 수 있었고. 그 말을 들었으니 더 쉽게 떠날 수 있었겠다고 생각할지 모르겠다. 링에게 내가 그리 오래 필요한 건 아닐 테니 말이야. 하지만 링은 아들의 악화된 건강 때문에 이렇게 함께하는 우리의 인생을 온전히, 최대한 오랫동안 지키고 싶다는 마음을 더욱 간절하게 품었어. 링은 내가 함께 있으면 자기 아들이 더 행복하게, 조금이라도 더 오래 살 거라고 확신했어. 링은 똑똑하고 현실적인 여자였기에 해결책을 생각해 냈지. 내가 머물 수 있는 방법을 말이야."

"당신을 입양한 건가요?"

풍은 키득거리지도 못했다. 그는 어쩔 수 없이 자기 배를 부여잡았다. "내가 충분히 어렸으면 분명 그렇게 했을 거야. 나도 고마워했을

659

테고. 내 아버지는 그때까지도 공식적으로는 존재하지 않는 사람이었고, 나를 위해서라면 기꺼이 사라져 주셨을 거야. 링은 좋은 사람이었어. 좋은 어머니였지. 그녀는 죽은 남편을 신의 있게 견뎌 냈어. 링의 관대함에는 끝이 없었어. 아니, 링은 날 입양하지 않았어. 하지만 내가 링의 아들이 되기는 했지."

나는 퐁의 말이 무슨 뜻인지 알아들었다. 문자 그대로 말이다. 링은 퐁에게 자기가 줄 수 있는 가장 귀한 걸 주었다. 그건 간단한 방법이었고 완벽하게 말이 됐다. 그녀에게 다른 직계 가족이나 후계자가 없는 상황, 그녀가 이미 퐁에게 사업과 개인적인 재정 운영 그리고 시들어 가는 자식까지 맡겼다는 점까지 고려하면 말이다. 링처럼 링의 아들도 귀화한 미국인이었으므로, 링은 자기 아들과 퐁의 신분을 바꿔치기했다. 차이나타운의 위조범들이 만들어 낸 흠 없는 서류철이 그 신분을 보증해 주었다.

그렇게 둘은 서로가 됐다.

링의 아들은 사 개월 뒤 어느 날 밤에 잠을 자다가 죽었다. 장의사가 데려가 화장한 사람은 퐁이었다. 그의 재가 링의 침대 옆 탁자에 놓일, 지금까지도 그 자리에 있을 게 분명한 작은 청동 항아리에 담겼다. 그가 죽고 나서 몇 달 뒤, 링은 중국 저장성의 바닷가에 있는 고향 마을 리수이로 돌아가기로 했다. 거기에 그녀의 사촌이 살았다. 그녀는 한 곳을 빼고 레오니아에 있는 모든 식당을 팔았고 남은 한 식당은 미리 합의한 대로 그에게 양도했다. 그는 미노리와 부부가 된 이후 그녀와 함께 그 식당을 성공적으로 운영했다. 그가 대학원에 입학한 이후 부부는 다른 새내기 사업가에게 그 식당을 팔고, 시내로 가는 직행 기차 노선에 있는 낡은 임대 주택 두 곳을 사서 개조했다. 그가 가진 다양한 투자 포트폴리오의 첫 작품이었다. 이 투자는 더 많은 임대 사업으로 이어졌고, 주유소와 예식장, 식당, 가벼운 산업 및 실험 시설, 양로원, 세차장 등 그가 직접 만들어 낸 제국의 번영으로 이어졌다. 그 제국이 지금은 이런 궁극적인 모험으로, 마침내 나라는 치욕스러운 진드기를 근절하는 결과로 이어진 것이다.

그 모든 게 얼마나 고갈되고 텅 비었으며 황량했던가.

나는 미노리도 이 사실을 아느냐고 물었다.

그는 고개를 저었다. "우린 링이 중국으로 돌아가기 직전에 처음 만났어. 난 미노리에게 링의 식당을 매입했다고 했지. 굳이 이런저런 얘기를 하는 건 별 의미가 없어 보였어. 쓸데없이 상황이 복잡해지기만 했을 테니까. 우린 그때 사귀고 있었고, 한편으로는 쉬지 않고 일하고 있었어. 다른 일을 할 시간은 거의 없었지. 우린 곧 결혼해서 아기를 낳았어. 그러자 링과의 일은 그냥 과거에 벌어진 수많은 일 중 또 한 가지가 됐지. 너에겐 이상하게 들릴지 모르겠다, 틸러. 하지만 나한테는 그 일이 전체 상황의 구성상 아무런 의미가 없는 일이야. 뉴저지의 작은 마을에 살던 젊은 중국인 남자 두 명이 이름과 생일을 서로 바꾼 것뿐이지. 같은 크기의 옷을 교환한 것이나 마찬가지였어. 극도로 사소한 사건 말이야. 대체 누가 신경 쓰겠어? 과연 누가 알아보기나 할까?"

"당신 아버지는요? 당신 아버지는 사람들이 당신을 완전히 다른 이름으로 부르는 이유를 의아하게 여기지 않았어요?" 그런 뒤 내가 말했다. "그 사람이 당신의 아버지라면 말이지만."

"내 아버지가 맞아." 그가 말했다. "그분은 내 아버지야. 중국에서 일어난 일에 관해 내가 너한테 한 말은 전부 사실이야. 아버지는 그 모든 일을 겪었어. 내가 마침내 아버지를 미국으로 데려올 수 있게 됐을 때, 던바의 생활은 편안하고 안정돼 있었어. 그러니 아버지에게 내 이름이 뭐든 그게 무슨 상관이었겠어? 그때쯤 아버지는 아주 단순한 사람이 돼 있었는걸. 마지막 전시회 이후로 아버지는 절대 붓을 들지 않았어. 예술가로서의 아버지, 남편으로서의 아버지, 심지어 아버지로서의 아버지는 모두 죽어 버렸어. 우리가 다시 함께 살게 됐을 때 아버지는 아무런 질문도 하지 않은 지 오래였어."

"그래도 알긴 알았겠죠." 내가 말했다. "누군가 질문을 했을 테고요."

"맞아." 그가 심각하게 말했다.

그때에야 비로소 나는 그가 이런 얘기를 하는 이유를 깨달았다.

"럭키가……." 내가 말했다.

그의 얼굴이 어두워졌다. "어느 날 밤에, 아버지가 실수로 내 이름을 말했어. 럭키가 술을 마시려고 들른 밤이었지. 럭키는 당시 같이 살던 아내와 자주 싸워서 종종 우리 집에 찾아왔다가, 애틀랜틱시티에서 밤새 열리는 포커 게임을 하러 가곤 했거든. 아버지가 군만두를 좀 해 주겠다고 했는데, 갑자기 프라이팬에 불이 붙었어. 아버지가 도와달라면서 내 이름을 불렀지. 아버지는 그 이름을 딱 한 번밖에 말하지 않았고 다시는 그런 실수를 하지 않았어. 그 순간은 빠르게 지나갔고 럭키는 아무 말도 하지 않았어. 오래전 일이지만 럭키는 그 순간 눈치챘어. 카드를 치는 사람이라면 당연히 알아챌 만했지. 럭키는 그 순간을 눈치챘고 기억해 뒀어."

"그걸 써먹을 수 있을 때까지 말이죠." 나는 럭키가 자기에게 퐁을 소개해 주었다던 드럼의 얘기를 떠올렸다. "당신 정체를 폭로하겠다고 했군요. 당신 인생을 망가뜨리겠다고."

"정확히 그런 식으로 말한 건 아니지만." 그가 눈을 가늘게 뜨며 말했다. "지금도 난 럭키가 왜 그때의 일을 자세히 들여다봤는지 모르겠어. 아마 그냥 호기심 때문이었겠지. 럭키는 뉴어크 미 인민국(USCIS)과 사회 복지국 직원들과 연줄이 있었어. 교차 확인할 자료가 있으면 어렵지 않게 그런 문제를 알아낼 수 있지. 내 신분은 럭키에게 그냥 정보였어. 최근 일 년 동안 럭키는 도박에 있어서 끔찍한 한 해를 보냈어. 포커에서도 무리했고. 럭키는 어마어마한 빚을 지게 됐지. 나는 럭키가 진짜 위험에 처해 있다는 걸 알았어. 재정적인 면에서만 그런 게 아니었어. 나는 내 집으로 역모기지를 받겠다고, 심지어 던바의 식당을 팔겠다고도 했지만 그것으로는 가당치도 않았어. 럭키는 드럼한테서 방법을 찾았고 그에게 거래를 제안했어."

"그럼 엘릭서런트라는 개소리도 다 사기였던 거예요?"

"아니, 아니야." 그가 기침했다. "그건 진짜 사업이었어. 너한테는 지금도 진짜 사업일 수 있고. 실은 여기 말이야." 그는 운동복 재킷의 가슴 주머니 지퍼를 열고 가죽으로 된 카드 지갑을 꺼냈다. "이 검은 금속 카드는 우리가 사업을 하려고 만든 계좌에 연결돼 있어. 비용을 결제할 때, 비품이든 뭐든 네가 필요하다고 느끼는 걸 살 때 이걸 쓰면 돼." 사업 얘기가 나오자 그의 얼굴에 약간 혈색이 돌았다. 그는 내게 비밀번호를 말해 주었다. 내 손에 지갑을 쥐여 주려 했을 때 나는 그 지갑을 받지 않았다. 다 질렸다. 더 많은 미끼를 삼킬 배가 남

663

아 있지 않았다. 더 좋게 말하자면, 나는 그를 믿지 못하는 순간을 조금도 더 견딜 수 없었다. 나는 아무 말도 할 필요가 없었고 그는 지갑을 다시 가져갔다.

"내가 여기에 만들어 놓은 걸 드럼이 너한테 보여 줬을 거야." 그는 약간 경계하며 말했다. 이제 그는 어색하게 한쪽으로 몸을 기울이고 맨바닥에 앉아 있었다. "하지만 그건 네 도움을 받아서 하던 일과는 별개야. 드럼과 내가 처음부터 탐구해 보자고 얘기했던 것들, 명상과 요가와 우리의 엘릭서런트 사업을 통해서 정신과 신체의 경계를 지우자고 했던 얘기는 전부 진짜야. 하지만 드럼은 가장 극단적인 가능성에 집중하기 시작했어. 수명을 늘리는 영약 등 우리가 읽고 있던 책 속의 역사적 관행에 집착하게 됐지."

"당신이 드럼에게 만들어 준 수은 차를 말하는 거군요."

"내가 만든 게 아니야." 그가 말했다. "내가 기본적인 혼합 음료를 만들어 줬는데, 거기에 드럼이 수은을 추가하겠다고 했어. 내가 만든 건 은이나 금 같은 불활성 금속을 아주 조금 넣은, 기본적으로 약초로 만든 알칼리성 팅크제였어. 하지만 드럼이 수은을 넣겠다고 고집을 부리면서 나더러 농도를 구체적으로 정해 달라고 했어. 드럼은 자기가 무슨 일을 하고 있는지 알았어. 수은의 함량은 극도로 낮았지만 그래도 해로웠어. 중국의 황제들에게 해로웠던 것처럼."

그는 럭키가 드럼에게 여러 차례에 걸쳐 음료를 가져다주었다고 설명했다. 그럴 때마다 럭키는 현금을 지불하라고 요구했다. 이런 식으로 오래 작전을 진행한 것이다. 고전적인 사기였다. 표적이 바짝 마를 때까지, 최후의 거액 투자가 이루어지는 그 순간까지 피를 조금씩 빼내는 사기. 드럼의 상태가 나빠지고 있었기에 럭키는 그 순간을 당겼다. 럭키는 퐁과 함께 자취를 감추기 직전에 그 돈을 받았다.

나는 어떻게 이런 짓을 할 수 있느냐고 물었다. 그것도 그를 신뢰하는 동업자에게, 친구에게…….

"변명할 말이 없어. 나는 계속 우리가 드럼이 원하는 걸 드럼에게 주고 있을 뿐이라고 스스로를 속였어. 드럼이 원하는 건 우리가 계속 시도하는 것뿐이라고 말이야. 드럼은 돈에 관심이 없었어. 그냥 내가 계속 돌아오기만을 바랐지. 자기의 길잡이가 돼 주고, 불사라는 생각을 계속할 수 있도록 도와주기만을. 아마 불사를 무엇보다 바랐을 거야."

나는 웃을 수밖에 없었다. 그 말이 그야말로 진실이었기 때문이긴 하지만.

"하지만 더는 그럴 수 없다는 걸 알게 됐어."

"배그스의 골프 클럽에서 날 처음 만났을 때 이 모든 일이 진행되고 있었나요?"

그는 고개를 끄덕였다.

"그런데 날 왜 끌어들인 거예요? 나한테 아무 가치가 없어서? 처음부터 그걸 알고 있었어요?" 나는 그의 어깨를 꽉 잡고 흔들어 댔다. 쏟아지는 눈물에 시야가 흐려졌다. 나는 그를 죽일 수도 있었고, 그를 끌어안고 그에게 입맞춤할 수도 있었다. 아니면 그의 별에 영영 매달릴 수도 있었다. 이 모든 일을 다 할 수도 있었다. 모르겠다. 나는 그를 놔주었다.

그가 웅얼거렸다. "그건 아니야. 넌 유능한 청년이야, 틸러. 우리가

665

함께한 모든 일은 진짜야. 난 그 시간이 즐거웠어. 난 그냥 너한테 세상을 보여 주고 싶었을 뿐이야."

"나도 세상을 보고 싶었어요!" 나는 소리쳤다. 마지막의 가장 진심 어린 부분은 차마 말할 수 없었다. '당신과 함께.'

우리는 조용해졌다. 나는 무슨 생각을 해야 할지 몰랐다. 그가 내게, 혹은 자기 자신에게 또 다시 얘기하고 있는 건지, 아니면 그냥 통제력을 잃어 가는 건지 알 수 없었다. 아무튼 그는 기진맥진했다. 그의 얼굴빛이 나빴다. 그를 알게 된 이후 처음으로, 나는 그의 목소리가 흔들리는 걸 들었다. 다른 무엇보다 바로 그 점이 아직 나를 지켜 주던 희망이나 용기나 망상을 흔들고 부스러뜨렸다. 나는 앞으로 나아가기 위해 여전히 그가 필요하다는 게 싫었다. 나는 그에게 이 모든 게 럭키와 함께 저지른 일에 대한 핑계가 된다고 생각하느냐고 물었다. 절망에 빠진 사람에게 영생이라는 환상을 팔고, 그가 만들고 키우고 이끌어 온 모든 걸 망가뜨리고, 그의 가족과 친구와 동료들을, 나를 내팽개친 그 모든 일에.

그는 대답하지 않았다. 우리는 오랫동안 앉아 있었다. 그의 약하고 밭은 숨만이 우리를 기념했다. 그러더니 그는 옆으로 누웠다. 곧 눈을 감았다. 나는 그가 잠들었다고 생각했지만, 그는 너무 덥고 비좁게 느껴진다며 중얼거렸다. 그의 다리가 갑자기 후들거렸다. 나는 조심스럽게 그의 가벼운 운동복 재킷을 벗겨 둘둘 만 뒤 머리에 괴어 주었다. 그는 좀 더 편안해진 것 같았다. 하지만 그가 아주 고요하게, 아주 가만히 오랫동안 누워 있자 나는 최악의 상황이 두려워지기 시작했다. 어쩌면 그가 떠났을지도 몰라서였다. 나는 당황한 나머지 대단히 이상한 단어를 불쑥 내뱉었다. 수박. 그는 별안간 눈을 뜨고 대답했다. "아니, 괜찮아." 우리가 공항 터미널에 앉아서 집으로 가는 비행기의 탑승 안내를 기다리고 있다는 듯 쾌활하게 답했다. 나는 그때 그가 끔찍한 방식으로, 실제로 그와 비슷한 상황에 있다는 걸 알게 됐다.

나는 그에게 물을 더 가져다주었다. 그는 가난한 농부의 자식처럼 비누 그릇을 소중히 받아들었다. 그의 손이 떨렸다. 그는 의지를 가지고 최선을 다해 그 물을 마시려 했다. 그냥 내게 고마운 마음을 나타내려는 것뿐일지라도.

내가 말했다. "나한테 진짜 이름을 말해 주지 않았어요."

그는 살짝 미소 지었다. "링과의 일이 끝난 이후로는 그 이름을 별로 쓰지 않았어. 자주 생각하지도 않았고. 하지만 원한다면 말해 줄게."

이상한 일이다. 대답하지 않은 걸 보면 나는 그 이름을 듣고 싶지 않았던 것 같다.

그래서 그냥 그렇게 놔뒀다.

퐁으로.

그가 마침내 잠들었다. 시간이 얼마나 흘렀는지 확실하지 않았다. 한 시간일 수도, 몇 시간일 수도 있었다. 나는 천장의 전등이 계속 빛나도록 놔두었다. 그러지 않으면 방이 순수한 어둠에 잠기게 될 테니까. 하지만 전구는 그저 탁하고 걸쭉한 빛을 드리울 뿐이었고, 나 역시 깊은 잠에 빠졌던 게 틀림없다. 나를 깨운 건 프루잇이었다. 내 얼굴에 닿는 그의 숨결이 고약하고 뜨겁게 느껴졌다.

"넌 이제 올 거야. 알았지?" 그가 신음했다. 울고 있었던 것처럼 얼굴이 붉고 부어 있었다.

"뭐하러?"

프루잇은 그냥 비참하게 고개만 저었다. 거미줄 얼굴이 그의 뒤에서 나타나 나를 일으켜 세웠다. 내가 저항하자 거미줄 얼굴이 한 손으로 내 목덜미를 잡고 나를 문 쪽으로 떠밀었다. 머릿속에서의 나는 잽싸게 돌아 이소룡처럼 망치 같은 주먹을 날리고 이 감옥에서 탈출했지만, 어째서인지 나는 무릎이 꿇린 채였다. 그의 사나운 손아귀가 내 팔꿈치를 조였다.

"힘 빼-라." 그가 끙 소리를 내며 관절을 눌렀다. 그의 힘이 너무 세서 나는 오줌을 지릴 것만 같았다.

"부탁이야, 창백한 귀뚜라미." 프루잇이 그의 옆에서 간청했다. "큰 형님이 지금 널 원하셔."

나는 항복의 표시로 나머지 한쪽 팔을 들어 올렸고 거미줄 얼굴은 내가 일어서게 놔두었다. 그도 상태가 별로 좋지 않았다. 살집이 두둑한 어깨가 약간 구부정했다. 나는 내가 바로 위기에 빠지지는 않으리라는 걸 알았다. 어쩌면 드림은 그냥 친절한 노래가 필요한 건지도 몰랐다. 나는 끌려 나가면서 퐁을 힐끗 돌아보았다. 갑자기 퐁을 혼자 남겨 두는 것이 끔찍하게 잘못된 일처럼 느껴졌다. 하지만 그는 꼼짝하지 않고 무의식 깊은 곳에 갇힌 채 가만히 누워 있었다. 눈은 꽉 감겨 있고 입술은 희미하게 움직였다. 나는 그가 자기 이름을 꿈꾸고 있는 건지 궁금했다.

우리는 계단을 내려가서 방 여러 개가 있는 다른 층을 지나고, 천
장이 높은 중앙 홀과 높은 창문이 있는 그 긴 벽도 지났다. 그 창문을
통해 보니 비가 내리고 있었다. 푸르른 언덕들에 서늘하고 흐린 오후
가 내려앉아 있었다. 별장 안은 비할 데 없이 고요했다. 심지어 가구
일부는 비수기를 맞아 폐쇄된 것처럼 시트로 덮여 있었다.

"다들 어디 갔어요?"

프루잇이 슬픈 듯 짧게 깎은 정수리를 문질렀다. 그의 억양은 칠리
스와 더욱 비슷해졌다. 그 특유의 리듬과 색채에 더욱 강해졌다. "콘
스턴스 아가씨 상태가 나빠. 큰형님이 아프지 않으신 것처럼 생각하
려 해. 그냥 침대에만 있어. 먹지도 않고, 빅토리아 아가씨가 미치는
내용의 소설만 계속 다시 읽어. 아, 창백한 귀뚜라미! 이런 식으로는
아무도 괜찮을 수 없어."

우리는 더 아래로 내려가 불안할 정도로 비어 있고 아무 냄새도 나
지 않는 주방을 지났다. 나는 칠리스가 어디 있느냐고, 왜 칠리스는
콘스턴스를 돕지 않느냐고 물었다.

프루잇의 눈이 상처받은 듯 소용돌이쳤다. "칠리스는 방콕에 있어.
큰 다국적 기업에 카레를 팔러. 착취가 지긋지긋하다고 했어. 매각을
해 보고 자기도 큰형님이 되겠대. 나는 노동의 존엄성이 좋다고 했지
만, 칠리스는 그냥 내 손을 잡더니 '이걸 좋아해야지, 파랑.'이라고
말하고 내 손에 침을 뱉었어. 그리고 떠났어."

우리는 프루잇의 형편없는 동굴이 있는 층을 지나 계곡으로 내려
가는 진입로를 통과했다. 구름이 머리 바로 위에, 처진 궁륭이 돼 걸
려 있었다. 별장과 나무들과 넓은 부지는 현실이라기에는 너무 간격

이 넓고 커다란 빗방울에 맞아 탁-탁 소리를 내고 있었다. 얼굴에도 빗방울이 두둑하게 철썩거리며 떨어졌다. 반짝이는 빗방울 하나까지 그 경로를 추적할 수 있었다. 꼭 세상이 나를 위해 흐느끼는 것 같았다. 아니면 그냥 침을 뱉는 걸지도 몰랐다. 칠리스처럼. 이제 프루잇은 본격적으로 징징대며 실제 상처보다 생각 속 상처가 더 심각하다고 믿는 어린애가 그러듯 식식대고 헉헉거렸다. 나는 그 이유를 깨달았다. 지금 나는 고전적인 영화 속 깡패들의 '산책'이라는 구실로 붙잡혀 있었다. 거미줄 얼굴이 아무 말 없이 우리의 뒤를 따라오는 중이었다. 그의 암청색 그물 무늬 문신이 한 걸음을 뗄 때마다 더욱 오싹하고 푸르게 변하는 것 같았다. 내 뒤통수가 살짝 삶은 달걀처럼 무르게 느껴졌다. 나는 거미줄 얼굴이 정장 재킷에서 아이스픽을 꺼내는 모습을 상상했다. 내 안의 무언가가 드럼의 뱃사공 노래를 준비했다. 나는 드럼이 어디에 있든 그 노래가 드럼의 가슴속에 있는 자비의 음정을 울려 마법적으로 내 감형을 선고하기를 바라며 그 애절하고 선율 없는 노래를 부르기 시작했다. 거미줄 얼굴은 돌 같은 손마디로 내 등을 떠밀며 으르렁거리듯 다마레, 라고 말했다. 어째서인지 나는 그 말이 씨발 닥쳐, 라는 뜻임을 알아들었다. 하지만 나는 드럼의 야외 사우나로 이어지는 오솔길을 따라 터벅터벅 걸어가며 더욱 큰 소리로 노래를 불렀다. 나는 바로, 언젠가 본의 아니게 뒤뜰 헛간으로 몰아넣었던 주머니쥐처럼 끽끽댔다. 거미줄 얼굴이 내 앞으로 획 뛰쳐나와 내 성대를 꽉 쥐고, 겨우 까치발을 짚을 수 있을 정도로 나를 들어 올린 것이다. 그는 거의 친절하게 툴툴댔다. "더 이상은 하지 마, 알았지……."

670

나는 조용해졌다. 거미줄 얼굴은 내가 완전히 정신을 잃기 전에 놔주었지만, 나는 프루잇의 부축을 받아야만 했다. 그때 나는 드럼의 동굴 실험실로 통하는 차고 문이 천천히 위쪽으로 올라가는 모습을 보았다. 얼어붙을 듯한 공기가 휘몰아치며 내 흐리멍덩함을 단번에 쓸어 냈다. 위로할 수 없을 만큼 찡그린 프루잇의 표정에서 우리가 또 다른 끔찍한 노동을 하러 가는 중임을 알 수 있었다. 아니면 이게 내 연극의 마지막 장일까? 문득 나는 클라크를 떠올렸다. 몇 주 동안 그를 생각하지 않았다. 사랑이 부족해서가 아니라, 서로에게 상처를 줄 가능성이 가장 낮은 방식으로 서로를 사랑했기 때문이다. 그러니까 우리는 서로를 순수하지만 전략적으로 사랑했다는 뜻이다. 언제든 위로를 나누고 이 정도면 충분하게 느껴지는, 그렇지만 서로가 이해하는 정도의 연락을 통해서. 하지만 지금 클라크의 메마른 가슴을 꽉 끌어안을 수만 있다면, 우리의 잘 정돈된 이모지 인생에서 탈출할 수만 있다면 나는 무엇이든 내놓을 수 있었다. 그러고 나니 어쩔 수 없이 풍도 떠올랐다. 그의 내면에서 벌어진 약한 파멸에 대해서 그리고 우리의 망할 운명에도 불구하고 그냥 내가 그의 곁에서 보호구가 돼 주어야 한다는 생각이 들었다.

"가, 가." 거미줄 얼굴이 이중문을 지나 밝고 넓은 실험실 안쪽으로 나를 쿡쿡 찔렀다. 환기 장치에서 꾸준히 바람이 나오고 있었다. 전에 왔을 때보다도 더 춥게 느껴졌다. 나는 실제로 내 숨결을 눈으로 볼 수 있었다. 등 뒤에서 맨발이 바닥에 닿는 타닥타닥 소리가 점점 멀어져 가는 걸 느꼈다. 돌아보니 거미줄 얼굴이 구부정한 프루잇을 밀치고 있었다. 프루잇은 고통스러운 얼굴로 힘없이 팔을 휘저으며 뒤로 몸을 젖혔지만 거미줄 얼굴은 문밖으로 프루잇을 떠밀며 비참한 시선을 내게 던진 후 나를 안에 가두었다.

나도 그들이 있는 쪽으로 가려 했으나 드럼의 목소리가 메아리쳤다. "자, 틸러. 이쪽이다."

처음에는 드럼이 보이지 않았다. 그가 쇠로 만든 통에 가려졌기 때문이다. 경첩이 달린 통의 뚜껑에 쪔쇠가 풀려 있었다. 드럼은 줄무늬 가운을 입고 삼각형으로 배치된 그 통들 옆에 서 있었다. 그의 맨발등과 발목이 꼬챙이처럼 가늘고 검었다. 면도를 하지 않아 턱과 양쪽 뺨에 흰색과 검은색이 섞인 수염이 군데군데 나 있었으나 더는 별로 아파 보이지 않았다. 눈은 기민하게 번쩍였고 자세는 곧았다.

"네가 아직 여기 있는 건 좋은 일이야." 드럼이 말했다. 어째서인지 내 운명이 그의 크고도 거친 손에 완전히 쥐인 건 아니라는 투였다. 그는 그 손으로 내 손을 단단히 잡았다. 그의 주변에서 아니, 그의 내면에서 뭔가 성을 내고 있었다. 전류로 가득 찬 생기의 흐름이 얼음장 같은 손아귀를 통해 전해지는 바람에 나는 실제로 폴짝 뛰었다. "아무도 하지 않으려 든다. 우리 가엾은 콘스턴스야 당연히 그렇겠지. 하지만 충성스러운 지지조차 못 하겠다는 거야. 그래도 괜찮아. 퐁에게 여기로 와 달라고 하고 싶지만 불가능하다는 걸 나도 안다."

나는 고개를 끄덕일 수밖에 없었다. 지금 이 남자가 아주 먼 곳, 머나먼 곳에 있다는 건 분명했다. 나는 그의 손아귀에서 벗어나려 했지만 그는 강하게 내 손을 쥐고 있었다. 겉보기에는 전혀 힘들지 않은 듯했다. 그의 눈은 대단히 평온하고 맑았다.

"처음에는 바위를 깎아서 만든 방을 상상했지." 그는 나를 데리고

통 사이를 걸어가며 말했다. "하지만 이런 방식도 괜찮은 것 같아."
나직한 나무 벤치에 이르자 드럼은 나를 놔주었다. 벤치 위에는 두꺼운 검은 천 꾸러미가 깔끔하게 개어져 놓여 있었다. 나는 도망쳐야 했지만 그가 가운을 벗자 그 자리에서 무장 해제됐다. 드럼의 모습에 나는 얼어붙었다. 그의 알몸은 끔찍했다. 전에도 보았던 발진이 온몸에 퍼졌고 상태도 더 심각했다. 그의 허리와 엉덩이와 옆구리에 새로 난 발진이 성난 듯 얼룩덜룩 번져 있었고 날개뼈에는 더 짙고 보라색에 가까운 상처가 줄무늬처럼 있었다. 강박적으로 긁어 댄 것처럼 흉터가 나 지저분했다.

"자." 그가 천 꾸러미를 톡톡 건드리며 말했다. "내가 이걸 입게 도와다오."

그는 내게 등을 돌리며 두 팔을 약간 벌렸다. 개인 시종이나 재단사 앞에서 보일 법한 동작이었다. 그는 인내심 있게 그 자리에 서 있었으며 이제는 몸을 떨고 있었다. 내게는 그의 말을 듣는 것 말고 다른 선택지가 아무것도 없었다. 나는 검은 꾸러미를 들어 올렸다. 놀랄 만큼 무거웠다. 작지만 밀도가 높은 시체 같았다. 최소한 30킬로그램은 됐을 것이다. 꾸러미를 펼치면서 나는 그걸 놓치지 않으려고 일부를 한쪽 어깨에 걸쳐야 했다. 소매 길이가 팔의 4분의 3 정도이고 거의 바닥에 스치는, 판사나 사제나 왕족이 입을 법한 옷이었다. 테두리 부분을 두른 기다란 띠 안쪽에 일종의 딱딱한 추가 꿰매어져 있었다. 마치 그들에게도 방탄조끼도 필요하다는 듯 말이다.

드럼은 한쪽 팔을, 그다음에는 다른 쪽 팔을 꿰어 넣었다. 무게가 전부 실리자 처음에는 그의 몸이 휘청거렸다. 하지만 곧 그가 허리를 쭉 펴고 섰다. 앞섶 전체에 작은 죔쇠들이 달려 있었고 드럼은 내게 그 죔쇠를 턱 바로 아랫부분까지 전부 채우라고 했다. 그는 우리의 발을 가리켰다. 바닥에 나무로 된 문이 있고 쇠고리로 고정돼 있었다. 그때까지 나는 바닥 문의 직사각형 이음매를 보지 못했다. 드럼은 내게 그 문을 당겨 올리라고 했지만, 나는 망가진 피투성이 시체라도 나올까 봐 무서워서 꼼짝 않고 있었다. 하지만 그가 영혼이 담긴 신중함과 고집을 실어 털러, 라고 말하며 위험에 처한 사람은 내가 아니라는 걸 분명히 밝혔다. 나는 문을 잡아당겨 휙 젖힌 다음 문짝이 바닥에 떨어지도록 두었다. 가장자리 바로 아래까지 채워진 쇠구유가 드러났다. 관 크기의 수은 웅덩이가 아른거리고 있었다.

드럼은 아무 경고 없이 내 손을 꽉 잡더니 한 발을 액화된 금속 안에 넣었다. 내가 잡아 주지 않았다면 드럼은 넘어졌을 것이다. 수은이 그를 밀어내는 모습이 무척 놀라웠다. 꼭 마술쇼의 속임수 같았다. 드럼의 맨발이 계속 표면으로 튀어 올랐다. 수은에 잠기기에는 발이 너무 가벼워서 드럼은 억지로 발을 밀어 넣어야 했다. 그는 다른 발도 집어넣고 옷이 제공하는 추가적 무게의 중심까지 잡은 뒤에야 무릎까지 잠긴 채 단단히 서 있을 수 있었다. 다만 그 압력은 매우 고통스러웠을 것이다. 그의 얼굴이 일그러졌다. 눈물이 그의 팽팽하게 당겨진 두 뺨을 적셨다. 하지만 나는 그 눈물이 긴장과 기쁨에서 비롯한 눈물이라는 걸 알 수 있었다. 드럼은 내 손을 놓고 팔짱을 껴 검은 가운을 끌어안듯 자기 몸에 붙였다.

"아마 이게 세상에서 가장 비싼 옷일 거야." 그는 변덕스럽게 작은 웃음을 터뜨렸다. 그러더니 천천히 몸을 낮추었다. 그는 밭고 더 빠르게 숨을 쉬면서 그 아찔한 금속 액체에 드러누웠다. 나는 나중에야 그가 한 말의 의미를 알아차렸다. 가운은 금으로, 수은에 가라앉을 만큼 밀도가 높은 물질로 가득 채워져 있었다. 이제는 그가 금 때문에 가라앉고 있었다. 그의 하반신은 이미 잠겼고, 가슴과 팔꿈치도 가라앉는 중이었다. 하지만 아직 가라앉지 않은 그의 두 손은 어마어마한 압력과 추위에 맞서 주먹을 꽉 쥐고 있었다.

"아가씨가 보이는구나." 드럼이 헛숨을 들이켜며 말했다. 그의 눈이 감겨 있었다. 얼굴에는 핏기가 전혀 남아 있지 않았다. "날 계속 눌러다오……. 알겠지?"

그는 뒤로 누우며 말했다. 입에 수은이 가득 찼다. 그런 뒤에는 머리가 사라졌다. 통통한 거품이 그 끔찍하고도 아름다운 액체에서 솟아올랐고 그의 가슴이 버둥거리며 떠올랐다. 나는 무릎을 꿇고 맨손으로 그의 몸을 눌렀다. 그가 완전히 고요해지기 전까지 다시 떠오르지 못하게 했다. 결국 그는 안으로 가라앉았고, 부드럽게 흐르는 물의 거울 외에는 아무것도 남지 않았다.

바깥쪽 문을 밀자 문이 알아서 휙 열렸다. 사방에서 맹렬하게 비가 쏟아지고 있었다. 하늘이 고삐 풀린 듯했다. 나는 별장으로 달려 올라가 소리쳤다. 하지만 지붕을 세차게 두드리는 비의 시끄러운 소리만 가득했다. 나는 콘스턴스가 나타나면 그녀에게 아빠의 죽음에 대한 목격담을 직접 전해야 할까 봐 두려웠지만 다시 소리쳤다. 지금은 그녀가 나타났으면 좋았을 거라고 생각한다. 마지막으로 나를 붙잡는 그 튼튼한 손아귀를 느끼기 위해서라도. 하지만 아무것도 없었다. 아무도 없었다. 심지어 마구 떠들어 대는 프루잇조차 없었다. 거대한 강당은 어두웠다. 나는 놈들이 우리를 붙잡아 두었던 방으로 전력 질주했다. 우리가 풀려났다는 사실에, 얼마든지 집에 가도 된다는 사실에 갑자기 가슴에 불이 붙었다. 하지만 그 방도 텅 비어 있었다. 퐁은 사라졌다. 그가 누워 있던 바닥은 아직 먼지 없이 반들거렸다. 남은 건 말아 놓은 그의 재킷뿐이었다. 그래서 나는 그 재킷을 걸치고 그곳에서 도망쳤다. 최대한 빨리 달렸다.

27

우리는 아직 이사하지 않았고, 앞으로도 영영 이사하지 않을지 몰랐다.

알고 보니 우리는 이곳 스태그노에서 그냥 시간을 버리고 있는 게 아니었다. 우리의 새 친구들이 오랜 친구가 돼 가고 있었다. 그 과정은 점진적인 동시에 갑작스러웠다. 9월의 열기가 북쪽에서 처음으로 불어온 한랭 전선으로 잠시 흩어졌고, 그날 아침 눈을 떴을 때 나는 우리 패거리에게 뭔가 따뜻한 걸 만들어 주고 싶어졌다. 그래서 일요일에 이른 저녁을 먹기로 한 것이다. 집에 들어서서 내 작품을 본 판송 부인은 원래도 환하게 웃는 둥근 얼굴을 더 환하게 밝혔다. 부인은 비즈가 만들어 놓은 신선한 라임민트토닉 한 잔을 즐겁게 받아들고 리엄 가족과 함께 거실에 앉았다. 모두가 함께 보드게임을 하고 있었다. 그녀는 내가 무슨 요리를 하는지 굳이 살펴보려 하지 않았다. 다만 내가 사용하는 새우 페이스트 상표를 묻고는 예의 바르게 고개를 끄덕이더니 다른 상표를 적어 주며 그 상표에 '좋음'이 더 많은 것 같다고 말했다. 나는 그녀의 말을 알아들었다. 맛이 더 다채롭고, 생선 맛도 많이 난다는 것이다. 더 진하고 건더기가 더 많다는 얘기. 정직하고 단순하다면 어떤 재료든 얼마든지 넣을 수 있다. 용기가 깨지는 일은 없을 테니까.

내가 막자사발에 던져 넣은 모든 걸 봤다면 프루잇은 자랑스러워했을 것이다. 어쩌면 칠리스까지도 자랑스러워했을지 모른다. 내 막자사발은 비즈의 2위 쿠폰으로 샌드위치 심사 위원의 주방 용품점에서 산 평범한 크기의 대리석 사발이었다. 음식을 너무 많이 만든 게 틀림없었다. 고개를 숙이고, 헤드폰으로 내가 가장 좋아하는 클래식록과 포크송 플레이리스트의 음악에 맞춰 리듬을 타면서, 나는 아침 내내 재료를 빻아 댔다. 아무것도 계량하지 않았다. 그 조리법은 지금의 내게는 근육의 기억이었다. 내 피는 들어 있지 않을지 몰라도, 이 카레에는 분명 나의 진짜 땀과 눈물이 상당히 많이 들어 있다. 그 둘은 섞으면 피와 비슷해진다. 내가 아직 살아 있다는 최선의 증거이니까.

나의 여주인은—그래, 나의 밸 말이다.—불쑥 들어와 내 뺨이 젖어 있는 걸 보고 걱정스러운 표정을 지었지만, 나는 그냥 껍질을 벗긴 적양파 더미만 가리켰다. 그녀는 소매로 내 얼굴을 꾹꾹 찍어 닦아 주고 내 코에 입을 맞췄다. 나는 실제로 눈물이 고인 걸 그녀에게 들키고 싶지 않았다. 운전석에 앉아 세차장 트랙을 따라 나아갈 때나 패스트푸드점 화장실에 앉아 있을 때, 아니면 비즈와 그의 동네 친구들과 함께 농구를 하고 나서 샤워를 하다가 갑자기 주저앉아 샴푸 통을 붙잡고 나를 진정시켜야 했던 어제처럼 혼자 있는 특정한 순간에 나도 모르게 눈물이 나곤 했다. 나는 완벽히 괜찮을 것이다. 내 머릿속은 앞으로 해야 할 일들과 처리해야 할 심부름을 빠르게 훑을 것이다. 그러다가 아무 경고 없이 밀려드는 해일에, 일어난 일과 일어나지 않은 일에 대한 두려움과 기쁨이 뒤섞인 진창에 크게 얻어맞았다.

정말이지 아슬아슬했다.

겨우 '요만큼' 차이였다.

실은 빅터 주니어가 지금 이 시간을 살아갈 경우와 혼자 힘으로 대안적인 시간을 살아갈 경우의 차이는 겨우 칼날 정도였다. 혼자 싸워나가는 건 비즈에게 자연스러운 본능이었고, 그는 어쨌거나 이 세상을 복종시켰을 것이다. 하지만 고아가 됐다면 타고난 단단함이 그만큼 더 약해졌을 것이다. 그는 내면 깊은 곳이 언제까지고 변하지 않는 완고하고 방어적인 젊은이가 됐을 것이다. 나는 대학교 1학년 글쓰기 세미나에서 보았던 오래전 죽은 시인의 한 시구를 떠올렸다. 다 커서도 평생 하늘에 뜬 무지개를 보면 가슴이 뛴다는 얘기였다. 그렇게 심장이 뛰지 않으면 차라리 항복을 선언하고 경기장에서 빠지는 게 낫다. 당시에는 그런 생각이 예스럽고 지나치게 허풍으로 보였지만, 지금은 완전히 겸손하게 느껴진다. 그런 식으로 삶을 소중하게 여기지 않으려면 얼마나 건조한 인생을 살아야 할지 생각하는 것만으로도 아픔이 느껴질 만큼 겸손한 생각. 나는 절대로 비즈가 그렇게 자라기를 바라지 않았다. 내가 살아 있는 동안은 절대 그렇게 놔두지 않을 것이다. 할 수 있다면 나 자신도 그렇게 살게 놔두지 않겠다. 나는 복잡하고 슬픈 것들의 무거운 의무감에 초췌해지고 구부정해질지도 모른다. 생각보다 너무 빨리 뭉개져 아무것도 아니게 될지도 모른다. 하지만 제발, 시인이 말했듯 내가 다시, 다시, 또 다시 계속해서 남자가 돼 가는 어린이로 남기를 진심으로 바란다.

이런 생각은 불행히도 욕실에서의 마지막 순간이 내 머릿속에서 주기적으로 다시 재생되는 걸 막지 못했다. 자연법칙의 무자비한 궤도 속에서 우리의 끝은 분명했다. 밸은 물이 있는 곳으로 옆걸음질 쳤다. 그녀의 손에 들린 뜨거운 고데가 불꽃놀이를 시작하기 일보 직전이었다. 내가 한 유일한 생각은 '집 안에 이렇게 위험한 게 많다니까.'였다. 이상하게도 메마르고 이 빠진 이런 불평이, 내 생각에는 역설적이게도 내 몸을 해방시켜 온전히 반응하게 한 듯했다. 실은 나 역시 비밀리에 죽고 싶었던 걸까? 이게 즉흥적인 자살 협약이었을까? 지금 자살할 가장 좋은 기회를 제시하는? 내가 확실히 아는 건, 내 눈에 들어온 유일한 것이 결합된 두 가닥의 전선, 주황색 전선과 검은색 전선뿐이었다는 점이다. 나는 즉시 그쪽으로 몸을 던졌다.

눈은 움직였지만 보이는 건 거의 없었다. 진창과 오물, 내 시야를 가리는 정체 모를 끈적함뿐이었다. 나는 잠시 이 모든 걸 영원토록 볼 수 없는 것이야말로 죽음이라는 생각에 겁이 났다. 하지만 그때 밸이 "틸러!" 하고 소리쳤다. 욕조 가장자리에 배를 걸치고 넘어지던 나를 그녀가 붙들었다. 그녀는 피투성이 손으로 내 얼굴을 미친 듯이 닦아 냈다. 나는 그녀의 손에 난 상처를 확인하려 했으나 그녀가 울먹였다. "너야. 네 상처야." 나는 두피가 이마와 맞닿는 부분을 꾹 눌렀다. 선명한 피가 아무렇게나 흐르고 있었다. 그녀는 몸을 웅크리고 물에서 나왔고, 우리는 젖은 타일 바닥에 쭉 뻗은 채 몇 차례 숨을 들이쉬었다. 밸은 나더러 계속 상처를 누르고 있으라고 말한 뒤 약장을 뒤져 붕대를 찾았다. 욕조 너머를 보니 깨끗하게 잘린 검은 전깃줄의 한쪽 끝이 불그스름한 물 위 몇 센티미터 지점에서 달랑거리고 있었다. 고데는 욕조 바닥에 진정된 채 떨어져 있었다. 그 옆에 가라앉아 있는 건 마치 바닷속 보물처럼 반짝이는 나의 작은 칼이었다. 밸은 전쟁터에서 그러듯 내 상처를 드레싱하며—나는 그로부터 얼마 지나지 않아 스태그노 지역 병원에서 몇 바늘을 꿰맸다.—내가 앞으로 휘청거리다가 머리로 타일 벽을 쿵 들이받았고, 그 과정에서 실수로 칼에 찔렸다고 말했다. 어째서인지 그렇게 휘청거리던 중에 전깃줄이 칼에 걸렸다. 그 훌륭하고도 숭고한 칼날에 말이다.

나는 그날 밤늦게 클라크에게 전화를 걸었다. 우리가 주기적으로 메일과 문자를 주고받긴 했지만 실제로 대화를 나눈 적이 없다는 걸 깨달았다. 클라크는 내가 서유럽 어디에선가 일하며 공부하고 있는 줄로만 알았고, 나는 그 생각을 바로잡지 않았다. 심지어 콜라에 얼음을 넣어 먹고 싶어 죽겠다는 형편없는 농담까지 했다. 클라크는 어차피 내가 콜라를 마시지 않는다는 걸 알고 있었다. 클라크는 내가 건강히 지냈으면 좋겠다고 말했고 나는 클라크가 계속 바쁘게 지내기를 바란다고 했다. 우리는 디디 고모와 추수감사절을 함께 보내자는 잠정적인 약속도 했다. 꼭 던바로 돌아가지는 않더라도 말이다. 클라크가 자동차로 하루도 채 걸리지 않는 거리에 아들이 있다는 걸 알 필요는 없었다. 왜 클라크에게 상처를 입히겠는가? 그럴싸한 핑계가 없었다. 클라크 역시 내가 자주 들르지 않는 게 슬프다는 말로 나를 상처 입히는 건 무의미하다고 생각하듯이. 클라크는 내가 그를 사랑한다는 걸 알고 나도 클라크가 나를 사랑한다는 걸 안다. 이것이 대단히 이상적이지 않은 방식으로 이상적이라고 해도, 우린 이런 식으로 움직인다. 클라크는 용돈을 좀 보내 주겠다고 했지만 나는 그럭저럭 구걸하며 잘 지낸다고 말했다. 우리의 수다가 끝나갈 때 어울리는 바보 같은 말이었다. 나는 별안간 엄마가 가장 좋아하는 노래가 뭔지 아느냐고 물어 우리 모두를 놀라게 했다.

침묵이 흘렀지만 아빠가 어떤 사람인지 알았기에 그가 재빨리 수습하는 모습이 눈에 보이는 듯했다. 그는 상당한 선량함을 끌어모아 내가 꺼낸 진지한 말을 진심으로 숙고했다.

"좋아하는 노래야 엄청나게 많았지." 클라크가 말했다. 마법에 걸린 듯한 목소리였다. 그는 가장 좋았던 시절을 떠올리고 있는 듯했다. "어려운 질문인데, 네 엄마가 가장 자주 틀던 음악을 말하는 거니? 아니면 특정한 기분이 들 때 틀던 음악을 말하는 거니?"

"그건 아빠한테 맡길게요."

클라크는 잠시 대답하지 않았고 나는 그가 그냥 포기하고 작별 인사를 할 거라고 생각했다. 누구나 자신의 코 고는 소리를 듣지 못하듯 나도 나 자신의 콧노래를 듣지 못했나 보다. 클라크가 말했다. "무슨 노래인지 아는 것 같은데."

"그러게요." 나는 내가 지나치게 투명하게 굴었다는 걸 깨닫고 말했다.

클라크가 키득키득 웃었다. "네 엄마의 음악이 그리워." 그가 말했다. "더 자주 틀어 놔야겠다."

"저도요."

"그럼 그렇게 하자." 클라크가 말했다.

"매일이요?"

"글쎄……." 클라크가 말했다. 아마 그제야 자신의 제안에 실린 무게를 온전히 이해한 듯했다. "뭐든 통하는 방법을 쓰면 되지."

"알겠어요."

"곧 다시 얘기하자, 아들."

"네, 아빠."

내가 말했다.

그게 다였다.

물론 그 노래는 내 플레이리스트에 들어 있다. 아마 우리가 설거지를 할 때쯤 재생될 것이다. 내가 가라오케 가르보에서, 그다음에는 콘스턴스에게 은밀한 눈짓을 보낼 때 불렀던 노래였다. 판송 부인을 제외하면 우리는 모두 너무 어려서 그 노래와 친숙하지 않았고(엄청나게 유명한 노래도 아니었다.) 판송 부인도 최근에야 이민을 왔기에 그 노래를 모를 가능성이 컸다. 엄마가 가장 좋아하는 음반은 당시에도 이미 오래된 노래였고, 엄마가 좋아하는 어떤 종류의 소리를 담고 있었다. 목구멍을 긁는 듯, 영혼이 가득한 소리. 어쩌면 배경에서 울리는 호른 소리에 코트니가 발이나 손을 움찔거리거나 리엄과 빅터 주니어가 리듬을 타며 의자에서 몸을 흔들지도 몰랐다. 키퍼는 무의식적으로 고개를 끄덕일 것이다. 나는 괜찮았다. 아무도 노래를 따라 부를 필요는 없었다. 사실 그 노래는 엄마가 가장 좋아하는 노래가 아닐 것이다. 엄마가 좋아하는 노래는 너무 많아서 한 곡으로 범위를 좁힐 수가 없다. 오히려 그 노래는 우리가 가장 좋아하는 노래, 나와 클라크가 가장 좋아하는 노래였다. 우리에게 그 노래의 후렴은 따라 부르기에 너무나 쉽고, 또 너무나 어렵다. '난 그녀를 끊을 수 없어.' 말 그대로 심장이 무너지고 그 자리에서 멈출 것 같다.

자비롭게도, 노래가 이어지는 동안만.

나는 이따금 상황이 다르게 전개됐다면 비즈와 내가 뭘 했을지 생각해 본다. 밸에게 아이를 버리겠다고 한 말은 당연히 거짓말이었다. 그야말로 공허한 협박이었다. 나는 비즈를 입양했을 것이다. 아무도 그런 일을 허락하지 않았겠지만. 마법의 카드가 더 이상 작동하지 않기 때문만은 아니다. 우리는 함께 도망쳐야 했을 것이다. 도망치는 고아 형제가 됐겠지. 어디든 머물 수 있는 곳에 머물고, 이럭저럭 지내기 위해 아르바이트를 했을 것이다. 결국은 아무도 우리를 의심하지 않는 어느 마을 중심가에 정착해 음식 수레를 밀고 다니며 우리만의 제국을 세우기 시작했을 것이다. 나는 그 카트에 **밸의 가게**라는 이름을 붙일 것이다. 스텐실로 작업한 그 뚱뚱한 글자를 수레 옆면에 달고 다닐 것이다. 손님들이 밸이 누구냐고 물으면 우리는 미소만 지으며 그냥 '우리가 아는 어느 멋진 여자'라고만 대답했을 것이다.

어쨌든 우린 그 수레를 구해야 할 판이었다. 연방 정부에서 매월 나오는 보조금을 보충하기 위해서 말이다. 우리가 모아둔 기부금을 다시 채워 줄 수입은 보조금밖에 없었다. 나는 그날의 사건에 대해 빅터 주니어에게 아무 말도 하지 않았다. 그냥 샤워하다가 미끄러져서 머리를 다쳤다고 거짓말했다. 어느 날 우리는 점심으로 먹을 구운 치즈와 토마토샌드위치를 만들고 있었다. 나는 무심코 엄마를 잘 지켜보라고 말했다.

"삼촌이 한 일이 그거야?" 비즈가 물었다. 어떤 본능이 확 타오른 모양이었다.

나는 핀으로 꽂힌 귀뚜라미였다. 비즈는 그 일에 대해 아무것도 몰랐다. 적어도 의식적으로는 말이다. 나는 반박했다. "노력은 했지."

내 노력으로 뭐가 달라진 건 아니었지만 말이다. 그래도 여기서든, 타국에서든 모든 일이 잦아든 지금은 내가 좀 괜찮아졌는지 모르겠다. 나는 과거의 자동 구동 모드로 전환되지 않을 것이다. 다시는 그 디폴트 상태의 소년, 그 디폴트 상태의 영혼이 되지 않을 것이다. 피도, 사랑도 묽어진 녀석. 자기의 머릿속에서만 노래를 부를 수 있는 녀석.

비즈는 아무것도 모르는 체하며 샌드위치를 뒤집었다. 하지만 녀석은 이유 없이 제 엄마에게 딱 달라붙어, 코로 슬픈 징조를 포착한 충직한 개처럼 이 방 저 방 그녀를 따라다녔다. 나는 둘이 같이 빨래를 개거나, 요가 영상을 틀어 놓고 나란히 플랭크 하는 모습을 본다. 비즈는 심지어 밸을 농구에 끌어들였다. 밸은 일부러 활동적으로 지내고 있다. 좋은 일이다. 하지만 그 상태야 언제든 뒤집힐 수 있다. 그녀의 행동을 조용하고 절박한 쳇바퀴 돌기, 기어 돌리기로 해석할 수도 있다. 스스로 가한 것이든, 세상이 가한 것이든 사랑하는 이에게 닥쳐올 위험 목록을 정리하며 세월을 보내는 것도 가능하긴 하다. 하지만 그 결과는 어디로 이어질까? 경계는 삶의 정지 모드다.

나는 다른 방식으로 우리를 나아가게 하려 노력 중이다. 우연한 사건이 발생하는 순간까지 의식하지 않으려고, 심지어 편히 눈을 감고 있으려고 한다. 삶이 혓바닥에 화끈한 박하를 올리도록 놔두듯이. 아니, 어떤 식으로든 행운이 따른다면 가장 아삭아삭하고 즙이 많은 주사위 크기의 수박 조각을 올릴지도 모르겠다. 수박을 썰 때마다, 다른 날에 그랬듯 내 손은 잠시 멈출 것이다. 얼마 되지 않는 한입 크기의 수박 안에 무엇이 들어 있는지! 희망과 절망, 그 열정. 나는 그들을 떠올릴 때면 가끔 몸이 떨린다. 프루잇과 최 씨 이모, 릴리와 미노리. 이 세상 속의 새로운 고아가 된 나의 사랑스럽고도 두려운 벽돌 콘스턴스. 혼자 저 바깥을 표류하고 있을 그 모두가 걱정된다.

그 사람은? 나는 그가 어디로 갔는지, 그의 자리가 과연 이 세상에 있는지, 아니면 다음 세상에 있을지 전혀 모른다. 때로 쇼핑센터나 슈퍼마켓에 갈 때 검은 머리의 사람이 언뜻 보이면 시선이 그쪽으로 향한다. 혀는 얼어붙고 폐부는 움찔거리는 채로. 나는 그의 이름을 부르려 애쓰지만 그러지 못한다. 그가 아닐 것이다. 그가 아닐 가능성이 높다. 나는 내 마음속 동굴에서 끝없이 메아리로 울리는 그의 이름을 오직 머릿속에서만 듣는다. 엄마의 이름을 들을 때처럼.

밸과 있을 때 나는 사실상 숨 쉬듯 그녀의 이름을 말한다. 할 수 있을 때마다 소리쳐 부른다. 우리 집 구석구석에 울리도록, 안뜰에서, 거리에서, 그 소리가 그녀를 이 자리에 붙들어 맬 것이라고 기대하며. 노래는 소망이 아니다. 노래는 꿈이 아니다. 노래는 내게 남겨진 것, 내가 맛보며 살아갈 수 있는 것이다. 가장 실질적인 의미에서 이 말은 내가 비교적 위험한 조경 장비들을(주황색 전깃줄 감개는 말할 것도 없다.) 맹꽁이자물쇠를 채워 둔 헛간에서 해방시켜 차고 벽을 따라 놔두었다는 뜻이다. 칼꽂이야 어떻든 다시 집에서 규칙적으로 음식을 준비하고, 밸이 혼자서 쇼핑을 가고 싶다고 할 때도 기꺼이 자동차 열쇠를 던져 주었다는 뜻이기도 하다. 우리가 가진 싸구려 일회용 핸드폰으로는 뱁의 위치를 추적할 수 없다. 다만 내 머릿속 위성 지도는 늘 채석장의 선명하고 단단한 지도를 떠올릴 것이다. 인정한다. 두려움을 태워 버리려고 집 뒤의 테라스로 숨어드는 대신, 호미를 쥐고 돌투성이 땅에서 우리가 고른 텃밭에 거칠게 덤벼든다. 뱁과 비즈에게 다양한 가을 채소를 심으라고 시킨 밭고랑의 잡초를 제거한다. 건강에는 눈곱만큼도 관심 없다. 최소한 그런 식의 건강에는 말이다. 우리는 근대 한 줄기도 씹을 필요가 없다. 나는 그저 두 사람이 아침에 일어나 처음으로 하게 되는 생각이 밤사이 얼마나 많은 싹이 텄는지에 관한 것이기를 바랄 뿐이다. 사실 나는 몰래 텃밭으로 나가 작은 잎의 일부를 망가뜨린 적도 있다. 뱁이 웬 해충이 우리 아기들을 먹어 치우고 있다고 불평할 때 침묵을 지켰다. 뱁은 주먹을 엉덩이에 대고 텃밭을 내려다보며 한숨을 쉬고, 쪼그리고 앉아 내가 망가뜨린 녀석들을 뽑아낸 뒤 모종삽을 흙에 찔러 넣고 내가 철물점에서 사온 십여 개의 포장지 중 하나를 뜯어 아주 작은 씨앗들을 뿌렸다. 나는 우리가 수확을 걱정하지 않고 계속해서 씨앗을 심기를 바란다. 그 식물들이 우거지기를. 수확은 이미 마련돼 있다. 수확은 우리가 함께 땅을 일구는 데, 농구공을 드리블하는 데, 우리의 나지막하고 음악적인 콧노래에, 활기차게 먹고 마시는 데 있다. 그리고 그 수확은 무작위적이고 사랑스러운 것들, 예컨대 빅터 주니어가 히말라야 산봉우리처럼 쌓아 올릴 만큼 만들어 둔 머랭이나, 뱁이 베개에 남긴 따뜻하게 움푹 팬 자국, 플란넬 천 깊숙한 곳에 붙은 그녀 머리카락의 고소한 냄새 같은 것들에서 어느새 형태를 갖춘다.

그러다가 어느 날에는 역으로 작용하는 연금술이라도 된 것처럼 사라진다. 그 모든 생명의 황금이 흩어져 아무것도 아니게 된다.

그렇더라도 나는 이 세상에 맞게 나 자신을 만들고 싶다. 이 세상이야말로 나를 만들어 주었으면 하는 세상이다.

밸은 내 태도에서 우스꽝스러움을 감지했는지, 어느 날 욕실에서 내게 괜찮으냐고 물었다. 그 말에 나는 기쁨이 솟구쳤다. 이전에 폐쇄된 공간에 갇혀 있을 때는 그녀가 껍데기를 깨고 밖으로 나와 뭐든 외부의 일을 묻는다는 게 불가능했으니까. 나는 그냥 응, 괜찮아, 하고 말했다. 날씨는 별로 덥지 않았고 나는 그냥 그 자리에 서 있고 싶었지만 스쿨버스 정류장부터 덧문이 닫힌 텅 빈 집으로 걸어왔다. 또 그냥 서 있고 싶어서 일이 분쯤 더 기다렸다가 열쇠를 꽂고 집으로 들어갔다. 특히 비가 내리면, 추적추적 내리고 있더라도 나는 내 머리가 잔뜩 젖도록 놔두었다. 그러다 보면 똑똑 떨어지던 빗방울이 내 등을 따라 흐르는 개울이 됐다. 그럴 때면 나는 고개를 들고 생각했다. '이 비는 내가 누군지, 우리 가족에게 무슨 일이 일어났는지 몰라. 앞으로도 영원히 모를 거야. 그칠 때가 되면 그치겠지. 그전에는 한 방울도 그치지 않고.' 밸은 내가 그녀를 끌어안을 수 있도록 몸을 숙이고 속삭였다. '더 세게.' 그런 다음에 한 번 더, '더 세게.' 나는 밸이 위로하려는 사람이 그녀 자신이 아니라는 걸 알았다.

카레가 가스레인지 위에서 부글부글 끓고 있는 모습을 보니 온몸의 세포가 떨린다. 국수와 샐러드가 조리대 위에 놓여 있다. 달콤한 고기 꼬치가 쌓여 있다. 나는 튀김 요리를 시작하고 비즈가 불쑥 들어와 도움이 필요한지 묻는다. 덥수룩한 그의 눈썹을 보니 내가 얼마나 일을 벌여 놨는지 불안한 듯하다. 나는 괜찮다고 그를 안심시킨다. 여느 도제가 그러듯, 나는 품질 결함을 때우려고 양에 기댄다. 비즈는 판송 부인의 잔을 다시 채워 주고 나간다. 곧 밸이 들어와 냄비에 숟가락을 담근다. 맛을 보는 그녀의 상체가 곧게 펴진다.

"이크." 내 귀에는 그 소리가 마치 퐁의 억양처럼 들린다.

"너무 강해?"

"약간." 밸이 그렇게 말하더니 다시 맛을 본다. 그녀의 눈이 잠시 꽉 감긴다. "근데 좋아. 매번 조금씩 나아지네. 점점 장인이 돼 가."

"진짜?" 나는 웃는다.

"당연하지." 밸이 말한다. 향신료가 묻은 그녀의 입술이 내 뺨에 살짝 닿는다. 아주 작은 화상. 그녀는 가지고 나갈 접시를 집어 든다. "그날이 멀지 않았어."

사실 장인이 된다는 건 나 같은 사람에게는 불가능한 일이다. 밸에게도 마찬가지고. 그런 건 우리 특별한 꼬마 같은 사람들에게 맡겨야 한다. 우리 나머지는 아무리 유능하고 진정성이 있더라도 그냥 변해 가는 것만으로 충분히 부담을 진 것이다. 우리는 절반쯤 되는 지점에서 우리의 길을 찾을 뿐 영영 그곳에 도달하지는 못한다. 그런데도 계속 나아간다. 눈을 뜨고, 입을 크게 벌리고. 준비된 채로.

감사의 말

전문성과 친절한 조언, 끝없는 인내심을 보여 준 세라 맥그래스에게 큰 소리로 감사 인사를 전하며 앨리슨 페어브러더에게도 특별한 고마움을 표한다.

따라올 자 없는 신의를 보여 주고 조언해 준 어맨다 어반에게도 감사한다.

스탠퍼드와 프린스턴의 문예창작 프로그램에도, 이 책을 쓰는 동안 넓은 마음으로 응원해 준 시비텔라 라니에리에게도 감사한다.

늘 그렇듯, 나의 바보 같은 노래를 마음껏 즐겨 준 사랑하는 가족에게도 감사한다.

옮긴이의 말

번역가라는 직업의 가장 좋은 점 중 하나는 (늘 그런 건 아니지만) 대체로 한국어로 소개되는 외국 작품의 첫 번째 독자가 될 수 있다는 점이다. 적어도 한국어로 작품을 접하는 사람 중에서는 내가 처음으로, 그 누구도 지나지 않은 눈밭에 발자국을 찍을 때와 비슷한 일종의 쾌감이 있다. 번역가의 제일가는 책무는 물론 원작의 뜻을 최대한 가감 없이 있는 그대로 전달하는 것이지만, 글을 읽고 쓰는 일 자체의 속성 때문에 아무리 원전에 가깝게 옮긴다 하더라도 번역자의 해석이 글에 반영되게 마련이므로 나의 한국어 번역본을 읽는 독자들 앞에 펼쳐진 눈밭에는 내가 가장 먼저 발자국을 찍었다고 말할 수 있을 것 같다.

문제는 "눈 내린 들판을 걸어갈 때는 발걸음을 어지럽게 하지 마라/오늘 걷는 나의 발자국이 뒷사람의 이정표가 될 것이니."라는 잘 알려진 시를 굳이 들먹이지 않더라도 첫발을 떼는 건 꽤 겁나는 일이라는 점이다. 따라오는 뒷사람이 있는지 없는지는 둘째 문제이고, 일단 나부터가 따라갈 발자취가 없어 갈팡질팡할 수 있기 때문이다.

특히 원문이 읽는 순간 직관적으로 이해되는 평이한 문장보다는 "이전 문장에 만족하기 전에는 절대 다음 문장으로 넘어가지 못하기에." 같은 문장을 열 번, 스무 번씩 고쳐 쓰기 예사인 이창래 같은 작가의 밀도 높은 문장으로 이루어져 있을 때는 더욱 그렇다. (이창래 작가의 작품은 평균적으로 한 문장에 70단어 이상을 담고 있고, 『타국에서의 일 년』도 예외가 아니라 첫 문장이 69단어로 이루어져 있다!) 게다가 이런 문장으로 전달되는 얘기가 익숙함이나 평범함과는 거리가 멀고, 그 얘기를 이끌어 나가는 등장인물들의 심리 역시 쉽게 이해되기보다는 고찰이 필요한 복잡한 측면을 담고 있을 때는, 첫 발자국을 찍는 쾌감이야 아무래도 좋으니 따라갈 누군가의 발자국이 있으면 좋겠다는 생각마저 하게 된다.

그러나 『타국에서의 일 년』을 여러 차례 읽고 곱씹으면서, 결국 나는 조심스럽게 첫발을 내디뎠다. 그리고 내게 이 책은 무엇보다도 성장기였다.

『타국에서의 일 년』의 주인공은 이십 대 청년 틸러 바드먼이다. 한국인의 피가 아주 조금 섞인, 거의 백인과 구분되지 않는 그는 (아마 프린스턴을 모델로 삼은 것으로 보이는) 대학교 도시, 던바 출신이다. 자산가가 많은 이 도시의 친구들만큼 유복했던 건 아니지만, 대기업 관리직인 아버지 덕에 가난한 어린 시절을 보냈다고 할 수는 없다.

틸러가 느끼는 결핍은 경제적인 측면보다는 어머니에게 버림받은 경험에서 나온다. 틸러가 어렸을 때, 정체불명의 허무함을 느끼던 어머니가 밝혀지지 않은 이유로 가출해 버린 탓이다. 틸러는 어머니에 대해 오직 단편적인 기억만을 가지고 있으나 그 기억에서 벗어나지 못한다.

한편, 틸러의 아버지는 어머니에 대해 느끼는 상실감을 틸러에게 폭력적으로 해소하는 스타일의 인물이 아니다. 오히려 그는 아들의 방에 항상 노크하고 들어가고, 아들이 잠들어 있을 때 흐느끼며 울지만 아침에는 티를 내지 않는 인물이다. 틸러는 그런 아버지의 사랑을 추상적이라고 느낀다. 이런 생각이 사치라는 걸 알면서도, 차라리 아버지가 '쓰레기' 아버지여서 자신에게 감정을 폭발시키거나 자신이 아버지에게 격렬하게 반항하고 싶다는 생각을 하기도 한다. 그러나 그런 일은 벌어지지 않고, 둘은 선을 지킨다. '선'은, 다른 말로 '벽'이라고도 할 수 있겠다.

작품의 제목인 『타국에서의 일 년』이 가능했던 것도 어느 정도 틸러와 아버지의 이런 특수한 관계 때문이다. 해외 연수를 앞두고 동네 레스토랑에서 접시 닦이 아르바이트를 하던 틸러는 자신의 아르바이트를 하루만 대신해 달라는 친구의 부탁으로 일일 골프 캐디 활동을 하다가 지역의 중국계 사업가인 퐁 로우를 만나게 된다. 이리저리 뛰어다니며 열심히 골프공을 주워 오던 틸러의 모습을 좋게 본 퐁은 자신이 경영하는 여러 식당에 틸러를 불러 음식을 먹게 하고, 틸러의 맛 평가에 감탄하면서 그에게 자신과 함께 출장을 떠나자고 한다. 인도네시아의 민속 음료에서 모티프를 딴 '자무'라는 건강 음료를 만들어 팔려고 하는데, 이 사업에 틸러가 도움을 줄 수 있다고 생각한다는 것이다. 틸러는 퐁에게 큰 매력을 느끼고 그와 함께 가기로 한다. 아버지에게는 예정대로 해외 연수를 간다고 문자로 통보하고, 아버지는 뽀뽀하는 이모지를 답장으로 보낼 뿐 더 이상 캐묻지 않는다. 심지어 틸러가 일 년 뒤 미국에 돌아온 후에도 아버지는 자기 아들에게 무슨 일이 벌어졌는지 전혀 모른다. 아예 틸러가 미국에 돌아왔다는 사실조차 모르니까.

이처럼 딱히 감정적인 애착을 느낄 대상이 없는 틸러에게, 퐁과 그의 아시아인 동료들은 여러 모로 대안 가족처럼 느껴졌으리라는 점은 추측하기 어렵지 않다. 틸러에게 비록 12.5분의 1이라는 작은 비율이긴 하지만 아시아인의 피가 섞여 있고, 아시아인 혈통을 전달한 쪽이 가출한 어머니였으니 더욱 그랬을 것이다. 퐁이 하와이로, 마카오로, 선전으로 틸러를 데리고 다니며 하게 해 주었던 온갖 자극적인 경험도 "지루함의 연옥"처럼 느껴지는 던바에서의 삶과 대비해 틸러에게는 뜨겁게 느껴졌을 것이다.

틸러라는 일견 멀쩡한 청년이 자신이 가진 것 전부를 너무도 쉽게 버리고, 아무리 마음에 들었다지만 제대로 알지도 못하는 낯선 사람인 퐁을 따라 떠나 버렸다는 전개는 이런 심리를 고려할 때 이해할 수 있다. 틸러는 분명 안정적인 상황에 있었지만, 그 상황에 뿌리를 내리지는 못하고 있었다. 고여 있는 물에 떠 있는 나뭇잎처럼, 그 물이 흐르지 않는 한 가만히 있겠으나 누군가가 건져 내면 쉽게 건져질 수 있는 존재였던 셈이다.

그리고 이처럼 뿌리 없는 청년, 더 정확히 말하자면 어디든 뿌리를 내리고 싶어 안달하던 청년에게 세상은 위험한 곳일 수밖에 없다. 그는 상대를 잘 알지 못하는 상태에서도 피상적인 매력만으로 상대에게 지나친 애착을 느끼기 때문이다. 퐁이라는 인물이 처음부터 틸러를 곤란에 빠뜨릴 의도였는지는 끝내 밝혀지지 않는다. 하지만 처음의 의도가 어쨌든, 퐁은 틸러를 드럼 카파고다라는 위험한 인물의 손에 남겨 놓은 채 떠난다. 그 바람에 틸러는 학대당하며 노예처럼 부려지다가 간신히 그의 손아귀에서 벗어나 미국으로 돌아오게 된다.

타국에서의 일 년을 거친 뒤, 틸러는 자신이 예전만큼 순진한 인물은 아니게 됐다고 말한다. 여러 평론에서 언급하는, 이십 대 청년이라기에는 너무 성숙하게 느껴지는 말투나 사고방식이 바로 그 '타국에서의 일 년'에서 비롯한 것이라고 볼 수 있을까?

분명한 건, 틸러가 이 여행을 통해 성숙해지지는 않았다는 점이다. 특히 미국으로 돌아오는 길에 공항에서 만난 연상의 여인 밸과의 관계에서 보이는 모습이 그렇다. 물론 누군가는 틸러가 자신과 열 몇 살 밖에 차이 나지 않는, 밸의 아들 빅터 주니어를 사랑하고 돌보는 모습에서 그의 성장이 드러나지 않느냐고 할지도 모르겠다. 하지만 틸러는 성숙한 어른으로서 빅터 주니어를 보호하는 게 아니다. 빅터 주니어가 대마초에 보이는 호기심을 적절히 제지하지 않는 모습, 빅터 주니어의 요리를 맛보겠다고 찾아왔다가 행패를 부리는 손님들을 효과적으로 쫓아낸 사람이 틸러가 아니라 오히려 어린이인 빅터 주니어였다는 사실 등에서 볼 때, 틸러는 본인의 말과 달리 빅터 주니어에게 아버지보다는 친구나 형, 후하게 봐주면 삼촌에 가까운 존재였을 것이다.

게다가 틸러가 밸과 맺는 관계에서도 어른다운 자율적이고 능동적인 모습보다 어린애처럼 수동적인 면모가 훨씬 많이 드러난다. 예컨대 틸러는 딱히 뭔가를 적극적으로 하지는 않으면서도 밸이 자의로든 타의로든 자신을 떠날까 봐 전전긍긍하는 불안을 계속해서 드러낸다. 밸이 증인 보호를 받고 있다는 현실적인 이유가 있긴 하지만, 틸러는 당사자인 밸보다도 훨씬 더 위협을 강하게 느끼며 누군가가 밸의 목숨을 노릴까 봐 밸과 빅터 주니어의 외부 생활을 극도로 제한하려 노력한다. ('노력한다'고 말한 건 틸러의 시도가 원래 소극적인데다 성공하지도 못하기 때문이다. 틸러는 그저 밸과 빅터 주니어에게 끊임없이 조심하라고 말할 뿐이며 밸은 틸러의 노력을 너무도 쉽게 무력화하고 외부 활동을 스스럼없이 한다. 이런 경우에 틸러는 불만을 제대로 표현하지도 못한다.) 밸이 외도를 했을 때도 틸러는 분노나 배신감을 느끼기보다 너무도 쉽게 그녀와 화해한다. 밸이 자살할까 봐 엄청난 불안감을 느낀다. 틸러에게 중요한 건 밸과 맺는 관계의 성격보다, 그냥 그 관계가 이어지고 있다는 사실 자체인 것만 같다.

이런 틸러에게서 드러나는 건 어머니를 잃은 상처에서 회복하지 못한 어린아이의 모습이다. 그는 어머니와의 관계를 연인인 밸을 통해 무의식적으로 반복한다. 틸러에게는 잔인한 말일 수 있겠지만, 바로 그런 근원적인 상처가 틸러로 하여금 어머니와 비슷한 공허감을 느끼는 밸이라는 여자를 찾게 했고, 그 여자를 더욱 답답하게 만들어 자살이라는 선택으로 몰아간 것이라고도 볼 수 있다.

어떤 면에서, 틸러의 성장은 타국에서의 일 년이 아니라 밸의 자살 기도를 통해서 일어난다. 밸이 목욕탕에 들어간 뒤 고데를 물에 담가 감전사하려고 하는 모습을 본 틸러는 욕실에 뛰어들어 퐁이 사 준 칼로 전깃줄을 잘라 버린다. 그 과정에서 틸러 자신이 다치지만, 결국 밸은 죽지 않는다. 비록 둘의 문제가 완전히, 결정적으로 해결된 건 아니지만 이 사건 이후로 틸러는 더 이상 불안에 떠느라 현재를 살지 못하는 우를 범하지 않는다. 어머니와는 달리 밸이 떠나는 건 막을 수 있었던 경험 때문일까? 아니면 밸에게 자살하지 말라고, 밸이 그렇게 떠나면 빅터 주니어의 마음에는 영원히 때워질 수 없는 구멍이 생기고 만다고 호소하는 과정에서 사실은 빅터 주니어가 겪을 상처가 아니라 자신이 이미 입은 상처를 처음으로 솔직하게 마주 볼 수 있었기 때문일까?

흥미로운 점은, 밸이 자살에 사용하려던 전깃줄을 끊은 것이 '퐁이준', 아시아에서 사 온 칼이라는 설정이다. 작중에서 틸러가 말하듯, 그의 얘기는 웬 백인이 아시아의 어느 마을로 가 그곳의 사회적 부조리를 해결하고 영웅이 되는 식의 여행 서사가 아니다. 그의 여행은 아시아라는 사회에 아무런 영향도 끼치지 못했다. 심지어 귀국 후의 틸러가 밸과의 관계에서 보이는 모습에서 드러나듯, 틸러 자신의 성장에도 결정적인 도움이 되지는 못한 듯하다. 그런 결정적인 성장은 틸러가 자기 내면의 불안을 직면했을 때, 그것을 해결하고자 능동적으로 움직였을 때에야 일어났다.

다만 그 성장이 일어나는 순간에는 '퐁의 칼'이 있었다. 그 칼이 무엇의 상징인지는 사람마다 다르게 해석할 수 있을 것이다. 타국에서의 일 년이라는 고생스러운 경험일 수도 있고, 비록 사기꾼이었지만 퐁이라는 인물이 대안적 아버지로서 틸러에게 보여 준 어떤 모습일 수도 있다. 아니면 두려워하지 말고 칼을 휘둘러 보라던, 그 칼을 사는 순간에 퐁이 한 말 자체일지도 모른다.

혹시 작가는 경험이 우리를 성장시키는 방식에 대해 얘기하고 싶었던 게 아닐까? 이 책의 제목으로도 쓰인 『타국에서의 일 년』은 우리의 낯선 경험을 은유한다. 작가는 그런 낯선 경험이 세상을 변화시키기에는 너무도 미미한 것이고, 심지어 우리 자신을 결정적으로 변화시킬 수도 없다고, 하지만 그때 얻은 칼 같은 걸 간직하다 보면 언젠가 우리가 결정적인 행동을 해야 할 때는 그것이 도움이 될지도 모른다고 말하는 듯하다. 칼 자체 때문이 아니라, 칼을 손에 쥐고 긋겠다는 우리 자신의 결단 때문에.

이 글을 쓰기 위해 여러 평론을 읽어 보았는데, 이창래라는 거장이 쓴 작품인 만큼 여러 층위의 재미있는 평론이 많이 있었다. 사실주의에서 벗어나 작가가 마음껏 펜을 휘둘렀다며 문체와 스타일에 집중하는 평론도 있었고, 이 작품 전체에 쓰인 음식의 이미지를 분석한 평론도 있었다. 심지어 넷플릭스 등 OTT 프로그램에서 보이는 자극적인 전개를 소설에서 활용하면 어떤 효과가 나는지 작가가 실험해 보고 있다는 식의 의견을 남긴 평자도 있었다. (다소 환상적이고 비현실적으로 느껴지는 전개를 보고 나 역시 틸러가 믿을 만한 서술자인지, 그가 겪었다는 사건이 실제로 일어나긴 한 건지 궁금해지곤 했으므로 충분히 이해되는 의견이었다.)

그런 깊이 있으면서도 톡톡 튀는 평론에 비해, 옮긴이의 말에서 제시한 나의 해석—작품을 번역할 때도 틀림없이 무의식적으로 영향을 주었을 해석—은 밋밋하고 지나치게 교훈적인 것일지 모르겠다.

그러나 『타국에서의 일 년』이라는 낯선 작품을 경험하고 나서 내가 할 수 있는 말은, 어쨌거나 그 경험에서 얻은 무언가를 굳이 쥐고만 있을 필요는 없다는 것이다. 겁이 나도 눈밭을 밟는 건 역시 즐거운 일이고, 어쨌거나 앞으로 나아가려면 발자국을 내는 수밖에 없다. 그렇게 여러분도 『타국에서의 일 년』을 통해 무언가를 얻어 가시길, 그리고 필요한 때 그것을 사용하시길 바란다.

강동혁

옮긴이 **강동혁**

서울대학교에서 영문학과 사회학을 공부하고 동대학원에서 영문학 석사학위를 받았다. 대중
적으로 널리 읽히면서도 새로운 생각거리를 제공해 주는 책을 쓰거나 소개하겠다는 목표로
활동 중이다. 번역서로 『해리 포터』 시리즈, 『불의 날개』 시리즈, 『킴 스톤』 시리즈, 『프로젝트
헤일메리』, 『트러스트』, 『그후의 삶』, 『타이탄의 세이렌』, 『엘랏소에』, 『크로스로드』, 『어부들』,
『너에게 속한 것』, 『워터 댄서』, 『아주 작은 죽음들』 등이 있다.

타국에서의 일 년

1판 1쇄 발행 2023년 10월 31일
1판 2쇄 발행 2023년 11월 20일

지은이 이창래
옮긴이 강동혁

발행인 양원석 **편집장** 김건희 **책임편집** 이혜인
디자인 최승원, 김미선 **일러스트** Karolis Strautniekas
영업마케팅 조아라, 정다은, 이지원, 백승원, 한혜원

펴낸 곳 ㈜알에이치코리아
주소 서울시 금천구 가산디지털2로 53, 20층 (가산동, 한라시그마밸리)
편집문의 02-6443-8868 **도서문의** 02-6443-8800
홈페이지 http://rhk.co.kr
등록 2004년 1월 15일 제2-3726호

ISBN 978-89-255-7589-6 (03840)